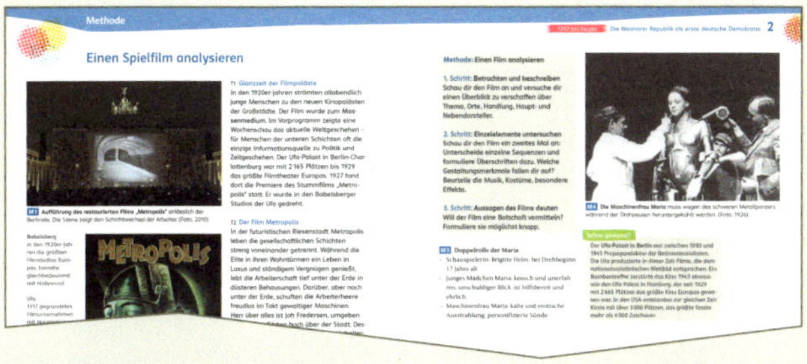

Methode

Hier lernst du Schritt für Schritt wichtige Methoden. Ein Beispiel und passende Formulierungshilfen unterstützen dich dabei. Im Anhang gibt es ein Methodenkompendium, das alle Methoden zum Nachschlagen zusammenfasst.

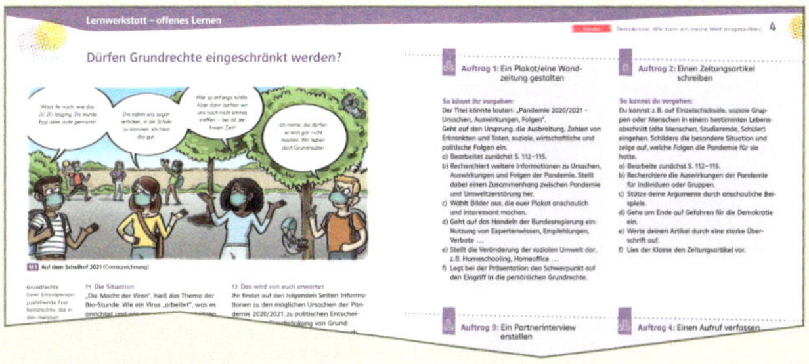

Lernwerkstatt

Unter der Überschrift „Lernwerkstatt“ finden sich unterschiedliche Lern- und Arbeitstechniken wie z. B. das offene Lernen.

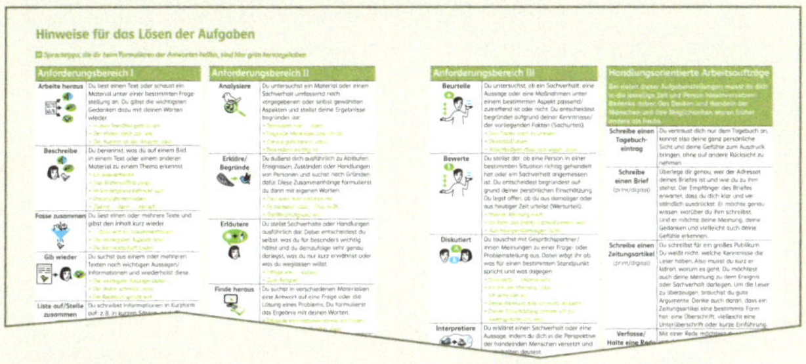

Anhang mit Operatoren, Lösungshilfen und mehr

Im Anhang findest du nützliche Hilfen für das Arbeiten mit diesem Buch.

Global Goals

Ab Seite 302 erhältst du einen Überblick über die Entwicklungsziele der Vereinten Nationen. Diese spielen für das Themenfeld „nachhaltige Entwicklung“ (NE) eine wichtige Rolle.

Projekt G-Codes

Es gibt im Buch drei Arten von Projekt G-Codes:

- Dieses Symbol verweist auf Erklärfilme und Videos.
- Hier findest du Material zum Hören.
- Hinter diesem Symbol verbergen sich andere Angebote wie Kopiervorlagen, Animationen und mehr.

Gib den Code einfach im Suchfeld unter schueler.klett.de ein und du gelangst zu dem passenden Material.

An einigen Stellen im Buch gelangst du über Projekt G-Codes zu besonderen Erklärfilmen.

Symbole im Buch

	Einzelarbeit
	Partnerarbeit
	Gruppenarbeit
SP	Sprachtipps finden sich in den Lösungshilfen ab S. 304 und auf der hinteren Umschlagseite
MK	kennzeichnet Aufgaben und Seiten zum Thema Medienkompetenz
NE	kennzeichnet Aufgaben und Seiten zum Thema nachhaltige Entwicklung

AFB I entspricht dem Anforder...

AFB II entspricht d...

AFB III e...

Projekt G 9/10

Maren Frank
Stephanie Harkcom
Sebastian Hicking
Insa Hüsig
Thomas Koch
Klaus Leinen
Georg Pinter

Ernst Klett Verlag
Stuttgart · Leipzig · Dortmund

1. Auflage 1 5 4 3 2 1 | 26 25 24 23 22

Alle Drucke dieser Auflage sind unverändert und können im Unterricht nebeneinander verwendet werden.
Die letzte Zahl bezeichnet das Jahr des Druckes.

Autorinnen und Autoren: Maren Frank, Bockhorn; Stephanie Harkcom, Heidelberg; Sebastian Hicking, Meppen; Insa Hüsig, Oldenburg; Thomas Koch, Bad Grund; Klaus Leinen, Beilingen; Georg Pinter, Königswinter

Mit Beiträgen von: Dr. Joachim Bierwirth; Christof Birkendorf; Sven Christoffer; Monika Ebertowski; Helmut Heimbach; Dr. Thomas Hoffmann; Rainer Kalla; Nina Kaup; Prof. Dr. Alfons Kenkmann; Rüdiger Klein; Peter Kraus; Michael Krebs; Krystyna Kusserow; Dr. Martin Landman; Heinrich Lübbert; Mario Manz; Jörg Peter Müller; Harald-Matthias Neumann; Dr. Peter Offergeld; Cordia Oude Hengel; Nele Pajenkamp; Paul Palmen; Christian Porth; Simone Schappel; Hendrik Schliewenz; Regina Smolarek; Martin Spätling; Thomas Specht; Reto Stein; Sylvia Turger; Dr. Antonius Wollschläger; Kai Zimmermann; Jürgen Zingel

Fachliche Beratung im Bereich Extremismus: Dr. Nils Franke, Leipzig

Entstanden in Zusammenarbeit mit dem Projektteam des Verlages.

Gesamtgestaltung: normaldesign, Jens-Peter Becker, Schwäbisch Gmünd
Satz: Medienbüro Schaltwarte, Leipzig
Reproduktion: Meyle + Müller GmbH + Co. KG, Pforzheim
Druck: PASSAVIA Druckservice GmbH & Co. KG

Printed in Germany
ISBN: 978-3-12-408808-6

9 783124 088086

Inhalt

1 Für sein Land leben und Sterben

2 Die Weimarer Republik als erste deutsche Demokratie

3 Keine Wahl haben: Was passiert, wenn Demokratien scheitern?

Erdkunde | Geschichte | Politik – Wirtschaft | Orientierung | Methode | Lernwerkstatt

MK Inhalte zur Medienkompetenz | NE Inhalte zur nachhaltigen Entwicklung | 🌐 Projekt G-Codes

4 Demokratie: Wie kann ich meine Welt mitgestalten?

5 Deutschland: Ohne Mauer geeint?

6 Perspektive Europa: Was hält uns zusammen?

7 Klimawandel: Wie schützen wir unseren Lebensraum?

Erdkunde Geschichte Politik – Wirtschaft | Orientierung | Methode | Lernwerkstatt

MK Inhalte zur Medienkompetenz NE Inhalte zur nachhaltigen Entwicklung 🌐 Projekt G-Codes

1 Für sein Land leben und sterben

M1 Kriegsfreiwillige 1914: Der Kriegsausbruch löste bei Millionen von Menschen in Europa Begeisterung für die eigene nationale Sache aus. (Foto, Berlin, 1. August 1914)

Kaiser Wilhelm II. regierte ab 1888 das Deutsche Reich. Es war eine Zeit des schnellen wirtschaftlichen Aufstiegs auf Kosten ausgebeuteter Kolonien. Deutschlands Industrie wurde zur führenden in Europa, seine Armee zur stärksten der Welt. Der Lebensstandard breiter Bevölkerungsschichten stieg. Die meisten Deutschen waren begeistert vom Erfolg und sahen ihren Staat als den ersten in der Welt an. Man lebte gern in diesem „Vaterland". Doch einflussreiche Gruppen aus Politik und Wirtschaft wollten mehr: Sie sprachen von Weltmacht und „scharfem Schwert". Auch das gefiel vielen. Und wie ist das heute?

M2 „Trauerndes Elternpaar": Die Künstlerin Käthe Kollwitz schuf das Denkmal für Soldaten des Ersten Weltkriegs (1914–1918), die in Belgien „für das Vaterland gefallen" waren, darunter ihr Sohn Peter. (Foto)

Deutschland wird ein Nationalstaat

Bei Spielen des Lieblingsvereins oder der Fußballnationalmannschaft erleben wir es: das Gefühl, mit anderen Menschen zu fiebern und zu leiden, die wir im Alltag gar nicht kennen.

Patriotismus
eine sehr positiv empfundene Verbundenheit mit der Heimat oder dem eigenen Land, das in diesem Sinne auch Vaterland genannt wird

Nation
bezeichnet ein staatliches Kollektiv im Sinne der Menschen, die in einem Land leben

Nationalismus
übertriebener Stolz auf die Leistungen des eigenen Volkes. Andere Völker werden dabei oft gering geschätzt.

Militarismus
Überbetonung militärischer Wertvorstellungen und Versuch, die Lösung politischer Probleme durch Gewaltandrohung oder -anwendung herbeizuführen

M1 Neulich im Stadion: Die heutige Nationalhymne stammt aus einer Zeit, als sich viele Deutsche nach der staatlichen Einheit und mehr Freiheitsrechten sehnten. Sie drückt heute die Verbundenheit von Menschen mit ihrem freiheitlichen Staat aus. (Comiczeichnung)

T1 Ich bin ein Teil von …

Alle Menschen sind Individuen: einzigartig in Aussehen, Fähigkeiten und Bedürfnissen. Und sie gehören Gruppen an, mit unterschiedlichen Graden der Bindung. Solche Gruppen können die Familie, ein Freundeskreis oder ein Sportverein sein. Es kann sich auch um eine noch größere Gemeinschaft von Menschen handeln, mit der man sich identifiziert und zu der man ein Gefühl der Zugehörigkeit entwickelt hat. Die Gemeinde, die Heimatregion oder das eigene Land sind solche Bezugspunkte. Vielen Menschen bedeutet das Geborgenheit und Sicherheit.

T2 Stolz auf das Land sein

So wie man stolz auf die Familie oder seinen Verein sein kann, so kann man auch stolz auf das Land sein, in dem man lebt. An Deutschland könnte man z. B. die freie Lebensweise, die erfolgreiche Wirtschaft, das Gefühl der Rechtssicherheit, die soziale Sicherheit, das gute Bildungssystem und die gelebte Demokratie schätzen. Wir finden uns auch gerne darin bestätigt, wenn Menschen im Ausland das an unserem Staat loben. Diese Art der Identifikation und der positiven Einstellung zum eigenen Land nennt man **Patriotismus**. Das Gefühl der Identität muss deshalb jedoch nicht blind machen. Wie im privaten Leben gibt es auch in der Geschichte des eigenen Landes Ereignisse, die man verurteilt. Man schämt sich für das, was Menschen der eigenen **Nation** getan haben.

T3 „Vaterland“ als Wunsch

Als in den Jahren nach 1800 französische Truppen in deutsche Länder einmarschierten, empfanden viele Deutsche das als Demütigung. Zehntausende junger Männer zogen mit nationaler Begeisterung für ihr „**Vaterland**“ in den Krieg. Doch dieses „Vaterland“ gab es noch gar nicht. Deutschland – das war damals nur ein verbindender Name für mehr als 30 Einzelstaaten.

1848 kam es zu einer Revolution gegen die herrschenden Fürsten. Die Revolutionäre forderten ein einiges „Vaterland“. Ein Parlament aus gewählten Volksvertretern beschloss sogar eine freiheitliche Verfassung für diesen Staat der Deutschen. Doch am Ende siegten die Soldaten der Fürsten. Der deutsche Nationalstaat wurde erst 1871 gegründet. Diesmal als Bund von Fürsten, die den mächtigsten unter ihnen als deutschen Kaiser anerkannten.

T4 Nationalismus als Ergebnis

Bei den Menschen löste die Gründung des Deutschen Reichs Begeisterung aus. Die Deutschen hatten nun einen Staat wie ihre Nachbarn. Sie waren geeint und fühlten sich stark, denn sie hatten gerade in einem Krieg Frankreich geschlagen. Es machte sie stolz, dass die Provinzen Elsass und Lothringen, die Frankreich 200 Jahre zuvor erobert hatte, an Deutschland zurückfielen. Doch die Folge war ein übersteigerter **Nationalismus**. Manche Deutsche glaubten, ihrem Staat würde nun zustehen, was andere sich schon genommen hatten: Kolonien in fernen Ländern und Beherrschung der Meere.

M2 **Der „deutsche Michel“** als Symbolfigur des Deutschen verweist französische Soldaten auf das Völkerschlachtdenkmal bei Leipzig (rechts) und das Niederwalddenkmal bei Bingen. Sie erinnern an Schlachten von 1813 und 1870/71. (Postkarte, 1913)

T5 Ein gefährlicher Militarismus

1848/1849 und in den Jahren danach hassten und verachteten sehr viele Deutsche das Militär, weil es als Werkzeug der Fürsten Einheit und Freiheit blutig unterdrückt hatte. Nach den Siegen gegen Frankreich 1870/1871 wurden Soldaten in ihren bunten Uniformen bewundert. Und so mancher junge Mann sehnte sich danach, möglichst bald dazuzugehören. Als Teil des Militärs würde er Teil des Staates sein und ihn notfalls mit der Waffe verteidigen. In Reden und Gedenkfeiern wurde der Tod auf dem Schlachtfeld als besonders ehrenvoll dargestellt. „Gefallen für das Vaterland“ war eine Wendung, die sowohl in die Vergangenheit als auch in die Zukunft wies.

deutscher Michel
gutmütige und etwas verträumte Symbolfigur der Deutschen aus der ersten Hälfte des 19. Jahrhunderts

A / B

1 Liste auf, was du mit Begriffen wie Gemeinschaft und Zugehörigkeit zu Gruppen verbindest (T1).

2 (A) Beschreibe, was du fühlst, wenn du die Nationalhymne deines Heimatlandes hörst (M1).

2 (B) Erläutere, worin sich die Bindung zum eigenen Land zeigen kann (T2, M1).

3 (A) Erkläre die Begriffe Patriotismus und Nationalismus mit eigenen Worten (T2, T3, Lexikon).

3 (B) Erläutere, wie Nationalisten den Wunsch nach kollektiver Identität missbrauchen (T3, T5, Lexikon).

4 Bearbeite mit deinem Tischnachbarn/deiner Tischnachbarin die Postkarte M2.
a) Beschreibt die Szene. Wie werden die französischen Soldaten und der „deutsche Michel“ dargestellt? Was bedeuten die Denkmäler, die geöffnete Tür?
b) „Militarismus ist eine gefährliche Haltung.“ Diskutiert.

5 EXTRA MK Schreibe einen kurzen Artikel für die Schülerzeitung: „Vom freien Vaterland zum starken Vaterland – 1848/1871.“

AFB I: 1, 2, 4a II: 3 III: 4b, 5   AFB I: 1, 4a II: 2, 3 III: 4b, 5

SP → Lösungshilfen ab Seite 304

Die Erde wird aufgeteilt

Um 1880 begann eine Entwicklung, die man später die Zeit des Imperialismus nannte. Es ging um nichts anderes als die Aufteilung der Erde. Europäer, US-Amerikaner und Japaner wetteiferten um die letzten „herrenlosen" Gebiete.

Kolonie
auswärtige, meist überseeische Besitzung, die ein Staat wirtschaftlich von sich abhängig macht und politisch beherrscht

Imperialismus
→ Lexikon

Rasse/Rassismus
→ Lexikon

M1 Der Engländer Cecil Rhodes plante eine Eisenbahn- und Telegrafenlinie zwischen Ägypten und Südafrika. (englische Karikatur, 1892)

T1 Industrie verlangt Rohstoffe

Das Zeitalter der Industrialisierung erforderte viele Grundstoffe. Überall suchte man nach Kohle, Eisenerz, Kupfer, Zinn, Zink, Erdöl und anderen Rohstoffen. Der „Hunger der Fabriken" war scheinbar grenzenlos. Für die neuen Industriestaaten schien es eine Frage des Überlebens zu sein: Wie sichert man sich auf Dauer Rohstoffe für seine Industrie?
Es setzte sich die Überzeugung durch, dass eine gesicherte Zukunft nur mit eigenen Rohstoffen möglich sei. Dazu sollten weltweit **Kolonien** gegründet werden. Nur so könnte man den Wettstreit mit anderen Nationen auf Dauer bestehen. Vorbild war das britische Kolonialreich mit Besitzungen und Stützpunkten auf allen Kontinenten.

T2 Der Wettlauf um Kolonien

Etwa ab 1880 setzte ein regelrechter Wettlauf um Kolonien in Afrika und Asien ein. Kein Staat wollte bei der Verteilung der letzten „herrenlosen" Gebiete zu spät kommen. So nannte man damals alle Länder und Besitzungen einheimischer Völker, die noch nicht unter der Herrschaft einer Kolonialmacht standen.
Großbritannien, Frankreich und Russland dehnten ihre Kolonialreiche weiter aus. Die USA, Japan, Italien, Belgien und Deutschland kamen hinzu. Das Zeitalter des **Imperialismus** begann.

T3 Kolonien kosten Geld

Die Kolonien brachten meist weniger ein, als man sich erhofft hatte. Um Erze, Baumwollfelder oder Kaffeeplantagen zu erschließen, mussten Straßen und Eisenbahnen gebaut werden. Die Verwaltung der Kolonien und ihr Schutz durch das Militär verschlangen viel Geld. Außerdem mussten die **Kolonialmächte** Häfen bauen und ganze Kriegsflotten zum Schutz ihres Handels mit den Kolonien finanzieren.
Auch hatte man geglaubt, die Kolonien würden zu wichtigen Absatzmärkten für die eigene Industrie werden. Doch dazu fehlte dort die Kaufkraft.

T4 Politische Folgen

Der Wettlauf um Kolonien war politisch gefährlich. Um die letzten noch nicht verteilten Gebiete stritten sich die großen Mächte heftig. Jede achtete eifersüchtig darauf, dass sie nicht benachteiligt wurde.
Man drohte mit Krieg, schickte Kriegsschiffe vor fremde Häfen und rüstete Landstreitkräfte und Flotten auf.

M2 Kolonien – eine europäische Mission?

So begründeten europäische Staaten ihr Recht auf den Erwerb von Kolonien auch:

- Man muss den „Eingeborenen“ die europäische Kultur bringen. Ihre eigene Kultur ist rückständig.
- Man muss die „Heiden“ zum Christentum bekehren, um sie vor der Hölle zu bewahren.
- Christliche Missionare bauen Schulen und Krankenhäuser in Afrika. Dadurch verbessern sie das Leben der Menschen dort.
- Die Europäer bringen der ganzen Welt mit ihrer Wissenschaft und Technik den Fortschritt.
- Die „weiße Rasse“ ist den „farbigen Rassen“ überlegen und hat daher das Recht, sich fremde Gebiete und Völker anzueignen.

M4 Der Hamburger Hafen war um 1900 nach London der größte Hafen Europas. Von hier aus gingen Schiffslinien in alle Welt. (Postkarte, 1902)

M3 Kolonien – eine afrikanische Sicht:

- Missionsschulen bringen Bildung, zerstören aber unsere Kultur und Religion.
- Die Europäer beuten unsere Rohstoffe aus.
- Kaffee- und Kakaoplantagen nehmen uns Ackerland zur Eigenversorgung weg.
- Industriewaren aus Europa machen unser Handwerk kaputt.
- Wir haben politisch nichts mehr zu sagen.
- Die Europäer behandeln uns wie Menschen zweiter Klasse!

M5 Der Arzt und Pfarrer Albert Schweitzer, der in Afrika ein Krankenhaus aufbaute und leitete, schrieb 1964:

Was haben die Weißen aller Nationen, seitdem die fernen Länder entdeckt sind, den Farbigen getan? Wer beschreibt die Ungerechtigkeiten und Grausamkeiten, die sie im Laufe der Jahrhunderte von den Völkern Europas erduldet? Eine große Schuld lastet auf uns und unserer Kultur. Wir sind gar nicht frei, ob wir anderen Menschen draußen Gutes tun wollen oder nicht, sondern wir müssen es. Was wir ihnen Gutes erweisen, ist nicht Wohltat, sondern Sühne. Für jeden der Leid verbreitet, muss einer hinausgehen, der Hilfe bringt.

Schon gewusst?

Im westafrikanischen Staat Gabun gibt es noch heute das **Albert-Schweitzer-Spital.** Es wird durch Spendengelder aus Deutschland, Frankreich und der Schweiz unterstützt.

A / B

1 Nenne Gründe für den Erwerb von Kolonien (T1–T3, M1).

2 (A) Erläutere, warum der Erwerb von Kolonien oft ein Verlustgeschäft wurde (T3).

2 (B) Was hat Seefahrt mit Kolonien zu tun? Erläutere die Bedeutung von Häfen im Zeitalter des Imperialismus (T3, M4).

3 „Die Politik der imperialistischen Mächte war gefährlich.“ Diskutiert über die Aussage (T4).

4 MK (A) Bearbeitet in Gruppen M2 und M3. Gestaltet eine Mindmap.
a) Wie rechtfertigen die europäischen Völker ihre Kolonialpolitik?
b) Wie erscheint der Kolonialismus aus afrikanischer Sicht?

4 MK (B) Bearbeitet in Gruppen M2–M4. Verfasst zwei kurze Ansprachen.
a) „Wir brauchen Kolonien!“
b) „Der Raub von Kolonialgebieten ist Unrecht!“

5 „Es kommt auf die Perspektive und die Interessen an.“ Diskutiert die Aussage (M2, M3).

6 EXTRA MK Recherchiere den Lebenslauf von Cecil Rhodes oder den von Albert Schweitzer. Fertige dazu ein Plakat an. Stelle es der Klasse vor.

Gefühlte Überlegenheit

Minderwertig, kulturell rückständig und ohne Glauben – so urteilten viele Europäer im 19. Jahrhundert über die Menschen in den Kolonien. Der europäische Glaube an die eigene Überlegenheit hatte für die indigene Bevölkerung fatale Folgen.

→ **Seite 14**
Rassismus heute

T1 Kulturelles Überlegenheitsgefühl

Um 1900 waren viele Menschen in den Industriestaaten davon überzeugt, dass ihre Kultur anderen überlegen war. Sie drängten der indigenen Bevölkerung deshalb ihre Lebensformen auf: Frankreich wollte ihnen Zivilisation bringen, Deutschland Fleiß und Ordnung, die USA die amerikanische Demokratie. Sie alle behaupteten, damit die Entwicklung der „Kolonialvölker" zu fördern – notfalls auch mit Gewalt.

T2 Christliche Mission

Mit den „Kolonialherren" kamen auch die Missionare. Sie beriefen sich auf die Bibel: Jesus habe den Auftrag gegeben, alle Völker der Welt zum christlichen Glauben zu bekehren. Die Missionare sahen die Angehörigen der indigenen Bevölkerung als „Heiden" an. In Missionsschulen lernten indigene Kinder lesen und schreiben. Gleichzeitig wurden sie aber gezwungen, den christlichen Glauben anzunehmen. Manche Missionare ließen Krankenhäuser bauen, um die Versorgung der Menschen zu verbessern. Aber sie trugen auch dazu bei, die alten Sitten und Bräuche der indigenen Bevölkerung zu verdrängen.

T3 Rassistische Anschauungen

Viele Imperialisten fühlten sich durch die neu entstandenen „Rassenlehren" bestätigt. Diesen Lehren zufolge sollte die „Rasse" der Weißen allen „farbigen Rassen" überlegen sein. Nur die Herrschaft der wertvollsten „Rassen" garantierte angeblich den Fortschritt der Menschheit. „Minderwertige Rassen" müssten deshalb unterworfen werden. Anhänger solcher Lehren sahen den **Rassismus** als Gesetz der Natur. So rechtfertigten sie die Ausbeutung der Kolonien.
Auch in Deutschland waren diese Ansichten weit verbreitet. Viele Deutsche träumten von einem Weltreich. Und wie andere Völker auch glaubten sie, die Welt besser machen zu können, wenn man sie nach den eigenen Vorstellungen verändern würde. Das nennt man das Sendungsbewusstsein der Kolonialmächte.

Schon gewusst?

Die Europäer rechtfertigten z. B. die Kolonialisierung Afrikas damit, dass sie dem Kontinent die „Zivilisation" bringen müssten. Dabei wussten sie wenig über **Afrikas Vielfalt und Geschichte**. Sie kannten nur die Küsten Afrikas. Ihre Unkenntnis mag auch damit zusammenhängen, dass viele frühe afrikanische Reiche keine Schrift hatten und ihr Wissen mündlich weitergaben. Bis heute liest man in Europas Geschichtsbüchern wenig über Afrika. Wenn Afrika zum Thema wird, dann meist lediglich im Zusammenhang mit dem Kolonialismus. Dabei kann der Eindruck entstehen, als sei Afrika lediglich Spielball europäischer Politik gewesen. Das Bild ist aber unvollständig: Afrika hat eine eigene, wechselvolle Geschichte mit reichhaltiger Kultur und Wirtschaft und stand schon lange im Austausch mit anderen Kontinenten.

M1 Kulturelle Folgen der Kolonialisierung: Vertreter der Industriestaaten (links) und der indigenen Bevölkerung (rechts) diskutieren jeweils aus ihrer Sicht die Folgen die Kolonialisierung. (Zeichnung zweier Szenen, die sich zwischen 1880 und 1900 abgespielt haben könnten)

A / B

1 Die Überschrift der Seite lautet „Gefühlte Überlegenheit". Wer fühlt sich hier wem überlegen? Finde es mithilfe des Vorspanns heraus.

2 (A) Nenne Bereiche, in denen die Industriestaaten sich der indigenen Bevölkerung kulturell überlegen fühlten (T1).

2 (B) Gib wieder, wie die Industriestaaten den Einsatz von Gewalt gegenüber der indigenen Bevölkerung rechtfertigten (T1).

3 Inwiefern ist die Missionierung ein Beispiel dafür, dass die Industriestaaten der indigenen Bevölkerung ihre Lebensformen aufzwangen? Erläutere (T2, Lexikon).

4 (A) Inwiefern nutzten die Imperialisten rassistische Anschauungen für die Gründung von Kolonien? Erläutere (T3, Lexikon).

4 (B) Bewerte das Menschenbild der Rassisten (T3, Lexikon, M1: linke Hälfte).

5 MK Wie würdet ihr die leere Sprechblase in M1 füllen? Ergänzt in Partnerarbeit die Aussagen der indigenen Bevölkerung.

SP → Lösungshilfen ab Seite 304

Rassismus heute

2020 entstand in den USA eine erneute Debatte über Rassismus – und griff auch auf Deutschland über. Rassismus ist also kein Phänomen der Vergangenheit.

M1 **Anti-Rassismus-Demonstration** (Foto, Köln, 6. Juni 2020)

Schon gewusst?

BIPoC ist die Abkürzung von Black, Indigenous, People of Color und bedeutet schwarz, indigen. Der weitere Begriff „People of Color" wird nicht übersetzt. Die Begriffe sind politische Selbstbezeichnungen, die aus einem Widerstand entstanden sind und bis heute für die Kämpfe gegen Unterdrückung und für mehr Gleichberechtigung stehen.

→ Seite 12
Rassismus

M2 **„Schon schlimm, dieser gewalttätige Rassismus in den USA."** (Karikatur von Guido Kühn, 2020)

M3 Aus einem Interview der „Süddeutschen Zeitung“ mit dem Politikwissenschaftler Lorenz Narku Laing, 19. Juni 2020:

Warum tut sich Deutschland so schwer, die eigene Kolonial- und damit Rassismusgeschichte ordentlich wissenschaftlich und gesellschaftlich aufzuarbeiten?

Ich glaube, dass einer der Hauptgründe dafür ist, dass es in der deutschen Bevölkerung, anders als in Großbritannien, Frankreich oder den USA in der Nachkriegszeit, wegen der NS-Diktatur nur noch einen ganz kleinen Anteil an Minderheiten gab, die lautstark diese Forderung stellen konnten. Der einzige Grund, warum wir heute angefangen haben, über die kolonialistische Schuld Deutschlands zu sprechen, ist, weil Minderheitsorganisatoren, von Menschen afrikanischer Herkunft, der Sinti und Roma, der Muslime, aktiv fordern, dass dieses Erbe sichtbar gemacht und verhandelt wird.

Also muss der historische Rassismus aufgearbeitet werden, um den heutigen zu bekämpfen?

Unbedingt. Ohne die Aufarbeitung der Schandtaten ist keine Versöhnung möglich. Und ohne diese kann eine multikulturelle Gesellschaft nicht gut, effektiv und glücklich gelingen. Wir müssen unsere Geschichte im Sinne der Aufklärung komplett offenlegen, sichtbar machen und vollumfänglich besprechen. Weil alle Teile dazu gehören und die heutige Gesellschaft mitgeprägt haben.

M4 Die Journalistin Andrea Böhm fordert in der Wochenzeitung „Die Zeit“ vom 18. Juni 2020, die Geschichte Europas neu zu erzählen:

Unsere technischen und geistesgeschichtlichen Errungenschaften – ob Industrialisierung oder Aufklärung – wären ohne die Plünderung der Kolonien, ohne Tod und Versklavung von Millionen Menschen nicht möglich gewesen. Rassismus als Ideologie ist keine Spielart von Gruppenhass, den es auf der Welt immer schon gegeben hat. Er wurde passend zum europäischen Raubzug in den Kolonien entwickelt. Ein weißes Eliteprojekt des 18. Jahrhunderts, in dem Biologen, Mediziner, Philosophen und Theologen die Hierarchisierung von Menschen in „Höher- und Minderwertige“ pseudo-wissenschaftlich wie moralisch zu untermauern versuchten. Und damit auch den Aufstieg Europas und des Westens zur „zivilisierenden“ Macht. „Das Taufbecken unserer Moderne“ – so hat der kamerunische Philosoph Achille Mbembe den Sklavenhandel und die Plantagenwirtschaft einmal beschrieben. Das anzuerkennen, ist der erste Schritt, um dem Rassismus der Gegenwart auf den Grund zu gehen.

A B

1 Wogegen demonstrieren die Menschen in M1? Nenne Beispiele, welche Verbindung es zur Zeit der Kolonialisierung gibt.

2 MK Welche Ereignisse verbergen sich hinter den Städtenamen in M2? Recherchiere. Wähle drei der genannten Städtenamen aus und gib in einer Internet-Suchmaschine ein: Städtename + Rassismus.

3 MK (A) Erkläre den Widerspruch zwischen der Sprechblase und den Städtenamen (M2).

3 MK (B) Erkläre die Aussage der Karikatur (M2).

4 (A) Was meint Lorenz Narku Laing mit der „kolonialistischen Schuld Deutschlands“? Erkläre (M3).

4 (B) Welchen Zusammenhang sieht Andrea Böhm zwischen dem „Aufstieg Europas“ und Rassismus? Arbeite heraus (M4).

5 (A) Begründe, warum dem Autor die Aufarbeitung der Kolonialgeschichte für das Zusammenleben wichtig ist (M3).

5 (B) „Der Sklavenhandel ist das Taufbecken unserer Moderne.“ Erläutere, wie das gemeint ist und nimm Stellung zu der Aussage (M4).

6 EXTRA Einige Demonstranten fordern, den Kolonialismus stärker in den Schulen zu thematisieren.
a) Überlegt, wie das geschehen könnte.
b) Wollt ihr selbst aktiv werden? Setzt einen eurer Vorschläge um.

AFB I: 1 II: 2, 3, 4, 5 III: 6 AFB I: 1, 4 II: 2, 3 III: 5, 6

SP → Lösungshilfen ab Seite 304

Das Deutsche Reich wird Kolonialmacht

Der erste Reichskanzler, Otto von Bismarck, wollte keine Kolonien. Sie waren ihm zu teuer in der Verwaltung, außerdem fürchtete er Konflikte mit England und Frankreich. Dennoch entstand unter seiner Regierung das deutsche Kolonialreich.

M1 Schule in Daressalam, der Hauptstadt Deutsch-Ostafrikas. Aus der ehemaligen Kolonie ist der Staat Tansania entstanden. (Foto, 1903)

M2

→ Seite 18/19 Die Welt im Jahr 1914

„Schutztruppe“ Soldaten in den „Schutzgebieten“ also Kolonien

T1 Deutsche „Schutzgebiete“

Seit etwa 1880 forderten Politiker, Unternehmer und Bürger von der Reichsregierung den Erwerb deutscher Kolonien. Bismarck gab dem Druck schließlich nach. Er stellte Gebiete und deren deutsche Bewohner in Afrika und Inseln im Pazifischen Ozean unter den Schutz des Deutschen Reiches. Diese waren zuvor von deutschen Unternehmern und Forschungsreisenden privat erworben worden. Die Einheimischen wurden fast immer benachteiligt. Bald kamen deutsche Verwaltungsbeamte und Soldaten der **„Schutztruppe“** ins Land. Die deutsche Flagge wurde gehisst, und es galten deutsche Gesetze. Für die einheimische Bevölkerung änderte sich viel.

T2 Deutsch-Südwestafrika

Im heutigen Namibia hatte der Bremer Kaufmann Adolf Lüderitz 1883 durch einen betrügerischen Vertrag auch Land erworben. 1884 sorgte er dafür, dass dieses Land unter den Schutz des Reiches gestellt wurde. So entstand die spätere Kolonie Deutsch-Südwestafrika.

T3 Widerstand der Herero

Der Widerstand des **Herero**-Volkes in der Kolonie Deutsch-Südwestafrika (heute: Namibia) 1904 erlangte traurige Berühmtheit. Die Herero lebten am Rand der Omaheke-Wüste. Dort zogen sie mit ihren Viehherden von Weideplatz zu Weideplatz. Doch dann fiel ein Großteil ihrer Herden der Rinderpest zum Opfer: Die Herero gerieten in wirtschaftliche Not und verkauften ihr Land an die weißen Siedler. Dafür wiesen ihnen die deutschen Behörden 1903 neues, aber unfruchtbares Land zu. Hier sollten sie künftig leben. Das gute Weideland hatten die Deutschen selbst besetzt.
Dann bauten die Deutschen auch noch eine Bahnstrecke, die die Herero von Wasserstellen abschnitt. Das Wasser brauchten die Herero aber zum Überleben. Der Zorn war groß: Die Herero wehrten sich gewaltsam gegen die deutschen Kolonialherren. Mit Widerstand hatten die Deutschen nicht gerechnet. Deshalb konnten die Herero in wenigen Wochen große Teile des Landes besetzen. Sie töteten dabei über hundert deutsche Siedler und Soldaten.

T4 Ein Völkermord

Doch letztlich waren die Herero gegen die modernen Waffen der Deutschen chancenlos. Der deutsche General Lothar von Trotha erklärte, man wolle die Herero vollständig aus dem deutschen Herschaftsbereich vertreiben. Soldaten trieben Männer, Frauen und Kinder in die Wüste und riegelten das Gebiet ab. Wer versuchte, an ein Wasserloch zu gelangen, wurde erschossen. Menschen und Vieh verdursteten. Insgesamt kamen mehrere Zehntausende Herero ums Leben, die genaue Zahl ist unbekannt.

M3 Der Herero-Häuptling Maharero schrieb an den deutschen Gouverneur, 1904:

Der Anfang des Krieges ist nicht jetzt in diesem Jahr durch mich begonnen worden, sondern er ist begonnen worden von den Weißen. Du weißt, wie viele Herero durch die weißen Leute, besonders durch Händler, mit Gewehren und in Gefängnissen getötet worden sind (...). Die Händler raubten meine Leute aus. Für (...) (kleine) Schulden nahmen sie meinen Leuten zwei oder drei Rinder gewaltsam weg (...). Leutnant N. fing an, meine Leute im Gefängnis zu töten. Es starben zehn und es hieß, sie seien an Krankheit gestorben, aber sie starben durch die Aufseher (...). Jetzt muss ich die Weißen töten.

M4 Brief des deutschen Generals Lothar von Trotha an die Herero, 1904:

Ich, der große General der deutschen Soldaten, sende diesen Brief an das Volk der Herero. Herero sind nicht mehr deutsche Untertanen. Sie haben gemordet, gestohlen (...). Das Volk der Herero muss jetzt das Land verlassen. Wenn das Volk dies nicht tut, so werde ich mit dem großen Rohr (Gewehr) es dazu zwingen. Innerhalb der deutschen Grenze wird jeder Herero, mit oder ohne Gewehr, mit oder ohne Vieh, erschossen. Ich nehme keine Weiber und Kinder mehr auf, treibe sie zu ihrem Volk zurück (in die Wüste) oder lasse auf sie schießen. Das sind meine Worte an das Volk der Herero.

Schon gewusst?

Die **koloniale Vergangenheit** Deutschlands wurde lange verdrängt. Für viele Historiker handelte es sich bei der Niederschlagung des Herero-Widerstands um den ersten Völkermord des 20. Jahrhunderts. Bis in die jüngste Vergangenheit hat es Deutschland allerdings vermieden, einen „Völkermord" anzuerkennen. Erst im Sommer 2016 räumte die Bundesregierung dies ein. Parallel nahm Deutschland Gespräche mit der namibischen Regierung auf. Darin wollte man Fragen und Forderungen, die sich aus den Kolonialverbrechen ergeben, endgültig klären. Im Juni 2021 wurde eine Einigung erzielt. Namibia und Deutschland verständigten sich auf ein Versöhnungsabkommen, mit dem Deutschland die Verbrechen des Deutschen Reiches als Völkermord anerkennt. Die heutigen Nachfahren der Herero und Nama bittet die Bundesrepublik Deutschland offiziell um Vergebung. Außerdem finanziert sie über einen Zeitraum von 30 Jahren mit 1,1 Milliarden Euro Projekte in deren Siedlungsgebieten. Dabei soll es vor allem um Berufsbildung, Wasserversorgung und Förderung der Landwirtschaft gehen.

M5 Erinnerung an den von deutschen Kolonialtruppen begangenen Völkermord an den Herero und Nama. Denkmal in der namibischen Hauptstadt Windhoek. (Foto, 2019)

A / B

1 Bearbeite mit deinem Tischnachbarn T1, T2, M1, M2 und den Vorspann.
a) Nennt deutsche Kolonien.
b) Wie entstand das deutsche Kolonialreich?
c) Warum sah Bismarck Kolonialbesitz skeptisch?
d) Wie stellten Medien die Kolonialherrschaft gerne dar?

2 (A) Erläutere, wie es zum Widerstand der Herero kam und welches Ergebnis er hatte (T3, T4).

2 (B) Beurteile die Härte der deutschen Kolonialpolitik gegenüber dem Volk der Herero (T3, T4).

3 (A) Prüfe die Aussagen in M3 und M4. Worin widersprechen sie sich?

3 (B) Vergleiche die Aussagen in T3, M3 und M4. Beurteile die Position Mahareros und von Trothas.

4 „Verantwortung für die eigene Geschichte übernehmen." Diskutiert über das Versöhnungsabkommen mit Namibia 2021 („Schon gewusst?").

5 EXTRA MK Stelle dir vor, du solltest dich im Namen der Bundesrepublik Deutschland bei den Nachfahren der Nama und Herero entschuldigen. Schreibe einen Brief an deren Organisation, in dem du die Verbrechen der Kolonialzeit verurteilst.

AFB I: 1 II: 2, 3, 4 III: 4, 5   AFB I: 1 II: 3 III: 2, 4, 5

SP → Lösungshilfen ab Seite 304

M1 Die Aufteilung der Welt 1914

Die Welt im Jahr 1914

1914 wurde die bisherige Ordnung der Welt auf den Kopf gestellt.

→ Seite 26/27
Europa wird zum Schlachtfeld

T1 Die Aufteilung der Erde

Wenige europäische Staaten beherrschten 1914 die Hälfte der Erde. Dazu kamen die Kolonialreiche der USA und Japans. Die Kolonialmächte sahen sich als Konkurrenten und stritten um die letzten „freien" Gebiete der Erde. Sie waren fest entschlossen, ihre weltweiten Interessen auch militärisch durchzusetzen. Daher rüsteten sie auf.

T2 Ein Weltkrieg als Folge

Vor allem die deutsche Kolonialpolitik und Flottenrüstung wurden als aggressiv empfunden. Daher sorgten Frankreich, Großbritannien und Russland dafür, dass sie ihre Einflusszonen in Afrika und Asien klar abgrenzten. Sie schlossen Bündnisse. Im Ersten Weltkrieg (1914–1918) waren sie die Gegner Deutschlands und seiner Verbündeten.

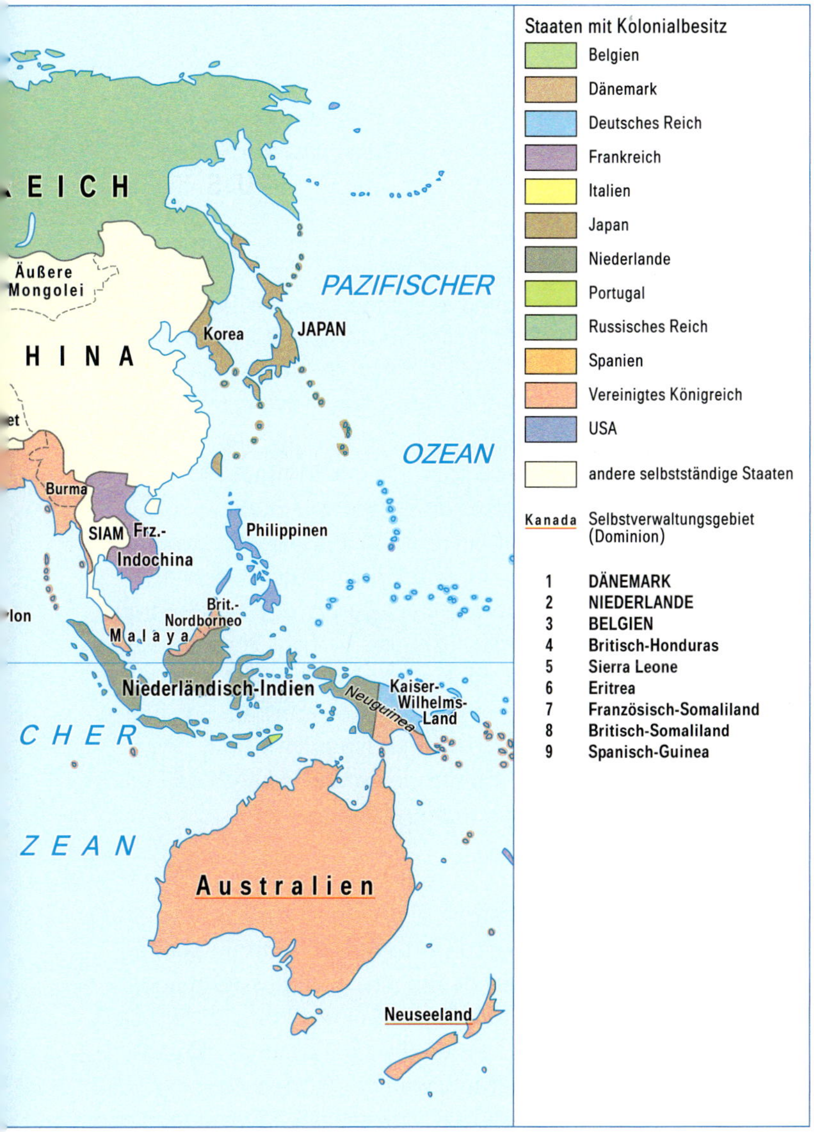

M2 Konflikte vor dem Ersten Weltkrieg

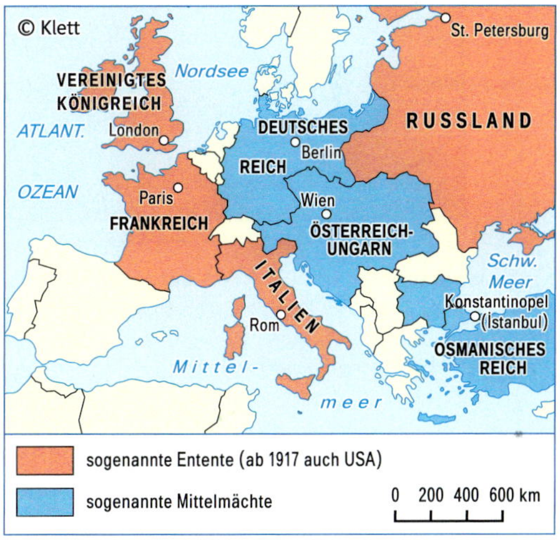

M3 Bündnisse im Ersten Weltkrieg

1 MK (A, B)
Arbeite erste Aussagen aus M1 heraus.
a) Worüber sagen die verschiedenen Farben etwas aus?
b) Welche Farben dominieren? Was bedeutet das?
c) Wie wirkt die Karte des Jahres 1914 auf dich? Vergleiche sie mit einer heutigen Staatenkarte.

2 (A)
Beschreibe die Aufteilung Afrikas (M1).

2 (B)
a) Beschreibe die Lage der Kolonien von Frankreich, Großbritannien und Deutschland in Afrika 1914 (M1).
b) Wo konnten Afrikaner noch selbst entscheiden?

3 (A)
Liste Konflikte zwischen einzelnen Großmächten zu Beginn des 20. Jahrhunderts auf (M2).

3 (B)
Unterscheide die Hauptkonflikte zwischen den europäischen Großmächten vor dem Ersten Weltkrieg. Wo geht es um Kolonialgebiete, wo um Territorien in Europa, wo um militärische Rüstung (M2)?

4 (A, B)
„Die Politik der europäischen Großmächte war sehr aggressiv." Diskutiert die Aussage in der Klasse (T2, M2).

5 EXTRA MK (A, B)
Arbeite mit den Karten M2 und M3.
a) Nenne Konflikte, die offensichtlich gelöst beziehungsweise nicht gelöst wurden. Begründe deine Meinung.
b) Erläutere die Lage Deutschlands und seiner Bündnispartner 1914 und 1917 (M2).

AFB I: 1a, 1b, 2, 3, 5a II: 1c, 5b III: 4 AFB I: 1a, 1b, 2, 5a II: 1c, 3, 5b III: 4

SP → Lösungshilfen ab Seite 304

Audio
Ist der Frieden noch zu retten?
qz968d

Rüstungswettlauf der Machtblöcke

Vor dem Ersten Weltkrieg stieg Deutschland zum mächtigsten Staat Europas auf. Doch gerade das wurde zum Problem für die Sicherheit. Denn die Nachbarn fürchteten ein zu starkes Deutschland und verbündeten sich.

M1 **„Wem wohl zuerst die Puste ausgeht?“** Die SPD stimmte im Reichstag gegen den Ausbau der Kriegsflotte. Sie kritisierte die enormen Kosten und die Gefährdung des Friedens. (Karikatur aus der sozialdemokratischen Zeitschrift „Der wahre Jakob“, 1908)

T1 Bismarcks Sicherheitspolitik

Der erste Reichskanzler, Otto von Bismarck, wollte das Deutsche Reich nach seiner Gründung im Jahr 1871 vor allem absichern. Er fürchtete in erster Linie einen weiteren Krieg mit Frankreich, das sich mit der Abtrennung von Elsass-Lothringen nicht abfinden würde. Damit Frankreich keinen Bündnispartner gegen Deutschland fand, schloss er selbst Bündnisse mit Österreich-Ungarn, Russland und Italien.

T2 Wilhelms Weltpolitik

1890 entließ der junge Kaiser Wilhelm II. Bismarck. Er wollte nun Weltpolitik machen – und notfalls auch Risiken eingehen.
Enge Beziehungen pflegte Wilhelm II. zu Österreich-Ungarn. Als die Spannungen zwischen Österreich und Russland zunahmen, gab er 1890 das Bündnis mit Russland auf. Daraufhin schloss Russland ein Bündnis mit Frankreich. Plötzlich sah sich das Deutsche Reich von zwei Seiten bedroht. Dazu verschlechterte sich das Verhältnis zu Großbritannien: Wilhelm II. wollte die Macht Großbritanniens auf See brechen. Das führte ab 1904 zu einem Rüstungswettlauf zwischen Großbritannien und Deutschland beim Bau von Kampfschiffen.

T3 Zwei Machtblöcke entstehen

1904 entstand ein Bündnis zwischen Großbritannien und Frankreich („Entente cordiale“). 1907 beendeten auch Russland und Großbritannien ihren Streit über Einflussgebiete in Persien (heute Iran) und Afghanistan. Innerhalb weniger Jahre hatten die Großmächte Bündnisse ohne bzw. gegen das Deutsche Reich geschlossen. An der Seite Deutschlands stand als sicherer Bündnispartner nur noch Österreich-Ungarn. Europa bestand nun aus zwei Machtblöcken.

	1905	1910	1913
Frankreich	991	1177	1327
Russland	1069	1435	2050
Großbritannien	1263	1367	1491
Deutschland	1064	1377	2111
Österreich-Ungarn	460	660	720

M2 **Rüstungsausgaben** (in Millionen Mark)

	1889 bis 1900	1900 bis 1910	1910 bis 1913
Großbritannien	38	36	20
Deutschland	12	25	13
Frankreich	15	11	11
Russland	15	6	4

M3 **Der Bau schwerer Kriegsschiffe**

M4 Symbole kollektiver Identität

Der „blaue Hunderter" sollte nach innen Zuversicht, Zusammenhalt und Glauben an die eigene Stärke vermitteln, nach außen Macht und Entschlossenheit demonstrieren.

- die „Germania" als mythische Verkörperung des Deutschen Reichs in Vergangenheit und Gegenwart (Krone und Adler als Symbole der Einheit, das Schwert in seiner Zweideutigkeit als Angriffs- und Verteidigungswaffe)
- die „deutsche Eiche" als Rückbesinnung auf eine mythische Vergangenheit (Symbol der Stärke)
- die „schimmernde Wehr" zur See (Symbol von Weltgeltung und Weltmachtanspruch)
- Amboss und Pflug (Symbole deutschen Fleißes und industrieller Weltgeltung)

M5 Aus einem Lesebuch für Volksschulen von 1917:

Wenn wieder ein Riesenschiff in die schäumenden Wogen gleitet, dann freuen wir uns und möchten ihm zurufen: Fahr wohl du starkes deutsches Schiff! Diene unseren Brüdern hinter den großen Wassern, verteidige unsere Kolonien und beschütze unsere Handelsschiffe.

M6 Der „blaue Hunderter" verbindet alte und neue Symbole als sinnstiftend für das deutsche Kaiserreich. (Reichsbanknote „Einhundert Mark", 1908)

Schon gewusst?

Die Flottenbegeisterung der Deutschen steuerte der **„Flottenverein"**. Er wurde von der Schwerindustrie finanziert, die am Bau der Kriegsschiffe prächtig verdiente. Der Verein verbreitete aggressive nationalistische Gedanken, forderte Weltgeltung und Weltmacht für Deutschland, ließ Millionen von Bildpostkarten drucken, organisierte in den Häfen Besuche von Schulklassen auf Schlachtschiffen, beeinflusste Parteien durch Spenden und die Presse durch „gekaufte" Journalisten.

M7 Matrosenkleidung – Ausdruck nationaler Identität (Foto, um 1910)

A / B

1 Nenne Bündnisse und Bündnispartner
- zur Zeit Bismarcks,
- zur Zeit Wilhelms II. (T1–T3).

2 Beurteile die Situation Deutschlands und Frankreichs
- zur Zeit Bismarcks,
- zur Zeit Wilhelms II. (T1–T3).

A: **3** Vergleiche die Ziele Bismarcks und Wilhelms II. (T1, T2).

A: **4** Beschreibe den „blauen Hunderter" und erkläre Symbole (M4, M6).

B: **3** Erläutere Gründe und Ergebnisse des Wettrüstens vor 1914 (T2, T3, M1–M3).

B: **4** MK Versetze dich in das Jahr 1910. Schreibe einen Brief, in dem du dich zustimmend/entsetzt zur Flottenbegeisterung äußerst (T2, M2, M3–M7).

5 Diskutiert ein Thema:
a) „Die Deutschen sprachen von ‚Einkreisung' durch ihre Gegner. Doch sie waren nicht schuldlos."
b) „Mehr als eine Million Deutsche lasen als Mitglieder des Flottenvereins dessen Zeitschrift ‚Die Flotte'. Das musste Folgen haben."

AFB I: 1 II: 3, 4 III: 2, 5   AFB I: 1 II: 3 III: 2, 4, 5

„Pulverfass" Europa

Um 1900 war der Balkan das gefährlichste Krisengebiet Europas. Vor allem die Feindschaft zwischen Serbien und Österreich-Ungarn konnte jederzeit in einen Krieg ausarten, der alle europäischen Großmächte mit hineinreißen würde.

annektieren
Ein Gebiet, das bis dahin vielleicht nur besetzt war, wird einem Staat auch rechtlich eingegliedert. Es handelt sich um einen gewaltsamen Akt, bei dem die Bevölkerung nicht oder nur scheinbar gefragt wird.

T1 Krisenherd Balkan

Die Völker auf dem **Balkan** hatten lange Zeit unter der Herrschaft des türkischen Sultans gestanden. Doch Ende des 19. Jahrhunderts wollten sich Makedonen, Albaner, Bulgaren und Serben von der türkischen Herrschaft befreien. Sie wollten unabhängig werden. Häufig stimmten aber die Siedlungsgebiete der Völker nicht mit den bestehenden Staatsgrenzen überein. Das führte zu Streitereien. Aus diesem Grund waren auch Österreich-Ungarn und Serbien verfeindet. Serbien wollte ein großes Reich für alle Serben. Dabei wurde es von Russland unterstützt. Einige Serben standen aber unter der Verwaltung von Österreich-Ungarn – z. B. in Bosnien-Herzegowina.

M1 **Die Balkanstaaten 1908 bis 1913**

T2 Kriegsgefahr als Dauerzustand

1908 annektierte Österreich-Ungarn das Gebiet von Bosnien-Herzegowina, das es bis dahin nur besetzt hatte. Serbien und Russland sahen darin eine feindselige Handlung – sie drohten mit Krieg. Nur weil sich Deutschland drohend an die Seite Österreichs stellte und Großbritannien besänftigend auf Russland einwirkte, konnte ein Krieg vermieden werden. Doch auf dem Balkan blieb es nicht dauerhaft ruhig. 1912/1913 führten die Balkanstaaten mehrere Kriege gegen das Osmanische Reich und anschließend wegen strittiger Grenzfragen untereinander. Wieder gelang es den europäischen Großmächten nur mit Mühe, die Kämpfe zu beenden.

T3 Bedrohliche Aussichten

Schon bald deutete sich eine noch größere Krise an: In Österreich-Ungarn stand ein Wechsel auf dem Kaiserthron bevor. Der zukünftige Kaiser Franz Ferdinand wollte den slawischen Völkern in Österreich-Ungarn die gleichen politischen Rechte zugestehen wie den Österreichern und Ungarn. Sein neues „Großösterreich" sollte ein Bund aus gleichberechtigten Staaten sein, die sich selbst verwalteten. Franz Ferdinand war davon überzeugt, dass sich in diesem Österreich auch die Slawen, darunter die Serben, zu Hause fühlen würden. Doch sein Vorhaben stand im völligen Gegensatz zu den großserbischen Plänen. Die serbische Regierung wünschte sich ja gerade die Unzufriedenheit der Slawen in Österreich-Ungarn. Denn nur so konnte sie die österreichischen Serben für das großserbische Reich gewinnen. Daher sah die serbische Regierung in der Thronbesteigung Franz Ferdinands eine Gefahr.

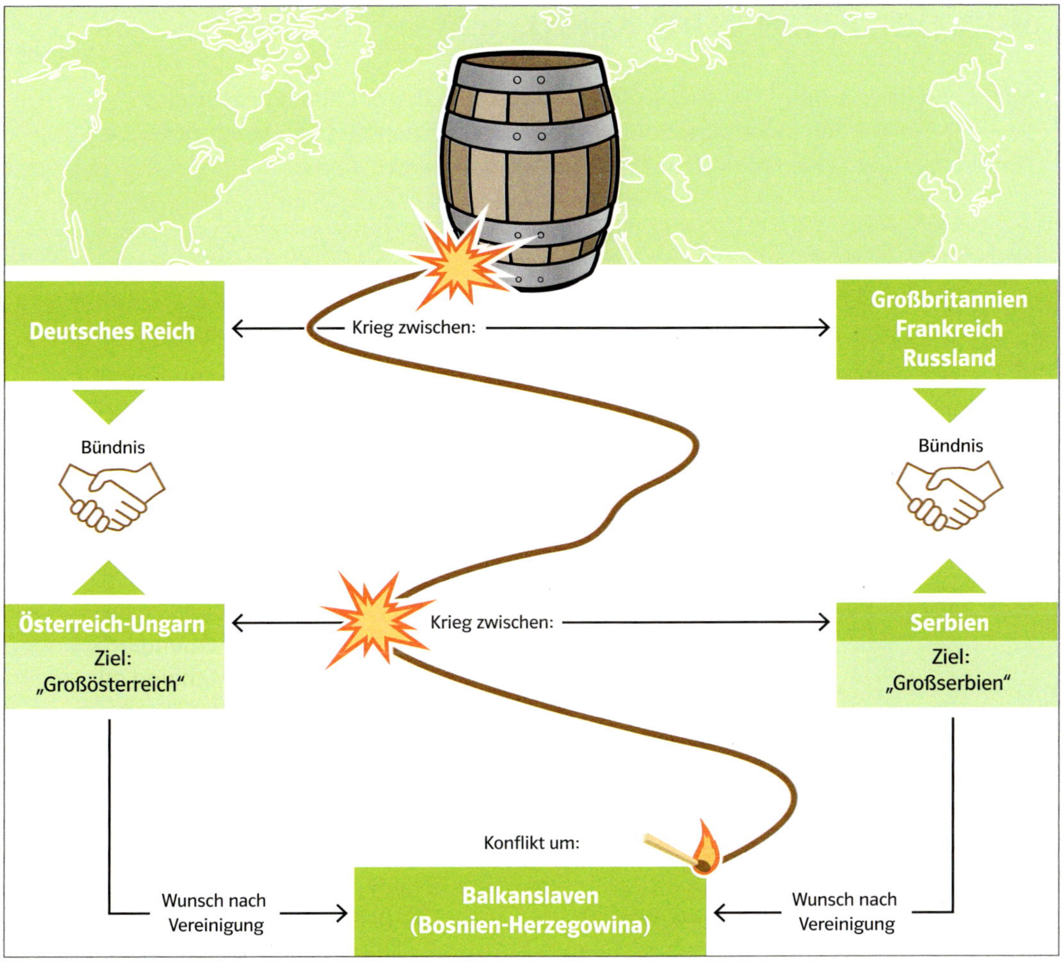

M2 **„Pulverfass“ Europa** (Schaubild)

1 (A/B) Beschreibe M1. Bei welchen Staaten gibt es Veränderungen?

A

2 Erkläre, warum es einen Konflikt zwischen Österreich-Ungarn und Serbien gibt (T1).

3 Erläutere, warum ab 1908 die Kriegsgefahr auf dem Balkan steigt (T2).

4 Erkläre, warum die serbische Regierung in Franz Ferdinand einen Gegner sah, obwohl er den Völkern des Balkans mehr Freiheit geben wollte (T3).

5 Begründe mit M2, warum aus dem Konflikt auf dem Balkan ein Krieg zwischen den europäischen Mächten entstehen kann.

B

2 Zeichne eine Skizze zu den Staaten auf dem Balkan und trage die Beziehungen und Konflikte zwischen ihnen ein, die sich bis 1913 entwickeln.

3 Stelle deine Skizze aus Aufgabe B2 in der Klasse vor.

4 Schreibe als serbischer Journalist einen Zeitungsartikel darüber, warum Franz Ferdinand eine Gefahr für Serbien darstellt (T3).

5 a) Bearbeite Aufgabe A5.
b) Beurteile die Situation Deutschlands, wenn es zum Krieg um Serbien kommt.

6 EXTRA (A/B) Was geschieht, wenn ein Pulverfass irgendwo Feuer fängt? Vergleiche mit der Situation Europas vor 1914 (Vorspann).

AFB I: 1 II: 2, 3, 4, 5 III: 6 AFB I: 1, 2, 3 II: 4, 5a III: 5b, 6

SP → Lösungshilfen ab Seite 304

Von der Krise zum Krieg

Am Abend des 28. Juni 1914 verbreiten Extrablätter in den Städten Europas eine Sensationsmeldung: In Sarajewo hat ein serbischer Nationalist den österreichischen Thronfolger und seine Frau erschossen. Das ließ Schlimmes ahnen.

Gratis. Extra-Blatt. Gratis.

Vossische Zeitung

Königlich privilegirte Berlinische Zeitung von Staats- und gelehrten Sachen.

Der österreichische Thronfolger und seine Gattin ermordet.

Einer grauenvollen Bluttat sind der Erzherzog-Thronfolger Franz Ferdinand von Oesterreich-Ungarn und seine Gattin, die Herzogin von Hohenberg, zum Opfer gefallen. Durch Schüsse serbischer Fanatiker wurden sie ermordet, nachdem sie einem Bombenattentat, durch das einige Offiziere aus ihrem Gefolge und einige Personen aus dem Publikum verwundet wurden, entgangen waren. Ueber das furchtbare Ereignis wird uns telegraphiert:

M1 Extrablatt der „Vossischen Zeitung“ aus Berlin (28. Juni 1914)

M2

→ Seite 22 Krisenherd Balkan

T1 Das Attentat

Der 28. Juni war serbischer Nationalfeiertag. Durch seinen Besuch in Sarajewo wollte der Thronfolger Franz Ferdinand den Serben Österreich-Ungarns seine Freundschaft zeigen. Doch serbische Fanatiker wollten seine Freundschaft nicht: Sie drängten auf die Loslösung aller Serben von Österreich-Ungarn. Einer von ihnen, der Student Gavrilo Princip, feuerte bei der Stadtrundfahrt des Thronfolgers die tödlichen Schüsse ab.

T2 Die Julikrise

Für die Österreicher war klar, dass die Drahtzieher des Attentats im verhassten Serbien saßen. Daher wollte die österreichische Regierung das Attentat nutzen, um Serbien zu demütigen. Hilfe kam vom Bündnispartner Deutschland: Am 6. Juli sicherte die deutsche Regierung Österreich-Ungarn ihre bedingungslose Unterstützung zu – sogar wenn es zu einem Krieg mit der serbischen Schutzmacht Russland käme („Blankoscheck“). Die deutsche Regierung hoffte, diese Zusicherung würde Russland abschrecken, Serbien zu helfen. Denn es war klar, dass ein Krieg zwischen Österreich und Russland auch andere Mächte mit in den Krieg hineinziehen würde. Schließlich hatten sich die Großmächte verpflichtet, ihre Bündnispartner im Fall eines Krieges militärisch zu unterstützen. Großbritannien schlug vor, den Konflikt durch Verhandlungen zu lösen. Doch Deutschland und Österreich-Ungarn lehnten das ab: Sie befürchteten, Serbien mit einem Kompromiss nicht genug zu schwächen.

T3 Europa auf dem Weg in den Krieg

Am 23. Juli stellte Österreich Serbien ein Ultimatum. Serbien versprach, fast alle österreichischen Forderungen zu erfüllen, machte aber gleichzeitig seine Armee mobil (25. Juli). Österreich antwortete am 28. Juli mit der Kriegserklärung. Von nun an bestimmten militärische Überlegungen das Geschehen: Um Serbien zu schützen, machte Russland gegen Österreich und dessen Bündnispartner Deutschland mobil (30. Juli). Deutschland machte ebenfalls mobil und erklärte Russland am 1. August den Krieg. Noch am selben Tag folgte die **Mobilmachung** von Russlands Bündnispartner Frankreich. Daraufhin erklärte Deutschland auch Frankreich den Krieg (3. August). Die deutsche Kriegsplanung sah vor, zuerst Frankreich zu besiegen und danach Russland. Doch für den Einfall in Frankreich mussten deutsche Truppen das neutrale Belgien durchqueren. Das war für Großbritannien der Anlass, Deutschland den Krieg zu erklären (4. August). Damit befanden sich alle europäischen Großmächte im Krieg.

M3 Der Historiker Christopher Clark sagte in einem Interview in der Wochenzeitung „Die Zeit“, September 2013:

Der Hamburger Historiker Fritz Fischer hat in den sechziger Jahren die These von der Hauptschuld der Deutschen am Krieg aufgestellt. Sie seien die Verantwortlichen gewesen, weil sie als Einzige den Krieg wirklich gewollt hätten. (...) Aber ich sehe das anders. Besonders interessant an der Krise im Juli 1914 ist doch, dass sich alle getrieben fühlten. Alle meinten, unter Druck von außen zu handeln. Alle meinten, der Krieg werde ihnen von den Gegnern aufgezwungen. Alle trafen jedoch Entscheidungen, die zur Eskalation (Verschärfung) der Krise beitrugen. Insofern tragen sie auch alle die Verantwortung, nicht nur Deutschland.

M5 Einer der Attentäter wird überwältigt und festgenommen.
(Foto, 1914, digital koloriert)

M4 Der Historiker Volker Ullrich schrieb in der Wochenzeitung „Die Zeit“ im Januar 2014:

Auch die anderen europäischen Nationen tragen Verantwortung für den Beginn des Weltkriegs. Deutschland war vor 1914 wahrlich nicht der einzige Störenfried im Mächtekonzert – das haben viele wissenschaftliche Studien der vergangenen Jahre gezeigt (...). Aber es waren eben die Regierungen in Wien und Berlin, welche die Julikrise zur Machtprobe nutzten, es war vor allem die deutsche Reichsleitung, die mit ihrem „Blankoscheck“ an den österreichisch-ungarischen Bundesgenossen vom 5./6. Juli 1914 für die entscheidende Eskalation sorgte. Dieser Wille zur Zuspitzung unterscheidet die Julikrise von den vielen anderen, die in den Jahren zuvor immer noch entschärft werden konnten. Bislang sind keine Quellen bekannt geworden – und auch Clark führt sie nicht an –, die diese Erkenntnis erschüttern könnten.

Blankoscheck
→ Lexikon

Mobilmachung
→ Lexikon

Ultimatum
→ Lexikon

A / B

1 Beschreibe die politischen Hintergründe des Attentats (T1, M1, M5).

2 (A) Fasse zusammen, wie Österreich-Ungarn und Deutschland auf das Attentat reagieren (T2, T3).

2 (B) Begründe, warum die österreichisch-deutschen Reaktionen auf das Attentat gefährlich waren (T2).

3 (A) Fertige einen Zeitstrahl an, der die Ereignisse bis zum 4. August 1914 abbildet (T1–T3).

3 (B) Die „Vossische Zeitung“ berichtet am 4. August 1914, wie es zum Kriegsausbruch kommt. Schreibe den Artikel (T1–T3, M1, M4).

4 MK Stelle die Meinungen in M3 und M4 gegenüber.
a) Wer trägt die (Haupt-)Schuld am Krieg?
b) Wie wird die Meinung jeweils begründet?

5 MK (A) Nimm Stellung zur Sichtweise von Christopher Clark (T1–T3, M3).

5 MK (B) Wer trug die Hauptschuld am Ausbruch des Ersten Weltkrieges? Begründe deine Meinung (T1–T3, M3, M4).

6 Diskutiert in der Klasse: An welcher Stelle hätten einzelne Mächte die Entwicklung stoppen können?

Europa wird zum Schlachtfeld

August 1914: In ganz Europa ziehen junge Männer in den Krieg. Sie sind überzeugt, den Feind schnell besiegen zu können. Aber was sie erwartet, hat die Welt zuvor noch nicht gesehen.

Stellungskrieg → Lexikon

Giftgas → Lexikon

T1 Falsche Erwartungen

Alle beteiligten Staaten hatten Pläne, wie sie im Kriegsfall den Gegner rasch besiegen wollten. Aber die Pläne funktionierten nicht. Den Deutschen gelang zwar ein schneller Vorstoß durch Belgien und Nordfrankreich, aber kurz vor Paris wurden sie von französischen und britischen Truppen gestoppt. Der französische Plan, bis an den Rhein vorzustoßen, scheiterte von Anfang an am deutschen Widerstand. Russische Armeen wollten über Ostpreußen nach Berlin vorrücken. Sie wurden aber von deutschen Truppen zurückgeworfen. Nirgendwo gelang den Angreifern ein entscheidender Durchbruch. Im Gegenteil: Neue Waffen wie schnell feuernde Maschinengewehre und Kanonen brachten den Verteidigern Vorteile. Vor allem die angreifenden Truppen erlitten schwere Verluste. Die Vorstellung von einem schnellen Kriegsende erwies sich als Irrtum.

T2 Stellungskrieg und Materialschlachten

Ende 1914 erstarrte der Krieg zum **Stellungskrieg**. Über Hunderte von Kilometern lagen sich die Soldaten auf Sichtweite gegenüber. Das Leben in tiefen schlammigen Schützengräben wurde zum Alltag der Frontsoldaten. Hier standen sie unter dauerndem Beschuss, der sich zeitweise zu rasendem Trommelfeuer steigerte.
1916 unternahmen die Deutschen einen Großangriff bei der französischen Stadt Verdun, dann die Briten einen am Fluss Somme. Rücksichtsloser Einsatz von Menschen und Material sollte den Durchbruch erzwingen. Immer grausamere Waffen wie **Giftgas** und Flammenwerfer wurden in den **Materialschlachten** eingesetzt. Trotzdem blieben beide Angriffe erfolglos. Sie brachten aber über einer Million Soldaten Tod und Verwundung.

M1 „Feinde ringsum“: Deutschland sah sich vor und während des Ersten Weltkrieges von Feinden regelrecht „eingekreist“. (Postkarte aus dem Ersten Weltkrieg)

T3 Kriegsziele und Kriegskosten

Die Produktion von Waffen war sehr teuer. Die Krieg führenden Staaten machten Schulden. Davon profitierten die, die den Regierungen Geld gegen hohen Zins liehen oder selbst Kriegsmaterial produzierten. Dass sich ihre Staaten verschuldeten, nahmen die Regierungen in Kauf. Sie gingen davon aus, dass die Verlierer alles bezahlen würden. Dies beeinflusste auch die Kriegsziele: Bei einer Niederlage forderten sie die Abtretung von Kolonien und Industriegebieten sowie Entschädigungszahlungen.

Dafür mussten die Kriegsgegner besiegt werden. Dass der Krieg mit einem Kompromiss enden könnte, schlossen sie aus.

M2 Aus einem Feldpostbrief von F. Francke (geboren 1892, gefallen 1915) an seine Eltern, 5. November 1914:

Ihr könnt Euch ja gar nicht ausmalen, wie so ein Schlachtfeld aussieht, man kann's (...) selbst kaum glauben, dass soviel viehische Barbarei und unsägliches Elend möglich ist. Schritt für Schritt muss erstritten werden, alle hundert Meter ein neuer Schützengraben, und überall Tote, reihenweise! Alle Bäume zerschossen, die ganze Erde metertief zerwühlt von schwersten Geschossen, und dann wieder Tierleichen und zerschossene Häuser und Kirchen, nichts, nichts auch nur annähernd noch brauchbar. Und jede Truppe, die zur Unterstützung vorgeht, muss kilometerweit durch dieses Chaos hindurch, durch Leichengestank und durch das riesige Massengrab.

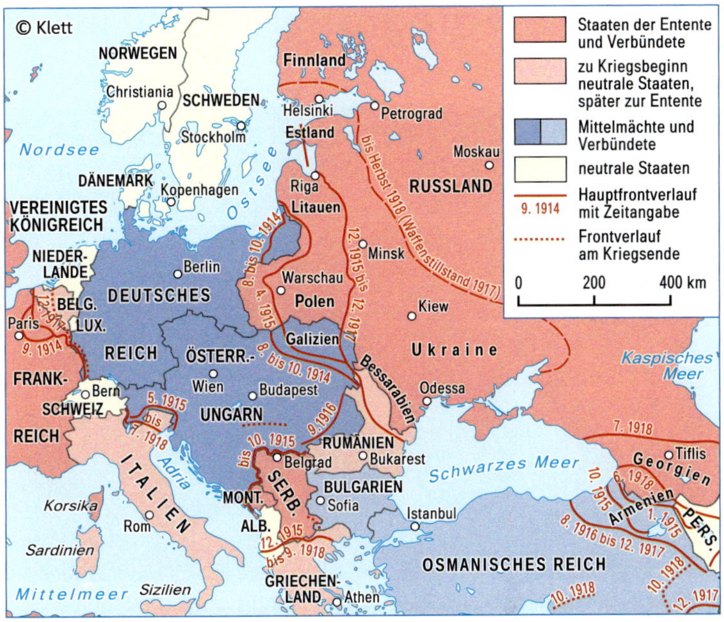

M3 Verlauf der Fronten im Ersten Weltkrieg

M4 Englische Truppen haben einen deutschen Schützengraben erobert. (Foto, September 1915)

A

1. Beschreibe die kriegstaktische Situation, in der sich Deutschland und Österreich 1914 befanden (M1, M3).
2. Beschreibe die Pläne der am Krieg beteiligten Staaten (T1). Waren sie erfolgreich?
3. Zähle auf, welche neuen Waffen es im Ersten Weltkrieg gab (T1, T2).
4. Beschreibe den Stellungskrieg aus der Sicht des einfachen Soldaten (T2, M2, M4).
5. Erläutere, wie die Regierungen die hohen Kriegskosten bezahlen wollten (T3).
6. Bewerte die Auswirkungen des Krieges für die Produzenten von Kriegsgütern (T3) und die einfachen Soldaten (M2, M4).

B

1. Beschreibe die kriegstaktische Situation, in der sich Deutschland und Österreich 1914 befanden (M1, M3).
2. Warum waren die Erwartungen zu Beginn des Krieges falsch? Begründe (T1).
3. Erkläre, warum die neuen Waffen den Krieg nicht verkürzen, sondern ihn verlängern (T1, T2).
4. Lies zunächst T2 und M2. Wähle aus M4 mehrere Soldaten aus und formuliere ihre Gedanken und Gefühle.
5. Erläutere den Zusammenhang zwischen Kriegskosten und Kriegszielen (T3).
6. Bewerte die Auswirkungen des Krieges für die Produzenten von Kriegsgütern (T3) und die einfachen Soldaten (M2, M4).

AFB I: 1, 2, 3, 4 II: 5 III: 6 AFB I: 1 II: 2, 3, 4, 5 III: 6

SP → Lösungshilfen ab Seite 304

Fotografien analysieren

M1 „Aus den Vogesen. – In einem Korporalschaftsunterstand“: Das Pressefoto zeigt den „Alltag“ von Unteroffizieren im Grabenkrieg. (Foto, Erster Weltkrieg)

Propaganda
Versuch, das Denken, Handeln und Fühlen von Menschen durch gezielte Mittel zu beeinflussen. Im Krieg geht es darum, den Kriegswillen des Gegners zu schwächen und die eigene Armee und Bevölkerung hinter der Führung und deren Zielen zu vereinen.

Zensurbehörde
Beamte und Offiziere, die Inhalte von Medien prüfen und entscheiden, was veröffentlicht werden darf

retuschieren
ausbessern, überarbeiten, ändern

T1 Wirklichkeit oder Inszenierung?

Fotografien werden von den meisten Menschen als Abbildung der Wirklichkeit wahrgenommen. Doch sind sie das auch?
Eine Fotografie entsteht immer durch den Willen eines Menschen, der hinter der Kamera entscheidet: Er wählt Motiv, Ausschnitt, Perspektive, Belichtungszeit und anderes aus. Die angebliche Momentaufnahme ist also eine bewusst gewollte Wirklichkeit.
Zusätzlich kann das Bild nachträglich bearbeitet werden: durch Beschneiden, Retuschieren und Kolorieren. Das war vor über 100 Jahren handwerkliche Arbeit. Heute eröffnet die digitale Bildbearbeitung noch ganz andere Möglichkeiten.

T2 Die Zensur entscheidet

Veröffentlichte Fotos vom Krieg entstehen nicht zufällig. Sie sind in der Regel von Profis angefertigt, die zuvor eine offizielle Erlaubnis des Militärs brauchen. Was zur Veröffentlichung freigegeben wird, entscheiden militärische Zensurbehörden.
Im Ersten Weltkrieg war es für alle Krieg führenden Staaten zunächst wichtig, die anfängliche Kriegsbegeisterung aufrechtzuerhalten. Dazu brauchte man Bilder vom Vormarsch, von siegreichen Gefechten, von erbeuteten Kanonen. Als der Krieg länger dauerte, ging es vor allem darum, den Durchhaltewillen in der Heimat zu stärken. Bilder von gut ernährten und zuversichtlichen Soldaten sollten die Angehörigen zu Hause beruhigen. Fotos vom Elend in den Schützengräben, von Amputationen in Lazaretten und Gefallenen auf den Schlachtfeldern sah man nicht.

T3 Die Rolle der Presse

Schon vor dem Krieg steigerte manche Zeitung ihre Auflage durch eine betont nationalistische Sprache. Der Besitz eines Zipfels Land oder eine größere Armee wurde als überlebenswichtig für das jeweilige Land und als Frage der nationalen Ehre hingestellt. Im Krieg fanden Berichte von der Front und bewegte Bilder des noch jungen Films in allen Ländern großes Interesse. Man glaubte sich den „Helden“ auf noch so fernen Kriegsschauplätzen nah. Sehr zum Nutzen der **Propaganda**, die den Erfolg an der Front als eine Frage von Sein oder Nichtsein der ganzen Nation ausgab. So war es kein Wunder, dass Hass geschürt wurde und das Ende des Krieges nur als Sieg denkbar schien – mit der Aussicht auf Rache an den Feinden.

Schon gewusst?
Der Vers eines römischen Dichters wurde im Ersten Weltkrieg unzählige Male bei Ansprachen vor Soldaten, in Presseberichten, im Schulunterricht oder auf Denkmälern für gefallene Soldaten wiederholt: **„Süß und ehrenvoll ist es, für das Vaterland zu sterben.“** Das war in Deutschland, Frankreich, Großbritannien, Russland oder in anderen Krieg führenden Staaten nicht anders. Millionen Soldaten meldeten sich aufgrund solcher Gedanken freiwillig zum Kriegsdienst.

Methode: Eine Fotografie analysieren

1. Schritt: Das Foto beschreiben
Was ist auf der Fotografie abgebildet? Beschreibe Einzelheiten.
Welche Informationen geben Bild oder Legende zu Ort und Zeit der Aufnahme?

2. Schritt: Das Foto untersuchen
Finde heraus, um welche Art Foto es sich handelt. Ist es ein Privatfoto, ein Pressefoto, ein Propagandafoto?
Prüfe, ob es sich um einen „Schnappschuss“ oder ein gestelltes Foto handelt.
Erläutere die Auswahl von Perspektive und Ausschnitt des Fotos.
Gibt es Hinweise darauf, wer das Foto gemacht hat?

3. Schritt: Das Foto deuten
Formuliere eine Gesamtaussage zur Absicht des Fotografen.

M2 Deutsche Soldaten bei der „Abwehr“ eines feindlichen Angriffs (Pressefoto, 1915, digital koloriert)

M3 Schwer verwundete deutsche Soldaten werden von britischen Soldaten versorgt. (Foto, 1917)

A B

1 MK Nenne Möglichkeiten, wie ein Fotograf oder eine Fotografin die Wirkung eines Fotos beeinflussen kann (T1).

2 MK (A) Liste zu M1 stichwortartig auf, was den Menschen in der Heimat an dem Foto gefallen könnte.

2 MK (B) Stelle dir vor, du bist Mitglied einer Zensurbehörde. Begründe deine Zustimmung zur Veröffentlichung des Fotos M1 (T2).

3 MK (A) Stelle dir vor, du bist Mitglied einer Zensurbehörde. Erkläre einem neuen Mitarbeiter die Regeln bei der Freigabe von Fotos für die Presse (T2).

3 MK (B) Erkläre, wie Kriegspropaganda eine kollektive Identität schafft, um ein politisches Ziel durchzusetzen (T2, T3).

4 MK Wähle zusammen mit einem Partner/einer Partnerin ein Foto aus. Untersucht es mithilfe der Arbeitsschritte 1 bis 3 (M1–M3).

5 MK Diskutiert Einzelaspekte von Fotos:
a) „Ich halte das Foto M2 für realistisch/unrealistisch.“
b) „Das Foto M3 wurde von britischen Zeitungen veröffentlicht, obwohl es schwer verwundete Soldaten zeigt.“

A B

AFB I: 1, 2 II: 3, 4 III: 5   AFB I: 1 II: 2, 3, 4 III: 5

SP → Lösungshilfen ab Seite 304

„Epochenjahr“ 1917 und Kriegsende

Selbst die führenden deutschen Politiker und Generäle zweifelten Ende 1916 am Sieg. Deutschland schlug daher seinen Gegnern vor, Frieden zu ehrenvollen Bedingungen für alle zu schließen. Doch der Krieg nahm eine andere Wendung.

Waffenstillstand
→ Lexikon

Epochenjahr
→ Lexikon

T1 1916/1917 – verpasste Friedenschancen

Großbritannien und Frankreich lehnten das deutsche Friedensangebot ab. Sie forderten, dass sich Deutschland am Krieg schuldig bekenne und für die Schäden aufkomme. Das lehnte Deutschland ab. Den Vorschlag des US-Präsidenten Woodrow Wilson zu einem „Frieden ohne Sieg“ (22. Januar 1917) lehnten alle Krieg führenden Staaten ab.

T2 1917 – das Jahr der Entscheidungen

Nachdem das Friedensangebot gescheitert war, wollte Deutschland im Februar 1917 durch einen „uneingeschränkten U-Boot-Krieg“ den Sieg erzwingen. Schiffe, die Großbritannien und Frankreich mit Gütern anliefen, wurden ohne Vorwarnung von deutschen U-Booten versenkt. Als auch mehrere amerikanische Schiffe sanken, erklärte US-Präsident Wilson Deutschland am 6. April 1917 den Krieg. Es gab auch wirtschaftliche Gründe, denn der U-Boot-Krieg gefährdete den Handel der USA mit Großbritannien und Frankreich. Der Kriegseintritt der USA verschaffte Deutschlands Gegnern ein gewaltiges Übergewicht an Menschen und Material.
Russland schied aus dem Krieg aus, als im März 1917 der Zar durch eine Revolution gestürzt worden war. In den folgenden Wirren setzte sich der Revolutionär Lenin durch. Um seine Macht zu festigen, beendete Lenin am 15. Dezember 1917 den Krieg.

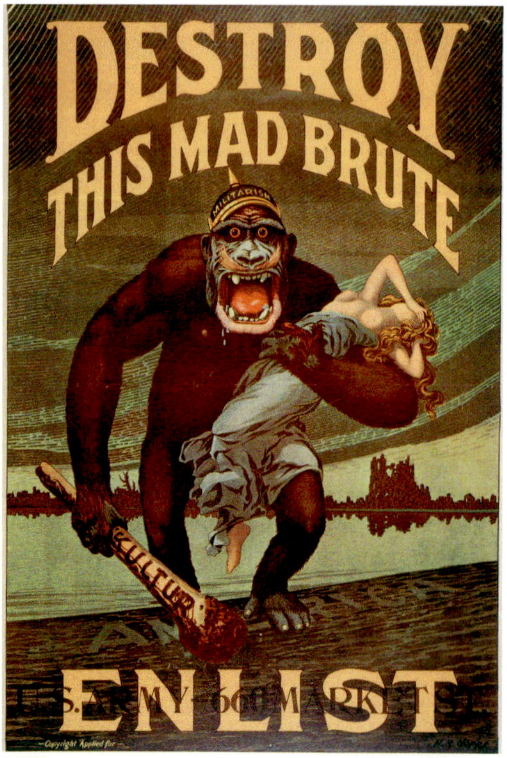

M1 **„Vernichte dieses wahnsinnige Vieh. Werde Soldat der US-Armee.“** (US-amerikanisches Poster zur Werbung von Freiwilligen für den Krieg gegen Deutschland, 1917)

T3 1918 – die deutsche Niederlage

Deutschland suchte nun im Westen die Entscheidung. Aber die Gegner waren zusammen mit den USA überlegen. Die militärischen Kräfte der Deutschen waren bis Mitte 1918 aufgebraucht. Auch Deutschlands Verbündete waren am Ende. Im September sahen die Generäle um Hindenburg keine Siegchance mehr: Sie verlangten von der deutschen Regierung, um einen **Waffenstillstand** zu bitten. Doch die Gegner wollten mit der Regierung nicht verhandeln. Der Krieg ließ sich aber auch nicht weiterführen, denn die Matrosen der deutschen Flotte weigerten sich, zu einem letzten Verzweiflungskampf gegen Großbritannien auszulaufen. In ganz Deutschland schlossen sich Soldaten und Arbeiter diesem Aufstand an. Kaiser Wilhelm II. musste am 9. November 1918 abdanken. Erstmals übernahmen Demokraten die Regierung. Ihre Vertreter unterzeichneten am 11. November den Waffenstillstandsvertrag mit den Siegern. Der Krieg war zu Ende.

M2 Aufständische demonstrieren in den Straßen von Berlin: Sie verlangen das Ende des Krieges und die Übernahme der Macht durch Vertreter des Volkes. (Foto, 9. November 1918)

Kriegseintritt der USA

Die USA greifen erstmals in Europa ein.

Russische Revolution

Die jahrhundertealte Zarenherrschaft endet.

Russland scheidet aus dem Krieg aus.

→ **„Epochenjahr 1917"** →

Veränderungen der weltpolitischen Lage

Deutschland und Österreich-Ungarn verlieren den Krieg und ihre Rolle als europäische Großmächte.

Die USA steigen zur Weltmacht auf.

In Russland bricht ein Bürgerkrieg aus. Langfristig entsteht mit der Sowjetunion eine kommunistische Weltmacht.

M3 „Epochenjahr" 1917

A B

1 MK Fertige einen Zeitstrahl an, der die Ereignisse zwischen 1916 und 1918 abbildet (Vorspann, T1–T3).

2 Erkläre, inwiefern sich die militärische Lage durch den Kriegseintritt der USA verändert (T2).

2 Erläutere, warum die USA 1917 in den Krieg eintreten und Russland den Krieg beendet (T2).

3 Weshalb bezeichnet man 1917 als Epochenjahr? Erläutere die neue Rolle der USA und den Wandel in Russland (T2, T3).

4 MK a) Beschreibe M1.
b) Wie soll Deutschland dargestellt werden? Erkläre und suche nach Gründen.

4 MK Ein US-Offizier will Soldaten anwerben. Er begründet, warum der Sieg über Deutschland wichtig ist. Schreibe seine Rede (T2, M1).

5 MK Verfasse Sprechblasen zu M2.

6 „Das Ende des Krieges bedeutete für Deutschland gleichzeitig einen Neuanfang." Nimm Stellung zu dieser Aussage (T3, M2).

A B

AFB I: 1, 4a II: 2, 3, 4b, 5 III: 6   AFB I: 1 II: 2, 3, 4, 5 III: 6

SP → Lösungshilfen ab Seite 304

Ein harter Friedensvertrag

An der Spitze Deutschlands standen jetzt neue, demokratische Politiker. Sie erwarteten, dass das auch bei den Friedensverhandlungen 1919 beachtet würde. Aber sie täuschten sich.

M1 Vertragsunterzeichnung im Spiegelsaal von Versailles am 28. Juni 1919: 1 Außenminister Müller (SPD), **2** Verkehrsminister Bell (Zentrum), **3** US-Präsident Wilson, **4** Ministerpräsident Clemenceau, **5** Premierminister Lloyd George (Ausschnitt eines Gemäldes von W. Orpen, um 1925)

Reparationen
→ Lexikon

T1 Der Versailler Vertrag

Im Januar 1919 begannen die Siegermächte, in Versailles bei Paris über Friedensbedingungen zu verhandeln. Dabei verfolgten sie unterschiedliche Interessen: Den Franzosen ging es vor allem um Sicherheit. Sie wollten Deutschland daher dauerhaft schwächen. Die Briten und Amerikaner wollten dagegen ein stabiles Mitteleuropa als Gegengewicht zum kommunistischen Russland.
Im Mai 1919 wurden Deutschland die Friedensbedingungen des **Versailler Vertrags** mitgeteilt: Deutschland verlor mehrere Grenzgebiete und alle Kolonien. Die deutsche Armee wurde auf ein Heer von 100 000 Mann, die Marine auf 15 000 Mann beschränkt. Ihre Ausrüstung mit schweren Waffen wie großen Schiffen, Panzern und Flugzeugen wurde verboten. Außerdem musste Deutschland seine Alleinschuld am Krieg anerkennen und sich verpflichten, hohe **Reparationen** zu leisten.

T2 Europa wird neu geordnet

Harte Friedensbedingungen trafen auch Deutschlands Verbündete. Österreich-Ungarn wurde aufgelöst. An seiner Stelle entstanden neue Staaten: Österreich, Ungarn, Jugoslawien, ein vergrößertes Polen, die Tschechoslowakei. US-Präsident Wilson hatte vorher versprochen, das Selbstbestimmungsrecht der Völker zu achten. Doch bei den neuen Grenzziehungen wurde z. B. nicht immer berücksichtigt, zu welchem Staat die Bevölkerung mehrheitlich gehören wollte. 1919 wurde der **Völkerbund** gegründet – er sollte künftige Streitigkeiten friedlich regeln.

T3 Empörung in Deutschland

Die Bestimmungen des Versailler Vertrags stießen in Deutschland auf Protest, insbesondere Artikel 231. Er gab Deutschland die alleinige Schuld am Ersten Weltkrieg. Der Vertrag wurde als „**Diktatfrieden**" empfunden, denn deutsche Vertreter hatten an ihm nicht mitgewirkt. Als die deutsche Regierung zögerte, den Vertrag anzunehmen, drohten die Sieger, den Krieg fortzusetzen.
Notgedrungen unterzeichneten die Vertreter der neuen demokratischen Regierung den Vertrag. Von den rechten, nationalen Parteien wurden sie dafür als „Erfüllungspolitiker" beschimpft. Zu Unrecht: Die Demokraten hatten diesen Krieg nicht begonnen – und mussten dennoch in der Niederlage die Verantwortung für ihn übernehmen.
So wurde der Versailler Vertrag zur Belastung für die junge Demokratie in Deutschland.

M2 Die Bestimmungen des Versailler Vertrags für das Deutsche Reich

M3 Vorschlag des britischen Premierministers Lloyd George zu Konferenzbeginn, 1919:

Wenn (Deutschland) sich (...) im Frieden ungerecht behandelt fühlt, dann wird es Mittel finden, Vergeltung an den Siegern zu üben (...). Wir wären weise, wenn wir Deutschland einen Frieden anböten, der – indem er gerecht ist – für alle vernünftigen Leute (der Einführung des russischen Kommunismus) vorzuziehen wäre.

M4 Frankreichs Ministerpräsident Clemenceau an die deutsche Delegation, 7. Mai 1919:

Sie sehen vor sich die bevollmächtigten Vertreter der kleinen und großen Mächte, die sich vereinigt haben, um den schrecklichen Krieg, der ihnen aufgezwungen worden ist, zu Ende zu führen. Die Stunde der schweren Abrechnung ist gekommen. (...) Wir überreichen Ihnen hiermit das Buch, das unsere Friedensbedingungen enthält.

1 (A, B) Beschreibe M1. Wie wird Deutschland behandelt (T1)?

2 (A) Fasse die Bestimmungen des Vertrags zusammen (T1, T2, M2).

2 (B) a) Bearbeite Aufgabe A2. b) Beurteile den Inhalt von Artikel 231 (T1–T3).

3 (A) Vergleiche die Absichten Frankreichs und Großbritanniens (M3, M4).

3 (B) Wer setzte sich bei dem Vertrag durch – Lloyd George (M3) oder Clemenceau (M4)? Erkläre mithilfe von T3 deine Etnscheidung.

4 (A) Erkläre, warum die Vertragsbestimmungen in Deutschland Empörung auslösten (T3).

4 (B) Welche der Absichten (M3, M4) ist einem Friedensvertrag angemessener? Nimm Stellung.

5 (A, B) Außenminister Müller rechtfertigt die Unterzeichnung des Vertrags. Halte vor der Klasse eine Rede (T3, M1).

6 (A, B) Nimm Stellung zu dieser Aussage: „Der Versailler Vertrag war eine Belastung für die junge Demokratie in Deutschland." (T3)

AFB I: 1, 2 II: 3, 4, 5 III: 6 AFB I: 1, 2a II: 3, 5 III: 2b, 4, 6

SP → Lösungshilfen ab Seite 304

Die Folgen des Krieges

Der Krieg brachte unermessliches Leid über die Menschen in ganz Europa – noch über sein Ende hinaus. Aber er setzte erstaunlicherweise auch Entwicklungen in Gang, die wir heute als modern betrachten.

Kriegsversehrte
→ Lexikon

Schwarzmarkt
→ Lexikon

T1 Zerstörte Lebensläufe

Über neun Millionen Soldaten – davon zwei Millionen deutsche – verloren im Ersten Weltkrieg ihr Leben. Von denen, die überlebt hatten, kehrten viele schwer verletzt in ihre Heimat zurück. Allein in Deutschland gab es 1918 rund 2,7 Millionen körperlich oder seelisch Kriegsversehrte. Der schreckliche Anblick von Entstellten und Verstümmelten mit Prothesen gehörte zum Alltag der Nachkriegszeit.
Bei zahlreichen Soldaten hatten die Schrecken der Materialschlachten dauerhafte Nervenschäden mit Schrei- und Schüttelkrämpfen oder Angstanfällen verursacht. In Deutschland betraf das mehr als 300 000 Soldaten. Trotz aller Hilfen fanden viele von ihnen nie mehr zu einem normalen Leben zurück.

M1 Frauen bei der Arbeit in einem deutschen Rüstungsbetrieb
(Foto, 1917, später koloriert)

T2 Leiden der Zivilbevölkerung

Auch die Menschen in der Heimat litten unter den Folgen des Krieges. Die britische **Seeblockade** behinderte die Einfuhr lebenswichtiger Güter nach Deutschland. Vor allem Nahrungsmittel und Heizmaterial wurden knapp. Deshalb wurden diese lebenswichtigen Waren schließlich nur noch gegen Bezugsscheine und zu festgesetzten Preisen verkauft. Reiche hatten es besser: Sie konnten die hohen Preise bezahlen, für die auf dem Schwarzmarkt weiterhin Waren aller Art zu haben waren. Das schuf Spannungen in der Gesellschaft, denn offensichtlich trugen nicht alle gleich schwer an den Lasten des Krieges. Die arme Bevölkerung war am stärksten betroffen. Während des Krieges starben in Deutschland insgesamt etwa 750 000 Menschen an den Folgen von Unterernährung, Kälte und Schwäche.

T3 Die Arbeitswelt verändert sich

Millionen Frauen ersetzten die Männer an ihren Arbeitsplätzen. Sie produzierten Waffen, lenkten Straßenbahnen und entschieden in Behörden. So stieg z. B. der Anteil der Industriearbeiterinnen von 22 Prozent (1914) auf 35 Prozent (1918). Die Berufstätigkeit förderte nicht nur die finanzielle Unabhängigkeit der Frauen, sondern auch ihr Selbstbewusstsein: Sie forderten nun gleiche Rechte wie die Männer.
Eine andere zukunftsweisende Entwicklung wurde in Deutschland 1916 durch das „Gesetz über den Vaterländischen Hilfsdienst" angestoßen. Es verpflichtete alle Männer von 17 bis 60 Jahren zur Arbeit in kriegswichtigen Betrieben. Als Gegenleistung erhielten die Arbeiter erstmals ein Mitspracherecht in ihren Betrieben.

M2 Bewohner Berlins schlachten ein verendetes Pferd aus. (Foto, 1918)

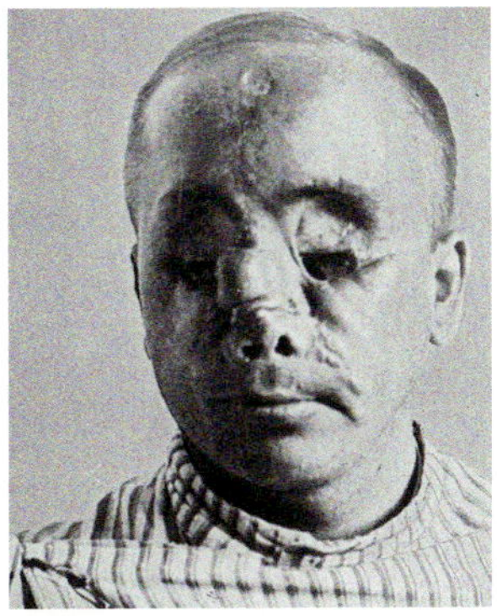

M3 Kriegsversehrter (Foto, 1917/1918)

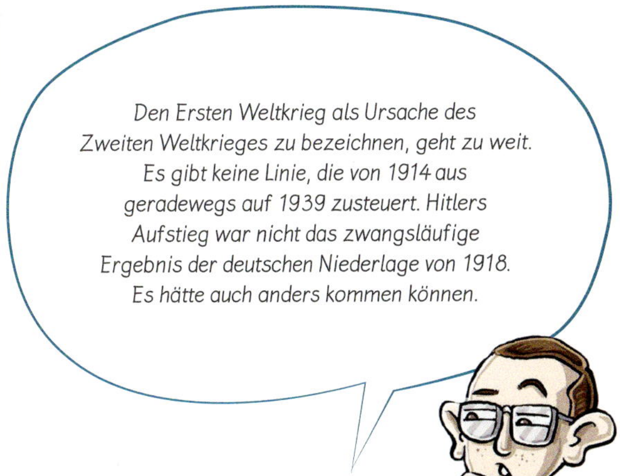

M4 Der Erste Weltkrieg als „Urkatastrophe" des 20. Jahrhunderts? Ansichten heutiger Historiker könnte man so wie in den Sprechblasen zusammenfassen.

A B

1 Ordne M1–M3 jeweils einem Abschnitt der Texte T1–T3 zu.

A 2 Fasse die Kriegsfolgen zusammen für a) viele Frontsoldaten (T1), b) die Menschen zu Hause (T2).

A 3 Begründe, warum der Krieg auch als weitere Modernisierung der Arbeitswelt betrachtet werden kann (T3).

B 2 MK Verfasse jeweils einen kurzen Erklärungstext zu den Bildern (M1–M3).

B 3 Trage die Erklärungstexte aus Aufgabe B2 in der Klasse vor.

4 „Nach dem Krieg war in Deutschland bald alles wieder wie vorher." Diskutiert diese Aussage in der Klasse.

5 EXTRA Gib mit eigenen Worten wieder, worum es in der Diskussion geht (M4).

6 EXTRA Stimmst du einer der Ansichten zu? Nimm Stellung (M4).

AFB I: 1, 2, 5 II: 3 III: 4, 6 AFB I: 1, 5 II: 2, 3 III: 4, 6

SP → Lösungshilfen ab Seite 304

Der Traum von einer friedlichen Welt

„Nie wieder Krieg!" Das hatten Millionen Menschen 1918 gesagt, und sie sagten es 1945 wieder – denn offensichtlich hatte man aus der Geschichte nichts gelernt.

M1 Skulptur einer Pistole mit verknotetem Lauf vor der Zentrale der Vereinten Nationen in New York (Foto, 2003)

Völkerbund
Weltfriedensorganisation von 1920 bis 1946

UNO
→ Lexikon

Sicherheitsrat
wichtigstes Organ der UNO, das über Friedenseinsätze entscheidet

T1 Lehren aus der Geschichte

Nach der Katastrophe des Ersten Weltkriegs mit Millionen Toten und Kriegsversehrten war 1919/20 der Völkerbund entstanden – eine internationale Organisation, in der die Staaten zukünftige Konflikte friedlich regeln sollten. Doch der Völkerbund hatte den Zweiten Weltkrieg nicht verhindern können.
Am 26. Juni 1945 gründeten daher 51 Staaten in San Francisco eine neue Weltgemeinschaft – die **Vereinten Nationen (UNO)**. Sie verpflichteten sich, den Weltfrieden zu sichern, die weltweite Achtung der Menschenrechte durchzusetzen und die Gleichberechtigung aller Staaten zu respektieren.
Die Verlierer des Zweiten Weltkriegs schloss man zunächst aus: Japan wurde 1956 aufgenommen, die Bundesrepublik Deutschland und die DDR konnten erst 1973 Mitglied der UNO werden.

T2 Die Generalversammlung der UNO

193 Staaten gehören inzwischen der UNO an. Die UNO hat ihren Hauptsitz in New York. Die Vertreter der Mitgliedstaaten treffen sich dort einmal im Jahr zu einer Vollversammlung. Bei Abstimmungen hat jedes Land eine Stimme. Der oberste Beamte der UNO ist der Generalsekretär. Wenn es zu internationalen Konflikten kommt, reist der Generalsekretär in die Krisengebiete, führt mit den Konfliktparteien Gespräche und macht Vorschläge zur Lösung eines Konflikts.

T3 Der Sicherheitsrat der UNO

Der **Sicherheitsrat** ist das wichtigste Organ der UNO. Er hat die Aufgabe, den Weltfrieden zu erhalten. Der Sicherheitsrat kann gegen einen Staat Zwangsmaßnahmen anordnen, wenn dieser andere Staaten bedroht oder sie angreift. Die UNO hat aber keine eigenen Soldaten. Sie fordert deshalb Truppen von ihren Mitgliedern an, wenn sie in einem Krisengebiet eingreifen will.

T4 UNO-Friedenseinsätze

Die UNO unterscheidet friedenssichernde Einsätze und friedenserzwingende Einsätze. Von Friedenssicherung spricht man, wenn z. B. ein Waffenstillstand überwacht werden muss. Dann genügen leicht bewaffnete Truppen. Diese UNO-Soldaten werden nach ihrer Kopfbedeckung „**Blauhelme**" genannt. Häufig werden sie von zivilen Helfern unterstützt, die Wahlen organisieren oder zerstörten Ländern beim Wiederaufbau helfen. Bei friedenserzwingenden Einsätzen haben die Soldaten einen Kampfauftrag. Das war zum Beispiel 1991 der Fall, als die USA und ihre Verbündeten im Auftrag der UNO irakische Truppen aus Kuwait vertrieben.

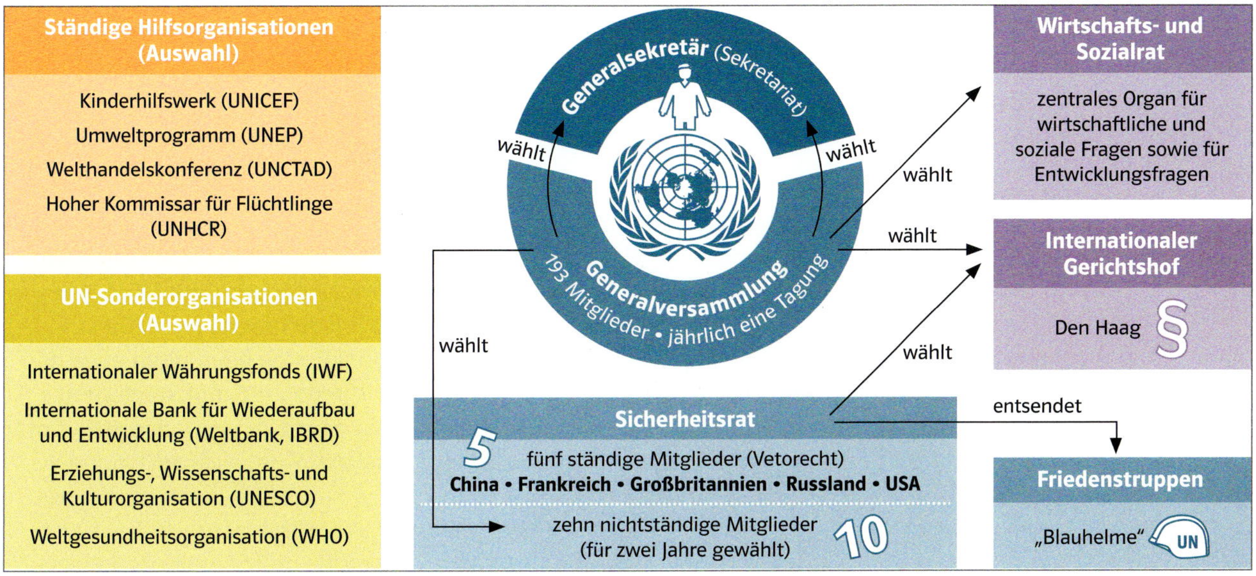

M2 **Organisation der UNO** (Stand: 2021)

M3 Aus der UN-Charta von 1945:

Artikel 41: Der Sicherheitsrat kann (...) die vollständige oder teilweise Unterbrechung der Wirtschaftsbeziehungen, des Eisenbahn-, See- und Luftverkehrs, der Post-, Telegrafen- und Funkverbindungen sowie sonstiger Verkehrsmöglichkeiten und den Abbruch der diplomatischen Beziehungen (beschließen).

Artikel 42: Ist der Sicherheitsrat der Auffassung, dass die in Artikel 41 vorgesehenen Maßnahmen unzulänglich sein würden oder sich als unzulänglich erwiesen haben, so kann er mit (...) Streitkräften die zur Wahrung oder Wiederherstellung des Weltfriedens und der internationalen Sicherheit erforderlichen Maßnahmen durchführen.

1992–1994	Somalia
1995–2004	Bosnien-Herzegowina
2006	Kongo
2008–2016	Südsudan
seit 2013	Mali

M4 **UN-Missionen der Bundeswehr** (Auswahl)

Charta
Vertrag zwischen Staaten, der Grundlegendes festlegt

→ **Seite 38/39**
Wie die UNO den Frieden sichert

A B

1 Arbeite aus dem Vorspann und T1 heraus:
a) Warum wurden 1919 und 1945 jeweils Friedensorganisationen gegründet?
b) Liste wichtige Aufgaben der UNO auf.

2 (A) Gib der Skulptur M1 einen passenden Titel.

2 (B) Ein New Yorker Stadtführer erläutert Besuchern den Sinn der Skulptur M1. Was könnte er sagen?

3 Nenne jeweils das UNO-Organ (T2–T3, M2):
a) tagt jährlich,
b) oberster Beamter der UNO,
c) entscheidet über Zwangsmaßnahmen gegen Staaten.

4 (A) Erkläre den Unterschied zwischen friedenssichernden und friedenserzwingenden Einsätzen (T4).

4 (B) Beurteile die Erfolgsaussichten der UNO bei der Erhaltung des Friedens (M3).

5 „Die UNO kann viele Kriege nicht verhindern, aber ohne ihr Eingreifen würde es in der Weltpolitik noch schlechter aussehen.“ Diskutiert die Aussage (T4).

6 EXTRA MK (A) Informiere dich über eine aktuelle UN-Mission der Bundeswehr (M4).

6 EXTRA (B) Ist das Vetorecht der „fünf Großen“ noch zeitgemäß? (M2)? Sollten weitere Staaten in den Sicherheitsrat aufgenommen werden? Nimm Stellung.

AFB I: 1, 3 II: 2, 4, 6 III: 5 AFB I: 1, 3 II: 2 III: 4–6

SP → Lösungshilfen ab Seite 304

Wie die UNO den Frieden sichert

In den Vereinten Nationen haben sich die Staaten der Erde zusammengeschlossen, um den Weltfrieden zu erhalten. Doch nicht immer sind sich die Nationen einig.

M1 Kanadische Blauhelm-Soldaten beim Einsatz in Mali (Foto, 2018)

→ **Seite 36/37**
Der Traum von einer friedlichen Welt

Vetorecht
(von lat. „ich verbiete") Damit kann ein Staat mit einem ständigen Sitz im Sicherheitsrat einen Beschluss verhindern oder aufschieben.

Sanktion
Strafmaßnahme; Maßnahme, die Druck ausüben soll

T1 Weltorganisation mit Zukunft?

Das mächtigste Gremium der UNO ist der Sicherheitsrat. Anders als andere UNO-Organe kann er Entscheidungen treffen, an die sich alle halten müssen. Die fünf ständigen Mitglieder des Rates können mit ihrem Vetorecht Entscheidungen verhindern und die UNO in ihren Aktionen blockieren.
UNO-Entscheidungen wirken sich immer auf die Menschen in Konfliktgebieten aus – positiv oder negativ. Die Möglichkeiten der UNO werden deshalb sehr gemischt bewertet: als zukünftige Weltregierung oder als Verwaltungsriese mit wenig Einfluss.

T2 Sanktionen verhängen

Wenn diplomatische Versuche bei Verstößen gegen internationale Verträge erfolglos sind, können **Sanktionen** verhängt werden. Mithilfe politischer und wirtschaftlicher Strafmaßnahmen versucht z.B. die UNO, Staaten unter Druck zu setzen. UNO-Sanktionen werden durch den Sicherheitsrat verhängt. Sie können die Wirtschaft eines Staates hart treffen, z.B. durch Ein- und Ausfuhrverbote für bestimmte Güter oder das Einfrieren von Staats- und Privatkonten.
Politische Sanktionen beinhalten etwa den Abbruch kultureller und diplomatischer Beziehungen oder Ein- und Ausreiseverbote gegen Personen.

T3 Militärische Mittel

Wenn Diplomatie und Sanktionen keine Ergebnisse gebracht haben, kann die internationale Gemeinschaft auch militärisch eingreifen. Truppen werden im Auftrag der UNO in die Krisenregion entsendet. Aber der Einsatz von Kampftruppen muss das letzte Mittel sein. Besser ist es, den Frieden durch den Einsatz von Blauhelmen zu sichern.
Das gelang z.B. in Osttimor, das nach dem Rückzug der Kolonialmacht Portugal 1975 seine Unabhängigkeit erlangte, dann aber von indonesischem Militär besetzt wurde. Auf Druck der UNO erlaubte die indonesische Regierung 1999 eine Abstimmung, bei der sich 78,8 Prozent der Inselbewohner für die staatliche Unabhängigkeit aussprachen. Daraufhin verübten pro-indonesische Milizen Massaker an der Bevölkerung, bei denen Tausende getötet wurden. Das indonesische Militär griff nicht ein. Der UN-Sicherheitsrat beauftragte eine internationale Friedenstruppe, dem Morden ein Ende zu bereiten. Nach wenigen Monaten war die Mission erfolgreich beendet. 2002 wurde Osttimor unabhängig und als Mitgliedstaat in die UNO aufgenommen.

Schon gewusst?

Die Bundeswehr hat sich 2002 an der **Friedensmission der UNO in Osttimor** mit 70 Sanitätssoldaten beteiligt. Sie bauten sowohl für die einheimische Bevölkerung als auch für die Blauhelme aus mehreren Nationen eine Krankenstation auf.

T4 Vielfältiges Engagement

Die **Friedenssicherung** ist die bekannteste Aufgabe der UNO. Wichtig sind aber auch die Aktionen ihrer Unterorganisationen wie UNICEF, UNESCO oder UNFPA. Diese Organisationen stehen für das soziale, humanitäre und wirtschaftliche Engagement der UNO. Sie versorgen Hungernde mit Nahrung, unterstützen Flüchtlinge und bieten Menschen Zugang zu sauberem Wasser. Außerdem ermöglichen sie Kindern und Erwachsenen Bildung und kümmern sich um Umweltschutz und wirtschaftliche Entwicklung.

M3 Inderinnen lernen Lesen und Schreiben bei einem Kurs der UNESCO

M2 Der bulgarisch-französische Schriftsteller Tzveton Todorov schrieb 2003 über das Vetorecht:

Man muss daran erinnern, dass die UNO auf einer Basis steht, die durch kein Recht begründet wird, nämlich auf der Einräumung des „Vetorechts“ für die fünf ständigen Mitglieder (...). Anders gesagt, diese fünf – die Großmächte – sind von den Verpflichtungen ausgenommen, die den anderen auferlegt sind, weil sie zu jeder sie betreffenden Resolution ihr Veto einlegen können. Ein Mächtiger kann nicht irren! Auf diese Weise entging die UdSSR bis vor kurzem jeder Verurteilung, die eine Sanktion zur Folge gehabt hätte, weil sie jede Resolution, die ihre eigenen Handlungen betraf, verhinderte. Dieser Schutz kann von den „Veto-Mitgliedern“ auf ihre Verbündeten ausgedehnt werden (...). So festigt die Weltorganisation in Wirklichkeit die Hegemonie der Großmächte, anstatt sie zu beschneiden.

M4 Pressemitteilung der UNESCO zum Welttag der Alphabetisierung 2012:

Anlässlich des UNESCO-Welttages der Alphabetisierung am 8. September macht die Deutsche UNESCO-Kommission auf die immer noch hohe Zahl von Analphabeten aufmerksam. Weltweit können rund 775 Millionen Jugendliche und Erwachsene nicht lesen und schreiben. Die Mehrheit von ihnen lebt in Süd- und Westasien und Subsahara-Afrika. Fast zwei Drittel der Analphabeten sind nach wie vor Mädchen und Frauen. Rund 122 Millionen Jugendliche haben keine Schreib- und Lesekenntnisse. (...) Der Welttag steht in diesem Jahr unter dem Thema „Alphabetisierung und Frieden“. Bewaffnete Konflikte sind ein Grund für die weltweit hohe Zahl an Analphabeten. Sie binden nicht nur Geld für Militär statt für Bildung, sie verringern auch ökonomisches Wachstum, führen zu größerer Armut und zerstören Infrastruktur.

A 1 Arbeite heraus, welche Strafmaßnahmen die UNO verhängen kann.

B 1 Fasse die Möglichkeiten der UNO zur Friedenssicherung zusammen (T1–T4).

2 Arbeitet mit eurem Tischnachbarn und erläutert euch gegenseitig die Vor- und Nachteile der einzelnen Maßnahmen (T1–T4).

A 3 Erkläre, warum durch Krieg Armut und Analphabetismus gefördert wird (M4).

B 3 Erläutert den Zusammenhang zwischen Bildung und Friedenssicherung (M4).

4 MK Erarbeitet ein Referat zu Aufbau, Aufgaben und möglichen Maßnahmen der UNO. Geht auf Probleme und Veränderungsmöglichkeiten ein.

5 Nimm Stellung zu der Einschätzung Todorovs, dass die UNO die Hegemonie der Großmächte festigt (M2).

AFB I: 1, 2 II: 3 III: 4, 5 AFB I: 1, 2 II: 3 III: 4, 5

SP → Lösungshilfen ab Seite 304

MK

NATO – den Frieden verteidigen

Jahrzehntelang standen sich NATO und Warschauer Pakt als verfeindete Militärbündnisse misstrauisch gegenüber. Plötzlich löste sich eines der Bündnisse auf. Die NATO musste ein neues Selbstverständnis finden.

M1 **Die NATO-Frage** (Karikatur von Hanel, 1991)

M2 **Die Staatschefs der NATO beim Geburtstagsständchen 2014:** Die Karikatur entstand zur Zeit des Konflikts zwischen der Ukraine und Russland. (Karikatur von Heiko Sakurai, 2014)

T1 Ein Bündnis ohne Feind?

Der Warschauer Pakt löste sich 1991 nach dem Zusammenbruch der Sowjetunion (UdSSR) auf. Die **NATO** blieb aber bestehen. Seit 1994 schloss sie mit mehr als 40 Ländern neue Partnerschaftsverträge. Mit Russland wurde 1994 mit der „Partnerschaft für den Frieden" eine Zusammenarbeit vereinbart und der NATO-Russland-Rat (2002) gegründet. Viele frühere Mitgliedstaaten des Warschauer Pakts traten der NATO bei. Die Ukraine, von Russland bedroht, drängt auf Mitgliedschaft in der NATO. Bisher wurde aber nur ein NATO-Ukraine-Ausschuss eingerichtet, der eine engere Kooperation ermöglicht. Die Annexion der Krim durch Russland 2014 zeigt, dass Verteidigungsbündnisse noch immer gebraucht werden.

T2 Veränderungen

Die NATO war zu einer Zeit gegründet worden, da Europa unfähig war, sich ohne die Hilfe Amerikas militärisch zu verteidigen. Versuche, eine eigene europäische Militärmacht zu gründen, scheiterten. Dies könnte sich ändern, da sich die Vereinigten Staaten seit 2017 von internationalen Aufgaben immer mehr zurückziehen und die NATO-Partner auch finanziell stärker fordern wollen.

T3 NATO-Einsätze

Das Bündnis hat seine Aufgabenstellung geändert: NATO-Soldaten werden dort eingesetzt, wo die Sicherheit bedroht ist.
Der Terroranschlag vom 11. September 2001 auf das World Trade Center in New York mit 3 000 Toten löste den ersten Bündnisfall in der Geschichte der NATO aus. Die Mitgliedstaaten werteten den Anschlag der Terrororganisation Al-Quaida als einen Angriff auf ihren Bündnispartner USA.

M3 Der Historiker Tony Judt schrieb 2006 über die Nato nach den Anschlägen vom 11. September 2001:

Vor allem wurde die NATO durch Washingtons Reaktion auf die Anschläge vom 11. September 2001 einer beispiellosen Belastungsprobe ausgesetzt. Präsident Bushs kompromisslose und taktlose Einseitigkeit („mit uns oder gegen uns"), die brüske Zurückweisung der Hilfsangebote von NATO-Partnern und der amerikanische Alleingang im Irakkrieg, trotz überwältigenden internationalen Widerstands und eines fehlenden UN-Mandats, sorgten dafür, dass die Vereinigten Staaten – in nicht geringerem Maße als der „Terror", dem sie den bedingungslosen Krieg erklärt hatten – als eine gefährliche Bedrohung für Frieden und Sicherheit in der Welt angesehen wurden.

M4 „Out of Area"-Einsätze

Seit den 1990er-Jahren beteiligt sich die NATO an Friedensoperationen auch außerhalb des Bündnisgebietes. Das heißt, sie kann auch in Staaten aktiv werden, die nicht Mitglieder der NATO sind. Damit will sie Bedrohungen dort begegnen, wo sie entstehen – und nicht erst, wenn ein Bündnisstaat direkt bedroht wird. Der erste „Out of Area"-Einsatz der NATO fand ab 1992 im Rahmen des Bosnienkrieges statt.

M5 Hybride Einsätze

Hybrid bedeutet „gemischt". Einsätze der NATO sind in der Regel militärische Einsätze. Bei hybriden Einsätzen leistet die NATO zugleich wirtschaftliche Hilfe für die Zivilbevölkerung und unterstützt den Aufbau staatlicher Strukturen. Das Aufgabenspektrum der NATO ist mit solchen Einsätzen viel breiter geworden: klassische Kampfeinsätze, Katastrophenhilfe, friedenssichernde Missionen, Aufbauhilfe, Piratenbekämpfung.

M6 Nordatlantikvertrag, Artikel 5:

Die Parteien vereinbaren, dass ein bewaffneter Angriff gegen eine oder mehrere von ihnen in Europa und Nordamerika als ein Angriff gegen sie alle angesehen werden wird; sie vereinbaren daher, dass im Falle eines solchen bewaffneten Angriffs jede von ihnen in Ausübung des in Art. 51 der Charta der Vereinten Nationen anerkannten Rechts der individuellen oder kollektiven Selbstverteidigung der Partei oder den Parteien, die angegriffen werden, Beistand leistet, indem jede von ihnen unverzüglich für sich und im Zusammenwirken mit den anderen Parteien die Maßnahmen, einschließlich der Anwendung von Waffengewalt, trifft, die sie für erforderlich erachtet, um die Sicherheit des nordatlantischen Gebiets wiederherzustellen und zu erhalten. (...)
Die Maßnahmen sind einzustellen, sobald der (UNO-)Sicherheitsrat diejenigen Schritte unternommen hat, die notwendig sind, um den internationalen Frieden und die internationale Sicherheit wiederherzustellen und zu erhalten.

M7 Flagge der NATO

Schon gewusst?

Der weiße Stern auf der **NATO-Flagge** symbolisiert einen Kompass, der den Weg zum Frieden weisen soll. Der blaue Hintergrund steht für den Atlantik.

→ Seite 36–39 UN-Sicherheitsrat

→ Seite 156–161 Kalter Krieg

→ Seite 178/179 Ende des Warschauer Paktes

A / B

1 Beschreibe die Karikaturen M1 und M2.

2 (A) Erläutere für eine der Karikaturen die Aussageabsicht und nutze dabei die Informationen aus T1.

2 (B) Erläutere die Aussage der Karikaturen (M1, M2). Berücksichtige dabei das jeweilige Jahr ihrer Veröffentlichung (1991 und 2014). Beziehe die Informationen aus T1 ein und nutze deine Kenntnisse aus früheren Unterrichtseinheiten.

3 (A) Artikel 5 des NATO-Vertrags (M6): Fasse den Inhalt des Artikels zusammen.

3 (B) Löse A3 und erkläre die Bedeutung des Artikels.

4 Erkläre die Begriffe „Out of Area"-Einsätze und „hybride Einsätze" (M4, M5).

5 (A) Arbeite Pro- und Kontra-Argumente zum Bestehen der NATO heraus (T1, M3).

5 (B) Löse A5. Formuliert dann eine eigene Stellungnahme zum Weiterbestehen der NATO und diskutiert in der Klasse.

AFB I: 1, 3, 5 II: 2, 4 AFB I: 1 II: 2, 3, 4 III: 5

Im Auftrag von UNO, NATO und EU

In Deutschland entscheiden sich jedes Jahr Tausende von jungen Menschen zum bewaffneten Dienst für ihr Land. Doch wie und wo sie seine Sicherheit und seine Werte verteidigen werden, wissen sie nicht.

M1 Rückkehr des Einsatzgruppenversorgers „Berlin" nach Wilhelmshaven. Mit Kriegsschiffen anderer NATO-Staaten sicherte die „Berlin" Seewege in der Ägäis. (Foto, 2020)

Schon gewusst?

Soldatinnen und Soldaten der Bundeswehr leisten den folgenden **Eid**: „Ich schwöre, der Bundesrepublik Deutschland treu zu dienen und das Recht und die Freiheit des deutschen Volkes tapfer zu verteidigen."

Cyberangriff
→ Lexikon

T1 Sicherheitslage in Europa

In der **Europäischen Union** hat das alte Machtdenken rivalisierender Nationalstaaten seine Basis verloren. Niemand wird seinen Staat auf Kosten der Nachbarn vergrößern wollen. Brauchen wir überhaupt noch ein Militär, wenn wir von friedlichen Nachbarn umgeben sind?

T2 Weltpolitische Sicherheitslage

Neue Mächte und Ideen, Kriege und Bürgerkriege irgendwo in der Welt – das sind Dinge, die sich bis an die Grenzen Europas auswirken. Dazu kommen Bedrohungen, deren Ursprung wir oft nicht kennen: **Cyberangriffe** auf Computersysteme von Regierung und Industrie; terroristische Anschläge auf Weihnachtsmärkte und Einkaufsstraßen. Wir können also nicht Sicherheit in Europa herstellen, ohne auf globale Entwicklungen zu reagieren.

T3 Nationalismus – alte und neue Gefahr

Dazu dienen die **Auslandseinsätze** der Bundeswehr. Sie beschränken sich auf begrenzte Konflikte mit überschaubarer Bedrohungslage. Doch was ist, wenn militärische Groß- und Supermächte in einen Konflikt steuern? Lange Zeit lebten wir in der trügerischen Vorstellung, dass die moralische Macht der UNO und das militärische Potenzial der NATO ein solches Szenario verhindern würden.

Aktuell nehmen wir wahr, wie Nationalismus neue Kraft gewinnt: Russland annektiert Land und will wieder militärische Supermacht sein. China beansprucht Weltgeltung und baut eine riesige Kriegsmarine auf. Die USA rüsten, um stärkste Weltmacht zu bleiben. Andere Staaten wollen regionale Führungsmächte sein. Sie begründen ihr Handeln mit nationalen Interessen, sprechen von patriotischer Pflicht, schüren aber aggressiven Nationalismus. Europa hat 1914 erlebt, wohin das führt.

T4 Soldat oder Soldatin sein heute

Wer in Deutschland Militärdienst leistet, sollte bereit sein, sich für eine bessere, sicherere und demokratischere Welt einzusetzen. Die Bundeswehr unterstützt Maßnahmen zur Erhaltung und zur Schaffung von Frieden im Rahmen der UNO, der NATO und der EU. Humanitäre Hilfe oder die Sicherung von Seewegen für eine gesicherte Versorgung mit Ressourcen treten hinzu.

Nationalismus darf kein Grund sein: aus geschichtlicher Erfahrung und praktischer Vernunft. Letzteres mit Blick auf die europäische Wertegemeinschaft. Die EU ist ein sehr erfolgreiches Friedensprojekt, an dessen Anfang der Wille zur Überwindung von Nationalismus und Krieg stand.

M2 Zum Ergebnis des Einsatzes der NATO in Afghanistan urteilte die Bundeszentrale für politische Bildung im Juni 2021:

Insgesamt starben seit 2001 über 3 500 Soldatinnen und Soldaten der NATO und ihrer Verbündeten in Afghanistan. Viele Beobachterinnen und Beobachter bewerten den internationalen Einsatz am Hindukusch als Fehlschlag und sehen die Strategie eines militärisch gestützten Aufbaus demokratischer Staatlichkeit als gescheitert an. Die afghanische Regierung von Präsident Aschraf Ghani ist zerstritten, wirtschaftliche und gesellschaftliche Probleme belasten das Land schwer. Weite Teile der afghanischen Bevölkerung leben noch immer in Armut. Die Taliban kontrollieren heute wieder erhebliche Teile Afghanistans. Die Sicherheitslage ist schlecht. (...)

Es gab in den vergangenen zwei Jahrzehnten in Afghanistan auch positive Entwicklungen: Die Infrastruktur ist besser als noch vor zwei Jahrzehnten, in den von der Regierung kontrollierten Bereichen wurden Frauenrechte gestärkt, und in Teilen des Landes gibt es Medien, die relativ frei berichten. Da der Großteil der Städte vom afghanischen Militär und deren Verbündeten gehalten wird, dürfte zudem mehr als die Hälfte der Bevölkerung weiterhin in direkt oder indirekt durch die Regierung in Kabul kontrollierten Gebieten leben.

Internationale Einsätze der Bundeswehr

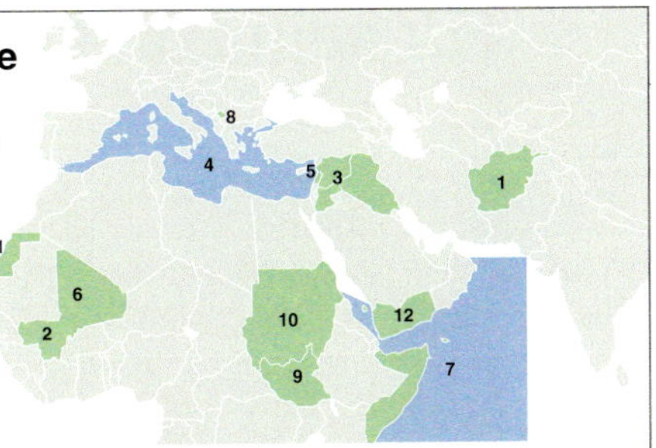

	Region seit	Mission*/ Einsatz von:	Anzahl der Einsatzkräfte/ Mandatsobergrenze	Auftrag u. a.:
1	Afghanistan 2015	RS NATO	1266 1300	Ausbildung, Beratung, Lufttransporte
2	Mali 2013	MINUSMA UN	910 1100	Aufklärung, Beratung, Lufttransporte
3	Syrien, Irak, Jordan. 2015	CD/CB-I Anti-IS-Koalition	459 700	Aufklärung, Ausbildung, Überwachung
4	Mittelmeer 2016	SEA GUARDIAN NATO	198 650	Seeraumüberwachung, Terrorismusbekämpfung
5	Libanon 2006	UNIFIL UN	136 300	Ausbildung, Seeraumüberwachung, Sicherung der Seewege
6	Mali 2013	EUTM EU	157 350	Ausbildung, Beratung, Planung, Sanitätsdienst
7	Horn v. Afrika 2008	ATALANTA EU	70 400	Schutz vor Piraterie, Überwachung
8	Kosovo 1999	KFOR NATO	63 400	Aufklärung, Beratung
9	Südsudan 2011	UNMISS UN	12 50	Beobachtung, Schutz der Bevölkerung
10	Sudan/Darfur 2007	UNAMID UN/AU	3 50	Friedensverhandlungen, Schutz der Bevölkerung
11	Westsahara 2013	MINURSO UN	3 4	Überwachung des Waffenstillstands
12	Jemen 2019	UNMHA UN	1 5	Auswertung der Beobachtermission

Quelle: Bundeswehr *ausschließlich klassische Auslandseinsätze Stand März 2020 © Globus 13814

M3 Auslandseinsätze der Bundeswehr (Auswahl)

M4 Folgen eines überstürzten Abzugs aus Afghanistan 2021

- April: US-Präsident Biden kündigt an, die US-Truppen bis September abzuziehen.
- August: Die Regierungstruppen ergeben sich den Taliban. Der Rückzug der Streitkräfte (USA, NATO-Partner) verläuft chaotisch.
- September: Millionen Afghanen fliehen, viele werden getötet. Die Taliban herrschen uneingeschränkt über Afghanistan.

A / B

1 Arbeite mit deinem Tischnachbarn/deiner Tischnachbarin zusammen.
a) Listet einzeln Dinge auf, die ihr als Bedrohung empfindet.
b) Tauscht eure Notizen aus und fragt nach Gründen.
c) Erstellt eine gemeinsame Rangliste mit dem schlimmsten Ereignis oben.

2 (A) Bearbeitet in Kleingruppen T1–T3, M1 und M3.
a) Beschreibt die Bedrohung von außen.
b) Nennt Auslandseinsätze, bei denen die Deutsche Marine Kriegsschiffe entsendet.
c) Nennt Auslandseinsätze, bei denen es um Ausbildung geht.

2 (B) Bearbeitet in Kleingruppen T1–T4, M1–M4.
a) Unterscheidet verschiedene Bedrohungen und beurteilt die deutsche Sicherheitslage in Europa, in der Welt.
b) Erstellt einen Steckbrief, nach dem die Bundeswehr Soldatinnen und Soldaten auswählen sollte.

3 „Nationalismus treibt zum Krieg." Diskutiert Vergangenheit und Gegenwart.

4 EXTRA MK Recherchiere auf den Seiten der Bundeswehr im Internet: Wen sucht die Bundeswehr für zukünftige Aufgaben? Wie spricht sie potenzielle Bewerber an?

AFB I: 1, 2 II: 3 III: 4 AFB I: 1 II: 2, 3 III: 4

SP → Lösungshilfen ab Seite 304

Tests und Übungen
qz968d

Für sein Land leben und sterben

Um 1880	1888	1907	1914	1919
Das Zeitalter des Imperialismus beginnt.	Kaiser Wilhelm II. wird deutscher Kaiser.	Frankreich, Großbritannien und Russland schließen Bündnisse ab.	Der Erste Weltkrieg beginnt.	Deutschland muss in Versailles einen harten Friedensvertrag unterschreiben.

Wichtige Begriffe

- Auslandseinsatz
- Balkan
- Blauhelme
- Cyberangriff
- Diktatfrieden
- Friedenssicherung
- Giftgas
- Herero
- Imperialismus
- Kolonialmächte
- Kolonien
- Materialschlacht
- Militarismus
- Mobilmachung
- Nation
- Nationalismus
- NATO
- Patriotismus
- Propaganda
- Reparationen
- Sanktionen
- Schutztruppe
- Seeblockade
- Sicherheitsrat
- Stellungskrieg
- Vaterland
- Vereinte Nationen (UNO)
- Versailler Vertrag
- Völkerbund
- Waffenstillstand

Jetzt kannst du …

- das deutsche Kaiserreich (1871–1918) als Nationalstaat beschreiben.
- den Imperialismus als Konflikt um Räume, Ressourcen und weltpolitische Geltung beschreiben.
- den Missbrauch patriotischer Gefühle im Ersten Weltkrieg erläutern.
- Folgen des Ersten Weltkriegs erläutern.
- Nationalismus und Patriotismus unterscheiden.
- die Rolle von Medien zur Mobilisierung beschreiben.
- Imperialismus und Nationalismus als Ursachen des Ersten Weltkriegs beurteilen.
- Möglichkeiten der Friedenssicherung durch UNO, NATO und EU beurteilen.
- Ausgrenzung als Ergebnis von Nationalismus und Rassismus auch für die heutige Zeit erläutern.

2 Die Weimarer Republik als erste deutsche Demokratie

M1 Hasspropaganda: Politisch rechte Parteien verbreiteten die Lüge, das deutsche Heer sei „im Felde unbesiegt“ geblieben, man habe es „von hinten erdolcht“. (Wahlplakat der DNVP, 1924)

Als der Erste Weltkrieg mit einer gewaltigen Niederlage endete, waren die Deutschen schockiert. Bis zum Schluss hatten die Generäle von Sieg gesprochen. Eine Revolution beendete das Kaiserreich. An ihre Stelle trat die erste deutsche Republik.

Der neue Staat war eine der fortschrittlichsten Demokratien der Zeit. Trotzdem lehnten ihn sehr viele Deutsche ab. Sie erkannten nicht die Fülle von Freiheiten, die er bot. Das wurde der Demokratie in einer sehr schweren Wirtschaftskrise zum Verhängnis.

M2 Der Potsdamer Platz in Berlin war Ende der 1920er-Jahre der verkehrsreichste Platz Europas. Er spiegelte das moderne Großstadtleben der Weltstadt Berlin. (Foto um 1930, digital koloriert).

Audio
Berliner Arbeiterwohnungen um 1890
26n2x4

Audio
Aufbruch ins Eldorado
26n2x4

Die Goldenen Zwanziger? Metropole Berlin

„Hoppla, wir leben!“ – so heißt ein Theaterstück aus dem Jahre 1927. Der Titel spiegelt den vorsichtigen Optimismus wider, der sich in Deutschland nach dem Krisenjahr 1923 ausbreitete. Es schien aufwärts zu gehen.

M1 Drinnen und Draußen (Gemälde von George Grosz, 1926)

Kabarett
eine Kleinkunstbühne, auf der Künstler in parodistischer Weise politische Zustände oder aktuelle Ereignisse kritisieren

Varieté
Theater mit wechselndem Unterhaltungsprogramm, wie artistischen, tänzerischen, musikalischen Auftritten

Illustrierte
eine regelmäßig erscheinende Zeitschrift mit Reportagen und Bildern aus dem Zeitgeschehen

T1 Metropolisierung Berlins

Als **Metropolen** werden Großstädte mit über einer Million Einwohnern bezeichnet. Sie bilden einen politischen, sozialen, wirtschaftlichen und kulturellen Mittelpunkt in der Region oder in einem Land.
Bereits 1920 wurden viele Gemeinden und Landkreise zu Groß-Berlin zusammengeschlossen, sodass die Metropole mit fast vier Millionen Einwohnern nach New York und London die drittgrößte Stadt der Welt war. Sie verkörperte wie keine andere Stadt die neue, modernere Welt. Mitte der 1920er-Jahre gab es dort 49 Theater, 3 Opernhäuser sowie 75 Kabarett- und Varietébühnen. Das Nachtleben blühte. Allerdings konnte nur ein kleiner Kreis von Wohlhabenden an diesem aufregenden Leben teilnehmen.

T2 Goldene Zwanziger?

Die meisten Menschen mussten sich mit preiswerteren Vergnügungen zufriedengeben: 1928 erschienen in Deutschland über 3 000 verschiedene Tageszeitungen. Hinzu kamen Groschenromane und die neuartigen Illustrierten.

Aus dem enormen Bevölkerungszuwachs resultierte jedoch auch große Armut und Wohnungsnot. Der Wohnraummangel gehörte zu den großen Problemen der 1920er-Jahre. Die Folge waren hohe Obdachlosigkeit, unsichere Mietverhältnisse und schlechte Wohnverhältnisse. In Berlin entwickelte sich der Bautyp der Mietskasernen, fünfstöckige Mietshäuser mit Seitenflügel und Quergebäuden, die die Innenhöfe umschließen. In den Vorderhäusern lagen größere Wohnungen, in den Hinterhäusern wurden kleine Wohnungen errichtet.

T3 Kultureller Aufschwung

Trotz der großen sozialen Probleme gab es einen kulturellen Aufschwung. Bedeutende Künstler zogen nach Berlin, um sich inspirieren zu lassen und Neues auszuprobieren. Die Großstadt wurde zum zentralen Thema ihrer Kunst: Maler wie Otto Dix hielten das Leben in den modernen Großstädten in ihren Bildern fest. Alfred Döblin schilderte in seinem Roman „Berlin Alexanderplatz“ das Leben des „kleinen Mannes“. Und Regisseur Fritz Lang präsentierte im Science-Fiction-Film „Metropolis“ seine Version einer Zukunftsstadt.

T4 Die „neue Frau“

Filme, Werbung und Romane verbreiteten das Bild der „neuen Frau“. Sie strahlte Selbstständigkeit und Selbstbewusstsein aus. Etwa ein Drittel aller Frauen war berufstätig. Sie arbeiteten in Warenhäusern und in Büros, aber auch in Fabriken am Fließband. Frauen bekamen jedoch weniger Gehalt als ihre männlichen Kollegen. Die Berufstätigkeit von Frauen galt als unschicklich. Idealbild für die meisten Männer und Frauen blieb die Ehefrau und Mutter, die sich zu Hause um ihre Familie kümmerte.

M2 Wohnbedingungen 1923:
Familie M.: 2 Dachzimmer und Küche, 10 Personen. Die Wohnung ist eng und feucht, doch sauber gehalten. Ein Mädchen von 15 Jahren und ein Knabe von 11 Jahren teilen sich ein Bett. Je zwei Mädchen und zwei Buben gleichfalls. Säugling und Kleinkind haben eigene Schlafgelegenheit. Mehrere Kinder sind wegen Tuberkulose in Behandlung bzw. vom Schulbesuch ausgeschlossen.

M4 Stube in Berlin, in der eine Familie mit 6 Kindern wohnt und schläft (Foto, 1916)

M3 Frauenleben zwischen Tradition und Moderne (alle Fotos 1920er-Jahre)

A / B

1 a) Beschreibe das Gemälde von George Grosz (M1).
b) Erkläre den Titel „Drinnen und Draußen".

2 (A) Vergleiche die damaligen Freizeitangebote mit den heutigen: Was ist gleich? Was hat sich verändert (T1, T2)?

2 (B) Inwiefern unterschieden sich die Freizeitaktivitäten wohlhabender Menschen von denen der breiten Masse? Erläutere (T1, T2).

3 (A) Beschreibe die Lebensverhältnisse in den Berliner Mietskasernen (T2, M2, M4).

3 (B) Dem Künstler Heinrich Zille (1858–1929) wird folgendes Zitat zugeschrieben: „Man kann einen Menschen mit einer Wohnung genauso töten, wie mit einer Axt." Analysiere das Zitat und gehe dabei auf die Wohnverhältnisse in Berlin ein (T2, M2, M4).

4 (A) Lies T4. Finde zu jedem Foto (M3) einen Titel.

4 (B) „An der Rolle der Frau kann man sowohl den Fortschritt als auch die Spaltung der Gesellschaft der 1920er-Jahre ablesen." Erkläre diese Aussage mithilfe von T4 und M3.

5 „Goldene Zwanziger?" Beschreibt dieser Begriff die 1920er-Jahre in Deutschland treffend? Nimm Stellung.

6 EXTRA MK (A) Gestaltet zu zweit ein Plakat, auf dem ihr die Rolle der Frau heute darstellt.

6 EXTRA MK (B) Bereitet zu zweit ein Kurzreferat über ein Thema zur Weimarer Republik vor: Literatur, Theater, Kino, Alltag der „neuen Frau", Architektur („Bauhaus").

AFB I: 1a, 3 II: 1b, 2, 4, 6 III: 5 AFB I: 1a II: 1b, 2, 3, 4, 6 III: 5

SP → Lösungshilfen ab Seite 304

Europa ordnet sich neu

In Europa stürzten zum Ende des Ersten Weltkriegs drei große Monarchien. Doch wie sollte es weitergehen? Diese Frage wurde auf ganz unterschiedliche Weise beantwortet.

Faschismus
politische Bewegung, die nationalistisch, antidemokratisch und antikommunistisch eingestellt war. In faschistischen Staaten war alle Macht nach dem Führerprinzip auf eine Person konzentriert.

Diktatur
von lat. dictare = befehlen, diktieren. Herrschaft eines Einzelnen, einer Gruppe oder Partei, die die uneingeschränkte Macht über den Staat und das Volk ausüben.
In einer Diktatur sind demokratische Rechte und Gewaltenteilung abgeschafft.

Inflation
Wertverlust des Geldes. Der Staat lässt Geld drucken, die Warenmenge wird aber nicht vermehrt. Dies führt zu steigenden Preisen. Sachwerte wie Grundstücke oder Schmuck behalten ihren Wert.

T1 Kriegsfolgen

Der Kriegsausgang teilte Europa in Sieger und Besiegte. Deren Probleme ähnelten sich jedoch: Die Rüstung hatte Unsummen an Geld verschlungen, die Wirtschaft lag am Boden, die Arbeitslosigkeit stieg dramatisch an. Während die Preise kletterten, verlor das Geld zugleich an Wert. Viele Menschen lebten in ständiger Sorge vor dem sozialen Abstieg in die Armut.

T2 Das Ende der alten Ordnung

Der Erste Weltkrieg hatte die Landkarte Europas verändert. Neue Staaten waren entstanden, bisherige Nationalstaaten wie Deutschland und Russland hatten weite Gebiete verloren. Sie waren allerdings nicht nur äußerlich auseinandergebrochen, der Krieg hatte auch ihre innere Ordnung zerstört: Die Kaiser von Deutschland und Österreich-Ungarn mussten abdanken. In Russland hatte bereits die Februarrevolution von 1917 den Sturz des Zaren herbeigeführt.

T3 Neue Wege, unterschiedliche Ziele

1914 hatte es nur drei Demokratien in Europa gegeben, nach Kriegsende waren es 13. Darunter befanden sich auch Deutschland und Österreich. Doch viele der jungen Demokratien mussten sich schon bald gegen Massenbewegungen behaupten:

- Viele Menschen waren von der Idee des **Sozialismus** fasziniert. Die sozialistische Bewegung strebte Veränderungen in der Gesellschaft zum Wohle der arbeitenden Bevölkerung an. Die Anhänger dieser Idee blickten hoffnungsvoll nach Russland. Dort hatte der Revolutionär Wladimir Iljitsch Lenin 1917 die Regierung aus adligen und bürgerlichen Abgeordneten gestürzt und baute einen sozialistischen Staat auf.
- Andere bewerteten die **Demokratie** als zu schwach, um mit den Krisen der Zeit fertigzuwerden. Zugunsten einer starken Führung waren sie bereit, auf die demokratische Freiheit des Einzelnen zu verzichten. Davon profitierten vor allem faschistische Bewegungen. In manchen Ländern bahnte sich daher eine **faschistische Diktatur** an.

	Liberalismus	**Sozialismus/ Kommunismus**	**Faschismus**
Ziele	Freiheit des Einzelnen, Selbstbestimmung	klassenlose Gesellschaft	Einheit (national, ethnisch), Streben nach Größe
Herrschaft	Demokratie mit Gewaltenteilung und Wahlen	Diktatur des Proletariats bzw. einer Partei	Diktatur durch einen Führer, Militarismus
Gesellschaft	Pluralismus (Vielfalt)	soziale Gleichheit	„Volksgemeinschaft“, hierarchisch
Wirtschaft	freier Wettbewerb (Marktwirtschaft), Schutz des Eigentums	Verstaatlichung, Abschaffung des Privateigentums, Planwirtschaft	Schutz der einheimischen Produktion (Protektionismus) und des Eigentums

M1 Politische Ideen in Europa nach dem Ersten Weltkrieg

Schon gewusst?

Nach einem langen Bürgerkrieg in Russland gründete Lenin 1922 die „Union der Sozialistischen Sowjetrepubliken“ (UdSSR). Diesen Staat nennt man auch **Sowjetunion**. Es war der erste kommunistische Staat in der Geschichte. Der Kommunismus betont die Gleichheit aller Menschen und die Aufhebung des Privateigentums. Um seine Macht zu sichern, ließ Lenin allerdings Zeitungen verbieten und Gegner von der Geheimpolizei verfolgen.
Auch Lenins Nachfolger Josef Stalin übte seine Herrschaft mit Gewalt aus. Er ließ Menschen verhaften, in Konzentrations- und Arbeitslager (GULags) verschleppen und massenhaft hinrichten. Der „Stalinismus“ (1924 bis 1953) kostete Millionen Menschen das Leben.
Die Sowjetunion wurde eine Großmacht. Sie besiegte Deutschland im Zweiten Weltkrieg. Nach 1945 standen sich zwei große Lager feindlich gegenüber: die kapitalistischen Staaten unter Führung der USA im Westen und die kommunistischen Staaten unter Führung der Sowjetunion im Osten. Ab Mitte der 1980er-Jahre kam es in den kommunistischen Staaten zu Protesten und Reformen. Die Sowjetunion löste sich 1991 auf.

M2 Lenin in Petrograd vor Arbeiter- und Soldatenräten (Foto, 1917)

M3 Aus Erich Maria Remarques Roman „Im Westen nichts Neues“ (1929):

Der Waffenstillstand kommt bald, ich glaube es jetzt auch. (...) Wenn wir jetzt zurückkehren, sind wir müde, zerfallen, ausgebrannt, wurzellos und ohne Hoffnung. Wir werden uns nicht mehr zurechtfinden können.

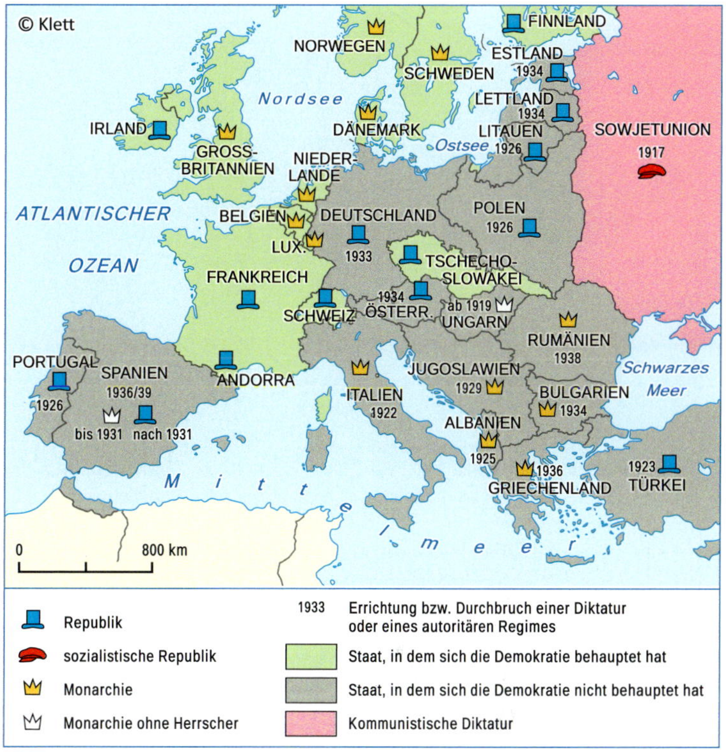

M4 Europa zwischen Demokratie und Diktatur (1938)

1 (A/B) Stelle die politische, wirtschaftliche und soziale Lage im Nachkriegseuropa in Form einer Tabelle dar (T1–T3).

2 (A) „Wir werden uns nicht mehr zurechtfinden können.“ Erkläre, was Remarque mit diesem Satz meinte (M3).

2 (B) Die Soldaten, die 1918 aus dem Krieg kamen (M3), werden häufig als „verlorene Generation“ bezeichnet. Erläutere den Begriff.

3 MK (A/B) Liste wichtige Daten und Ereignisse aus der Geschichte der Sowjetunion auf („Schon gewusst?“).

4 (A) Erkläre drei Alternativen zur Monarchie im Nachkriegseuropa (T3, M1).

4 (B) a) Löse Aufgabe A4. b) Erläutere die Merkmale der verschiedenen politischen Ideen mit eigenen Worten (M1).

5 (A) Vergleiche europäische Staaten, in denen sich die Demokratie behauptet oder nicht behauptet hat (M4).

5 (B) Beschreibe die Entwicklung Europas vom Ende des Ersten Weltkriegs bis zum Jahr 1938 (M4).

6 (A/B) „Die jungen Demokratien im Nachkriegseuropa hatten einen schweren Stand.“ Nimm Stellung zu dieser Aussage.

AFB I: 1, 3 II: 2. 4, 5 III: 6 AFB I: 1, 3, 5 II: 2, 4 III: 6

SP → Lösungshilfen ab Seite 304

Audio
„Das ist revolutionär!“
26n2x4

„Es lebe die deutsche Republik!“

Es war der dramatischste Tag des deutschen Kaiserreichs und gleichzeitig sein letzter. Am 9. November 1918 riefen linke Politiker die Republik aus. Doch wer in diesem neuen deutschen Staat herrschen sollte, war offen.

M1 Meuternde Matrosen an Deck des Schlachtschiffs Prinzregent Luitpold in Wilhelmshaven (Foto, November 1918)

parlamentarische Republik
Staatsform, bei der die Regierung dem Parlament verantwortlich ist (z. B. Weimarer Republik und Bundesrepublik Deutschland)

Räterepublik
Staatsform, bei der die Regierung unmittelbar ihre Weisungen von gewählten Räten erhält, die auch die Gesetze machen (= Diktatur des Proletariats)

T1 Das Ende der Monarchie

Ende Oktober 1918 sollte die deutsche Kriegsflotte zu einer letzten Schlacht aus den Häfen auslaufen. Doch die Matrosen meuterten. Wofür sollten sie noch sterben? Der Krieg war verloren.
Aus dem Matrosenaufstand wurde eine Revolte in ganz Deutschland. Streikende Arbeiter demonstrierten für einen sofortigen Waffenstillstand. Soldaten verweigerten die Befehle ihrer Offiziere und schlossen sich dem Aufruhr an.
In Berlin organisierten radikale Revolutionäre am 9. November einen allgemeinen Streik mit Massendemonstrationen, die das Ende der Monarchie forderten. Der Reichskanzler gab nach und verkündete eigenmächtig die „Abdankung des Kaisers“. Sein eigenes Amt übergab er an Friedrich Ebert, den Vorsitzenden der SPD. Das war die größte Partei im Reichstag, und die meisten Anhänger der Revolution waren Sozialdemokraten.

T2 Parlament oder Räte?

An diesem 9. November riefen zwei Politiker fast gleichzeitig die Republik aus. Doch sie verstanden darunter zwei völlig verschiedene Ordnungen von Staat, Gesellschaft und Wirtschaft.
Philipp Scheidemann von den gemäßigten Sozialdemokraten wollte eine **parlamentarische Republik**, wie wir sie auch heute haben. Karl Liebknecht von den radikalen Sozialdemokraten, die sich auch **Spartakusbund** nannten, hatte ganz andere Ziele. Er kämpfte für eine **Räterepublik**, wie sie 1917 in Russland durch eine Revolution entstanden war. In einem solchen Staat hätten die Arbeiter- und Soldatenräte, die sich überall in Deutschland gebildet hatten, die Macht übernommen.

T3 Die Entscheidung

Auf einer Versammlung aller Arbeiter- und Soldatenräte in Berlin stimmte die große Mehrheit für eine parlamentarische Demokratie. Die Radikalen wollten ihre Idee vom Rätestaat aber nicht aufgeben. Sie gründeten am 30. Dezember 1918 die **Kommunistische Partei Deutschlands (KPD)**. Im Januar 1919 organisierten die Kommunisten in Berlin einen Aufstand, der jedoch schnell niedergeschlagen wurde.

T4 Von der Revolution zur Ordnung

Reichskanzler Ebert und die gemäßigten Sozialdemokraten hatten sich durchgesetzt. Der Übergang zum demokratischen Rechtsstaat sollte geordnet und friedlich verlaufen. Zu diesem Zweck arbeitete Ebert mit den Beamten, Richtern und Offizieren des Kaiserreichs zusammen, obwohl diese bisher die Sozialdemokratie abgelehnt hatten. Würden sie den Aufbau des neuen Staates wirklich unterstützen?

M2 Aufruf der provisorischen (= vorläufigen) Regierung (Plakat, November 1918)

M4 Politische Ziele der neu gegründeten KPD (Plakat, 1919)

Spartakusbund
1917 von der SPD abgespaltene Gruppe der äußersten Linken, Keimzelle der KPD

KPD
(= Kommunistische Partei Deutschlands), extrem linke Partei, die zwischen 1919 und 1933 in Deutschland eine Räterepublik beziehungsweise eine Diktatur des Proletariats einführen wollte

Schon gewusst?
Die deutsche Revolution von 1918 nahm am 29. Oktober ihren Anfang bei der Hochseeflotte in Wilhelmshaven. Dort verweigerten Matrosen die **„Todesfahrt" gegen England.**

M3 Philipp Scheidemann ruft am 9. November 1918 gegen 14 Uhr von einem Fenster des Reichstagsgebäudes die Republik aus:

Die neue Regierung (unter Reichskanzler Ebert) darf nicht gestört werden in ihrer Arbeit für den Frieden, in der Sorge um Brot und Arbeit. (...) Nichts darf geschehen, was der Arbeiterbewegung zur Unehre gereicht! Seid einig und pflichtbewusst! Das deutsche Volk hat auf der ganzen Linie gesiegt. Das Alte und Morsche, die Monarchie ist zusammengebrochen. Es lebe das Neue! Es lebe die deutsche Republik!

M5 Karl Liebknecht ruft am 9. November 1918 gegen 16 Uhr vom Berliner Schloss die Republik aus:

Der Tag der Revolution ist gekommen. Wir haben den Frieden erzwungen. (...) Ich proklamiere die freie sozialistische Republik Deutschland. (...) Die Herrschaft des Kapitalismus, der Europa in ein Leichenfeld verwandelt hat, ist gebrochen. (...) Wir müssen alle Kräfte anspannen, um die Regierung der Arbeiter und Soldaten aufzubauen und eine neue staatliche Ordnung des Proletariats zu schaffen.

A / B

1 Liste Gründe auf, warum es im November 1918 in Deutschland zu einer Revolution kam (T1, M1, Vorspann).

2 (A) Bearbeitet in Kleingruppen T2–T4 sowie M2–M5:
a) Findet heraus, welche Art von Republik Philipp Scheidemann und Karl Liebknecht jeweils anstrebten. Wer setzte sich durch?
b) Stellt Stichpunkte für einen Kurzvortrag zusammen, indem ihr Zitate aus den Quellentexten und Plakaten verwendet.

2 (B) Bearbeitet in Kleingruppen T2–T4 sowie M2–M5:
a) Erläutert den Unterschied zwischen parlamentarischer Republik und Räterepublik.
b) Beurteilt, warum sich am Ende die Idee von einer parlamentarischen Republik durchsetzte.

3 „Die Staatsform wechselte 1919, nicht aber die Amtsträger." Diskutiert über mögliche Folgen für die junge Republik.

4 EXTRA MK Recherchiere den Lebenslauf Friedrich Eberts oder Philipp Scheidemanns. Halte dazu ein Kurzreferat vor der Klasse (Internet).

AFB I: 1, 2a II: 2b, 3 III: 4   AFB I: 1 II: 2, 3 III: 4

SP → Lösungshilfen ab Seite 304

Die Weimarer Republik

Als am 14. August 1919 die Verfassung der Republik in Kraft trat, war Deutschland eine parlamentarische Demokratie geworden. Es gehörte nun zu den freiheitlichsten Staaten der Welt. Erstmalig durften auch Frauen wählen.

Schon gewusst?

Deutschland führte als einer der ersten Staaten das **Frauenwahlrecht** ein. In den USA durften Frauen 1920 zum ersten Mal an Präsidentenwahlen teilnehmen. In Großbritannien erhielten Frauen das allgemeine Wahlrecht 1928, in Spanien 1931, in der Türkei 1934, in Frankreich 1944, in Italien 1946, in Belgien 1948, in der Schweiz 1971.

Schon gewusst?

Lore Agnes (1876–1953) war eine der ersten Frauen, die 1919 in den Berliner Reichstag als Abgeordnete einzogen. Sie stammte aus einer Bochumer Bergarbeiterfamilie und schloss sich der SPD an. Im Reichstag setzte sie sich zwischen 1919 und 1933 für **Sozial- und Frauenpolitik** ein.

M1 **Reichstagsabgeordnete:** Lore Agnes (links), Clara Zetkin (Mitte) und Mathilde Wurm (rechts) vor dem Reichstag in Berlin (Foto, 1920)

T1 Wahl der Nationalversammlung

Am 19. Januar 1919 fanden Wahlen zu einer **Nationalversammlung** statt. Vor den Wahllokalen bildeten sich lange Schlangen. Gegenüber der Zeit des Kaiserreichs hatte sich die Zahl der Wahlberechtigten fast verdreifacht: Frauen durften zum ersten Mal wählen und das Wahlalter war von 25 auf 20 Jahre heruntergesetzt worden.

83 Prozent der Wahlberechtigten beteiligten sich an der Wahl. Das war ein Rekord. Die höchsten Stimmenzahlen konnten die SPD (38 %), das Zentrum (20 %) und die DDP (19 %) erreichen. Diese Parteien hatten sich klar für einen freiheitlichen Rechtsstaat ausgesprochen. Sie schlossen sich zur so genannten Weimarer Koalition zusammen, die bis 1930 die Regierungen in Deutschland stellte.

T2 Die Weimarer Verfassung

Die Nationalversammlung hatte die Aufgabe, eine Verfassung für die erste deutsche Republik auszuarbeiten. Im Reichstag in Berlin war das aber nur schwer möglich. Denn in der Hauptstadt gab es ständig Unruhen. Daher tagten die Abgeordneten der Nationalversammlung in der thüringischen Kleinstadt Weimar. So kam es, dass der neue Staat „**Weimarer Republik**" genannt wurde.
Die neue Verfassung gab jedem Deutschen den Anspruch auf Grundrechte, die der Staat zu schützen hatte. Jeder durfte seine Meinung öffentlich vertreten, sich politisch frei betätigen und sogar eine Partei gründen, deren Ziel es war, das Parlament und die Freiheit zu beseitigen.

T3 Ein starker Reichspräsident

An die Spitze des Staates setzte die Verfassung den **Reichspräsidenten**. Er wurde vom Volk direkt für sieben Jahre gewählt. Seine Macht war viel größer als die unseres heutigen Bundespräsidenten:

- Wie zuvor der Kaiser, hatte er das Recht, den Reichskanzler zu ernennen. Doch anders als im Kaiserreich musste der Reichstag zustimmen. Dieser konnte nämlich einem **Reichskanzler** oder Reichsminister jederzeit durch einen Mehrheitsbeschluss das Vertrauen entziehen, ihn also abwählen.
- Wenn der Reichspräsident es für nötig hielt, konnte er den Reichstag auflösen. Dann wurde ein neues Parlament gewählt.
- Nach Artikel 48 der Weimarer Verfassung durfte der Reichspräsident in Notzeiten Grundrechte außer Kraft setzen und Verordnungen mit Gesetzeskraft erlassen, um die öffentliche Sicherheit wiederherzustellen.

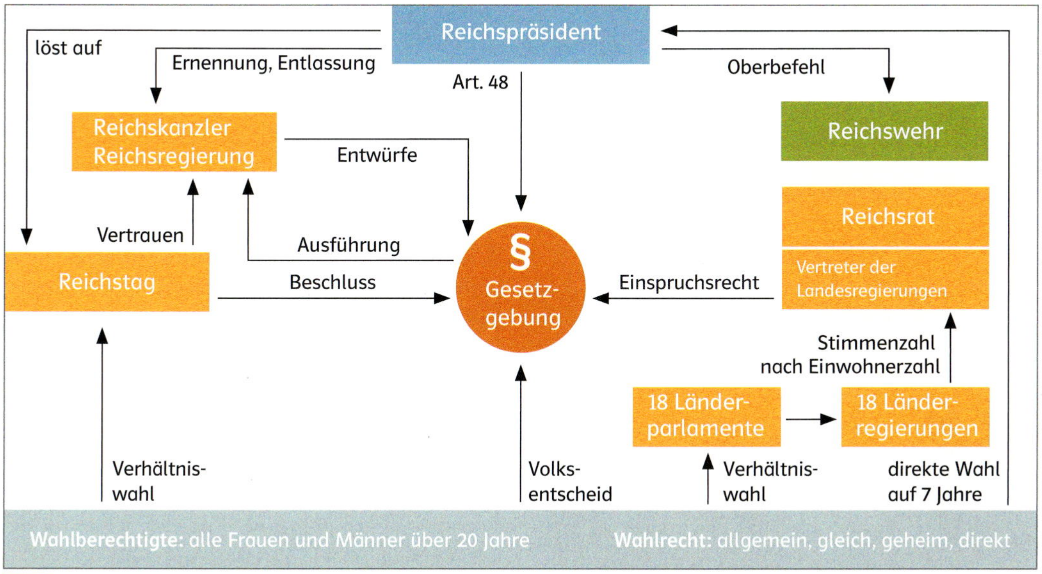

M2 Die Verfassung der Weimarer Republik als vereinfachtes Modell

Schon gewusst?

Heute gibt es eine Fünfprozentklausel bei Bundestagswahlen, damit im Bundestag nicht so viele Parteien wie im Reichstag der Weimarer Republik vertreten sind.

Staatstragende Parteien
Ziel: parlamentarische Demokratie gestalten

SPD Sozialdemokratische Partei Deutschlands (gemäßigte Arbeiterpartei)

DDP Deutsche Demokratische Partei (bürgerlich-liberale Partei)

Zentrum Zentrumspartei (Partei der Katholiken, vor allem der katholischen Landbevölkerung)

⟷

Gegner der Demokratie
Ziel: parlamentarische Demokratie zerstören

KPD Kommunistische Partei Deutschlands (radikale Arbeiterpartei, will „Diktatur des Proletariats")

DNVP Deutschnationale Volkspartei (nationalistische Partei, will Rückkehr zur Monarchie bzw. autoritären Staat)

NSDAP Nationalsozialistische Deutsche Arbeiterpartei (radikale nationalistische Partei, will „Führerdiktatur")

M3 Parteien des Reichstags

Verhältniswahlrecht → Lexikon

A
B

1 Nenne Gründe, warum an der Wahl zur Nationalversammlung sehr viel mehr Menschen teilnahmen als an den Reichstagswahlen des Kaiserreichs (T1, M1).

2 Finde heraus, warum wir von der „Weimarer Republik" sprechen (T2).

3 (A) Bearbeitet in Kleingruppen T3 und M2.
a) Listet Aufgaben und Rechte des Reichspräsidenten auf.
b) Findet heraus, wer über die Gesetze mitbestimmen darf.
c) Beurteilt das Wahlrecht: Kann man es demokratisch nennen?

3 (B) Bearbeitet in Kleingruppen T3 und M2.
a) Erklärt euch gegenseitig die Grundzüge der Verfassung.
b) Beurteilt die Machtfülle des Reichspräsidenten.

4 Unterscheide Parteien der Weimarer Republik nach ihrer Einstellung zum bestehenden Staat (T1, M3).

5 „Die Weimarer Republik versäumte es, den Feinden der Demokratie wehrhaft zu begegnen." Diskutiert über diese Aussage (T2, M3).

6 EXTRA MK (A) Recherchiere, wie die Fünfprozentklausel bei einer Bundestagswahl funktioniert (Internet).

6 EXTRA MK (B) Recherchiere den Lebenslauf einer Abgeordneten/eines Abgeordneten des Deutschen Reichstags (1919–1933) aus deiner Region. Gestalte dazu ein Plakat oder halte einen Kurzvortrag vor der Klasse (Internet).

Audio
Die Wirtschaft in der Krise
26n2x4

Den Millionären geht das Geld aus

Mit mehreren hundert Millionen wollte ein Mann im Herbst 1923 ein Theater besuchen. An der Abendkasse angekommen, erklärte man ihm, er könne nicht eingelassen werden, der billigste Platz koste jetzt zwei Milliarden.

M1 Französische Soldaten überwachen den Abtransport von Kohle auf dem Gelände der Zeche Monopol in Kamen. (Foto, 1923)

Devisen
Geld in ausländischer Währung (z. B. Dollar)

Inflation
Wertverlust des Geldes durch steigende Preise

T1 Die Inflation von 1923

Während des Ersten Weltkriegs hatte sich der Staat über Kriegsanleihen sehr viel Geld bei seinen Bürgern geliehen. Niemand wusste, wie diese Schulden jemals zurückgezahlt werden könnten.
Nach dem Krieg musste Deutschland auch noch Gold und Devisen, Kohle, Holz, Stahl, Maschinen und andere Güter als **Reparationen** an die Sieger abliefern. Das alles musste bezahlt werden. Die Steuereinnahmen reichten bei Weitem nicht aus, daher ließ die Reichsregierung einfach neues Geld drucken. Dadurch kam in Deutschland sehr viel Geld in Umlauf, doch die Wirtschaft produzierte weniger Güter als vor dem Krieg. Wer etwas kaufen wollte, musste mehr dafür bezahlen. Im Herbst 1923 verlor das Geld so schnell an Wert, dass die Löhne täglich ausbezahlt wurden. Wer klug war, lief sofort los und kaufte das Lebensnotwendige. Am nächsten Tag würde er nur halb so viele Waren für sein Geld bekommen.

T2 Die schwere Last der Reparationen

Die vollständige Entwertung der deutschen Mark im Jahr 1923 wurde durch ein außenpolitisches Ereignis beschleunigt. Im Dezember 1922 war Deutschland mit seinen Reparationsleistungen an die Siegermächte in Rückstand geraten. Die französische Regierung drohte mit Gewalt. Dabei verfolgte sie auch den Plan, das Deutsche Reich weiter zu schwächen. Im Januar 1923 marschierten französische und belgische Truppen ins Ruhrgebiet ein. Die Soldaten sollten Kohle beschlagnahmen und ihren Transport nach Frankreich erzwingen.

T3 Das Ruhrgebiet wird besetzt

Die Reichsregierung rief die Bevölkerung zum „passiven Widerstand" auf. Beamte und Eisenbahner weigerten sich, die Befehle französischer Offiziere zu befolgen. Arbeiter gingen zwar in ihre Betriebe, arbeiteten aber nicht.
Der Erfolg war, dass Frankreich tatsächlich viel weniger Güter als geplant erhielt. Doch die Reichsregierung hatte sich verpflichtet, die Löhne der Streikenden zu übernehmen. Das ruinierte die Staatsfinanzen völlig. Der sogenannte Ruhrkampf musste im September 1923 abgebrochen werden.

T4 Eine neue Währung

Im November 1923 führte die Reichsregierung eine neue Währung ein. Für eine Billion alte Mark gab es eine neue Mark. Die gesamten Kriegsschulden des Staates von 164 Milliarden Mark waren nur noch 16,4 neue Pfennige wert. Wer Geld für das Alter oder für die Ausbildung seiner Kinder gespart hatte, war nun arm. Millionen Bürger sahen sich von der Republik betrogen.

M2 Die alte Hexe an der Ruhr: „So, Gretchen, jetzt nehme ich dir die Spindel fort. Und wenn du nicht deine Arbeit zu Ende spinnst, fresse ich dich auf." (Karikatur, „Kladderadatsch", 1923)

M4 Antifranzösischer Rassismus: In Deutschland empörte man sich darüber, dass Frankreich auch afrikanische Kolonialsoldaten im Ruhrgebiet einsetzte. (Karikatur, „Kladderadatsch", 1923)

Schon gewusst?

1923 kam es auf dem Gelände der **Essener Kruppwerke** zu Tumulten, als Lastwagen beschlagnahmt wurden. Die französischen Soldaten schossen in die Menge und töteten 13 Arbeiter.

M3 Umverteilung der Vermögen, 1923

Die Gewinner der Inflation:
- Der Staat war seine Schulden los.
- Die Besitzer von Häusern, Maschinen und Fabriken konnten Kredite für ihre Investitionen mit wertlosem Geld zurückzahlen.

Die Verlierer der Inflation:
- Die Besitzer von Kriegsanleihen und Sparguthaben verloren alles.

Jan. 1914	0,27	Nov. 1922	59,00	Juli 1923	3 465
Jan. 1917	0,34	Dez. 1922	163,15	Aug. 1923	69 000
Jan. 1919	0,53	Jan. 1923	255	Sept. 1923	1 512 000
Jan. 1920	1,18	März 1923	463	Okt. 1923	1 743 000 000
Jan. 1921	2,37	Juni 1923	1 428	Nov. 1923	201 000 000 000

M5 Preis für 1 kg Roggenbrot in Mark

A / B

1 Bearbeite mit deinem Tischnachbarn T1, T2 und M1.
a) Nennt Gründe, warum sich das Deutsche Reich verschulden musste.
b) Beschreibt das Foto M1 und sprecht über die Situation im Ruhrgebiet 1923.

2 (A) Arbeite heraus, warum es zur Besetzung des Ruhrgebiets kam und wie die deutsche Regierung darauf reagierte (T2, T3).

2 (B) a) Beschreibe die Karikaturen zur Besetzung des Ruhrgebiets durch französische Truppen (T2, T3, M2, M4).
b) Bewerte die Aussage der Karikaturen.

3 (A) Erläutere den Begriff der Inflation und nenne die Hauptverlierer einer Inflation (T4, M3, M5).

3 (B) a) Ordne die Begriffe „schleichende Inflation" und „galoppierende Inflation" bestimmten Zeiträumen in M5 zu.
b) Lege eine Mindmap zu den Folgen der Inflation von 1923 an (T4, M3).

4 „Das Jahr 1923 war eine ernste Bedrohung für die junge Republik und hatte dauerhafte Folgen." Diskutiert über die Aussage in der Klasse.

5 EXTRA Erkläre den Zusammenhang zwischen Ruhrbesetzung, passivem Widerstand und Inflation (T3, M5).

Die Republik in Gefahr

Viele Deutsche hatten für die Weimarer Republik nur Verachtung übrig. Die einen träumten von einem mächtigen nationalen Staat, die anderen von einer sozialistischen Republik. Zur Durchsetzung ihrer Ziele war beiden Seiten auch Gewalt recht.

M1 Im März 1920 kam es im Ruhrgebiet zu einem Arbeiteraufstand. Der Aufstand wurde von Freikorps und Truppen der Reichswehr niedergeschlagen. (Foto, 1920)

Schon gewusst?
Heute erinnern in vielen Orten des Ruhrgebietes Gedenktafeln an die Opfer des **Arbeiteraufstands** von 1920.

Generalstreik allgemeine Arbeitsniederlegung

T1 Gefahr von rechts

Die gefährlichsten Feinde der Demokratie waren **rechtsradikale** Gruppen, die behaupteten, sie müssten das Reich gegen seine Feinde schützen. Dazu gehörten die sogenannten Freikorps. Sie waren Ende 1918 aus Soldaten gebildet worden, die nach ihrer Rückkehr von der Front freiwillig unter Waffen blieben. In den östlichen Provinzen sollten sie polnische Freischärler abwehren, die vor der endgültigen Festlegung der Grenzen deutsche Gebiete auf eigene Faust besetzen wollten. In Berlin und anderen großen Städten standen sie bereit, um einen befürchteten linken Umsturzversuch niederzuschlagen.
Im Ruhrgebiet gingen Soldaten eines Freikorps gewaltsam gegen streikende Bergleute vor, die höhere Löhne, kürzere Arbeitszeiten und die Kontrolle der Zechen durch die Arbeiter forderten. Die Soldaten schossen auf Arbeiterführer und Streikende.

T2 Der Kapp-Putsch

Im März 1920 putschten Soldaten und Offiziere der Reichswehr in Berlin, als sie nach den Bestimmungen des **Versailler Vertrags** entlassen werden sollten. Einige Freikorps unterstützten sie, und ein hoher Beamter namens Kapp übernahm als selbsternannter Reichskanzler die Regierungsgewalt. Die Führung der Reichswehr weigerte sich jedoch, regierungstreue Truppen gegen die Aufständischen einzusetzen, da man dann ja auf Kameraden schießen müsse.
Nun riefen die Gewerkschaften den **Generalstreik** aus: Eisenbahnen fuhren nicht mehr, die Post ließ die Briefe liegen, die Telefone waren tot. Nach fünf Tagen musste Kapp aufgeben. Nur einer der Putschisten kam ins Gefängnis.

T3 Der Hitler-Putsch

Am 9. November 1923 rief ein junger Politiker in München die „nationale Revolution“ aus. Er war der „Führer“ der rechtsradikalen **NSDAP**. Mit Tausenden seiner Anhänger marschierte er zur Münchner Feldherrnhalle, wo ihn die bayerische Polizei stoppte. Obwohl vier Polizisten bei dem Schusswechsel getötet wurden, verurteilte man den Anführer des Putsches nur zu fünf Jahren Haft. Der Prozess machte ihn in ganz Deutschland bekannt, es war Adolf Hitler. Nach neun Monaten wurde Hitler „wegen guter Führung“ entlassen.

T4 Gefahr von links

Mehrfach versuchten auch Linksradikale, die politische Gewalt an sich zu reißen. Infolge des Kapp-Putsches kam es z. B. im Ruhrgebiet zu einem kommunistischen Aufstand. Doch in diesem Fall schlugen Reichswehr und Freikorps den Aufstand brutal nieder.

M2 Mordanschläge auf Politiker

- **1921** wird Finanzminister Matthias Erzberger (Zentrum) von Mitgliedern der rechtsextremen „Organisation Consul" ermordet, weil er den Waffenstillstand vom 11. November 1918 unterschrieben hatte. Der Geheimbund wird von Offizieren gesteuert, die am **Kapp-Putsch** teilgenommen hatten.
- **1922** wird der Außenminister Walther Rathenau (DDP) von Mitgliedern der „Organisation Consul" ermordet – vor allem weil er Jude war.

M3 Auszug aus der Urteilsbegründung des Münchner Volksgerichts im Prozess gegen Hitler und seine Mitverschwörer vom 1. April 1924:

Das Gericht ist zu der Überzeugung gelangt, dass die Angeklagten bei ihrem Tun von rein vaterländischem Geist und dem edelsten, selbstlosen Willen geleitet waren. Alle Angeklagten (...) glaubten nach bestem Wissen und Gewissen, dass sie zur Rettung des Vaterlandes handeln müssten (...). Das rechtfertigt ihr Vorhaben nicht, aber es gibt den Schlüssel zum Verständnis ihres Tuns.

M4 Soldaten der Marine-Brigade Ehrhardt besetzen unter dem Zeichen der kaiserlichen Reichskriegsflagge während des Kapp-Putsches das Berliner Regierungsviertel. (Foto, März 1920)

	Morde von Linken begangen	Morde von Rechten begangen
Gesamtzahl politischer Morde	22	354
Verurteilungen	38	24
geständige Täter freigesprochen	–	23
insgesamt verhängte Freiheitsstrafe je Mord	15 Jahre	4 Monate
Hinrichtungen	10	–

M5 Politische Morde 1919–1922

A / B

1 Bearbeite zusammen mit deinem Tischnachbarn T1, T2 und M4:
a) Nennt zwei Gruppen, die den Kapp-Putsch unterstützten.
b) Erklärt, warum der Putsch gegen die demokratische Regierung schließlich scheiterte.
c) Beurteilt die Haltung der Reichswehrführung beim Kapp-Putsch.

2 (A) Bearbeitet in Kleingruppen T3.
a) Diskutiert die Tat Hitlers und seiner Anhänger. Überlegt euch ein angemessenes Strafmaß für die Tat.
b) Vergleicht die tatsächlich verbüßte Haft mit der durch das Gericht verhängten Strafe.

2 (B) Bearbeitet in Kleingruppen T3 und M3.
a) Löst Aufgabe A2.
b) Bewertet die Urteilsbegründung des Gerichts, indem ihr die begangenen Straftaten einbezieht (unter anderem: versuchter Sturz der demokratisch gewählten Regierung, Tod von vier Polizisten).

3 (A) Arbeitet in Kleingruppen.
a) Nennt die Mordmotive in M2.
b) Vergleicht die Bestrafung Rechts- und Linksradikaler für politische Morde in den Jahren 1919 bis 1922 in M5.

3 (B) Arbeitet in Kleingruppen.
a) Ordnet die Mordmotive in M2 rechtem Denken in der Weimarer Republik zu.
b) Bewertet die Sühne politischer Morde in der Weimarer Republik (M5).

4 „Die Justiz (Richter, Staatsanwälte) der Weimarer Republik war auf dem rechten Auge blind." Diskutiert die Aussage in der Klasse (M5).

5 EXTRA 1920 schlugen Freikorps den kommunistischen Aufstand im Ruhrgebiet nieder, die wenige Tage zuvor noch gegen die Regierung geputscht hatten. Diskutiert darüber (T4, M1, M4).

Einen Spielfilm analysieren

M1 Aufführung des restaurierten Films „Metropolis“ anlässlich der Berlinale. Die Szene zeigt den Schichtwechsel der Arbeiter. (Foto, 2010)

Babelsberg
in den 1920er-Jahren die größten Filmstudios Europas, beinahe gleichbedeutend mit Hollywood

Ufa
1917 gegründetes Filmunternehmen mit Hauptsitz im Potsdamer Stadtteil Babelsberg

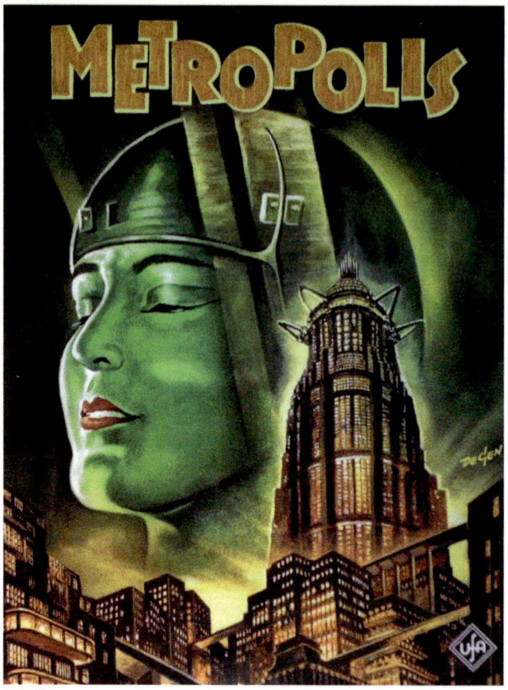

M2 Filmplakat zu Fritz Langs „Metropolis“. Die Welt der Reichen lehnt sich an das supermoderne New York an. (Plakat, 1926/27)

T1 Glanzzeit der Filmpaläste

In den 1920er-Jahren strömten allabendlich junge Menschen zu den neuen Kinopalästen der Großstädte. Der Film wurde zum **Massenmedium**. Im Vorprogramm zeigte eine Wochenschau das aktuelle Weltgeschehen – für Menschen der unteren Schichten oft die einzige Informationsquelle zu Politik und Zeitgeschehen. Der Ufa-Palast in Berlin-Charlottenburg war mit 2165 Plätzen bis 1929 das größte Filmtheater Europas. 1927 fand dort die Premiere des Stummfilms „Metropolis“ statt. Er wurde in den Babelsberger Studios der Ufa gedreht.

T2 Der Film Metropolis

In der futuristischen Riesenstadt Metropolis leben die gesellschaftlichen Schichten streng voneinander getrennt. Während die Elite in ihren Wohntürmen ein Leben in Luxus und ständigem Vergnügen genießt, lebt die Arbeiterschaft tief unter der Erde in düsteren Behausungen. Darüber, aber noch unter der Erde, schuften die Arbeiterheere freudlos im Takt gewaltiger Maschinen. Herr über alles ist Joh Fredersen, umgeben von Ewigen Gärten hoch über der Stadt. Dessen Sohn Freder verliebt sich in die Arbeiterführerin Maria, als diese sich in die Oberstadt verirrt. Auf der Suche nach ihr sieht er zum ersten Mal das Elend der Geknechteten in der Unterstadt.
Parallel zu dieser Handlung erschafft ein genialer Erfinder im Auftrag Fredersens einen stählernen Roboter, dem er das Aussehen Marias gibt. Die echte Maria wiegelt nämlich die Arbeiter auf, die Maschinenfrau soll sie wieder besänftigen. Doch der Erfinder will sich für vergangenes Unrecht an Fredersen rächen und macht die falsche Maria zur Aufwieglerin. Als die Arbeiter ihre Maschinen verlassen, droht die Überflutung. Nur durch Marias und Freders Eingreifen kann Metropolis gerettet werden.

Methode: Einen Film analysieren

1. Schritt: Betrachten und beschreiben
Schau dir den Film an und versuche dir einen Überblick zu verschaffen über Thema, Orte, Handlung, Haupt- und Nebendarsteller.

2. Schritt: Einzelelemente untersuchen
Schau dir den Film ein zweites Mal an: Unterscheide einzelne Sequenzen und formuliere Überschriften dazu. Welche Gestaltungsmerkmale fallen dir auf? Beurteile die Musik, Kostüme, besondere Effekte.

3. Schritt: Aussagen des Films deuten
Will der Film eine Botschaft vermitteln? Formuliere sie möglichst knapp.

M3 Doppelrolle der Maria

- Schauspielerin: Brigitte Helm, bei Drehbeginn 17 Jahre alt
- Junges Mädchen Maria: keusch und unerfahren, unschuldiger Blick, ist hilfsbereit und ehrlich
- Maschinenfrau Maria: kalte und erotische Ausstrahlung, personifizierte Sünde

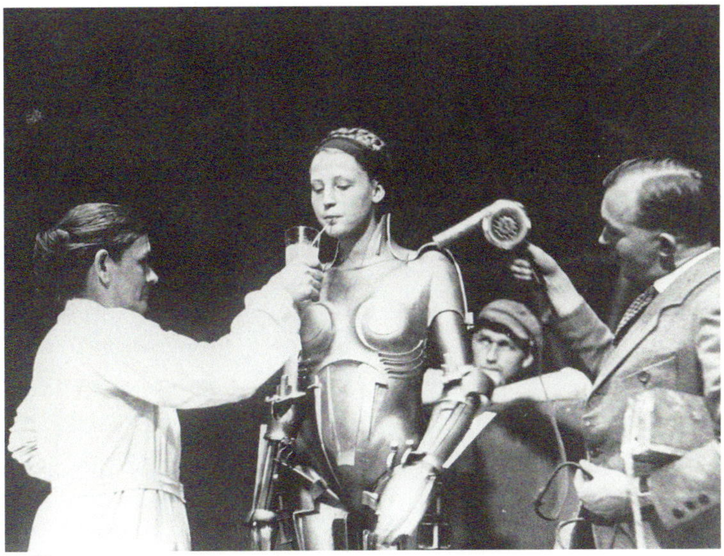

M4 Die Maschinenfrau Maria muss wegen des schweren Metallpanzers während der Drehpausen heruntergekühlt werden. (Foto, 1926)

Schon gewusst?

Der **Ufa-Palast in Berlin** war zwischen 1933 und 1943 Propagandakino der Nationalsozialisten. Die Ufa produzierte in dieser Zeit Filme, die dem nationalsozialistischen Weltbild entsprachen. Ein Bombentreffer zerstörte das Kino 1943 ebenso wie den Ufa-Palast in Hamburg, der seit 1929 mit 2 665 Plätzen das größte Kino Europas gewesen war. In den USA entstanden zur gleichen Zeit Kinos mit über 3 000 Plätzen, das größte fasste mehr als 6 000 Zuschauer.

A B

1 MK Beschreibe den Film als neues Massenmedium (T1, „Schon gewusst?").

2 MK (A) Arbeite aus T2 Einzelaussagen zur Handlung von „Metropolis" heraus.

2 MK (B) Ordne den verschiedenen Welten in „Metropolis" Eigenschaften und Personen zu (T2, M1, M2).

3 MK (A) Beschreibe das Filmplakat M2 unter dem Gesichtspunkt „Die Stadt Metropolis als Zeichen der Moderne".

3 MK (B) Was ist an der Rolle der Maria faszinierend? Erläutere verschiedene Aspekte, unter anderem das Zukunftsweisende (T2, M2, M3, M4).

4 MK Diskutiert Möglichkeiten, wie ihr den Film „Metropolis" auswerten könnt. Verteilt Aufgaben (methodische Arbeitsschritte).

5 EXTRA MK a) Recherchiere zur Schauspielerin Brigitte Helm oder zum Regisseur Fritz Lang. Inwiefern ist ihr beruflicher Weg durch politische Bedingungen in Deutschland beeinflusst worden?
b) Besorgt euch den Film „Metropolis". Analysiert ihn nach den methodischen Arbeitsschritten. Macht eine Ausstellung dazu.

A B

AFB I: 1, 2, 3 III: 4, 5 AFB I: 1, 2 II: 3 III: 4, 5

SP → Lösungshilfen ab Seite 304

Die Wirtschaft in der Krise

Nachdem es Ende 1923 gelungen war, die Inflation zu stoppen, blühte die deutsche Wirtschaft in den Folgejahren auf. Allerdings war der Wohlstand mit geliehenem Geld finanziert.

M1 Warteschlange an einer Berliner Bank 1931 (heutige Zeichnung)

Weltwirtschaftskrise
große Wirtschaftskrise, die ab 1929 alle Industrieländer erfasste. Sie begann am Donnerstag, 24. Oktober 1929, in New York. An der dortigen Börse brachen die Kurse ein, weil Aktien zuvor weit über Wert gehandelt worden waren. Banken wurden zahlungsunfähig, Betriebe mussten ihre Produktion einstellen. In den USA ging der Tag als „Schwarzer Donnerstag“ in die Geschichte ein, in Europa wegen der Zeitverschiebung als „Schwarzer Freitag“.

M2 Berlin im Juli 1931

Als Buchhalter kennt sich Herr Kaufmann aus mit der Wirtschaft. Zusammen mit seinem Sohn Emil wartet er in einer langen Schlange vor einer Bank.

Emil (E): „Wie lange müssen wir hier denn noch anstehen?“

Vater (V): „Bis ich unsere Ersparnisse in der Hand halte. Ich habe schon einmal erlebt, dass mein Geld von heute auf morgen weg war. Das passiert mir kein zweites Mal!“

E: „Wollen denn die vielen anderen Leute auch ihr ganzes Geld abheben?“

V: „Ja, bestimmt. Seit dem Schwarzen Freitag in New York haben unsere Banken und unsere Wirtschaft große Schwierigkeiten. Das Geld geht ihnen aus.“

E: „Aber was geht uns denn der Börsenkrach in New York an?“

V: „Leider eine ganze Menge. Nach dem Krisenjahr 1923 mit der Währungsreform brauchte Deutschland viel Geld, um die eigene Wirtschaft wieder in Schwung zu bringen. Dieses Geld haben wir uns vor allem aus den USA geliehen. Tja, und jetzt, wo die amerikanische Wirtschaft selber in der Krise steckt und dringend Geld braucht, fordern die US-Banken die Milliardenkredite wieder zurück. Einige deutsche Banken sind deshalb schon zahlungsunfähig.“

E: „Also hat der Börsenkrach eine Krise ausgelöst, die auch uns betrifft.“

V: „Ja. Und es kommt noch schlimmer, denn die deutsche Wirtschaft ist darauf angewiesen, möglichst viele Waren ins Ausland zu verkaufen. Die amerikanischen Kunden sind aber nicht mehr in der Lage, die bestellten Waren zu bezahlen. In den Überseehäfen stauen sich deshalb schon deutsche Schiffe, die ihre Güter nicht entladen können.“

E: „Oh je. Und wenn nun auch deine Bank nicht mehr zahlen kann?“

V: „Dann sind unsere ganzen Ersparnisse weg. Und Hunderte von Betrieben, die auf die Kredite der Bank angewiesen sind, gehen pleite. Viele Firmen haben schon jetzt kaum noch Aufträge. Denen bleibt nichts anderes übrig, als ihre Produktion herunterzufahren und ihre Arbeiter zu entlassen.“

E: „Und Arbeitslose haben kein Geld, um neue Waren zu kaufen.“

V: „... was wiederum dazu führt, dass der Staat weniger Steuern einnimmt. Dann muss er sparen und kann weniger Aufträge an die Wirtschaft vergeben.“

E: „Was für ein Teufelskreis!“

M3 Der 24-jährige Günther Prien war damals immer wieder vergeblich auf Arbeitsuche:

Ich ging auf die Straße hinaus. Nun war ich also wieder unten, ganz unten. (...) Warum? Jeder, den man fragte, zuckte die Achseln: „Ja es gibt eben keine Arbeit, das sind die Verhältnisse, mein Lieber!“ Ja, verflucht noch mal, waren denn die da oben, die Minister, die Parteibonzen, (...) nicht dazu da, die Verhältnisse zu ändern? Wie konnten sie ruhig schlafen, solange es noch Menschen gab, kräftig und gesund, willig zur Arbeit (...) und nun verrottend wie faules Stroh? Die paar elenden Pimperlinge, die sie uns hinwarfen, schützten gerade vor dem Hungertode. Sie gaben sie widerwillig her, weil sie Angst hatten vor unserer Verzweiflung, und sie wickelten uns das Lumpengeld in das Papier ihrer Zeitungen, die von schönen Redensarten (...) trieften. Ein wütender Zorn (...) packte mich. In diesen Tagen wurde ich Mitglied der nationalsozialistischen Bewegung.

M5 Hinterhofwohnungen in der Köpenicker Straße in Berlin: Aus den Fenstern hängen Fahnen der KPD und der NSDAP. (Foto, 1932)

M4 Im „Teufelskreis“ der Wirtschaftskrise

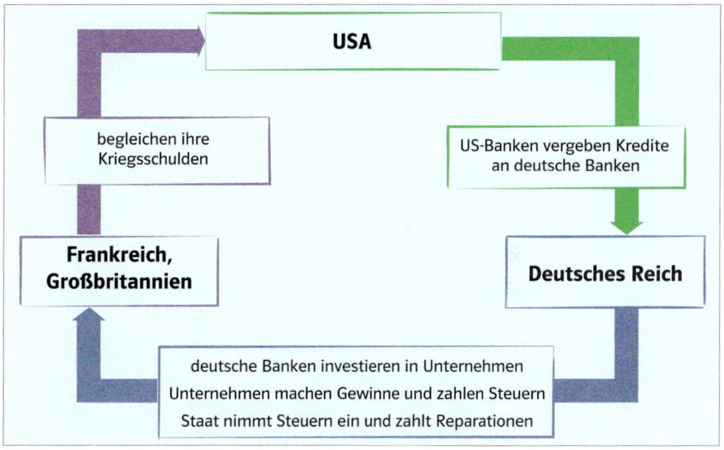

M6 Internationaler Geldkreislauf nach dem Ersten Weltkrieg

A / B

1 (A, B) Arbeite heraus, was der „Schwarze Freitag“ war und was damals geschah (Lexikon, M2).

2 (A) Nenne zwei Gründe, warum die US-Krise negative Folgen für Deutschland hatte (M2).

2 (B) In M2 wird an zwei Stellen ein Bezug zu 1923 hergestellt. Erläutere den Zusammenhang.

3 (A) Vervollständige M4 in deinem Heft. Lies dazu zunächst M2.

3 MK (B) a) Bearbeite Aufgabe A3. b) Erstelle in Partnerarbeit ein Erklärvideo zum Thema „Im Teufelskreis der Wirtschaftskrise“.

4 (A, B) a) Wem gibt Günther Prien die Schuld an seiner Lage? Gib wieder (M3). b) Prüfe, ob er damit Recht hat (M2).

5 (A) Wie reagieren Menschen auf die Krise (M3, M5)? Erläutere mögliche Gründe für das Verhalten.

5 (B) Die Männer in M5 sprechen über die Lage in ihrer Straße und über die Fahnen, die sie aufgehängt haben. Schreibe das Gespräch auf.

6 (A, B) Krise der Wirtschaft = Krise der Demokratie? Nimm Stellung.

AFB I: 1, 2, 3, 4a II: 4b, 5 III: 6 AFB I: 1, 3a, 4a II: 2, 3b, 4b, 5 III: 6

SP → Lösungshilfen ab Seite 304

Die Demokratie wird zerstört

Die katastrophale Wirtschaftslage und die hohe Arbeitslosigkeit bestimmten seit 1929 das Leben in Deutschland. Die Feinde der Republik nutzten diese Krise.

Notverordnungen konnte der Reichspräsident nach Artikel 48 der Weimarer Verfassung im Krisenfall erlassen. Sie hatten Gesetzeskraft.

T1 Die Zeit der Notverordnungen

Paul von Hindenburg war 1925 zum Reichspräsidenten gewählt worden. Hindenburg war ein Mann des Kaiserreichs und verabscheute die Demokratie.
Im Parlament brachte keine Regierung mehr eine Mehrheit zustande. Hindenburg ernannte daher 1930 den Zentrumspolitiker Heinrich Brüning zum neuen Reichskanzler. Die Regierung Brüning war die erste Präsidialregierung: Ohne Mehrheit im Parlament war sie allein vom Vertrauen des Reichspräsidenten abhängig. Sie regierte vor allem mithilfe von Notverordnungen nach Artikel 48 der Weimarer Reichsverfassung. Die Abgeordneten versuchten im Juli 1930, eine Notverordnung Brünings wieder aufzuheben – Hindenburg löste kurzerhand den Reichstag auf und setzte Neuwahlen an. Dieses Vorgehen wurde zur gängigen Praxis der nächsten zweieinhalb Jahre.

M1 Brünings Abschied: „Adieu, Herr Reichspräsident, und schreiben Sie mir mal 'ne Ansichtskarte aus dem Dritten Reich." Gemeint ist eine zukünftige Herrschaft der NSDAP. (Karikatur aus der Satirezeitschrift „Simplicissimus", 19. Juni 1932)

T2 Die Stunde der Gegner

Brüning versuchte, in der Wirtschaftskrise zu sparen. Doch damit verschärfte er die Krise nur noch weiter. Immer mehr Menschen verloren das Vertrauen in die demokratischen Parteien. Wer durch Krieg, **Inflation** und Wirtschaftskrise alles verloren hatte, war besonders anfällig für die Hetze der Republikfeinde. Die KPD versprach das Ende aller Not, sobald der Kapitalismus vernichtet sei. Die NSDAP versprach, Deutschland zu neuer Macht und Größe zu führen. An allen Problemen seien die Demokraten schuld.
Die Hetzkampagnen hatten Erfolg: Nach den Neuwahlen im September 1930 gehörten etwa 40 Prozent der Abgeordneten antidemokratischen Parteien an. Gleichzeitig heizten Kommunisten und NSDAP mit Straßenschlachten die Furcht vor einem Bürgerkrieg an. Viele riefen deshalb nach einem „starken Mann", der wieder für Ruhe und Ordnung sorgen sollte.

T3 Das Ende der Republik

NSDAP und KPD erhielten im Juli 1932 bei der Reichstagswahl erstmals über die Hälfte aller Stimmen. Nun waren die Anhänger der Demokratie in der Minderheit. Vorher war schon Reichskanzler Brüning durch Intrigen von Beratern Hindenburgs – Offizieren, Industriellen und Adligen – gestürzt worden. Eigentlich hatte Hindenburg den NSDAP-Politiker Adolf Hitler immer verachtet. Doch im Moment der Krise erschien er ihm geeignet, Deutschland durch eine autoritäre Regierung wieder stark zu machen. So ernannte Paul von Hindenburg dann Adolf Hitler am 30. Januar 1933 zum Reichskanzler. Die Gruppe um Hindenburg wollte Hitler „zähmen": Als Regierungschef könne er nicht mehr so radikal auftreten. Doch der Plan ging nicht auf.

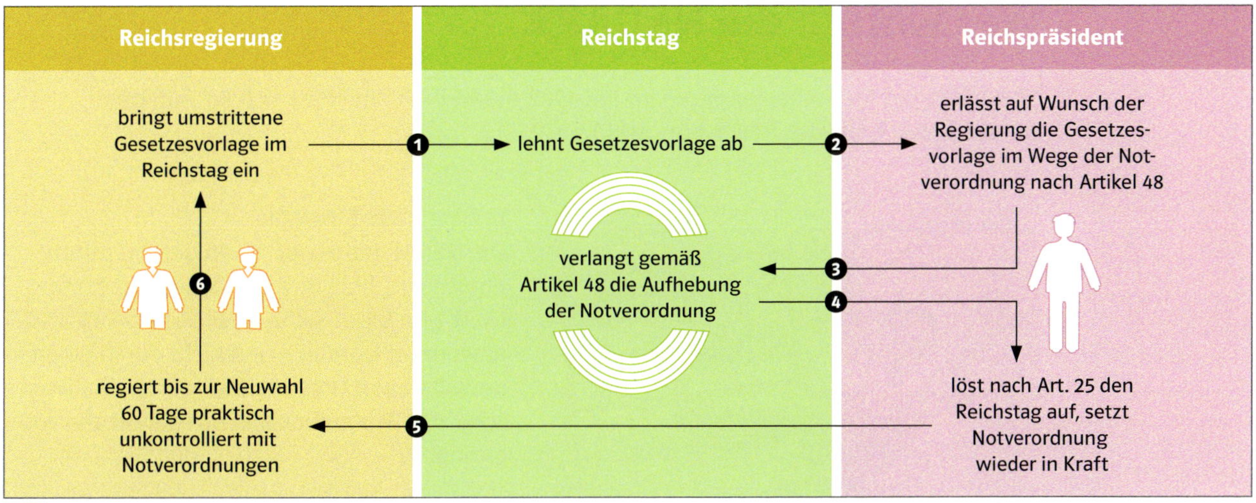

M2 Die Funktionsweise der Präsidialregierungen (1930–1933). Die Präsidialregierungen beruhten auf der Kombination der Artikel 48 und 25 der Weimarer Verfassung. Durch Androhung und Anwendung beider Artikel konnte der Reichspräsident das Parlament ausschalten.

Schon gewusst?

In deutschen Städten gab es Anfang der 1930er-Jahre Tausende von **politischen Schlägereien.** Besonders tragisch verlief der sogenannte „Altonaer Blutsonntag“: Am 17. Juli 1932 kam es in Altona bei Hamburg zu einer Schießerei zwischen Kommunisten, Nationalsozialisten und der Polizei. An deren Ende standen 18 Tote und 285 Verletzte. Der Schusswechsel war der blutige Höhepunkt der Gewaltwelle, die den Reichstagswahlkampf 1932 zum brutalsten in der Geschichte der Weimarer Republik werden ließ.

M3 Unruhen und blutige Zusammenstöße zwischen Nationalsozialisten und Kommunisten. Passanten bemühen sich um eine von Nationalsozialisten niedergeschlagene Frau. (Foto, 14. September 1930 (Tag der Reichstagswahl))

A / B 1 Gib wieder, weshalb die Wahl Hindenburgs zum Reichspräsidenten ein schwerer Schlag für die Republik war (T1).

A 2 Wandle M2 in einen Text um. Folge dabei dem nummerierten Ablaufschema.

B 2 MK Erstelle ein Erklärvideo zum System der Präsidialregierungen (M2).

A 3 Arbeite heraus, warum ab 1930 Präsidialregierungen gebildet wurden (T1).

B 3 Erkläre, warum die Präsidialregierungen zur Entmachtung des Parlaments führten (T1).

A 4 Beschreibe die Vorgehensweise von KPD und NSDAP (T2, „Schon gewusst?“).

B 4 MK Erkläre die Aussage der Karikatur (M1). Lies dazu auch T3.

A 5 Zwei Jugendliche werden Zeugen der Szene M3. Schreibe das Gespräch auf.

B 5 Deutschland versinkt Anfang der 1930er-Jahre in Gewalt. Welche politischen Folgen könnte das haben? Analysiere (T2, T3, M3).

A / B 6 Inwiefern trugen die Präsidialregierungen zur Zerstörung der parlamentarischen Demokratie bei? Nimm Stellung.

Wer wählte die NSDAP?

13,8 Millionen Menschen wählten im Juli 1932 die NSDAP. Wie lässt sich ihr Aufstieg zur stärksten Kraft des Reichstags erklären?

M1 **„Das Firmenschild. Vor den Proleten und vor den zahlungskräftigen Kreisen“** (Karikatur aus dem „Wahren Jacob“, 1931)

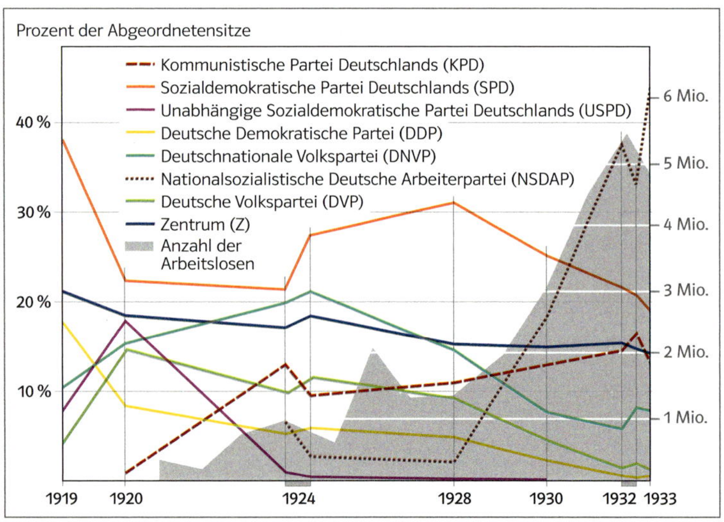

M2 **Entwicklung der Parteien bei den Reichstagswahlen und Zahl der Arbeitslosen**

T1 Eine neue Strategie

Die NSDAP hatte nach dem gescheiterten Putsch von 1923 ihre Taktik geändert: Die Macht im Staat sollte über das Parlament gewonnen werden – und nicht durch einen gewaltsamen Umsturz. Ziel war es, die Herrschaft im Parlament und auf der Straße zu erlangen.

T2 Verschiedene Wählergruppen im Blick

Die NSDAP trat dabei als Partei für viele gesellschaftliche Gruppen auf: Den Arbeitslosen versprach die NSDAP Arbeit und Brot. Beamten und Angestellten nahm sie die Angst vor dem Abstieg. Den kleinen Geschäftsleuten versprach sie, etwas gegen die unliebsame jüdische Konkurrenz zu unternehmen. Der Oberschicht versicherte sie Schutz vor der „kommunistischen Gefahr“. Dem Militär gab sie die Hoffnung auf eine neue große Armee. Hitler wurde zur Führerfigur aufgebaut. Die NSDAP vereinte als große Protestpartei die Empörung gegen „Versailles“, Kommunismus und eine angebliche „Herrschaft der Juden“.

T3 Die Wähler der NSDAP

Die NSDAP begeisterte mit ihren aggressiven Parolen vor allem junge Menschen. Sie war auf dem Land erfolgreicher als in den Städten. Mehr Männer als Frauen stimmten für die Partei, mehr Protestanten als Katholiken. Weniger Zulauf hatte die NSDAP bei Kommunisten. Die meisten Stimmen bekam die NSDAP aus der Mittelschicht. Aber auch ein beträchtlicher Teil der Arbeiterschaft wählte die NSDAP.

M3 „Was wollen wir im Reichstag?“ So lautet die Überschrift eines Artikels, den Joseph Goebbels am 30. April 1928 in der nationalsozialistischen Wochenzeitung „Der Angriff“ veröffentlichte:

Wir gehen in den Reichstag hinein, um uns im Waffenarsenal der Demokratie mit deren eigenen Waffen zu versorgen. Wir werden Reichstagsabgeordnete, um die Weimarer Gesinnung mit ihrer eigenen Unterstützung lahmzulegen. (...) Uns ist jedes gesetzliche Mittel recht, den Zustand von heute zu revolutionieren. (...) Wir kommen als Feinde! Wie der Wolf in die Schafherde einbricht, so kommen wir!

M4 Der Journalist Helmut von Gerlach kommentiert in einem Zeitungsartikel vom 6. Oktober 1930 den Erfolg der NSDAP bei den Septemberwahlen:

Von den drei Millionen Erwerbslosen hat nur ein verschwindend geringer Prozentsatz Hitler seine Stimme gegeben. Diese drei Millionen stellen vielmehr das Gros der kommunistischen Wähler dar. (...) Die Arbeitslosen waren also nicht die Hauptwähler Hitlers. Wohl aber ist richtig, dass die Wirtschaftskrisis (...) die Grundlage des hitlerischen Sieges war.

	1928	1930	1932 J	1932 N	1933	Alle
Selbstständige/ Mithelfende	26	27	31	30	31	24
Angestellte/Beamte	12	13	11	12	12	15
Arbeiter	30	26	25	26	26	32
Berufslose	13	17	17	17	16	13
Hausfrauen usw.	17	17	16	16	16	17

M5 Die soziale Zusammensetzung der NSDAP-Wählerschaft nach Berufsgruppen (in Prozent, gerundet): 1932J = Juli; 1932N = November; Alle = Anteil der Berufsgruppe an allen Wahlberechtigten; Berufslose: davon ca. 90 % Rentner und Pensionäre (1933); Lesebeispiel: 26 % der NSDAP-Wähler im Jahre 1928 gehörten zur Berufsgruppe der Selbstständigen und mithelfenden Familienangehörigen, 1933 waren es 31 %. Der Anteil dieser Berufsgruppe an allen Wahlberechtigten lag in diesem Zeitraum bei 24 %.

Kreis/Bezirksamt	Arbeitslose	NSDAP 1930	NSDAP 1933
Neustadt b. Coburg	30	37	48
Berlin-Wedding	26	8	23
Berlin-Friedrichshain	26	9	25
Bochum (Stadt)	25	16	33
Nördlingen (Land)	2	10	55
Königshofen / Grabfeld	2	18	52
Gerabronn	2	12	64
Rothenburg / T. (Land)	2	29	79

M6 Ergebnisse der NSDAP bei Reichstagswahlen (in Prozent, Auswahl) in Gebieten mit extrem hoher und extrem niedriger Arbeitslosigkeit

A / B

1 Beschreibe die Entwicklung der Wahlergebnisse der NSDAP. Beachte die jeweilige Zahl der Arbeitslosen (M2).

2 (A) Beschreibe, auf welche Weise die NSDAP versuchte, die „Herrschaft auf der Straße“ zu erlangen (T1, T2).

2 (B) Erkläre, welche Konsequenzen die NSDAP aus dem gescheiterten Putsch von 1923 zog und wie sie den Reichstag nutzen wollte (T1, M3)?

3 (A) Erläutere mithilfe von T1 und T2 die Karikatur M1.

3 (B) „Die NSDAP war eine Volkspartei des Protests.“ Nimm Stellung zu dieser Aussage.

4 (A) a) Nenne die Gruppen, für die die NSDAP besonders attraktiv war (M5).
b) Welche Gründe könnte das haben? Diskutiert eure Vermutungen (T3).

4 (B) Wer wählte die NSDAP? Fasse T3 zusammen und werte zusätzlich die Tabellen M5 und M6 aus.

5 Nimm Stellung:
a) Hätte man den Aufstieg der NSDAP stoppen können?
b) Was kann der Rechtsstaat heute gegen antidemokratische Parteien/Gruppen tun?

AFB I: 1, 2, 4a II: 3 III: 4b, 5 AFB I: 1 II: 2, 4 III: 3, 5

SP → Lösungshilfen ab Seite 304

Warum scheiterte Weimar?

Nach dem Ersten Weltkrieg standen die Menschen in Deutschland vor der schwierigen Aufgabe, einen demokratischen Staat aufzubauen. Allerdings hatten nicht alle Deutschen dieses Ziel. Warum konnten die Gegner der Republik sich am Ende durchsetzen?

T1 Auf der Suche nach Gründen

Die Weimarer Republik war mit der nationalsozialistischen Machtübernahme am 30. Januar 1933 endgültig gescheitert. Vorausgegangen waren ihr das Kaiserreich als Monarchie, abgelöst wurde sie nun von einer Diktatur. Die erste deutsche Demokratie hatte nicht einmal 15 Jahre Bestand gehabt. In dieser kurzen Zeit verbrauchte die Republik 20 Regierungen mit einer Durchschnittsdauer von acht Monaten. Vier Regierungen überstanden nicht einmal die ersten hundert Tage. Zwölf Reichskanzler versuchten in insgesamt acht Koalitionen, die Geschicke der Republik zu lenken. Allein diese Zahlen lassen erahnen, wie instabil das politische Leben in den Weimarer Jahren war.

Welche Gründe gab es noch für das Scheitern, welche Fehler wurden gemacht? Einige Erklärungen von Zeitgenossen und Historikern findest du auf dieser Doppelseite.

M1 „The source“ (Die Quelle)
(Karikatur von Daniel Fitzpatrick, 1930)

M2 „Stützen der Gesellschaft“? Breite Teile der Bevölkerung lehnten die Republik ab. Das ist für viele Historiker die Hauptursache für das Scheitern der Weimarer Republik. Sie prägten deshalb das Schlagwort von der „Republik ohne Republikaner“. Der Künstler George Grosz porträtierte in seinem Gemälde „Stützen der Gesellschaft“ (1926) die Kräfte, die in der Weimarer Republik großen Einfluss hatten.

M3 Warum scheiterte Weimar?
Ansichten heutiger Historiker könnte man so wie in den Sprechblasen zusammenfassen.

A / B

1 „Das politische Leben in den Weimarer Jahren war instabil." Stelle Zahlen zusammen, die diese Aussage belegen (T1).

2 (A) Ordne die Figuren den Bereichen Kirche, Presse, Parlament, Justiz und Militär zu (M2).

2 (B) Betrachtet George Grosz die Figuren in seinem Gemälde tatsächlich als „Stützen der Gesellschaft"? Begründe (M2).

3 (A) Erläutere die Grundhaltung der auf dem Bild dargestellten Gruppen zur Republik (M2).

3 (B) „Republik ohne Republikaner" – was ist mit diesem Schlagwort gemeint? Erläutere (M2).

4 (A) Worauf führt Daniel Fitzpatrick den Aufstieg der NSDAP in der Weimarer Republik zurück? Erläutere (M1).

4 (B) a) Bearbeite Aufgabe A4.
b) Nimm Stellung zu der Sichtweise des Karikaturisten (M1).

5 Wem stimmst du eher zu? Nimm Stellung und begründe (M3).

6 EXTRA Ist unsere Demokratie heute auch in Gefahr? Sucht Gemeinsamkeiten und Unterschiede zwischen der Situation der Weimarer Republik und der Bundesrepublik heute.

AFB I: 1 II: 2–4 III: 5, 6 AFB I: 1 II: 2–4a III: 4b–6

SP → Lösungshilfen ab Seite 304

Kleidung, Tanz und Musik

Die „Goldenen Zwanziger“ stehen für Aufbruchstimmung, kulturelle Experimentierfreudigkeit und ein ausschweifendes Nachtleben, wie es vorher nicht bekannt war. Besonders neue, amerikanische Formen der Massenkultur verbreiteten sich schnell und zogen die Menschen in Großstädten in ihren Bann.

M1 Plakat der Comedian Harmonists aus den 1920er-Jahren: Die Comedian Harmonists gelten als die erste deutsche Boyband nach amerikanischem Vorbild. Durch gezielte Werbemaßnahmen, die z. B. zum Erscheinen einer neuen Platte geschaltet wurden, sichert sich das Ensemble bis heute eine große Bekanntheit.

Roaring Twenties
Der wirtschaftliche Aufschwung nach dem Ersten Weltkrieg führte zu einer „Vergnügungssucht“. Die Menschen wollten sich amüsieren und das Leben genießen.

→ **Seite 46**
Die „neue Frau“

T1 Musik in der Weimarer Republik

In den 1920er-Jahren entwickelte sich eine neue musikalische Massenkultur aus Tanzmusik, Filmmusik und Schlager. Sie wurde primär durch Schallplatten, Film und Radio verbreitet. Gleichzeitig kamen Jazz- und Swingmusik, welche in den Tanzhallen und Bars der Großstädte zu hören waren. Diese neuen Musikstile kamen aus den USA und wurden durch den ersten großen Ton- und Musikfilm der Geschichte „The Jazz Singer“ (USA 1927) auch in Europa populär. Schlager, Tanzmusik, Big Bands und Musikrevuen beeinflussten das laute, musikalische Image der „Roaring Twenties“. Das Saxofon als neues Instrument der Moderne prägte akustisch wie optisch die Musikkultur der Weimarer Republik und stand für eine neue Lautstärke in der Populärmusik.

T2 Neue Tänze werden populär

Im Lebensstil der 1920er-Jahre hatte das Tanzvergnügen einen festen Platz. Neue Tänze wie der Charleston oder der Shimmy aus Amerika wurden ausprobiert und zu beliebten Modetänzen in Deutschland. Auch Tänze südamerikanischen Ursprungs wie die Rumba wurden getanzt. Es kamen Revuestars wie Josephine Baker nach Berlin, die mit ihrem „wilden“ Tanzstil für Aufsehen und Begeisterung sorgte. Es entstand eine regelrechte Vergnügungssucht mit einer Freizügigkeit, die bis dahin nicht bekannt war. Besonders der Jazz fand großen Anklang. Zahlreiche neue Tanzlokale und Bars wurden eröffnet, die den Zeitgeist widerspiegelten. Das Nachtleben pulsierte, Berlin galt als Kulturmetropole.

T3 Mode der Weimarer Republik

Auch die Mode spiegelte das Lebensgefühl wider: Die Kleider wurden kürzer, sodass die Frauen mehr Bewegungsfreiheit für die Tänze hatten. Besonders die Abendmode zeichnete sich durch Verzierungen wie Glasperlen oder Federn aus. Gleichzeitig wurden die Kleider weiter geschnitten und die Taille nicht mehr betont. Das passte zum Schönheitsideal der Zeit: Die Frauen wollten knabenhaft wirken und eigneten sich zuvor männliche Symbole wie das Rauchen oder Autofahren an. Dazu wurden die Haare kurz in einem sogenannten Bubikopf getragen und die Gesichtszüge mit Schminke betont. Die Herrenmode war sportlich. Junge Männer entdeckten Knickerbocker: wadenlange Hosen mit weitem Bein. Dazu wurden auffällige Kniestrümpfe, ein Hemd und Jackett getragen. Auch der Strohhut setzte sich in allen Schichten als modisches Accessoire durch.

M2 Schauspielerin Evelyn Brent – modern geschminkt und mit Bubikopf: Junge Frauen betonten meist ihre Lippen schmal und rot, die Augen schwarz. Das Gesicht wurde mit hellem Make-up geschminkt. (Foto, 1928)

M3 Fotografie eines Tanzkleides: „Mitte der 1920er-Jahre setzte sich die kurze Kleidlinie durch. Die weiter nach unten gesetzte Taillennaht und der das Knie umspielende Rocksaum ermöglichten die erforderliche Bewegungsfreiheit für den ‚Charleston'. (…) Das Gewicht der Glasperlen ließ das Kleid zu den rhythmischen Tanzbewegungen versetzt mitschwingen."

A B

1 Arbeite die kulturellen Veränderungen der 1920er-Jahre heraus. Nenne auch ihre Herkunft und wie sie sich verbreiten konnten (T1, T2, M1).

2 Erkläre die Neuerungen im Nachtleben (T2, Lexikon).

3 MK (A) Schreibe einen Zeitungsartikel über die Mode der Frau in der Weimarer Republik (T3, M2, M3).

3 MK (B) Verfasse einen Zeitungsartikel über die Mode der Frau in der Weimarer Republik. Gehe auf das Vorbild der „neuen Frau" ein und beachte, wer nach diesem Vorbild leben konnte (T3, M2, M3).

4 Beurteile den Einfluss der amerikanischen Massenkultur auf Europa in den 1920er-Jahren (T1, T2, M1).

5 EXTRA MK Recherchiere mehr über die Tänzerin Josephine Baker. Führe anschließend ein Interview, in dem du sie über ihren Berufsalltag befragst.

AFB I: 1 II: 2, 3 III: 4, 5 AFB I: 1 II: 2 III: 3, 4, 5

Tests und Übungen
26n2x4

Die Weimarer Republik als erste deutsche Demokratie

1919 Die Weimarer Republik wird gegründet.

1923 Eine Inflation vernichtet das Geldvermögen der Deutschen.

1926 Deutschland wird in den Völkerbund aufgenommen.

1929 Eine Wirtschaftskrise hat Massenarbeitslosigkeit zur Folge.

1933 Der Reichspräsident ernennt Adolf Hitler zum Reichskanzler.

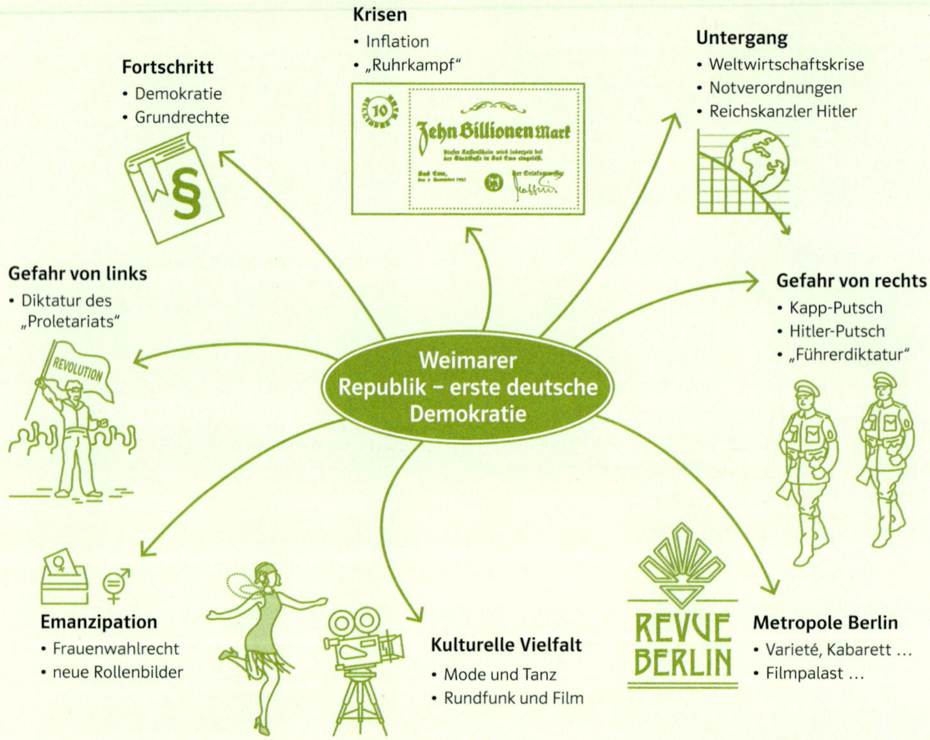

Wichtige Begriffe

- Demokratie
- faschistische Diktatur
- Generalstreik
- Goldene Zwanziger
- Inflation
- Kapp-Putsch
- Kommunistische Partei Deutschlands (KPD)
- Massenmedium
- Metropole
- Nationalversammlung
- NSDAP
- parlamentarische Republik
- Räterepublik
- rechtsradikal
- Reichskanzler
- Reichspräsident
- Reparationen
- Sozialismus
- Spartakusbund
- Versailler Vertrag
- Weimarer Republik
- Weltwirtschaftskrise

Jetzt kannst du ...

- die Weimarer Republik als demokratischen Staat mit freiem und gleichem Wahlrecht beschreiben.
- die Durchsetzung des Frauenwahlrechts und ein neues Rollenbild als Schritte auf dem Weg zur Emanzipation beschreiben.
- die vielfältige Kultur der 1920er-Jahre als Ausdruck größerer persönlicher Freiheit erklären.
- den Wandel Berlins zu einer Metropole analysieren.
- Belastungen der Weimarer Republik aus Krieg und Friedensschluss beschreiben.
- die Gefährdung der Republik durch linke und rechte Extremisten erläutern.
- das Scheitern der Weimarer Republik in der Weltwirtschaftskrise bewerten.
- den mangelnden Willen von Politikern, Parteien und gesellschaftlichen Gruppen zur Rettung der Demokratie beurteilen.

3 Keine Wahl haben: Was passiert, wenn Demokratien scheitern?

M1 Reichskanzler Adolf Hitler weiht das spätere VW-Werk ein. (Foto, 26. Mai 1938)

Du lebst in einem der freiesten Staaten der Welt. Deine Würde als Mensch und deine persönlichen Rechte darf der Staat nicht verletzen. Das erscheint nach über 70 Jahren erfolgreich gelebter Demokratie als sicher. Doch ist es das wirklich?

Dass eine Demokratie scheitern kann, hast du am Beispiel der Weimarer Republik gesehen. Was die Deutschen dann erlebten, war ein erdrutschartiger Verlust von Rechten. Am Ende fragten sich die meisten: „Warum haben wir das alles zugelassen?“

M2 Mit Tod und Zerstörung endete die Diktatur in Deutschland. (Foto, Hannover 1945)

Deutschland wird eine Diktatur

Bis 1934 brachten die Nationalsozialisten alle politischen Ämter in ihre Hand. Damit war Hitler unumschränkter Diktator. Doch es ging um mehr: Die gesamte Gesellschaft sollte auf die Partei und ihren Führer ausgerichtet werden.

Gleichschaltung
→ Lexikon

Konzentrationslager (KZ)
→ Lexikon

→ **Seite 90/91**
Vernichtungslager

Schon gewusst?
Die Abkürzungen NS, SA und SS sind bis heute verboten.
Du findest sie daher auch auf keinem **Autokennzeichen.**

totalitär
von lat. totus (= ganz). In einem totalitären Staat bringt die herrschende Gruppe (in der Regel eine Partei) alle Bereiche des öffentlichen Lebens und große Teile des privaten Leben unter ihre Kontrolle.

T1 Die „Gleichschaltung“

Das Ermächtigungsgesetz gab Hitler beim Aufbau seiner Diktatur freie Hand. Die Nationalsozialisten schufen einen Staat, in dem sich alles dem „Willen des Führers“ unterzuordnen hatte. Für anderes Denken oder gar eine Opposition sollte im künftigen „Führerstaat“ kein Platz mehr sein. Wichtige Bereiche des Staates und der Gesellschaft wurden „gleichgeschaltet“.
Ein erster Schritt war das Berufsbeamtengesetz vom April 1933: Auf seiner Grundlage konnten Beamte aus politischen oder „rassischen“ Gründen entlassen werden. Im gleichen Monat verloren die Länder ihre Eigenständigkeit. Auch die Arbeiterbewegung blieb nicht verschont: Anfang Mai wurden die freien Gewerkschaften aufgelöst. Ihr Vermögen übernahm die NSDAP. Leichtes Spiel hatten die Nationalsozialisten mit den Parteien: Die meisten lösten sich selbst auf, die SPD wurde im Juni verboten. Die NSDAP war nun die einzige politische Partei.

M1 **„Die Zahl der politischen Vereinigungen in Deutschland hat abgenommen.“** (Karikatur der türkischen Zeitung Akşam, „Der Abend“, 9. Mai 1933)

T2 Anpassung an das System

Die Nationalsozialisten mussten nur wenig Personal austauschen. Viele Menschen passten sich freiwillig an. So wurden z. B. nur vier Prozent der Beamten entlassen, der Rest blieb im Amt. Viele Menschen traten 1933 in die NSDAP ein – aus Karrieregründen, durch Druck oder aus Überzeugung. Einen Zwang zum Parteieintritt gab es nicht. Manche Historiker sprechen daher von einer „Selbstgleichschaltung“ der deutschen Bevölkerung.

T3 Die Konzentrationslager

Wer sich den Nationalsozialisten offen entgegenstellte, musste damit rechnen, dass er ohne jeden Gerichtsbeschluss abgeholt und eingesperrt wurde. Dazu richtete die SA ihre eigenen Gefängnisse ein, die sogenannten **Konzentrationslager**. Hier mussten die Häftlinge Zwangsarbeit leisten und wurden misshandelt.
Erst waren es vor allem Sozialdemokraten, Kommunisten und Gewerkschafter, ab 1934 sperrte man auch solche Menschen ein, die sich nur kritisch geäußert hatten.

T4 Führer und Reichskanzler

Am 2. August 1934 starb Reichspräsident von Hindenburg. Eine Neuwahl, wie sie durch die Verfassung vorgeschrieben war, ließ Hitler nicht zu. Er wollte die Macht nicht teilen. Nun nannte er sich „Führer und Reichskanzler“.
Als Staatsoberhaupt übernahm Hitler auch den Oberbefehl über die Streitkräfte. Alle Offiziere, Unteroffiziere und Mannschaften mussten einen Eid auf seine Person leisten. Viele Berufssoldaten versprachen sich von der Politik Hitlers eine bessere Karriere, weil er die Armee vergrößern wollte.

Ideologie	Herrschaft	Gesellschaft	Wirtschaft
– Feindbilder schaffen (Rassenlehre, Antikommunismus) – Kollektivismus statt Individuum (Volksgemeinschaft) – Aggression nach außen (Eroberungskrieg)	– Diktatur und Führerkult – NSDAP als Staatspartei – Gewalt und Terror (Konzentrationslager) – undurchschaubarer Machtapparat	– Gleichschaltung aller Lebensbereiche – Ausschaltung des Individuums – Beherrschung der Massen durch Propaganda – Ausgrenzung	– Verfügungsgewalt über Ressourcen – Hochkonjunktur durch Aufrüstung – Zwangsarbeit – Enteignung jüdischen Besitzes („Arisierung")

Durchdringung des Alltagslebens: Hitlergruß „Heil Hitler", Parteiuniformen, Hakenkreuzfahnen, Zwangsmitgliedschaft in der „Hitlerjugend", Freizeitorganisation „Kraft durch Freude" …

M2 **Totalitäre Herrschaft am Beispiel des Nationalsozialismus** (1933–1945)

M3 **Wegen heimlicher Verbreitung kommunistischer Zeitungen war Max Emendörfer 1935 erst zu sechs Monaten Zuchthaus verurteilt, dann willkürlich in ein Konzentrationslager eingewiesen worden. Über seine Ankunft im Konzentrationslager Esterwegen im Emsland berichtete er:**

Als der erste Häftling seinen Fuß in den Gang setzte, verwandelte ein Ruf des Postens die Stille in ein Inferno, Knüppel und Stahlruten klatschten. Nach wenigen Schritten brach ich zusammen, so wie die anderen vor mir. Wie sie wurde ich hochgerissen, weitergejagt, brach erneut zusammen, fand mich plötzlich in einem Raum wieder. Eine hohnverzerrte Fratze fragte: „Warum denn so aufgeregt, junger Mann?"

M4 **Teilnehmer des Reichs-Erntedankfestes** begrüßen den „Führer" mit dem so genannten Hitlergruß. (Propagandafoto, 1937)

A / B

1 Liste einzelne Maßnahmen auf, mit denen die Nationalsozialisten Staat und Gesellschaft auf ihr System ausrichteten (T1).

2 Von Januar bis April 1933 veränderte sich die Zahl der Parteimitglieder der NSDAP von 850 000 auf über 2,5 Millionen.
a) Beurteile den Anstieg (T2).
b) Nenne mögliche Gründe (T2).

3 Erkläre, warum Hitler seit dem 2. August 1934 unumschränkter Diktator war (T4, M1).

4 MK Bearbeitet in Gruppen T3 und M1–M4.
a) Beschreibt das System der Konzentrationslager.
b) Erläutert, wie die Nationalsozialisten die Gesllschaft veränderten.

4 MK Bearbeitet in Gruppen T3 und M1–M4.
a) Erklärt die folgende Aussage: „Die Nationalsozialisten herrschten mit ‚Zuckerbrot und Peitsche'".
b) Fertigt zu der Aussage eine Mindmap an.

5 MK Du bist Gegner bzw. Gegnerin der Nationalsozialisten. Schreibe einen Tagebucheintrag, der deine große Sorge über die totale Erfassung aller Lebensbereiche durch den Nationalsozialismus ausdrückt (M2).

AFB I: 1, 2 II: 3, 4 III: 5   AFB I: 1, 2 II: 3, 4 III: 5

SP → Lösungshilfen ab Seite 304

Führerkult und Propaganda

Viele Menschen jubelten Hitler in den ersten Regierungsjahren zu, sie waren begeistert. Um den „Führer" einmal „live" zu sehen, warteten die Menschen oft stundenlang. Hinter den Kulissen war die Wirkung seiner Auftritte genau geplant.

M1 Inszenierung von Hitler als „Führer" (Propagandafoto vom „Reichserntedankfest" bei Hameln, 1934)

Propaganda
von lat. propagare = ausdehnen, ausbreiten. Beeinflussung der öffentlichen Meinung im Sinne der Herrschenden mithilfe von Manipulation (z. B. Weglassen, Verkürzen, aus dem Zusammenhang reißen usw.)

T1 Hitler als Redner

Hitler verstand es, Menschenmassen zu faszinieren. Er sprach aus, was viele damals dachten oder hören wollten: Das Deutsche Reich sollte wieder zu alter Größe finden. Er versprach, die Arbeitslosigkeit zu beseitigen. Und für alle Probleme präsentierte Hitler einen Sündenbock: Schuld seien die Juden.

T2 Wer war Adolf Hitler?

Adolf Hitler wurde 1889 in Braunau am Inn in Österreich geboren. Ohne Abschluss verließ er die Realschule und bewarb sich vergeblich an der Wiener Kunstakademie. Später zog er nach München und meldete sich 1914 als Freiwilliger zum Kriegsdienst. Er gab den Politikern der Weimarer Republik die Schuld für die Kriegsniederlage. 1919 trat er in die Deutsche Arbeiterpartei (DAP) ein und übernahm 1921 die Führung. Hitler wurde nach einem Putschversuch verhaftet und verurteilt. Im Gefängnis schrieb er in dem Buch „Mein Kampf" seine politischen Überzeugungen auf. Er wurde vorzeitig entlassen und übernahm die Führung der neu gegründeten NSDAP. 1930 konnte er einen ersten großen Wahlerfolg feiern. Drei Jahre später wurde er zum Reichskanzler ernannt. Kurz vor Ende des Zweiten Weltkriegs nahm er sich das Leben.

T3 Propaganda für den „Führer"

Die NSDAP verstand es geschickt, Hitler in Szene zu setzen. Auf Plakaten, Fotos und in Filmen wurde der Eindruck erzeugt, Hitler werde von allen geliebt. Verantwortlich für die NS-**Propaganda** war Joseph Goebbels. Er war der Leiter des Ministeriums für Volksaufklärung und Propaganda. Goebbels galt als ähnlich talentierter Redner wie Hitler. Für Ansprachen nutzte er oft das Radio, das damals für die Menschen noch neu war. Goebbels erreichte dadurch viele Menschen und bestimmte so die öffentliche Meinung. Auch die Zeitungen wurden von ihm kontrolliert. Presse- und Meinungsfreiheit gab es im NS-Staat nicht.

M2 Propaganda heute

Volksrepublik China:
Alle Medien werden zensiert. Das Land besitzt zu diesem Zweck ein eigenes, nationales Internet. Gegner der kommunistischen Partei landen in „Umerziehungslagern“.

Demokratische Volksrepublik Korea:
Im kommunistisch regierten Nordkorea konzentriert sich die ganze Macht bei Partei, Militär und Geheimpolizei. Zeitungen, Radio und Fernsehen sind staatlich gelenkt. Es gibt auch digitale Medien, doch ohne Internet, z. B. für überwachte Videokonferenzen. Um den Staatschef wird ein regelrechter Personenkult betrieben. Die Medien nennen ihn gern „Oberster Führer“.

M3 Hitler in Rednerpose: Die Fotos wurden von Hitlers Fotografen Heinrich Hoffmann geschossen und erschienen als sechsteilige Fotopostkarten-Serie vor 1927.

Schon gewusst?

Der in den USA lebende Komiker **Charlie Chaplin** nahm sich vor, Hitler durch Satire zu bekämpfen. In seinem Film „Der große Diktator“ (USA 1940) ahmte er die Auftritte und Posen Hitlers überspitzt nach und zeigte ihn als einen größenwahnsinnigen Schwächling. Als der Film am 15. Oktober in New York erstmals aufgeführt wurde, lachten die Zuschauer über den Diktator „Hynkel“. Doch später schrieb Chaplin: „Hätte ich damals von den tatsächlichen Schrecken der deutschen Konzentrationslager gewusst, hätte ich ‚The Great Dictator‘ nicht machen können …“

M4 „Hynkels“ Spiel mit der Weltkugel (Szenen aus dem Film „Der große Diktator“, 1940)

A / B

1 Nenne Gründe für Hitlers Erfolg bei Millionen von Menschen (T1).

2 (A) Liste Propagandamittel der Nationalsozialisten auf (T3, M3).

2 (B) Begründe, warum Hitler ein Propagandaministerium einrichten ließ (T3, M3).

3 Erläutere mithilfe der Propagandafotos M1 und M3, wie Hitler der Öffentlichkeit gegenüber erscheinen wollte.

4 (A) Erläutere Chaplins Absicht mit dem Film „Der große Diktator“ (M4, „Schon gewusst?“).

4 (B) Beurteile die Möglichkeiten des Films, Geschichte zu beeinflussen (M4, „Schon gewusst?“).

5 Vergleiche Hitlers frühen Lebenslauf (T2) mit dem späteren Kult um seine Person. Warum ließen sich sehr viele Menschen in Deutschland blenden?

6 „Staatspropaganda und Führerkult sind nicht nur historische Erscheinungen.“ Diskutiert (M2).

AFB I: 1, 2 II: 3, 4, 5 III: 6 AFB I: 1 II: 2, 3, 5 III: 4, 6

SP → Lösungshilfen ab Seite 304

Ziele und Ideen der NSDAP

In seinem Buch „Mein Kampf“ hatte Hitler ab 1924 seine verbrecherischen Pläne beschrieben: Aufbau eines Führerstaates, Vernichtung des Judentums, Eroberung von „Lebensraum im Osten“. Das Buch wurde zum Programm der NSDAP.

Arier
→ Lexikon

Sinti und Roma
→ Lexikon

→ Seite 80/81
Jugend unterm Hakenkreuz

Polykratie
im Nationalsozialismus: Herrschaftsausübung vieler miteinander konkurrierender Stellen mit gleichen oder ähnlichen Aufgaben

T1 Rassenlehre

Die Rassenlehre war das Kernstück der NS-Anschauung. Danach gehörten alle Menschen unterschiedlichen Rassen an. Die Nationalsozialisten predigten das Recht des Stärkeren: Die hochwertigste Rasse werde sich im Kampf gegen die minderwertigen Rassen durchsetzen. Als hochwertigste Rasse galten die „**Arier**“.
Das Gegenstück dazu sollten die Juden sein. Sie waren in den Augen der Nationalsozialisten eine wertlose Rasse. Den Juden gab die NSDAP die Schuld an allem Übel in der Welt. Als „rassisch minderwertig“ galten außerdem Menschen mit Behinderung, Homosexuelle sowie Sinti und Roma. Sie waren ebenso wie die Juden von Anfang an Ziel der menschenverachtenden NS-Politik.

Schon gewusst?

Die Propaganda der Nationalsozialisten hat Hitlers Leistungen maßlos überhöht. Das prägt bis heute die Vorstellung vom „Führerstaat“. Doch wurde wirklich „von oben nach unten“ durch Befehle Adolf Hitlers und seiner Partei regiert? Historikerinnen und Historiker sehen den NS-Staat eher als eine „**Herrschaft von Vielen**“ (Polykratie): Hitler und die NSDAP regierten nicht allein, sondern viele Menschen in Staatsverwaltung, Militär und Wirtschaft sowie in zahlreichen Sonderorganisationen regierten mit. Hitler gab oft zwei Stellen dieselben Aufgaben. Wie die Aufgaben konkret zu erfüllen waren, sagte er nicht. Um besser zu sein als die konkurrierende Stelle, überlegten die Beamten und Sachbearbeiter bei der Erfüllung ihrer Aufgaben: „Was könnte im Sinne Hitlers sein?“ Sie arbeiteten ihm „aktiv entgegen“, um anschließend von ihm gelobt zu werden. Das Resultat war: Die NS-Politik wurde immer radikaler, ohne dass Hitler alles im Einzelnen anordnen musste.

M1 Hitler in der Pose eines unumschränkten Herrschers über die „Volksgemeinschaft“ (Propagandaplakat der NSDAP nach der Vereinigung der Ämter von Reichskanzler und Reichspräsident, 1934)

T2 „Lebensraum“

Die Nationalsozialisten sahen die „Arier“, die sie weitgehend mit dem deutschen Volk gleichsetzten, als „**Herrenrasse**“ an. Dieses brauche mehr „**Lebensraum**“, behaupteten sie. Den angeblich notwendigen Raum wollten sie durch Kriege im Osten erkämpfen und die dort lebenden Völker versklaven.

T3 Mythos „Volksgemeinschaft“

Arm und Reich, Mann und Frau, Unternehmer und Arbeitnehmer – alle sollten in der „**Volksgemeinschaft**“ an einem Strang ziehen. Ab sofort galten Parolen wie „Gemeinnutz geht vor Eigennutz“.
Mit sozialen Maßnahmen erkauften sich die Nationalsozialisten die Zustimmung der Bevölkerung. Die NS-Organisation „Kraft durch Freude“ (KdF) veranstaltete Reisen zur Erholung, das „Winterhilfswerk“ sammelte Geld für Arme. Doch der schöne Schein trog.

T4 Die Kehrseite der „Volksgemeinschaft“

In erster Linie diente die „Volksgemeinschaft“ dazu, den Einzelnen sowohl im Beruf als auch im Privatleben zu kontrollieren. „Du bist nichts, dein Volk ist alles“ – solche Parolen sollten den Einzelnen darauf einschwören, Opfer für die Gesamtheit zu bringen.
Die „Volksgemeinschaft“ wollte auch nicht Gleichheit für alle Deutschen – sie beruhte auf Ungleichheit. Denn sie schloss ausdrücklich diejenigen aus, die den NS-Rassenvorstellungen nicht entsprachen: Juden, Sinti und Roma, Menschen mit Behinderung, „Asoziale“ oder Homosexuelle. Sie schloss auch jene aus, die als „Arier“ einen jüdischen Freund oder eine jüdische Freundin hatten.

M2 Hitler rechtfertigte 1926 in seinem Buch „Mein Kampf“, Teil 2, einen Krieg um „Lebensraum“ so:

So wie unsere Vorfahren den Boden, auf dem wir heute leben, nicht vom Himmel geschenkt erhielten, sondern durch Lebenseinsatz erkämpfen mussten, so wird auch uns in Zukunft den Boden und damit das Leben für unser Volk keine göttliche Gnade zuweisen, sondern nur die Gewalt eines siegreichen Schwertes. (...) Wenn wir aber heute in Europa von neuem Grund und Boden reden, können wir in erster Linie nur an Russland und die ihm untertanen Randstaaten denken.

M3 Unter der Überschrift „Der Rassenschänder Julius Rosenberg am Pranger“ titelte die nationalsozialistische Zeitung „Nationalblatt“ am 8. August 1935:

Die ehr- und artvergessene Elisabeth Makowiak als Judendirne – Tausende führen die Rassenschänder durch die Straßen Gelsenkirchens – Einmalige Zustimmung der Bevölkerung zu diesen drastischen Abwehrmaßnahmen – Reinerhaltung von Art und Blut ist unsere vornehmste Aufgabe.

M4 „Dein KdF-Wagen“: Wöchentlich konnten Interessenten Sparmarken erwerben, bis der Kaufpreis von 990 Reichsmark erreicht war. Bis 1945 hatten 340 000 Sparer 280 Millionen Reichsmark aufgebracht. Doch ein Auto bekam keiner. (Werbeprospekt, 1938)

M5 Julius Rosenberg und seine „arische“ Freundin Elisabeth Makowiak wurden am 7. August 1935 durch Gelsenkirchen getrieben. Auf dem Hut steht: „Rassenschänder“. (Foto, 1935)

A / B

1 Liste Grundideen der nationalsozialistischen Weltanschauung auf (T1–T3).

2 (A) Erläutere, was die Nationalsozialisten unter der „Volksgemeinschaft“ verstanden und wen sie dabei ausschlossen (T3, T4).

2 (B) Erläutere das Menschenbild der Nationalsozialisten am Beispiel der „Volksgemeinschaft“ (T3, T4).

3 (A) Arbeite mit dem Foto M5.
a) Beschreibe die Szene.
b) Welche Rolle könnten die Männer links und rechts spielen?

3 (B) Du lebst 1935 in Gelsenkirchen und hast die Szene in M5 beobachtet. Schreibe einer guten Freundin/einem guten Freund einen Brief, in dem du das menschenverachtende Vorgehen der Nationalsozialisten kritisierst (M3, M5).

4 „Die ‚Volksgemeinschaft‘ der Nationalsozialisten war ein irreführender Propagandabegriff: Sie führte Menschen nicht zusammen, sondern schloss aus.“ Prüfe die Aussage (T3, T4).

5 MK Recherchiere zur Organisation „Kraft durch Freude“ und berichte der Klasse darüber (M4, Internet).

AFB I: 1, 3a II: 2, 3b, 4 III: 5   AFB I: 1 II: 2, 3, 4 III: 5

SP → Lösungshilfen ab Seite 304

Aufrüstung für den Krieg

Die Nationalsozialisten waren in Deutschland unter anderem an die Macht gekommen, weil sie die Massenarbeitslosigkeit beseitigen wollten. 1932 waren in Deutschland sechs Millionen Menschen ohne Arbeit. Die Regierung ergriff Maßnahmen.

M1 Spalier zu Ehren von Hitler und dem italienischen Diktator Mussolini beim Besuch der Krupp-Werke in Essen (Foto, 1937)

Vierjahresplan
Programm der Nationalsozialisten von 1936, mit dem das Deutsche Reich binnen vier Jahren kriegsbereit gemacht werden sollte. Der Staat griff nun immer stärker in die Wirtschaft ein, um z. B. die Produktion von Waffen und die Sicherstellung der Rohstoffversorgung zu steuern.

T1 Arbeitsbeschaffung

Tatsächlich sank die Zahl der Arbeitslosen in den ersten drei Jahren der NS-Herrschaft stark. Im Januar 1933 zählte man in Deutschland noch 2,5 Millionen arbeitslos gemeldete Personen. Damit hatte sich die Zahl seit Januar 1933 mehr als halbiert. Wie war das möglich?
Als Sofortprogramm gegen die Arbeitslosigkeit vergab die Regierung große Staatsaufträge: Autobahnen, öffentliche Gebäude, Kasernen und Flugplätze wurden gebaut. Dazu griffen die Nationalsozialisten oftmals auf bestehende Pläne zurück. Bei den Bauarbeiten kamen nur wenige Maschinen zum Einsatz. Das schuf Arbeitsplätze und kurbelte die Wirtschaft an. Im Januar 1939 gab es in Deutschland nur noch 300 000 Arbeitslose.

T2 Geschönte Statistiken

Ab 1935 mussten alle jungen Menschen im Alter von 18 bis 25 Jahren für ein halbes Jahr gemeinnützige Arbeit leisten. Sie arbeiteten in der Landwirtschaft oder im Straßenbau. Etwa 200 000 bis 300 000 junge Frauen und Männer verschwanden so aus der Statistik der Arbeitslosen. Auch die Wiedereinführung der Wehrpflicht ließ die Zahl der Arbeitslosen sinken.
Schließlich wirkte sich auch das sogenannte Ehestandsdarlehen auf die Arbeitslosenquote aus: Frisch verheiratete Paare bekamen ein günstiges Darlehen vom Staat – aber nur unter der Bedingung, dass die Frau ihren Arbeitsplatz aufgab. Bis 1935 nahmen rund 370 000 Frauen das Angebot an.

T3 Hohe Staatsschulden

Zahlreiche neue Arbeitsplätze entstanden zudem in der Rüstungsindustrie, denn ab 1934 rüstete Deutschland massiv auf. Das musste zunächst noch im Geheimen geschehen. Denn der Versailler Vertrag schrieb z. B. vor, dass die deutsche Armee keine Panzer, Flugzeuge und U-Boote besitzen durfte. Außerdem war sie auf 100 000 Mann begrenzt.
Den meisten Deutschen erschien die Wirtschaftspolitik Hitlers in diesen Jahren erfolgreich. Nur wenige erkannten die Schattenseiten: Um die staatlichen Großaufträge zur Senkung der Arbeitslosigkeit und zur Ankurbelung der Rüstungsindustrie zu finanzieren, machte der Staat enorme Schulden. Unter normalen Umständen waren sie nicht zurückzuzahlen. Doch längst hatten die führenden Nationalsozialisten beschlossen, dieses Problem auf ihre Weise zu lösen: durch Krieg und Eroberung.

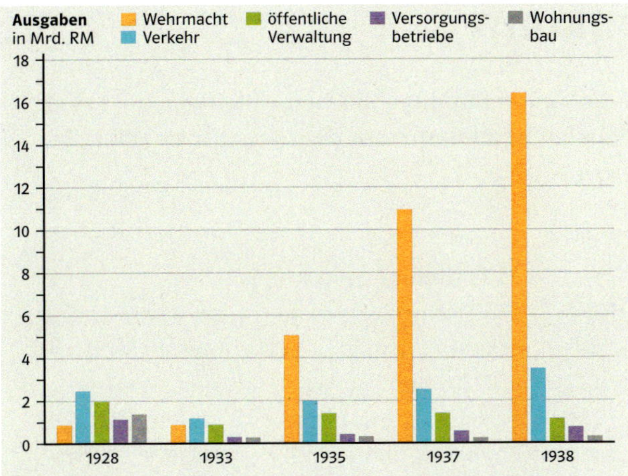

M2 Öffentliche Ausgaben in Deutschland 1928–1938

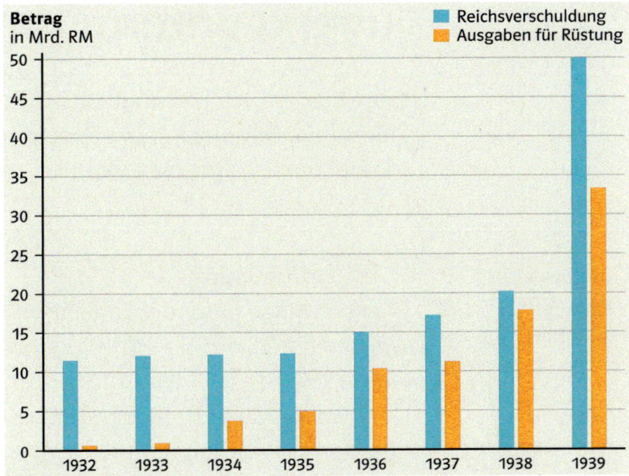

M4 Aufrüstung und Reichsverschuldung 1932–1939

M3 Aus einer geheimen Schrift Hitlers zum Vierjahresplan vom August 1936:

Es hat eine Mobilmachung der Wirtschaft zu erfolgen, und zwar mit Tempo, mit Entschlossenheit und wenn nötig, auch mit Rücksichtslosigkeit. In diesem Sinne ist die deutsche Brennstofferzeugung im schnellsten Tempo vorwärtszutreiben. Diese Aufgabe ist mit derselben Entschlossenheit, wie die Führung eines Krieges anzufassen und durchzuführen; denn von ihrer Lösung hängt die kommende Kriegsführung ab. Ich stelle damit folgende Aufgabe:

1. Die deutsche Armee muss in vier Jahren einsatzfähig sein.
2. Die deutsche Wirtschaft muss in vier Jahren kriegsfähig sein.

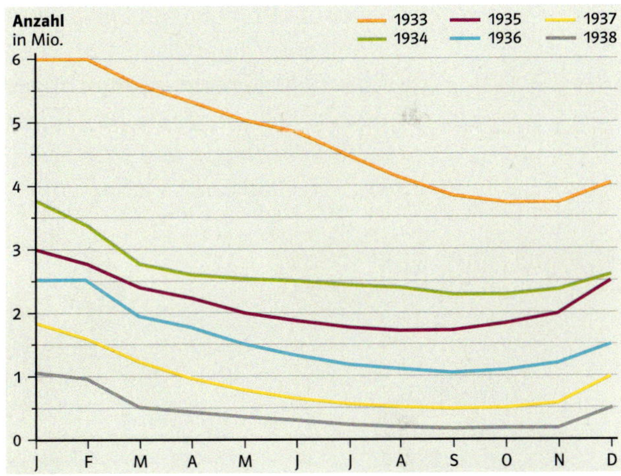

M5 Zahl der Arbeitslosen 1933–1938 im Jahresverlauf

A / B

1 Liste auf, wie die Regierung Hitler die Arbeitslosigkeit bekämpfte (T1, T2, M1).

2 Erläutere die Politik der Nationalsozialisten gegenüber jungen Frauen. Finde mögliche Gründe (T2).

3 MK (A) Wertet in Kleingruppen die Grafik M5 aus:
a) Nennt für die einzelnen Jahre von 1933 bis 1938 die Zahl der Arbeitslosen im Februar und im September.
b) Erklärt den Einfluss der Jahreszeit auf die Arbeitslosigkeit.

3 MK (B) Wertet in Kleingruppen die Grafik M5 aus:
a) Erläutert die Aussage der Grafik.
b) Beurteilt den Rückgang der Arbeitslosigkeit 1933–1938.

4 MK (A) Wertet in Kleingruppen die Statistik M2 aus:
a) In welchen Bereichen investierten staatliche Stellen vor allem?
b) Erklärt die Investitionen mithilfe von T1 und T3.

4 MK (B) Wertet in Kleingruppen die Statistiken M2 und M4 aus:
a) Löst Aufgabe A4.
b) Beurteilt das Problem der Staatsverschuldung und die beabsichtigte Lösung (T3).

5 MK Stellt Bezüge zwischen den Materialien M1–M5 her, indem ihr über Ziele und Methoden der nationalsozialistischen Wirtschaftspolitik diskutiert.

6 EXTRA Rechtsradikale behaupten oft: „Bei Hitler war ja nicht alles schlecht, die Arbeitslosigkeit hat er wenigstens in den Griff gekriegt!“ Formuliere eine Entgegnung auf die Behauptung.

AFB I: 1, 2, 3a II: 3b, 4, 5 III: 6 AFB I: 1, 2 II: 3, 4, 5 III: 6

SP → Lösungshilfen ab Seite 304

Jugend unterm Hakenkreuz

Der NS-Staat wollte möglichst früh auf die Kinder und Jugendlichen einwirken, um seine Ziele zu verwirklichen. Die Nationalsozialisten handelten nach dem Grundsatz: „Wer die Jugend besitzt, hat die Zukunft."

Bund Deutscher Mädel (BDM)
→ Lexikon

→ Seite 99
Edelweißpiraten

T1 Die Hitlerjugend

Die wichtigste Jugendorganisation der Nationalsozialisten war die **Hitlerjugend (HJ)**. Sie wurde 1926 gegründet. Anfang 1933 zählte sie etwa 100 000 Mitglieder. Nach der Machtübernahme wurden andere Jugendgruppen zwangsweise „gleichgeschaltet", also aufgelöst oder in die Hitlerjugend übernommen. So war die Hitlerjugend Ende 1934 mit 3,5 Millionen Jugendlichen zu einer regelrechten Massenorganisation angewachsen. Ab März 1939 wurde sie zur Pflichtorganisation für alle Jungen und Mädchen (**BDM**) zwischen zehn und 18 Jahren.

M1 „Alle Zehnjährigen in die HJ"
(Propagandaplakat, um 1940)

M2 „Offiziere von morgen"
(Propagandaplakat, um 1940)

Schon gewusst?

15- und 16-jährige Hitlerjungen wurden am Ende des Zweiten Weltkrieges gnadenlos als Hilfspersonal der Wehrmacht missbraucht: vor allem bei der Flugabwehr als Hilfskanoniere. Tausende starben in den letzten Kriegsmonaten einen sinnlosen Tod: mit Panzerfäusten bewaffnet als letztes Aufgebot („Volkssturm") der Armeeführung. Hunderttausende von jungen Frauen wurden bei der Flugabwehr z. B. an Suchscheinwerfern und Horchgeräten eingesetzt oder dienten als Nachrichtenhelferinnen.

T2 Erziehung zum Krieg

Die Nationalsozialisten wollten die umfassende Kontrolle über die Jugend. Mädchen und Jungen sollten zu treuen Gefolgsleuten erzogen werden. Zugleich sollten die Mädchen und Jungen auf die Aufgabe vorbereitet werden, die Hitler für Deutschland vorgesehen hatte: den Krieg. Die körperliche und militärische Ausbildung stand daher gleichberechtigt neben der ideologischen Schulung. Die NSDAP wollte mutige, vor allem aber anpassungsfähige und gehorsame Menschen.

T3 Anziehungskraft der HJ

Viele Jugendliche waren mit Begeisterung in der Hitlerjugend. Zeltlager, Geländespiele, Lagerfeuer und Ausflüge – die HJ bot Abenteuer und Abwechslung vom Alltag. Auch der Gemeinschaftsgedanke, Gruppenabende, das Tragen der Uniform oder der Umgang mit Waffen und moderner Technik faszinierten viele Jugendliche. In der HJ wurde die NS-Lehre von der „Auslese der Tüchtigsten" in die Praxis umgesetzt – sei es bei Wettkämpfen oder der Auswahl der Anführer. Dies förderte unter den Jugendlichen ein Gefühl der Überlegenheit gegenüber Älteren, Außenseitern und Minderheiten.

T4 Abneigung gegen die HJ

Wer nicht mitmachen wollte, die Regeln verletzte oder andere Meinungen äußerte, konnte bestraft oder sogar ausgeschlossen werden. Dafür sorgten eigene Streifendienste und Gerichte.
Trotzdem ließen sich nicht alle Jugendlichen von der HJ vereinnahmen. Manche störte die politische oder militärische Gesinnung. Andere fühlten sich durch die HJ in ihrer Freiheit eingeschränkt. Doch nur wenige wagten es, diesen Protest offen zu zeigen.

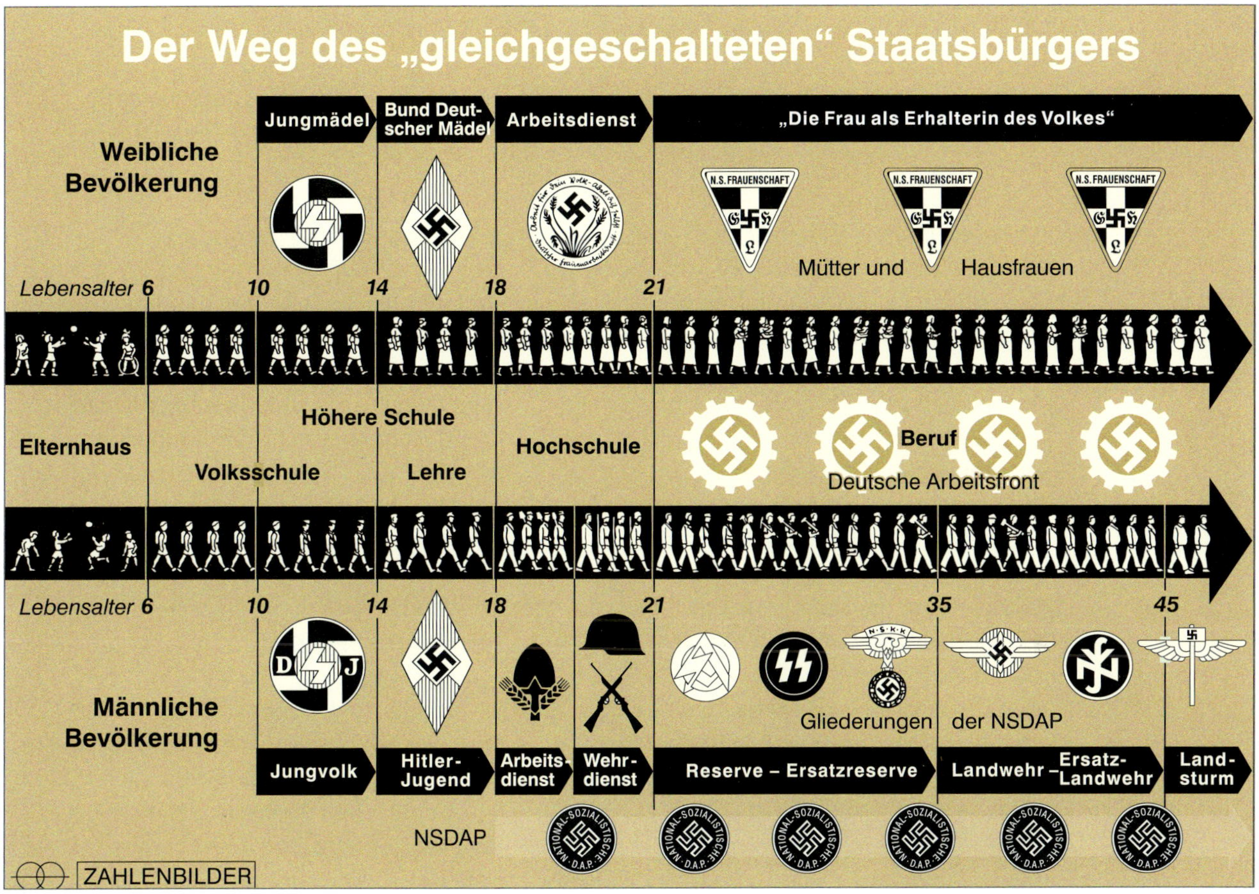

M3 Der Weg des „gleichgeschalteten" Staatsbürgers: Jungmädel und Jungvolk waren Unterorganisationen der HJ für 10- bis 14-Jährige.

M4 Aus Hitlers Buch „Mein Kampf", Teil 2 (1925):

Der völkische Staat hat (...) seine gesamte Erziehungsarbeit in erster Linie nicht auf das Einpumpen bloßen Wissens einzustellen, sondern auf das Heranzüchten kerngesunder Körper. Erst in zweiter Linie kommt dann die Ausbildung der geistigen Fähigkeiten. Hier aber wieder an der Spitze die Entwicklung des Charakters, besonders die Förderung der Willens- und Entschlusskraft, verbunden mit der Erziehung zur Verantwortungsfreudigkeit, und erst als letztes die wissenschaftliche Schulung.

Schon gewusst?

Mädchen sollten auf ihre **Rolle als Frau und Mutter** vorbereitet werden. Nur in wenigen Berufen (z. B. Kindergärtnerin) wurden sie noch geduldet. Kinderreiche Mütter wurden mit Orden und Auszeichnungen belohnt. Als in der Rüstungsindustrie Arbeitskräfte fehlten, durften und mussten die Frauen sogar in „Männerberufen" arbeiten.

A / B

1 Arbeite heraus, warum sich die Mitgliederzahl der HJ 1936 sehr schnell erhöhte (T1).

2 (A) Nenne Erziehungsziele der Nationalsozialisten (T2, M1, M2, M4).

2 MK (B) Du sollst ein Werbeplakat wie M1 oder M2 erstellen. Das Propagandaministerium macht Vorgaben für die Gestaltung. Nutze T2 und M4.

3 MK Inszeniert ein Streitgespräch zwischen zwei Freunden im Jahr 1935 (T3, T4): „Sollen wir freiwillig in die HJ eintreten?"

4 Begründe, warum in M3 vom „gleichgeschalteten" Staatsbürger die Rede ist.

5 Beurteile die NS-Erziehung aus der heutigen Sicht. Beziehe dich dabei insbesondere auf M4.

AFB I: 1, 2 II: 3, 4 III: 5 AFB I: 1 II: 2, 3, 4 III: 5

SP → Lösungshilfen ab Seite 304

Audio
Judenverfolgung „von unten"
4qu4pq

Ausgegrenzt, verfolgt, ermordet

Im Mittelpunkt der Weltanschauung der Nationalsozialisten stand der Rassenwahn. Wer ihrer Norm vom „deutschen Menschen" nicht entsprach, lebte ab 1933 gefährlich.

T1 Judenhass als Programm

Schon Mitte der 1920er-Jahre hatte Hitler in seinem Buch „Mein Kampf" einen fanatischen **Antisemitismus** vertreten. Seine Vorstellungen waren nicht neu. Sie beruhten auf Ideen, die schon im 19. Jahrhundert in verschiedenen europäischen Ländern geäußert worden waren. Sie gipfelten in der Aussage, die Juden seien „rassisch minderwertig", ihr Ziel sei es, die „höherwertige nordische Rasse" zu verdrängen, ja zu vernichten. Ab 1933 setzten die Nationalsozialisten ihren Hass gegen „die Juden" in rücksichtslose Maßnahmen um.
Dass es eine „jüdische Rasse" nicht gibt, interessierte Hitler und seine Anhänger nicht.

M1 Aufruf zum Boykott jüdischer Geschäfte am 1. April 1933 (Foto, 1933)

T2 Boykott und Ausgrenzung

Am 1. April 1933 postierten sich SA-Männer vor jüdischen Geschäften, beschmierten die Schaufenster mit Hassparolen und hinderten Kunden daran, in diesen Geschäften einzukaufen. Wer dennoch kaufte, musste damit rechnen, fotografiert und bloßgestellt zu werden.
Jüdische Beamte wurden entlassen. Künstlern, Ärzten, Rechtsanwälten und Wissenschaftlern jüdischen Glaubens wurde die Berufsausübung oft so erschwert, dass sie Deutschland verließen.

T3 Gesetze der Unmenschlichkeit

1935 wurden in Nürnberg Gesetze erlassen, die unter anderem bestimmten, dass Juden keine deutschen Staatsbürger mehr sein konnten. Sie verboten unter anderem Ehen zwischen Juden und Nichtjuden.
Überall in Deutschland gab es nun Orte, in denen jüdische Mitbürger als „unerwünscht" bezeichnet wurden. Immer mehr jüdische Geschäfte mussten schließen, weil sie kaum noch Kundschaft hatten. Ihre Besitzer waren dann gezwungen, weit unter Wert an ihre Konkurrenten zu verkaufen.

T4 Offener Terror gegen Juden

Am Abend des 9. November 1938 ließ die Führung der NSDAP in ganz Deutschland Zehntausende von SA-Männern jüdische Einrichtungen und Privatwohnungen plündern und zerstören. Fast 200 Synagogen wurden in Brand gesteckt, mehr als 800 jüdische Geschäfte demoliert. Tausende von Juden wurden verhaftet und misshandelt, einige auch ermordet. Die Nationalsozialisten sprachen höhnisch von spontanem „Volkszorn", der sich gegen die Juden entladen habe. Und die Polizei sah bei alledem zu, ohne einzuschreiten.

M2 Verfolgte des NS-Regimes

Zu den Ausgegrenzten, Eingesperrten, Gefolterten und schließlich Ermordeten gehörten unter anderem:
- Menschen jüdischen Glaubens sowie
- Sinti und Roma, weil sie als „minderwertige Rassen“ eingestuft wurden,
- Zeugen Jehovas, weil sie den Wehrdienst ablehnten,
- Homosexuelle, weil sie eine „andere Form der Lebensführung“ hatten,
- Menschen mit geistiger Behinderung, weil sie der Volksgemeinschaft keinen Nutzen bringen würden,
- Mitglieder der SPD, der KPD und der Gewerkschaften, weil sie als politische Gegner galten,
- Geistliche, die in ihren Predigten auf das Unrecht hinwiesen.

M3 Aus den „Amtlichen Mitteilungen für die Stadtverwaltung Mülheim an der Ruhr“ vom 28. November 1935:

Als Abwehrmaßnahme der Stadt habe ich in der Stadthalle, in der Stadtbücherei und im Lesesaal, an den städtischen Sportplätzen und im Museum Schilder anbringen lassen, die darauf hinweisen, dass der Besuch der städtischen Veranstaltungen und die Benutzung der städtischen Einrichtungen durch Juden unerwünscht ist.

M4 Brennende Synagoge von Bielefeld (Foto, in der Nacht vom 9./10. November 1938)

Schon gewusst?

Viele Menschen in Deutschland äußern auch heute **antisemitische Einstellungen und Vorurteile.** Manche bezeichnen die Corona-Pandemie als „jüdische Weltverschwörung“, andere verbreiten antisemitische Hetze im Netz oder als Wandschmierereien. Allein im Jahr 2020 haben die Behörden 2351 **antisemitische Straftaten** registriert. 2021 kam es infolge einer Verschärfung des Nahostkonflikts zwischen Israel und den arabischen Palästinensern zu teils gewalttätigen Protestdemonstrationen gegen den Staat Israel, aber auch gegen jüdische Menschen in Deutschland. Der damalige Bundestagspräsident Wolfgang Schäuble nannte die Vorgänge unerträglich und mahnte, wer sich nicht eindeutig davon abgrenze, mache sich mitschuldig.

A / B

1 Lege dar, welchen Gegensatz die Nationalsozialisten mit ihrer Rassenlehre konstruierten (T1).

2 Liste Maßnahmen der Nationalsozialisten auf, die den jüdischen Menschen in Deutschland das Leben erschweren sollten (T2, M1, M3).

3 (A) Erläutere Folgen der „Nürnberger Gesetze“ und des offenen Terrors von 1938 für die jüdische Bevölkerung (T3, T4, M3, M4).

3 (B) Erläutere, in welchen Stufen die Verfolgung jüdischer Bürgerinnen und Bürger in Deutschland verlief. Nutze dazu auch die Überschrift der Seite (T2–T4, M2–M4).

4 Nach 1945 sagten viele Deutsche, wenn es um die Verfolgung der Juden ging: „Das haben wir nicht gewusst!“ Diskutiere mit einem Partner/einer Partnerin, wie glaubwürdig solche Aussagen waren.

5 EXTRA (A) Erläutere unterschiedliche Gründe für die Verfolgung von Menschen in der NS-Zeit (M2).

5 EXTRA MK (B) Recherchiere zu Schicksalen jüdischer Bürger oder dem Brand einer Synagoge in deiner Region.

AFB I: 1, 2 II: 3, 4, 5 AFB I: 1, 2 II: 3, 4 III: 5

„Arisierung jüdischen Eigentums“

Von 1938 an schloss die NS-Regierung Juden per Gesetz aus dem Wirtschaftsleben aus. Zu diesem Zeitpunkt war die „Arisierung jüdischen Eigentums“ jedoch bereits in vollem Gang.

Deportation
Zwangsverschickung, Verschleppung oder Verbannung von politischen Gegnern und ganzen Gruppen der Bevölkerung

T1 Frühe „Arisierung“

Nach 1933 waren jüdische Unternehmer zunächst noch vor staatlicher Verfolgung sicher, denn das NS-Regime wollte das Wirtschaftsleben nicht stören. Jüdische Geschäftsleute hatten es trotzdem von Anfang an schwer: SA-Leute postierten sich vor ihren Geschäften, versperrten Kunden den Weg oder beschmierten Schaufensterscheiben. Die alltägliche Hetze zeigte Wirkung: Immer mehr Kunden blieben aus.
In den Zeitungen häuften sich die Verkaufsangebote jüdischer Geschäfte. Als der Staat 1938 die „Arisierung“ per Gesetz anordnete, waren bereits 60 bis 70 Prozent der jüdischen Betriebe „arisiert“.

M1 Aktionen gegen jüdische Geschäfte (Foto, 1933)

M2 „Arisierung“ von jüdischen Geschäften im Deutschen Reich (Foto, 1938)

T2 Staatliche „Arisierung“ ab 1938

Im April 1938 zwang die NS-Regierung die Juden dazu, ihr Vermögen anzumelden.
So verschaffte sie sich einen Überblick über das Restvermögen der Juden. Jüdische Unternehmer mussten nach der Pogromnacht im Herbst 1938 ihre Betriebe verkaufen oder sie wurden geschlossen. Die NS-Regierung zwang ab Dezember 1938 Juden auch dazu, ihre Häuser und Grundstücke zu verkaufen. Ihren Schmuck mussten sie bei den städtischen Leihämtern abgeben. Was den Juden noch geblieben war, wurde mit ihrer Deportation zum Eigentum des Staates erklärt. Die Finanzbehörden waren dafür zuständig, es zu versteigern.

T3 Wer profitierte?

Die übrige Bevölkerung nahm die „Arisierung“ widerspruchslos hin, weil viele von ihr profitierten:
- Geschäftsleute konnten günstig Betriebe kaufen und verloren lästige Konkurrenten.
- Privatleute nutzten die Gunst der Stunde und ersteigerten Gegenstände aus „jüdischem Besitz“.
- Museen erwarben Kunstschätze, die unter normalen Bedingungen nie auf den Markt gekommen wären.

Noch nach Kriegsende hielt sich das Unrechtsbewusstsein in Grenzen. Einige Geschäfts- und Privatleute behaupteten sogar, durch den Kauf hätten sie es den jüdischen Vorbesitzern erst ermöglicht, die Auswanderung aus Deutschland zu bezahlen. Nach 1945 wurden in Essen etwa 68 „Käufer“ jüdischer Geschäfte befragt. Nur einer gab zu, dass beim Übergang „nicht alles mit rechten Dingen zugegangen“ sei.

M3 Aus der Verordnung zur Ausschaltung der Juden aus dem deutschen Wirtschaftsleben vom 12. November 1938:

§ 1 Juden (...) ist vom 1. Januar 1939 ab der Betrieb von Einzelverkaufsstellen, Versandgeschäften (...) sowie der selbstständige Betrieb eines Handwerks untersagt.

§ 2 Ein Jude kann vom 1. Januar 1939 ab nicht mehr Betriebsführer (...) sein. Ist ein Jude als leitender Angestellter in einem Wirtschaftsunternehmen tätig, so kann ihm mit einer Frist von sechs Wochen gekündigt werden. Mit Ablauf der Kündigungsfrist erlöschen alle Ansprüche (...) aus dem gekündigten Vertrage, insbesondere (...) auf Versorgungsbezüge und Abfindungen.

Schon gewusst?

Der jüdische Unternehmer **Karl Amson Joel** flüchtete 1938 aus Deutschland und musste sein Unternehmen unter Wert verkaufen. Profiteur war der Unternehmer **Josef Neckermann**, der auch in Joels Villa einzog. Neckermann fertigte während des Kriegs Kleidung für Zwangsarbeiter. Nach dem Krieg kehrte Joel nach Deutschland zurück. Er erhielt eine Entschädigung, die aber nicht dem Wert des Unternehmens entsprach. Neckermann wurde in den Entnazifizierungsprozessen nach dem Krieg als „Mitläufer" eingestuft. Er baute einen Versandhandel auf und wurde als Dressurreiter weltbekannt. Weltberühmt ist auch der Enkel Karl Amson Joels: der US-Musiker Billy Joel. Dieser äußert sich nur selten zu politischen Themen. 2017 erinnerte er aber in einem Konzert an seine Familiengeschichte.

M4 Glückwünsche zum Jahreswechsel (Werbeanzeige der Wäsche- und Kleiderfabrik Josef Neckermann, Berlin 1938/1939)

M5 Billy Joel trägt einen „Judenstern": Er protestierte damit gegen den US-Präsidenten Trump, der nach einem rassistischen Anschlag in der Stadt Charlottesville Demonstranten und Gegendemonstranten gleichgesetzt hatte. Laut Trump seien unter den Rechtsextremen auch „gute Leute" gewesen. (Foto, 2017)

1 Erläutere die Ziele, die mit der Aktion in M1 erreicht werden sollten. Benenne Möglichkeiten, wie sich die Kunden verhalten könnten.

2 (A) Fasse zusammen, was man unter „Arisierung" verstand (T1, T2).

2 (B) Ordne M1 und M4 verschiedenen Phasen der „Arisierung" zu (T1, T2).

3 Die Passanten in M2 sprechen über die „Arisierung". Einer ist skeptisch, die anderen sehen vermeintliche Vorteile. Spielt die Szene nach. Bewertet anschließend aus heutiger Sicht.

4 Erläutere das mangelnde Unrechtsbewusstsein der meisten Käufer jüdischen Eigentums. Bewerte den Vorgang aus deiner heutigen Sicht (T3).

5 EXTRA (A) Recherchiere a) die Hintergründe von Billy Joels Aktion (M5). b) seine Haltung zur „Arisierung" der Firma seines Großvaters.

5 EXTRA (B) Ordne M3 in den Prozess der Verfolgung ein. Welches Grundrecht wurde außer Kraft gesetzt?

AFB I: 2 II: 1, 3, 4 III: 5   AFB I: 2 II: 1, 3, 4 III: 5

SP → Lösungshilfen ab Seite 304

Der Weg in den Krieg

In „Mein Kampf" hatte Hitler das Ziel der NS-Außenpolitik formuliert: „Deutschland wird entweder Weltmacht oder überhaupt nicht mehr sein." Als Hitler an die Macht kam, sprach er viel vom Frieden. Doch er hatte nur ein Ziel: den Krieg.

M1 Nach der Besetzung Österreichs, die weite Teile der Bevölkerung Österreichs begrüßten, fährt Hitler durch Wien. (Foto, 15. März 1938, koloriert)

Sudetenland
→ Lexikon

Schon gewusst?

Der Konstrukteur des VW-Käfer war Ferdinand Porsche. Mit 20 Jahren bekam er ein Patent auf einen elektrischen Radnabenmotor. Im Zweiten Weltkrieg war Porsche an der Entwicklung von Panzern beteiligt. Als „Lieblingsingenieur" Hitlers war er einer der vielen willigen Helfer des Diktators.

T1 Wiederherstellung alter Größe

Anfangs verfolgte die NS-Außenpolitik vor allem ein Ziel: die Aufhebung der Bestimmungen des Versailler Vertrags. Das war bei vielen Deutschen populär, denn sie empfanden die Bedingungen als Demütigung. Deutschlands alte Macht und Größe wiederherzustellen, war auch ganz im Sinne der Militärs, die sich von Hitlers Politik eine schlagkräftige Armee erhofften. Sie unterstützten geheime Planungen für den kommenden Krieg.
Bereits 1933 trat Deutschland aus dem Völkerbund aus. Diese Organisation war 1919 gegründet worden, um Kriege zwischen den Völkern zu verhindern. So vermied Hitler den Ausschluss Deutschlands beim geplanten Bruch des Versailler Vertrags: 1935 wurde die Wehrpflicht wieder eingeführt, 1936 ließ Hitler deutsche Truppen in das entmilitarisierte Rheinland einmarschieren.

T2 Großdeutsches Reich

1938 befahl Hitler den Einmarsch in Österreich. Dabei berief er sich auf das Selbstbestimmungsrecht der Völker: Die Österreicher wünschten laut Hitler den „Anschluss" an das Deutsche Reich. Während die österreichische Regierung protestierte, jubelten die meisten Österreicher tatsächlich über die Vereinigung mit Deutschland zum „Großdeutschen Reich".
Noch im selben Jahr forderte Hitler auch für die in der Tschechoslowakei lebenden Sudetendeutschen das Selbstbestimmungsrecht: Das Sudetenland sollte Deutschland angegliedert werden. Als Hitler mit Krieg drohte, gaben die Nachbarländer nach: Auf der Münchner Konferenz 1938 beschlossen Großbritannien, Frankreich, Italien und Deutschland die Abtretung des Sudetenlands. Hitler versprach im Gegenzug, keine weiteren Forderungen zu stellen. Der Frieden in Europa schien gerettet.

T3 Am Vorabend des Krieges

Doch schon im März 1939 marschierten deutsche Truppen in die Tschechoslowakei ein. Großbritannien und Frankreich gaben nun Polen eine Garantieerklärung für den Fall, dass Deutschland angreifen würde.
Die Welt war Ende August 1939 überrascht: Der deutsche und der sowjetische Diktator (Stalin) unterzeichneten einen Nichtangriffspakt. In einem geheimen Zusatzprotokoll teilten sie Polen unter sich auf, falls es zum Krieg käme. Am 1. September 1939 war es dann so weit: Deutsche Soldaten griffen Polen an. Großbritannien und Frankreich hielten sich an ihre Garantiezusage an Polen und erklärten Deutschland den Krieg. Der Zweite Weltkrieg hatte begonnen.

ADOLF IN THE LOOKING-GLASS.

M2 Adolf im Spiegel: Der britische Karikaturist spielt auf die Friedensreden Hitlers an. (Karikatur von Bernard Partridge, 1934)

M3 Produktion des VW Typ 82: Dieses Fahrzeug wurde als „Kübelwagen" zum „Jeep" der Wehrmacht. Bis 1945 wurden etwa 50 000 Stück gebaut. Dazu kamen 16 000 schwimmfähige „Kübelwagen". (Foto, 1940/1941)

T4 VW wird Rüstungsbetrieb

Die Fabrik bei Fallersleben sollte Millionen Autos für einfache Menschen bauen: den KdF-Wagen, die erste Version des VW-Käfer. Die geheimen Pläne sahen vor, ein militärisches Fahrzeug zu bauen: ein Auto für drei Soldaten mit Ausrüstung.
Der „Kübelwagen" hatte 24 PS und erreichte eine Höchstgeschwindigkeit von etwa 80 km/h.

M4 Standortfaktoren von Fallersleben:

- geographisch etwa in der Mitte des Reiches gelegen (günstig für die Zulieferung von Teilen und für die Auslieferung fertiger Fahrzeuge)
- Werkshallen am Mittellandkanal (Zulieferung z. B. aus dem Ruhrgebiet oder aus dem Industrieraum um Berlin über die Binnenwasserstraßen)
- direkte Anbindung an die Hauptbahnstrecke der Reichsbahn
- direkte Anbindung an die Reichsautobahn von Berlin nach Hannover (heute A2)
- Nähe zur neu gegründeten Industriestadt Salzgitter (Stahlerzeugung) sowie zur Großstadt Braunschweig (Maschinenbau)
- strategisch günstige Lage (für feindliche Bomber zu Beginn des Krieges kaum erreichbar)

A / B

1 Lege zusammen mit einem Partner/einer Partnerin eine Zeitleiste an, in der ihr die einzelnen Schritte der NS-Außenpolitik zwischen 1933 und 1939 eintragt (T1–T3, M1).

2 (A) Erkläre den Begriff Hitler-Stalin-Pakt für das Bündnis von 1939 (T3).

2 (B) Erläutere den Zusammenhang von NS-Außenpolitik und Versailler Vertrag (T1–T3).

3 (A) Bearbeitet in Gruppen T4, M3 und M4.
a) Erläutert den Unterschied zwischen Propaganda und Wirklichkeit am Beispiel der Fabrik bei Fallersleben.
b) Erklärt, warum ab 1939 binnen kürzester Zeit ein einsatzfähiges Fahrzeug für die Wehrmacht gebaut werden konnte.
c) Erklärt anhand der Standortfaktoren die Entscheidung zur Ansiedlung des VW-Werks bei Fallersleben.

3 MK (B) Bearbeitet in Gruppen T4, M3 und M4.
a) Bearbeitet A3.
b) Fertigt zu den Standortfaktoren eine Mindmap an.

4 Diskutiert Hitlers Motto: „Den Frieden verkünden, den Krieg vorbereiten" (T1–T4, M2).

5 EXTRA MK Recherchiere zu einem Rüstungsbetrieb in der Zeit des Nationalsozialismus und referiere dazu vor der Klasse, z. B. zu Krupp in Essen, Rheinmetall in Düsseldorf …

AFB I: 1, 2 II: 3, 4 III: 5 AFB I: 1 II: 2, 3, 4 III: 5

SP → Lösungshilfen ab Seite 304

Ein Eroberungs- und Vernichtungskrieg

Hitler wollte sein „Rassenprogramm“ unbedingt durchsetzen. Es zielte darauf ab, neuen „Lebensraum im Osten“ zu schaffen und ganze Völker zu versklaven. Dazu war ihm jedes Mittel recht.

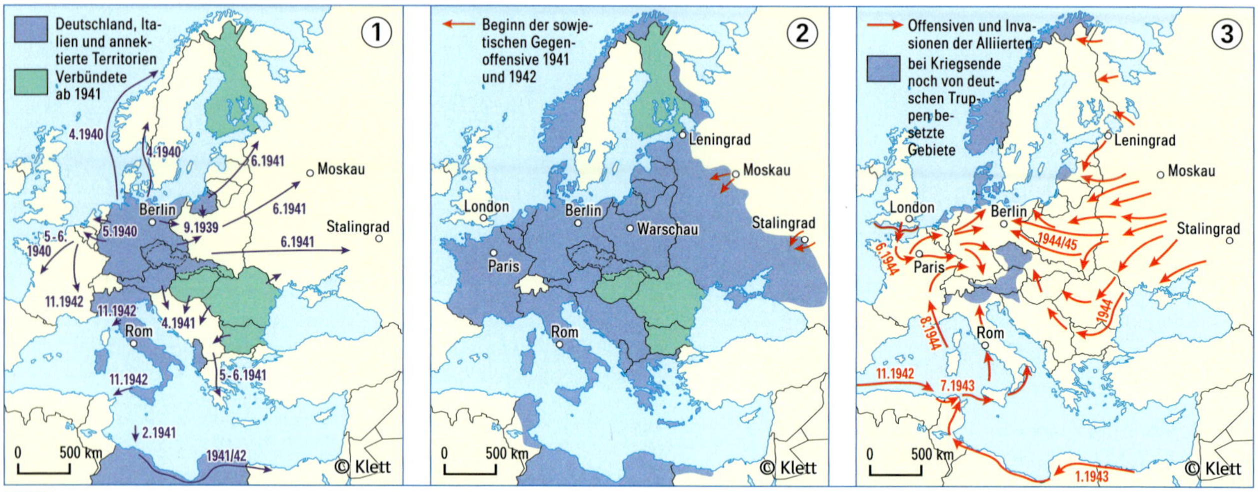

M1 Der Krieg in Europa 1939 bis 1945: 1 Phase der deutschen „Blitzkriege“; **2** größte Ausdehnung der deutschen und italienischen Macht im Jahr 1942; **3** Zeit der alliierten Invasionen und Offensiven

Vernichtungskrieg
→ Lexikon

SS
→ Lexikon

Einsatzgruppen
→ Lexikon

→ Seite 90
Generalgouvernement Polen

Schon gewusst?

Rund 3,3 Millionen **sowjetische Kriegsgefangene** starben unter der Verantwortung der Wehrmacht an Hunger, Kälte, Seuchen oder den Folgen von Zwangsarbeit.

T1 „Blitzkriege“ in Europa

Der Krieg in Polen dauerte nur wenige Wochen. Großbritannien und Frankreich erklärten zwar Deutschland den Krieg, verhielten sich aber passiv. So kämpfte Polen allein gegen die hochgerüstete deutsche Wehrmacht. Mitte September 1939 drangen auch noch Sowjetsoldaten in Polen ein. Wie im „Hitler-Stalin-Pakt“ verabredet, teilten Deutsche und Sowjets Polen untereinander auf.

Im Mai 1940 begann der „Westfeldzug“. Die deutschen Truppen besetzten zunächst die Niederlande und Belgien. Dann griff die Wehrmacht Frankreich an. Das Land wurde binnen weniger Wochen zur Kapitulation gezwungen.

Im Mittelmeerraum kämpften deutsche Truppen gemeinsam mit ihren italienischen Verbündeten. Die Wehrmacht besetzte den Balkan, Griechenland und Nordafrika. Nur Großbritannien wehrte sich erfolgreich gegen die von Hitler geplante Eroberung.

T2 Vernichtungskrieg im Osten

Am 22. Juni 1941 brach die deutsche Regierung ihren Nichtangriffspakt mit Stalin. Deutsche Truppen fielen in die Sowjetunion ein. Der Kampf im Osten war von Anfang an ein **Vernichtungskrieg**. Er wurde mit äußerster Brutalität geführt. Vor allem SS-Männer, aber auch Soldaten der deutschen Wehrmacht ermordeten Millionen Menschen außerhalb von Kampfhandlungen.

Die Nationalsozialisten wollten das Land ausbeuten und die in ihren Augen „rassisch minderwertige“ Bevölkerung vernichten.

Nach dem Überfall auf Polen hatten so genannte Einsatzgruppen im Oktober 1939 tausende polnische Intellektuelle, Priester und Juden ermordet. Sie errichteten Gettos, in die sie die jüdische Bevölkerung zusammenpferchten. Mit dem Überfall auf die Sowjetunion 1941 weiteten die Deutschen die Mordaktionen aus. Die Einsatzgruppen folgten der Wehrmacht und brachten vor allem Juden um. So wurden in der Sowjetunion zwischen 1941 und 1944 zwei Millionen Juden durch Erschießungen ermordet.

M2 „Wirtschaftsorganisation Ost“

Der deutschen Kriegswirtschaft mangelte es an Arbeitskräften und Rohstoffen. Daher wurde eine Organisation zur planmäßigen Ausbeutung der Sowjetunion geschaffen. Zu ihren Aufgaben gehörte:

- die Beschlagnahmung von Getreide, Vieh und sonstigen landwirtschaftlichen Gütern,
- die Förderung von Rohstoffen wie Öl, Kohle und Eisenerz durch verstärkten Einsatz einheimischer Arbeitskräfte,
- die Übertragung von Fabriken und anderen Produktionsstätten an deutsche Unternehmen,
- die Anwerbung, aber auch Verschleppung von Arbeitskräften nach Deutschland.

M4 Abtransport von „Ostarbeiterinnen“ nach Deutschland: Insgesamt wurden 2,8 Millionen sowjetische Zivilisten zur Zwangsarbeit nach Deutschland gebracht. (Foto, 1942)

M3 Die 16-jährige Russin Olga Popowa wurde 1943 von den Deutschen verschleppt und als Zwangsarbeiterin in das Volkswagenwerk gebracht, wo sie bei der Reparatur von Flugzeugen beschäftigt war. Sie verliebte sich dort in den 22-jährigen holländischen Arbeiter Pieter Albert Wit, mit dem sie geheime Briefe austauschte:

4. April 1944
Von Olga, Stadt des KdF-Wagens, Ostlager, Stube 119
Lieber Piet (...)
Ich glaube, dass der Krieg nie zu Ende gehen wird. Ich glaube, wir werden ewig Sklaven sein. Eine Zukunft wird nicht möglich sein. Man muss weiter warten. Und die Gegenwart ist so widerlich und schlecht. Der Meister ist ein Idiot. Er schreit mich an.

29. April 1944
Ich habe Marken für den Waschraum für fünf Mark (Tageslohn einer Arbeiterin) gekauft. (...) Dann bin ich in den Waschraum gegangen, um mich zu waschen. Das Wasser war kalt, und ich hatte gerade angefangen die Zähne zu putzen, als plötzlich heißes Wasser kam. Ich war glücklich! Ich habe mir die Haare gründlich gewaschen und gebadet.

Mai 1944
Gerade eben erst habe ich die Zeitung „Trud“ (Arbeit) gesehen. Dort war ein Zeichen abgebildet, das wir zusammen mit der Aufschrift Ost tragen werden. Schau es dir an: Das Zeichen werden die Russen tragen und die Ukrainer (...). Du siehst, ich bin Russin und werde das schlechteste Zeichen tragen. Mir ist es egal.

M5 Abzeichen der „Ostarbeiter“ in deutschen Betrieben

→ **Seite 94/95** Vertrieben und verschleppt

1 (A/B) Arbeite heraus, warum Polen in wenigen Wochen besiegt wurde (T1).

2 MK Lege eine Zeitleiste an und liste Staaten Europas auf, die bis 1941 von der deutschen Wehrmacht besetzt wurden (M1, Atlas).

3 (A) Bearbeite T2, M2, M4.
a) Prüfe, warum der Krieg im Osten anders war als der im Westen.
b) Liste auf, welche Interessen die deutsche Wirtschaft in der Sowjetunion verfolgte.

3 (B) Bearbeite T2 sowie M2–M4.
a) Beurteile die Ziele der Nationalsozialisten in der Sowjetunion.
b) Beschreibe das System der Zwangsarbeit und beurteile die besondere Situation sowjetischer „Fremdarbeiterinnen“.

4 MK Erarbeitet eine Mindmap zum Charakter des Krieges gegen die Sowjetunion.

5 EXTRA MK (A) Informiere dich über Opferzahlen im Zweiten Weltkrieg. Finde heraus, welche Länder die größten Verluste erlitten haben.

5 EXTRA MK (B) Recherchiere zu Kriegsopfern oder Opfern von Zwangsarbeit in deinem Heimatort und referiere dazu vor der Klasse.

Holocaust – Shoah

Seit dem Machtantritt Hitlers wurden die Juden in Deutschland unterdrückt, gedemütigt, entrechtet und verfolgt. Mit Beginn des Krieges wurden die Nationalsozialisten radikaler: Sie ermordeten rund sechs Millionen Juden in ihrem Herrschaftsbereich.

M1 **Konzentrations- und Vernichtungslager** im Nationalsozialismus

Holocaust
altgriech.= vollständig verbrannt. Wird seit den 1960er- und 1970er-Jahren als Bezeichnung für den Völkermord an den europäischen Juden benutzt.

→ Seite 76, 82/83 Antisemitismus

T1 Völkermord

Auf der „Wannsee-Konferenz" im Januar 1942 diskutierten Beamte und SS-Führer die Umsetzung der „Endlösung". Nun sollten alle europäischen Juden deportiert, nach Arbeitsfähigkeit „selektiert" (ausgewählt) und ermordet werden. Die SS beschloss dazu die „Aktion Reinhard". Sie errichtete an Bahnlinien im Generalgouvernement die Vernichtungslager Belzec, Sobibor und Treblinka, wo etwa zwei Millionen Juden sofort getötet wurden. Die SS-Führer setzten Kohlenmonoxid zur Tötung ein – erst in LKW, dann systematisch in Gaskammern.

T2 Todeslager und Todesmärsche

Ab Mitte März 1943 baute die SS das Lager in Auschwitz-Birkenau mit Gaskammern und Krematorien zum wichtigsten **Vernichtungslager** aus. Hierher deportierte sie die Juden aus ganz Europa.
Frauen, Kinder, Alte und Kranke schickten die Wachleute sofort in den Tod. Sie wurden vergast, ihre Leichen verbrannt. Die Arbeitsfähigen mussten bis zur Erschöpfung arbeiten, fast alle von ihnen starben. Allein in Auschwitz-Birkenau ermordete die SS über eine Million Juden.
Als die Alliierten vorrückten, räumte die SS die Vernichtungslager und schickte die Häftlinge auf langen „Todesmärschen" in Richtung Westen. Dabei kamen etwa 250 000 Menschen ums Leben.

M2 Josef Sackar wurde als jüdischer Häftling gezwungen, jüdische Frauen, Kinder und Männer in die Gaskammern zu führen. Er berichtete:

Ich traf am 14. April 1944 in Auschwitz ein. Die Waggons wurden gleichzeitig geöffnet und man befahl uns, schnell auszusteigen. Wir verließen den Zug, meine Schwestern stützten unsere Mutter, ich nahm den Vater, der ja gelähmt war und nicht laufen konnte. Da kam jemand auf mich zu und sagte zu mir: „Du brauchst nicht mit ihm zu gehen, es ist überhaupt besser für dich, wenn du nicht mit ihm gehst“, und noch beim Sprechen packte er mich und riss mich vom Vater los. Man schleppte Vater fort und warf ihn auf einen Lastwagen, wie einen Hund. (...)

An den ersten Tag beim Sonderkommando erinnere ich mich gut. Man brachte uns hinter das letzte Krematoriumsgebäude (Krematorium – Verbrennungsanlage), wo ich das fürchterlichste Grauen in meinem Leben sah. An dem Abend war ein kleiner Transport angekommen. Wir mussten nicht arbeiten, wir wurden nur dahin gebracht, damit wir uns an den Anblick gewöhnten. Dort gab es Gruben, um die Leichen zu verbrennen. Von den Gaskammern brachte man die zu diesen Gruben, warf sie hinein und verbrannte sie (...).

Sobald ein Transport eintraf, waren wir (das Sonderkommando) für die ankommenden Menschen verantwortlich. Wir mussten ihnen auf Befehl der Deutschen sagen, sie sollten sich ausziehen und in die Duschen gehen. Neben dem Entkleidungsraum war die Gaskammer, die wie ein Duschraum aussah. Nachdem sich die Menschen ausgezogen hatten und in die Duschen gegangen waren, wurden sie vergast. Oft habe ich geweint, nicht nur einmal, während der Arbeit, nur ohne Tränen. Seit damals habe ich keine Tränen mehr. Dort weinten wir tränenlos.

Shoah
hebräisch= großes Unheil, Katastrophe. Der Begriff wird v.a. in Israel für den Völkermord an den europäischen Juden benutzt.

M3 Auf der Bahnrampe des Vernichtungslagers Auschwitz: Ankunft von jüdischen Frauen und Kindern, die anschließend in Gaskammern geschickt wurden. (Foto, 1943)

Schon gewusst?

Am 7. Oktober 1944 kam es im Vernichtungslager Auschwitz-Birkenau zu einem **Aufstand von Häftlingen** der jüdischen Sonderkommandos. Schon länger hatten einige den Widerstand geplant und dafür Waffen versteckt. Sie wollten das Massenmorden mit Gewalt aufhalten, auch wenn der Kampf aussichtslos war. Als am 7. Oktober etwa 300 Mitglieder der Sonderkommandos „selektiert“ werden sollten, wehrten sich die Aufständischen mit Steinen, Messern, Werkzeugen und Fäusten. Gegen die Übermacht der SS hatten sie keine Chance; nur wenige entgingen den Angriffen und anschließenden Hinrichtungen.

A / B

1 Fasse zusammen, was mit den Menschen nach ihrer Ankunft in Auschwitz geschah (T2, M2, M3).

2 (A) Gib wieder, was die Nationalsozialisten mit dem Begriff „Endlösung“ in Wirklichkeit meinten (T1).

2 (B) Warum sprachen die Nationalsozialisten von „Endlösung“, wenn sie Ermordung meinten? Begründe (T1).

3 MK a) Bestimme die geographische Lage der Vernichtungslager (M1).
b) Erläutere mögliche Absichten bei der Wahl der Orte.

4 MK Die Menschen auf dem Foto M3 haben schweres Leid hinter sich und ein schlimmes Schicksal vor sich. Erläutere.

5 (A) Bewerte die Aufgaben des Sonderkommandos in Auschwitz (M2).

5 (B) Welche Eindrücke aus dem Vernichtungslager haben das Leben von Josef Sackar nach dieser Zeit verändert? Beurteile (M2).

6 „Den Massenmord an den Juden zu leugnen ist ungeheuerlich.“ Diskutiert.

AFB I: 1, 2, 3a II: 3b, 4 III: 5, 6 AFB I: 1, 3a II: 2, 3b, 4 III: 5, 6

SP → Lösungshilfen ab Seite 304

Verfolgung von Minderheiten

Neben den Juden gab es weitere Minderheiten, die bis in den Tod verfolgt wurden. Dazu gehörten Menschen, deren Lebensführung (Homosexualität) oder Glaubensrichtung (Zeugen Jehovas) die Nationalsozialisten verachteten. Die größten Opfergruppen neben den Juden waren Menschen mit Behinderungen sowie Sinti und Roma.

Euthanasie
griech. = schöner bzw. leichter Tod. Eigentlich Sterbehilfe, die man unheilbar Kranken leistet, um ihnen einen qualvollen Tod zu ersparen. In der NS-Zeit wurde damit verharmlosend die grausame Tötung von Menschen mit Behinderungen bezeichnet.

T1 Verfolgung von Sinti und Roma

Sinti und Roma wanderten im Mittelalter aus Indien ein. Viele Landesherren gaben ihnen keine Aufenthaltsgenehmigung, deshalb zogen viele umher. Dies wiederum wurde ihnen von der Mehrheitsbevölkerung vorgeworfen. Viele Sinti und Roma arbeiteten als Händler, Handwerker, Musiker oder Artisten. Eine Heimat fanden die abwertend „Zigeuner“ Genannten nie: Sie wurden vertrieben, eingesperrt oder getötet. Seit etwa 1900 überwachte die Polizei in Deutschland die Sinti und Roma systematisch.

T2 Zwangssterilisationen und Völkermord

Die Nationalsozialisten sahen „Zigeuner“ als „minderwertige Rasse“ an und schlossen sie aus der Gesellschaft aus. Seit den „Nürnberger Rassengesetzen“ von 1935 durften sie keine „Deutschblütigen“ heiraten. Sie durften ihre traditionellen Berufe nicht mehr ausüben, ihre Kinder keine Schule besuchen. Seit 1937 reisten „Rassenforscher“ durchs Land und erfassten alle „Zigeuner“ nach rassischen Merkmalen. Alle Angaben wurden in der eigens gegründeten „Rassenhygienischen Forschungsstelle“ in Berlin gesammelt. Auf Grundlage dieser Daten wurden viele Frauen, Männer und sogar Kinder zwangsweise sterilisiert (= unfruchtbar gemacht). Ziel war es, die Sinti und Roma zu vernichten.
Zuständig für die Verfolgung war die Polizei. Seit 1938 inhaftierte sie Sinti und Roma in Konzentrationslagern. Die zurückgelassenen Werte wurden Eigentum des Staates. Der systematische **Völkermord** – Sinti und Roma nennen ihn „Porajmos“ – begann 1942: Zehntausende wurden ins „Zigeunerlager“ Auschwitz-Birkenau deportiert und ermordet. Die Gesamtzahl der als „Zigeuner“ ermordeten Menschen ist schwer zu ermitteln. Sie liegt zwischen 94 000 und rund 200 000.

T3 Vernichtung „unwerten Lebens“

Auch für Menschen mit Behinderungen war in der NS-„Volksgemeinschaft“ kein Platz. Psychisch Kranke und Menschen mit körperlichen oder geistigen Behinderungen durften weder heiraten noch Kinder bekommen. Sie wurden zwangssterilisiert. Hebammen und Ärzte mussten alle Neugeborenen melden, bei denen sie körperliche Behinderungen feststellten. Diese Babys wurden in „Kinderfachabteilungen“ eingewiesen. Kurze Zeit später erhielten die Eltern eine Nachricht über den Tod ihres Kindes. Im Oktober 1939 ordnete Hitler die Vernichtung „unwerten Lebens“ an („**Euthanasie**“). In einer Geheimaktion wurden 70 000 Menschen mit Behinderungen ermordet. Nach öffentlichen Protesten wurden die Ermordungen offiziell 1941 eingestellt. Inoffiziell gingen die Tötungen jedoch weiter. Forscher schätzen, dass insgesamt 200 000 bis etwa 300 000 Menschen mit Behinderungen ermordet wurden.

M1 Ermordung von Menschen mit Behinderungen: Busse der sogenannten Gemeinnützigen Gesellschaft für Krankentransporte beförderten Menschen mit Behinderungen von den Krankenhäusern zur Tötungsanstalt. (Foto, Sommer 1941)

M2 Erfassung von „Zigeunern“:
Dr. Robert Ritter (rechts), Leiter der Rassenhygienischen Forschungsstelle, nimmt eine Blutprobe von einer jungen Frau. Die Rassenforscher fotografierten Sinti und Roma, vermaßen sie und nahmen Abdrücke von Fingern, der Hand und manchmal sogar vom Kopf. Dann erstellten sie Stammbäume über die Familienverhältnisse der Personen. Die Daten dienten als Grundlage für Zwangssterilisationen. Das Propagandafoto wurde vermutlich ohne Einwilligung der Frau gemacht. (Foto, 1938)

Schon gewusst?

Der sinto-deutsche Boxer **Johann Trollmann** wurde 1907 in Gifhorn geboren. Seine Boxkarriere machte er in Hannover. Trollmann entwickelte einen ganz eigenen, tänzelnden Boxstil, der ihn zum Publikumsliebling machte. Doch die Nationalsozialisten empfanden seinen Stil als „undeutsch“. 1933 wurde er in Berlin Deutscher Meister im Halbschwergewicht, aber die Nationalsozialisten erkannten ihm den Titel ab.
Nach seinem Ausschluss aus dem Boxsportverband 1935 musste er seinen Lebensunterhalt auf Jahrmärkten verdienen. 1939 wurde er zur Wehrmacht eingezogen und an der Ostfront eingesetzt. Von dort kehrte Trollmann im November 1941 verwundet nach Deutschland zurück. Bereits ein Jahr später wurde er ins KZ Neuengamme eingeliefert und vermutlich 1944 im Außenlager Wittenberge von einem Wachmann erschlagen. Seit 2004 ist in Hannover eine Straße nach Johann Trollmann benannt. 2013 wurde sein Leben in dem Film „Gibsy – Die Geschichte des Boxers Johann Rukeli Trollmann“ verfilmt.

M3 Johann „Rukeli“ Trollmann (Foto, 1932)

A / B

1 Beschreibe Maßnahmen der NS-Regierung gegen Sinti und Roma (T1, T2, M2).

2 Nenne Gruppen der Bevölkerung, die von der NSDAP und der NS-Regierung als „unwertes Leben“ bezeichnet wurden. Erläutere staatliche Maßnahmen (T3, M1).

3 (A) Gegen die Verfolgung der Sinti und Roma gab es kaum Widerstand. Erkläre aus T1.

3 (B) Bis heute findet die Verfolgung der Sinti und Roma nicht das gleiche Interesse wie der Holocaust. Bewerte die Tatsache (T1, T2).

4 (A) Erläutere, wie die Nationalsozialisten die Verfolgung von Sinti und Roma begründeten (T2, M2).

4 (B) Erläutere den Zusammenhang zwischen der Tötung von Menschen und der NS-Ideologie.

5 Proteste gegen die „Euthanasie“ kamen von einzelnen Kirchenvertretern. Schreibe einen Protestartikel im Kirchenblatt aus der Sicht eines damaligen Pfarrers.

6 EXTRA MK Stelle in einem Kurzreferat das Leben und Schicksal Johann Trollmanns vor (M3, „Schon gewusst?“, Internet).

AFB I: 1 II: 2, 3, 4 III: 5, 6   AFB I: 1 II: 2, 4 III: 3, 5, 6

SP → Lösungshilfen ab Seite 304

Vertrieben und verschleppt

Mit dem Überfall auf Polen 1939 und dem Angriff auf die Sowjetunion 1941 wollte der NS-Staat Raum für das deutsche Volk im Osten schaffen. Für Millionen von Menschen in Osteuropa und Russland bedeutete dies: Umsiedlung, Vertreibung und Tod.

M1 **Zwangsarbeiterinnen** („Ostarbeiterinnen") in einem Kfz-Betrieb der deutschen Wehrmacht (Foto, 17. März 1945)

→ **Seite 89** „Wirtschaftsorganisation Ost"

→ **Seite 89** Schiksal von „Ostarbeitern"

T1 Von den Deutschen vertrieben

Der „Generalplan Ost" sah eine Neuaufteilung der Länder im östlichen Europa vor. Über 30 Millionen Russen, Polen, Tschechen und Ukrainer sollten zwangsweise umgesiedelt werden. Die Ermordung von Millionen Menschen war dabei eingeplant.

T2 Nach Deutschland verschleppt

Der NS-Staat deportierte Millionen Männer und Frauen aus den besetzten Ländern in Mittel- und Osteuropa nach Deutschland. Sie mussten **Zwangsarbeit** leisten. Für einen geringen Lohn oder auch ohne Bezahlung arbeiteten sie in fast allen Bereichen. Auch Kriegsgefangene und KZ-Häftlinge mussten unter menschenunwürdigen Bedingungen kriegswichtige Arbeit leisten – in Fabriken, Betrieben und auf dem Bau. Im August 1944 waren mehr als 7,5 Millionen ausländische Zivilarbeiter und Kriegsgefangene sowie eine halbe Million KZ-Häftlinge im „Arbeitseinsatz".

T3 Zwangsarbeit an jedem Ort

Die Zwangsarbeiter waren im öffentlichen Leben in Deutschland nicht zu übersehen. Sie arbeiteten in Fabriken und in der Landwirtschaft. Dort fehlten deutsche Männer als Arbeitskräfte, denn sie führten als Soldaten Krieg. Die Nationalsozialisten betrachteten Zwangsarbeiter als „Menschenmaterial", das skrupellos „genutzt" wurde. Unzählige starben infolge von Krankheiten, mangelhafter Ernährung und der schlechten Unterbringung. Außerdem standen harte Strafen und Misshandlungen auf der Tagesordnung: vom Entzug des wenigen Essens bis zu Erschießungen wegen Brotdiebstahls. Einige Deutsche versuchten zu helfen. Sie steckten ihnen Essen zu. Gegenüber Zwangsarbeitern aus Belgien oder Frankreich verhielten sich manche Deutsche respektvoll, wenn diese ihnen als Arbeitskräfte zugewiesen wurden. Die Zwangsarbeiter aus Osteuropa dagegen durften kaum auf Mitleid hoffen. Hier wirkte die NS-Rassenideologie.

M2 Aus dem Brief des Zwangsarbeiters Bohuzki vom 23. Februar 1944 an seine Familie:

Und zu essen gibt man uns Sauermehlsuppe, Kartoffeln und 150 Gramm Brot pro Tag. Das ist mein Leben und meine Verpflegung. Ich arbeite von früh bis spät.

Die Briefe der Zwangsarbeiter wurden vor dem Versand von den zuständigen Stellen der nationalsozialistischen Verwaltung gelesen und zensiert. Der Brief wurde an die Landesbauernschaft übergeben, damit die Vorwürfe überprüft werden konnten.

M3 Am 10. Juli 1944 schrieb die Landesbauernschaft an den Reichsbauernführer:

Die Ermittlungen an Ort und Stelle haben ergeben, dass die Angaben nicht zutreffend sind. Die bei der Gutsverwaltung eingesetzten Ukrainer (Zwangsarbeiter) werden in Gemeinschaftsverpflegung verpflegt. Nach Aussagen des Betriebsführers ist die Verpflegung gut und ausreichend.

M4 Aus dem Brief eines polnischen Arbeiters an seine Familie, 1940:

Oftmals frage ich mich, warum sie uns wie Arbeitstiere behandeln. Warum haben wir keine Rechte und nur schwere Pflichten? Sie brauchen uns doch, wir arbeiten über unsere Kräfte für elende Verpflegung, man darf uns schlagen und missachten und um uns herum zeigt niemand auch nur eine Spur von Mitgefühl.

M5 Strafspind für „Ostarbeiter" auf dem Gelände des Krupp-Betriebs „Panzerbau IV" in Essen-Borbeck: Dort waren Ostarbeiterinnen und Ostarbeiter untergebracht. Kam es trotz des Verbots zu Kontakten zwischen den jungen Männern und Frauen, sperrte der Lagerleiter sie für mehrere Stunden in einen Spind aus Blech. Das Foto entstand nach der Befreiung und zeigt alliierte Soldaten, die den Spind untersuchen. (Foto, 1945)

A / B

1 Gib die Absichten der Nationalsozialisten beim „Generalplan Ost" wieder (Vorspann, T1).

2 Arbeite heraus, welche Folgen das Vorgehen der Nationalsozialisten für die Bevölkerung in den betroffenen Gebieten hatte (T2).

3 MK (A) Beschreibe mithilfe von T3 und der Bilder M1 und M5 die Behandlung der Zwangsarbeiter.

3 (B) „Zwangsarbeiter waren für die Nationalsozialisten nur ‚Menschenmaterial'." Nimm Stellung dazu (T3, M1–M5). Zeige auch Bezüge zur Rassenlehre auf.

4 (A) Begründe, warum Zwangsarbeit für den NS-Staat wichtig war (T2, T3).

4 (B) „Viele Zwangsarbeiter mussten einen Beitrag zur Vernichtung ihrer eigenen Länder leisten." Erkläre diese Aussage (T2, T3).

5 EXTRA MK Recherchiert, ob und wo in eurer Stadt oder Gegend im Zweiten Weltkrieg Zwangsarbeiter eingesetzt waren.

AFB I: 1, 2, 3 II: 4 III: 5 AFB I: 1, 2 II: 4 III: 3, 5

SP → Lösungshilfen ab Seite 304

Vom totalen Krieg zur Kapitulation

Der Krieg gegen die Sowjetunion schien ein weiterer „Blitzkrieg" zu werden. Doch im Winter 1941 hielt die Rote Armee dem Ansturm der Wehrmacht stand. Und zur gleichen Zeit wurde das mächtigste Land der Erde zum Gegner Deutschlands.

M1 Die durch Luftangriffe zerstörte Kölner Innenstadt (Luftaufnahme, 1945)

Stalingrad
(= Stadt Stalins) So hieß das heutige Wolgograd früher. Es liegt am längsten Fluss Europas – der Wolga.

Schon gewusst?
Der durch Deutschland und Japan begonnene Zweite Weltkrieg hatte 60 bis 70 Millionen Tote zur Folge. Die Mehrzahl der Opfer waren Zivilisten.

T1 Der Krieg wird zum Weltkrieg

Am 7. Dezember 1941 griffen japanische Flugzeuge den US-Flottenstützpunkt auf Hawaii an. Die USA erklärten daraufhin Japan den Krieg. Deutschland war mit Japan verbündet. Daher erklärte Hitler den USA den Krieg. Das hatte schwerwiegende Folgen: Ein ungeheures Potenzial an Waffen, Ausrüstung und Soldaten stand nun den Gegnern Deutschlands und Japans zur Verfügung.

T2 Der Wendepunkt von Stalingrad

Im Winter 1942/43 waren etwa 200 000 Wehrmachtssoldaten der sechsten Armee von der Roten Armee eingekesselt. Hitler verbot einen Ausbruchsversuch. 60 000 deutsche Soldaten starben im Kessel, 110 000 gerieten in sowjetische Kriegsgefangenschaft, wo sie fast alle umkamen. Diese Niederlage wurde zum Wendepunkt des Krieges.

T3 Totaler Krieg

Wenige Tage nach der Niederlage bei Stalingrad rief Goebbels im Februar 1943 die Deutschen zum „**totalen Krieg**" auf. Nun ordnete die deutsche Regierung Maßnahmen an, die das gesamte Leben an der „Heimatfront" auf Krieg einstellten: Die Arbeitszeiten wurden verlängert, Lebensmittel gab es nur noch gegen Bezugsscheine und immer mehr Frauen arbeiteten in Rüstungsbetrieben. Trotzdem versprach die NS-Führung immer noch den „Endsieg".
Dabei war das Ende des Krieges nur eine Frage der Zeit. Zu groß war die Überlegenheit der Alliierten. Jetzt erlebten auch die Menschen in Deutschland, was moderner Krieg bedeutete: Bombenangriffe, brennende Städte, Trümmerlandschaften, unzählige Tote unter der Zivilbevölkerung.

T4 Ende des Krieges

Im Juni 1944 landeten alliierte Truppen in Frankreich. Im Osten rückten die sowjetischen Armeen immer näher. Die Niederlage war nun unvermeidlich. Da halfen weder Durchhalteparolen noch der „Volkssturm". Am 30. April 1945 stießen sowjetische Truppen ins Zentrum von Berlin vor. Da beging Hitler im Bunker der Reichskanzlei Selbstmord. Er entzog sich damit der Verantwortung für die Verbrechen, die seine Politik zur Folge hatte.
Am 8. und 9. Mai kapitulierte die deutsche Wehrmacht. Der Krieg in Europa war damit beendet. In Asien dauerten die Kämpfe an. Nach dem Abwurf von Atombomben durch die Amerikaner kapitulierte auch die japanische Armee. Am 2. September 1945 war der Zweite Weltkrieg zu Ende.

M2 Die Pläne der Alliierten für eine Nachkriegsordnung beschreibt der Historiker Thomas Freiberger so:

Mit Blick auf das künftige Schicksal Deutschlands plädierte Roosevelt für eine harte Linie. So unterstützte er im September 1944 Pläne seines Finanzministers Henry Morgenthau, nach dem Krieg alle deutschen Industrieanlagen zu zerstören und Deutschland in einen schwachen Agrarstaat umzuwandeln. Als Roosevelt jedoch erkannte, dass der „Morgenthau-Plan" den Wiederaufbau der gesamten europäischen Wirtschaft verhindern würde, nahm er Abstand von diesem Plan. (...)

Stalin befürchtete, Deutschland könne sich, wie nach dem Ersten Weltkrieg, innerhalb von 12–15 Jahren wieder erholen. Damit wurde vor allem die Kontrolle Deutschlands und Polens zum Kern von Stalins Nachkriegspolitik. Deutschland sollte zunächst zerschlagen wer den und Polen als Pufferstaat und Aufmarschzone dienen. (...)

Stalin war zudem an der ökonomischen Ausbeutung der Besatzungszonen in Form von Reparationen, Demontagen, Technologie- und Wissenstransfer interessiert. (...)

Deutschlandpolitisch hatte Churchill bereits im Jahr 1943 in Vorahnung einer künftigen sowjetischen Bedrohung vor einer allzu drastischen Schwächung Deutschlands gewarnt.

M3 16- und 17-jährige Soldaten der Wehrmacht werden von amerikanischen Truppen gefangen genommen. (Foto, 1945)

M4 Die alliierten Staatschefs Winston Churchill (Großbritannien), Franklin D. Roosevelt (USA) und Josef Stalin (UdSSR) berieten auf der Konferenz von Jalta über das Schicksal Deutschlands und Europas nach Ende des Krieges. (Foto, Februar 1945)

A B

1 Gib wieder, warum Deutschland ab 1941 auch gegen die USA Krieg führte (T1).

2 MK (A) Erarbeitet in Kleingruppen eine Übersicht zum Zweiten Weltkrieg.
a) Listet wichtige Ereignisse in chronologischer Reihenfolge auf.
b) Fasst Zeiträume zu Phasen zusammen (z.B. deutsche Überlegenheit/Angriffe).
c) Diskutiert, wo Wendepunkte des Krieges feststellbar sind.
d) Zeichnet eure Arbeitsergebnisse in eine Kurve oder in einen Zeitstrahl ein (T1–T4, M1, M3 und M1, S. 88).

2 MK (B)
a) Bearbeitet in Kleingruppen Aufgabe A2.
b) Schreibt zum Foto M3 einen Bericht, den Widerstandskämpfer verbreiten wollen.

3 Beurteile die Kriegsziele der Sieger (M2, M4).

4 EXTRA MK Recherchiere zu Kriegsereignissen 1945 in deinem Heimatraum (z.B. Internet).

AFB I: 1, 2a, 2b II: 2c, 2d, 3 III: 4 AFB I: 1 II: 2, 3 III: 4

SP → Lösungshilfen ab Seite 304

Audio
Überfall auf das „Piratennest"
4qu4pq

Widerstand im NS-Staat

Nicht alle machten mit im NS-Staat. Doch echten Widerstand leisteten nur wenige. Viele von ihnen haben ihre mutige Haltung gegenüber dem Unrecht mit dem Leben bezahlt.

M1 Mitglieder der Weißen Rose: Hans und Sophie Scholl mit Christoph Probst (v. links nach rechts). Das Foto entstand kurz vor der Abfahrt der beiden Studenten zur Ostfront. (Foto, 1942)

Weiße Rose
Gruppe von Münchner Studenten, die Widerstand gegen den NS-Staat leisteten

Rote Kapelle
Widerstandsgruppe aus zumeist kommunistischen Mitgliedern, die während des Krieges kriegswichtige Nachrichten nach Moskau funkte und durch Sabotage die Wehrmacht schwächte

T1 Die Weiße Rose

Die Geschwister Scholl waren Mitglieder einer kleinen Gruppe von Studenten an der Münchner Universität, die sich „**Weiße Rose**" nannte. Sie hatten erkannt, dass Hitlers Herrschaft verbrecherisch war. Heimlich druckten sie Flugblätter, in denen sie die Bevölkerung dazu aufriefen, nicht länger das Unrecht des NS-Staates zu dulden. Sie verschickten ihre Aufrufe mit der Post, steckten sie nachts in Briefkästen oder hängten sie an parkende Autos.
Am 18. Februar 1943 legten sie Flugblätter in der Münchner Universität aus. Dabei entdeckte sie der Hausmeister und rief die Gestapo. Hans und Sophie Scholl und ihr Freund Christoph Probst wurden am 22. Februar 1943 zum Tod verurteilt und noch am selben Tag hingerichtet. Sophie Scholl war erst 21 Jahre alt.

T2 Widerstand unter Lebensgefahr

Der erste **Widerstand** gegen die NS-Herrschaft ging von ehemaligen Mitgliedern der KPD und SPD aus. Als ihre Parteien 1933 verboten wurden, gingen Einzelne in den Untergrund und bekämpften das NS-System zunächst mit Flugblättern, später auch durch Sabotage in Rüstungsbetrieben. Am bekanntesten wurde die Organisation „Rote Kapelle". Viele ihrer Mitglieder wurden verraten oder von der Gestapo entdeckt und hingerichtet.
Neben organisierten Gruppen gab es auch den Widerstand von Einzelnen. Im November 1939 plante der Schreinergeselle Georg Elser einen Mordanschlag auf Hitler mit einer Bombe. Der Anschlag missglückte, Elser wurde 1945 hingerichtet.
In Münster kritisierte Bischof Clemens von Galen in Predigten die Ermordung von Behinderten. Die Nationalsozialisten wagten es nicht, den beliebten Bischof zu verhaften, da sie einen Aufstand befürchteten.

T3 Das Attentat vom 20. Juli 1944

Angesichts der drohenden militärischen Niederlage entschlossen sich Offiziere der Wehrmacht zum gewaltsamen Widerstand. Der Oberst Graf Stauffenberg sollte ein Attentat auf Hitler verüben und anschließend einen Staatsstreich durchführen. Beim Bombenattentat wurde Hitler aber nur verletzt. Der Staatsstreich misslang.
Stauffenberg und seine engsten Mitverschworenen wurden noch in der Nacht des 21. Juli erschossen.

M2 Widerstand aus verschiedenen Motiven: **(1)** Liselotte Herrmann (kommunistischer Widerstand), hingerichtet am 20. Juni 1938 im Gefängnis Berlin-Plötzensee, **(2)** Julius Leber (sozialdemokratischer Widerstand), hingerichtet am 5. Januar 1945 im Gefängnis Berlin-Plötzensee; **(3)** Dietrich Bonhoeffer (christlicher Widerstand), hingerichtet im April 1945 im KZ Flossenbürg, **(4)** Claus Schenk Graf von Stauffenberg (militärischer Widerstand), hingerichtet in der Nacht des 20./21. Juli 1944, **(5)** Marianne Baum (jüdischer Widerstand), hingerichtet am 18. August 1942 im Gefängnis Berlin-Plötzensee

Schon gewusst?

Die „**Edelweißpiraten**" waren Jugendliche, die sich weigerten, HJ oder BDM beizutreten. Manche Gruppen verteilten auch Flugblätter, die gegen das NS-Regime gerichtet waren.

M3 Edelweißpiraten „auf Fahrt" (Foto, um 1940)

Nicht-anpassung	Verweigerung	Protest	Widerstand
z. B. nicht mit „Heil Hitler" grüßen	z. B. NS-Veranstal-tungen nicht besuchen	z. B. Edelweiß-piraten, Predigten von Galens	z. B. Weiße Rose, Rote Kapelle, Elser, Herrmann, Leber, Bonhoeffer, Stauffenberg, Baum

M4 Stufen des Widerstands gegen die NS-Herrschaft (nach Peukert, 1981): Die ersten beiden Stufen stehen für die teilweise Systemkritik (z. B. englische Radiosender hören, kritisches Denken und Handeln …), die Stufen drei und vier für die generelle Systemkritik. Während es sich bei der Stufe 3 um eine generelle Ablehnung handelt, gibt es in der Stufe 4 Maßnahmen für einen Umsturzversuch.

A / B

1 Nenne Gründe, warum nur wenige Deutsche aktiv Widerstand leisteten (T1, T2, Vorspann).

2 Beschreibe die Art des Widerstands durch die Gruppe „Weiße Rose" (T1, M1).

3 (A) Unterscheide Gruppen und Einzelpersonen, die sich dem NS-System widersetzten (T1–T3, M1–M3).

3 (B) Erläutere Ziele und Motive des Widerstands gegen das NS-System. Beurteile die unterschiedlichen Chancen auf Erfolg (T1–T3, M1–M3).

4 „Ist die Ausübung von Gewalt im Widerstand gerechtfertigt?" Diskutiert die Frage in der Klasse.

5 „Jeder Einzelne hat Möglichkeiten, sich einem Unrechtsregime zu widersetzen." Diskutiere mit deinem Tischnachbarn/deiner Tischnachbarin (M4).

6 EXTRA MK Recherchiere zu einer Widerstandsgruppe oder zu Einzelwiderstand. Fertige ein Plakat an und referiere vor der Klasse.

AFB I: 1, 2 II: 3 III: 4, 5, 6   AFB I: 1, 2 II: 3 III: 4, 5, 6

SP → Lösungshilfen ab Seite 304

Vom Extremismus in den totalitären Staat

Das Leben in einer Demokratie ist für uns heute selbstverständlich aber auch ein wertvolles Gut. Extreme Strömungen und Anfeindungen von Rechts und Links gibt es auch heute. In der Vergangenheit führten beiden Ansätze in totalitäre Staaten.

→ **Seite 104**
Erstarken nationalistischer Bestrebungen aktuell

Extremismus
→ Lexikon

Totalitarismus
eine Form des Extremismus, der zur Herrschaft aufgestiegen ist

→ **Seite 73**
Totalitäre Herrschaft am Beispiel des Nationalsozialismus (1933–1945)

→ **Seite 48**
Sozialismus und Faschismus

T1 Rechts- und Linksextremismus

Der Rechtsextremismus stellt aktuell eine größere Gefahr dar als der Linksextremismus. Rechtsextremisten lehnen demokratische Prinzipien wie die Gleichwertigkeit aller Menschen und Freiheit, z. B. der freien Meinungsäußerung ab. Sie streben eine Volksgemeinschaft an, die die Menschen ausgrenzt, die sie nicht als „deutsch" definieren. Sie wollen ein nationalistisches Deutschland, dessen zentrales Prinzip der Rassismus ist.
Linksextremisten lehnen die parlamentarische Demokratie ebenso ab, da sie diese als ein System voller Zwang empfinden, durch das sie ausgebeutet und unterdrückt werden. Sie streben einen herrschaftsfreien Staat (Anarchie) oder eine Gemeinschaft mit sozialistischen Strukturen an. Die Aufhebung der kapitalistischen Wirtschaftsweise und des Eigentums zugunsten einer Gesellschaft mit absoluter sozialer und wirtschaftlicher Gleichheit ist ihr Ideal.
Extremistisch ist ihr Anliegen auch deshalb, weil sie auf dem Weg dorthin und zur Aufrechterhaltung der von ihnen gewünschten Staatsform nicht vor Gewalt und Terror zurückschrecken.

Schon gewusst?

Hannah Arendt wurde am 14. Oktober 1906 in Hannover geboren und studierte Philosophie und Theologie. Nach der Machtübernahme der Nationalsozialisten floh sie – selbst Jüdin – nach Paris und setzte sich dort für **Emigrationsmöglichkeiten jüdischer Kinder nach Palästina** ein. 1941 reiste sie mit ihrer Mutter und ihrem Mann in die USA aus. Hannah Arendts Hauptwerk „Elemente und Ursprünge totaler Herrschaft" wurde 1951 veröffentlicht. Fokus ihres politisch-philosophischen Schaffens war die Frage nach der Verantwortung des Einzelnen in totalitären Herrschaften. Am 4. Dezember 1975 starb Hannah Arendt in New York.

M1 Beate Küpper, Andreas Zick und Maike Rump, führende Rechtsextremismusexperten, definierten 2021 den Rechtsextremismus folgendermaßen:

Rechtextremismus ist explizit demokratiefeindlich. Er wendet sich gegen die moderne demokratische Verfassung – einschließlich Gewaltenteilung, Rechtsstaatlichkeit und Minderheitenschutz – und gegen eine offene Gesellschaft einschließlich des Bekenntnisses zu den Grundrechten und der Pluralität.

M2 Das Bundesamt für Verfassungsschutz definiert den Linksextremismus folgendermaßen:

Linksextremismus ist ein Sammelbegriff für alle gegen das Prinzip der freiheitlichen demokratischen Grundordnung gerichteten Bestrebungen, die auf einer Verabsolutierung der Werte von Freiheit und (sozialer) Gleichheit beruhen, wie sie sich insbesondere in den Ideen von Anarchismus und Kommunismus ausdrücken.

T2 Unterschiede und Gemeinsamkeiten von Rechts- und Linksextremismus

Es fällt auf, dass beide Formen des Extremismus sich gegen die freiheitliche demokratische Grundordnung der Bundesrepublik Deutschland richten. Der extremistische Staat hat außerdem die Aufgabe, die jeweilige Staatsform mithilfe von Gewalt und Terror durchzusetzen. Eine offene Gesellschaft ist nicht möglich. Ein wichtiger Unterschied der beiden Extremismen besteht in der Auffassung, wer Staatsbürger ist. Für Rechtsextremisten sind nur „deutsche" Menschen vollwertige Bürger z. B. mit Wahlrecht.
Linksextremisten interessiert die Nationalität nicht. Bei ihnen muss der Einzelne nur die Staatsform akzeptieren.

M3 Merkmale des Totalitären

In der Vergangenheit haben sich aus extremistischen Ansichten totalitäre Staaten und Regime entwickelt. Beispiele für totalitäre Herrschaftssysteme sind der italienische Faschismus, der deutsche Nationalsozialismus und der Stalinismus der Sowjetunion. In der Theorie haben diese totalitären Staaten sechs Merkmale, die unterschiedlich ausgeprägt sein können:

1. Ideologie: Alle Bereiche des öffentlichen und privaten Lebens werden umfasst, hierbei unterscheidet ein totalitäres Regime nicht zwischen Öffentlichem und Privatem, es beeinflusst alle Bereiche des gesellschaftlichen und wirtschaftlichen Lebens.
2. Staatsverständnis: Partei und Staat sind eine Einheit.
3. Politische Partei: Hierarchisch geordnet und auf einen starken Führer ausgerichtet, Führungsperson ist den staatlichen Organen, insbesondere auch dem Gerichtswesen und dem Militär übergeordnet.
4. Terror: Vorgehen gegen alle „vermeintlichen Gegner" der herrschenden Ideologie.
5. Medien und Nachrichten: Sie werden gezwungen, die herrschende Ideologie zu vertreten, oder sie stellen sich freiwillig dazu zur Verfügung.
6. Wirtschaft: Sie wird zentral gelenkt und unterliegt der politischen Kontrolle von Partei und Staat.

M4 Hannah Arendt über Popularität und Propaganda (1951):

Ein noch bedenklicherer Irrtum wäre es, (...) zu vergessen, daß die totalitären Regime, solange sie die Macht haben, und die totalitären Führer, solange sie am Leben sind, sich einer echten und keineswegs von Propaganda künstlich erzeugten Popularität erfreuen. Totale Herrschaft ist ohne Massenbewegung (...) nicht möglich. Hitlers Machtergreifung war legal nach allen Regeln der demokratischen Verfassung; er war der Führer der weitaus größten Partei, der nur wenig zu einer absoluten Majorität fehlte.

M5 Adolf Hitler über das deutsche Volk (1934):

Echtes Herrentum entsteht nur da, wo auch echte Unterwerfung besteht. Es kommt nicht darauf an, die Ungleichheit der Menschen zu beseitigen, sondern im Gegenteil, sie zu vertiefen (...). Es gibt kein gleiches Recht für alle. Wir werden den Mut haben, dies nicht bloß zur Maxime unseres Handelns zu machen, sondern uns auch dazu bekennen. Nie werde ich daher anderen Völkern das gleiche Recht wie dem deutschen zuerkennen. Unsere Aufgabe ist es, die anderen Völker uns zu unterwerfen. Das deutsche Volk ist berufen, die neue Herrenschicht der Welt zu geben.

M6 Auf der „Wannsee-Konferenz" wurde am 20. Januar 1942 die Organisation und Durchführung der geplanten systematischen Vernichtung aller Juden in Europa besprochen. Im Protokoll dieser Konferenz heißt es:

An Stelle der Auswanderung ist nunmehr als weitere Lösungsmöglichkeit (...) die Evakuierung der Juden nach Osten getreten. (...) Unter entsprechender Leitung sollen im Zuge der Endlösung die Juden in geeigneter Weise im Osten zum Arbeitseinsatz kommen, (...) wobei zweifellos ein Großteil durch natürliche Verminderung ausfallen wird.

→ Seite 78/79 Ziele und Ideen der NSDAP

A 1 Stelle Links- und Rechtsextremismus gegenüber. Nenne Ziele und Merkmale (T1, M1).

B 1 Arbeite anhand der Gegenpositionen der Rechts- und Linksextremisten heraus, welche Prinzipien zur freiheitlichen demokratischen Grundordnung gehören (T1, T2, M1–M3).

2 Links- und Rechtsextremismus gefährden die Demokratie. Diskutiere mit einem Partner, warum Freiheit, Gleichheit und die Menschenrechte für dich so wichtig sind.

3 a) Stelle die Auswirkungen dar, die eine Gesellschaft mit sich bringen würde, in der jeder seine persönliche Freiheit absolut setzt (T1).
b) Beurteile die Notwendigkeit von allgemeingültigen Regeln und Gesetzen in einer Gesellschaft.

A 4 a) Erstelle eine Mindmap mit den Merkmalen der totalitären Herrschaft (T3).
b) Ergänze zu den einzelnen Merkmalen Beispiele aus der NS-Zeit (Nutze auch S. 78/79, M4–M6).

B 4 Analysiere die Quellen (M4–M6) vor dem Hintergrund der Merkmale totalitärer Herrschaft (T2).

5 EXTRA Diskutiere mit deinem Sitzpartner die Aussagen: „Die freiheitlich-demokratische Grundordnung ist unser höchstes Gut. Die Demokratie muss geschützt werden." Benennt Möglichkeiten, die zum Schutz unserer Demokratie beitragen. Beachtet dabei: Artikel 20, Absatz 1–4 des Grundgesetzes.

AFB I: 1, 3 III: 2, 4, 5 AFB I: 1a, 3 II: 4 III: 1b, 2, 5

SP → Lösungshilfen ab Seite 304

Audio
„Habenichtse aus dem Osten"
4qu4pq

Flucht und Vertreibung in Europa

Anfang 1945 rollten lange Trecks durch die östlichen Provinzen Deutschlands: Pferdewagen, auf denen frierende und hungernde Kinder saßen, Alte mit Handwagen, Frauen mit Kinderwagen. Alle waren auf der Flucht – irgendwie nach Westen.

M1 Flüchtlingstreck über das Eis des zugefrorenen Frischen Haffs an der Danziger Bucht: Die Flüchtenden mussten fast ihren ganzen Besitz zurücklassen. Tausende verhungerten oder erfroren. (Foto, Januar/Februar 1945)

Oder-Neiße-Linie
→ Lexikon

→ Seite 86
Sudetenland

Schon gewusst?

Etwa 14 Millionen Deutsche wurden ab 1945 aus ihrer Heimat vertrieben oder flohen vor drohender Gewalt. Dabei kamen bis zu zwei Millionen Menschen um.

T1 Flucht vor der Roten Armee

Die deutsche Wehrmacht hatte im Osten einen Vernichtungskrieg gegen die Bevölkerung geführt. Als im Herbst 1944 die Truppen der Sowjetunion auf ihrem Vormarsch die deutsche Ostgrenze erreichten, wendete sich das Blatt. Die deutsche Bevölkerung befürchtete, die Sowjetsoldaten würden sich für die Morde an der russischen Zivilbevölkerung rächen. Den Deutschen blieb die Flucht nach Westen.

Doch die NS-Regierung verbot die Vorbereitungen zur Flucht. Als die Sowjets im Januar 1945 bis zur Ostsee vorstießen, war Ostpreußen vom übrigen Reich abgetrennt. Für die Eingeschlossenen gab es nur noch einen Ausweg: Sie mussten über eine zugefrorene Meeresbucht flüchten, um die rettenden deutschen Häfen zu erreichen. Das Eis aber wurde zur Falle: Ohne Schutz waren die Flüchtlinge ein leichtes Ziel für die russischen Tiefflieger.

T2 Vertreibung der Deutschen

Die sowjetischen Soldaten töteten bei ihrem Vormarsch auch Zivilisten, vergewaltigten Frauen und verschleppten Menschen zur Zwangsarbeit in die Sowjetunion. Als der Krieg zu Ende war, rächten sich auch Polen und Tschechen für die jahrelange Unterdrückung durch die deutschen Besatzer. Sie vertrieben Millionen von Deutschen – oft unter grausamen Bedingungen.

T3 Ausweisung der „Sudetendeutschen"

Mit dem Kriegsende begann die **Vertreibung** der deutschen Bevölkerung aus der Tschechoslowakei. Diese Deutschen lebten vor allem im Sudetenland, dem Grenzgebiet zu Deutschland und Österreich. Der Hass, den die deutsche Besatzung bei den Tschechen und Slowaken geschürt hatte, richtete sich nun gegen die Sudetendeutschen. Die Regierung der Tschechoslowakei forderte ihre sofortige Ausweisung. Die Betroffenen wurden aus ihren Häusern getrieben, gedemütigt, misshandelt und manchmal ermordet. Zu Fuß oder in Massentransporten schob man sie über die Grenze ab.

T4 Auch Polen wurden vertrieben

1939 hatten Hitler und Stalin Polen aufgeteilt. Seine Kriegsbeute wollte Stalin 1945 nicht wieder hergeben. Zum Ausgleich für den Gebietsverlust sollte Polen im Westen auf Kosten Deutschlands entschädigt werden. Dem stimmten auch die Westmächte zu. Die polnische Bevölkerung im bisherigen Ostpolen wurde von den Sowjets unter Zwang ausgesiedelt. Viele von ihnen fanden in Schlesien eine neue Heimat. Die ehemals polnischen Ostgebiete besiedelte die Sowjetregierung mit Russen und Ukrainern.

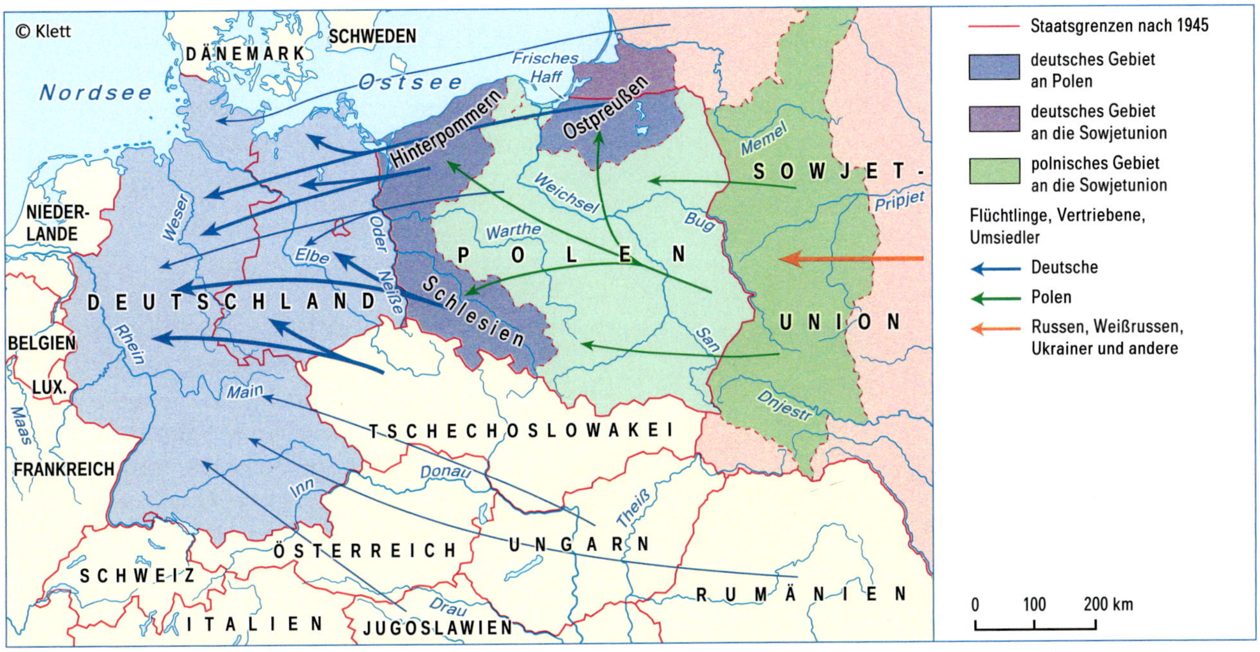

M2 Flucht, Vertreibung und Umsiedlung in Europa als Folge des Zweiten Weltkriegs bis 1950

M3 Eine Frau berichtet über ihre Vertreibung aus dem Sudetenland:

Am 26. Juli 1945 kamen plötzlich drei bewaffnete tschechische Soldaten und ein Polizist in meine Wohnung und ich musste dieselbe binnen einer halben Stunde verlassen. Ich durfte gar nichts mitnehmen. Wir wurden auf einen Sammelplatz getrieben. (...) Gegen Abend wurden wir unter grässlichen Beschimpfungen und Peitschenschlägen aus dem Heimatort fortgeführt. Nach sechsstündigem Fußmarsch mussten wir im Freien übernachten. (...) Es wurde uns (...) nicht gesagt, was mit uns geschehen soll, bis wir am 2.8.1945 zum Bahnhof mussten und auf offene Kohlenwagen verladen wurden. Während der Fahrt regnete es in Strömen. (...) Die Kinder wurden krank und ich wusste vor Verzweiflung keinen Rat. Nach zwei Tagen wurden wir in Tetschen (heute Český Těšín) ausgeladen. Wir waren hungrig und erschöpft und mussten in diesem Zustand den Weg bis zur Reichsgrenze zu Fuß antreten.

A / B

1 Nenne Gründe für die Flucht der Bevölkerung aus den deutschen Ostgebieten (T1, T2).

2 Du hast die Flucht aus Ostpreußen im Januar 1945 miterlebt. Schreibe einen kurzen Tagebucheintrag zu M1.

3 (A) Bearbeite mit einem Partner/einer Partnerin T3, T4 und M3.
a) Begründet, warum die deutsche Bevölkerung aus dem „Sudetenland“ vertrieben wurde.
b) Erklärt, warum auch Polen vertrieben wurden.
c) Beschreibt die Vertreibung als menschliches Schicksal.

3 (B) Bearbeite mit einem Partner/einer Partnerin T3, T4, M2 und M3. Arbeitet einen Kurzvortrag zu Flucht, Vertreibung und Umsiedlung in Europa aus.

4 Man spricht häufig von der „Westverschiebung“ Polens im Jahr 1945. Diskutiert den Begriff in seiner Vielschichtigkeit.

5 EXTRA MK
a) Recherchiere, wann aus der Oder-Neiße-Linie die endgültige Grenze zwischen Deutschland und Polen wurde.
b) Warum ist es schwierig, beim Thema „Vertreibung“ von Recht und Unrecht zu sprechen? Diskutiert.

AFB I: 1, 2 II: 3, 4 III: 5 AFB I: 1, 2 II: 3, 4 III: 5

SP → Lösungshilfen ab Seite 304

Erstarken nationalistischer Bestrebungen

Auch heute gibt es immer wieder Anfeindungen, Bedrohungen und Gewalttaten gegen einzelne Menschen und Gruppen. Der größte Teil stammt aus rechtsextremistischen Gruppierungen und Netzwerken. Ihre Gewalt richtet sich meistens gegen Minderheiten in unserer Gesellschaft.

M1 So sahen mal die „typischen" Rechtsextremisten aus. (Foto, 2011)

88, 18, 28
→ Lexikon

Odalrune
→ Lexikon

→ Seite 76/77
„Volksgemeinschaft"

→ Seite 100/101
Rechtsextremismus

T1 Rechtsextreme und Neonazis der 1990er-Jahre

Bis in die 2000er-Jahre hinein konnten Menschen mit rechtsextremer Gesinnung oft an ihrer Kleidung in der Öffentlichkeit erkannt werden. Sie wollten durch den militanten Stil provozieren und ihr Gegenüber einschüchtern.
Die typische Bekleidung mit Bomberjacke und Springerstiefeln kommt ursprünglich aus den englischen Arbeitervierteln (Skinhead), symbolisierte Männlichkeit und wurde später von den Rechtsextremen übernommen.
Bestimmte Marken und Symbole werden bevorzugt von Rechtsextremen getragen, ebenso wie bestimmte Codes Verwendung finden: die Zahlen 18 und 88 oder das Symbol der „Schwarzen Sonne". Sie dienen der Identifikation der Träger mit der Gemeinschaft und senden ein klares politisches Statement. Verbotene Symbole wie das Hakenkreuz, die Odalrune oder auch das Keltenkreuz tauchen ebenfalls in abgeänderter Form auf.
Auch bestimmte Farben werden als Symbolik verwendet. Bei Kundgebungen und Demonstrationen der Rechtsextremisten wehen schwarz-weiß-rote Fahnen. Diese verweisen auf die Farben des Kaiserreichs und symbolisieren damit eine Ablehnung der parlamentarischen Demokratie.

T2 Wölfe im Schafspelz – die neue Rechte

Mittlerweile hat die rechtsextremistische Szene ihre „Uniformierung" größtenteils abgelegt. Auf Kundgebungen oder Demonstrationen, z. B. 2020/2021 gegen die Corona-Bestimmungen, finden meist nur ihre politischen Symbole weiterhin Verwendung.
Die rechtsextreme Szene hat verstanden, dass militantes Auftreten potenzielle Anhänger und Wähler abschreckt. Ein neues angepasstes Image hat sich entwickelt: So wichen Bomberjacken, Springerstiefel, hochgekrempelte Jeanshosen und die Glatze dem modernen Hipster-Chic, oder man übernahm den Kleidungsstil der Gegendemonstranten. So ist heute die rechtsextreme Gesinnung an der Kleidung oft nicht mehr sofort zu erkennen.

T3 Ein neues Image

Manche Rechtsextremisten kaufen Bauernhöfe, siedeln sich mit Gleichgesinnten in entlegenen Regionen an, wirtschaften ökologisch, sind aktiv im Natur- und Umweltschutz tätig.
Viele Anhänger der **völkischen Gruppierungen** übernehmen freiwillige Aufgaben in Schulen und Kindergärten und wirken so in der Gemeinde mit. Die Unterwanderung einer Gemeinschaft erleichtert es ihnen, ihre Ideale unauffällig zu verbreiten und Anhänger zu finden. Sie hoffen: Sind sie in der bürgerlichen Gesellschaft verankert, wird sie kaum jemand offen kritisieren.

T4 Völkische Gruppen

Unter dem Begriff „Volksgemeinschaft“ beschreiben Rechtsextremisten die für sie ideale soziale Ordnung. Sie grenzen Mitglieder der Volksgemeinschaft und die, die nicht dazugehören sollen, voneinander ab. Grundlage ist hier vor allem der Rassismus als Grundpfeiler rechtsextremistischer Ideologie.
Das ist keine neue Strömung: Bereits 1933 begannen die Nationalsozialisten ihre Vorstellung einer „Volksgemeinschaft“ als eines der wichtigsten gesellschaftlichen Ziele überall (von den Großstädten bis hin zu kleinen Dörfern) umzusetzen. Das bedeutet, dass in jeder dieser Gemeinden Minderheiten ihre Rechte entzogen wurden und dass alle anderen sich aufgefordert fühlen konnten, sie zu diskriminieren. In dieser Tradition versteht sich heute die „Neue Rechte“.
Sie stellt sich gegen all diejenigen, die nicht in ihrem Sinne „deutsch“ sind, sowie gegen die, die Asylsuchende unterstützen. Sie lehnen die LGBTQ-Bewegung ab und definieren sie als „wider die Natur“. In ihren Familien streben sie außerdem eine Geschlechterzuordnung an, in der Frauen auf ihre Rolle als Mutter und Hausfrau reduziert werden. Sie setzen sich für eine Erinnerungskultur ein, in der die Verbrechen der Nationalsozialisten größtenteils ausgeblendet oder verharmlost werden. Eine vergleichsweise neue Entwicklung besteht allerdings darin, dass sie oft regionale Produktion und ökologische Landwirtschaft befürworten und unterstützen.

T5 Die Identitäre Bewegung

Im Herbst 2012 trat die Jugendbewegung der „Identitären“ in Deutschland zum ersten Mal auf. Sie wird heute als rechtsextremistisch eingeordnet. Es handelt sich hierbei um eine Bewegung, die Deutschland gegen eine vermeintliche Überfremdung durch Zuwanderer und Asylsuchende „schützen“ möchte. Die Anhänger geben sich bewusst intellektuell und modisch. Die Identitären nutzen ihr Wissen um Verwendung von Sprache, so wird z.B. das Wort „Rasse“ nicht verwendet, um sich einem Rassismus-Vorwurf zu entziehen. Sie argumentieren allerdings nur scheinbar anders: Sobald Fremde ins eigene Land kommen, sehen die Identitären „die deutsche kulturelle Identität“ als gefährdet an und rufen zur Verteidigung der „deutschen Kultur“ vor fremden Einflüssen auf. Sie nutzen insbesondere die Neuen Medien als Mittel, um junge Menschen für sich zu gewinnen und Öffentlichkeit zu mobilisieren.

Keltenkreuz → Lexikon

Schwarze Sonne → Lexikon

Kultur → Lexikon

Volksgemeinschaft → Lexikon

LGBTQ → Lexikon

Schon gewusst?

2007 startete das erste „**Jamel rockt den Förster**“-Festival auf dem ehemaligen Forsthof in Jamel im Nordwesten von Mecklenburg-Vorpommern. Zuvor hatten sich mehrere Familien aus der rechtsextremistischen Szene in dem Ort Jamel angesiedelt und Anwohner anderer politischer Einstellung vertrieben. Sie begannen, das Dorf nach ihrem völkischen Ideal zu prägen. Einige Bewohner von Jamel entschieden sich, gegen diese Vereinnahmung anzugehen und organisieren seitdem ein „Festival gegen Rechts“: Jamel rockt den Förster.

A B 1 Beschreibe das Foto M1. Benenne Wirkung und Absicht des Auftretens.

A 2 a) Beschreibe die Symbole und Wirkungsabsicht der Neonazis der 1990er-Jahre (T1).
b) Vergleiche das Auftreten der „Neuen Rechten“ mit dem der Rechtsextremisten der 1990er-Jahre (T1, T2).

B 2 Vergleiche das Auftreten der „Neuen Rechten“ mit dem der Rechtsextremisten der 1990er-Jahre und beurteile die Gefahr durch die Veränderungen (T1, T2).

A 3 Diskutiere mit deinem Tischnachbarn, was das Konzept der „Volksgemeinschaft“ scheinbar attraktiv macht, was spricht dagegen (T4)?

B 3 Erläutere die Gefahr für die Demokratie, die von der Identitären Bewegung ausgeht.

A B 4 „Jamel rockt den Förster“ ist eine Möglichkeit des Widerstands gegen rechtsextremistische Einflüsse und Unterwanderungen in unserer Gesellschaft. Benenne Möglichkeiten, wie man sich in der Schule und Freizeit gegen rechte Gedanken einsetzen kann.

AFB I: 1, 2a II: 2b, 3, 4 AFB I: 1 II: 2, 3, 4

SP → Lösungshilfen ab Seite 304

Niederlage oder Befreiung?

Ortschaft für Ortschaft eroberten die Alliierten von Osten und von Westen das Deutsche Reich. Was würden die Sieger mit den Deutschen anstellen? Mit dem Kriegsende standen viele vor einer ungewissen Zukunft.

M1 Ankunft von US-Einheiten im KZ Dachau (Foto, 30. April 1945)

M2 Flüchtlingsfrau in den Trümmern von Köln (Foto, 1945)

T1 Ende des Kriegs

Im Juni 1944 landeten alliierte Truppen in Frankreich. Im Osten rückte die Rote Armee der Sowjetunion immer näher. Die Nationalsozialisten riefen nun zum „Endkampf" auf, schickten Junge und Alte an die Front und gingen brutal gegen Deserteure vor. Die Niederlage war dennoch unvermeidlich. Am 8. und 9. Mai 1945 kapitulierte die deutsche Wehrmacht. Der Krieg in Europa war damit beendet. Für viele Deutsche bedeutete das: endlich keine Bombenangriffe mehr, keine Todesnachrichten von der Front, keine fanatischen NS-Befehle zum Kampf für den „Endsieg". Gleichzeitig mussten die Deutschen ihr Überleben im Zusammenbruch sichern. In Deutschland regierten nun die vier Besatzungsmächte USA, Großbritannien, Frankreich und die Sowjetunion.

T2 Das Kriegsende: eine Niederlage?

Wie das Kriegsende von den Menschen empfunden wurde, hing mit ihrer Rolle vor 1945 zusammen. Viele Menschen waren sich darüber im Klaren, dass Wehrmacht und SS an der Ostfront einen Vernichtungskrieg geführt hatten. Jetzt hatten sie Angst vor der Rache der Sieger. Viele Soldaten und Zivilisten waren bereits auf der Flucht vor der Roten Armee. Millionen deutscher Soldaten waren in Gefangenschaft. Besonders diejenigen, die an Hitler und das „Großdeutsche Reich" geglaubt hatten, empfanden den 8. Mai als Tag der Niederlage. Da die meisten Deutschen das NS-Regime unterstützt hatten, empfand die Mehrheit so.

T3 Das Kriegsende: eine Befreiung

Ganz anders empfanden die Opfer. Die Verfolgten, wie die Menschen in den Konzentrationslagern und Vernichtungslagern, fühlten sich erlöst. Die Alliierten befreiten sie endlich von der tödlichen deutschen Herrschaft. Ebenso wurden die vielen Zwangsarbeiterinnen und Zwangsarbeiter im Deutschen Reich befreit. Diese Sichtweise der Opfer wurde schließlich zur offiziellen Haltung des demokratischen deutschen Staates. Dafür sorgte insbesondere die Rede des Bundespräsidenten Richard von Weizsäcker 1985.

Gestern hat die Wehrmacht kapituliert. Ganz Deutschland ist von fremden Truppen besetzt und wir wissen nicht, was sie mit uns und dem Land vorhaben. Es ist so viel zerstört, viele haben kein Zuhause mehr, sind auf der Flucht, in Gefangenschaft oder verwundet. Das ist für mich die totale Niederlage.

M3 Aussage zum 8. Mai 1945. Die Aussage ist vom Autor dieses Schulbuchkapitels geschrieben, fasst aber tatsächliche Meinungen aus der Zeit zusammen.

Als die US-Soldaten in das Konzentrationslager kamen und die Tore öffneten, konnten wir es kaum fassen. Sie haben uns vor dem sicheren Tod gerettet. Und dann kam die Nachricht von der Kapitulation. Für uns war beides zusammen eine Befreiung: das Ende der Lagerhaft und der Hitlerdiktatur.

M4 Aussage zum 8. Mai 1945. Die Aussage ist vom Autor dieses Schulbuchkapitels geschrieben, fasst aber tatsächliche Meinungen aus der Zeit zusammen.

M5 Bundespräsident Richard von Weizsäcker auf der Gedenkfeier des Bundestags zum 8. Mai 1945 im Jahre 1985:

Der 8. Mai war ein Tag der Befreiung. Er hat uns alle befreit von dem menschenverachtenden System der nationalsozialistischen Gewaltherrschaft. Niemand wird um dieser Befreiung willen vergessen, welche schweren Leiden für viele Menschen mit dem 8. Mai erst begannen und danach folgten. Aber wir dürfen nicht im Ende des Krieges die Ursache für Flucht, Vertreibung und Unfreiheit sehen. Sie liegt vielmehr in seinem Anfang und im Beginn jener Gewaltherrschaft, die zum Krieg führte. Wir dürfen den 8. Mai 1945 nicht vom 30. Januar 1933 trennen. Wir haben wahrlich keinen Grund, uns am heutigen Tag an Siegesfesten zu beteiligen. Aber wir haben allen Grund, den 8. Mai 1945 als das Ende eines Irrweges deutscher Geschichte zu erkennen, das den Keim der Hoffnung auf eine bessere Zukunft barg.

A / B

1 Arbeite heraus, wie der Krieg aus der Sicht der meisten Deutschen zu Ende ging (T1, M2).

2 (A) Ordne die Aussagen M3 und M4 den Fotos M1 und M2 zu.

2 (B) Du verfasst als US-Journalist/in anhand von M1 und M2 eine Reportage über das Kriegsende in Deutschland. Schreibe einen kurzen Text mithilfe von T1 und T2.

3 Erläutere, warum die meisten Deutschen den 8. Mai 1945 als Niederlage empfanden, manche aber auch als Befreiung (T2, T3, M3, M4).

4 Bundespräsident von Weizsäcker erklärte den 8. Mai 1945 aus der Rückschau zum Tag der Befreiung für alle Deutschen. Gib seine Argumente wieder (M5).

5 Nimm Stellung zu der Frage, ob der 8. Mai als europäischer Gedenktag geeignet wäre.

AFB I: 1, 2, 4 II: 3 III: 5 AFB I: 1, 4 II: 2, 3 III: 5

SP → Lösungshilfen ab Seite 304

Tests und Übungen
4qu4pq

Keine Wahl haben: Was passiert, wenn Demokratien scheitern?

1933 Hitler errichtet eine Diktatur in Deutschland.

1936 Hitler befiehlt die Vorbereitung eines Krieges.

1939 Mit dem Überfall auf Polen entfesselt Deutschland einen Weltkrieg.

1941 Die planmäßige Ermordung von Millionen Menschen beginnt.

1945 Mit der Kapitulation Deutschlands endet der Krieg in Europa.

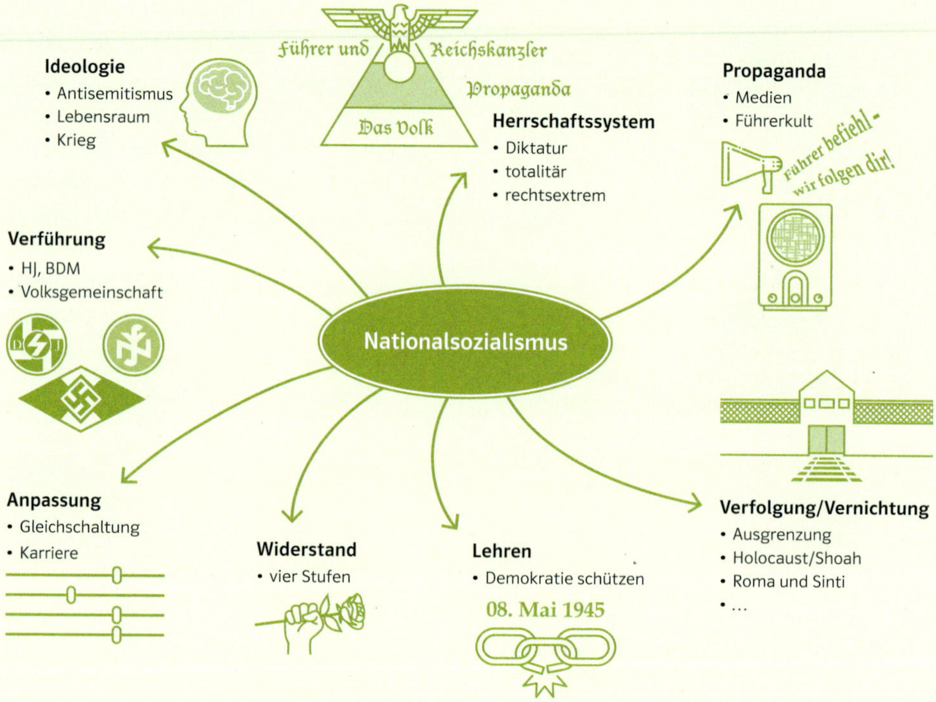

Wichtige Begriffe

- Antisemitismus
- Arier
- Blitzkrieg
- Bund Deutscher Mädel (BDM)
- Euthanasie
- Gleichschaltung
- Herrenrasse
- Hitlerjugend (HJ)
- Holocaust/Shoah
- Konzentrationslager
- Lebensraum
- Oder-Neiße-Linie
- Propaganda
- Sowjetunion
- SS
- totaler Krieg
- totalitär
- Vernichtungskrieg
- Vernichtungslager
- Vertreibung
- Vierjahresplan
- Völkermord
- völkische Gruppe
- Volksgemeinschaft
- Weiße Rose
- Widerstand
- Zwangsarbeit

Jetzt kannst du ...

- die Ideologie (= Weltanschauung) des Nationalsozialismus als freiheitsfeindlich erläutern.
- die Herrschaft der Nationalsozialisten als Diktatur erklären.
- die systematische Diskriminierung, Verfolgung und Vernichtung von Juden, politischen Gegnern und Minderheiten als Merkmale nationalsozialistischer Herrschaft beurteilen.
- Propaganda als Mittel totalitärer Herrschaft analysieren.
- Krieg als Ziel nationalsozialistischer Weltanschauung und Politik erklären.
- die Radikalisierung und Maßlosigkeit des Verbrechens im Krieg beurteilen.
- Möglichkeiten des Widerstands gegen Unterdrückung, Verfolgung und Krieg erläutern.
- Gefahren für die Demokratie durch rechtsextreme Vorstellungen beurteilen.
- das Erstarken des Nationalismus beurteilen.

4 Demokratie: Wie kann ich meine Welt mitgestalten?

M1 **Bürgerinnen und Bürger demonstrieren in Hamburg.** (Foto, 2020)

Demokratie lebt von Mitbestimmung, Teilhabe und Engagement. Davon, dass sich Menschen einbringen und das Zusammenleben mitgestalten wollen. Sie lebt von Kontroversen und Diskussionen.
In unserer Demokratie gibt es verschiedene Formen und Möglichkeiten der Mitgestaltung und Mitbestimmung. Man kann wählen gehen, sich einer politischen Partei anschließen, demonstrieren ... Man kann sich Organisationen oder Initiativen anschließen, Volksbegehren und Volksentscheide initiieren. Wenn man etwas verändern und mitgestalten möchte, dann muss man sich dafür einsetzen.

M2 **Innenansicht der Kuppel des Reichstagsgebäudes in Berlin** (Foto, 2014)

Dürfen Grundrechte eingeschränkt werden?

M1 Auf dem Schulhof 2021 (Comiczeichnung)

Grundrechte
Einer Einzelperson zustehende Freiheitsrechte, die in den meisten modernen Verfassungen durch den Staat garantiert werden.

Corona-Pandemie
weltweiter Ausbruch einer Viruserkrankung, die sehr viele Tote forderte

T1 Die Situation

„Die Macht der Viren", hieß das Thema der Bio-Stunde. Wie ein Virus „arbeitet", was es anrichtet und wie man sich davor schützen kann, ist nun einigermaßen bekannt. Doch das mit dem „Schutz" hatte es in sich. Da war ja nicht nur Händewaschen und Mundschutz mit gemeint. Wenn es ganz schlimm kommt, so hieß es, müsse man für lange Zeit auf vieles verzichten. Zu Beginn des Jahres 2020 hätte sich noch niemand vorstellen können, was wenige Monate später zum Alltag gehörte: geschlossene Geschäfte, Verbot von Freizeitveranstaltungen, geschlossene Schulen, Besuchsverbote …
Viele Menschen fragten sich: „Geht das in einer Demokratie?" „Darf die Regierung Grundrechte einfach einschränken?" „Was ist mit dem Schutz der persönlichen Daten in einer Krise?" „Worauf stützt sich die Regierung, wenn sie bestimmte Maßnahmen verhängt?" „Was ist mit der Volksvertretung, dem Parlament?" „Wer wacht eigentlich darüber, dass die Regierung nicht zu viel Macht an sich reißt?"

T2 Das wird von euch erwartet

Ihr findet auf den folgenden Seiten Informationen zu den möglichen Ursachen der Pandemie 2020/2021, zu politischen Entscheidungen, zur Einschränkung von Grundrechten während der Pandemie. Für euch sollten gesellschaftliche und politische Auswirkungen im Vordergrund stehen. Das sind vor allem Fragen, die mit unserer freiheitlich demokratischen Grundordnung zusammenhängen.
Egal, für welches Thema ihr euch entscheidet, am Ende sollten die folgenden Fragen beantwortet werden:
- Wann dürfen Grundrechte eingeschränkt werden?
- Wer darf Grundrechte einschränken?
- Welche Grundrechte können eingeschränkt werden?
- Was ist mit dem Datenschutz in einer Krise?
- Wer überprüft die Rechtmäßigkeit, wenn Grundrechte eingeschränkt werden?

Auftrag 1: Ein Plakat/eine Wandzeitung gestalten

So könnt ihr vorgehen:

Der Titel könnte lauten: „Pandemie 2020/2021 – Ursachen, Auswirkungen, Folgen".
Geht auf den Ursprung, die Ausbreitung, Zahlen von Erkrankten und Toten, soziale, wirtschaftliche und politische Folgen ein.

a) Bearbeitet zunächst S. 112–115.
b) Recherchiert weitere Informationen zu Ursachen, Auswirkungen und Folgen der Pandemie. Stellt dabei einen Zusammenhang zwischen Pandemie und Umweltzerstörung her.
c) Wählt Bilder aus, die euer Plakat anschaulich und interessant machen.
d) Geht auf das Handeln der Bundesregierung ein: Nutzung von Expertenwissen, Empfehlungen, Verbote …
e) Stellt die Veränderung der sozialen Umwelt dar, z.B. Homeschooling, Homeoffice …
f) Legt bei der Präsentation den Schwerpunkt auf den Eingriff in die persönlichen Grundrechte.

Auftrag 2: Einen Zeitungsartikel schreiben

So kannst du vorgehen:

Du kannst z.B. auf Einzelschicksale, soziale Gruppen oder Menschen in einem bestimmten Lebensabschnitt (alte Menschen, Studierende, Schüler) eingehen. Schildere die besondere Situation und zeige auf, welche Folgen die Pandemie für sie hatte.

a) Bearbeite zunächst S. 112–115.
b) Recherchiere die Auswirkungen der Pandemie für Individuen oder Gruppen.
c) Stütze deine Argumente durch anschauliche Beispiele.
d) Gehe am Ende auf Gefahren für die Demokratie ein.
e) Werte deinen Artikel durch eine starke Überschrift auf.
f) Lies der Klasse den Zeitungsartikel vor.

Auftrag 3: Ein Partnerinterview erstellen

So könnt ihr vorgehen:

Was hat die Einschränkung von Grundrechten für mich bedeutet? Erstelle dazu mit einer Partnerin/einem Partner ein Interview. Das Interview kann sich auf eine fiktive (nur erdachte) Situation oder auf eigene Erfahrungen während der Pandemie beziehen.

a) Bearbeitet zunächst S. 112–115.
b) Legt die Themen des Interviews fest.
c) Recherchiert zu den Einzelthemen weitere Informationen.
d) Arbeitet Fragen und Antworten des Interviews heraus.
e) Interviewt euch gegenseitig vor der Klasse.

Auftrag 4: Einen Aufruf verfassen

So könnt ihr vorgehen:

Ihr seid z.B. mit der Weitergabe von Daten und der DSGVO nicht einverstanden. Damit euer Anliegen in der Öffentlichkeit wahrgenommen wird, wollt ihr ein Plakat erstellen und Unterstützer gewinnen.

a) Bearbeitet zunächst S. 112–115.
b) Überlegt, zu welcher Aktion ihr aufrufen wollt: Grundrechte oder Datenschutz.
c) Auf welchen Missstand wollt ihr hinweisen, was ist euer Anliegen?
d) Entscheidet, welche Reizwörter (z.B. in Überschriften/Schlagzeilen) euer Text enthalten soll und welche Sachinformationen. Gestaltet den Aufruf.
e) Präsentiert euer Produkt engagiert in der Klasse.

Wie geht unsere Demokratie mit einer Pandemie um?

Krisensituationen wie die einer Pandemie fordern alle Staaten heraus. Die meisten Staaten besitzen hierfür Notfallpläne, nach denen auch Grundrechte eingeschränkt werden dürfen. Doch wie weit darf eine solche Einschränkung gehen?

→ **Seite 127**
Fraktionen

Robert-Koch-Institut (RKI)
Das 1891 gegründete Robert-Koch-Institut ist ein dem Geschäftsbereich des Bundesministeriums für Gesundheit nachgeordnetes Bundesinstitut. Ziel des RKI ist der Schutz der Bevölkerung vor Krankheiten.

T1 Folgen der Pandemie für die Demokratie

Krisen gelten als „Stunde der Regierung". Hier können Regierungen unter Beweis stellen, dass sie handeln können. Zumeist müssen Entscheidungen schneller getroffen werden, als dies in parlamentarischen Debatten üblicherweise möglich ist.
Äußerlich ist es in der Corona-**Pandemie** so auch geschehen. Die **Bundesregierung** hat zusammen mit den Regierungen der 16 Bundesländer mithilfe von Verordnungen versucht, die Bundesrepublik durch die Pandemie zu steuern. Zwar hatten alle Fraktionen – auch die Oppositionsparteien – immer ein Mitspracherecht. Doch die Parlamente, also der **Bundestag** und die Länderparlamente, wurden erst im Nachhinein über die Schritte der Regierung informiert. An dieser Praxis entstand Kritik. Eine stärkere Einbindung der Parlamente als gewählte Vertreter der Bürgerinnen und Bürger wurde gefordert.

T2 Expertenwissen in der Politik?

Politiker müssen Entscheidungen in Politikbereichen treffen, von denen sie inhaltlich vielleicht nicht viel wissen oder die überaus komplex sind. Das ist völlig normal. Um angemessene Entscheidungen treffen zu können, nutzen die Politiker Expertenwissen. Das gilt auch für die Corona-Pandemie.
Die Expertinnen und Experten, die hierfür benötigt werden, arbeiten entweder in den Ministerien oder ihnen angeschlossenen Instituten, wie dem Robert-Koch-Institut (RKI), oder werden als externe Berater gebucht. Dabei soll darauf geachtet werden, dass bei kontroversen Forschungsansätzen auch kontroverse Meinungen und damit Berater zugelassen werden. Dies führte während der Pandemie in der Bevölkerung manchmal zu dem Eindruck, dass es keine klare Meinung gab und sich sogar die Experten widersprachen.
Erschwerend kam hinzu, dass in Teilen der Bevölkerung wissenschaftliche Ergebnisse in Frage gestellt und „alternative Fakten" angeboten wurden, die sich in den sozialen Netzwerken verbreiteten.

T3 Grundrechte einschränken?

Im Zuge der Corona-Pandemie riefen viele Staaten den Notstand aus und setzten auch **Grundrechte** außer Kraft oder schränkten sie ein. Als Begründung diente der Schutz der Bevölkerung. Für Deutschland galten keine Notstandsregelungen, dennoch wurden auch hier Grundrechte wie die Freizügigkeit, die freie Entfaltung der Persönlichkeit, die Versammlungsfreiheit und auch die Gewährleistung der ungestörten Ausübung der Religion eingeschränkt.
Die Grundlage hierfür bot der Paragraf 28 des **Infektionsschutzgesetzes.** Um Krankheiten einzudämmen, können die in diesem Paragrafen aufgeführten Grundrechte eingeschränkt werden. Dieser Paragraf wurde während der Pandemie mehrfach geändert, da er zu Beginn zu ungenau formuliert war. In mehreren Gerichtsverfahren wurden manche Corona-Maßnahmen für verfassungswidrig erklärt und mussten sogar zurückgenommen werden, die meisten hielten juristischen Überprüfungen aber stand.

M1 „Ist während einer Pandemie die parlamentarische Demokratie in Gefahr?" Diese Frage wurde während der Corona-Pandemie immer wieder diskutiert. Hier ein Online-Bericht der Tagesschau-Redaktion vom 19.10.2020:

Weder der Bundestag noch die Parlamente der Länder spielen bei der Pandemie-Bekämpfung eine große Rolle. Stattdessen geben die Runden der Länderchefs bei der Kanzlerin den Takt vor. Das sorgt zunehmend für Kritik. (...) Zwar sei keine „Corona-Diktatur" errichtet worden, und es sei auch nicht geplant, so der Historiker der Freien Universität Berlin, Paul Nolte. „Aber es ist doch ein schleichendes Gift: Die Verordnungspolitik von oben, die Ministerpräsidentenrunden statt Entscheidungen von Parlamenten und die Debatten, die dort stattfinden. Dahin müssen wir wieder stärker zurück", mahnte Nolte im WDR. Die Grünen, die FDP, die Linkspartei – sie alle fordern mittlerweile lautstark, wichtige Gesetzesvorhaben den Parlamenten vorzulegen. Auch wenn man dann mitunter mehr Zeit brauche. (...)

M2 Expertenwissen in der Politik während der Corona-Krise: Virologen werden zur Zielscheibe

Seit dem Ausbruch der Corona-Pandemie im Frühjahr 2020 kennen Millionen Deutsche den Namen von Christian Drosten, dem Chefvirologen der Berliner Charité und zeitweiligem Berater der Bundesregierung. (...) Ende August hielten Maskenverweigerer auf einer Demo Plakate unter anderem mit Drosten und dem SPD-Bundestagsabgeordneten Karl Lauterbach in Gefängniskleidung hoch. Virologen seien zum Feindbild der Verschwörungstheoretiker und der sogenannten „Querdenker"-Szene geworden, so Pia Lamberty. (...) Angriffe auf die freie Wissenschaft seien besonders besorgniserregend, denn diese seien ein Grundpfeiler einer Demokratie. (...) Drosten, aber auch der Epidemiologe Karl Lauterbach, der als Experte Corona-Themen immer wieder kommentiert, haben nach eigenen Aussagen Morddrohungen erhalten. (...)

M3 § 28 des Infektionsschutzgesetzes (Schutzmaßnahmen)

(1) Werden Kranke (...) festgestellt oder ergibt sich, dass ein Verstorbener krank (...) war, so trifft die zuständige Behörde die notwendigen Schutzmaßnahmen (...), soweit und solange es zur Verhinderung der Verbreitung übertragbarer Krankheiten erforderlich ist; sie kann insbesondere Personen verpflichten, den Ort, an dem sie sich befinden, nicht oder nur unter bestimmten Bedingungen zu verlassen (...). Unter den Voraussetzungen von Satz 1 kann die zuständige Behörde Veranstaltungen oder sonstige Ansammlungen von Menschen beschränken oder verbieten und Badeanstalten oder (...) Gemeinschaftseinrichtungen oder Teile davon schließen. (...) Die Grundrechte der körperlichen Unversehrtheit (Artikel 2 Absatz 2 Satz 1 des Grundgesetzes), der Freiheit der Person (Artikel 2 Absatz 2 Satz 2 des Grundgesetzes), der Versammlungsfreiheit (Artikel 8 des Grundgesetzes), der Freizügigkeit (Artikel 11 Absatz 1 des Grundgesetzes) und der Unverletzlichkeit der Wohnung (Artikel 13 Absatz 1 des Grundgesetzes) werden insoweit eingeschränkt.

A 1 Beschreibe die Regierungspraxis in Deutschland während der Corona-Pandemie (T1, M1).

B 1 Der Historiker Paul Nolte bezeichnet die Regierungspraxis während der Corona-Pandemie als „schleichendes Gift". Erläutere, was Nolte damit meint (T1, M1).

2 Begründe, warum Krisen als „Stunde der Regierung" gelten (T1, M1).

3 Bewerte die Regierungspraxis in Deutschland während der Corona-Pandemie vor dem Hintergrund unserer freiheitlich-demokratischen Grundordnung (T1, M1).

4 Erläutere, warum in der Politik Experten in politischen Entscheidungsprozessen hinzugezogen werden (T2, M2).

A 5 Benenne die gesetzliche Grundlage für die Einschränkung von Grundrechten während der Corona-Pandemie (T3, M3).

B 5 Erläutere die gesetzlichen Grundlagen für die Einschränkung von Grundrechten in der Bundesrepublik Deutschland (T3, M3).

6 EXTRA Bewerte den Umgang unserer Demokratie mit der Corona-Pandemie und die möglichen Folgen für unsere Demokratie.

AFB I: 1, 5 II: 2, 4 III: 3, 6 AFB II: 1, 2, 4, 5 III: 3, 6

SP → Lösungshilfen ab Seite 304

Welche Auswirkungen hat eine Pandemie auf unsere Gesellschaft?

Neben den Folgen für unser politisches System verursachen Krisen wie die Corona-Pandemie auch vielfältige Auswirkungen auf die Gesellschaft. Beispielhaft werden hier drei Bereiche dargestellt.

DSGVO (Datenschutz-grundverordnung) Verordnung der Europäischen Union, mit der die Regeln zur Verarbeitung personenbezogener Daten EU-weit vereinheitlicht werden. Damit soll der Schutz personenbezogener Daten innerhalb der Europäischen Union sichergestellt werden.

M1 Viele Menschen sehen während der Corona-Pandemie ihre Datenschutz-Grundrechte in Gefahr (Karikatur von Michael Holtschulte, 2021)

T1 Datenschutz in einer Pandemie

Kontaktnachverfolgung, Corona-Warn-App, die Überwachung von Quarantänemaßnahmen, aber auch Videokonferenzen im Homeschooling – die Corona-Pandemie hat das Thema „**Datenschutz**" bewusster werden lassen und auch mögliche Grenzen und Schwachstellen aufgezeigt. Die Einhaltung der europäischen Datenschutzgrundverordnung (DSGVO) führte auch dazu, dass sich die Entwicklung der Corona-Warn-App in Deutschland verzögerte und Videokonferenzen in Schulen zu Beginn der Pandemie nur erschwert möglich waren. Oftmals setzten Bundesländer Datenschutzbestimmungen aus und erlaubten vorübergehend die Nutzung von Messengerdiensten und Videotools, damit der digitale Schulbetrieb aufrechterhalten werden konnte.

T2 Soziale Folgen einer Pandemie

Pandemien treffen nicht alle Bevölkerungsgruppen gleichermaßen. Zumeist verschärfen sie soziale Ungleichheiten. Soziologen gehen davon aus, dass Personen mit einem niedrigen sozialen Status und einer niedrigen Bildung stärker von den gesundheitlichen und sozialen Auswirkungen der Pandemie betroffen sind.
Während des Homeschoolings mussten sich Eltern viel stärker in die Bildungsprozesse ihrer Kinder einbringen. Bildungsforscher gehen davon aus, dass dies gebildeten Eltern besser gelang. Zudem spielte die Wohnumgebung eine größere Rolle: Konnten sich die Kinder zum Lernen und Bearbeiten ihrer Aufgaben zurückziehen?
Hinzu kam die Stresssituation für die Eltern. Gerade berufstätige Eltern sahen sich in ihrer Rolle als „Aushilfslehrkraft" bei gleichzeitigem Homeoffice überfordert. Viele gaben ihre Arbeit vorübergehend auf, wechselten in die Teilzeitbeschäftigung, waren von Kurzarbeit oder Insolvenz betroffen. Somit kann die Pandemie dazu führen, dass die Einkommensschere wächst.
Die neuen Stresssituationen führten zudem oftmals zur Zunahme an häuslicher Gewalt.

T3 Fördern Umweltzerstörungen Pandemien?

Die Zerstörung unserer Ökosysteme und der **Klimawandel** spielen eine Rolle bei der Verbreitung neuartiger Viruserkrankungen. So ist die Entstehung des Coronavirus zwar noch nicht eindeutig geklärt, zahlreiche Wissenschaftler gingen aber ein Jahr nach Beginn der Pandemie davon aus, dass das Virus von einer Fledermaus stammt. Eventuell gab es einen Zwischenwirt wie Marderhunde. Unstrittig ist jedoch China als regionaler Ursprung des Virus.

Es handelt sich um einen zoonotischen Erreger, der von Tieren auf den Menschen übertragen wird. Aufgrund der starken Umweltzerstörungen und der damit verbundenen Vernichtung des Lebensraums vieler Tiere kommt es zu einer räumlichen Annäherung zwischen Wildtieren und Menschen. Damit erhöht sich das Risiko, dass ein Erreger vom Tier auf den Menschen überspringt.

Bedingt durch den Klimawandel steigen auch in Deutschland die Durchschnittstemperaturen. Das verstärkt die Wahrscheinlichkeit, dass zoonotische Erreger, die von Stechmücken übertragen werden, auch bei uns heimisch werden. Darüber hinaus sorgen globaler Tourismus und globaler Handel für eine Vernetzung der Welt. Ein Virus hat es damit heute leichter, sich über die gesamte Welt auszubreiten.

M2 Homeschooling während der Corona-Pandemie war eine große Herausforderung für Schüler, Lehrkräfte und Eltern und eine Chance zugleich. (Foto, 2021)

M3 Gericht kippt Ausgangssperre in Region Hannover, Meldung vom 6.4.2021:

Das Oberverwaltungsgericht Lüneburg hat die seit Anfang April geltende nächtliche Ausgangssperre in der Region Hannover gekippt. Die Regelung ist damit mit sofortiger Wirkung außer Kraft gesetzt, berichtet die „Neue Presse".

Das Gericht argumentierte demnach, die Verwaltung der Region habe nicht ausreichend darlegen können, inwieweit sich die Ausgangsbeschränkung auf die Infektionszahlen auswirken werde. Damit sei die Verhältnismäßigkeit zwischen dem Grundrechtseingriff und dem Infektionsschutz nicht geboten.

Das OVG reagierte auf eine Beschwerde der Region gegen eine Entscheidung des Verwaltungsgerichts in Hannover. Auch die vorherige Instanz hatte die Ausgangssperre als rechtswidrig gewertet und damit mehreren Eilanträgen recht gegeben.

Wegen einer Inzidenz von mehr als 100 (Zahl der Infizierten pro 100 000 Einwohner innerhalb von sieben Tagen) hatte die Region mehr als 1,1 Millionen Bürgern zwischen 22 und 5 Uhr nachts verboten, Haus oder Wohnung ohne triftigen Grund zu verlassen. Die Regel galt seit dem 1. April.

A 1 Beschreibe die sozialen Folgen einer Pandemie (T2, M2).

B 1 Erläutere die unterschiedlich starke Betroffenheit einzelner sozialer Gruppen durch die Corona-Pandemie (T2, M2).

2 Erläutere, was der Datenschutz mit der Corona-Pandemie zu tun hat (T1, M1).

A 3 Erläutere, wie das Oberverwaltungsgericht Lüneburg die verhängte nächtliche Ausgangssperre der Region Hannover beurteilt (M3).

B 3 a) Bearbeite Aufgabe A3.
b) Erläutere, inwiefern es sich bei einer Ausgangssperre um eine Grundrechtseinschränkung handelt (M3).

4 MK Recherchiere im Internet über den Umgang mit Wildtieren in China. Beziehe dich konkret auf Tiermärkte und Pelztierfarmen.

5 EXTRA Was müsste deiner Meinung nach getan werden, um uns zukünftig vor Pandemien zu schützen? Diskutiere.

AFB I: 1 II: 2, 3 III: 4, 5 AFB II: 1, 2, 3 III: 4, 5

Ein Schulstreik als Form der Mitgestaltung?

Umweltzerstörung und Klimawandel tragen nicht nur zu einer größeren Wahrscheinlichkeit für die Entstehung von Pandemien bei, sondern haben große Auswirkungen auf unser Leben. Viele Menschen wollen hierbei nicht tatenlos zusehen und engagieren sich. Und unsere Demokratie braucht dieses Engagement.

Pariser Klimaabkommen
2015 beschlossenes Übereinkommen von 195 Staaten, den weltweiten Temperaturanstieg durch geeignete Maßnahmen auf deutlich unter 2 Grad zu begrenzen. Als Ziel wurden 1,5 Grad festgelegt.

Bundesverfassungsgericht
Das höchste Gericht der Bundesrepublik Deutschland achtet darauf, dass Gesetze die Regeln des Grundgesetzes einhalten.

→ Seite 209 – 250
Klimawandel

→ Seite 232
Klimaschutz – (auch) meine Sache?!

T1 Mitgestaltung: „Fridays for Future“

Ausgehend vom Schulstreik der schwedischen Schülerin Greta Thunberg hat sich eine globale Bewegung entwickelt, die sich für Klimaschutz einsetzt. Eine zentrale Forderung ist die Einhaltung der Ziele des Pariser Klimaabkommens. Auf Deutschland bezogen hat die „Fridays for Future“-Bewegung konkrete Umsetzungsziele formuliert. Hierzu zählen:

- Reduzierung der Treibhausgas-Emissionen durch einen Ausstieg aus der fossilen Energieerzeugung,
- Ausbau erneuerbarer Energien,
- Verkehrswende durch einen Austausch von Verbrennungsmotoren gegen Elektromobilität,
- Ausbau des öffentlichen Personennahverkehrs.

T2 „Fridays for Future“-Bewegung

Zu Beginn startete „Fridays for Future“ mit Protest- und Demonstrationszügen, die als Schulstreik jeden Freitag stattfanden. Im Zuge der Corona-Pandemie, in der Großveranstaltungen wie Demonstrationen zunächst untersagt wurden und schließlich nur unter Auflagen stattfinden durften, wurde diese Protestwelle unterbrochen bzw. digital fortgesetzt. Sie erzielte damit aber nicht die gleiche Aufmerksamkeit.
Gleichzeitig versuchen prominente Vertreter der Bewegung, durch ihre Medienpräsenz auf die Problematik aufmerksam zu machen und die Politik zum Handeln zu bewegen. Und als dritten Weg versucht die Bewegung, die Politik auf juristischem Weg zum Handeln zu zwingen, indem Gerichtsverfahren eingeleitet werden.

M1 Aus einer Studie des Instituts für Protest- und Bewegungsforschung von 2019 über die Zusammensetzung und die Motivation der „Fridays for Future“-Bewegung:

Die FFF-Demonstrationen werden in erster Linie von jungen, relativ gut gebildeten Menschen und überraschend stark von jungen Frauen getragen. Viele der demonstrierenden Schüler*innen sind protestunerfahren und zum ersten Mal auf der Straße. Eine deutliche Mehrheit verortet sich im linken Spektrum; die Grünen bieten mit Abstand die stärkste parteipolitische Identifikation. Persönliche Kontakte mit Freund*innen oder Mitschüler*innen sind sowohl für die Gruppe der Schüler*innen als auch für die etwa gleich große Gruppe der Erwachsenen der zentrale Weg der Mobilisierung. Umweltorganisationen oder politische Parteien spielen insgesamt eine ebenso eher nebensächliche Rolle wie die eigenen Eltern oder Lehrer*innen.

T3 Weitere Möglichkeiten der Partizipation

Unsere Demokratie lebt vom Engagement und Gestaltungswillen ihrer Bürgerinnen und Bürger. Man kann sich vielfältig einsetzen: in Initiativen, Bewegungen und **Nichtregierungsorganisationen** wie „Fridays-for-Future“, Greenpeace, Amnesty International, globale Bildungskampagnen, in Bewegungen der Kirchen, bei Vereinen und Gewerkschaften und auch in politischen **Parteien**. Viele Parteien verfügen auch über Jugendorganisationen, die sich verstärkt Zukunftsthemen zuwenden.
Auch in der Schule kann man sich einbringen: Über die Schülervertretung oder Programme wie „Education Y“ oder im Rahmen des niedersächsischen Modellprojekts „Zukunftsschule“.

M2 Zum Urteil des Bundesverfassungsgerichts vom 24. März 2021 über das Klimagesetz der Bundesregierung aus dem Jahr 2019 schreibt die Tagesschau am 29. April 2021:

Das deutsche Klimaschutzgesetz aus dem Jahr 2019 ist in Teilen nicht mit den Grundrechten vereinbar. Es fehlten ausreichende Vorgaben für die Minderung der Emissionen ab dem Jahr 2031, teilte das Bundesverfassungsgericht mit. (...) Da in dem Gesetz lediglich bis zum Jahr 2030 Maßnahmen für eine Emissionsverringerung vorgesehen sind, würden die Gefahren des Klimawandels auf Zeiträume danach und damit zulasten der jüngeren Generation verschoben, so die Richter. Einen Anstieg der globalen Durchschnittstemperatur wie geplant auf deutlich unter zwei Grad und möglichst auf 1,5 Grad zu begrenzen, sei dann nur mit immer dringenderen und kurzfristigeren Maßnahmen machbar. Damit würden die zum Teil sehr jungen Beschwerdeführenden in ihren Freiheitsrechten verletzt. (...) Geklagt hatten vor allem junge Menschen, die dabei von mehreren Umweltverbänden unterstützt wurden. Mehrere Kläger sind auch in der Fridays for Future-Bewegung aktiv.

M3 Mitgestaltung an der Schule: Das buddy-Programm von Education Y:

Unter dem Motto „Aufeinander achten. Füreinander da sein. Miteinander lernen." übernehmen BuddYs („buddy" = englisch für Kumpel) Verantwortung für sich und andere. Sie engagieren sich als Paten für jüngere Mitschüler*innen, helfen anderen über Schul- und Altersgrenzen hinweg beim Lernen und beim Umgang mit digitalen Medien, sind Streitschlichter*innen oder Ansprechpartner*innen bei Problemen. Sie erleben sich selbstwirksam und werden dadurch in ihrer Persönlichkeit gestärkt.
Das buddY-Programm trägt nachhaltig zur Entwicklung einer Lern- und Schulkultur bei, die sich an den Bedarfen der Schüler*innen orientiert und in der Schüler*innen partizipativ mitgestalten können.

M4 „Fridays for Future"-Demonstration (Foto, 2019)

A / B

1 Benenne die Ziele von „Fridays for Future" (T1).

2 Beschreibe die Vorgehensweise der „Fridays for Future"-Bewegung (T2, M1, M2).

3 (A) Benenne die Personengruppen, die an den „Fridays for Future"-Demonstrationen teilnehmen (M1, M4).

3 (B) Analysiere die Zusammensetzung und die Motivation der Teilnehmer von „Fridays for Future"-Demonstrationen (M1, M4).

4 (A) Erläutere das Urteil des Bundesverfassungsgerichts (M2).

4 (B) „Damit würden die Beschwerdeführenden in ihren Freiheitsrechten verletzt." Beziehe Stellung zum Urteil des Bundesverfassungsgerichts (M2).

5 (A) Beschreibe, wer die Mitglieder von „Fridays for Future" zum Engagement beeinflusst und wer eher nicht (M1).

5 (B) „Umweltorganisationen oder politische Parteien spielen insgesamt eine eher nebensächliche Rolle." Beziehe Stellung, warum Jugendliche von Parteien allem Anschein nach nicht so erreicht werden (M1).

6 EXTRA Informiert euch: Gibt es vor Ort eine „Fridays for Future"-Gruppe? Was machen sie? Wer arbeitet dort mit?

AFB I: 1, 2, 3, 5 II: 4, 6 AFB I: 1, 2 II: 3. 6 III: 4, 5

Parteien in der Demokratie

Demokratie lebt von der Mitarbeit ihrer Bürgerinnen und Bürger. Dabei helfen die Parteien als Sprachrohre der Gesellschaft. Parteien sammeln Ideen für Veränderungen, sie diskutieren und kritisieren die Verhältnisse. Doch sie selbst stehen auch in der Kritik.

sozial
gemeinschaftlich, das Zusammenleben in einer Gesellschaft betreffend

liberal
freiheitlich

konservativ
erhalten/beibehalten, an Traditionellem festhalten

Rechtsextremismus
häufig mit rassistischen Vorurteilen behaftete Einstellung gegen Minderheiten in der Gesellschaft

→ **Seite 100/101, 104/105**
Extremismus

T1 Viele Interessen

In einer Gesellschaft gibt es viele unterschiedlicheInteressen. Dies spiegelt sich auch in der Zahl der Parteien wider: An der Bundestagswahl 2021 beteiligten sich z. B. 42 Parteien.
Bürgerinnen und Bürger mit gemeinsamen Interessen und politischen Vorstellungen haben sich jeweils zu einer Partei zusammengeschlossen. Sie schreiben Ideen und gesellschaftliche Ziele in Parteiprogramme und stellen sich zur Wahl, um ihre Ziele verwirklichen zu können.

T2 Parteien und Farben

Parteien werden häufig mit bestimmten Farben in Verbindung gebracht: SPD und Linkspartei verbindet man mit Rot, die Partei „Bündnis 90/Die Grünen" mit Grün, die FDP mit Gelb, die CDU/CSU mit Schwarz und die AfD mit Blau.
Schwarz steht für konservative Parteien, Grün für eine ökologische Ausrichtung, Rot für eine Fokussierung auf soziale Themen, Gelb für liberale Gedanken, Braun für eine rechtsextreme Haltung in Anlehnung an die Farben der NSDAP. Seit der Gründung der AfD 2013 ist auch die Farbe Blau politisch besetzt. Sie steht für Parteien, die sich selbst rechtskonservativ nennen, von politischen Beobachtern jedoch als rechtspopulistisch bis hin zu rechtsextrem eingestuft werden. Die politische Farblehre zeigt eine grobe Richtung von Parteien an. Sie ist jedoch ungenau, denn die Parteien vereinigen eine Vielzahl unterschiedlicher politischer Strömungen in sich. Es lässt sich auch nicht immer genau abgrenzen, was sozial, liberal, konservativ, rechtskonservativ oder rechtsextrem ist.

T3 Motoren der Demokratie

Parteien erfüllen wichtige Funktionen für die Demokratie: Sie informieren die Öffentlichkeit, bieten Lösungen für gesellschaftliche Probleme an, geben Möglichkeiten, sich politisch zu beteiligen, und stellen Kandidaten für die Parlamente und Ämter in staatlichen Verwaltungen auf. Die Bürgerinnen und Bürger können sich bei **Wahlen** frei zwischen den verschiedenen Angeboten der Parteien entscheiden. Ohne die Organisation von Interessen und echte Wahlfreiheit für die Bürgerinnen und Bürger wäre Demokratie nicht denkbar.

T4 Finanzierung der Parteien

Die Arbeit der Parteien kostet viel Geld, besonders die Wahlkämpfe verschlingen Millionen. Da Parteien für den Staat arbeiten, werden sie mit Steuermitteln unterstützt. Die Höhe der staatlichen Mittel richtet sich danach, wie viele Stimmen eine Partei bei Wahlen erzielt. Hinzu kommen Mitgliedsbeiträge und Spendeneinnahmen.

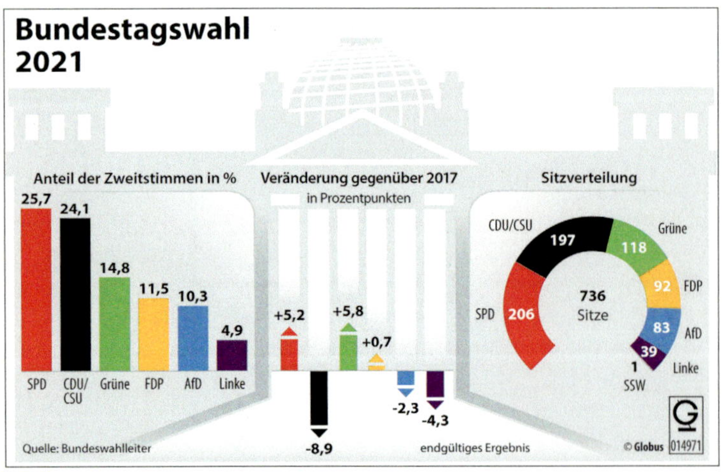

M1 Amtliches Endergebnis der Bundestagswahl 2021: Bei Darstellungen wie dieser begegnet uns die Farbenlehre der Parteien.

M2 Aus einer Studie der Bertelsmann-Stiftung von 2019:

Bürger, die kein Vertrauen in Parteien mehr haben, sind meist unzufrieden mit den Leistungen der Demokratie – was nicht mit einer Ablehnung von Demokratie gleichzusetzen ist. Das Misstrauen resultiert aus negativen Erfahrungen mit der politischen Arbeit von Parteien, aus unerfüllten Erwartungen und Enttäuschungen. Das Vertrauen leidet, wenn Bürger das Gefühl haben, dass gesellschaftliche Verhältnisse nicht gerecht sind oder sie gesellschaftlichen Zusammenhalt vermissen. Bürger, die das Gefühl haben, die Politik kümmere sich nicht um ihre Probleme, verlieren das Vertrauen (...). Diese Einstellungen, Bewertungen und Erfahrungen sind unter sozioökonomisch schwächer gestellten Bürgern weiter verbreitet.

Schon gewusst?

Die Parteien versuchen, ihre **Mitglieder stärker als früher in Entscheidungen einzubeziehen.** Die Bewerber für den CDU-Vorsitz stellten sich 2018 in acht Regionalkonferenzen der Parteibasis vor. Gewählt wurde die Parteivorsitzende von einem Parteitag. Die Kandidaten für die neue SPD-Spitze stellten sich 2019 in 23 Regionalkonferenzen vor. Die Entscheidung trafen die Mitglieder per Befragung.

M3 Parteien sind fest im Grundgesetz verankert. Artikel 21:

(1) Die Parteien wirken bei der politischen Willensbildung des Volkes mit. Ihre Gründung ist frei. Ihre innere Ordnung muss demokratischen Grundsätzen entsprechen. Sie müssen über die Herkunft und Verwendung ihrer Mittel sowie über ihr Vermögen öffentlich Rechenschaft geben.

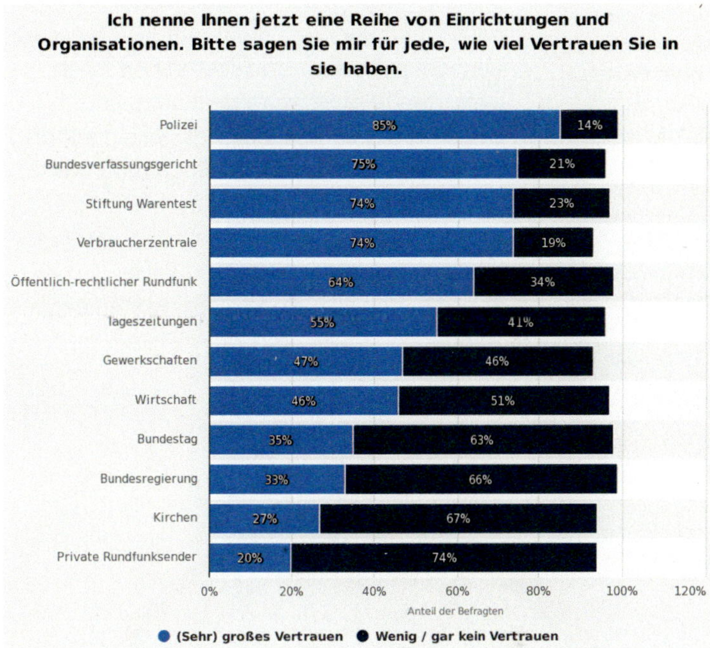

M4 Umfrage zum Vertrauen in Institutionen (Umfrage von statista, 2019)

A / B

1 Was haben Parteien mit Farben zu tun? Erläutere politische Grundrichtungen nach Farbvorstellungen (T2, M1).

2 (A) Was ist eine politische Partei? Liste stichwortartig Merkmale auf oder schreibe einen Lexikonartikel (T1, T3, M3).

2 (B) Warum unterstützt der Staat politische Parteien finanziell? Begründe mit T3, T4 und M3.

3 (A) Warum sind viele mit den Parteien unzufrieden? Liste Gründe auf (M2).

3 (B) Inwiefern ist der Vertrauensverlust in die Parteien problematisch? Erläutere die Gefährdung der Demokratie (M2).

4 Wieso kommen Parteien in der öffentlichen/veröffentlichten Meinung schlecht weg? Diskutiert über die Umfrage M4.

5 MK (A) Führe die Umfrage M4 in deiner Schule durch. Stelle das Ergebnis grafisch dar.

5 MK (B) Schreibe einen Kommentar: „Parteien – ein notwendiges Übel oder Motor der Demokratie?“

AFB I: 2, 3 II: 1 III: 4, 5 AFB II: 1, 2, 3 III: 4, 5

SP → Lösungshilfen ab Seite 304

Wer hat die Macht im Staat?

Politikerinnen und Politiker in Deutschland wissen, dass sie ihre Macht mit anderen teilen müssen, und sie wissen auch, dass sie diese Macht nur auf Zeit haben. So schreibt es das Grundgesetz der Bundesrepublik Deutschland vor.

Föderalismus
von lat. foedus = Bündnis.
Ein föderaler Staat besteht aus mehreren Teilen. In Deutschland sind das die 16 Bundesländer. Diese haben eigene Regierungen und in bestimmten Bereichen auch eine eigene Gesetzgebung.

T1 Kontrolle ist gut

Ein wichtiges Kennzeichen der Demokratie ist die Teilung der Macht. Niemand soll uneingeschränkt über den Staat und die Menschen herrschen können. Stattdessen herrschen viele. Dies wird Gewaltenteilung genannt. Dabei wirkt das Volk über das Parlament an der **Gesetzgebung** mit, die Regierung führt die Gesetze aus, Gerichte überprüfen die Rechtmäßigkeit der Gesetze und bestrafen Gesetzesverstöße. Auf diese Weise kontrollieren sich die Staatsgewalten gegenseitig.

M1 Die 16 Bundesländer und ihre Stimmen im Bundesrat

T2 Teilung der Macht

Daneben gibt es in Deutschland eine Aufgabenteilung zwischen Gemeinden, Ländern und dem Bund. 16 Bundesländer bilden die Bundesrepublik Deutschland. Dieses Prinzip der Bundesstaatlichkeit nennt man **Föderalismus**.
In einer Demokratie werden Entscheidungen von gewählten Vertretern im Interesse des Volkes getroffen. Dies steht im Gegensatz zu einer Diktatur. In einer Diktatur herrscht eine Person, eine Gruppe oder eine Partei unabhängig von Recht und Gesetz. Es gibt keine Gewaltenteilung, stattdessen befindet sich die gesamte Macht in den Händen des Diktators. Häufig setzen Diktatoren ihre Macht mithilfe von Gewalt durch. Menschen, die sich gegen die Diktatur auflehnen, werden verhaftet, gefoltert oder ermordet.

T3 Interessengruppen

In einer Demokratie wird viel um politische Fragen gestritten. Das ist normal, denn es geht immer um Interessen: Die einen wollen z. B. den Autofahrern so viel Freiheit einräumen wie möglich, die anderen fürchten Folgen für die Gesundheit der Bürger und für die Umwelt. Parteien kämpfen um Wähler, Bürgerinitiativen setzen Politiker unter Druck. Verbände, Gewerkschaften, Vereine und Wirtschaftsunternehmen versuchen, politische Entscheidungen in ihrem Sinn zu beeinflussen. Die Medien lassen die verschiedenen Interessengruppen zu Wort kommen. Sie beeinflussen Politik aber auch selbst: Sie decken Missstände auf, fordern Maßnahmen oder kommentieren Entscheidungen. Eine Regierung muss entscheiden. Wenn sie wiedergewählt werden will, muss sie für einen Ausgleich möglichst vieler Interessen sorgen.

LEGISLATIVE gesetzgebende Gewalt	EXEKUTIVE ausführende Gewalt	JUDIKATIVE rechtsprechende Gewalt
- Bundestag - Bundesrat - Landtage	- Bundesregierung - Landesregierungen - Kreisverwaltungen - Gemeindeverwaltungen	- Bundesverfassungs-gericht - alle weiteren Gerichte

M2 Gewaltenteilung in der Bundesrepublik Deutschland

Staatsgewalt
→ Lexikon

Grundgesetz
Verfassung der Bundesrepublik Deutschland. Sie legt die wichtigsten politischen Regeln fest – dazu gehören die **Grundrechte**, der Aufbau des Staates und die Gewaltenteilung.

M3 Das Grundgesetz legt in Artikel 20 die Grundsätze unserer Verfassung fest:

(1) Die Bundesrepublik Deutschland ist ein demokratischer und sozialer Bundesstaat.
(2) Alle Staatsgewalt geht vom Volke aus. Sie wird vom Volke in Wahlen und Abstimmungen und durch besondere Organe der Gesetzgebung, der vollziehenden Gewalt und der Rechtsprechung ausgeübt.
(3) Die Gesetzgebung ist an die verfassungsmäßige Ordnung, die vollziehende Gewalt und die Rechtsprechung sind an Gesetz und Recht gebunden.
(4) Gegen jeden, der es unternimmt, diese Ordnung zu beseitigen, haben alle Deutschen das Recht zum Widerstand, wenn andere Abhilfe nicht möglich ist.

M4 Die Bundeszentrale für politische Bildung über den Bundesrat:

Die politischen Vertreter der 16 Bundesländer bilden den Bundesrat. Der Bundesrat ist an wichtigen bundespolitischen Entscheidungen beteiligt. Wenn im Deutschen Bundestag ein Gesetz beschlossen wird, kann der Bundesrat ihm zustimmen, es ablehnen oder Einspruch einlegen. Manche Gesetze können nur dann gültig werden, wenn der Bundesrat zustimmt. (...) Jedes Bundesland hat mindestens drei und höchstens sechs Stimmen im Bundesrat. Je mehr Einwohner ein Bundesland hat, desto mehr Stimmen hat es im Bundesrat. Die Vertreter der Bundesländer im Bundesrat sind Mitglieder der jeweiligen Landesregierung.

1 (A, B) Wer hat in unserer Demokratie etwas zu sagen? Liste wichtige Akteure auf und nenne die Aufgaben (T1, T2).

2 A: Was sind Merkmale einer Diktatur? Nenne mindestens drei (T2).

2 B: Worin unterscheiden sich Demokratie und Diktatur? Begründe vor allem mit dem Prinzip der Gewaltenteilung (T2).

3 A: Wie beschreibt das Grundgesetz unseren Staat? Liste stichwortartig auf (M3).

3 B: Erläutere den Staatsaufbau der Bundesrepublik Deutschland und die Teilung der Staatsgewalten (M2, M3).

4 A: Wie setzt man Interessen in der Demokratie durch? Erkläre (T3).

4 B: „Die Regierung muss für einen Ausgleich möglichst vieler Interessen sorgen." Erkläre den Satz (T3).

5 (A, B) Gewaltenteilung ist ein zentrales Prinzip unserer staatlichen Ordnung. Nimm dazu Stellung, indem du die Bundes- und Landesebene unterscheidest (M2).

6 EXTRA A: Welche Werte unserer Demokratie sind dir besonders wichtig? Stelle sie in eine Rangfolge.

6 EXTRA B: Ist es richtig, dass die Bundesländer unterschiedliches Gewicht im Bundesrat haben? Nimm Stellung (M1, M4).

AFB I: 1, 2, 4, 6 II: 3 III: 5 AFB I: 1 II: 2, 3, 4, 6 III: 5

SP → Lösungshilfen ab Seite 304

Das Land Niedersachsen

Von der Nordseeküste bis zum Harz, vom Emsland bis in die Lüneburger Heide erstreckt sich das Bundesland Niedersachsen. Das große Flächenland wird von Hannover aus regiert.

M1 **Landkreise und kreisfreie Städte in Niedersachsen**

Ministerpräsident/ Ministerpräsidentin
Der Chef oder die Chefin der Landesregierung wird von der Mehrheit des Landtags gewählt. Er oder sie bestimmt die Richtlinien der Politik und vertritt das Land nach außen.

Ressort
Geschäftsbereich eines Ministers, z. B. Finanzen, Inneres oder Kultur

T1 Landespolitik in Hannover

Niedersachsen ist mit 47 613 Quadratkilometern das zweitgrößte Bundesland Deutschlands. Gemessen an der Bevölkerungszahl steht es mit etwa acht Millionen Einwohnern an vierter Stelle. Landeshauptstadt ist Hannover.

Niedersachsen wurde 1946 durch den Zusammenschluss der Länder Hannover, Oldenburg, Braunschweig und Schaumburg-Lippe gegründet. Es besteht heute aus acht kreisfreien Städten und 37 Landkreisen sowie der Region Hannover, zu der die Landeshauptstadt und die Gemeinden des Umlands gehören.

Was Niedersachsen eigenhändig regeln darf und muss, steht im Grundgesetz. Dieses legt im Rahmen der **Gewaltenteilung** die Zuständigkeiten zwischen Bund und Ländern fest. So sind die Länder vor allem für die Politikfelder Kultur, Bildung und Sicherheit verantwortlich. Daneben sorgen sie für die Ausführung der Bundesgesetze.

T2 Wer regiert Niedersachsen?

Das Land Niedersachsen wird von der Landesregierung in Hannover regiert und repräsentiert. Die Landesregierung setzt sich zusammen aus dem Ministerpräsidenten und seinen Ministerinnen und Ministern. Jeder Minister leitet sein Ressort eigenverantwortlich. Als Regierungschef spielt der Ministerpräsident eine herausragende Rolle, denn er gibt die grundsätzlichen politischen Ziele der Regierung vor und trägt dafür die Verantwortung.

Die Landesregierung entscheidet, in welche Richtung sich das Land entwickeln soll. Dazu erarbeitet sie Gesetzesvorschläge und legt diese dem niedersächsischen Parlament (**Landtag**) zur Beratung und Abstimmung vor. Nachdem die Gesetze vom Landtag beschlossen wurden, hat die Regierung dafür zu sorgen, dass die Gesetze von den Landkreisen und Gemeinden umgesetzt werden.

Über den Bundesrat wirkt die Landesregierung außerdem an der Gesetzgebung des Bundes mit.

M2 **Die niedersächsische Landesflagge enthält die Bundesfarben Schwarz-Rot-Gold sowie ein springendes weißes Pferd auf rotem Schild.** Das sogenannte Sachsenross erschien erstmals im 14. Jahrhundert und symbolisiert das Land und sein Volk.

M3 2018 sind die Kita-Gebühren weggefallen – doch wer trägt die Kosten? Aus einem NDR-Bericht, 16. November 2018:

Früher waren Geschwister in vielen Kommunen zu 50 Prozent von den Gebühren befreit (...). Heute entfällt dieser Rabatt vielfach. Wenn eine Kommune dann auch noch die Krippen- oder Hortgebühren erhöht, steigen die Kosten enorm. (...) Der Städte- und Gemeindebund in Niedersachsen räumt ein, dass es das Problem gibt. (...) Das Land habe die Gebühren gestrichen, gebe den Kommunen aber zu wenig dafür zurück. Nun müssten die Kommunen eben andere Möglichkeiten finden. Diesen Vorwurf will Kultusminister Grant Hendrik Tonne (SPD) so nicht gelten lassen. Die Kommunen seien für den Wegfall der Gebühren ausreichend entschädigt worden. Die meisten Eltern seien durch die Gebührenfreiheit auch entlastet worden.

Schon gewusst?

Zwischen 1947 und 2021 haben in Niedersachsen zwölf **Ministerpräsidenten** regiert. Einer von ihnen, Gerhard Schröder, wurde später Bundeskanzler der Bundesrepublik Deutschland (1998 bis 2005). Ein anderer, Christian Wulff, war von 2010 bis 2012 als Bundespräsident Staatsoberhaupt der Bundesrepublik Deutschland.

M4 Artikel 37 der niedersächsischen Verfassung besagt zu den Richtlinien der Politik:

(1) Die Ministerpräsidentin oder der Ministerpräsident bestimmt die Richtlinien der Politik und trägt dafür die Verantwortung. Innerhalb dieser Richtlinien leitet jedes Mitglied der Landesregierung seinen Geschäftsbereich selbstständig und unter eigener Verantwortung.

Ministerien

- Justiz
- Inneres und Sport
- Finanzen
- Wissenschaft und Kultur
- Kultusministerium
- Umwelt, Energie, Bauen und Klimaschutz
- Soziales, Gesundheit und Gleichstellung
- Bundes- und Europaangelegenheiten und Regionale Entwicklung
- Wirtschaft, Arbeit, Verkehr und Digitalisierung
- Ernährung, Landwirtschaft und Verbraucherschutz

M5 Der Ministerpräsident und die Ministerien in Niedersachsen (Stand: 2021)

A B **1** Bearbeite mit deinem Tischnachbarn T1, M1 und M2.
a) Prüft die Informationen, findet Oberbegriffe und ordnet zu.
b) Legt einen Steckbrief zum Land Niedersachsen an.

A **2** Bearbeitet in Gruppen T1, T2, M4 und M5.
a) Wie setzt sich die Landesregierung zusammen?
b) Erläutert verschiedene Politikbereiche.

B **2** Bearbeitet in Gruppen T1, T2, M4 und M5.
a) Warum braucht das Land eine eigene Regierung?
b) Wie arbeitet die Landesregierung?

A B **3** Diskutiert ein Thema:
a) Politik erfordert immer den Ausgleich von Interessen (M3).
b) Die Regierung eines Bundeslandes hat viele Aufgaben.

A **4 EXTRA MK** Recherchiere alle Personen der Landesregierung und ihre Parteizugehörigkeit. Ordne sie in einer Tabelle oder Grafik bestimmten Ämtern zu.

B **4 EXTRA MK** Recherchiere zu einem aktuellen Thema der Landespolitik. Finde unterschiedliche Interessen heraus. Gestalte ein Plakat und stelle es der Klasse vor.

AFB I: 1 II: 2 III: 3, 4 AFB I: 1 II: 2 III: 3, 4

SP → Lösungshilfen ab Seite 304

Landtagswahl in Niedersachsen

Neben der Gewaltenteilung sind Wahlen das wichtigste Merkmal einer Demokratie. Das Volk wählt sich Stellvertreter, die in seinem Auftrag handeln sollen. Somit übt das Volk seine Macht indirekt aus.

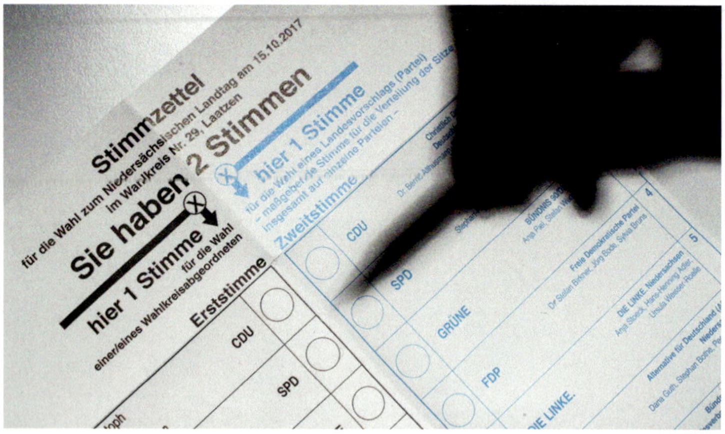

M1 Stimmzettel zur Landtagswahl 2017

Mandat
von lat. mandatum = Auftrag. Mit der Wahl erhalten die Abgeordneten eines Parlaments (z. B. Landtag) den Auftrag, ihre Arbeit im Interesse der Wähler auszuüben.

T1 Volksvertreter wählen

Im Föderalismus regeln die Bundesländer ihre eigenen Angelegenheiten selbst. Dazu schicken die Wähler Volksvertreter in die Landtage, etwa den Landtag in Hannover. Um wahlberechtigt zu sein, müssen Bürgerinnen und Bürger bestimmte Voraussetzungen erfüllen: Sie müssen mindestens 18 Jahre alt sein, einen deutschen Pass besitzen und seit wenigstens drei Monaten im Bundesland wohnen. Erfüllen die Bürgerinnen und Bürger diese Voraussetzungen, erhalten sie von ihrer Kommune eine Wahlbenachrichtigungskarte, die sie am Tag der Wahl in das Wahllokal mitbringen. Dort bekommen sie die Wahlunterlagen.

T2 Zwei Kreuze alle fünf Jahre

In der Wahlkabine setzen die Wählerinnen und Wähler ihre Kreuzchen. Jeder hat zwei Stimmen: Auf der linken Seite des Stimmzettels stehen die Namen der Direktkandidaten. Rechts stehen die Parteien, die sich zur Wahl stellen. Anschließend werfen die Wählerinnen und Wähler ihre Stimmzettel in die Wahlurne. Auch eine Briefwahl ist möglich, falls Wählerinnen und Wähler nicht persönlich im Wahllokal erscheinen können. Auf diese Weise wird der Niedersächsische Landtag alle fünf Jahre gewählt. Die Zeit zwischen zwei Wahlen nennt man Legislaturperiode.

T3 Erststimme und Zweitstimme

Niedersachsen ist in 87 Wahlkreise aufgeteilt. Die Erststimme legt fest, welche Person aus einem Wahlkreis in den Landtag kommt. Wer im Wahlkreis die meisten Stimmen erhält, ist direkt in den Landtag gewählt. 87 Sitze im Parlament sind also für die direkt gewählten Abgeordneten vergeben. Entscheidend ist jedoch die Zweitstimme: Sie legt fest, wie stark eine Partei im Landtag vertreten ist. Jede Partei hat vor der Wahl Listen mit Kandidatinnen und Kandidaten aufgestellt. Je mehr Zweitstimmen eine Partei hat, desto mehr Kandidaten darf sie zusätzlich von dieser Liste ins Parlament schicken. 48 Sitze werden über die Parteilisten vergeben. Insgesamt können also mindestens 135 Abgeordnete in den Landtag einziehen.

T4 Die Fünf-Prozent-Hürde

Nur Parteien, die fünf oder mehr Prozent der Zweitstimmen erhalten, dürfen in den Landtag einziehen. Man spricht von einer „Fünf-Prozent-Hürde". Gewählte Direktkandidaten kommen allerdings auch dann in den Landtag, wenn ihre Partei es nicht geschafft hat.

Schon gewusst?

Wenn mehr direkt gewählte Kandidaten im Landtag sitzen, als der Partei nach dem Zweitstimmenergebnis zustehen, dürfen sie im Landtag bleiben – das sind die sogenannten **Überhangmandate**. Die anderen Parteien bekommen so viele zusätzliche Sitze für die anderen Parteien, bis das Verhältnis wieder stimmt. Die zusätzlichen Sitze nennt man **Ausgleichsmandate**.

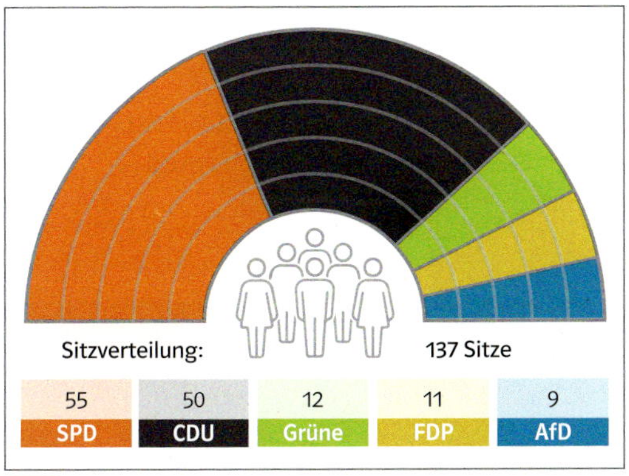

M2 **Sitzverteilung im 18. Niedersächsischen Landtag 2017**

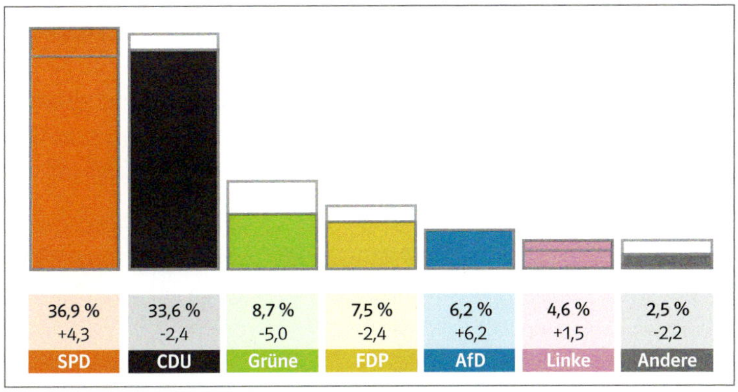

M4 **Ergebnis der Landtagswahlen in Niedersachsen 2017**

M3 **Artikel 7 der Niedersächsischen Verfassung beschreibt die Aufgaben des Landtags:**

Der Landtag ist die gewählte Vertretung des Volkes. Seine Aufgaben sind es insbesondere, die gesetzgebende Gewalt auszuüben, über den Landeshaushalt zu beschließen, die Ministerpräsidentin oder den Ministerpräsidenten zu wählen, an der Regierungsbildung mitzuwirken und die vollziehende Gewalt nach Maßgabe dieser Verfassung zu überwachen.

allgemein: Alle wahlberechtigten Bürger dürfen ihre Stimme abgeben. Niemand darf aus sozialen, politischen oder wirtschaftlichen Gründen von einer Wahl ausgeschlossen werden.

unmittelbar: Parteien und Kandidaten werden direkt gewählt. Das heißt, es gibt keine Zwischenstufe wie z. B. Wahlmänner bei den Präsidentschaftswahlen in den USA.

frei: Niemand darf zur Wahl gezwungen oder bei der Wahl unzulässig beeinflusst werden.

gleich: Jede Stimme zählt gleich viel. Es gibt keine Unterscheidung nach Wählergruppen (z. B. arm oder reich).

geheim: Jeder Wähler muss seinen Stimmzettel so ausfüllen, dass niemand sieht, wie er abgestimmt hat.

M5 **Die Wahlgrundsätze aus Artikel 38 des Grundgesetzes gelten für alle Parlamentswahlen in Deutschland.**

1 Bearbeite mit deinem Tischnachbarn T1 und T2.
a) Wer ist wahlberechtigt?
b) Wie wird gewählt?

2 (A) Wie werden die ersten 87 Abgeordneten des Landtags bestimmt, wie die anderen 48? Erläutere (T3).

2 (B) Erkläre, warum die Zweitstimme für eine Partei so wichtig ist (T3).

3 (A) Welche Parteien kommen nicht in den Landtag? Erkläre ihr Scheitern mit einer Bestimmung (T4).

3 (B) Stelle Vermutungen an, warum es die „Fünf-Prozent-Hürde" gibt (T4).

4 (A) Was gilt grundsätzlich bei Parlamentswahlen in Deutschland? Erläutere jeden einzelnen Grundsatz (M5).

4 (B) Bewerte die Wahlgrundsätze für Parlamentswahlen in Deutschland (M5). Hältst du Punkte für verzichtbar?

5 Diskutiert die folgenden Themen: Erst- und Zweitstimme, Fünf-Prozent-Hürde, Wahlgrundsätze.

6 EXTRA MK Befrage deine Eltern: „Erst- oder Zweitstimme – was ist wichtiger?"

AFB I: 1 II: 2, 3, 4, 6 III: 5 AFB I: 1 II: 2, 3, 4, 6 III: 5

SP → Lösungshilfen ab Seite 304

Animation
Reichstag
2a8n85

Der Deutsche Bundestag

Als Parlament für ganz Deutschland spielt der Bundestag eine herausragende Rolle. Er ist die Vertretung des Volkes und sein Gesetzgeber. Die Abgeordneten sollen im Sinne des Volkes entscheiden. Das ist oft aber gar nicht so einfach.

M1 Blick in den Deutschen Bundestag in Berlin (Foto, 2017)

T1 Gesetze für ganz Deutschland

Der Bundestag beschließt Gesetze, die für die ganze Bundesrepublik gelten. Er gehört damit zur Legislative. Gewählt wird der Bundestag nach den gleichen Grundsätzen wie die Landtage. Eine Legislaturperiode auf Bundesebene dauert vier Jahre.
Das Parlament soll nicht nur Gesetze beschließen, sondern auch die Exekutive kontrollieren. Diese Aufgabe wird vor allem von der Opposition erfüllt. Die Oppositionsparteien stehen der Regierung besonders kritisch gegenüber, denn sie möchten sich für die nächste Wahl als Alternative empfehlen.

Der Bundestag wählt auch den **Bundeskanzler** oder die **Bundeskanzlerin** mit der Mehrheit seiner Mitglieder. Außerdem muss der Bundestag zustimmen, wenn deutsche Streitkräfte im Ausland eingesetzt werden sollen.

M2 Die Gesetzgebung des Bundes ist im Grundgesetz geregelt:

Artikel 76 (1): Gesetzesvorlagen werden beim Bundestag durch die Bundesregierung, aus der Mitte des Bundestages oder durch den Bundesrat eingebracht.
Artikel 77 (1): Die Bundesgesetze werden vom Bundestag beschlossen. Sie sind nach ihrer Annahme durch den Präsidenten des Bundestages unverzüglich dem Bundesrat zuzuleiten.

T2 **Wie das Parlament arbeitet**

Die gewählten Volksvertreter werden Abgeordnete genannt. Alle Abgeordneten einer Partei bilden eine **Fraktion.** Fraktionen sind wichtig für ein funktionierendes Parlament, denn sie koordinieren die Arbeit der Abgeordneten. Bei wöchentlichen Sitzungen werden die verschiedenen Themen und Meinungen der Fraktionsmitglieder diskutiert und aufeinander abgestimmt. Somit kann die Fraktion nach außen hin mit einheitlichen Zielen und Entscheidungen auftreten.

T3 **„Nur dem Gewissen unterworfen"**

Das Grundgesetz (Artikel 38, Absatz 1) legt fest, dass Abgeordnete „an Aufträge und Weisungen nicht gebunden und nur ihrem Gewissen unterworfen" sind. Sie sind also frei in ihrer Entscheidung.
Dennoch herrscht bei den Abgeordneten ein gewisser Druck, bei Entscheidungen im Sinne der Fraktion abzustimmen. Die Fraktionsvorsitzenden versuchen, ihre Abgeordneten im Vorfeld der Entscheidung „auf Linie" zu bringen. Das nennt man „Fraktionszwang". Viele Bürgerinnen und Bürger sehen das kritisch und können sich dabei auf das Grundgesetz berufen. Allerdings muss auch erkennbar bleiben, wofür eine Partei steht und welche Positionen sie vertritt. Nur mit einem klaren Kurs kann die Partei Wahlen gewinnen und Mehrheiten im Parlament bilden.

M3 Der Bundestag über die Möglichkeiten, die Regierung zu kontrollieren:

Die Kontrolle der Regierung ist eine zentrale Aufgabe des Bundestags. Sie ist eng verwoben mit der Aufgabe der Gesetzgebung, denn jeder Gesetzentwurf der Regierung wird im Parlament beraten und muss dort die notwendige Mehrheit finden. Besonders deutlich wird diese Verknüpfung beim Staatshaushalt. Ohne die ausdrückliche Zustimmung des Parlaments kann das Haushaltsgesetz, in dem alle Einnahmen und Ausgaben geregelt sind, nicht in Kraft treten. (...) Zur Kontrolle der Regierung steht dem Bundestag eine Reihe von Instrumenten und Maßnahmen zur Verfügung. Das beinhaltet vor allem, dass die Parlamentarier sich über die Arbeit und Vorhaben der Regierung informieren und kritische Fragen stellen können. Dabei ist es nicht immer notwendig, dass die Mehrheit des Parlaments eine bestimmte Maßnahme beantragt. So können einzelne Abgeordnete mündliche und schriftliche Fragen an die Regierung stellen. Und Fraktionen oder fünf Prozent der Abgeordneten können beispielsweise in einer sogenannten Großen Anfrage die Regierung zur Aufklärung über wichtige politische Fragen auffordern. Das folgenschwerste Instrument der Kontrolle ist das konstruktive Misstrauensvotum. Der Bundestag kann mit der Mehrheit seiner Mitglieder (...) einen neuen Bundeskanzler wählen und vom Bundespräsidenten ernennen lassen.

Opposition
von lat. opponere = sich entgegenstellen. Fraktionen und Abgeordnete, die nicht den Regierungsparteien angehören

Fraktion
Zusammenschluss von Abgeordneten einer Partei im Parlament

„Fraktionszwang"
Druck auf Abgeordnete, in einer Fraktion geschlossen abzustimmen

Ausschuss
kleine Runde von Bundestagsabgeordneten verschiedener Parteien, die Experten für ein Thema sind

Vermittlungsausschuss
Er besteht aus 32 Mitgliedern aus Bundestag und Bundesrat. Seine Aufgabe ist es, Kompromissvorschläge auszuarbeiten.

A B

1 Welche Aufgaben hat der Bundestag? Erläutere Gesetzgebungs-, Kontroll- und Wahlfunktionen (T1).

2 (A) Was ist eine Fraktion und wie arbeitet sie? Erläutere (T2, T3).

2 (B) Wie können Abgeordnete und Fraktionen die Regierung kontrollieren? Beschreibe verschiedene Wege (T2, T3, M3).

3 (A) Wer bringt ein Gesetz im Bundestag ein, wer berät darüber, wer beschließt es, wer unterzeichnet es? Nenne die Beteiligten (M1, M2).

3 (B) Vergleiche dazu auch die Artikel 76 und 77 des Grundgesetzes (M2).

4 „Der Fraktionszwang sollte abgeschafft werden." Diskutiert die Aussage und bewertet die Folgen, die eine Abschaffung hätte.

5 MK Recherchiere im Internet, wie viele Abgeordnete aktuell im Deutschen Bundestag sitzen und wie viele Sitze die Parteien jeweils im Parlament haben.

AFB I: 3 II: 1, 2 III: 4, 5 AFB I: 2, 3 II: 1 III: 4, 5

SP → Lösungshilfen ab Seite 304

Die Bundesregierung

Wenn Gesetze beschlossen sind, müssen sie ausgeführt werden. Dafür sorgt die Bundesregierung. Gleichzeitig steuert sie die Politik in Deutschland.

Koalition
von lat. coalescere = sich verbinden. Zeitlich begrenztes Bündnis zwischen politischen Parteien zum Zweck der Regierungsbildung. In einem Koalitionsvertrag werden die Ziele der Regierungsarbeit festgelegt.

T1 Im Zentrum der Macht

Die Bundesregierung leitet den Staat. Sie ist für ganz Deutschland zuständig und gestaltet sowohl die innere Politik als auch die Beziehungen zu anderen Staaten. Als zentrales Organ der Exekutive sorgt sie dafür, dass die vom Bundestag beschlossenen Gesetze umgesetzt werden.

Man nennt die Regierung auch Kabinett. Bei wöchentlichen Sitzungen berät das Kabinett, welche Veränderungen den Staat voranbringen können. Die Entscheidungen darüber leitet die Bundesregierung später als Gesetzesentwürfe dem Bundestag zu.

M1 Das Bundeskanzleramt in Berlin ist die Schaltzentrale der Bundesregierung.

T2 Bildung der Regierung

Alle vier Jahre entscheidet das Ergebnis der Bundestagswahl darüber, wer die Regierung in Deutschland stellt. In der Regel versucht die Partei mit den meisten Stimmen, die Regierung zu bilden. In den meisten Fällen erreicht eine Partei die notwendige absolute Mehrheit nicht allein. Sie versucht deshalb, eine Koalition mit einer oder mehreren anderen Parteien einzugehen. Diese Koalition bildet die Regierung und schlägt einen Kandidaten oder eine Kandidatin zur Kanzlerwahl vor.

T3 Die Rolle des Bundeskanzlers

Chef der Regierung ist der Bundeskanzler bzw. die Bundeskanzlerin. Laut Grundgesetz (Artikel 65) obliegt dem Bundeskanzler die Richtlinienkompetenz. Das bedeutet, er gibt die Richtung der Politik vor und legt Ziele und Schwerpunkte in der Arbeit der Regierung fest. Dafür trägt er die Verantwortung. Gestützt wird dieses „Kanzlerprinzip" durch das Recht des Bundeskanzlers, seine Minister zur Ernennung und Entlassung vorzuschlagen und über die Vorgänge in den einzelnen Ministerien informiert zu werden.

T4 Weitere Regierungsprinzipien

Den Bereich eines Ministeriums nennt man Ressort. Hier werden die einzelnen Gesetze vorbereitet. Nach dem „Ressortprinzip" leitet jeder Minister seinen Bereich eigenverantwortlich. Der Kanzler darf somit nicht einfach in die Befugnisse der Minister oder Ministerinnen eingreifen.

Regelmäßig finden Kabinettssitzungen statt. Dabei werden Entscheidungen über die künftige Politik gemeinsam getroffen. Dies entspricht dem „Kollegialprinzip". Allerdings ist bei unterschiedlichen Auffassungen der Kanzler „Erster unter Gleichen", d.h., er hat das letzte Wort.

M2 Die Regierungsmitglieder treffen sich zur Kabinettssitzung. Auf den freien Stühlen dürfen Berater Platz nehmen. (Stand: 2022)

M3 Die Bundeszentrale für politische Bildung über die Aufgaben des Bundeskanzleramts:

Der Bundeskanzler verfügt im Bundeskanzleramt über einen personell umfangreichen Apparat, der als Koordinierungsstelle für die Regierungspolitik dient. Das Amt hält Kontakt mit den Ministerien und Bundesbehörden, sodass es den Bundeskanzler jederzeit über deren Arbeit unterrichten und ihn für die Kabinettsberatungen mit der notwendigen Sachkenntnis ausstatten kann. Zugleich hat es die Rolle eines Sekretariats der Bundesregierung.

M4 Artikel 67 des Grundgesetzes zeigt die Möglichkeit, den Bundeskanzler zu stürzen:

(1) Der Bundestag kann dem Bundeskanzler das Misstrauen nur dadurch aussprechen, dass er mit der Mehrheit seiner Mitglieder einen Nachfolger wählt und den Bundespräsidenten ersucht, den Bundeskanzler zu entlassen.

Kabinett
→ Lexikon

A B **1** Bearbeite mit deinem Tischnachbarn den Vorspann, T1, T2 und M1.
a) Wofür ist die Regierung zuständig?
b) Wie kommt es zur Regierungsbildung?
c) Was meint der Begriff Kabinett?

A **2** Welche Macht hat ein Bundeskanzler oder eine Bundeskanzlerin? Erläutere seine bzw. ihre Rechte (T3).

B **2** Wie arbeitet die Bundesregierung? Erläutere das „Kanzlerprinzip" und das „Kollegialprinzip" (T3, T4).

A **3** Wer sitzt am Kabinettstisch? Unterscheide zwei zentrale Personen und weitere Mitglieder (T4, M2, M3).

B **3** Liste die Kabinettsmitglieder in einer Tabelle auf und ordne ihnen Aufgaben zu (T4, M2, M3).

A B **4** „Das Kabinett ist die Schaltzentrale der Macht." Diskutiert die Aussage.

A **5 EXTRA MK** Recherchiere Namen des aktuellen Bundeskabinetts. Gestalte ein Plakat, das auch die jeweiligen Ministerien enthält.

B **5 EXTRA MK** Welche Bundeskanzler wurden nach Artikel 67 des Grundgesetzes abgelöst? Recherchiere dazu und berichte vor der Klasse.

AFB I: 1 II: 2, 3 III: 4, 5 AFB I: 1, 3 II: 2 III: 4, 5

Die Hüter der Verfassung

Bundestag, Bundesrat und Bundesregierung müssen im Sinne der Verfassung handeln. Insbesondere dürfen sie keine Grundrechte verletzen. Darüber wachen die höchsten Richter.

M1 Richter und Richterinnen des Bundesverfassungsgerichts in Karlsruhe betreten den Sitzungssaal zur Verhandlung über ein Verbot der rechtsradikalen NPD. Der Bundesrat hatte ein Verbot gefordert, weil die Partei von einem menschenverachtenden und rassistischen Weltbild geprägt sei und die demokratische Grundordnung beseitigen wolle. (Foto, 2016)

Bundesversammlung
Die Bundesversammlung ist das Organ zur Wahl des Bundespräsidenten. Sie tritt allein zu diesem Zweck alle fünf Jahre zusammen und besteht aus allen Mitgliedern des Bundestags und der gleichen Anzahl von Vertretern der Bundesländer.

T1 Das Bundesverfassungsgericht

Deutschland hat aus der Zeit der nationalsozialistischen Diktatur schmerzhafte Erinnerungen an politischen Machtmissbrauch. Damals wurden im Namen des Staates viele Verbrechen begangen. Nur eine wirksame Kontrolle der Legislative und Exekutive kann Machtmissbrauch verhindern.
Daher ist im Grundgesetz die Judikative den anderen Gewalten gegenüber gleichgestellt. Dies bedeutet Schutz für uns alle. Jeder Bürger und jede Bürgerin hat das Recht, Klage beim **Bundesverfassungsgericht** einzureichen, wenn er oder sie der Meinung ist, dass ein Gesetz gegen das Grundgesetz verstößt. Verläuft die Klage erfolgreich, muss das Gesetz zurückgenommen werden. Auch kann das Gericht bestimmen, dass Bundestag und Bundesrat das Gesetz noch einmal überarbeiten.

T2 Der Bundespräsident

Der **Bundespräsident** oder die **Bundespräsidentin** ist das Staatsoberhaupt der Bundesrepublik Deutschland. Viel Macht hat er bzw. sie jedoch nicht. In einer Demokratie sind die Gewalten geteilt, da soll ein einzelner Mensch nicht zu viel Macht haben. Trotzdem ist sein Amt wichtig, denn der Bundespräsident muss Gesetze prüfen, ehe er sie unterschreibt. Demnach hat er – wie das Bundesverfassungsgericht – die Aufgabe, die Verfassungsmäßigkeit von Gesetzen sicherzustellen. Zudem vertritt er die Bundesrepublik bei wichtigen Anlässen im In- und Ausland. Er besucht andere Staaten und empfängt zahlreiche Gäste in Deutschland. Der Bundespräsident wirkt vor allem durch öffentliche Auftritte und Reden, in denen er auf Missstände hinweist und Veränderungen anmahnt.

T3 Wahl des Bundespräsidenten

Das Amt des Bundespräsidenten gilt formal als das höchste in Deutschland. Gewählt werden kann, wer mindestens 40 Jahre alt ist und die deutsche Staatsbürgerschaft besitzt. Die Amtszeit beträgt fünf Jahre, eine Wiederwahl ist nur einmal möglich.
Gewählt wird der Bundespräsident oder die Bundespräsidentin durch die Bundesversammlung. Ihr gehören alle Abgeordneten des Bundestags und genauso viele Vertreter der Bundesländer an. Diese Vertreter werden von den Landesparlamenten bestimmt. Es können auch Prominente, Sportler, Künstler oder ehemalige Politiker dazugehören. Die Zahl der Vertreter aus den einzelnen Bundesländern richtet sich nach der jeweiligen Einwohnerzahl.

M2 Auszug aus der Rede von Bundespräsident Dr. Frank-Walter Steinmeier zur Eröffnung der Woche der Umwelt am 10. Juni 2021 in Berlin:

In den vergangenen dreißig Jahren ist Umwelt von einem Thema, mit dem man sich auch beschäftigen muss, zum Zentrum von Arbeit, Wirtschaft, Gesellschaft und – wie sollte es in einer Demokratie auch anders sein – zum Epizentrum harter politischer Konflikte geworden. (...)

„Die größte Gefahr für unseren Planeten ist der Glaube, dass jemand anderes ihn rettet", kein Satz von mir, sondern vom britischen Polarforscher und Umweltschützer Robert Swan. Dass unser Planet durch den übermäßigen Verbrauch von Ressourcen, durch Klimawandel in Gefahr ist, davon müssen wir nicht mehr überzeugt werden. Die Erkenntnis ist klar, aber der Weg aus der Gefahr heraus noch lange nicht. (...)

Aufbruchserwartung und Umbruchsangst sind es, die miteinander ringen, nicht selten in ein und derselben Person. Was dürfen wir hoffen? Was müssen wir fürchten? Das sind typischerweise Fragen einer Gesellschaft, die im Übergang ist, jetzt in einer großen Transformation, die viele zu Recht mit der industriellen Revolution des 19. Jahrhunderts vergleichen. Damals war es der Aufstieg der fossilen Industrialisierung. Heute befinden wir uns mitten im Ausstieg daraus und im Umbruch zum postfossilen Zeitalter. (...)

Der Klimawandel steht vor unserer eigenen Tür – er ist sichtbar, er ist spürbar, er verändert unser Leben: Er zeigt sich in Gezeiten, die sich verschieben, in Wintern ohne Schneemänner, in kleinen Bächen, die zu reißenden Strömen werden, in gefährlich trockenen Böden und Wäldern, in extremen Wetterereignissen, auf die wir kaum vorbereitet sind. Debatten über den Beitrag, den jede und jeder Einzelne von uns für unseren Planeten leisten kann – besser gesagt, leisten muss –, finden nicht nur auf internationalen Staatskonferenzen, sondern – das haben Sie auch erfahren – zu Hause am Abendbrottisch statt.

M3 Antrittsbesuch von Bundespräsident Frank-Walter Steinmeier in Hannover (Foto, 2017)

M4 Parteien stehen unter dem Schutz des Grundgesetzes. Die Hürden für ein Verbot von Parteien sind hoch. Dazu heißt es in Artikel 21, Absatz 2 des Grundgesetzes:

Parteien, die nach ihren Zielen oder nach dem Verhalten ihrer Anhänger darauf ausgehen, die freiheitliche demokratische Grundordnung zu beeinträchtigen oder zu beseitigen oder den Bestand der Bundesrepublik Deutschland zu gefährden, sind verfassungswidrig.

A B

1 Wozu brauchen wir ein Bundesverfassungsgericht? Begründe mit Kontroll- und Schutzfunktionen (T1, M1).

2 (A) Arbeite heraus, welche Aufgaben der Bundespräsident hat? Unterscheide repräsentative und kontrollierende Aufgaben (T2, M3).

2 (B) Was macht die herausgehobene Stellung des Bundespräsidenten aus? Begründe mit der Art der Wahl, der Amtszeit, den Aufgaben nach innen und außen (T2, T3, M3).

3 (A) In T2 wird darauf verwiesen, dass der Bundespräsident auf Missstände hinweist. Benenne diese Missstände in der Rede des Bundespräsidenten in M2.

3 (B) a) Fasse die genannten Probleme und Missstände unserer heutigen Zeit aus M2 zusammen.
b) Beurteile vor diesem Hintergrund die Möglichkeit der Einflussnahme des Bundespräsidenten.

4 EXTRA MK Wo hat sich der Bundespräsident, wo das Bundesverfassungsgericht aktuell in die Politik eingemischt? Recherchiert dazu und referiert vor der Klasse.

AFB I: 2, 3 II: 1 III: 4   AFB I: 3a II: 1, 2 III: 3b, 4

SP → Lösungshilfen ab Seite 304

MK

Mehr Demokratie wagen?

Demokratie ist mehr als das Handeln von Parteien und Politikern. Jeder Einzelne ist gefordert – nicht nur am Wahltag.

Wechselwähler
Wähler, die nicht auf eine bestimmte Partei festgelegt sind und sich von Wahl zu Wahl nach Thematik und Stimmungslage neu entscheiden

Protestwähler
Wähler, die aus Unzufriedenheit heraus eine andere Partei wählen als sonst. Oft ist das dann eine populistische oder extremistische Partei.

T1 Entwicklung der Wahlbeteiligung

Die Demokratie hat Europa eine lange Zeit des Friedens, des Wohlstands und des sozialen Ausgleichs gebracht. Trotzdem steigt die Zahl unzufriedener Bürgerinnen und Bürger. Das spüren die Parteien. Ihre Mitgliederzahl hat zwischen 1990 und 2020 abgenommen: von 2,4 Millionen auf etwa 1,2 Millionen. Die Wahlbeteiligung ist viele Jahre lang gesunken: Bei Bundestagswahlen erreichte sie 1972 mit 91,1 Prozent ihren Höhepunkt, 2009 mit 70,8 Prozent ihren Tiefpunkt. Wahlforscher sprachen von einer „Politikverdrossenheit" vieler Bürgerinnen und Bürger.

In den vergangenen Jahren änderte sich der Trend jedoch: Die Wahlbeteiligung stieg bei der Bundestagswahl 2017 wieder auf 76,2 Prozent. Auch bei den Landtagswahlen 2019 ging die Wahlbeteiligung deutlich nach oben. Aber ist das auch ein Zeichen dafür, dass die Unzufriedenheit sinkt?

M1 Zu hohe Erwartungen der Bürger? (Karikatur von Jan Tomaschoff, 2012)

T2 Wähler und Nichtwähler

Mia, Nils und Aische (16 Jahre alt) diskutieren nach dem Wahltag:

Aische: „In der Zeitung steht: Die Wahl ist ganz anders ausgegangen, als die Meinungsforscher vorausgesagt haben."

Mia: „Das hängt mit den vielen Wechselwählern zusammen. Die wählen jedes Mal eine andere Partei. Manche entscheiden sich erst kurzfristig. Lässt sich schlecht vorhersagen."

Nils: „Meine Mutter geht seit Jahren nicht mehr wählen. Sie meint, ihre Stimme habe ja sowieso keinen Einfluss auf das Ergebnis."

Mia: „Die Wahlbeteiligung ist aber gestiegen. Das ist doch mal eine gute Nachricht!"

Aische: „Wie man's nimmt ... Viele Nichtwähler sind zwar dieses Mal zur Wahl gegangen, haben aber radikale Parteien gewählt."

Mia: „Egal, ist doch ein gutes Zeichen, wenn sich wieder mehr Menschen für Politik interessieren."

Aische: „Ich weiß ja nicht ... Wenn sie aber Politiker wählen, die unser demokratisches System verachten?"

Nils: „Manche Wähler wollen den bisherigen Parteien nur einen Denkzettel verpassen. Typische Protestwähler halt."

Mia: „Trotzdem ist das Lager der Nichtwähler weiterhin ganz schön groß."

Nils: „Aber dagegen könnte man doch was tun. Mehr Volksentscheide zum Beispiel. Da können die Bürger mitreden und werden nicht nur alle vier Jahre gefragt."

Aische: „Und beim Brexit 2016 in Großbritannien? Da haben die Bürger eine Entscheidung gefällt, die schlecht für das Land war."

Nils: „Sagst du. Aber klar: Wer das Volk fragt, muss auch mit dem Ergebnis leben."

Mia: „Zum Glück gibt es ja noch mehr Möglichkeiten, sich in die Politik einzumischen. Auch für uns Jugendliche."

Schon gewusst?

Bisher hat es in Niedersachsen zehn **Volksbegehren** gegeben. Nur eines war erfolgreich. Das Volksbegehren „Kindertagesstätten-Gesetz Niedersachsen“ wurde mit 690 793 Unterschriften unterstützt. Das waren mehr als die geforderten zehn Prozent der Wahlberechtigten. Der Landtag hat 2001 die Forderungen mit geringen Änderungen in ein Gesetz gefasst.

Volksbegehren
Bürger verlangen von der Politik, sich mit einem Problem zu beschäftigen. Dazu müssen sie eine Mindestzahl von Unterstützern (Unterschriften) nachweisen. Im Ergebnis kann es zum Volksentscheid kommen.

Volksentscheid
Das Volk entscheidet direkt über einen Antrag.

Bürgerinitiative
Zusammenschluss von Bürgern mit dem Ziel, ein bestimmtes Problem vor Ort selbst zu lösen oder Verantwortliche zum Handeln zu bewegen

„Ein eigenes Haus für uns Jugendliche wäre toll, die ehemalige Schule steht doch leer. Ich könnte Unterschriften sammeln.“

„Ich wähle und nehme so Einfluss. Ich könnte auch Mitglied einer Partei werden. Dann kann ich Dinge von innen her verändern.“

„Wer etwas verändern will, muss auf sein Thema aufmerksam machen. Über Demos oder Streiks berichten die Medien. ‚Fridays for Future‘ hat es gezeigt!“

„Wenn mir etwas echt wichtig wäre, würde ich eine Bürgerinitiative gründen oder sogar ein Volksbegehren starten. Vielleicht kommt es am Ende zum Volksentscheid. Aber da braucht man erst einmal 25 000 Unterschriften.“

„Ich unterstütze Verbände oder NGOs, die mein Anliegen vertreten. Die machen Druck und wissen, wie man Dinge voranbringt.“

M2 Wie man mehr Demokratie verwirklichen kann

A B

1 Bearbeite mit deinem Tischnachbarn T1.
a) Arbeitet heraus, wie sich die Wahlbeteiligung entwickelt hat.
b) „Verdrossen sein“ heißt so viel wie lustlos sein oder seine Verstimmung zeigen. Erkläre, ob der Begriff die politische Stimmung wiedergibt.

2 (A) Bearbeitet in Gruppen T2. Jede/r von euch stellt der Klasse einen Begriff vor: Wechselwähler, Nichtwähler, Protestwähler.

2 (B) Bearbeitet in Gruppen T2, M2.
Welche Probleme hat die Demokratie heute und wie kann man ihnen begegnen? Bereitet eine Pro-und-Kontra-Diskussion zu direkten Formen der Demokratie vor.

3 Diskutiert ein Thema:
a) Karikatur M1: „Zu hohe Erwartungen der Bürger?“
b) Ein französischer Philosoph: „Jedes Volk hat die Regierung, die es verdient, sonst hätte es eine andere gewählt.“

4 EXTRA (A) „Wie kann ich mich in die Politik einbringen?“ Liste Möglichkeiten auf und kommentiere sie.

4 EXTRA (B) Recherchiere zu einem der Volksbegehren in Niedersachsen. Referiere die Anliegen und das Ergebnis vor der Klasse.

AFB I: 1a II: 1b, 2, 4 III: 3   AFB I: 1a II: 1b III: 2, 3, 4

SP → Lösungshilfen ab Seite 304

MK

Wahlkampf und Medien

Medien sollen die Politik kontrollieren und werden daher als „vierte Gewalt“ bezeichnet. Doch Medien sind längst nicht so unabhängig von der Politik, wie sie es erscheinen lassen.

M1 Politiker und Medien (Karikatur von Burkhard Mohr, 2012)

Petition
Das Grundgesetz gibt in Artikel 17 jedem das Recht, sich mit Bitten und Beschwerden an das Parlament zu wenden.

T1 Medien machen Politik

Massenmedien bestimmen, was und wie etwas veröffentlicht wird. Sie setzen Schwerpunkte und rücken einzelne Politiker oder bestimmte Entscheidungen in den Mittelpunkt. Sie folgen dabei auch eigenen politischen und wirtschaftlichen Interessen. Nur wer mit einer Story Beachtung findet, kann Auflagen, Quoten, Klicks oder Downloads steigern. Das hat Folgen für die politische Berichterstattung: Sie gerät unter Druck durch Unterhaltungsangebote wie Talkshows oder Homestorys. Einige Journalisten passen sich an den vermeintlichen Publikumsgeschmack an, indem sie Politik auf Personen und Skandale zuspitzen.

T2 Parteien nutzen Medien

Damit prägen die Massenmedien das Bild der Politik bei den Bürgerinnen und Bürgern. Ein Politiker, der in den Medien kompetent erscheint, sich auch mal von seiner privaten Seite zeigt, bekommt hohe Sympathiewerte. Eine Partei, die ihre Botschaft mediengerecht vereinfacht und zuspitzt, wird stärker wahrgenommen. Das kann Wahlen beeinflussen – besonders, wenn es einer Partei gelingt, Wechselwähler für sich zu gewinnen oder wenn sie auf Protestwähler abzielt.

T3 Selbstdarstellung von Politikern?

Die Parteien kennen die Macht der Medien. Sie brauchen die Medien, um ihre Ziele zu verbreiten, ihre Kandidaten bekanntzumachen und die Wähler zu mobilisieren. Plakate, Infostände und Wahlveranstaltungen in den Städten und Gemeinden genügen im Wahlkampf heute längst nicht mehr. Wer die Menschen erreichen will, muss im Fernsehen, in den Zeitungen, im Radio und im Internet präsent sein. Eigene Werbespots, Anzeigen sowie Videos in den sozialen Netzwerken gehören dazu. Noch wichtiger ist aber der Einfluss auf die laufende Berichterstattung.

T4 Transparenz durch digitale Medien?

Das Internet macht die Politik in manchen Bereichen sozusagen gläsern. Über die Seite „abgeordnetenwatch.de“ kann man sich mit Fragen an Abgeordnete wenden oder auf Probleme im Wahlkreis aufmerksam machen. Die Seite informiert auch über Nebeneinkünfte von Politikern. Wenn ein Politiker von einem Unternehmen für einen Zweitjob Geld bekommt, urteilt er möglicherweise nicht mehr unabhängig, wenn ein neues Gesetz das Unternehmen begünstigen oder benachteiligen könnte.
Über andere Seiten im Internet kann man zum Beispiel Unterschriften für ein Anliegen (Petition) sammeln, mit dem man sich an den Deutschen Bundestag wenden will. Das ist viel leichter und bringt mehr Aufmerksamkeit, als wenn man die Unterschriften auf öffentlichen Plätzen sammeln müsste.

M2 **Trump und die Medien:** Vor allem im Wahlkampf um das Amt des US-Präsidenten bezeichnete Donald Trump die Berichterstattung der Massenmedien über ihn häufig als Fake News. Gleichzeitig nutzte Trump regelmäßig die sozialen Netzwerke wie Twitter oder Facebook für seinen Wahlkampf. (Karikatur von Erl, 2020)

M3 **Im Wahlkampf 2017 haben die Medien den SPD-Spitzenkandidaten Schulz erst zum Star gemacht, dann abstürzen lassen. Aus der Online-Ausgabe des „Stern", 12. Februar 2018:**

Wer als Gottkanzler startet und dann erst Landtags- wie später die Bundestagswahl verliert, dem laufen dann hierzulande doch irgendwann die journalistischen Bewunderer weg. (...) Die „SZ" (=Süddeutsche Zeitung) bescheinigt dem „völlig überforderten Parteichef Martin Schulz" heute, dass seine „Glaubwürdigkeit" nun „endgültig dahin" sei. Die SPD, die Schulz gewählt und gewollt habe, müsse nun „aufarbeiten, wie es so weit kommen konnte".

Aber müssen nicht vielleicht auch wir Journalisten etwas aufarbeiten? „Wie war es möglich, sich in diesem Mann so zu täuschen? Das gilt für die SPD nicht minder als für einen Großteil der Öffentlichkeit", fragte Ende vergangener Woche zu Recht ein Kommentator im „Tagesspiegel".

A B

1 Arbeite mit deinem Tischnachbarn aus T1 heraus:
a) Wie beeinflussen Medien die Politik?
b) Welches Eigeninteresse verfolgen die Medien?

2 (A) Bildet Gruppen und arbeitet mithilfe von T2–T4 heraus:
a) Wie können Politiker über die Medien Wähler gewinnen?
b) Wie sichern sich Parteien Aufmerksamkeit?
c) Wie kann man durch digitale Medien Einfluss nehmen?

2 (B) Bildet Gruppen und arbeitet mithilfe von T2–T4, M2, M3 heraus:
a) Wie nutzen Parteien die Medien zur Selbstdarstellung?
b) Wie trugen die Medien zum Aufstieg und Fall des Politikers Martin Schulz bei?

3 „Politiker und Medien". Diskutiert über die Karikaturen M1 und M2 und nutzt dazu auch M3.

4 EXTRA
a) Recherchiere auf der Seite „abgeordnetenwatch.de" zu einer Abgeordneten oder einem Abgeordneten deines Wahlkreises. Was erfährst du über die Person, ihre Politik, Nebeneinkünfte ...?
b) Falls du eine Frage an die/den Abgeordneten hast, stelle sie in Form eines Briefs.

AFB I: 1, 2 III: 3, 4 AFB I: 1, 2 III: 3, 4

SP → Lösungshilfen ab Seite 304

Tests und Übungen
2a8n85

Demokratie: Wie kann ich meine Welt mitgestalten?

1949 Grundgesetz für die Bundesrepublik Deutschland

1968 Verabschiedung der sogenannten Notstandsgesetze

2000 Verabschiedung des Infektionsschutzgesetzes (Änderungen: 2015, 2017, 2020, 2021)

2020 Erster Nachweis von Sars-CoV-2 in Deutschland

2020 Verabschiedung des Gesetzes zum Schutz der Bevölkerung bei einer epidemischen Lage von nationaler Tragweite

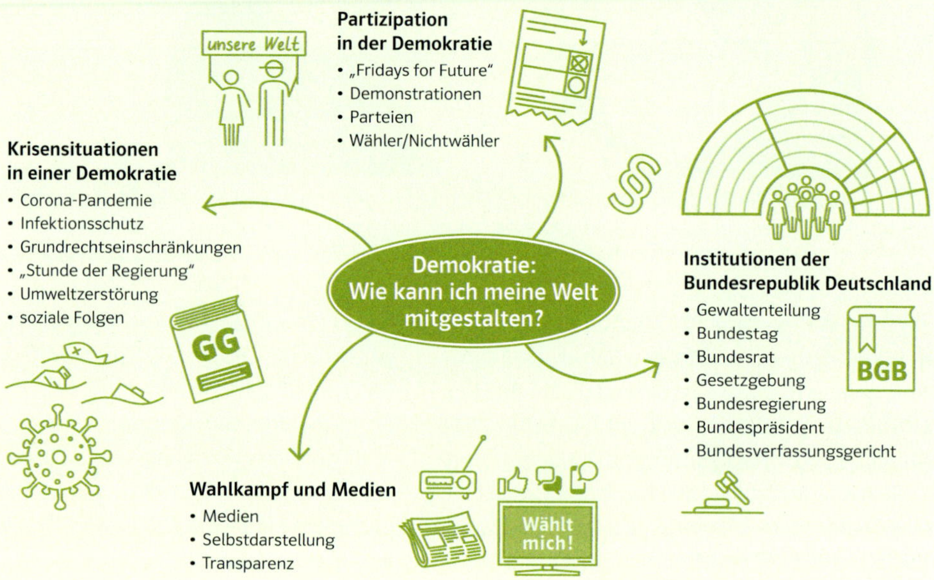

Wichtige Begriffe

- Bundeskanzler/Bundeskanzlerin
- Bundespräsident/Bundespräsidentin
- Bundesrat
- Bundesregierung
- Bundestag
- Bundesverfassungsgericht
- Datenschutz
- Föderalismus
- Fraktion
- Gesetzgebung
- Gewaltenteilung
- Grundrechte
- Infektionsschutzgesetz
- Klimawandel
- Landtag
- Nichtregierungsorganisationen
- Pandemie
- Parteien
- „vierte Gewalt“
- Wahlen

Jetzt kannst du ...

- Auswirkungen von Krisensituationen (z. B. Pandemie) auf unsere Demokratie einschätzen und bewerten.
- die Anforderungen für die Einschränkung von Grundrechten begründen.
- Möglichkeiten der Partizipation in der Demokratie benennen.
- das Prinzip der Gewaltenteilung erläutern.
- die Wahlrechtsgrundsätze benennen und die Bedeutung von Erst- und Zweitstimme erläutern.
- die Bedeutung von Parteien für unsere Demokratie erläutern.
- die Zusammensetzung und die Aufgaben des Deutschen Bundestags und der Bundesregierung erläutern.
- die Aufgaben des Bundespräsidenten erläutern.
- den Aufbau und die Aufgaben des Bundesverfassungsgerichts erläutern.
- die Funktion der Medien als „vierte Gewalt“ erläutern und kritisch bewerten.

5 Deutschland: Ohne Mauer geeint?

M1 **Kampftruppen vor dem Brandenburger Tor am Tag des Mauerbaus** (Foto, 1961)

Als 1945 der Zweite Weltkrieg zu Ende ging, waren die Sieger über Deutschland Verbündete: Noch wollten sie gemeinsam den Weltfrieden schützen. Doch bald standen sich zwei feindliche Lager gegenüber: Die Staaten des „Westens", angeführt von den USA und die Staaten des „Ostens", angeführt von der Sowjetunion. Der „Kalte Krieg" dieser beiden Supermächte spaltete 40 Jahre lang Deutschland und die ganze Welt. Auch heute findet man noch Spuren dieser Zeit.

M2 **Öffnung des Grenzübergangs zwischen den Dörfern Zicherie (BRD) und Böckwitz (DDR)** (Foto, 1989)

Erklärfilm
Deutschland – geteilt und vereint.
sc8k3t

Vier deutsche Besatzungszonen

Deutschland wurde von den Siegermächten in Besatzungszonen aufgeteilt – mit Folgen.

Transitwege
Sie verbanden die BRD und West-Berlin und liefen über das Gebiet der DDR. Nur auf diesen Wegen durften Personen und Waren von der BRD nach Berlin gebracht werden (und umgekehrt).

M1 **Karte der Besatzungszonen** (Farbdruck (30 × 42 cm), 1947)

T1 **Die Alliierten verwalten Deutschland**

Die Staatschefs der USA, Großbritanniens und der Sowjetunion vereinbarten 1945 auf den Konferenzen von Jalta und Potsdam:

- Die deutschen Gebiete östlich von Oder und Neiße werden unter polnische bzw. sowjetische Verwaltung gestellt.
- Das übrige Deutschland wird in vier Besatzungszonen aufgeteilt: die US-amerikanische, die britische, die französische und die sowjetische Zone.
- Berlin wird in vier Teile (Sektoren) geteilt.

Die sowjetischen Truppen zogen sich aus dem Westteil Berlins in den Ostteil zurück, die britischen und US-Truppen verließen die Gebiete westlich der Elbe.

T2 **Die Trizone**

Sowohl die Westalliierten als auch die Sowjetunion entwickelten die Besatzungszonen jeweils nach ihrem Gesellschaftmodell: dem Kapitalismus einerseits, dem Kommunismus andererseits. Die Spannungen wuchsen, im geteilten Berlin wurde das besonders spürbar. Im Januar 1947 wurde aus der amerikanischen und der britischen Zone ein „Vereinigtes Wirtschaftsgebiet" („Bizone"), 1948 trat die französische Zone bei („Trizone"). Im Juni 1948 führten die Westmächte in der Trizone und im Westteil Berlins die Deutsche Mark als neue Währung ein. Daraufhin blockierte die Sowjetunion am 24. Juni 1948 die Zufahrtswege von der Trizone nach Westberlin. Die USA und Großbritannien versorgten Westberlin durch eine Luftbrücke. Nach dem Ende der Blockade 1949 wurden Transitwege nach West-Berlin festgelegt: Luftkorridore, Eisenbahnstrecken, Wasserwege, Autobahnen und eine Landstraße.

M2 Transitwege nach Westberlin nach 1949

1 Beschreibe die Karte M1. Woher stammt sie? Zu welchem Zweck wurde sie erstellt? Warum gibt es Einträge in mehreren Sprachen?

2 (A) Erläutere die Bestimmungen der Konferenzen von Jalta und Potsdam anhand der Karte M1.

2 (B) a) Bearbeite Aufgabe A2.
b) Vergleiche M1 mit einer Karte der heutigen Bundesländer. Was fällt auf?

3 (A) Was ist die Trizone? Erkläre mithilfe von T2.

3 (B) Warum war die Trizone ein wichtiger Schritt auf dem Weg zur Bildung eines westdeutschen (Teil-) Staates? Erkläre (T2).

4 Wie war Westberlin an die drei westlichen Zonen angebunden? Was passierte im Juni 1948? Arbeite heraus (T2).

5 „Die Entwicklung zwischen der Trizone und der sowjetischen Besatzungszone in den Jahren 1948/49 musste unausweichlich zu einer Teilung Deutschlands führen." Nimm Stellung zu dieser Aussage eines Historikers.

6 MK Werte die Karte M2 mithilfe der Methode „Geschichtskarten auswerten" (Methodenglossar) aus und bereite einen Kurzvortrag vor.

AFB I: 1, 4 II: 2, 3, 6 III: 5 AFB I: 1 II: 2, 3, 4, 6 III: 5

SP → Lösungshilfen ab Seite 304

Entnazifizierung und Entmilitarisierung

Potsdam, im Sommer 1945: Die Siegermächte treffen sich zu einer großen Konferenz, um das weitere Vorgehen nach dem Ende des Zweiten Weltkriegs abzustimmen. Auf der Tagesordnung steht die Zukunft Deutschlands.

M1 Nürnberger Hauptkriegsverbrecherprozess: Auf der Anklagebank vordere Reihe von links nach rechts: Hermann Göring, Rudolf Hess, Joachim von Ribbentrop, Wilhelm Keitel; zweite Reihe von links nach rechts: Karl Dönitz, Erich Raeder, Baldur von Schirach, Fritz Sauckel (Foto, 1945/1946)

Spruchkammern
Um die Entnazifizierung durchzuführen, besetzten die Alliierten Kommissionen mit unbelasteten Deutschen und kontrollierten ihre Arbeit.

Speziallager
Lager in der SBZ, in denen ab 1945 NS-Funktionäre und KPD-Gegner inhaftiert waren

T1 Das Potsdamer Abkommen

Auf der Konferenz von Potsdam (17. Juli bis 2. August 1945) beschlossen die USA, Großbritannien und die Sowjetunion die Neuordnung Deutschlands. Im Einzelnen legten sie fest:

- Das deutsche Volk trägt die Verantwortung für Chaos und Elend nach dem Krieg, weil die eigene Kriegsführung mitleidlos war.
- **Entnazifizierung**: Die NSDAP und alle ihre Organisationen werden verboten.
- Entmilitarisierung: Alle militärischen Organisationen und die Produktion von Kriegsgerät werden verboten.
- Demokratisierung: Das politische und wirtschaftliche Leben wird auf demokratischer Grundlage wieder aufgebaut.
- Deutschland zahlt Reparationen (Entschädigungen) für die Schäden, die durch den Krieg entstanden sind.
- Deutschland bekommt keine zentrale Regierung.

T2 Die Nürnberger Prozesse

Einig waren sich die vier Alliierten darin, die Hauptschuldigen an den NS-Verbrechen hart zu bestrafen. Dazu gründeten sie den Internationalen Militärgerichtshof in Nürnberg. 22 Hauptkriegsverbrecher wurden angeklagt. Das Gericht verurteilte zwölf von ihnen zum Tod und sieben zu langen Haftstrafen.

T3 **Entnazifizierung in der SBZ**

In der sowjetischen Besatzungszone (**SBZ**) ging man gegen alle NSDAP-Mitglieder vor. Sie verloren ihren Beruf als Polizist, Lehrer oder Richter. In Kursen wurde neues, kommunistisch geschultes Personal ausgebildet. Die neuen Machthaber nutzten die Entnazifizierung auch als Vorwand, um gegen unliebsame Gegner vorzugehen. Kritiker des Kommunismus wurden verhaftet, manche kamen in „Speziallager". In der SBZ begann eine neue, kommunistische Diktatur. Die Entnazifizierung wurde 1948 für abgeschlossen erklärt.

T4 **Entnazifizierung in den Westzonen**

In den drei Westzonen sollte die gesamte Bevölkerung entnazifiziert werden. Die Amerikaner waren am gründlichsten: Sie ließen die Deutschen in ihrer Zone einen langen Fragebogen ausfüllen. Daraufhin wurde die Person von Spruchkammern z.B. als „Hauptschuldiger" oder „Belasteter" eingestuft und bestraft. Allerdings kamen auch Schwerbelastete als „Mitläufer" oder „unbelastet" durch das Entnazifizierungsverfahren. Oft fehlten Beweise oder die Menschen entlasteten sich gegenseitig. Und auch die aus ihrem Amt entfernten Deutschen kehrten oft nach kurzer Zeit in ihre Stellen zurück, weil Personal fehlte. Der Wiederaufbau hatte Vorrang.

M2 Austausch eines Straßenschilds: In fast jeder Stadt gab es in der Zeit des Nationalsozialismus eine Straße oder einen Platz, die/der nach Adolf Hitler benannt war. (Foto, 1945)

Schon gewusst?

1933 wurden zwei Straßen in Leipzig zusammengelegt und **Adolf-Hitler-Straße** genannt. Am 18. Mai 1945 wurde sie unter amerikanischer Besatzung wieder in Südstraße umbenannt. Am 1. August 1945 erhielt die Straße unter sowjetischer Besatzung ihren heutigen Namen Karl-Liebknecht-Straße, nach dem Leipziger KPD-Mitbegründer Karl Liebknecht.

A / B

1. Ordne die Bestimmungen des Potsdamer Abkommens den Begriffen Demokratisierung, Demilitarisierung, Denazifizierung, Demontage und Dezentralisierung („Fünf Ds") zu (T1).

2. (A) Beschreibe das Vorgehen der sowjetischen Besatzungsmacht bei der Entnazifizierung (T3).

2. (B) Vergleiche die Ziele der Entnazifizierung im Westen und im Osten (T3, T4).

3. (A) Beschreibe das Vorgehen der westlichen Alliierten bei der Entnazifizierung (T4, M2).

3. (B) Beurteile den Prozess der Entnazifizierung in der Ostzone und den Westzonen (T3, T4).

4. (A) Was war das Ergebnis der Nürnberger Prozesse? Fasse in einem kurzen Zeitungsbericht zusammen (M1, T2).

4. (B) Bringen die Nürnberger Prozesse Gerechtigkeit? Schreibe einen Zeitungskommentar (M1, T2).

5. Beurteile das Ergebnis der Entnazifizierung (T3, T4): Was konnten die Siegermächte erreichen und was nicht? Führt die Diskussion in der Klasse.

6. EXTRA MK Informiere dich, ob in deinem Schulort auch Straßen oder Plätze nach Adolf Hitler benannt waren.

AFB I: 1, 2, 3 II: 4, 6 III: 5 AFB I: 1 II: 2, 4, 6 III: 3, 5

SP → Lösungshilfen ab Seite 304

Aus Verbündeten werden Gegner

April 1945: Mitten in Deutschland reichen sich amerikanische und sowjetische Soldaten die Hände. Ihr Ziel, Hitlers Armeen zu schlagen, ist erreicht. Doch wird das Bündnis zweier so gegensätzlicher Staaten auch im Frieden halten?

M1 Der Handschlag von Torgau: Die sowjetische Armee von Osten und die US-Armee von Westen kommend, trafen im April 1945 an der Elbe zusammen. Am 25. April begegnete eine US-Patrouille sowjetischen Soldaten, die sie freudig begrüßten. Der Handschlag auf der beschädigten Elbbrücke bei Torgau wurde am folgenden Tag für die Fotografen nachgestellt. Und die Regierungen in Washington und Moskau bekräftigten in gleichlautenden Presseerklärungen ihren gemeinsamen Willen zur vollständigen Vernichtung des NS-Staates. (Foto, April 1945)

Alliierter Kontrollrat bestand aus den Oberbefehlshabern der vier Besatzungsmächte. Er übte in den Nachkriegsjahren die oberste Regierungsgewalt in Deutschland aus.

T1 Zwei gegensätzliche Systeme

Die Anti-Hitler-Koalition hatte ihr Hauptziel erreicht: Deutschland und Japan konnten den Weltfrieden nicht mehr gefährden. Deutschland sollte für längere Zeit besetzt bleiben, dazu waren vier Besatzungszonen eingerichtet. Der **Alliierte Kontrollrat** sollte für eine gemeinsame Deutschlandpolitik der **Siegermächte** sorgen. Viele zweifelten aber daran, ob das dauerhaft möglich wäre. Denn bald wurde deutlich, dass ein alter Konflikt nur unterbrochen worden war: der zwischen dem kapitalistischen System, wie es sich vor allem in den USA entwickelt hatte, und dem kommunistischen System in der Sowjetunion. Es entstand ein **Ost-West-Konflikt**, der die Weltpolitik der folgenden Jahrzehnte bestimmte.

T2 Weltmacht USA

Die Vereinigten Staaten von Amerika waren 1945 die stärkste Militärmacht. Sie hatten eine gewaltige Rüstungsindustrie aufgebaut, die auch Großbritannien, die UdSSR und andere Verbündete während des Krieges mit Waffen und Munition versorgt hatte. Außerdem verfügten die USA über die Atombombe. Damit konnten sie jeden Gegner vernichten. Die US-Industrie war 1945 so überlegen wie nie zuvor. Die deutschen und japanischen Fabriken waren zerstört, auch die britische Industrie hatte im Krieg gelitten. Fast 60 Prozent der weltweit hergestellten Industriegüter kamen nun aus amerikanischer Produktion. Um ihre Produkte überall verkaufen zu können, waren die USA an einem freien Welthandel interessiert. Sie wollten aber auch ihre Vorstellungen von Freiheit, Demokratie und Menschenrechten durchsetzen.

T3 Weltmacht UdSSR

In der Sowjetunion hatte die deutsche Wehrmacht Tausende von Städten und Dörfern zerstört und auf ihrem Rückzug planmäßig Brücken, Schienen und Fabriken in die Luft gesprengt. Der Krieg hatte dort mehr als 20 Millionen Menschen das Leben gekostet. Der sowjetische Staatschef Stalin befürchtete, dass die USA und Großbritannien die Schwäche seines Landes ausnutzen könnten. Er wollte verhindern, dass die kapitalistischen Staaten die Diktatur der kommunistischen Partei und damit auch seine eigene Herrschaft beseitigten. Darum sollten die Staaten Osteuropas den Sozialismus übernehmen. Dieser Schutzgürtel befreundeter Staaten sollte die UdSSR vor einem erneuten Angriff aus dem Westen schützen.

1941: Atlantik-Charta
Noch vor dem Kriegseintritt der USA treffen der amerikanische Präsident Roosevelt und der britische Premierminister Churchill auf einem Kriegsschiff im Atlantik zusammen. Als gemeinsame Ziele legen sie fest: Verzicht auf Eroberungen, Selbstbestimmungsrecht der Völker, freien Welthandel, Gleichberechtigung aller Völker, ein System der weltweiten Friedenssicherung.
Februar 1945: Konferenz von Jalta (Stadt auf der Halbinsel Krim)
Churchill, Roosevelt und der sowjetische Staatschef Stalin legen ihre gemeinsame Nachkriegspolitik fest: Deutschland wird in vier Besatzungszonen aufgeteilt und erhält einen Alliierten Kontrollrat als Militärregierung. Der Osten Deutschlands wird Polen gegeben, als Entschädigung für jene Gebiete, die 1939 durch den Hitler-Stalin-Pakt an die Sowjetunion gefallen waren.
Juli/August 1945: Konferenz von Potsdam
Roosevelts Nachfolger, US-Präsident Truman, ordnet den Test der ersten Atombombe bewusst für den 16. Juli 1945 an. An diesem Tag beginnt die Konferenz. Doch Stalin lässt sich mit der neuen Superwaffe nicht einschüchtern. Er macht keine bindenden Zusagen über die Behandlung der Staaten Osteuropas, in denen noch die Rote Armee steht. Truman verschiebt die Entscheidung über einen sowjetischen Kreditantrag zum Wiederaufbau des Landes.

M2 **Konferenzen der Alliierten**

M3 **Komplizierte Gemengelage:** Zu sehen sind US-Präsident Roosevelt (links), der sowjetische Diktator Stalin (Mitte) sowie der britische Premierminister Churchill. (Zeitgenössische Karikatur zur Konferenz von Jalta)

M4 **„Entwurf für ein Siegerdenkmal":** Links Stalin (UdSSR), rechts Roosevelt (USA) und Churchill (Großbritannien). Auf dem Pferd links Hammer und Sichel, rechts Dollar- und Pfund-Zeichen. Die Schlange zeigt Hitlers Züge. (Karikatur, April 1945)

1 (A/B) In der Anti-Hitler-Koalition verbündeten sich gegensätzliche Staaten. Arbeite aus T1 heraus, worin der Gegensatz bestand.

A 2 MK Einer der Soldaten in M1 schreibt über das Ereignis in sein Kriegstagebuch. Verfasse den Eintrag.

A 3 Was war das Hauptziel der US-Seite? Was war der UdSSR am wichtigsten? Arbeite aus T2 und T3 heraus.

A 4 Wie spiegelt sich in M2 der Wandel von den Verbündeten zu Gegnern (T1–T3)?

B 2 MK a) Bearbeite A2. b) Ergänze deine Meinung, inwieweit es sich bei dem Bild um Propaganda handelt.

B 3 a) Bearbeite A3. b) Verknüpfe die Ziele mit den politischen Ordnungen in beiden Staaten.

B 4 Erläutere anhand von M2 und M3 den beginnenden Konflikt der Alliierten (T1–T3).

5 MK (A/B) Ergänze die Karikatur M4 mit passenden Sprechblasen.

6 (A/B) Kapitalismus gegen Kommunismus – war die Konfrontation der Weltmächte vermeidbar? Diskutiert (T1, M4).

AFB I: 1, 2 II: 3, 4, 5 III: 6 AFB I: 1 II: 2, 3, 4, 5 III: 6

SP → Lösungshilfen ab Seite 304

Aufbau nach sowjetischem Vorbild

Ab 1933 waren viele KPD-Mitglieder vor den Nationalsozialisten in die Sowjetunion geflohen. Dort bereiteten sie sich auf eine Umgestaltung Deutschlands vor. Im April 1945 war es soweit.

Schon gewusst?

Mit „**Junkerland**" – abgeleitet von „Land der preußischen Junker" – ist das Land der adligen Großgrundbesitzer gemeint.

M1 Werbeplakat zur Bodenreform in der SBZ
(Plakat, 1945)

Blockparteien
→ Lexikon

SED = Sozialistische Einheitspartei Deutschlands, erzwungener Zusammenschluss von SPD (SBZ) und KPD

KPD = Kommunistische Partei Deutschlands

SPD = Sozialdemokratische Partei Deutschlands

CDU = Christlich-Demokratische Union

LDPD = Liberaldemokratische Partei Deutschlands

T1 Aufbau nach sowjetischem Vorbild

Ende April 1945 erreichte der 24-jährige Wolfgang Leonhard das zerstörte Berlin. Er hatte es 1933 als Sohn einer Kommunistin verlassen müssen. In der Sowjetunion war er mit anderen Deutschen geschult worden, um nach dem Krieg ein sozialistisches Deutschland aufzubauen. Der Diktator Stalin wollte Deutschland nach dem sowjetischen Vorbild umgestalten.
Leonhard gehörte zur „Gruppe Ulbricht". Unter der Führung von Walter Ulbricht und Wilhelm Pieck wurde im Juni 1945 die KPD gegründet. Die sowjetische Regierung erlaubte in der Sowjetischen Besatzungszone (SBZ) auch die Gründung anderer Parteien: SPD, CDU und LDPD. Sie mussten sich aber als „Blockparteien" mit der KPD zu einem „antifaschistischen Parteienblock" zusammenschließen. Dadurch konnten sie keine eigenständige Politik machen.

T2 Gesellschaftliche Ziele

Alle Parteien hatten in den Jahren 1945 und 1946 die Schlagworte „Entnazifizierung" und „Sozialismus" in ihre Programme aufgenommen. Die Privatwirtschaft hatte mit den Nationalsozialisten zusammengearbeitet und den Krieg gefördert. Die Neugestaltung der Gesellschaft in der SBZ legten die sowjetischen Besatzer allein in die Hände der KPD. Nach sowjetischem Vorbild führte sie im Herbst 1945 eine Bodenreform durch. Unter der Parole „Junkerland in Bauernhand!" wurden Großgrundbesitzer mit Betrieben über 100 Hektar enteignet. Das Land erhielten Kleinbauern, Flüchtlinge, besitzlose Landarbeiter – oder es fiel an den Staat. Ebenso radikal enteigneten die Kommunisten die Industriellen. Unter der Parole „Enteignung der Naziaktivisten und Kriegsverbrecher" überführten sie praktisch alle Großbetriebe in Volkseigene Betriebe.

T3 Der Weg in die Diktatur

Für die KPD waren die Maßnahmen für den Aufbau des Kommunismus notwendig. Sie sah sich als führende Kraft, um die Gesellschaft im kommunistischen Sinn zu verändern. Sie setzte ihre Vorstellungen mit Gewalt durch, auch wenn die politischen Gegner die Mehrheit hatten. Da es ihr nicht gelang, bei Wahlen die stärkste Kraft zu werden, erzwang sie im April 1946 die Vereinigung der KPD mit der SPD zur SED.
Die SBZ wurde zu einer Diktatur, die durch die sowjetischen Besatzer gelenkt wurde. Immer mehr Menschen verließen die SBZ und flohen in die Westzonen. Auch Wolfgang Leonhard, erst KPD- und dann SED-Mitglied, entschied sich 1949 gegen den stalinistischen Aufbau des Sozialismus und floh.

M2 Wilhelm Pieck (KPD) und Otto Grotewohl (SPD-SBZ) reichen sich die Hände bei der Vereinigung zur SED. Der Händedruck wird das Symbol der SED. (Rechts vorne: Walter Ulbricht) (Foto, 21. April 1946)

Schon gewusst?

Das jüngste Mitglied der „Gruppe Ulbricht" war der 24-jährige **Wolfgang Leonhard**. Er erreichte am 30. April 1945 das zerstörte Berlin. Leonhard hatte die Stadt 1933 verlassen müssen, weil seine Mutter als Kommunistin verfolgt wurde. In der Sowjetunion ging er zur Schule, besuchte später eine Parteischule. Wolfgang Leonhard verabschiedete sich bald vom Stalinismus und setzte sich 1949 aus der SBZ ab.

M4 Wolfgang Leonhard (Foto, Juni 1946)

M3 Wolfgang Leonhard, früher Mitglied der KPD, beschrieb 1957, wie die Kommunisten die Verwaltung in Berlin neu organisierten:

Ulbricht erklärte uns: „Die Bezirksverwaltungen müssen politisch richtig zusammengestellt werden. Kommunisten als Bürgermeister können wir nicht brauchen. (...) Die Bürgermeister sollen in den Arbeiterbezirken in der Regel Sozialdemokraten sein. In den bürgerlichen Vierteln (...) müssen wir an die Spitze einen bürgerlichen Mann stellen. (...) Am besten, wenn er ein Doktor ist (...) und ein Mann, mit dem wir gut zusammenarbeiten können. (...) Der erste stellvertretende Bürgermeister, der Dezernent für Personalfragen und der Dezernent für Volksbildung – das müssen unsere Leute sein. Dann müsst ihr noch einen ganz zuverlässigen Genossen in jedem Bezirk ausfindig machen, den wir für den Aufbau der Polizei brauchen. (...) Es muss demokratisch aussehen, aber wir müssen alles in der Hand haben."

A

1 Wolfgang Leonard kommt am 30. April 1945 zurück nach Berlin. Er notiert in sein Tagebuch seine Empfindungen und Pläne für die Zukunft. Schreibe aus seiner Sicht (T2, M3, M4).

2 Beschreibe die Bodenreform in der SBZ (M1, T2).

3 Erkläre das Vorgehen der KPD bei der Besetzung politischer Ämter (T3, M3).

4 Wodurch nahm die UdSSR Einfluss auf die Entwicklungen der SBZ (T1–T3)? Zähle auf.

5 Wie entstand durch die neue Regierung eine diktatorische Struktur? Begründe mithilfe von T3 und M3.

B

2 MK Wie funktioniert die Bodenreform? Erkläre mithilfe von T2 das Plakat M1.

3 Bewerte das Vorgehen der KPD gegen die adligen Großgrundbesitzer (T2, T3).

4 Auf welche Weise wurden sowjetische Vorbilder in der SBZ umgesetzt (T1–T3)? Nimm Stellung zur Überschrift der Seite.

5 Beurteile das Zitat Walter Ulbrichts in M3: „Es muss demokratisch aussehen, aber wir müssen alles in der Hand haben."

A/B

6 NE Inwieweit konnten sich die Bürger der SBZ nach der NS-Diktatur „befreit" fühlen? Diskutiert in der Klasse.

AFB I: 4 II: 1, 2, 3, 5 III: 6 AFB II: 1, 2 III: 3, 4, 5, 6

SP → Lösungshilfen ab Seite 304

Aufbau nach westlichem Vorbild

Wie die Sowjetunion in der SBZ, so konnten auch die westlichen Besatzer die Entwicklung in ihren Zonen frei bestimmen. Sie wollten die Demokratie einführen. Das politische und wirtschaftliche Leben sollte schnell wieder in Schwung kommen.

Marshallplan finanzielles Hilfsprogramm der USA zum Wiederaufbau Europas, benannt nach dem US-Außenminister George Marshall

T1 Rückgabe von Grundrechten

Die Westalliierten setzten auf eine freie Presse und erlaubten die Gründung von Zeitungen und Rundfunksendern. Sie erarbeiteten Pläne zur demokratischen Erziehung und Bildung der Bevölkerung. Parallel dazu setzten sie unbelastete Deutsche zum Aufbau Nachkriegsdeutschlands ein. Die Amerikaner machten den Deutschen deutlich, dass sie auf die Dauer wieder in einem freiheitlichen Staat leben könnten.

T2 Politischer Neubeginn

Die Alliierten setzten als Bürgermeister oft Mitglieder der Parteien ein, die im NS-Staat verboten waren. Ab Sommer 1945 wurde regional die Gründung von politischen Parteien erlaubt. Die SPD knüpfte an ihre Ziele vor 1933 an. Nach der Zwangsvereinigung von SPD und KPD in der SBZ sah sie sich als Sprachrohr aller Sozialdemokraten in Deutschland. Die CDU (Christlich-Demokratische Union) wollte als bürgerliche Partei die Interessen der evangelischen und katholischen Christen vertreten. Die liberalen Strömungen schlossen sich zur FDP (Freie Demokratische Partei) zusammen. Während die zentral gegründete KPD auch in den Westzonen aktiv wurde, grenzten sich die anderen Parteien von den sowjetisch beeinflussten Blockparteien ab.

→ Seite 144 Blockparteien

T3 Gründung der Bundesländer

Die Alliierten setzten nach dem Nationalsozialismus auf einen Staat, in dem die Macht verteilt war. So wurden Bundesländer gegründet. Mit der Neugründung von Nordrhein-Westfalen, Niedersachsen und Schleswig-Holstein wurde das Land Preußen aufgelöst – es galt als besonders militärisch und nationalistisch.

T4 Wirtschaftshilfe für die Westzonen

Die Amerikaner unterstützten die Deutschen auch wirtschaftlich. Sie lieferten ab 1945 Lebensmittel und verbesserten die medizinische Versorgung. 1947 entwickelte ihr Außenminister Marshall einen Plan, nach dem Westeuropa wirtschaftlich wieder aufgebaut werden sollte. Dabei spielten für die USA auch machtpolitische Gründe eine Rolle: Ein marktwirtschaftlich erfolgreiches Westeuropa sollte eine Ausbreitung des Kommunismus verhindern. Die Westzonen profitierten enorm vom **Marshallplan**. Er legte die Grundlage für den wirtschaftlichen Aufstieg Westdeutschlands.

M1 Notiz von George F. Kennan, Gesandter an der US-Botschaft in Moskau, Sommer 1945 (als Planungschef im US-Außenministerium 1947–1949 entwickelte er den Marshallplan):

Die Idee, Deutschland gemeinsam mit den Russen regieren zu wollen, ist ein Wahn. Ein ebensolcher Wahn ist es zu glauben, die Russen und wir könnten uns eines schönen Tages höflich zurückziehen und aus dem Vakuum werde ein gesundes und friedliches, stabiles und freundliches Deutschland steigen. Wir haben keine andere Wahl, als unseren Teil von Deutschland, den Teil, für den wir und die Briten die Verantwortung übernommen haben, zu einer Form von Unabhängigkeit zu führen, die so befriedigend, so gesichert, so überlegen ist, dass der Osten sie nicht gefährden kann. (...) Zugegeben, dass das Zerstückelung bedeutet. (...) Ob das Stück Sowjetzone wieder mit Deutschland verbunden wird oder nicht, ist jetzt nicht wichtig. Besser ein zerstückeltes Deutschland, von dem wenigstens der westliche Teil als Prellbock für die Kräfte des Totalitarismus wirkt, als ein geeintes Deutschland, das diese Kräfte wieder bis an die Nordsee vorlässt.

M2 Wahlplakate in der britischen Zone (Foto, September 1946)

Totalitarismus
diktatorische Herrschaftsform, die alle Bereiche der Gesellschaft erfasst

Schon gewusst?

Mit der **Berlin-Blockade** (1948 – 1949) sollten keine Lieferungen mehr von den Westzonen nach Berlin gelangen. Die Blockade (der Sowjetunion) mit Gewalt zu brechen, hielt der US-Militärgouverneur Lucius D. Clay für riskant. Stattdessen richtete er eine **Luftbrücke** ein: Alles, was die Bevölkerung benötigte, wurde mit amerikanischen und britischen Transportflugzeugen und umgebauten Bombern nach Berlin geflogen:
Bei 277 000 Starts und Landungen Tag und Nacht waren das 485 000 Tonnen Nahrungsmittel, 1,44 Millionen Tonnen Kohle und 160 000 Tonnen Baustoffe.

A / B

1 Liste auf, was die Ziele der westlichen Nachkriegspolitik und des Marshallplans waren (T1).

2 (A) Vergleiche die politischen und wirtschaftlichen Maßnahmen im Westen mit denen in der SBZ.

2 (B) a) Bearbeite Aufgabe A2.
b) Beurteile, in welchem Teil Deutschlands mehr Punkte der „Fünf Ds" umgesetzt wurden.

3 (A) Begründe, warum die Gründung von Parteien wichtig für den Aufbau nach westlichem Vorbild war (T2, M2).

3 (B) Begründe, warum die Gründung von Parteien und Bundesländern wichtig für einen Neubeginn war (T2, T3, M2).

4 (A) Prüfe mithilfe von T4, ob die USA Westdeutschland nur uneigennützig halfen?

4 (B) Nimm Stellung zu M1. Wie beurteilst du die machttaktischen Überlegungen hinter dem Marshallplan (T4)?

5 Inwiefern passte die Luftbrücke zu den Zielen Marshalls? Begründe („Schon gewusst?").

6 „Besser ein zerstückeltes (...) als ein geeintes Deutschland." Nimm Stellung zur These aus M2
a) aus westdeutscher Sicht 1947,
b) aus ostdeutscher Sicht 1947,
c) aus heutiger Sicht.

AFB I: 1 II: 2, 3, 4, 5 III: 6   AFB I: 1 II: 2a, 3, 5 III: 2b, 4, 6

SP → Lösungshilfen ab Seite 304

Die Spaltung Europas und der Welt

Im März 1946 sprach Winston Churchill von einem „Eisernen Vorhang" zwischen dem östlichen und dem westlichen Europa. In der Sowjetunion hieß es ein Jahr später, die Welt sei in „zwei Lager" geteilt. Stand ein dritter Weltkrieg bevor?

NATO
1949 gegründetes Militärbündnis des Westens unter Führung der USA

Warschauer Pakt
1955 gegründetes Militärbündnis des Ostens unter Führung der Sowjetunion (UdSSR)

T1 Osteuropa wird kommunistisch

Die sowjetischen Armeen hatten gegen Ende des Zweiten Weltkriegs die Länder Osteuropas von der deutschen Wehrmacht befreit. Doch der sowjetische Diktator Stalin zog seine Soldaten nicht aus Osteuropa zurück. Sie blieben als Besatzer. Sowjetische Offiziere sorgten dafür, dass überall kommunistische Parteien an die Macht kamen. Die neuen Staaten nannten sich Volksdemokratien. In Wirklichkeit waren sie kommunistische Diktaturen nach sowjetischem Vorbild.

T2 Die Antwort der Westmächte

Die Menschen in Westeuropa fühlten sich bedroht. Sie fürchteten, dass Stalin seine Macht auch auf ihre Länder ausdehnen wollte. Der amerikanische Präsident Truman entschied sich 1947 zur offenen Konfrontation gegenüber der Sowjetunion. Nicht nur in Europa, sondern überall in der Welt wollte Truman den Einfluss des Kommunismus eindämmen. Aber es ging ihm auch darum, wichtige Märkte für die US-Wirtschaft zu erhalten.

M1 **„Der rote Eisberg"** (US-Comic, um 1960)

T3 Zwei feindliche Militärblöcke

Im Jahr 1949 gründeten die USA zusammen mit Kanada und einigen westeuropäischen Staaten den Nordatlantischen Verteidigungspakt – die **NATO**. Weitere Bündnisse in Asien und im pazifischen Raum folgten. Aus sowjetischer Sicht war die Politik des „Westens" darauf ausgerichtet, die Sowjetunion zu schwächen und überall die kommunistischen Herrschaften zu stürzen. Um nicht völlig isoliert zu werden, wollte die Sowjetunion die neuen Volksdemokratien dauerhaft an sich binden. Darum gründete sie 1955 ein Gegenbündnis zur NATO – den **Warschauer Pakt**.

T4 Die „Guten" und die „Bösen"

Im Konflikt zwischen Ost und West war die Propaganda von zentraler Bedeutung. Sie stellte das jeweils andere System als aggressiv und gefährlich dar. Im Westen unterstellte man den Kommunisten, sie wollten ihr System der Planwirtschaft und der Parteidiktatur in der ganzen Welt auf Kosten der Freiheit durchsetzen. In der Propaganda des Ostens wurden die USA und ihre Unterstützer als „kapitalistische Blutsauger" hingestellt. Deren Ziel sei es, die fortschrittlichere und gerechtere Welt des Kommunismus zu zerstören. Die Menschen in den sozialistischen Ländern müssten daher treu zur kommunistischen Partei stehen. Nur diese könne sie vor den bösen Kapitalisten schützen.

M2 Aus einer Rede von US-Präsident Truman im März 1947:

Zum gegenwärtigen Zeitpunkt der Weltgeschichte muss jede Nation zwischen alternativen Lebensformen wählen. Nur zu oft ist diese Wahl nicht frei.
Die eine Lebensweise gründet sich auf den Willen der Mehrheit und ist gekennzeichnet durch freie Institutionen, repräsentative Regierungsformen, freie Wahlen, Garantien der persönlichen Freiheit, Rede- und Religionsfreiheit und Freiheit von politischer Unterdrückung. Die andere Lebensform gründet sich auf den Willen einer Minderheit, den diese der Mehrheit gewaltsam aufzwingt. Sie stützt sich auf Terror und Unterdrückung, auf die Zensur von Presse und Rundfunk, auf manipulierte Wahlen und auf den Entzug der persönlichen Freiheiten. Ich glaube, es muss die Politik der Vereinigten Staaten sein, freien Völkern beizustehen.

M3 Ein enger Mitarbeiter Stalins schrieb im September 1947:

So sind zwei Lager entstanden: das imperialistische, antidemokratische Lager, dessen Hauptziel darin besteht, die Weltvormachtstellung des amerikanischen Imperialismus zu erreichen und die Demokratie zu zerstören, und das antiimperialistische Lager, dessen Hauptziel es ist, den Imperialismus zu überwinden, die Demokratie zu konsolidieren (festigen) und die Überreste des Faschismus zu beseitigen.

M4 Kartoffelkäferplage im Kreis Bautzen (DDR) als US-amerikanischer Sabotageakt (DDR-Plakat, 1950)

1 (A/B) Arbeitet zu zweit aus T1–T3, Vorspann und S. 155, M5 heraus:
a) Warum spaltete sich Europa in Ost und West?
b) Erklärt euch gegenseitig die Begriffe NATO, Warschauer Pakt und Eiserner Vorhang.

2 (A) Welche politischen Systeme stellt Truman gegenüber? Wie beurteilt er die Rolle der USA? Arbeite heraus (M2).

2 (B) Vergleiche M2 und M3: Wie sehen Ost und West ihr eigenes politisches System und das des Gegners? Was werfen sie sich jeweils vor?

3 Zu welchem Machtbereich gehören die beiden deutschen Staaten? Warum spricht man vom „Ost-West-Konflikt"? Arbeite heraus.

4 (A) Wie wird der Gegner jeweils dargestellt? Erkläre die Propaganda (T4, M1, M4).

4 (B) a) Bearbeite Aufgabe A4.
b) Warum wird bei der eigenen Bevölkerung Angst erzeugt? Erkläre.

5 (A/B) Diskutiert über die Wirkung der beiden Plakate (M1, M4).
a) Was ist geschickt gemacht?
b) Inwiefern passen sie zum Thema „Ost-West-Konflikt"?

AFB I: 1, 2, 3 II: 4 III: 5 AFB I: 1, 3 II: 2, 4 III: 5

SP → Lösungshilfen ab Seite 304

Gründung von zwei deutschen Staaten

Die drei Westalliierten unterstützten den Wiederaufbau in den Westzonen und die Sowjetunion bestimmte die Entwicklung der SBZ. Eine Teilung Deutschlands zeichnete sich ab.

M1 **Unterzeichnung des Grundgesetzes** am 23. Mai 1949 durch Konrad Adenauer (Foto, 1949)

Grundgesetz (GG)
Politische Grundordnung der Bundesrepublik. Das Grundgesetz trat 1949 in Westdeutschland in Kraft. Im Jahr 1990 wurde es zur gesamtdeutschen Verfassung.

T1 Die Gründung der Bundesrepublik

Die Vertreter der Bundesländer bildeten 1948 einen Parlamentarischen Rat. Er arbeitete eine vorläufige Verfassung für einen westdeutschen Teilstaat aus, die den Namen Grundgesetz bekam. Das Grundgesetz sollte so lange gelten, bis es eine Verfassung für ganz Deutschland geben würde.
Die Verkündung des Grundgesetzes am 23. Mai 1949 war praktisch die Geburtsstunde der Bundesrepublik Deutschland. Die Bundeshauptstadt wurde Bonn. Das erste westdeutsche Parlament, der Deutsche Bundestag, wurde im August 1949 gewählt. Bundespräsident wurde Theodor Heuss, Bundeskanzler Konrad Adenauer (CDU).

T2 Das Grundgesetz der Bundesrepublik

Im Grundgesetz wurde festgelegt, dass die Bundesrepublik Deutschland **(BRD)** eine parlamentarische Demokratie mit Gewaltenteilung ist. Die Grundrechte der Menschen sind besonders geschützt. Außerdem wurden Schwächen aus der Weimarer Reichsverfassung beseitigt. Deshalb ist die Macht des Bundespräsidenten eingeschränkt und die des Kanzlers erweitert.

T3 Die Gründung der DDR

In der SBZ erarbeitete ein Volksrat ebenfalls eine Verfassung. Sie galt für den neuen Staat auf dem Gebiet der SBZ: für die Deutsche Demokratische Republik (**DDR**). Ihre Hauptstadt wurde der Ostteil von Berlin. Das Parlament der DDR, die Volkskammer, setzte am 7. Oktober 1949 die Verfassung in Kraft. Sie entsprach äußerlich den Anforderungen einer parlamentarischen Demokratie. Die Vorherrschaft einer Partei, der SED, wurde jedoch weiter ausgebaut. Die SED sollte die Entwicklung der DDR als sozialistischer Staat vorantreiben. Wilhelm Pieck wurde Staatspräsident, Otto Grotewohl Ministerpräsident. Walter Ulbricht wurde 1950 SED-Generalsekretär und damit der mächtigste Mann der DDR.

Schon gewusst?

Die Juristin **Elisabeth Selbert** (SPD) war eine von nur vier Frauen im Parlamentarischen Rat (mit insgesamt 70 Abgeordneten). Sie setzte durch, dass die Gleichberechtigung von Frauen und Männern ins Grundgesetz aufgenommen wurde. Der Artikel 3 (2) war bereits abgelehnt, da mobilisierte sie über das Radio die Frauen, Briefe an den Parlamentarischen Rat zu senden. Unter dem Druck der Flut von Briefen gaben die Delegierten nach. Mehrere Schulen wurden nach Elisabeth Selbert benannt, u.a. eine Berufsfachschule in Hameln.

M2 **Elisabeth Selbert** im Parlamentarischen Rat (Foto, 1948/49)

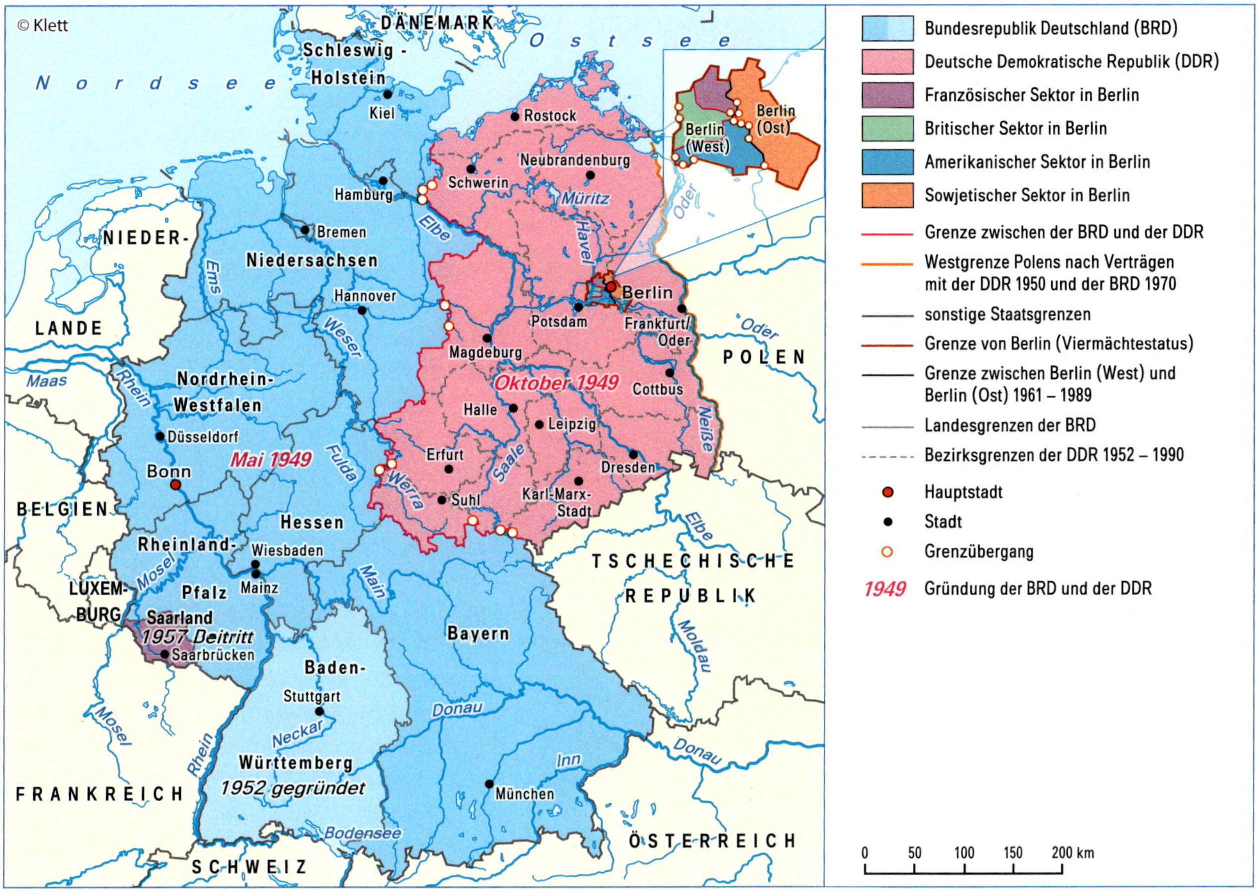

M3 Deutschland 1949–1990

M4 Ausschnitt aus den 19 Grundrechten, die im Grundgesetz festgeschrieben sind:

Art. 1, (1): Die Würde des Menschen ist unantastbar. Sie zu achten und zu schützen ist Verpflichtung aller staatlichen Gewalt.

Art. 2, (2): Jeder hat das Recht auf Leben und körperliche Unversehrtheit. Die Freiheit der Person ist unverletzlich.

Art. 3, (1): Alle Menschen sind vor dem Gesetz gleich.

(2): Männer und Frauen sind gleichberechtigt.

Art. 5, (1): Jeder hat das Recht, seine Meinung in Wort, Schrift und Bild frei zu äußern (...).

Art. 8, (1): Alle Deutschen haben das Recht, sich ohne Anmeldung oder Erlaubnis friedlich und ohne Waffen zu versammeln.

Art. 16a, (1): Politisch Verfolgte genießen Asylrecht.

A / B

1 Stelle gegenüber: die Namen der beiden deutschen Staaten, ihre Hauptstädte und ihr Gründungsjahr (T1, T3, M3).

2 (A) Erkläre die Gründung der Bundesrepublik Deutschland (T1).

2 (B) Erläutere die Entstehung der BRD und der DDR (T1, T3).

3 (A) Erkläre die Gründung der DDR (T3).

3 (B) Ein Abgeordneter des Parlamentarischen Rates erläutert die Grundlagen des Grundgesetzes (T2, M4).

4 (A) Begründe, warum die Grundrechte für die BRD so wichtig sind (T2, M4).

4 (B) Begründe, warum die deutsche Verfassung 1990 weiterhin Grundgesetz genannt wird (T2, Lexikon).

5 Bewerte die Bedeutung der Geltung des Grundgesetzes ab 1949 und ab 1990 (T2, Lexikon).

6 EXTRA Beschaffe dir den gesamten Text des GG. Wähle drei Artikel aus den Grundrechten aus, die du besonders wichtig findest. Stelle sie vor und erläutere ihre Bedeutung.

AFB I: 1 II: 2, 3, 4, 6 III: 5 AFB I: 1 II: 2, 3, 4, 6 III: 5

SP → Lösungshilfen ab Seite 304

Markt- und Planwirtschaft

Die beiden deutschen Staaten entwickelten sich sehr unterschiedlich – auch in der Wirtschaft. In der Bundesrepublik regierte der freie Markt. In der DDR hieß es: „Wirtschaften nach Plan!"

M1 Symbol für das Wirtschaftswunder: In Wolfsburg wird der einmillionste VW-Käfer fertiggestellt. (Foto, 5. August 1955, nachträglich koloriert)

Marktwirtschaft
→ Lexikon

Planwirtschaft
→ Lexikon

→ Seite 280
soziale Marktwirtschaft

T1 Planwirtschaft im Osten

In der DDR wurde die Wirtschaft vom Staat gelenkt. In zentralen Plänen stand, was und wie viel die Betriebe produzieren mussten, was die Bevölkerung davon kaufen durfte und was exportiert werden sollte. In der **Planwirtschaft** waren Gebäude oder Maschinen meist staatliches oder genossenschaftliches Eigentum. Seit Beginn der 1950er-Jahre wurden immer mehr private Betriebe enteignet und in Volkseigene Betriebe (VEB) überführt, die dem Staat gehörten. Die Bauern mussten in Landwirtschaftliche Produktionsgenossenschaften (LPG) eintreten. 1961 gab es in der DDR nahezu keine privaten Bauern mehr. Auch Handwerker mussten sich zu Genossenschaften zusammenschließen. Bald zeigte sich, dass die Planwirtschaft weniger leistungsfähig war als die **Marktwirtschaft**. Die DDR-Wirtschaft litt zudem unter Abwanderung und hohen Reparationen an die Sowjetunion.

T2 Soziale Marktwirtschaft im Westen

In der Bundesrepublik Deutschland regelte der Markt die Wirtschaft. Das weitgehend freie Zusammenspiel von Angebot und Nachfrage bestimmte, was und wie viel produziert wurde und zu welchem Preis. Wirtschaftsminister Ludwig Erhard entwickelte dieses Prinzip zur „sozialen Marktwirtschaft" weiter. Dabei sollten die Menschen gegen die Risiken des Lebens (z.B. Altersarmut, Arbeitslosigkeit, Krankheit) abgesichert werden. Mit sozialen Maßnahmen gelang es, die Bevölkerung für den Wiederaufbau nach dem Krieg zu motivieren.
Flüchtlinge und Vertriebene erhielten eine Entschädigung für ihr verlorenes Eigentum. Die Renten stiegen. Ab den 1970er-Jahren gab es neue Sozialleistungen für Familien und Studenten. Der Lebensstandard stieg.

T3 Wirtschaftsboom

Seit den 1950er-Jahren gab es in der BRD einen starken Aufschwung – das sogenannte „Wirtschaftswunder". Dafür gab es viele Gründe: Die Unternehmer konnten durch die Gelder des Marshallplans moderne Maschinen anschaffen und die Produktion steigern. Hochwertige Industrieprodukte waren auf dem Weltmarkt gefragt, deutsche Unternehmer konnten viele Produkte exportieren. Die Unternehmer investierten den Gewinn wieder. Auch das Angebot an Konsumgütern wuchs, denn die Nachfrage nach dem Krieg war hoch.
Zum Aufschwung trug bei, dass beständig Facharbeiter und Unternehmer aus der DDR zuwanderten. Die Unternehmer brachten Ideen mit und bauten ihre Betriebe in der Bundesrepublik wieder auf. Schätzungen zufolge wäre die westdeutsche Industrieproduktion 1975 ohne die Zuwanderung aus der DDR um bis zu 18 Prozent niedriger gewesen.

M2 Die DDR zieht nach: Ab 1957 sollten jährlich 12 000 Trabant gebaut werden. Auf einen bestellten „Trabi“ musste man allerdings etwa zwölf Jahre warten. (Foto der Automobilproduktion in Zwickau, 1978)

M3 Christoph Pollmer erinnerte sich 2010:

Ende 1977 habe ich einen Trabant bestellt. Das war damals Routine. Ich glaube, dass es zu jeder Zeit von jedem DDR-Bürger eine solche Bestellung gab – oder sogar mehrere –, weil jeder wusste, dass die Realisierung Jahre dauern würde. So konnte auch ich als Berufseinsteiger ohne finanzielle Polster es mir leisten, ein Auto zu bestellen, obwohl es keine Kredite für solche Konsumgüter gab. Die rund 10 000 DDR-Mark für den Trabant würden im Laufe der Zeit schon zusammenkommen. Und tatsächlich: Die Zeitspanne bis zur Auslieferung verlängerte sich von Jahr zu Jahr, ich habe den Trabant nie bekommen. Dreizehn Jahre waren eben nicht genug, um das Fahrzeug für mich zu produzieren.

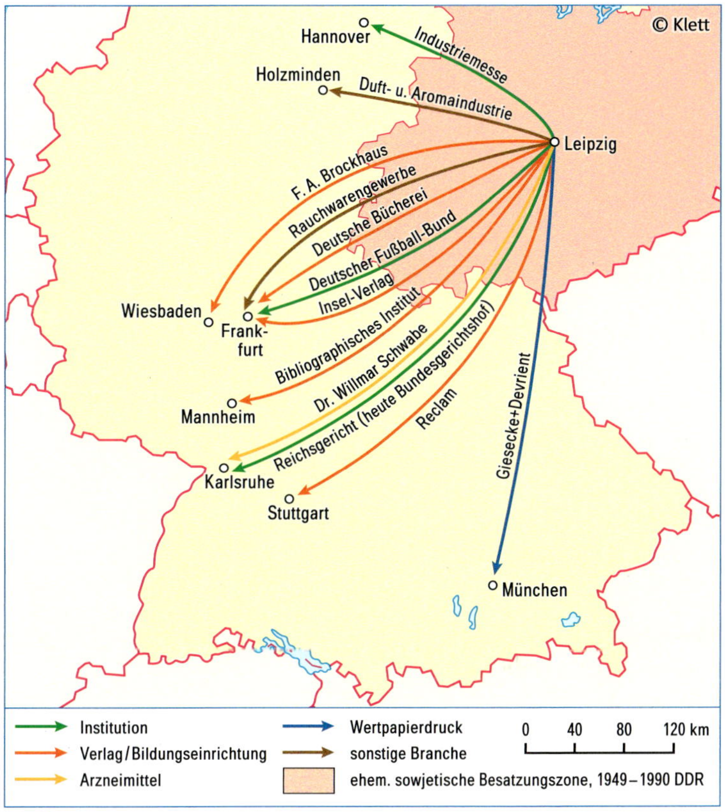

M4 Abwanderung aus der SBZ in die Bundesrepublik am Beispiel Leipzigs: Seit 1945 verließen Zehntausende Institutionen, Unternehmen und Gewerbebetriebe die DDR und wurden im Westen wieder aufgebaut. Unternehmen wie Siemens, BMW, Audi, Wella oder die Deutsche Bank und die Dresdner Bank haben ihre Wurzeln ganz oder teilweise in Ostdeutschland. Besonders sichtbar ist der Weggang ganzer Branchen in der Stadt Leipzig. Die Abwanderung von Ost nach West über Jahrzehnte ist ein Grund dafür, dass Ostdeutschland auch Jahrzehnte nach der Deutschen Einheit wirtschaftlich schwächer dasteht als Westdeutschland.

A / B

1 Nenne die Wirtschaftssysteme der DDR und der Bundesrepublik (T1, T2).

2 (A) Liste Merkmale der beiden Wirtschaftssysteme auf (T1, T2, Lexikon).

2 (B) a) Bearbeite Aufgabe A2.
b) Vergleiche, welche Rolle die Regierung bei der Markt- und Planwirtschaft spielt (T1, T2, Lexikon).

3 Erkläre, wieso das Wirtschaftssystem der BRD „soziale Marktwirtschaft“ genannt wird (T2, T3).

4 (A) Erkläre den westdeutschen Wirtschaftsboom in den 1950er-Jahren (T3).

4 (B) a) Löse Aufgabe A4.
b) „Die Ostdeutschen legten die Grundlage für den Wohlstand im Westen“. Nimm Stellung zu dieser Aussage (T3, M4).

5 Beurteile die Leistungsfähigkeit beider Wirtschaftssysteme und ihre Auswirkung für die Menschen.

AFB I: 1, 2 II: 3, 4 III: 5 AFB I: 1, 2a II: 2b, 3, 4a III: 4b, 5

SP → Lösungshilfen ab Seite 304

Krisen im Ostblock

Noch 1944 und 1945 hatten viele Osteuropäer die Soldaten der Roten Armee als Befreier begrüßt. Doch sie hatten die deutsche Vorherrschaft nur gegen die russische eingetauscht.

Breschnew-Doktrin
Erklärung des sowjetischen Parteichefs Breschnew nach dem Einmarsch in die Tschechoslowakei 1968: Kein Land des Ostblocks durfte einen eigenen Weg zum Sozialismus gehen.

Ostblock
Sowjetunion und die von ihr abhängigen Staaten

T1 Unzufriedenheit im Ostblock

Stalin und seine Nachfolger ließen überall im **Ostblock** nur eine Parteidiktatur nach sowjetischem Vorbild zu. In Ungarn kam es 1956 zu einem Volksaufstand. Darauf schlug die sowjetische Armee den Aufstand nieder. 1968 wollten Reformer innerhalb der Kommunistischen Partei der Tschechoslowakei den Sozialismus menschlicher machen. Sie versprachen den Menschen mehr Freiheit. Das ließ die Parteiführer in den anderen Ostblockstaaten um ihre Macht fürchten. Truppen des Warschauer Pakts besetzten die Tschechoslowakei. Doch überall stellten sich den Panzern Menschen entgegen.

Schon gewusst?

Am Morgen des 21. August 1968 ging der Installateur **Emil Gallo** in Bratislava (damalige Tschechoslowakei) zur Arbeit. Er sah, dass sowjetische Truppen die Stadt besetzt hatten. Spontan stellte er sich vor einen der Panzer und protestierte. Der Fotograf **Ladislav Bielik** fotografierte die Szene. Ein deutscher Student schmuggelte das Foto in den Westen, wo es weltberühmt wurde – aber nicht unter Bieliks Namen. Zuhause bekam Bielik große Schwierigkeiten. Deshalb sprach er nicht mehr über das Foto. Bieliks Sohn fand lange Zeit später einen Koffer des verstorbenen Vaters mit Fotos von 1968. Seitdem achtet er darauf, dass der Name des Vaters neben dem Foto erscheint.
Auch Emil Gallo sprach nie über das Ereignis. Der Witwer und Vater von vier Kindern nahm sich 1971 das Leben. Nach dem Tod fanden seine Kinder auf dem Dachboden einen Zeitungsausschnitt mit dem Bild (M1) – und erkannten darauf ihren Vater.

M1 Arbeiter vor einem Panzer (Foto Ladislav Bielik, 21. August 1968)

M2 Panzer gegen das Volk

In der erregten Menschenmenge auf dem Prager Karlsplatz befinden sich auch die beiden Arbeiter Marek und Jakub. Ihr Gespräch könnte so verlaufen sein:

Jakub: „Schau sie dir nur an, Marek, wie ratlos diese jungen Russen von ihren Panzern herunterschauen. Die wissen doch selbst nicht, wozu sie hier sind.“

Marek: „Du hast Recht, Jakub. Denen hat man doch Märchen erzählt: von bösen Agenten aus dem Westen, die den Sozialismus beseitigen wollen. Jetzt sehen sie, dass hier nur Arbeiter stehen, Menschen wie du und ich.“

Jakub: „Wie sollen diese blutjungen Kerle auch kapieren, dass Sozialismus nicht gleichbedeutend mit Diktatur sein muss? Wir haben ja nichts gegen den Sozialismus, aber wir wollen nicht bevormundet werden – weder von den Russen noch von unseren eigenen Parteibonzen.“

Marek: „Der Breschnew in Moskau und die anderen Parteiführer in unseren sozialistischen Bruderländern ...“

Jakub: „Bruderländer? Dass ich nicht lache! Das wollen Kommunisten sein? Verlogene Angsthasen sind sie, Panzer gegen Arbeiter, so stelle ich mir Sozialismus nicht vor!“

Marek: „Also, der Breschnew und die anderen Bonzen wissen genau, dass ihre Tage gezählt sind, wenn wir in der Tschechoslowakei zeigen, dass Sozialismus auch ein freundliches Gesicht haben kann.“

Jakub: „Schon möglich Marek, aber ich fürchte, die werden nicht aufgeben. Warte ab, der Breschnew lässt unsere Reformer kaltstellen. Und dann kommen die Moskautreuen wieder an die Macht ...“

M3 Aktionsprogramm der Kommunistischen Partei der Tschechoslowakei, 5. April 1968:

Die Kommunistische Partei stützt sich auf die freiwillige Unterstützung durch die Menschen. Sie verwirklicht ihre führende Rolle nicht dadurch, dass sie die Gesellschaft beherrscht. (...) Die Politik der Partei darf nicht dazu führen, dass die nichtkommunistischen Bürger das Gefühl haben, in ihren Rechten und Freiheiten durch die Partei eingeschränkt zu werden. (...) Einem werktätigen Volk kann man nicht (...) vorschreiben, worüber es informiert sein darf und worüber nicht, welche Ansichten es öffentlich aussprechen darf und welche nicht. (...) Die gesetzmäßige Freizügigkeit der Bürger muss garantiert werden, besonders Reisen ins Ausland.

M4 Zweimal Einmarsch der sowjetischen Armee in die Tschechoslowakei (Tschechoslowakisches Plakat, 1969)

M5 Ausdehnung des sowjetischen Machtbereichs seit dem Zweiten Weltkrieg

A / B

1 Arbeite mit deinem Tischnachbarn aus T1 und M2 heraus:
a) Wo fanden die Proteste statt?
b) Womit sind die Menschen im Ostblock unzufrieden?

2 (A) Beschreibe M1. Warum öffnet Emil Gallo sein Hemd? Was könnte er rufen?

2 MK (B) Du bist Reporter/in und beobachtest die Szene M1.
a) Schreibe eine kurze Zeitungsnotiz.
b) Formuliere eine Überschrift (M1, „Schon gewusst?").

3 (A) Was wird in dem Aktionsprogramm gefordert? Fasse zusammen (M3).

3 (B) Arbeite mit M3. Warum fürchteten die Parteiführer im Ostblock um ihre Macht, wenn das Aktionsprogramm durchgeführt würde? Erkläre am Text.

4 (A) Wodurch unterschied sich der Einmarsch der Roten Armee 1945 und 1968? Erkläre (M4, Vorspann).

4 (B) Erkläre den Zusammenhang zwischen M3 und der Breschnew-Doktrin (Lexikon).

5 Ist das Eingreifen des russischen Militärs in Prag ein Zeichen von Stärke oder von Schwäche? Diskutiert in der Klasse.

6 EXTRA Ladislav Bielik und Emil Gallo sprachen nie über das Foto. Diskutiert über mögliche Gründe in der Klasse (M1, „Schon gewusst?").

AFB I: 1, 2, 3 II: 4 III: 5, 6   AFB I: 1 II: 2, 3, 4 III: 5, 6

SP → Lösungshilfen ab Seite 304

Kalter Krieg der Supermächte

Während des Kalten Kriegs funktionierte in Europa die Abschreckung mit Atomwaffen: Keiner wagte es, die andere Seite anzugreifen – aus Angst vor der eigenen Vernichtung.

M1 **Der russische Kosmonaut Juri Gagarin** war der erste Mensch im Weltall. 1961 umrundete er in einer Kapsel einmal die Erde. Damit übernahm die Sowjetunion die Führung in der Weltraumtechnik. (Foto, 1961)

T1 Die Supermächte

Die USA hatten die **Atombombe** entwickelt und durch ihren Einsatz 1945 den Krieg gegen Japan beendet. Der Sowjetunion gelang es 1949, eine Atombombe zu bauen. Nun begann ein Wettlauf um immer stärkere Bomben.
Doch keine der beiden Seiten hat es je gewagt, den Gegner mit atomaren Waffen anzugreifen. Es hätte einen verheerenden Gegenschlag zur Folge gehabt. Jede Supermacht verfügte ja über Tausende von Atomwaffen, die an verschiedenen Orten stationiert waren: an Bord von Langstreckenbombern, auf Atom-U-Booten, auf Abschussrampen in Wäldern, in Betonbunkern unter der Erde. Es war unmöglich, sie alle auf einmal durch einen Erstschlag zu vernichten. Daher hieß es im **Kalten Krieg**: „Wer als Erster schießt, stirbt als Zweiter." Das nannte man das **Gleichgewicht des Schreckens**.

T2 Der Wettlauf im All

Im Jahr 1957 schossen sowjetische Techniker einen Satelliten ins All – den „Sputnik". Die Sowjetunion bewies damit ihren Vorsprung in der Raketen- und Weltraumtechnik. Für die Menschen in der westlichen Welt war das ein Schock. Sie hatten sich bisher in allen Krisen auf die Überlegenheit der Amerikaner verlassen. Wer aber – wie die Russen – in der Lage war, einen Satelliten ins All zu schießen, der konnte auch jeden Ort auf der Erde mit seinen Atomraketen treffen. Die Folge des „**Sputnikschocks**" war, dass die USA ein teures Weltraumprogramm starteten. Nun wetteiferten Amerikaner und Russen darum, wer die stärksten Raketen bauen konnte.

T3 Heißer Krieg im Kalten Krieg

Der Warschauer Pakt hatte in Europa viele Soldaten, Panzer und Flugzeuge stationiert. Trotzdem bestand nie die Gefahr, dass der Warschauer Pakt seine Überlegenheit ausnutzen würde. Die USA drohten nämlich, bei einem Angriff sofort alle Mittel einzusetzen, auch die atomaren Waffen. So blieb es beim Kalten Krieg zwischen den **Supermächten**. In anderen Teilen der Welt führten sie aber Krieg: Sie griffen in Bürgerkriege ein, lieferten Waffen und Munition an „Freiheitskämpfer", schickten „Militärberater" oder ließen durch Geheimdienste Menschen töten.

1945	USA
1949	UdSSR/Russland
1952	Großbritannien
1954	Frankreich
1960	China
1974	Indien
1979	Pakistan
2006	Nordkorea

M2 **Atommächte** mit Jahr der ersten Zündung

M3 Das Gleichgewicht des Schreckens: „Es wird dauernd von Frieden gesprochen – meine Herren, der Friede bin ich!" (Karikatur aus der Zeitschrift „Simplicissimus", 1956)

Schon gewusst?

Die Mondlandung wird längst nicht von allen Menschen geglaubt. Manche behaupten, dahinter stecke eine Verschwörung des amerikanischen Geheimdienstes und der US-Raumfahrtbehörde. Selbst die Filmaufnahmen und die Fotos von der Mondlandung können sie nicht überzeugen. Ihre **Verschwörungstheorie** lautet: „Die Mondlandung hat es nie gegeben!" Die Bilder, die 1969 live im Fernsehen liefen, sollen demnach in Filmstudios entstanden sein. Als „Beweis" führen die Verschwörungstheoretiker zum Beispiel an, dass auf dem Mond wegen der fehlenden Atmosphäre kein Wind wehe. Die US-Flagge würde aber im Wind flattern.
Die Fahne flattert tatsächlich, aber immer nur dann, wenn sie zuvor von einem Astronauten berührt wurde. Und wegen der weit geringeren Schwerkraft des Mondes bleibt sie länger in einer waagerechten Position.

M5 Edwin „Buzz" Aldrin – der zweite Mensch auf dem Mond: Der Kommandant der Raumfähre, Neil Armstrong, hatte die Oberfläche des Mondes als Erster betreten. (Foto, 20. Juli 1969)

M4 US-Präsident Jimmy Carter beschrieb in seiner Abschiedsrede am 14. Januar 1981 die Folgen eines Krieges mit Nuklearwaffen:

In einem weltweiten Nuklearkrieg würde mehr Zerstörungskraft als im gesamten Zweiten Weltkrieg freigesetzt werden, und zwar in jeder Sekunde des langen Nachmittags, den man für den Abschuss und Abwurf aller Raketen und Bomben benötigen würde: Jede Sekunde würde ein Zweiter Weltkrieg stattfinden, und in den ersten Stunden würden mehr Menschen getötet als in allen Kriegen der Geschichte zusammen. Die Überlebenden – wenn es überhaupt welche geben würde – würden in Verzweiflung leben inmitten der vergifteten Ruinen einer Zivilisation, die Selbstmord begangen hätte.

1 (A/B) Die Hauptmächte des Kalten Kriegs bezeichnete man als Supermächte. Liste Fakten zur Erklärung des Begriffs auf (T1, Lexikon).

2 (A) Nenne den Hauptgrund, warum es während des Kalten Kriegs nie zum Einsatz von Atomwaffen kam (T1, M4, Vorspann).

2 (B) Erkläre den Begriff „Gleichgewicht des Schreckens" (T1, M4, Vorspann).

3 (A) Nenne Gründe, warum Amerikaner und Russen viel Geld in Raumfahrtprogramme steckten (T2, M1, M5).

3 (B) Die USA und die UdSSR waren auf vielen Gebieten Rivalen. Erläutere (T2, T3, M1, M5).

4 (A/B) Diskutiert eine der Aussagen:
a) „Der Kalte Krieg war eigentlich eine Friedenszeit."
b) „Ein Nuklearkrieg ist kollektiver Selbstmord" (M3, M4).

5 EXTRA MK (A/B) Recherchiere zu einem Thema und berichte der Klasse darüber:
a) Das Leben nach dem Mondflug: Armstrong und Aldrin
b) Die Mondlandung – eine Verschwörung?

AFB I: 1, 2 II: 3, 4 III: 5   AFB I: 1 II: 2, 3, 4 III: 5

Am Rande des Atomkriegs

Kuba ist weltpolitisch unbedeutend: ein kleiner Inselstaat im Karibischen Meer. Doch 1962 wurde es zum Streitfall zwischen den Supermächten – sogar ein Atomkrieg schien möglich.

M1 Der sowjetische Staats- und Parteichef Chruschtschow und US-Präsident Kennedy in der Kubakrise (Karikatur, 1962)

heißer Draht
→ Lexikon

Kuba
Inselstaat in der Karibik mit einer Fläche von 109 884 km² und mehr als elf Millionen Einwohnern. Während des Kalten Kriegs war Kuba ein Verbündeter der Sowjetunion.

H-Bombe
nach dem chemischen Zeichen für Wasserstoff die Bezeichnung für die Wasserstoffbombe, eine Weiterentwicklung der Atombombe mit noch größerer Sprengkraft

T1 Eine Revolution in der Karibik

Seit seiner Unabhängigkeit 1898 wurde Kuba von den USA politisch und wirtschaftlich unterstützt – jedenfalls solange, wie die kubanische Regierung die Geschäfte der US-Konzerne nicht behinderte.
1959 kam auf Kuba Fidel Castro durch eine Revolution an die Macht. Castro arbeitete mit Kommunisten zusammen, ließ Großgrundbesitzer und ausländische Unternehmen enteignen. Die US-Regierung versuchte vergeblich, Castro zu stürzen oder durch den Geheimdienst ermorden zu lassen.
Auch der Versuch, Kuba durch einen Handelsboykott wirtschaftlich zu ruinieren, scheiterte, weil Castro die Sowjetunion um Wirtschaftshilfe und Schutz bat. Als Gegenleistung durften die Sowjets Atomraketen auf der Insel stationieren. Von dort hätten sie in wenigen Minuten amerikanische Großstädte erreichen und vernichten können. Das führte 1962 zur gefährlichsten Krise im Kalten Krieg.

T2 Die Kubakrise

Am 22. Oktober 1962 teilte US-Präsident Kennedy in einer Fernsehansprache mit, dass die USA auf Kuba Abschussrampen für Raketen entdeckt hätten. Amerikanische Kriegsschiffe würden eine Seeblockade errichten: Alle Schiffe auf dem Weg nach Kuba sollten aufgehalten, durchsucht und, falls Angriffswaffen an Bord wären, zurückgeschickt werden. Notfalls nähme man einen Atomkrieg in Kauf.
Es folgten dramatische Tage: Was, wenn russische Schiffe versuchten, die Seeblockade zu durchbrechen? Doch kurz vor Erreichen der Blockade-Linie drehten die russischen Schiffe ab.
Der sowjetische Partei- und Staatschef Nikita Chruschtschow erklärte, die Sowjetunion ziehe ihre Raketen aus Kuba ab. Im Jahr darauf bauten die USA ihre auf die Sowjetunion gerichteten Raketen in der Türkei ab. Dies ging auf eine geheime Absprache zur Lösung der **Kubakrise** zurück.

T3 Ein Umdenken beginnt

Auf dem Höhepunkt der Krise waren etwa 3 000 Atomwaffen der USA gegen Ziele in der Sowjetunion und den Ostblockstaaten gerichtet – einsatzbereit binnen Minuten. Auf russischer Seite sah es ähnlich aus. Die Politiker beider Seiten erschraken, als ihnen bewusst wurde, wie nah man vor der gegenseitigen Vernichtung gestanden hatte.
Noch 1962 wurde zwischen Washington und Moskau der „heiße Draht“ eingerichtet. Er sollte im Krisenfall einen ungewollten Kriegsausbruch verhindern. Außerdem sollte das unkontrollierte Wettrüsten beendet werden: In Verträgen schränkten die Supermächte Kernwaffenversuche ein und begrenzten die Zahl weit reichender Atomraketen.

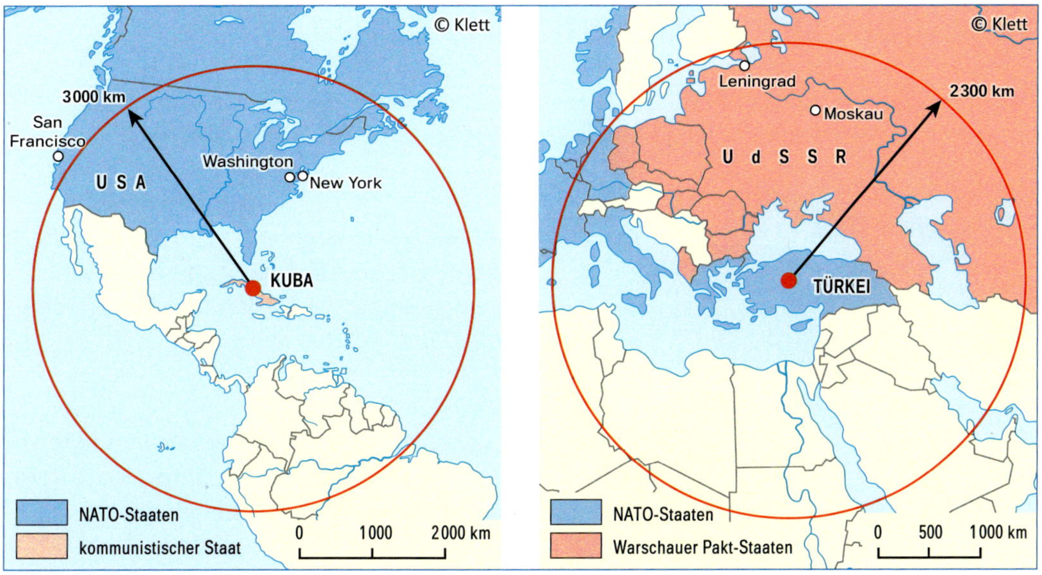

M2 Reichweite sowjetischer (links) und amerikanischer Atomraketen (rechts) im Jahr 1962

Schon gewusst?

Während der **Kubakrise** kam es in Deutschland zu panikartigen Käufen von Lebensmitteln. In Bonn und anderen Städten waren viele Läden innerhalb kürzester Zeit leer gekauft. Viele reiche Bürger kauften massenweise Gold, ein Geschäftsmann in der Nähe von Düsseldorf ließ sich gleich 50 kg des Edelmetalls ins Haus schicken.

M3 Aus der Fernsehansprache des US-Präsidenten Kennedy vom 22. Oktober 1962:

Im Laufe der letzten Wochen haben eindeutige Beweise die Tatsache erhärtet, dass derzeit auf dieser unterdrückten Insel mehrere Anlagen für Angriffsraketen errichtet werden. Der Zweck der Anlage kann nur darin bestehen, die Möglichkeit eines Atomschlags gegen die westliche Hemisphäre (Erdhalbkugel) zu schaffen. (...) Wir werden nicht verfrüht oder unnötigerweise einen weltweiten Kernwaffenkrieg riskieren (...). Aber wir werden vor diesem Risiko auch nicht zurückschrecken, wenn wir ihm gegenüberstehen.

M4 Aus einem Brief Chruschtschows an Kennedy vom 27. Oktober 1962:

Sie sind beunruhigt über Kuba. Sie sagen, das beunruhigt Sie, weil es nur 150 Kilometer vor der Küste der Vereinigten Staaten von Amerika liegt. Aber die Türkei grenzt an unser Land; unsere Wachposten patrouillieren hin und her und können einander sehen. Meinen Sie, Sie hätten das Recht, Sicherheit für Ihr Land zu verlangen und Abzug der Waffen zu fordern, die Sie offensiv nennen, uns aber dasselbe Recht nicht zuzugestehen? Sie haben vernichtende Raketenwaffen, die Sie offensiv nennen, in der Türkei stationiert.

A / B

1 Bearbeite mit deinem Tischnachbarn T1.
a) Nennt Gründe, warum die USA Fidel Castro kurz nach dessen Revolution stürzen wollten.
b) Welche Folgen hatte die gescheiterte US-Politik gegenüber Fidel Castro?

2 (A) Finde heraus, welche Raketen Chruschtschow und Kennedy jeweils als Gefahr für ihr Land sahen (T2, M2–M4).

2 (B) a) Bearbeite Aufgabe A3.
b) Erläutere die Reaktion der USA.

3 (A) Erkläre, wie die Kubakrise gelöst wurde (T2, M2).

3 (B) Begründe, inwiefern die Kubakrise zur Entspannung zwischen den Supermächten beitrug (T2, T3).

4 a) Beschreibe M1.
b) Erkläre den Zusammenhang zwischen dem Kalten Krieg und der Kubakrise.

5 EXTRA a) Liste Staaten auf, die an das Karibische Meer angrenzen (M2, Altas).
b) Erkläre die Angst vor allem von Menschen in Deutschland während der Kubakrise.

AFB I: 1, 2, 5a II: 3, 4, 5b   AFB I: 1, 2a, 5a II: 2b, 3, 4, 5b

SP → Lösungshilfen ab Seite 304

Wenn ein Dominostein fällt ...

Wie eine Reihe Dominosteine sahen US-Politiker und Militärs die Staaten Südostasiens. Sie warnten: „Wenn einer umkippt und kommunistisch wird, fallen alle anderen.“

M1 **Der Koreakrieg** (1950–1953)

M2 **Der Vietnamkrieg** (1964–1973/75)

Dominotheorie
Vorstellung westlicher Politiker, die zur Begründung für das militärische Eingreifen in Vietnam wurde

Napalm
Brandwaffe, die schlecht heilende Verletzungen der Haut verursacht

T1 In China siegen die Kommunisten

Im Jahr 1949 endete ein jahrelanger Bürgerkrieg in China mit dem Sieg der Kommunisten. Damit wurde das bevölkerungsreichste Land der Erde Teil des kommunistischen Lagers. Die Staaten des Westens sahen darin eine Katastrophe: Würden nun auch andere Völker Asiens dem Beispiel Chinas folgen? Die Amerikaner waren fest entschlossen, eine weitere Ausbreitung der kommunistischen Macht zu stoppen. Es kam zum Krieg: zuerst auf der Halbinsel Korea, dann in Vietnam.

T2 Der Koreakrieg

Korea war eine Kolonie Japans gewesen. 1945 besetzte die Sowjetunion den Norden, die USA besetzten den Süden. Beide Besatzungsmächte sorgten dafür, dass in ihrem Teil Koreas eine Regierung an die Macht kam, die ihre Interessen verfolgte. Im Jahr 1950 griff das kommunistische Nordkorea den Nachbarstaat Südkorea an. Beide Kriegsparteien erhielten Unterstützung: Nordkorea von den kommunistischen Staaten China und der Sowjetunion, Südkorea von den kapitalistischen USA und ihren Verbündeten. Der Krieg endete 1953 mit einem Waffenstillstand; ein Friedensvertrag wurde bis heute nicht geschlossen.

T3 Der Vietnamkrieg

Auch Vietnam war seit 1954 ein geteiltes Land: Der Norden wurde kommunistisch regiert, der Süden war von den USA abhängig. Allerdings kämpfte in Südvietnam eine kommunistische Organisation gegen die Regierung, die vorgab, für die Interessen der Kleinbauern und Arbeiter einzutreten. Der sogenannte Vietcong wollte die kommunistische Herrschaft in ganz Vietnam durchsetzen.
Die USA griffen 1964 an der Seite Südvietnams in den Krieg ein. Obwohl die amerikanischen Soldaten den Kämpfern des Vietcongs technologisch überlegen waren, konnten sie den Krieg nicht gewinnen. Die USA zogen sich 1973 zurück. Bis 1975 eroberte der Vietcong zusammen mit den Truppen Nordvietnams den Süden des Landes. Das wiedervereinigte Vietnam wurde ein Verbündeter der Sowjetunion. Die USA hatten den Vormarsch des Kommunismus nicht stoppen können. Außerdem wurden sie wegen ihrer brutalen Kriegsführung weltweit kritisiert.

Schon gewusst?

Fotos sind längst nicht so eindeutig, wie wir glauben. Wichtig ist, dass die Entstehungsgeschichte eines Fotos beachtet wird. Das zeigt sich an dem **berühmten Anti-Kriegsfoto** des Fotografen Nick Út, das viele Preise gewann und zu einer Anklage gegen die Rolle der USA im Vietnamkrieg wurde. Doch zeigt das Foto wirklich die Opfer eines US-Angriffs?
Das Originalfoto wurde zu einem Zeitpunkt aufgenommen, als die USA ihren Rückzug aus Vietnam eingeleitet hatten. Im Süden kämpfte überwiegend die südvietnamesische Armee. Zu sehen sind die Folgen eines Napalm-Angriffs der südvietnamesischen Luftwaffe. Er galt nordvietnamesischen Kämpfern, die sich in einem südvietnamesischen Dorf verschanzt hatten. Im Dorf befanden sich zum Zeitpunkt des Angriffs aber noch Kinder. Die verletzten Kinder laufen auf Kriegsreporter zu, die vor dem Dorf auf den Angriff gewartet hatten, um Fotos zu schießen. Unter den Kindern ist die neunjährige **Kim Phuc**. Sie hatte zuvor ihre brennende Kleidung vom Körper gerissen. Die Soldaten im Hintergrund sind Südvietnamesen, die sich ebenfalls aus dem Dorf in Sicherheit bringen. Der Fotograf Nick Út brachte Kim Phuc in ein Krankenhaus. Unzählige Operationen folgten.

M3 **Kim Phuc** setzt sich heute als UNESCO-Botschafterin für den Frieden ein. (Foto, 2. Juni 2012)

M4 **Unbeschnittenes Originalfoto** vom 8. Juni 1972

M5 **Beschnittene Version des Fotos:** Die New York Times und andere Medien veröffentlichten das Foto in diesem Ausschnitt. Es wurde weltberühmt.

1 (A, B) Arbeite aus T1, T2 und M1 heraus,
a) warum auf der koreanischen Halbinsel nach 1945 zwei Staaten entstanden,
b) womit der Koreakrieg begann und wie er endete,
c) was der Koreakrieg mit dem Ost-West-Konflikt zu tun hatte.

2 MK (A) Trage auf einer Zeitleiste 1954, 1964, 1973, 1975 ein. Ergänze die Ereignisse (T3, M2).

2 (B) Erläutere am Beispiel Vietnams, wie der Ost-West-Konflikt einen regionalen Konflikt überlagerte (T3, M2).

3 „Die USA haben ihre Ziele erreicht/nicht erreicht." Diskutiert über die Aussage (T1–T3, M1, M2).

4 MK (A) Erläutere, wie es zu dem Foto M4 kam („Schon gewusst?").

4 MK (B) Erkläre, warum das Foto M4 später beschnitten wurde (M5). Wie hat sich die Wirkung verändert?

5 „Nichts schadete dem Ansehen der USA so sehr wie das Foto M5, obwohl der Angriff nicht durch die USA erfolgt war." Diskutiert die Aussage in der Klasse.

6 EXTRA MK Recherchiere zum Leben der Kim Phuc und referiere dazu vor der Klasse.

AFB I: 1, 2 II: 3, 4 III: 5, 6 AFB I: 1 II: 2, 3, 4 III: 5, 6

SP → Lösungshilfen ab Seite 304

Audio
Ein Tunnel nach Westen
sc8k3t

Animation
Der DDR Grenzstreifen
sc8k3t

Gefangen im eigenen Staat

Über 2,6 Millionen Bürgerinnen und Bürger flohen zwischen 1949 und 1961 aus der DDR – weil sie wirtschaftlich und politisch unzufrieden waren. Darauf reagierte die DDR-Regierung.

M1 Arbeiteraufstand in Ostberlin: Menschen flüchten vor den Schüssen der Volkspolizei in den britischen Sektor. (Foto vom Potsdamer Platz, 17. Juni 1953)

Republikflucht
Bezeichnung der DDR-Behörden für das Verlassen der DDR ohne Erlaubnis (später auch „ungesetzlicher Grenzübertritt" genannt)

Arbeitsnormen
→ Lexikon

→ Seite 164
Ministerium für Staatsicherheit, auch „Stasi"

T1 Der 17. Juni 1953

Der Aufbau des Sozialismus in der DDR erfolgte unter schweren Bedingungen. Der SED-Staat erhöhte Ende Mai 1953 die **Arbeitsnormen**, um die Mangelwirtschaft zu verringern. Für die Arbeiter bedeutete das mehr Arbeit für gleichen Lohn. Die Arbeiter in Ostberlin forderten die Rücknahme der Normen, bessere Arbeitsbedingungen und Mitbestimmung in den Betrieben. Am 16. Juni kam es zum Streik. Am 17. Juni weiteten sich die Streiks und Demonstrationen auf die gesamte DDR aus. Die Bürger forderten jetzt auch freie Wahlen und Meinungsfreiheit. Die Volkspolizei (Polizei der DDR) stand den aufgebrachten Massen hilflos gegenüber. Die DDR holte sich Hilfe bei der sowjetischen Besatzungsmacht. Soldaten der Sowjet-Armee schlugen den Aufstand nieder. Demonstranten wurden erschossen, verhaftet – zum Teil sogar später hingerichtet. Insgesamt gab es mindestens 55 Todesopfer.

T2 Grenzbefestigungen gegen Flucht

Die Aufstände machten deutlich, dass die selbsternannte Arbeiterpartei SED nicht bereit war, mit den Arbeitern zu verhandeln. Sie wollte mit Druck und Kontrolle ihre Macht erhalten. Dazu gehörte auch die Befestigung der Grenzen zur Bundesrepublik, um DDR-Bürger an der Flucht zu hindern. Im Laufe der Jahre wurden die Grenzanlagen ausgebaut mit Wachtürmen, Stolperdrähten, Selbstschussanlagen, Metallgitterzäunen und Minen (siehe Animation im Projekt G-Code).

T3 Der Bau der Berliner Mauer

Am 13. August 1961 schloss die DDR-Regierung die letzte Fluchtmöglichkeit: Sie ließ eine Mauer um West-Berlin herum bauen. Soldaten der Nationalen Volksarmee (NVA) und bewaffnete Arbeiter sogenannter Kampftruppen riegelten die Grenze zu West-Berlin mit Stacheldraht und Straßensperren ab. In den nächsten Wochen und Monaten wurde auch dieser Grenzstreifen unüberwindbar gemacht.

T4 Feinde der Republik

Die DDR-Bürger waren gewissermaßen gefangen im eigenen Staat (wobei sie in sozialistische Nachbarländer reisen durften). Aus Sicht der DDR-Regierung schützte die Mauer die DDR-Bürger vor der kapitalistischen Bundesrepublik. Sie nannte die Mauer den „antifaschistischen Schutzwall". Die **„Stasi"** überwachte und kontrollierte die eigene Bevölkerung. **„Republikflucht"** wurde unter Strafe gestellt. Die Grenzschutztruppen sollten auf Flüchtende schießen. Insgesamt kamen an der deutsch-deutschen Grenze mindestens 327 Menschen ums Leben.

M2 Mauerbau in Berlin, August 1961 (links der Mauer: Ost-Berlin, rechts: West-Berlin, Foto, 1961)

M3 Geruchsprobe der „Stasi": Während eines Treffens oder eines Verhörs nahmen MfS-Mitarbeiter heimlich Geruchsproben von der Kleidung der verdächtigen Person. Die Proben wurden in Einmachgläsern aufbewahrt. So konnten Spürhunde auf die Person angesetzt werden.

M4 Stasiakten heute: Bis 1989 wurden Akten über viele Personen geführt. Auf sie konnte die Stasi immer wieder zurückgreifen, um eine Person weiter zu verfolgen. Heute können Betroffene die Akten einsehen. Für Historiker sind die Stasiakten eine wichtige Quelle.

Schon gewusst?

Das Foto des 19-jährigen Volkspolizisten **Conrad Schumann** ging um die Welt. War es für Schumann ein Sprung in die Freiheit? Der ehemalige Volkspolizist baute sich in Bayern ein neues Leben auf. Doch unbeschwert glücklich wurde er nicht. Der Sprung – festgehalten von Kameras im Westen – war für die damaligen DDR-Machthaber eine Demütigung. Und so fürchtete Schumann die Rache der „Stasi". Sicher fühlte er sich auch im Westen nie. Trotzdem bereute er seine Flucht nicht. 1998 nahm sich Schumann aus unbekannten Gründen das Leben.

M5 Flucht nach West-Berlin (Foto, 15. August 1961)

A / B

1 (A, B) Liste die Forderungen der Arbeiter am 16. und 17. Juni 1953 auf (T1).

2 (A) Versetze dich in die Situation eines Beteiligten in M1. Schreibe eine Sprechblase mit seinen Gedanken.

2 (B) Wie reagierte die Regierung der DDR auf den Aufstand? Fasse zusammen (T1, T2).

3 (A) Erkläre, wieso es zum Mauerbau kam (T2, T3, M2).

3 (B) Erläutere die Ursachen für den Mauerbau (T3, M5).

4 (A) Erläutere den Umgang der DDR-Regierung mit regierungskritischen Bürgern (T1, T4, M3–M5).

4 (B) Erläutere, welche Folgen der Mauerbau für Ost- und Westdeutsche hatte (T3, T4, M3–M5).

5 (A, B) Diskutiert, welche Folgen die Arbeit der Staatssicherheit der DDR für die Bürger hatte (T4, M3, M4).

6 (A, B) Nimm Stellung zu der Aussage der SED, die Mauer sei ein „Schutzwall".

AFB I: 1 II: 2, 3, 4 III: 5, 6 AFB I: 1, 2 II: 3, 4 III: 5, 6

SP → Lösungshilfen ab Seite 304

Überwachung und Einschüchterung

„Stasi“-Beamter auf der Straße: „Wie beurteilen Sie die politische Lage?“ – Passant: „Ich denke ...“ – „Stasi“-Beamter: „Das genügt – Sie sind verhaftet!“ Solche Witze erzählte man sich heimlich in der DDR. Die Begegnung mit der „Stasi“ war allerdings kein Vergnügen.

M1 Stasi-Museum: Auf dem ehemaligen Gelände des MfS in Berlin befindet sich heute das Stasi-Museum. Dort können sich Besucher über die Staatssicherheit und die Auswirkungen ihrer Tätigkeit auf die Bevölkerung der DDR informieren. (Foto, 2018)

T1 Das Ministerium für Staatssicherheit

1950 wurde das Ministerium für Staatssicherheit (MfS) gegründet – besser bekannt als „Stasi“. Dabei handelte es sich um den DDR-Geheimdienst. Er überwachte die Bevölkerung, um Proteste und Widerstand zu bekämpfen. Sein Auftrag war es, die Bevölkerung einzuschüchtern, um die SED an der Macht zu halten.
Die DDR-Staatssicherheit interessierte sich für Personen, die dem Staat kritisch gegenüberstanden. Dazu zählten Künstler, Umweltschützer, Christen, Pazifisten oder DDR-Bürger, die einen Ausreiseantrag gestellt hatten. Der Geheimdienst kontrollierte ihre Post und Wohnungen, hörte Telefongespräche ab, fotografierte und filmte sie heimlich.

T2 Inoffizielle Mitarbeiter

Der DDR-Geheimdienst warb zur Bespitzelung sogenannte Inoffizielle Mitarbeiter (IM) an. Sie wurden meist schriftlich zur Zusammenarbeit mit dem MfS verpflichtet. Die IM hatten die Aufgabe, Berichte über Arbeitskollegen, Freunde, Mitschüler und Familienmitglieder anzufertigen. Sie erhielten Decknamen, damit ihre Tätigkeit vertraulich blieb. Bei heimlichen Treffen übergaben die IM den hauptamtlichen Geheimdienst-Mitarbeitern die Berichte, im Gegenzug bekamen sie manchmal Geld oder Geschenke. So sammelte die Staatssicherheit Material, um Menschen wegen „staatsfeindlicher Hetze“ oder „Staatsverleumdung“ anzuklagen. Nach dem Zusammenbruch der DDR stellte man fest, dass etwa 91 000 Mitarbeiter hauptamtlich für das MfS gearbeitet hatten. Zusätzlich gab es im Herbst 1989 etwa 173 000 IM in der DDR. Damit war etwa jeder 50. DDR-Bürger im Alter zwischen 16 und 80 Jahren für die Staatssicherheit tätig.

T3 Tätigkeit im Westen

Das MfS kontrollierte nicht nur die eigene Bevölkerung, sondern wirkte auch außerhalb der DDR: Es sammelte Informationen über die BRD und schleuste dazu Spitzel ein. So war etwa ein enger Mitarbeiter von Bundeskanzler Brandt ein Stasi-Spion, der wichtige Informationen an die DDR weitergab. Als der Spion aufflog, trat Brandt zurück.

T4 Das Erbe der „Stasi“

Als sich das Ende der DDR abzeichnete, begann die Staatssicherheit mit der Vernichtung ihrer Akten. DDR-Bürger stürmten im Winter 1989 die „Stasi“-Gebäude und sicherten die verbliebenen Akten. 1990 wurde eine Behörde gegründet, bei der „Stasi“-Opfer ihre Akten einsehen konnten. Sie trug den Namen „Bundesbeauftragte/r für die Unterlagen des Staatssicherheitsdienstes der ehemaligen DDR“ (BStU). Die Behörde wurde 2021 aufgelöst und die Akten ins Bundesarchiv überführt.

M2 Blick in den Zellentrakt eines ehemaligen „Stasi"-Gefängnisses in Berlin-Hohenschönhausen: Dort ist heute eine Gedenkstätte eingerichtet. (Foto, 2009)

M3 Aus einer Richtlinie des MfS zur „Zersetzung" der Persönlichkeit politischer Gegner von 1976:

Systematische Diskreditierung (Zerstörung) des öffentlichen Rufes, des Ansehens und des Prestiges auf der Grundlage miteinander verbundener wahrer, überprüfbarer und diskreditierender, sowie unwahrer, glaubhafter, nicht widerlegbarer und damit ebenfalls diskreditierender Angaben; systematische Organisierung beruflicher und gesellschaftlicher Misserfolge zur Untergrabung des Selbstvertrauens einzelner Personen; (...) Erzeugung von Zweifeln an der persönlichen Perspektive; Erzeugen von Misstrauen und gegenseitigen Verdächtigungen innerhalb von Gruppen (...); örtliches und zeitliches Unterbinden beziehungsweise Einschränken der gegenseitigen Beziehungen der Mitglieder einer Gruppe (...) zum Beispiel durch (...) Zuweisung örtlich entfernt liegender Arbeitsplätze

A B

1 Arbeite aus T1 heraus:
a) Welche Aufgaben hatte das Ministerium für Staatssicherheit?
b) Wer wurde überwacht?

2 (A) Erkläre den Begriff „Inoffizieller Mitarbeiter" (T2).

2 (B) Warum waren so viele DDR-Bürger für das MfS tätig? Begründe (T2, T3).

3 (A) Mit welchen Methoden ging das MfS vor? Erläutere (T2, M2).

3 (B) Erläutere, was mit „Zersetzung der Persönlichkeit" gemeint ist (M3).

4 (A) Welches Ziel hat die Gedenkstätte im „Stasi"-Gefängnis (M2). Erläutere.

4 (B) Bewerte das Vorgehen auf der Grundlage des Grundgesetzes (M3).

5 Welche Folgen hatte der Staatssicherheitsapparat für die Bürger der BRD und der DDR? Diskutiert (T2–T4).

6 EXTRA (A) Erkläre den Witz aus dem Vorspann.

6 EXTRA (B) „Gedenkstätten und Museen leisten einen wichtigen Beitrag für unsere Demokratie heute." Nimm Stellung zu dieser Aussage (T4, M1, M2).

SP → Lösungshilfen ab Seite 304

Die Einheit der Nation erhalten

Die Mauer wurde zu einem Symbol der Unmenschlichkeit: Sie riss Eltern und Kinder, Geschwister und sogar Verlobte auseinander. Eine Lösung musste gefunden werden.

M1 Wiedersehen nach der Trennung: Ein Mann aus West-Berlin begrüßt seine Mutter am Übergang Chausseestraße. (Foto, 1964)

Schon gewusst?

1963 gab es das erste **Passierscheinabkommen.** West-Berliner durften so zu Weihnachten Verwandte im Osten besuchen. Ab 1964 durften DDR-Rentner einmal pro Jahr bis zu vier Wochen in der Bundesrepublik oder in West-Berlin Verwandte besuchen.

T1 Ein oder zwei deutsche Staaten?

Die Bundesregierung beanspruchte, alle Deutschen zu vertreten. Denn sie sei die alleinige frei gewählte Vertretung des deutschen Volkes – anders als die DDR-Regierung. Die Bundesregierung und das westliche Bündnis weigerten sich, die DDR als Staat völkerrechtlich anzuerkennen. Die Bundesrepublik brach Beziehungen zu Staaten ab, die dies taten.

Die DDR-Regierung forderte dagegen die Anerkennung der DDR als gleichberechtigten souveränen deutschen Staat. Sie trieb die Abgrenzung zur Bundesrepublik weiter voran: Im „Gesetz über die Staatsbürgerschaft der DDR" vom Februar 1967 betonte sie, dass es zwei deutsche Staatsbürgerschaften gebe. Wollten Bundesbürger die DDR besuchen, mussten sie ab sofort einen Pass vorzeigen bzw. ein Visum beantragen. Sie mussten für jeden Tag ihres Aufenthalts in der DDR eine bestimmte Summe Geld umtauschen.

T2 Die Einheit der Deutschen erhalten

1969 wurde Willy Brandt (SPD) Bundeskanzler. Sein politisches Motto gegenüber den Staaten des Ostblocks hieß „Wandel durch Annäherung". Mit Polen und der Sowjetunion schloss die Bundesrepublik Deutschland Verträge, in denen die bestehenden Grenzen garantiert wurden. Mit der DDR vereinbarte sie 1972 den sogenannten Grundlagenvertrag. Willy Brandt erkannte damit faktisch die DDR als zweiten deutschen Staat an. Im Gegenzug erreichte er für die Menschen in Ost und West Erleichterungen im Reise- und Besucherverkehr. So verhinderte er, dass sich die Deutschen im geteilten Land fremd wurden.

T3 Was wird mit der Wiedervereinigung?

Von 1972 bis 1989 schlossen die beiden deutschen Staaten über 30 Abkommen miteinander. Trotz mancher Fortschritte waren die Beziehungen zwischen den Staaten aber nicht normal. An der innerdeutschen Grenze schossen DDR-Soldaten auf Flüchtlinge, die meisten DDR-Bürger konnten Verwandte und Freunde in der Bundesrepublik nicht besuchen.

Die Politik der kleinen Schritte stieß bei der CDU/CSU-Opposition und bei den Heimatvertriebenen auf heftigen Widerstand. Sie meinten, dass die DDR dadurch aufgewertet und so die **Wiedervereinigung** erschwert werde.

Doch die CDU-geführte Regierung unter Bundeskanzler Helmut Kohl setzte ab 1982 die Verständigungspolitik mit der DDR fort. 1987 empfing Kohl den DDR-Staatsratsvorsitzenden Erich Honecker zu einem offiziellen Staatsbesuch in Bonn. Durch die Stabilisierung beider Gesellschaften hatten sich bis in die 1980er-Jahre hinein viele Deutsche in Ost und West mit der Teilung abgefunden.

M2 Auszug aus dem Grundlagenvertrag vom 21. Dezember 1972:

Art. 1: Die Bundesrepublik Deutschland und die Deutsche Demokratische Republik entwickeln normale gutnachbarliche Beziehungen zueinander auf der Grundlage der Gleichberechtigung. (...)

Art. 4: Die Bundesrepublik Deutschland und die Deutsche Demokratische Republik gehen davon aus, dass keiner der beiden deutschen Staaten den anderen international vertreten oder in seinem Namen handeln kann. (...)

Art. 6: Sie respektieren die Unabhängigkeit und Selbstständigkeit jedes der beiden Staaten in seinen inneren und äußeren Angelegenheiten.

Art. 7: Die Bundesrepublik Deutschland und die Deutsche Demokratische Republik erklären ihre Bereitschaft, im Zuge der Normalisierung ihrer Beziehungen praktische und humanitäre Fragen zu regeln.

Ist die Wiedervereinigung Deutschlands ...		
Jahr	wünschenswert?	real zu erwarten?
1956	85%	66%
1985	79%	11%
1987	80%	3%

M3 Aus Umfragen in der Bundesrepublik Deutschland

M4 Die nationale Frage und die Deutschen (Karikatur von Hanns Erich Köhler, 1949)

A 1 MK Beschreibe M4. Wovor warnt der Zeichner im Jahr 1949 die Deutschen in Ost und West?

B 1 MK Interpretiere M4. Suche Gründe für den dargestellten Veränderungsprozess.

A 2 Stelle die Deutschlandpolitik der beiden deutschen Staaten nach dem Mauerbau in einer Tabelle gegenüber (T1).

B 2 a) Bearbeite A2. b) Beurteile, ob die Vorhersagen aus M4 eingetroffen sind.

A 3 Versetze dich in eine der Personen auf M1. Schreibe auf, was die Person wohl kurz vor der Begegnung gedacht hat.

B 3 Versetze dich in die Personen auf M1. Schreibe einen Dialog.

A 4 Beschreibe die Grundsätze von Brandts Deutschlandpolitik (T2, M2).

B 4 a) Bearbeite A4. b) Erkläre die Kritik an der Politik Brandts (T3).

5 War die Strategie „Wandel durch Annäherung“ richtig oder hätte sich die BRD stärker von der DDR abgrenzen sollen? Beurteile (T2, T3).

6 EXTRA Setze M4 mithilfe der Informationen auf dieser Seite und der folgenden Kapitel in drei Teilen fort. Du kannst zeichnen oder kleine Texte verfassen.

AFB I: 1, 4 II: 2, 3, 6 III: 5 AFB I: 4a II: 2a, 3, 4b, 6 III: 1, 2b, 5

Freundschaft und Aussöhnung

Die Beziehungen der Deutschen zu ihren Nachbarn waren durch den Zweiten Weltkrieg und die NS-Verbrechen schwer belastet. Die schrittweise politische Aussöhnung war ein schwieriger Weg.

Ostverträge
Unter Bundeskanzler Willy Brandt (SPD) 1970 bis 1973 abgeschlossene Verträge der Bundesrepublik mit der Sowjetunion, Polen und der Tschechoslowakei. Darin erkannte die Bundesrepublik u.a. die bestehenden Grenzen in Osteuropa an.

T1 Aus Feinden werden Freunde

Die Bundesrepublik Deutschland und Frankreich waren in der westlichen Staatengemeinschaft zu gleichberechtigten Bündnispartnern geworden. Jetzt gab es eine Chance, die jahrhundertelange Feindschaft zu beenden. Bundeskanzler Konrad Adenauer und Präsident Charles de Gaulle bereiteten in Gesprächen die Aussöhnung vor. Am 22. Januar 1963 unterzeichneten beide Staatsmänner einen Vertrag über Freundschaft und Zusammenarbeit. Dieser Vertrag war die Grundlage für vielfältige Begegnungen zwischen Deutschen und Franzosen. Jugendaustausch und Städtepartnerschaften halfen dabei, Vorurteile abzubauen. Der Gedankenaustausch zwischen der deutschen und der französischen Regierung zu wichtigen politischen Fragen ist mittlerweile eine Selbstverständlichkeit.

T2 Aus Gegnern werden Partner

Die Beziehungen der Deutschen zu den osteuropäischen Nachbarn waren zunächst durch die NS-Verbrechen sowie die Grenzziehungen nach dem Zweiten Weltkrieg belastet. Die Alliierten hatten im Potsdamer Abkommen die Oder-Neiße-Linie als Westgrenze Polens bestimmt. Deutschland hatte durch seinen Krieg Gebiete im Osten verloren. Die Frage der endgültigen Grenzen sollte in einem Friedensvertrag geklärt werden. Vertriebene und Flüchtlinge aus den ehemaligen deutschen Ostgebieten verlangten eine Rückgabe der Gebiete. Die Regierung von Bundeskanzler Willy Brandt schloss zwischen 1970 und 1973 nach langen Verhandlungen Verträge mit der Sowjetunion, Polen und der Tschechoslowakei. Darin erkannte sie die bestehenden Grenzen an und versicherte, keine Gebietsansprüche mehr zu stellen. Wie Adenauers Politik gegenüber dem Westen sollten diese Verträge eine Verständigung mit den Nachbarn im Osten erreichen. Willy Brandt erhielt für seine Ostpolitik 1971 sogar den Friedensnobelpreis.

Die Verträge waren innenpolitisch jedoch umstritten. Sie wurden insbesondere von den Heimatvertriebenen heftig kritisiert, weil sie einen endgültigen Verzicht auf die ehemaligen Ostgebiete bedeuteten.

M1 Bundeskanzler Willy Brandt vor dem Mahnmal der Opfer des Warschauer Gettos: Die Geste erregte weltweites Aufsehen. Das Ausland und Teile der deutschen Öffentlichkeit werteten sie als Ausdruck der Achtung vor den Opfern, der Betroffenheit und des Versöhnungswillens. Konservative und Vertriebene sahen sie als „übertrieben" an bzw. als „Schande". (Titelseite des Magazins Spiegel, 14. Dezember 1970)

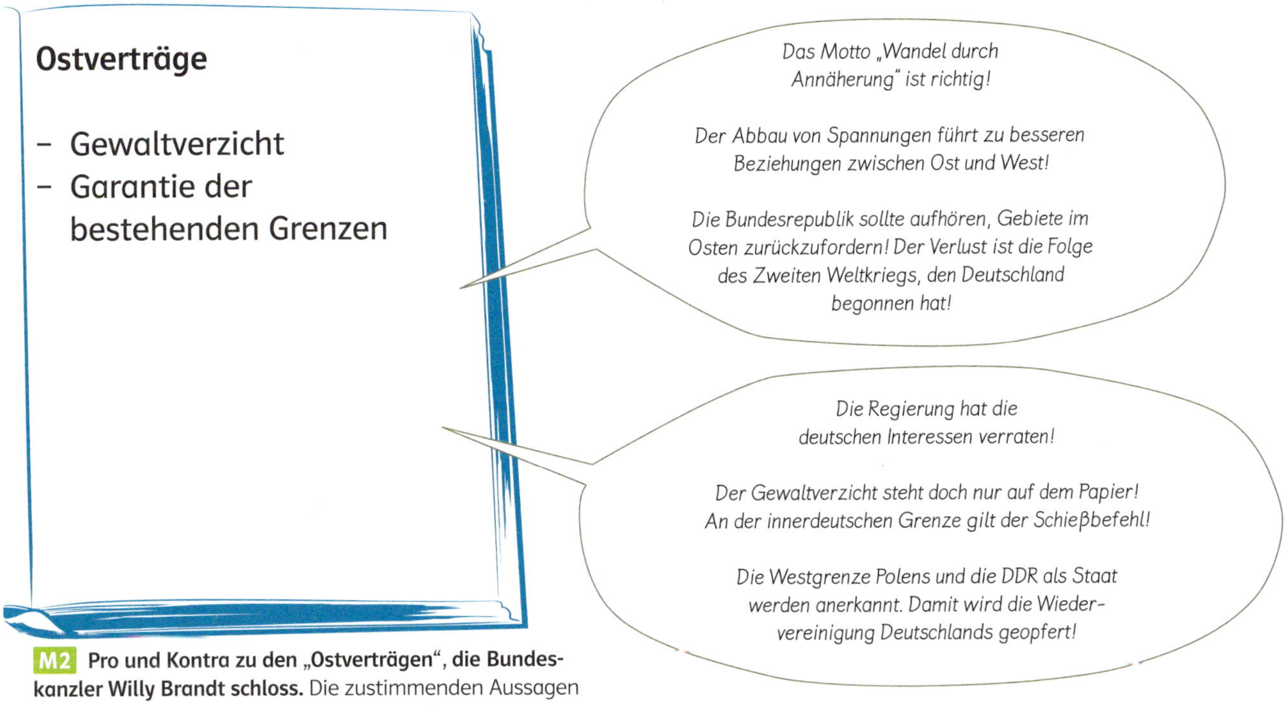

M2 Pro und Kontra zu den „Ostverträgen", die Bundeskanzler Willy Brandt schloss. Die zustimmenden Aussagen (oben) und die kritischen Aussagen (unten) wurden vom Autor dieser Schulbuchseite geschrieben. Sie wurden aber in ähnlicher Form damals geäußert.

Schon gewusst?

Nach dem Zerfall des Ostblocks **verbesserten sich die Beziehungen** zwischen dem vereinten Deutschland und den mittel- und osteuropäischen Staaten noch einmal deutlich. Polen, die Tschechische Republik und Ungarn sind seit 1999 Mitglieder der NATO. Im Mai 2004 traten diese drei Staaten sowie die Slowakei, Slowenien, Litauen, Lettland und Estland der Europäischen Union und der NATO bei. Ein gutes Verhältnis zu den Nachbarstaaten bleibt heute ein Ziel deutscher Politik.

dpjw
pnwm

M3 Logo des Deutsch-Polnischen Jugendwerks: Es fördert Kontakte zwischen jungen Deutschen und Polen.

A B

1 Arbeite Hintergründe und Inhalte des deutsch-französischen Freundschaftsvertrags heraus (T1).

2 (A) Welche Probleme gab es bei der Aussöhnung mit Polen (T2)? Erkläre.

2 (B) Arbeite Hintergründe und Inhalte der Ostverträge heraus (T2).

3 (A) Nenne den Kern der Ostverträge (Lexikon, T2, M2: Buch).

3 (B) a) Bearbeite Aufgabe A3.
b) Bewerte die Argumente für und gegen die Ostverträge (T2, M2: Sprechblasen).

4 a) Beschreibe die Geste (M1).
b) Erkläre die Aufregung um Brandts Geste.

5 Auf dem Titelbild M1 steht die Frage: „Durfte Brandt knien?" Nimm dazu Stellung.

6 EXTRA MK Recherchiere die Aktivitäten des Deutsch-Polnischen-Jugendwerks und informiere deine Mitschüler darüber (M3).

A B

AFB I: 1, 3, 4a II: 2, 4b, 6 III: 5 AFB I: 1, 2, 3a, 4a II: 3b, 4b, 6 III: 5

SP → Lösungshilfen ab Seite 304

„Wiedergutmachung“ und Annäherung

Viele Juden Europas waren in den 1930er- und 1940er-Jahren nach Palästina ausgewandert und lebten im Staat Israel, der dort 1948 gegründet worden war. Das Verhältnis zu den Deutschen war durch den Völkermord schwer belastet – Schritt für Schritt gelang eine Annäherung.

diplomatische Beziehungen offizielle Beziehungen zwischen zwei Staaten

→ **Seite 90/91** Holocaust und Shoah

T1 Schwierige Annäherung

Als der Staat Israel 1948 gegründet wurde, stammte die Mehrheit der jüdischen Bevölkerung aus Europa: Viele waren vor Beginn des Zweiten Weltkriegs aus Europa geflohen. Sie waren der Judenverfolgung entkommen, ihre Familienangehörigen aber oftmals von deutschen Tätern ermordet worden. Eine Annäherung zwischen Deutschland und Israel war deshalb sehr schwierig.

T2 Luxemburger Abkommen

Israel verhandelte Anfang der 1950er-Jahre mit westdeutschen Regierungsvertretern über Entschädigungszahlungen. Die Verhandlungen verliefen weitgehend geheim, weil offizielle Kontakte zu Deutschland in Israel heftig umstritten waren. Viele Überlebende der Shoah fühlten sich in ihrer Würde verletzt. Das Ergebnis der Verhandlungen war das Luxemburger Abkommen, das von beiden Seiten am 10. September 1952 unterzeichnet wurde. Die Bundesrepublik Deutschland verpflichtete sich darin, über einen Zeitraum von 14 Jahren Entschädigung im Umfang von 3,2 Milliarden DM an Israel zu leisten. Das Geld und die Warenlieferungen (vor allem Stahl und Eisen, landwirtschaftliche Geräte und Eisenbahnen) halfen beim Aufbau des jungen Staates Israel.

M1 Demonstration gegen das Luxemburger „Wiedergutmachungsabkommen“ in Tel Aviv: Auf den Transparenten ist u.a. von der „Schande der Verhandlungen“ mit den „Mördern unserer Kinder“ die Rede. (Foto, 1952)

T3 Israel und die Bundesrepublik

Im Frühjahr 1965 nahmen die Bundesrepublik Deutschland und Israel diplomatische Beziehungen auf. Beide Seiten hielten dies für notwendig: Israel wollte seine Existenz im Nahen Osten absichern, die Bundesrepublik wollte als junger Staat international Vertrauen gewinnen und anerkannt werden. Die Bundesrepublik entsandte ihren ersten Botschafter nach Israel – ausgerechnet einen ehemaligen Wehrmachtsoffizier. Trotzdem näherten sich die Bundesrepublik und Israel weiter an. Die Bundesrepublik brach z.B. ihre diplomatischen Beziehungen mit den arabischen Staaten ab, die den Staat Israel ablehnten.

T4 Israel und die DDR

Die DDR sah sich nicht als Nachfolgestaat Hitler-Deutschlands, sondern als neuen antifaschistischen Staat. Aus diesem Grund fühlte sich die DDR nicht für die Folgen der NS-Verbrechen verantwortlich. Sie erkannte Israel offiziell nie an und war nicht bereit, Entschädigungen zu zahlen. Die DDR stand politisch von Anfang an auf der Seite der arabischen Staaten.

M2 Aus Umfragen in der Bundesrepublik Deutschland:

Frage: „Glauben Sie, dass Deutschland gegenüber den noch lebenden Juden die Pflicht zur Wiedergutmachung hat?“ (August 1949) Ja: 54 %, Nein: 31 %, Unentschieden: 15 % (...) Frage: „Was meinen Sie nun? Sollte Deutschland an Israel als Wiedergutmachung drei Milliarden Mark in Waren bezahlen, oder halten Sie das für überflüssig?“ (August 1952) Ist überflüssig: 44 %, zustimmende Äußerungen (aber die Summe sei zu groß): 24 %, zustimmende Äußerungen: 11 %, unentschieden: 21 %

M3 Der israelische Filmemacher und Shoah-Überlebende Rolf Kneller erinnert sich, 1992:

Eines Tages kam ein Kameraassistent an mich heran, und sagte mir: „Ja, aber ihr habt doch Wiedergutmachung bekommen.“ Sag ich: „Stimmt. Weißt du was Wiedergutmachung ist?“ – „Ja: Deutschland hat euch bezahlt.“ Sag ich: „Stimmt. Ich will dir mal sagen, was Wiedergutmachung ist. Bist du verheiratet, Hans?“ – „Ja.“ – „Wie viel Kinder hast du?“ – „Zwei.“ – „Wie alt sind die?“ – „Fünf und zwei Jahre.“ – „Jetzt will ich dir sagen: Du sag mir, wie viel Wiedergutmachung ich dir bezahlen muss, damit ich deine Kinder ermorden kann. Sag mir den Preis. Und dann ermorde ich deine Kinder dafür und du nimm das Geld.“ Dann sagte er zu mir: „Mensch Rolf, ich glaube, das ist das erste Mal, dass ich verstehe, was Wiedergutmachung ist.“ Sag ich: „Ja.“

M4 Bundeskanzlerin Angela Merkel vor dem israelischen Parlament (Knesset), 2008:

Wir sagen oft: Deutschland und Israel verbinden besondere, einzigartige Beziehungen. Was aber ist damit genau gemeint – einzigartige Beziehungen? Ist sich gerade mein Land dieser Worte bewusst – und zwar nicht nur in Reden und Festveranstaltungen (...)? Das Bewusstsein für die historische Verantwortung und das Eintreten für unsere gemeinsamen Werte, das bildet das Fundament der deutsch-israelischen Beziehungen von ihren Anfängen bis heute.

Schon gewusst?

Tel Aviv und sein näheres Umland mit seinen etwa 1,4 Millionen Einwohnern zählen zu den fünf bedeutendsten **Hightech-Regionen** der Welt. Hier ist das Silicon Valley Israels angesiedelt – ermöglicht durch militärische Forschung und staatliche Unterstützung. Heute sind israelische Start-ups z. B. führend in der Entwicklung von Softwareprogrammen zur Bekämpfung von Cyberkriminalität, auf dem Versuchsfeld der Drohnentechnologie und in der Erstellung von Apps zum Spracherwerb.

M5 Teilnehmer eines Festivals zur Förderung von Start-up-Unternehmen in Tel Aviv (Foto, 2017)

A

1. Nenne Gründe, warum die Annäherung zwischen Deutschland und Israel schwierig war (T1).
2. Verfasse einen kurzen Zeitungsartikel zum Luxemburger Abkommen (T2).
3. Begründe, warum es in Israel so große Proteste gegen die Zahlungen gab (T2, M1).
4. Warum nahmen die BRD und Israel diplomatische Beziehungen auf? Nenne die Motive beider Seiten (T3).
5. Deutschland und Israel verbinden „einzigartige Beziehungen“. Erläutere, welche historische Verantwortung und welche gemeinsamen Werte hier gemeint sind (M4).
6. Israel wird heute in den Medien fast ausschließlich im Zusammenhang mit Krieg und Gewalt gezeigt. Prüfe, ob diese Darstellung vollständig ist (M5, Internet).

B

1. Nenne Gründe, warum die Annäherung zwischen Deutschland und Israel schwierig war (T1).
2. Bearbeite Aufgabe A2. Gehe dabei auch auf die Meinungen zum Abkommen in der Bundesrepublik ein (M2).
3. Begründe, warum der Begriff „Wiedergutmachung“ vor allem in Israel kritisch gesehen wurde/wird (M3).
4. a) Bearbeite Aufgabe A4.
   b) Nimm Stellung zur Haltung der DDR (T3, T4).
5. Deutschland und Israel verbinden „einzigartige Beziehungen“. Erläutere, welche historische Verantwortung und welche gemeinsamen Werte hier gemeint sind (M4).
6. Israel wird heute in den Medien fast ausschließlich im Zusammenhang mit Krieg und Gewalt gezeigt. Prüfe, ob diese Darstellung vollständig ist (M5, Internet).

AFB I: 1 II: 2, 3, 4, 5, 6   AFB I: 1 II: 2, 3, 4a, 5, 6 III: 4b

SP → Lösungshilfen ab Seite 304

Jugend in Ost und West

Jugendliche wollen Grenzen austesten. Das ist heute so, und das war auch im Nachkriegsdeutschland so. Doch dafür bestanden in West und Ost unterschiedliche Freiräume.

Freie Deutsche Jugend (FDJ)
→ Lexikon

„Spießer“
abwertende Bezeichnung für Menschen, die vermeintlich engstirnig sind und sich angepasst verhalten

T1 Protest und Abgrenzung

Die Erziehung der Jugendlichen in den 1950er-Jahren war streng. Ihnen blieben nur wenige Freiräume. Doch Ende der 1950er-Jahre brachen viele Jugendliche aus dieser Enge aus: „Halbstarke“ knatterten mit Mopeds durch die Straßen, trugen Lederjacken und Hosen mit Nieten statt Bügelfalte. Jugendliche liebten alles, was aus den USA kam und für Freiheit stand: die Jeans-Hose, Hollywood-Filme und vor allem – den Rock 'n' Roll. Er revolutionierte die Musikkultur in den USA und in Europa. Mitte der 1960er-Jahre schaffte die britische Band The Beatles den Durchbruch und prägte mit ihrer Musik das Lebensgefühl ihrer Generation. Wenig später wurden The Rolling Stones zu Idolen rebellischer Jugendlicher, die mit „Spießern“ nichts mehr zu tun haben wollten.

T2 Reaktionen in Ost und West

Die Erwachsenen in Ost und West reagierten entsetzt. In der Bundesrepublik kritisierten die Kirchen den „moralischen Verfall der Jugend“. In der DDR beklagte die SED den schlechten Einfluss der westlichen Kultur. Nach ihrem Willen sollte ausschließlich die Jugendorganisation der SED, die „Freie Deutsche Jugend“ (**FDJ**), die Freizeit der Jugendlichen organisieren. Doch bald sah die SED ein, dass es keinen Sinn hatte, westliche Musik zu verbieten – denn sie ließ sich über West-Radio und später im Fernsehen empfangen. Um die FDJ für Jugendliche weiterhin attraktiv zu halten, organisierte die FDJ nun selbst Diskoprogramme und Rockkonzerte.

M1 „Heile Welt“ in den 1950er-Jahren? Die Herren lernen, wie man einen Diener macht, bevor sie die Damen zum Tanz auffordern. (Foto, 1958 in Kaiserslautern)

T3 Alternative Lebensformen

Nach den Studentenprotesten 1966 bis 1968 versuchten die Jugendlichen in der BRD, ihr Leben selbst zu bestimmen. Eltern und Lehrer sollten nicht mehr Respektspersonen, sondern Partner sein. Alternative Lebensformen entwickelten sich: Die Hippie-Bewegung (seit den 1960er-Jahren) träumte von einer Gesellschaft ohne Autoritäten und einer Welt ohne Krieg. Punks (seit Ende der 1970er-Jahre) lehnten mit Parolen wie „No future!“ die bestehende Gesellschaft ganz ab. Doch manche Jugendliche taten sich schwer mit den neuen Freiheiten: Sie flüchteten sich in Drogenkonsum, Sekten oder radikale politische Gruppierungen.

Hippies und Punks gab es auch in der DDR. Doch ein alternativer Lebensstil oder Jugendprotest war hier viel schwieriger umzusetzen. Das lag vor allem an der Arbeitspflicht. Wer nicht regelmäßig arbeitete, riskierte eine Haftstrafe. Und die Jugendlichen hatten weniger Entscheidungsfreiheiten: Wer z. B. als Wehrpflichtiger den Dienst an der Waffe verweigerte und als „Bausoldat“ eingesetzt wurde, musste berufliche Nachteile in Kauf nehmen. So passten sich viele Jugendliche an und gestalteten ihr Leben in der DDR ohne aufzufallen – wie viele Erwachsene.

M2 Jugendliche mit Jeans (Foto, 1950er-Jahre)

M4 Eintritt nicht gestattet: Eingangstür zu einem Restaurant in Nürnberg (Foto, 1960)

M6 Auseinandersetzungen nach einem Konzert der „Rolling Stones": Ordnungskräfte gingen mit Wasserwerfern und Gummiknüppeln gegen Zuhörer vor, die die Konzerthalle in Zürich demolierten. (Foto, 14. April 1967)

M3 Hippies (Foto, Ende der 1960er-Jahre)

M5 Treffen einer FDJ-Gruppe (Foto, 1973)

M7 Jugendliche in einem Neubauviertel Leipzigs (Foto, 1983)

M8 Punks in der Bundesrepublik (Foto, 1983)

A / B

1 Sieh dir die Fotos M1–M8 an.
a) Welchen Jugendlichen würdest du dich spontan zuordnen?
b) Begründe, warum (nicht).

A

2 Vergleiche die Kleidung, Haltung und Gestik der Jugendlichen in M1 und M2. Welche Unterschiede stellst du fest (T1)?

3 Beschreibe die Reaktionen der Erwachsenen auf das Aufbegehren (M3, M4).

4 Erkläre die Reaktionen der Erwachsenen (T2).

5 Arbeite Beispiele für alternative Lebensformen in BRD und DDR heraus (T3, M3, M6–M8).

B

2 Wodurch grenzten sich Jugendliche in den 1960er-Jahren von den Erwachsenen ab? Nenne Beispiele (T1, M3, M4, M6).

3 Erläutere die Reaktion der Erwachsenen (T2, Lexikon, M3, M4).

4 Vergleiche die Protestmöglichkeiten für Jugendliche in West und Ost (T3, M6–M8).

5 Vergleiche Gemeinsamkeiten und Unterschiede der FDJ mit der HJ.

A / B

6 Wodurch drücken Jugendliche heute ihre Persönlichkeit aus und welche Wirkung hat das auf die Gesellschaft? Diskutiert.

AFB I: 1a, 3, 5 II: 1b, 2, 4 III: 6   AFB I: 1a, 2 II: 1b, 3, 4, 5 III: 6

SP → Lösungshilfen ab Seite 304

Zeitzeugen befragen

M1 Zeitzeugeninterview mit Christiane N.: Sie wurde 1967 in der DDR geboren. Ihre Eltern erzogen ihre Kinder nicht im sozialistischen Sinne. Christiane trat aus der FDJ aus und nahm nicht an der Jugendweihe teil.

T1 Eine persönliche Sicht

Zeitzeugen sind Personen, die Ereignisse selbst erlebt haben oder von ihnen betroffen waren. Sie haben ihre persönliche Sicht auf die Vergangenheit. Weil Zeitzeugen viele Details berichten können, wird Vergangenes für uns heute besser vorstellbar. Allerdings liegen zwischen dem Ereignis und der Erinnerung oft viele Jahre. Das kann die Erinnerung verändern. Vielleicht gerät manches in Vergessenheit. Oder der Zeitzeuge bewertet ein Ereignis heute ganz anders als damals. Das müssen wir bei der Auswertung der Interviews berücksichtigen. Die Aussage eines Zeitzeugen ist für uns also eine Quelle, die ausgewertet werden muss.

Kader
→ Lexikon

Jugendweihe
→ Lexikon

→ Seite 172
FDJ

M2 Interview mit Christiane N.:

Was bedeutete es, als Kind oder Jugendlicher nicht in die FDJ zu gehen?

Man war von den außerschulischen Aktivitäten, die fast ausnahmslos durch die FDJ organisiert wurden, ausgeschlossen. Auch sonst wurde man als Außenseiter und „Klassenfeind“ eingestuft.

Was bedeutete das für Ihre Freizeit?

Als Leistungsturnerin bekam ich es in den Trainingsbedingungen zu spüren, dass ich nicht mit der Meinung des DDR-Staates konform ging. 1976, am Ende der dritten Klasse, ging es um den Übergang vom Trainingszentrum (TZ) zur Kinder- und Jugendsportschule (KJS). In der KJS konnte man unter den besten Bedingungen bis hin zur Teilnahme an der Olympiade trainieren. Aber es wurden verschiedene Kriterien bewertet: sportliche Leistung, schulische Leistung, medizinische Eignung, gesellschaftliche Einstellung. Die gesellschaftliche Einstellung wurde bemängelt, weil meine Eltern sich weigerten, den Kontakt zu unseren Verwandten in Westdeutschland abzubrechen. Ich wurde deshalb aus dem TZ ausgeschlossen und konnte nur noch unter schlechteren Bedingungen trainieren.

Die FDJ war eine Jugendorganisation, wieso hatte das Auswirkungen auf Ihre schulischen und beruflichen Möglichkeiten?

Dadurch, dass man gleich als Regime-Gegner galt, wenn man nicht in der FDJ war oder nicht an der Jugendweihe teilgenommen hatte, war es schwer, an der Erweiterten Oberschule (Oberstufe mit dem Ziel Abitur) aufgenommen zu werden. Man konnte dann nicht studieren. Die gesellschaftliche Einstellung wurde höher bewertet als die schulische Leistung.

Was hat Sie in der DDR am meisten gestört?

- Der Umgang mit der eigenen Meinung, immer aufpassen, was man sagte, fehlende Meinungs- und Religionsfreiheit.
- Einschränkung der Informationsmöglichkeiten, z. B. sich selber mal ein Urteil zu bilden, indem man in den Westen fährt.
- Sich nicht selbst aussuchen können, mit wem man Kontakte pflegt.

Was bedeutet es für Sie heute, ihre Jugendzeit in der DDR erlebt zu haben?

Ich habe gelernt, auch mal unangepasst zu sein und mich nicht zu verbiegen.

12.10.76 Aussprache mit stellv.(ertretendem) Dir.(ektor) d.(er) KJS Herrn K.
4 Kriterien, sportliche Leistung, schulische Leistung, medizinische Eignung, gesellschaftliche Einstellung wurden uns genannt. Das Letzte wurde nicht erfüllt, weil wir Kontakte zur Verwandtschaft nicht abbrechen und weiter halten wollen (...).
19.11.76 Ex-TZ-Kader Christiane
Heute nun wurde Christiane mit einem Buch vom TZ aus der Trainingsgruppe „ausdelegiert" – hinauskomplimentiert. Entgegen den Ergebnissen des Gesprächs mit Herrn K. von der KJS am 2.10.76. Ein schriftlicher Bescheid ist uns nicht zugestellt worden. Nur Mutti bekam am vergangenen Montag von Frau P. (TZ-Leiterin) den telefonischen Bescheid, dass Christiane ihr Training nicht mehr im TZ fortsetzen darf. Das ist sozialistische Sport- und Jugendpolitik. Die Kinder sind keine Kinder, sondern Kader. Da hat nun Christiane so viele Medaillen errungen und die von uns nicht abbrechbaren Kontakte zur Verwandtschaft in der Bundesrepublik reichen aus, um nicht mal das Sportjahr zu Ende zu trainieren.

M3 **Frau N.s Vater führte ein Tagebuch für seine Tochter (damals 4. Klasse). Hier zwei Einträge.**

Methode: Zeitzeugen befragen

1. Schritt: Vorbereitung
Finde heraus, welche Person geeignet ist, dir Auskunft zu dem gewählten Thema zu geben.
Erarbeite dir einen Leitfaden aus Fragen und Schwerpunkten für das Interview.
Erkläre dem Zeitzeugen/der Zeitzeugin, was du möchtest, und vereinbare einen passenden Termin.

2. Schritt: Befragung
Schaffe eine vertrauliche Atmosphäre für das Gespräch.
Es kann sein, dass die Person von den Ereignissen berührt ist und es ihr nicht leichtfällt, darüber zu sprechen.
Teile der Person mit, dass du dir Stichworte zu dem Gespräch machen willst, bzw. frag nach, ob du das Gespräch aufzeichnen darfst.

3. Schritt: Auswertung
Nimm dir nach dem Gespräch Zeit, deine Notizen zu vervollständigen. Verschriftliche wichtige Stellen des Interviews.
Werte das Interview aus, indem du die Antworten auf deine Fragen zusammenfasst und mit Informationen zu dem historischen Ereignis vergleichst.
Schätze die Verlässlichkeit der Aussagen deines Zeitzeugen ein und beurteile das Ergebnis deiner Befragung.

A/B

1 MK Entscheide dich: Werte das Interview auf dieser Seite aus (A) oder führe ein eigenes Zeitzeugeninterview (B).

2 MK (A) Fasse die zentralen Aussagen aus M1, M2 zusammen.

2 MK (B) Bereite das Interview allein oder mit einem Mitschüler vor (Schritt 1).

3 MK (A) Erläutere, inwieweit M3 die Erinnerung von Frau N. bestätigt.

3 MK (B) Führe das Interview (Schritt 2).

4 MK (A) Inwieweit bestätigt das Interview die Informationen zur Situation der Jugendlichen in der DDR? Prüfe.

4 MK (B) Werte das Interview aus (Schritt 3).

5 MK (A) Wie beurteilst du den letzten Satz des Interviews? Nimm Stellung (M2).

5 MK (B) Präsentiere deine Zeitzeugenbefragung in einem Portfoliobogen, einem Projekt oder in der Klasse.

6 MK „Ein Zeitzeuge ist die beste Quelle über die Vergangenheit, schließlich war er ja dabei!" Nimm Stellung zu dieser Aussage.

AFB I: 2 II: 1, 3, 4 III: 5, 6   AFB I: 2 II: 1, 3, 5 III: 4, 6

SP → Lösungshilfen ab Seite 304

„Für ein off'nes Land“

Im September 1989 begannen Menschen in der DDR auf die Straße zu gehen, um gegen das politische System zu demonstrieren. Das erforderte Mut.

M1 Die erste Montagsdemonstration in Leipzig am 4. September 1989: Die Bürgerrechtlerinnen Gesine Oltmanns (links) und Katrin Hattenhauer (rechts) setzen sich trotz drohender Strafen für politische Reformen ein. (Foto, 1989)

Friedliche Revolution
Bezeichnung für den politischen Umsturz im Herbst 1989 in der DDR. Mittlerweile hat sich der Begriff auch in der Wissenschaft und bei offiziellen Anlässen durchgesetzt.

T1 Bürgerrechtler gehen auf die Straße

Leipzig, 4. September 1989, 17.00 Uhr: Nach dem Friedensgebet in der Nikolaikirche versammeln sich über 1000 Menschen auf dem Vorplatz, um friedlich für Reise-, Presse- und Versammlungsfreiheit zu protestieren.
„Wir wollen raus!“ rufen die Menschen, aber auch „Wir bleiben hier!“ – ein Ausdruck ihres Wunsches nach politischen Reformen. Dann entrollen die Bürgerrechtler heimlich mitgebrachte Protestplakate. Ein paar Sekunden später greifen Mitarbeiter des Staatssicherheitsdienstes ein, die sich unter die Demonstranten gemischt haben. Mit Gewalt entreißen sie den Bürgerrechtlern ihre Transparente. Da am Vortag die Leipziger Herbstmesse eröffnet worden ist, halten sich viele westdeutsche Medienvertreter in der Stadt auf und zeichnen das Geschehen auf. Zwei Stunden später sind die Bilder im westdeutschen Fernsehen zu sehen. Damit haben die Bürgerrechtler erreicht, dass auch außerhalb der DDR viele Menschen auf die politischen Missstände aufmerksam werden.

Schon gewusst?

Jeder in Deutschland weiß, dass 1989 eine Revolution stattfand. Aber nur wenige Menschen kennen die **Namen der Bürgerrechtler**, die den Zusammenbruch der SED-Herrschaft herbeiführten. In Leipzig waren das neben Gesine Oltmanns und Katrin Hattenhauer z. B. Uwe Schwabe, Christoph Wonneberger, Thomas Rudolph oder Jochen Läßig.

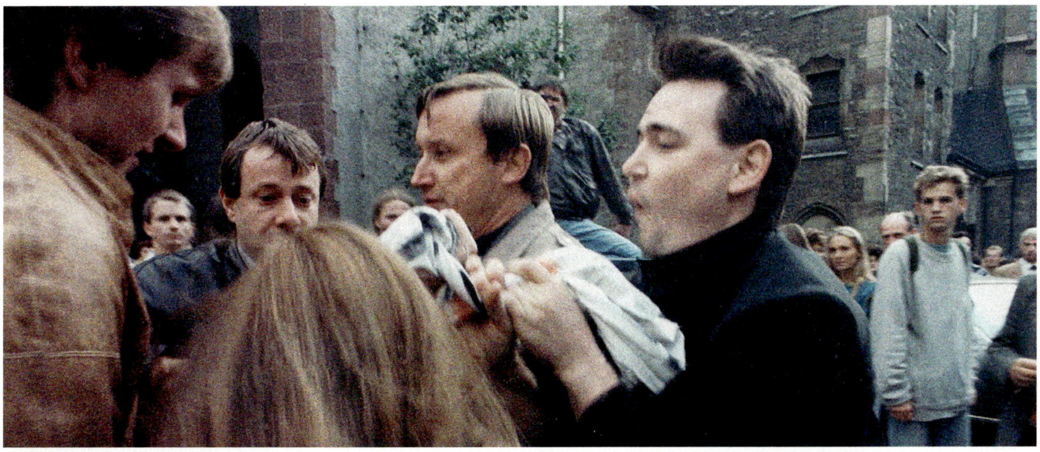

M2 **Mitarbeiter der Staatssicherheit** entreißen den beiden jungen Frauen das Transparent mit Gewalt. Im Vordergrund ist Katrin Hattenhauer zu sehen. Wenige Tage später wird sie verhaftet. (Foto, 1989)

M3 **Demonstration gegen die islamfeindliche Bürgerinitiative „Legida“** im Januar 2015 in Leipzig. Mit einem Transparent erinnert die Stiftung „Friedliche Revolution“ an die Montagsdemonstrationen von 1989 – mit der Ergänzung: „Refugees are welcome here“. (Foto, 2015)

1 Bleiben oder gehen? Zwei Teilnehmer der Montagsdemonstration unterhalten sich über ihre Ziele. Schreibe ihr Gespräch auf (T1).

2 (A) Mit welchen Folgen mussten die Teilnehmer der Montagsdemonstrationen rechnen? Beschreibe (M2).

2 (B) Warum wurde Katrin Hattenhauer erst einige Tage nach der Demonstration verhaftet? Suche nach Erklärungen (M2).

3 (A) Wie beeinflusste die Anwesenheit westdeutscher Medienvertreter das Geschehen? Begründe (T1).

3 MK (B) Verfasst zu zweit je einen Bericht für eine westdeutsche und für eine ostdeutsche Zeitung zu M1. Vergleicht die Perspektiven.

4 Wie unterscheiden sich die Forderungen der Demonstranten in M1 und M3? Erläutere.

5 Wofür würdest du auf die Straße gehen und wie unterscheiden sich deine Möglichkeiten von denen der Bürgerrechtler in der DDR? Erläutere.

6 EXTRA MK Halte ein Kurzreferat zu einem Bürgerrechtler. Wähle eine der genannten Personen aus oder recherchiere nach Bürgerrechtlern aus anderen Städten, z.B. Berlin oder Plauen (Internet, „Schon gewusst?“).

AFB I: 2 II: 1, 3, 4, 5 III: 6 AFB II: 1, 2, 3, 4, 5 III: 6

SP → Lösungshilfen ab Seite 304

Das Ende des Kalten Kriegs

Viele Deutsche sehen in Michail Gorbatschow einen Helden des 20. Jahrhunderts: Er hat maßgeblich zum Ende des Kalten Kriegs beigetragen. Seinen eigenen Staat aber hat er verloren.

T1 Ein neuer Mann im Kreml

Gorbatschow wurde 1985 Generalsekretär der Kommunistischen Partei der Sowjetunion (KPdSU). Nach außen war dieser Staat eine Supermacht, doch im Inneren zerfiel er: Der Lebensstandard sank seit Jahren, weil die Planwirtschaft nicht funktionierte und zu viel Geld in die Rüstung gesteckt wurde. In den Betrieben wurde mit veralteten Maschinen gearbeitet. Parteifunktionäre sprachen von Gleichheit, verschafften sich selbst aber Vorteile. Jeder sah das, doch offen darüber sprechen durfte man nicht. Gorbatschow wollte die Missstände öffentlich diskutieren. Dann könne man sie auch beseitigen. Die Presse durfte zum ersten Mal in der Geschichte der Sowjetunion frei berichten. Seine Politik der Erneuerung stellte Gorbatschow unter zwei Schlagwörter: „**Glasnost**" und „**Perestroika**".

Glasnost
→ Lexikon

Perestroika
→ Lexikon

M1 Die Außenminister Ungarns und Österreichs durchschneiden den Eisernen Vorhang. (Foto, 27. Juni 1989)

Schon gewusst?

Das **Staatsgebiet Russlands** erstreckt sich etwa über 160 Längengrade. Wenn es in Moskau 12 Uhr mittags ist, zeigt die Uhr im äußersten Osten des Riesenlandes 21 Uhr an.

T2 Der Ostblock löst sich auf

Die Machthaber der anderen Ostblockstaaten beobachteten die Entwicklungen mit Sorge. Was würde geschehen, wenn auch die eigene Bevölkerung Reformen forderte? Wäre ihre Macht dann noch zu retten?

Gorbatschow machte klar, dass jedes Land seinen eigenen Weg gehen könne. Selbst wenn sich ein Volk für die Abschaffung des Sozialismus entscheide, würde die Sowjetunion nicht militärisch eingreifen. Das ermutigte die Menschen in den Ostblockstaaten, größere Freiheiten zu fordern. 1989 streikten in Polen die Arbeiter, bis die Regierung freie Wahlen zusagte. Dabei verloren die Kommunisten ihre Macht. 1989/90 gab es in allen Staaten des Ostblocks meist friedliche Revolutionen. Überall fanden Veränderungen zu Demokratie und Marktwirtschaft statt. 1991 wurde der Warschauer Pakt aufgelöst. Der Kalte Krieg war zu Ende.

T3 Die Sowjetunion fällt auseinander

Gorbatschow wollte durch Reformen und mehr Freiheiten sicherstellen, dass die Sowjetunion weiter bestehen konnte. Doch die Kritik der Menschen ließ sich nicht lenken wie früher. Sie richtete sich bald gegen die kommunistische Partei selbst. In den einzelnen Sowjetrepubliken entstanden Unabhängigkeitsbewegungen. 1991 musste Gorbatschow die Auflösung der Sowjetunion hinnehmen. Das Riesenreich zerfiel in 15 unabhängige Staaten. Nachfolger der Sowjetunion in der UNO wurde Russland. Es ist flächenmäßig der größte Staat der Erde, besitzt Tausende von Atomwaffen und viele Bodenschätze. Russland ist keine Supermacht mehr. Präsident Putins Politik (2000–2008 und seit 2012) ist aber darauf ausgerichtet, in der Weltpolitik wieder eine entscheidende Rolle zu spielen.

M2 Aus einer Rede Michail Gorbatschows vor dem Europaparlament, 7. Juli 1989:

Die gesellschaftliche und politische Ordnung hat sich in diesem oder jenem Land in der Vergangenheit verändert und kann sich auch in Zukunft ändern. Das ist jedoch ausschließlich Sache dieser Völker selbst, ihrer eigenen Wahl. Jegliche Einmischung in die inneren Angelegenheiten, jegliche Versuche, die Souveränität der Völker einzuschränken – sowohl der Freunde und Verbündeten als auch von sonst jemandem – sind unzulässig.

M3 Über die neue Wirtschaftspolitik Gorbatschows berichtete das Magazin „Der Spiegel“ 1988:

Alles soll anders werden: Jetzt bestimmen die Betriebsdirektoren selbst über ihren Etat. Sie kaufen Rohstoffe und Maschinen nach eigener Entscheidung, produzieren auf eigene Rechnung, setzen die Löhne selbst fest, suchen sich Kunden und bestimmen die Verkaufspreise. (...) Bislang musste jeder Betrieb den erwirtschafteten Überschuss (...) an den Staatshaushalt abführen – was die Lust am Produzieren und Verkaufen nicht eben förderte.

M4 Die Stuttgarter Zeitung vom 4. Januar 1992 bewertete die Rolle Gorbatschows so:

Michail Sergejewitsch Gorbatschow (...) hoffte zweifellos selbst bei seinem Amtsantritt und noch Jahre darüber hinaus, den schon von schwerer Krankheit gekennzeichneten Patienten Sowjetunion heilen zu können. So hielt er bis zuletzt am „guten“ Lenin fest, verurteilte in erster Linie Stalin und Breschnew, glaubte weiterhin an den Endsieg der sozialistischen Idee. Doch offenbar konnte das politische und ökonomische Zwangssystem Sowjetunion nur mit Gewalt zusammengehalten werden. Als Gorbatschow mit Glasnost die Freiheit wagte, brach es zusammen. Und so wurde der Partei- und Staatschef, der ein Arzt sein wollte, de facto, wenn auch wider Willen, zum Totengräber der Sowjetunion.

Schon gewusst?

Michail Gorbatschow arbeitete in seiner Jugend in einer landwirtschaftlichen Traktorenstation, studierte dann Jura, trat in die kommunistische Partei ein und machte als Parteifunktionär Karriere. Als Partei- und Staatschef wollte er das politische und wirtschaftliche System der Sowjetunion durch Reformen verbessern, aber nicht abschaffen. Gorbatschow wird in keinem Land so sehr geschätzt wie in Deutschland. Er hat durch seine Politik die Wiedervereinigung erst möglich gemacht. Die meisten Menschen in Russland lehnen Gorbatschows Politik ab. Sie verbinden mit ihm den rasanten wirtschaftlichen und politischen Niedergang ihres Landes nach dem Zerfall der Sowjetunion. Dass er ihnen die Freiheit gebracht hat, zählt kaum noch.

M5 Michail Gorbatschow (Foto, 2017)

A B

1 Bearbeite mit einem Partner T1, M2 und das Lexikon.
a) Listet Mängel des sowjetischen Systems in Politik und Wirtschaft auf.
b) Erklärt die Kernbegriffe von Gorbatschows Reformpolitik.

2 MK (A) Stelle auf einem Zeitstrahl die Veränderungen im Ostblock 1989 bis 1991 dar (T2, T3, M1).

2 (B) Bewerte den großen Umbruch zwischen 1989 und 1991, der durch die Reformpolitik Gorbatschows ausgelöst wurde (T2, T3, M1–M4).

3 (A) Vergleiche die Ziele Gorbatschows mit den Ergebnissen seiner Politik (T1–T3, „Schon gewusst?“).

3 (B) Gorbatschows geschichtliche Leistung wird in Deutschland und Russland unterschiedlich beurteilt. Erkläre (T3, M1, M4, „Schon gewusst?“).

4 Diskutiert die Frage: „Ist Gorbatschow ein tragischer Held?“

5 EXTRA MK Michail Gorbatschow erhielt 1990 den Friedensnobelpreis. Verfasse eine kurze Rede, mit der die Jury ihre Entscheidung begründen könnte.

AFB I: 1a, 2 II: 1b, 3 III: 4, 5   AFB I: 1a II: 1b, 2, 3 III: 4, 5

SP → Lösungshilfen ab Seite 304

Audio
„Hier kannst du nur abhauen“
sc8k3t

„Wir sind das Volk“

Die SED unter der Führung Erich Honeckers weigerte sich auch noch 1989, demokratische Reformen in der DDR einzuleiten. Aber immer mehr Bürger wollten dies nicht länger hinnehmen – die SED-Herrschaft bröckelte.

M1 Montagsdemonstration in Leipzig (Foto, 9. Oktober 1989)

→ **Seite 178/179**
Das Ende des Kalten Krieges

T1 Reformen – nein danke

Im Mai 1989 fanden in der DDR Kommunalwahlen statt. Bürgerrechtsgruppen stellten fest, dass die SED die Wahlergebnisse gefälscht hatte. Dagegen protestierten sie lautstark und forderten Meinungsfreiheit, Beteiligung an politischen Entscheidungen vor Ort und Reisefreiheit. Die SED versuchte in gewohnter Weise, gegen die Proteste der Bevölkerung vorzugehen: mit Einschüchterung und Verhaftungen. Doch davon ließen sich die Bürger nicht mehr beeindrucken.

T2 Das Volk erzwingt Veränderungen

Im Sommer 1989 stellten 120 000 DDR-Bürger einen Ausreiseantrag. Sie glaubten nicht mehr daran, dass sich die politischen und wirtschaftlichen Verhältnisse ändern würden. Nach dem Abbau der Grenzanlagen zwischen Ungarn und Österreich flohen Tausende DDR-Bürger in den Westen. Andere erzwangen ihre Ausreise, indem sie die Botschaften der Bundesrepublik in Prag, Warschau oder Budapest besetzten. Die Massenabwanderung, die plötzlich gefahrlos möglich war, trug entscheidend zum Machtverfall der SED bei.

T3 Massendemonstrationen

Die Bürgerrechtsbewegungen in Leipzig, Dresden und Ostberlin forderten umfassende politische Reformen. Sie organisierten Massendemonstrationen. Am 9. Oktober 1989 kam es in Leipzig zur entscheidenden Machtprobe: Der SED-Staat war entschlossen, die Demonstration gewaltsam aufzulösen. Doch am Ende waren es wohl mehr als 100 000 Menschen, die friedlich demonstrierten – zu viele, um eingreifen zu können. Der SED-Staat zeigte sich erstmals ohnmächtig. Jetzt brachen alle Dämme: Jeden Montag wuchs die Zahl der Demonstranten, die mit Parolen wie „Wir sind das Volk“ und „Wir bleiben hier“ eine demokratische Erneuerung der DDR forderten.

T4 Die Mauer fällt

Am 18. Oktober 1989 trat Erich Honecker als SED-Generalsekretär zurück. Er wurde von Egon Krenz abgelöst. Doch den Menschen in der DDR reichte dieser Schritt nicht aus. Die SED-Führung hatte ihre Glaubwürdigkeit verloren. Am 4. November forderten über 500 000 Menschen auf einer Demonstration in Ostberlin freie Wahlen, Beseitigung der SED-Vorherrschaft, Rechtsstaatlichkeit, Presse-, Meinungs- und Reisefreiheit.
Die Regierung versuchte, mit Gesetzen zu reagieren, doch der Druck wurde zu groß: Als Politbüromitglied Günter Schabowski am 9. November unter kuriosen Umständen die Reisefreiheit für DDR-Bürger bekannt gab, strömten Tausende zu den Grenzübergängen. Die Schlagbäume öffneten sich – die Mauer war gefallen. Die Friedliche Revolution läutete das Ende der DDR ein.

M2 DDR-Offizier Harald Jäger ließ am 9. November 1989 am Grenzübergang Bornholmer Straße (Ost-Berlin) die Schranke öffnen. Er berichtete 1999:

Ich habe sofort mit dem zuständigen Oberst (...) des Ministeriums für Staatssicherheit telefoniert. Der hielt Schabowskis Gestammel für Quatsch. Dann kamen die ersten Leute, die testen wollten, ob es mit der freien Ausreise für jeden DDR-Bürger ernst gemeint war. Der Posten am Schlagbaum meldete über Telefon zehn bis zwanzig Leute. Als ich dort eintraf, waren es schon hundert. (...) Ich dachte in diesem Moment: Warum waren wir nicht vorbereitet? (...) Keine Pässe, nicht mal Stempel.

Hätten Sie versucht, einen gewaltsamen Durchbruch zu verhindern?

Wir waren alles in allem etwa 50 Leute. Jeder mit einer Makarow-Pistole und je 14 Schuss Munition. In der Waffenkammer standen noch vier Maschinenpistolen (...). Aber wir dachten nicht mal an Selbstverteidigung.

Wann ließen Sie die ersten DDR-Bürger ohne Visum nach West-Berlin?

Wir begannen gegen 21.00 Uhr mit der Abfertigung. Wir glaubten ja immer noch, das ginge mit einer geordneten Personenkontrolle.

Und was passierte?

Die offene Schranke – das reichte nicht. Viele Leute kletterten einfach über die Absperrungen. Wir verstanden die Welt nicht mehr. Wozu hatten wir all die Jahre hier gestanden?

M3 Die Grenzöffnung – eine Panne? DDR-Politbüromitglied Schabowski gibt am 9. November 1989 die Reisefreiheit bekannt. Auf die Frage, ab wann dies gelte, antwortete er: „Nach meiner Kenntnis tritt das – ist das sofort, unverzüglich!" Eigentlich sollte sie aber wohl erst einen Tag später in Kraft treten. (Foto von der Pressekonferenz)

M4 Berliner besetzen die Mauer (Foto, 10. November 1989)

→ **Seite 174/175** Zeitzeugen befragen

1 (A/B) Versetze dich in eine der Personen auf dem Foto M1. Notiere deine Gedanken in eine Sprechblase in deinem Heft.

2 (A) Fasse die Forderungen der Bürgerrechtsbewegung in der DDR zusammen (M1, T1).

2 (B) Arbeite die Bedeutung der Bürgerbewegung der DDR und ihre Forderungen heraus (M1, T1, T3).

3 (A) Stelle das Verhalten der SED-Spitze bis Oktober 1989 (T1–T3) und nach Oktober (T4) gegenüber.

3 (B) a) Bearbeite A3. b) Erkläre das unterschiedliche Verhalten.

4 (A) Wie kam es zur Maueröffnung? Erkläre (T4, M3, M4).

4 (B) Erläutere die Ereignisse des 9./10. November (T4, M2–M4).

5 (A/B) Beurteile, ob man den 9. November 1989 als gelungene Revolution durch das Volk bezeichnen kann. Diskutiert eure Ergebnisse.

AFB I: 2, 3 II: 1, 4 III: 5 AFB I: 2, 3a II: 1, 3b, 4 III: 5

SP → Lösungshilfen ab Seite 304

Erklärfilm
Deutschland – geteilt und vereint
sc8k3t

Aus Zwei wird Eins

Nach dem Fall der Mauer gingen die Proteste in der DDR weiter. Dabei wurde der Ruf nach einer Vereinigung mit der Bundesrepublik immer lauter.

Runder Tisch
in der Politik ein Gremium, in dem die Teilnehmer gleichberechtigt nach Lösungen für ein Problem suchen

Konföderation
Staatenbund, hier gemeint: Staatenbund zwischen BRD und DDR mit zwei souveränen Regierungen

T1 „Wir sind ein Volk"

Die Sprechchöre der Demonstranten veränderten sich von „Wir sind das Volk" zu „Wir sind ein Volk" und „Deutschland einig Vaterland". Die meisten DDR-Bürger glaubten nicht mehr an eine Erneuerung der DDR. Erst jetzt wurde deutlich, wie hoch die Staatsschulden der DDR waren. Ihr Abbau hätte nur durch eine weitere Einschränkung des Lebensstandards gelingen können. Die Vereinigung mit der BRD schien den meisten die bessere Lösung zu sein. Der bundesdeutsche Kanzler Helmut Kohl entwarf einen Zehn-Punkte-Plan, an dessen Ende die Vereinigung der beiden Staaten stand. Der Bundestag beschloss am 28. November 1989 diesen Plan.

T2 Schnelle Einheit statt Erneuerung

Viele Bürgerrechtler der DDR wollten jedoch eine „neue DDR" schaffen. Sie setzten sich für eine neue Verfassung, eine demokratisch gewählte Volkskammer und Regierung ein.

In vielen Städten wurden „Runde Tische" aus Vertretern der alten DDR-Parteien und Vertretern der neuen Bürgerbewegungen gebildet. Der „Zentrale Runde Tisch" in Berlin, eine Art Übergangsregierung der DDR, beschloss die ersten freien Wahlen für den 18. März 1990. Aber die Wähler gaben den Bürgerbewegungen nur 2,9 Prozent der Stimmen. Dagegen bekam die „Allianz für Deutschland", unterstützt durch die westdeutsche CDU/CSU, 48 Prozent der Stimmen. Die DDR-Bürger hatten entschieden: Sie wollten den schnellen Beitritt der DDR zur Bundesrepublik. Der neue DDR-Ministerpräsident Lothar de Maizière verhandelte zügig mit der Bundesregierung. Beide Seiten beschlossen eine Währungs-, Wirtschafts- und Sozialunion. Schon am 1. Juli 1990 wurde die D-Mark in der DDR eingeführt. Am 23. August beschloss die Volkskammer den Beitritt der DDR zur Bundesrepublik Deutschland.

M1 Helmut Kohl (CDU), Bundeskanzler 1982 bis 1998: Kohl nahm die Stimmung vieler DDR-Bürger auf und trieb eine Vereinigung voran.
Er bewegte die früheren Siegermächte zur Zustimmung zum vereinigten Deutschland.
(Foto, Mai 1990)

M2 Lothar de Maizière (CDU Ost), Spitzenkandidat der „Allianz für Deutschland": Nach dem Wahlsieg im März 1990 wurde er DDR-Ministerpräsident. Wie Kohl trat er für eine schnelle Einführung der D-Mark in der DDR ein. (Foto, Januar 1990)

M3 Oskar Lafontaine (SPD) war gegen die Einführung der D-Mark wegen der Folgen für die DDR-Wirtschaft. Er befürwortete eine Konföderation zweier deutscher Staaten und setzte auf einen gesamteuropäischen Einigungsprozess. (Foto, März 1990)

T3 Zwei plus vier = eins

Voraussetzung für den Beitritt der DDR war aber die Zustimmung der vier Siegermächte des Zweiten Weltkriegs. Einige Staaten fürchteten ein größeres, wiedervereinigtes, mächtiges Deutschland. Sie sahen mit der deutschen Einheit ihre Sicherheit bedroht. Auf mehreren Konferenzen gelang es jedoch, solche Vorbehalte auszuräumen. Der sowjetische Staats- und Parteichef Gorbatschow stimmte der Mitgliedschaft des vereinten Deutschlands in der NATO zu. Am 12. September 1990 wurde in Moskau schließlich der Einigungsvertrag von den vier Siegermächten und den beiden deutschen Regierungen unterzeichnet (Zwei-plus-Vier-Vertrag). Mit dem Beitritt der fünf Bundesländer der DDR zur Bundesrepublik Deutschland war die Deutsche Einheit vollzogen – seit dem 3. Oktober 1990 ist Deutschland wieder ein Staat.

Vertrag über die abschließende Regelung in Bezug auf Deutschland vom 12.9.1990

Das vereinte Deutschland umfasst die Bundesrepublik, die DDR und ganz Berlin.

Die bestehenden Grenzen sind endgültig. Keine Gebietsansprüche Deutschlands gegen andere Staaten; Bestätigung der Oder-Neiße-Grenze durch deutsch-polnischen Vertrag

Deutschland bekräftigt sein Bekenntnis zum Frieden und seinen Verzicht auf ABC-Waffen.

Beschränkung der deutschen Streitkräfte auf 370 000 Mann

2+4-Vertrag
Die wichtigsten Vertragsinhalte

Abzug der sowjetischen Truppen aus der DDR und Ost-Berlin bis Ende 1994

Danach dürfen der NATO angehörende deutsche Truppen, aber keine ausländischen Streitkräfte, keine Atomwaffen und keine Atomwaffenträger auf ostdeutschem Gebiet stationiert werden.

Beendigung der Viermächte-Rechte und -Verantwortlichkeiten in Bezug auf Berlin und Deutschland als Ganzes

Volle Souveränität des vereinten Deutschland

M4 **Der Zwei-plus-Vier-Vertrag**, 1990

Vom Sozialismus haben wir genug!

Wir Bürgerrechtler wollen ein ökologisches, gerechtes, freiheitliches und friedliches Land! Mit einer Übernahme des kapitalistischen Systems der BRD lassen sich diese Ziele nicht verwirklichen! Wir wollen einen anderen Sozialismus!

Kommt die D-Mark, bleiben wir! Kommt sie nicht, geh'n wir zu ihr!

Wir wollen nicht einfach etwas übernehmen, das wir nicht für gut halten.

WIR sind das Volk!

Wir sind EIN Volk!

Wir wollen endlich so leben und uns etwas leisten können wie die Menschen im Westen!

M5 **Beitritt zur Bundesrepublik?** Stimmen von DDR-Bürgern, wie sie damals so oder in ähnlicher Form geäußert wurden.

1 Erkläre, wie sich die Forderungen der Demonstrierenden 1989/90 änderten (T1).

2 MK Stelle die Schritte zur Wiedervereinigung Deutschlands mithilfe einer Zeitleiste dar (T1–T3).

3 (A) Stelle die Positionen der Bürgerrechtler und der Mehrheit der Bevölkerung gegenüber (T2, M5).

3 (B) Wären die Ideen der Bürgerrechtler eine Chance für Deutschland gewesen? Diskutiert (T2, M3, M5).

4 (A) Begründe, warum die Siegermächte eine wichtige Rolle bei der Vereinigung spielten und welche Bedenken sie hatten (T3, M4).

4 (B) „Mit dem Zwei-plus-Vier-Vertrag endete die Nachkriegszeit!" Nimm Stellung zu dieser Aussage (T3, M4).

5 Am 10. November 1989 sagte Willy Brandt: „Wir Deutschen sind jetzt das glücklichste Volk auf der Welt." Gilt der Satz auch für den 3. Oktober 1990? Nimm Stellung.

AFB I: 2, 3 II: 1, 4 III: 5 AFB I: 2 II: 1 III: 3, 4, 5

SP → Lösungshilfen ab Seite 304

„Aufbau Ost“

Große Hoffnungen wurden mit der Deutschen Einheit verbunden. Doch 40 Jahre sozialistische Diktatur ließen sich nicht so einfach überwinden.

M1 **Mauerfall?** (Karikatur von Barbara Henninger, November 1996)

T1 Von der Plan- zur Marktwirtschaft

Die Fabriken waren in den neuen Bundesländern vielerorts marode, die Maschinen veraltet und die Arbeitsproduktivität gering. Nur wenige Unternehmen waren auf dem Weltmarkt konkurrenzfähig. Auch die hohe Verschuldung der DDR zeigte: Das sozialistische Wirtschaftssystem hatte versagt.
Um die Marktwirtschaft einzuführen, mussten die rund 45 000 Staatsbetriebe mit etwa vier Millionen Beschäftigten in privatwirtschaftliche Unternehmen umgewandelt werden. Mitarbeiter einer „Treuhandanstalt“ überprüften die Wirtschaftlichkeit der ehemaligen Volkseigenen Betriebe. Sie verwalteten deren Vermögen und boten sie neuen Eigentümern zum Kauf an. Doch nur selten fanden sich Käufer – die Sanierung wäre einfach zu teuer gewesen. Etliche Betriebe mussten abgerissen werden. Zwei Millionen Menschen verloren ihren Arbeitsplatz.

T2 „Aufbau Ost“

Die Bundesregierung und die EU stellten hohe Fördermittel für den „Aufbau Ost“ zur Verfügung. Über eine Billion D-Mark (600 Milliarden Euro) flossen in den Osten Deutschlands. Mit diesen Geldern wurden Betriebe saniert. Neue Unternehmen auf höchstem technischen Niveau entstanden. In wenigen Jahren erhielten Tausende Familien eine neue Wohnung. Das Straßen-, Schienen- und Telefonnetz wurde ausgebaut, Altstädte saniert. Milliarden wurden für die Beseitigung von Umweltschäden verwendet. Gleichzeitig entstanden neue demokratische Verwaltungs- und Justizorgane. Das Bildungswesen wurde demokratisiert.

T3 Bilanz: Licht und Schatten

Die Modernisierung der neuen Länder führte zu einer hohen Staatsverschuldung, die Deutschlands wirtschaftliche Entwicklung belastete. Was brachte der „Aufbau Ost“ für die Menschen in Ostdeutschland? Zunächst einmal klare Verbesserungen: die Beseitigung der Diktatur, einen demokratischen Rechtsstaat, Pluralismus, eine moderne Infrastruktur oder das bundesdeutsche Renten- und Sozialsystem. Allerdings dauerte der „Aufbau Ost“ wesentlich länger, als es viele in den 1990er-Jahren erwartet hatten. Die ostdeutschen Bundesländer kämpfen bis heute mit höherer Arbeitslosigkeit, schlechteren Zukunftsperspektiven für Jugendliche und Abwanderung vom Land nach Westen oder in die Städte. Manche Landstriche und Dörfer sterben geradezu aus. Gleiche Lebensbedingungen in Ost und West – auch Jahrzehnte nach der Vereinigung bleibt dies eine Herausforderung.

M2 Bundespräsident Gauck am 3. Oktober 2015 beim Festakt „25 Jahre Deutsche Einheit“:

Die Einheit ist aus der Friedlichen Revolution erwachsen. Damit haben die Ostdeutschen den Westdeutschen und der ganzen Nation ein großes Geschenk gemacht. Sie hatten ihre Ängste überwunden und in einer kraftvollen Volksbewegung ihre Unterdrücker besiegt. Sie hatten Freiheit errungen. Das erste Mal in der deutschen Nationalgeschichte war das Aufbegehren der Unterdrückten wirklich von Erfolg gekrönt. (...) Die große Mehrheit der Deutschen, gleichgültig woher sie stammen, fühlt sich in diesem vereinten Land angekommen und zu Hause. (...) Es ist wieder zusammengewachsen, was zusammengehörte (...).
Allerdings war der Prozess der Vereinigung deutlich schwieriger, als die meisten in der Euphorie vor 1989/90 glaubten. (...) die Einheit [hat] den meisten Westdeutschen im täglichen Leben wenig abverlangt, den Ostdeutschen dagegen mit einem enormen Transformationsdruck sehr viel. Das neue Leben im Osten brachte ja nicht nur volle Einkaufsregale, schnelle Autos und bunte Reisekataloge. Es brachte auch die massenhafte „Abwicklung“ sogenannter volkseigener Betriebe, brachte damit Massenarbeitslosigkeit und Massenabwanderung. Leere Werksgelände, leere Plattenbauten, leere Schulklassen – all das hinterließ seelische Spuren.

M3 Demonstration in Magdeburg: Beschäftigte eines Schwermaschinenkombinats protestieren gegen beabsichtigte Entlassungen. (Foto, 1992)

Schon gewusst?

Eine der bekanntesten Aussagen zur Deutschen Einheit wurde bereits am 10. November 1989 von **Willy Brandt** in seiner Rede vor dem Schöneberger Rathaus in Berlin gemacht: „Jetzt wächst zusammen, was zusammengehört.“ – Dabei ist auf Film- und Tonaufnahmen davon gar nichts zu hören.
News oder „Fake News“? Tatsächlich hat Brandt diesen Satz an dem Tag in anderen Reden gesagt. Für eine spätere Veröffentlichung in einem Buch hat er den Satz für die Rede am Rathaus Schöneberg autorisiert (= erlaubt) – und nachträglich handschriftlich in seine vorbereitete Rede eingefügt.

M4 Ansprache Willy Brandts (Mitte) vor dem Schöneberger Rathaus in Berlin (Foto, 10. November 1989)

1 (A/B) Welches Problem musste mit dem „Aufbau Ost“ gelöst werden? Beschreibe (Vorspann, M1).

2 (A) Mit welchen Maßnahmen wurde die Marktwirtschaft eingeführt? Liste auf (T1, T2).

2 (B) a) Bearbeite Aufgabe A2.
b) Erkläre, warum viele Menschen unzufrieden waren/sind (M3)?

3 (A) Beschreibe die wirtschaftlichen Folgen der Umgestaltung (T1, T2, M3).

3 (B) Werte M2 aus. Welche Punkte stellt Gauck gegenüber? Welche Ansicht überwiegt für ihn? Belege am Text (T3).

4 (A) Warum brachten die Folgen der Deutschen Einheit „Licht und Schatten“? Erkläre (T3).

4 MK (B) Werte M1 mit der Methode „Karikaturen deuten“ (Methodenglossar) aus. Hat sich die Situation heute geändert? Beurteile.

5 (A/B) War Willy Brandts Behauptung („Schon gewusst?“, M4) unmittelbar nach dem Mauerfall zu optimistisch? Nimm Stellung.

AFB I: 1, 2, 3 II: 4 III: 5 AFB I: 1, 2a II: 2b, 3 III: 4, 5

SP → Lösungshilfen ab Seite 304

Erinnern an die Vergangenheit

Zwei Diktaturen prägten Deutschland im 20. Jahrhundert: die nationalsozialistische und die SED-Diktatur. Was kann man heute aus diesen Erfahrungen lernen? Wie sollen wir heute daran erinnern?

Tag des Gedenkens an die NS-Opfer
Ein in Deutschland seit 1996 gesetzlich verankerter Gedenktag. Er wird am 27. Januar begangen – dem Jahrestag der Befreiung des Vernichtungslagers Auschwitz.

→ **Seite 106/107**
Niederlage oder Befreiung?

T1 Erinnerung an die erste Diktatur

Ein industrialisierter Völkermord, ein Vernichtungskrieg, die Zustimmung großer Teile der Bevölkerung zum NS-System, Millionen von Opfern durch Deutsche in ganz Europa – die Erinnerung daran konnte nicht über Nacht verschwinden. Direkt nach dem Krieg war das vielen Deutschen auch klar, doch dann verdrängten sie die unangenehmen Fragen von Mitwirkung und Schuld schnell. Dies war – bei allen Unterschieden – in beiden deutschen Staaten so. In Westdeutschland begann die Aufarbeitung erst langsam mit der Protestbewegung der „Achtundsechziger". Bahnbrechend war 1985 eine Rede von Richard von Weizsäcker. Der damalige Bundespräsident erklärte: Alle Deutschen, „ob schuldig oder nicht, ob alt oder jung", müssten die Vergangenheit „annehmen" und die „Erinnerung wachhalten". Heute erinnert Deutschland an besonderen Tagen an die Vergangenheit, so z. B. am 27. Januar an die Opfer des Nationalsozialismus. Und es gibt viele Gedenkstätten und Gedenkorte, z. B. das 2005 in Berlin eingeweihte Mahnmal für die ermordeten Juden Europas. Seit der Weizsäcker-Rede finden die meisten Parteien die Erinnerung wichtig. Doch immer wieder wird das von rechtskonservativen oder rechtsextremen Politikern infrage gestellt. Im Januar 2017 nannte z. B. der AfD-Politiker Björn Höcke die NS-Erinnerungskultur eine „dämliche Bewältigungspolitik" und bezeichnete das Holocaust-Mahnmal als „ein Denkmal der Schande".

M1 Das Holocaust-Mahnmal befindet sich in unmittelbarer Nähe des Reichstagsgebäudes. Das Mahnmal kann man begehen, es besteht aus 2700 Stelen (Säulen). Außerdem gehört ein unterirdischer Raum, der „Ort der Information", dazu.

T2 Erinnerung an die zweite Diktatur

Auch die zweite Diktatur in Deutschland (1949–1989) hinterließ Täter, Profiteure und Opfer – wenn auch die Verbrechen im Vergleich zur NS-Zeit ein geringeres Ausmaß hatten. Anders als nach 1945 versuchte man aber von Anfang an, Täter wie z. B. Stasi-Mitarbeiter aus öffentlichen Ämtern zu entfernen und die Vergangenheit aufzuarbeiten. So halten viele Gedenkorte die Erinnerung an Unfreiheit, Mauer, Schießbefehl und die Methoden der Staatssicherheit wach – aber auch Gedenktage: Der 17. Juni erinnert an den Volksaufstand in der DDR 1953. Mit der DDR-Diktatur verbunden bleibt auch der 13. August, an dem der Mauerbau 1961 begann. Bis heute wird an diesem Tag der Teilung Deutschlands und der mehr als 300 DDR-Bürger gedacht, die bei Fluchtversuchen an der Grenze starben. Mit der Vereinigung Deutschlands 1990 wurde der 3. Oktober zum „Tag der Deutschen Einheit" und Nationalfeiertag erklärt. Diese Festlegung ist umstritten: Viele Bürgerrechtler hätten lieber den 9. Oktober gewählt – den Tag, als der DDR-Staat 1989 vor den Demonstranten zurückwich. Die meisten Menschen in Ost und West aber verbinden mit der Friedlichen Revolution von 1989 den 9. November – den Tag des Mauerfalls.

Schon gewusst?

Nach wie vor gibt es Menschen, die dem **Gedankengut der Nationalsozialisten** nahestehen. Manche leugnen, dass es den Holocaust gegeben hat, andere verharmlosen ihn oder wollen diesen Teil der deutschen Geschichte am liebsten vergessen. Rechtsextreme Gruppen lehnen die freiheitliche Demokratie ab und richten sich gegen Minderheiten. Nach Recherche von „Tagesspiegel" und „Zeit - online" wurden zwischen 1990 und 2019 mindestens 169 Personen aus rechtsextremen Motiven ermordet. Das Bundeskriminalamt erkennt davon etwa die Hälfte an. Die rechtsterroristische Gruppe „Nationalsozialistischer Untergrund" (NSU) beging zwischen 2000 und 2006 mindestens neun Morde.
Seit 2014 machten die Pegida-Bewegung und ähnliche Gruppen Stimmung gegen den Islam und die Aufnahme von Flüchtlingen. Sie stritten ab, rechtsextrem zu sein, hatten aber oft Kontakte in die rechtsextreme Szene und traten auch mit rassistischen Parolen auf. Seit 2015 wurden zudem vermehrt Anschläge auf Flüchtlingsunterkünfte verübt.

M2 Demonstration von Rechtspopulisten und Rechtsextremisten am 4. März 2017 in Berlin: Zu den Teilnehmern gehörten Anhänger von NPD, Pegida, Reichsbürgern, Hooligans, Landsmannschaften und Identitären.

Die DDR war ein Unrechtsstaat! Man konnte nicht frei seine Meinung sagen, nicht frei reisen. Die Gerichte waren nicht unabhängig. Die Stasi hat jeden bespitzelt, der den Staat kritisierte. Wer sich nicht anpasste, bekam Probleme und durfte z.B. nicht studieren. Eine befreundete Bürgerrechtlerin landete sogar im Gefängnis.

Das ist überzogen. In der DDR konnte man gut und sicher leben. Es ging gerechter zu als heute. Jeder hatte Arbeit, die Mieten waren bezahlbar. Die Kinder wurden betreut, sodass Männer und Frauen arbeiten konnten. Arbeiterkinder hatten bessere Chancen als heute. Natürlich bekam man nicht alles, aber die Menschen halfen sich untereinander.

M3 War die DDR ein „Unrechtsstaat"? Diese Frage wurde vor einigen Jahren kontrovers in den Medien diskutiert. Die Aussagen sind vom Autor geschrieben, fassen aber tatsächliche Beiträge aus der Debatte zusammen.

→ **Seite 100/101**
Linksextremismus/ Rechtsextremismus

→ **Seite 104/105**
Erstarken nationalistischer Bestrebungen

A / B

1 Welche Gedenktage erinnern an die beiden deutschen Diktaturen? Liste sie auf und schreibe die Ereignisse dazu (T1).

2 (A) Wie wird in Deutschland an die NS-Diktatur erinnert? Nenne verschiedene Beispiele (T1, M1).

2 (B) Ist die Erinnerung an die NS-Diktatur wichtig, um rechtsextremistische Gruppen zu bekämpfen? Begründe (T1, M2, „Schon gewusst?").

3 Welchen Beitrag leistet der Geschichtsunterricht zum Thema „Erinnerungen wachhalten"? Beurteile und diskutiert in der Klasse.

4 (A) Wie erinnern sich die Deutschen heute an die DDR (T2, M3)? Notiere positive und negative Erinnerungen in einer Tabelle.

4 (B) War die DDR ein Unrechtsstaat? Nimm Stellung (T2, M3).

5 Kann man heute etwas aus den Erinnerungen an die beiden Diktaturen lernen? Diskutiert.

AFB I: 1, 2 II: 4 III: 3, 5 AFB I: 1 II: 2 III: 3, 4, 5

Tests und Übungen
sc8k3t

Deutschland: Ohne Mauer geeint?

8.5.1945	1949	13.8.1961	1962	9.11.1989	3.10.1990
Deutschland kapituliert bedingungslos.	Die beiden deutschen Staaten BRD und DDR werden gegründet.	Bau der Berliner Mauer	Die Kuba-Krise führt fast zum 3. Weltkrieg	Die Berliner Mauer wird geöffnet.	Tag der Deutschen Einheit: Deutschland wird wiedervereinigt.

Wichtige Begriffe

- Alliierter Kontrollrat
- Arbeitsnormen
- Atombombe
- BRD
- DDR
- Eiserner Vorhang
- Entnazifizierung
- FDJ
- Glasnost
- Gleichgewicht des Schreckens
- Kalter Krieg
- Kubakrise
- Marktwirtschaft
- Marshallplan
- NATO
- Ostblock
- Ost-West-Konflikt
- Perestroika
- Planwirtschaft
- Republikflucht
- SBZ
- Siegermächte
- Sputnikschock
- Stasi
- Supermächte
- Warschauer Pakt
- Wiedervereinigung
- Zwei-plus-Vier-Vertrag

Jetzt kannst du ...

- die Bedingungen und den Verlauf des Neubeginns in Deutschland nach dem Zweiten Weltkrieg beschreiben.
- Möglichkeiten und Grenzen der Entnazifizierung beurteilen.
- den Einfluss der Siegermächte in ihren jeweiligen Besatzungszonen beurteilen.
- die Gründung der BRD und der DDR im Zusammenhang der Aufteilung der Welt in zwei Blöcke erklären.
- ein Zeitzeugeninterview führen und daraus Schlüsse ziehen.
- die Wirtschaftssysteme der Bundesrepublik Deutschland und der DDR vergleichen und deren Auswirkungen auf die Menschen beurteilen.
- den Verlauf des „Kalten Krieges" beschreiben.
- die Friedliche Revolution in der DDR und den Weg zur Deutschen Einheit erläutern.
- den Prozess der deutschen Einigung im Zusammenhang mit dem Ende des Ost-West-Konflikts erklären.

6 Perspektive Europa: Was hält uns zusammen?

M1 Kroatinnen und Kroaten feiern den EU-Beitritt. (Foto aus Zagreb, 30. Juni 2013)

Europa ist einer der sieben Kontinente unserer Erde. Aber wenn wir über Europa sprechen, meinen wir oft die Europäische Union. Dieses Projekt ist einzigartig in der Welt: Nirgendwo sonst haben sich Staaten so eng zusammengeschlossen. Auf der Basis von Demokratie und Menschenrechten wollen sie gemeinsam nach Frieden, Wohlstand und sozialem Ausgleich streben. Aber es gibt auch Herausforderungen, die bewältigt werden müssen. Du bist ein Teil von Europa. Es bietet dir eine sichere Zukunft und eine Menge Chancen.

M2 Die Brexit-Befürworter feiern den Austritt aus der EU. (Foto, 2019)

Video
Wie kann man Europa einteilen?
5by24q

Ist Europa gleich die EU?

Noch vor einigen Jahrzehnten waren die Grenzen in Europa Barrieren. Inzwischen sind die meisten Grenzen in Europa keine Hindernisse mehr. Die Europäer rücken immer enger zusammen.

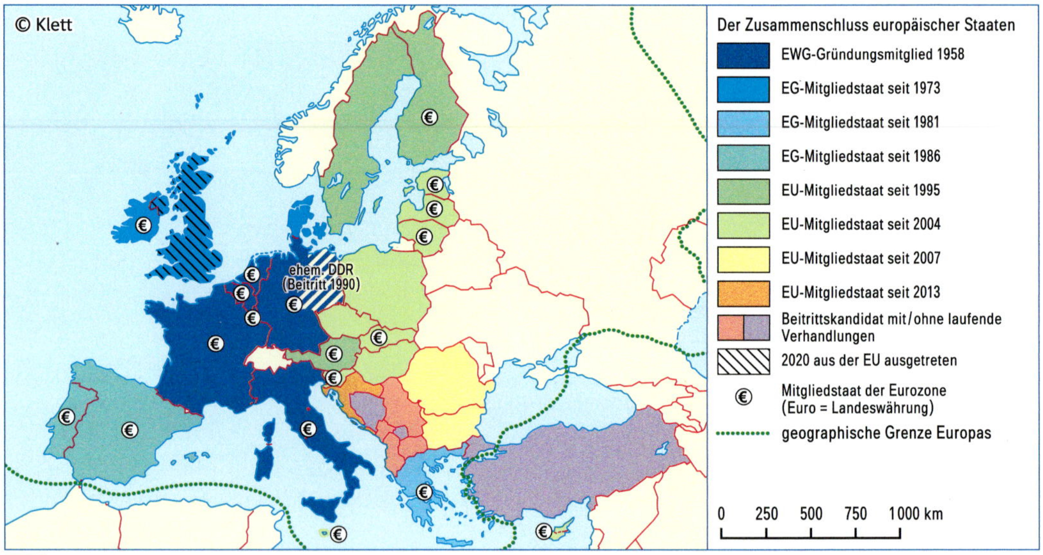

M1 **Die Europäische Union**, 2021

→ **Seite 96/97**
Ende des Zweiten Weltkriegs

→ **Seite 148/149**
Spaltung Europas und der Welt

T1 Europa – ein Kontinent?

Afrika oder Australien können anhand ihrer Umrisse und Grenzen bestimmt werden. Das ist bei Europa schwieriger. Im Norden, Westen und Süden bildet das Meer eine natürliche Grenze. Im Osten fehlt eine klare Abtrennung. Deswegen hat man als Grenzlinien festgelegt: Uralgebirge, Uralfluss, Nordwestküste des Kaspischen Meers, Manytsch-Niederung und Asowsches Meer. Nach dieser Abgrenzung gehören Russland, Kasachstan und die Türkei sowohl zu Asien als auch zu Europa.
Inseln und Halbinseln machen rund ein Drittel der Landfläche aus. Europas größte Inseln sind Großbritannien, Island und Irland mit Nordirland. Kaum ein Ort in Europa ist mehr als 700 km von der nächsten Küste entfernt. Dennoch gibt es viele Binnenstaaten, die keinen Zugang zu einem Meer haben.

T2 Die Landkarte verändert sich

Die Landkarte von Europa sah nicht immer so aus wie heute. Viele Kriege wurden um Grenzen geführt. Alte Staaten zerfielen, neue entstanden. So trat im Jahr 1989 die Deutsche Demokratische Republik (DDR) der Bundesrepublik Deutschland bei. Andernorts zerfiel 1991 nach einem blutigen Krieg der Staat Jugoslawien in die kleineren Staaten Slowenien, Kroatien, Serbien, Mazedonien, Montenegro und Bosnien-Herzegowina.

T3 Die Idee der europäischen Einheit

Nach dem Zweiten Weltkrieg sehnten sich die Menschen nach Frieden und einem unbeschwerten Leben. Politiker griffen einen alten Gedanken eines vereinten Europas auf: Die Völker Europas sollten sich nie mehr als Gegner gegenüberstehen. Sie sollten vielmehr die Zukunft als Partner friedlich gemeinsam gestalten und sich zu Freiheit und Demokratie bekennen. Schließlich sollten sie eine „europäische Identität“ aufbauen.

T4 Motive für ein vereintes Europa

Nach einem Plan des französischen Außenministers Robert Schuman wurde 1951 die Europäische Gemeinschaft für Kohle und Stahl (EGKS) gegründet.
Eine wichtige Aufgabe der EGKS bestand nach Überwindung der NS-Diktatur darin, Deutschland besser zu kontrollieren. Denn Kohle und Stahl waren kriegswichtige Güter. Die Zusammenarbeit auf dem Gebiet sollte eine unbeschränkte Aufrüstung der Staaten verhindern. Dahinter steckte der Gedanke, dass Mitglieder eines Wirtschaftsraumes kein Interesse am Krieg haben würden.
Eine weitere wichtige Aufgabe war der Wiederaufbau in Europa. Dafür sollte der größere Wirtschaftsraum schnell sorgen.
Nicht zuletzt wollte sich Europa im beginnenden Ost-West-Konflikt eine starke Position aufbauen.

T5 Herausforderungen heute

Seit 1993 trägt die Gemeinschaft den Namen **Europäische Union (EU)**. Die europäische Einigung ist bis heute nicht abgeschlossen. Es geht immernoch um eine vertiefte Zusammenarbeit, z. B. um bei der Bevölkerung eine gemeinsame europäische Identität entstehen zu lassen.
Im Einigungsprozess steht die EU immer wieder vor Herausforderungen, z. B. in Fragen der Wirtschaft, der Asylpolitik, der Außen- und Sicherheitspolitik. Zudem beantragen weitere Länder ihren Beitritt und die EU muss darüber entscheiden, ob sie diese Länder in die Union aufnehmen möchte. Großbritannien hat als erstes Land 2020 die EU wieder verlassen (**Brexit**).

→ Seite 192/193 Binnenmarkt

→ Seite 192 Schengener Abkommen

M2 Die Entwicklung der Europäischen Union

1951 Gründung der Europäischen Gemeinschaft für Kohle und Stahl (EGKS), auch Montanunion genannt.

1958 Zusammenschluss der EGKS-Gründungsstaaten zur **Europäischen Wirtschaftsgemeinschaft (EWG)**. Ziel war eine gemeinsame Agrarpolitik sowie die Abschaffung von Zöllen untereinander und die Einrichtung eines gemeinsamen **Binnenmarkts**.

1967 Zusammenschluss von EWG und EGKS zur Europäischen Gemeinschaft (EG), Hauptaufgabe ist der Abbau von Grenzen und Zöllen.

1979 Das Europäische Währungssystem (EWS) tritt in Kraft. Erste Umsetzung zur Einführung eines einheitlichen Währungs- und Wechselkurssystems.

1985 Fünf Staaten (B, D, F, LUX, NL) unterzeichnen das **Schengener Abkommen**.

1993 Der Vertrag über die Gründung der Europäischen Union (EU), auch Vertrag von Maastricht genannt, tritt in Kraft. Der Binnenmarkt ist weitgehend verwirklicht.

2002 Einführung des **Euro** als Zahlungsmittel: Gemeinsame Geldscheine und Münzen in zehn EU-Staaten.

2009 Inkrafttreten des **Vertrags von Lissabon**. 27 Mitgliedstaaten der EU schließen einen völkerrechtlichen Vertrag, der den EU-Vertrag von 1993 ersetzt. Dieser stärkt das Europaparlament und die EU-Regierung in Brüssel.

A / B

1 Erstelle eine Tabelle mit den Ländern der EU (M1, Atlas). Nutze folgende Begriffe für die Kopfzeile: Land, Hauptstadt, EU, Euro. Kreuze dann in der Tabelle an.

2 (A) Gib wieder, warum nach dem Zweiten Weltkrieg ein vereintes Europa entstehen sollte (T3, T4).

2 (B) Begründe, warum die wirtschaftliche Zusammenarbeit wichtig für die Sicherung des Friedens in Europa ist.

3 MK Erstelle eine Faustskizze von Europa. Beschrifte die Landschaften und Gewässer, die Europa begrenzen. Trage auch die Namen der großen Inseln und Halbinseln ein.

4 MK (A) Arbeite mit M2 und T3.
a) Markiere die Ereignisse von 1951 bis 2009 auf einem Zeitstrahl.
b) Notiere auf dem Zeitstrahl, zu welchem Zeitpunkt welche Staaten Mitglied der Union wurden. (Nutze dazu deine Tabelle aus Aufgabe 1.)

4 MK (B)
a) Bearbeite A4.
b) Recherchiere wichtige Ereignisse seit 2009 und ergänze den Zeitstrahl.

5 NE Diskutiert in der Klasse: „Europas Einigung ist der Schlüssel zum Frieden." (T2–T4)

6 EXTRA A: Zeichne die Europaflagge in dein Heft. Welche Vorstellungen verbindest du mit der Flagge? Liste auf.

6 EXTRA B: Brauchen wir gemeinsame europäische Symbole? Schreibe einen Beitrag für einen Blog.

Der europäische Binnenmarkt

Die Staaten der Europäischen Union setzen auf gleiches Recht für alle. Sie wollen weiterhin eine freiwillige und friedliche Vereinigung Europas. Daraus ergeben sich auch Freiheiten.

M1 Start einer Ariane-Rakete im europäischen Raumfahrtzentrum Kourou (Französisch-Guayana, Südamerika): In der Raumfahrt arbeiten viele europäische Unternehmen zusammen (Foto, 2016)

Unionsbürger
Alle Bürger der EU-Mitgliedstaaten besitzen auch die Unionsbürgerschaft. Daraus ergeben sich aber auch Rechte und Pflichten.

T1 Ein großer Wirtschaftsraum

Die EU ist der größte Wirtschaftsraum der Welt. Innerhalb der EU dürfen Waren und Dienstleistungen ungehindert die Grenzen überqueren. Das ist gut für die Wirtschaft und schafft Arbeitsplätze. Der größere Markt macht es den Unternehmen möglich, Produkte zu entwickeln, die auch außerhalb der EU erfolgreich verkauft werden können. Das ist ein Vorteil für ein Land wie Deutschland, das viele Waren exportiert. Auch im Alltag der Menschen spielt die EU eine große Rolle. Mit dem EU-Führerschein können sich Autofahrer frei innerhalb der EU bewegen.
Das ist praktisch bei Urlaubsreisen oder während der Arbeit in einem anderen EU-Land. Damit haben die Mitgliedstaaten einen wichtigen Schritt hin zum gemeinsamen Europarecht getan.

T2 Vier Freiheiten im Binnenmarkt

Der EU-Führerschein ist nur ein Beispiel für Vereinheitlichung in Europa. Das große Ziel ist die Schaffung eines einheitlichen Marktes, des sogenannten Binnenmarktes. Dazu gewährt die EU ihren Bürgern die **vier Freiheiten**. Die Bürger können:
- Handel mit Waren ohne Beschränkungen betreiben (freier Warenverkehr),
- den Arbeits- und Ausbildungsplatz überall in der EU wählen (freier Personenverkehr),
- Geld überall anlegen (freier Kapitalverkehr) und
- Dienstleistungen in jedem anderen EU-Land anbieten (freier Dienstleistungsverkehr).

T3 Was soll der Binnenmarkt bewirken?

Vom Binnenmarkt erwarten sich die EU-Politiker, dass durch eine enge wirtschaftliche Verflechtung der EU-Staaten politische Stabilität gewährleistet und dauerhafter Frieden gesichert sind. Ebenso verknüpfen sich mit dem Binnenmarkt wirtschaftliche Erwartungen, wie ein erhöhter Wohlstand, ein gutes Preis-Leistungs-Verhältnis der Waren und Dienstleistungen, bessere Beschäftigungschancen und nicht zuletzt eine stärkere Konkurrenzfähigkeit der EU zu den großen Wirtschaftsblöcken in Asien und Amerika.

T4 Das Schengener Abkommen

Mit dem Schengener Abkommen von 1985 einigten sich fünf Staaten (Belgien, die Bundesrepublik Deutschland, Frankreich, Luxemburg und die Niederlande), ihre gegenseitigen Grenzkontrollen wegfallen zu lassen. Es trat 1995 in Kraft. Diese Staaten haben sich zur engeren Zusammenarbeit und einem modernen Informationsaustausch verpflichtet, z. B. um grenzüberschreitende Kriminalität zu verhindern. Heute umfasst der „Schengen-Raum“ fast alle EU-Staaten und darüber hinaus Staaten wie Norwegen, Island und die Schweiz.

freier Warenverkehr

- keine Grenzkontrollen
- Vereinheitlichung von Normen und Vorschriften (z. B. bei Warenqualität)
- Angleichung der Mehrwertsteuersätze (mindestens 15 Prozent)

freier Kapitalverkehr

- keine Beschränkungen bei Zahlungen
- gemeinsame Bekämpfung von Steuerhinterziehung

freier Personenverkehr

- keine Grenzkontrollen
- EU-Bürger dürfen überall in der EU frei reisen, leben, lernen und arbeiten.
- gegenseitige Anerkennung von Abschlüssen
- verstärkte Kontrollen an den EU-Außengrenzen

freier Dienstleistungsverkehr

- EU-Bürger können z. B. als Handwerker oder Kaufleute Dienste im EU-Raum anbieten.
- Öffnung der Märkte für Transport, Energie und Telekommunikation

M2 Die vier Freiheiten im europäischen Binnenmarkt

1 **Lara ist Schülerin in Unna** und möchte nach dem Schulabschluss eine Ausbildung zur Modeschneiderin in Paris absolvieren.

2 **Familie Frank aus Frankfurt** benutzt für ihren Urlaub in Pisa (Italien) ihren Pkw und fährt dabei auch durch Österreich. Nirgends gibt es Grenzkontrollen.

3 **Die holländische Rentnerin Grietje Jong** beabsichtigt, ein Haus an der Algarve (Portugal) zu kaufen, weil sie das schlechte Wetter des Winters in den Niederlanden nicht verträgt.

4 **Der Weinbauer Stavros Konstantinidis aus Griechenland** liefert mit seinem Lkw 20 000 Flaschen Rotwein nach Dänemark.

5 **Der polnische Fleischermeister Janucz Sobiech** bekommt von einem norddeutschen Wurstfabrikanten den Auftrag, Schweine zu schlachten und das Fleisch nach Deutschland zu liefern.

6 **Jacques Bernard aus Frankreich** möchte über einen günstigen Kredit bei der Bank of Ireland sein Haus finanzieren.

7 **Der Informatikkaufmann Felipe Gonzales aus Spanien** bewirbt sich auf das Stellenangebot eines Möbelunternehmens in Schweden.

8 **Eine Aktiengesellschaft aus München** investiert drei Millionen Euro in ein belgisches Gaskraftwerk.

M3 Die vier Freiheiten – Beispiele, was sie mit uns zu tun haben.

1 (A/B) Liste auf, welche Vorteile ein großer Wirtschaftsraum hat (T1, M1).

2 (A) Liste die vier Freiheiten des Binnenmarktes auf und nenne je ein Beispiel (T2, M2).

2 (B) a) Bearbeite A2.
b) Begründe anhand der Beispiele, welche Vorteile sie dem Einzelnen/dem Betrieb bringen.

3 (A) Ordne die Beispiele aus M3 den vier Freiheiten des Binnenmarktes zu. Tipp: Es kann mehr als eine Freiheit zutreffen.

3 (B) a) Bearbeite A3.
b) Finde weitere Beispiele.

4 Erläutere die Bestimmungen des Schengener Abkommens (T4).

5 „Ich finde die vier Freiheiten des Binnenmarktes gut/weniger gut.“ Diskutiert darüber in der Klasse.

AFB I: 1, 2, 3 II: 4 III: 5 AFB I: 1, 2a, 3a II: 2b, 3b, 4 III: 5

SP → Lösungshilfen ab Seite 304

Was bringt mir die Europäische Union?

In Europa leben so viele Nationen und Ethnien auf engem Raum zusammen wie nirgendwo sonst auf der Welt. Doch ein Problem ist das nicht – weil es die EU gibt!

→ Seite 192
Schengener Abkommen

Visum
Dokument, mit dem man als Ausländer in einen Staat einreisen darf

T1 Ein fast grenzenloses Europa

Wenn Menschen anderer Kontinente Europa bereisen, finden sie es spannend, so viele Länder auf einmal besuchen zu können. Sie treffen auf viele Sprachen und Kulturen auf engem Raum. Früher hätten sie ein Visum für jedes einzelne Land gebraucht. Heute reicht eines: das für den Schengen-Raum. Damit kann man in all die Länder frei einreisen, die sich im Schengen-Abkommen zusammengeschlossen haben.
Für die Deutschen ist das besonders wichtig: Deutschland hat die meisten Außengrenzen und liegt im Zentrum der Europäischen Union (EU). Da wäre es besonders ärgerlich, an streng bewachten Grenzen stundenlang warten zu müssen.

Schon gewusst?

Der Name „**Europa**" geht auf die Entführung einer Prinzessin zurück. Darüber berichtet eine griechische Sage: Der Göttervater Zeus hatte sich einst in die Prinzessin Europa verliebt, die im heutigen Libanon lebte. Um ihr zu gefallen, verwandelte er sich in einen Stier. Der Stier schwamm mit dem Mädchen auf dem Rücken durch das Mittelmeer bis zur Insel Kreta. Dort verwandelte er sich in einen Jüngling und zeugte mit Europa drei Söhne. Die Sage endet: „Unsterblich wird dein Name werden, denn der fremde Weltteil, der dich aufgenommen hat, heißt hinfort Europa!"

M1 Europäische Union heute (Comiczeichnung, 2018)

T2 Mit einer Währung bezahlen

Seit 2002 bezahlen wir in vielen Staaten Europas mit dem Euro. Das war früher viel umständlicher: Wer z. B. von Deutschland über die Niederlande, Belgien und Frankreich nach Spanien reisen wollte, brauchte Gulden, Francs und Pesetas. Man musste ständig D-Mark-Scheine in andere Währungen eintauschen. Das kostete viel Zeit und teure Gebühren. Im Jahr 2021 gehörten 19 Staaten der Europäischen Union zur Euro-Zone.

T3 Ein Angebot für junge Leute

Junge Leute sind schon immer gerne mit Interrail kreuz und quer durch Europa gereist. Heute in Paris, morgen in Barcelona und übermorgen in Madrid – wäre das auch etwas für dich? Doch wer gerade mit der Schule oder einer Ausbildung fertig ist, hat wenig Geld.
Hier hilft die Europäische Union: Sie verlost jedes Jahr bis zu 30 000 Travel-Pässe an junge EU-Bürgerinnen und -Bürger, die gerade 18 Jahre alt geworden sind. Damit kann man vier Wochen lang Europa erkunden und ganz nebenbei junge Leute aus allen Ländern der EU kennenlernen.
Viele Jugendliche nehmen übrigens vor Antritt der Reise über soziale Medien Kontakt auf, um gemeinsam zu reisen oder sich gegenseitig zu beherbergen.
Im EU-Haushalt für die Jahre 2021 bis 2027 sind im Rahmen der Initiative „DiscoverEU" für Travel-Pässe 700 Mio. EUR vorgesehen. Es wird also auch für euch noch welche geben!
Mit der Anmeldung verpflichtet man sich, als „Jugendbotschafter" über die sozialen Medien von der Reise zu berichten. So wird die Idee von einem gemeinsamen Europa wachgehalten.

M2 Erfahrungen von Teilnehmern an DiscoverEU

M3 Das „Europäische Jugendportal“ informierte 2019:

DiscoverEU ist eine Initiative der Europäischen Union. Sie gibt dir die Möglichkeit, Europa und seine atemberaubenden Landschaften und pulsierenden Städte kennenzulernen. Auf Entdeckungsreise gehst du mit dem Zug, in Ausnahmefällen auch mit anderen Verkehrsmitteln, etwa wenn du von einer Insel oder aus einer abgelegenen Region stammst. Andere Reisende treffen, deine Unabhängigkeit genießen, Selbstvertrauen tanken und dich europäisch fühlen – das alles ist DiscoverEU.

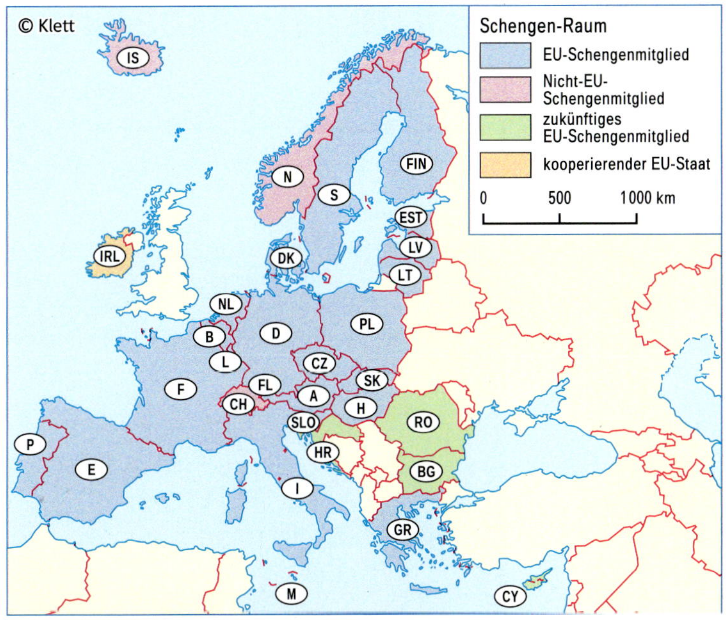

M4 Der Schengen-Raum

M5 Werbung für DiscoverEU

Ethnie
(von griech. ethnos = Volk) Gruppe von Menschen, die sich aufgrund von Sprache, Abstammung, Geschichte oder Kultur als Volksgruppe versteht.

A / B

1 Liste stichwortartig auf, was dir zur Überschrift der Seite einfällt. Schließe dazu dein Buch, damit du nur das notierst, was dir spontan einfällt.

2 (A) Bearbeitet in Gruppen T1–T3, M1–M5. Bereitet eine kurze Rede vor, mit der ihr für die EU werben wollt.

2 (B) Bearbeitet in Gruppen T1–T3, M1–M5. Verfasst einen Artikel für die Schülerzeitung: „Das bringt dir Europa!“

3 Arbeite mit deinem Tischnachbarn:
a) Tauscht eure Notizen zu Aufgabe 1 aus.
b) Diskutiert darüber, wie sich eure Sicht auf Europa im Laufe der Stunde verändert hat.

4 „In den Schengen-Raum hineingeboren – ein Glücksfall!“ Diskutiert über die Aussage.

5 EXTRA Recherchiere einen Erfahrungsbericht zu „DiscoverEU“. Stelle die Person und ihre Erlebnisse der Klasse vor. Zeige dabei die Städte und Länder, um die es geht, auf einer Wandkarte zu Europa.

AFB I: 1 II: 2, 3a III: 3b, 4, 5 AFB I: 1 II: 2, 3a III: 3b, 4, 5

SP → Lösungshilfen ab Seite 304

Gleiche Lebensbedingungen schaffen

Ein Grundsatz der EU lautet: „Große Unterschiede können nicht toleriert werden, wenn der Begriff Gemeinschaft einen Sinn haben soll." Das Beispiel Irland zeigt, dass die EU diesen Grundsatz umsetzen möchte.

M1

M3 Chipfabrik von Intel in Leixlip/Irland (Foto, 2008)

M4 An einer Straße in Irland (Foto, 2011)

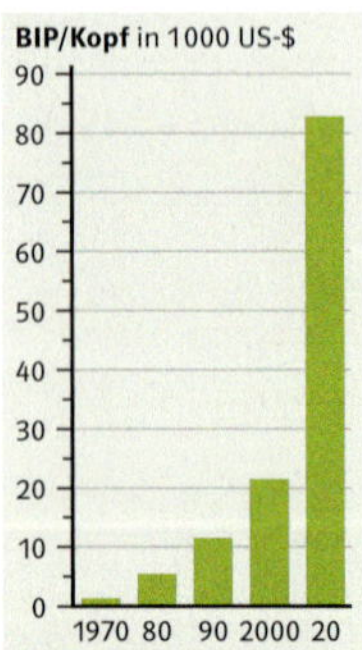

M2 Entwicklung des BIP pro Kopf in Irland

Bruttoinlandsprodukt (BIP)
→ Lexikon

T1 Das Armenhaus Europas – Irland

Vor dem Beitritt zur EU wurde Irland manchmal das Armenhaus Europas genannt. Irland liegt am Rand von Europa und somit weit entfernt von den Wirtschaftszentren.
Zudem gab es auf der Insel selber kaum Industrie, sie war von der Landwirtschaft geprägt. In Irland war die Arbeitslosigkeit hoch. Jedes Jahr wanderten deshalb mehr als 30 000 Menschen aus. Heute gehört Irland jedoch zu den wirtschaftsstärksten Ländern in der EU.

T2 Eine Erfolgsgeschichte der EU

Um die Wirtschaftsleistung armer Regionen und Länder zu erhöhen, bietet die EU verschiedene Fördermaßnahmen an:
Strukturhilfen. So wurden in Irland durch Fördergelder der EU ausländische Betriebe mit modernen Arbeitsplätzen ins Land geholt, das Straßennetz ausgebaut und die Energieversorgung erneuert. Durch ein verbessertes Bildungssystem stehen heute der Hightech-Industrie gut ausgebildete Fachkräfte zur Verfügung.
Diese Beschäftigungspolitik, niedrige Löhne und geringe Steuern lockten viele internationale Unternehmen an. So entstanden vor allem im Elektronik- und Computerbereich zahlreiche neue Arbeitsplätze. Die Entwicklung vom agrarisch geprägten Raum zum Dienstleistungsstandort wird als Strukturwandel bezeichnet.
Viele europäische Firmen verlagerten ihre Callcenter und Teile ihrer Verwaltungen nach Irland. Die Entscheidungen in diesen Unternehmen werden aber weiterhin in den Ländern getroffen, in denen sich die Zentralen befinden.
Der wirtschaftliche Aufschwung in Irland beschränkt sich bisher auf den Großraum Dublin und die wenigen größeren Städte. Der ländliche Raum profitiert kaum. Daher wandern viele Menschen in die Städte ab – aber im Gegensatz zu früher bleiben sie in Irland.

T3 Gezielt fördern

Die EU sieht sich als eine Gemeinschaft, in der die wohlhabenden Staaten den schwächeren Ländern helfen und arme Regionen gezielt gefördert werden. Ziel ist es, wirtschaftliche Unterschiede zu verringern und die Lebensbedingungen in der EU anzugleichen.

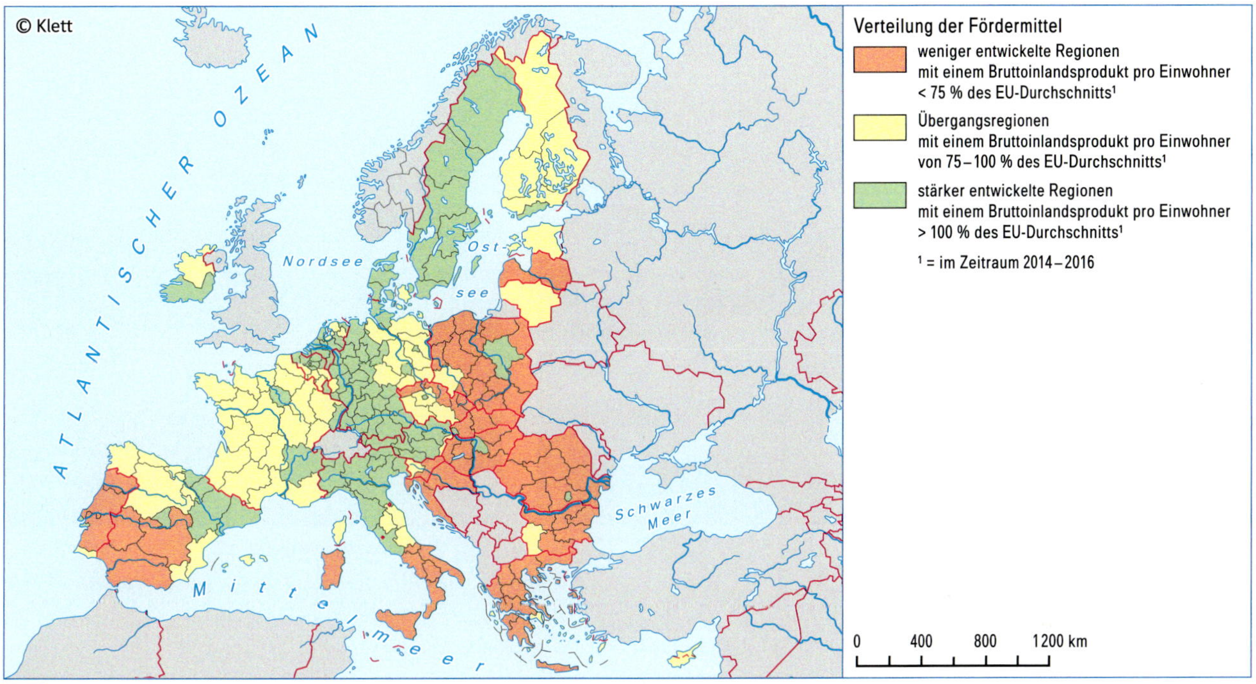

M5 **Förderbedarf der einzelnen Regionen der Europäischen Union in den Jahren 2021 bis 2027**

M6 **Strategie „Europa 2027“:**

In der EU gibt es Förderprogramme, die die Angleichung der Lebensverhältnisse der Menschen zum Ziel haben. Die Laufzeit der Programme beträgt sieben Jahre. Das Budget für die Förderperiode von 2021 bis 2027 beträgt etwa 1 100 Mrd. Euro. Fünf Hauptziele werden die EU-Investitionen in den Jahren 2021 bis 2027 bestimmen:

1. ein intelligenteres Europa durch Innovation, Digitalisierung, wirtschaftlichen Wandel sowie Förderung kleiner und mittlerer Unternehmen.
2. ein grüneres, CO_2-freies Europa, das das Übereinkommen von Paris umsetzt und in die Energiewende, in erneuerbare Energien und in den Kampf gegen den Klimawandel investiert.
3. ein stärker vernetztes Europa mit strategischen Verkehrs- und Digitalnetzen.
4. ein sozialeres Europa, das die Europäische Säule sozialer Rechte umsetzt und hochwertige Arbeitsplätze, Bildung, Kompetenzen, soziale Inklusion und Gleichheit beim Zugang zu medizinischer Versorgung fördert.
5. ein bürgernäheres Europa durch Unterstützung lokaler Entwicklungsstrategien und nachhaltiger Stadtentwicklung in der gesamten EU.

A 1 Nenne die Maßnahmen, durch die die Wirtschaftsleistung Irlands gesteigert wurde (T1, T2).

B 1 Erläutere mithilfe von T1, T2, M2 und M3 den Erfolg der Strukturhilfen in Irland.

A 2 Erläutere die Nachteile für Irland, die sich durch den Strukturwandel ergeben haben (T2).

B 2 Ordne die Folgen für den Arbeitsmarkt in Deutschland ein, wenn Firmen Verwaltungen von Deutschland nach Irland verlagern (T2).

3 Werte M5 aus:
a) Welche Regionen erhalten die höchsten Fördermittel von der EU?
b) Vergleiche die Förderbedarfe zwischen den Regionen in Deutschland.
c) Diskutiert in der Gruppe die Problematik einer gerechten Verteilung.

A 4 NE Ordne die fünf Kernziele der Strategie „Europa 2027“ nach eher wirtschaftlichen, sozialen und ökologischen Zielen (M6).

B 4 NE
a) Bearbeite A4.
b) Erläutere, wie die Ziele miteinander zusammenhängen.

5 EXTRA MK Recherchiere bei der Stadt-, Gemeinde- oder Kreisverwaltung, ob es in der Nähe deines Wohn- oder Schulorts Förderprojekte mit EU-Beteiligung gibt, und berichte darüber.

AFB I: 1, 4 II: 2, 3 III: 5 AFB I: 4a II: 1, 2, 3, 4b III: 5

SP → Lösungshilfen ab Seite 304

Armes und reiches Europa

M1 Die ärmste Stadt der EU ist Aninoasa in den Südkarpaten, 330 km westlich von Bukarest, Rumänien. (Foto, 2013)

M2 Die reichste Stadt der EU ist Paris, Frankreich. (Foto, 2021)

T1 Regionale Unterschiede in der EU

Die EU ist bei weitem kein einheitlicher Raum. Es gibt dicht und dünn besiedelte Regionen, Gebiete, aus denen die Bevölkerung abwandert und solche, in denen die Bevölkerungszahl zunimmt. Es gibt Industrieräume und überwiegend landwirtschaftlich genutzte Gebiete. Diese Unterschiede führen dazu, dass man innerhalb der EU wirtschaftsstarke und benachteiligte Räume unterscheidet. Dabei stellt man fest, dass die Lage dieser Räume einer gewissen Ordnung folgt und sie nicht willkürlich über die gesamte EU verstreut liegen.

T2 Aktivräume

Wirtschaftsstarke Räume sind in der EU dadurch gekennzeichnet, dass ihr BIP pro Kopf deutlich über dem EU-Durchschnitt liegt. Sie verfügen über viele Arbeitsplätze im sekundären und tertiären Sektor. Deshalb weisen diese Gebiete auch ein hohes Durchschnittseinkommen und eine niedrige Arbeitslosenquote auf. In der Regel sind es verkehrsgünstig gelegene Regionen, die eine hohe Zuwanderung verzeichnen. Darüber hinaus gibt es weitere positive Standortfaktoren.

T3 Passivräume

In benachteiligten Räumen liegt das BIP pro Kopf deutlich unter dem EU-Durchschnitt. Meist sind es ländliche oder altindustrialisierte Regionen, die hohe Abwanderungsraten aufweisen. Wegen der hohen Arbeitslosigkeit und der Abwanderung vor allem von jungen Menschen drohen diesen Gebieten Überalterung und Schließung von Schulen und Unternehmen. Hinzu kommen zumeist eine schlechte Verkehrsanbindung sowie eine niedrige Bevölkerungsdichte.

T4 Die wirtschaftsstarken „Bananen"

Seit 1989 wird der wirtschaftliche Kernraum Europas von den Raumplanern als **„Blaue Banane"** bezeichnet. Er ist allerdings nicht durch Planung entstanden.
Die Verdichtung von Bevölkerung, Wirtschaft, Kapital, Verkehr und Siedlungen hat sich selbstständig gebildet. Hier leben 40 % der Bevölkerung der EU. Weil sich einige wichtige Regionen nicht in der „Blauen Banane" wiederfanden, wurde quer dazu eine „Gelbe Banane" als Entwicklungsziel ausgewiesen. Später kam das Entwicklungsziel der EU, die „Blaue Banane 2", hinzu.

M3 **Wirtschaftsstarke und benachteiligte Räume in Europa**

A

1 Beschreibe M1 und M2 und lokalisiere die Orte auf M3.

2 Stelle Merkmale von Aktiv- und Passivräumen in einer Tabelle gegenüber (T2, T3).

3 Nenne Merkmale für die Bezeichnung der Wirtschaftsräume „Blaue Banane“, „Gelbe Banane“ und „Blaue Banane 2“ und lokalisiere die Wirtschaftsräume auf der Karte (T4, M3).

B

1 NE
a) Bearbeite Aufgabe A1.
b) Begründe, wieso unterschiedliche Lebensbedingungen innerhalb der EU ein Problem sein können (M1, M2).

2 Welche Möglichkeiten ergeben sich aus der Raumstruktur für die deutsche Wirtschaft (T2, T3)? Beurteile.

3
a) Erläutere die Begriffe „Blaue Banane“, „Gelbe Banane“ und „Blaue Banane 2“ (T4) mithilfe der Karte M3.
b) Beurteile die Einordnung einiger südeuropäischer Regionen als „benachteiligte Räume“ (M3).

A/B 4 Du möchtest nach deiner Ausbildung in einem anderen Land der EU arbeiten. In welche Regionen würdest du gehen? In welche eher nicht? Begründe.

AFB I: 1, 2, 3 II: 4 AFB I: 1a II: 1b, 3a, 4 III: 2, 3b

SP → Lösungshilfen ab Seite 304

Die Institutionen der Europäischen Union

Die Europäische Union ist kein einheitlicher Staat. Sie ist ein Staatenbund, der die Interessen von 27 Staaten berücksichtigt. Trotzdem muss jeden Tag regiert werden. Das ist nicht einfach.

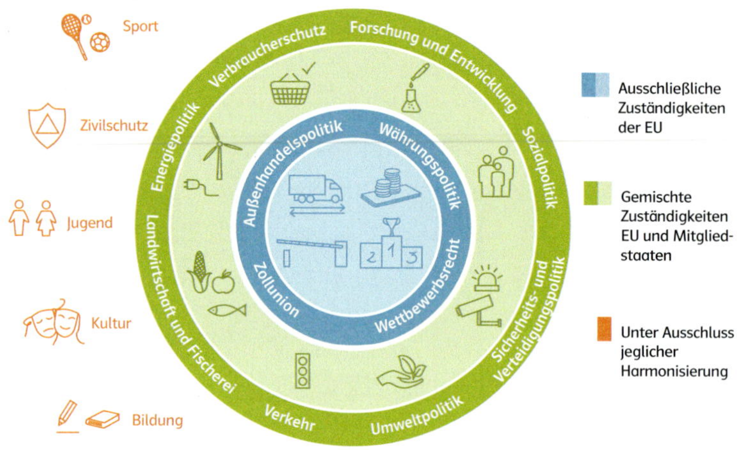

M1 Die Zuständigkeiten in der Europäischen Union

Ministerrat
→ Lexikon

T1 Zusammenarbeit in der EU

Die Mitgliedstaaten der EU haben sich vertraglich verpflichtet, eng zusammenzuarbeiten und friedlich miteinander zu leben – was nicht immer reibungslos funktioniert. Grund dafür ist eine komplizierte Teilung von Zuständigkeiten: In manchen Bereichen sind die Beschlüsse für alle Mitglieder verbindlich, in anderen regeln die Mitgliedstaaten sie für sich alleine.

T2 Der Europäische Rat

Etwa viermal im Jahr treffen sich in Brüssel die Staats- und Regierungschefs der EU-Staaten und besprechen Vorhaben und Probleme der EU. Dabei geben sie die Richtung für die Arbeit der anderen Organe vor. Die Treffen werden auch EU-Gipfel genannt. Die Beschlüsse müssen einstimmig gefasst werden und sind vielfach Kompromisse aus den verschiedenen Länderinteressen. Vorbereitet und geleitet werden die EU-Gipfel vom Präsidenten des Europäischen Rates, der von den Staats- und Regierungschefs für zweieinhalb Jahre gewählt wird.

T3 Das Europäische Parlament

Die Abgeordneten des **Europäischen Parlaments** werden alle fünf Jahre von der wahlberechtigten Bevölkerung der EU gewählt. Es hat ein Mitentscheidungsrecht bei den Gesetzen (Richtlinien). Seinen Sitz hat das Parlament in Straßburg.

T4 Der Ministerrat

Der **Ministerrat** gilt neben dem EU-Parlament als wichtigstes gesetzgebendes Organ. Zusammen mit dem EU-Parlament ist er für eine Vielzahl von Gesetzen zuständig, die europaweit gültig sind. Damit trägt der Ministerrat dazu bei, die Politik der Mitgliedstaaten aufeinander abzustimmen.

T5 Die Europäische Kommission

Die **Europäische Kommission** vertritt die Gemeinschaft als eine Art überstaatliche Regierung. Sie soll die Interessen der EU als Ganzes wahren, führt die Beschlüsse des Ministerrats und des Europäischen Parlamentes aus und verwaltet den Haushalt. Die Kommission besteht aus der gleichen Anzahl von Kommissaren, wie die Union Mitglieder hat. Diese werden von den Mitgliedsstaaten für fünf Jahre entsendet und sind jeweils für einen bestimmten Politikbereich zuständig (z.B. Landwirtschaft oder Umwelt).

T6 Der Europäische Gerichtshof

Ein europäisches Gericht wacht darüber, dass das EU-Recht eingehalten wird. Es kann bei Verstößen sogar Strafen gegen die Mitgliedstaaten verhängen. Die 27 Richterinnen und Richter am Europäischen Gerichtshof in Luxemburg kommen aus allen EU-Staaten.

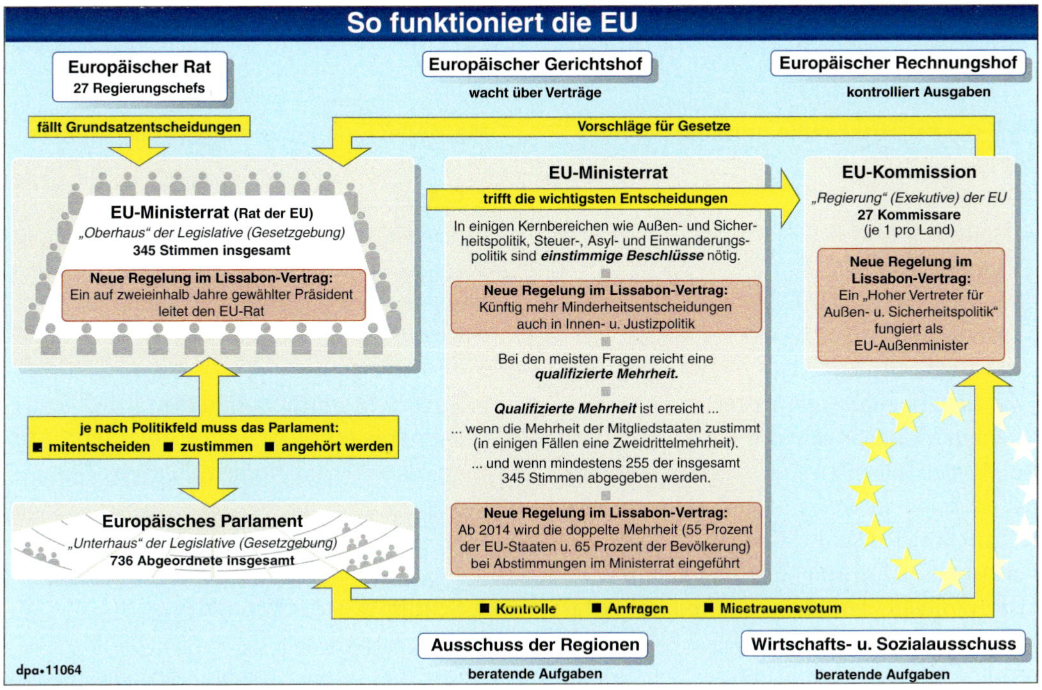

M2 So funktioniert die EU.

M3 Der Ministerrat tagt in zehn Fachbereichen mit den dafür zuständigen Ministern:

- Allgemeine Angelegenheiten
- Auswärtige Angelegenheiten
- Wirtschaft und Finanzen
- Justiz und Inneres
- Beschäftigung, Sozialpolitik, Gesundheit und Verbraucherschutz
- Wettbewerbsfähigkeit
- Verkehr, Telekommunikation und Energie
- Landwirtschaft und Fischerei
- Umwelt
- Bildung, Jugend, Kultur und Sport

A 1 Lege eine Tabelle an und liste die Zuständigkeiten in der EU auf (M1).

B 1 a) Bearbeite A1.
b) Erläutere, warum die Zusammenarbeit in der EU nicht immer reibungslos verläuft (T1).

2 Bearbeite T1–T4.
a) Um welche Organe der EU geht es?
b) Welche Personen treffen dort Entscheidungen für die Europäische Union?

A 3 Wofür ist der Ministerrat zuständig? Nenne drei Aufgaben (T4, M3).

B 3 Wofür ist der Ministerrat zuständig, und wie setzt er sich zusammen? Skizziere eine einfache Mindmap (T4, M3).

A 4 Was macht die EU-Kommission? Liste Aufgaben und Rechte auf (T5, M3).

B 4 Warum kann man die EU-Kommission als „Motor" der Gemeinschaft und als „Hüterin der Verträge" bezeichnen? Erläutere Aufgaben und Rechte (T5, M3).

A 5 EXTRA Nenne aus M2 das zuständige Organ der EU:
a) Er bestimmt die Politik der EU.
b) Er überprüft, ob das Geld der EU ordnungsgemäß ausgegeben wurde.
c) Er besteht aus 27 Ministern der EU-Staaten.
d) Sein Urteil muss in jedem Mitgliedstaat der EU befolgt werden.
e) Sie darf Gesetzentwürfe vorlegen.

B 5 EXTRA MK Erarbeite einen Vortrag zu M2.

Einen Raum analysieren

M1 Die Beitrittskandidaten sind (Stand 2021):
- Albanien
- Montenegro
- Nordmazedonien
- Serbien
- Türkei

M2 Die Kopenhagener Kriterien – Voraussetzungen zum EU-Beitritt:
Gemäß den Kopenhagener Kriterien muss ein Beitrittskandidat folgende Anforderungen erfüllen, um Mitglied der EU zu werden:
Politisches Kriterium: „Institutionelle Stabilität als Garantie für demokratische und rechtsstaatliche Ordnung, für die Wahrung der Menschenrechte sowie die Achtung und den Schutz von Minderheiten";
Wirtschaftliches Kriterium: „Eine funktionsfähige Marktwirtschaft sowie die Fähigkeit, dem Wettbewerbsdruck und den Marktkräften innerhalb der EU standzuhalten";
Acquis-Kriterium: Die Fähigkeit, alle Pflichten der Mitgliedschaft – d. h. das gesamte Recht sowie die Politik der EU (den sogenannten „Acquis communautaire") – zu übernehmen, sowie das Einverständnis mit den Zielen der Politischen Union und der Wirtschafts- und Währungsunion.

Acquis communautaire (sprich: Akki komjunotär)umfasst alle Rechte und Pflichten, die für alle Mitgliedstaaten der EU verbindlich sind.

T1 Raumanalyse – vier Blicke auf den Raum

Geographen haben ihre eigene Art, einen Raum zu betrachten. Denn sie möchten alle Faktoren, die diesen Raum prägen, berücksichtigen. Damit nicht genug, die Geographen möchten auch wissen, wie die Faktoren ineinandergreifen und sich gegenseitig beeinflussen. Eine solche Betrachtung nennt man Raumanalyse.
Das Schema M3 zeigt einige Faktoren, die bei einer Raumanalyse untersucht werden können. Ein erster Versuch sollte sich auf wenige Faktoren beschränken.
Die Raumanalyse über einen Beitrittskandidaten soll nach dem Konzept der vier Blicke auf einen Raum durchgeführt werden.

Methode: Eine Raumanalyse durchführen

1. Schritt: Leitfragen formulieren
Gut geeignet sind Fragen, die sich auf Wechselwirkungen und Zusammenhänge zwischen den Faktoren (M3) und den Ansprüchen der EU beziehen.

2. Schritt: Material beschaffen
Geeignetes Material für die Beantwortung deiner Frage findest du in der Bibliothek oder im Internet (z. B. Auswärtiges Amt – Beitrittskandidaten EU).

3. Schritt: Die vier Raum-Blicke

Blick 1: Realraum
Ordne den Untersuchungsraum geographisch ein und verschaffe dir einen Überblick. Beschreibe seine Lage im größeren Raum (Klimazone, Staat, Kontinent ...). Schreibe die Charakteristika des Raumes auf.

Blick 2: Beziehungsraum
Untersuche die betreffenden Faktoren mithilfe der Materialien und stelle Zusammenhänge her. Z. B.: Relief und Besiedlung, Industrie und Landschaft ...

Blick 3: Der Wahrnehmungsraum
Wie sehen z. B die Einwohner ihr Land, wie sehen die anderen EU-Staaten das Land? Erfasse Unterschiede und Gemeinsamkeiten der verschiedenen Blickwinkel.

Blick 4: Der gemachte Raum
Verschaffe dir einen Überblick über die Darstellung des Landes in Medien, Prospekten, bei Institutionen oder ähnlichem. Das Internet hilft dir bei der Recherche.

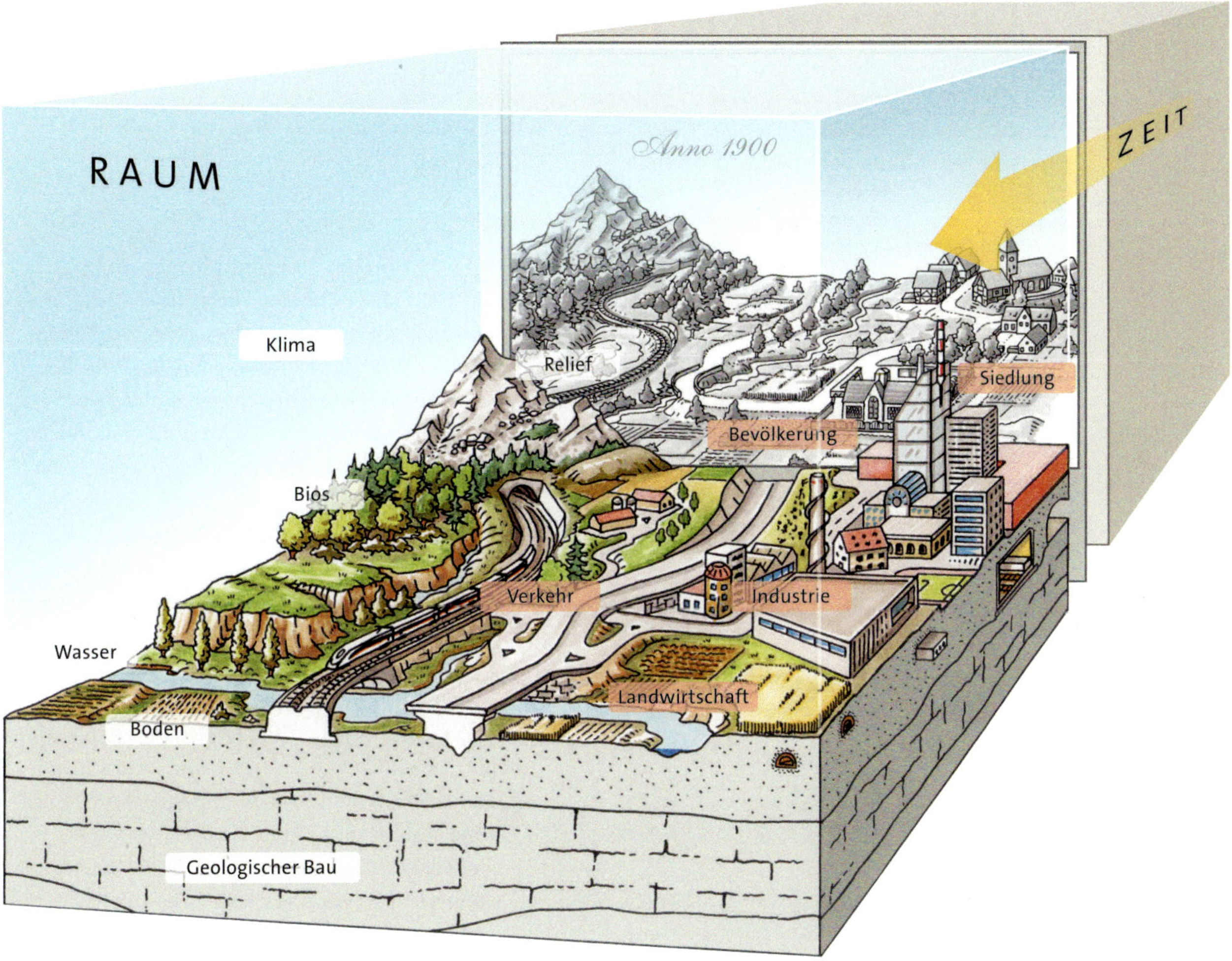

M3 Schema zum geographischen Raum

4. Schritt: Ergebnisse formulieren und bewerten
Beantworte zusammenfassend die Leitfrage. Gib mit den dargestellten Wechselwirkungen und Zusammenhängen Begründungen an. Nimm kritisch Stellung.

5. Schritt: Ergebnisse präsentieren
Mache dein Ergebnis anderen zugänglich, z. B. mit einem Lernplakat.

A

Mögliche Leitfragen:
- Ist der Staat X in der Lage, die wirtschaftlichen Kriterien zu erfüllen?
- Ist der Staat X politisch so stabil, dass die politischen Kriterien erfüllt werden?
- Hält der Staat X die Umweltauflagen der EU ein?

Wählt Aufgabe 1 oder Aufgabe 2 aus.

1 MK
Wählt ein Beitrittsland aus M1. Bearbeitet eine der Leitfragen links mit den vier Raum-Blicken. Geht nach den methodischen Schritten 1–5 vor. Erstellt ein Lernplakat zur Präsentation.

2 MK
Wählt ein Beitrittsland aus M1. Stellt eine andere Leitfrage zum Thema EU-Erweiterung. Bearbeitet sie mit den vier Raum-Blicken und stellt das Ergebnis in einer geeigneten Präsentationsform vor.

A

AFB II: 1 III: 2

SP → Lösungshilfen ab Seite 304

Europa – eine Festung?

Viele wollen rein, erst mal drin sein, der Rest kommt schon noch. Denn in Europa gibt es viel: Nahrung, Arbeit, Geld ... vielleicht sogar Asyl. Aber so mancher, der drin ist, will andere nicht rein lassen – in seine Festung.

M1 **Europa macht dicht** (Karikatur von Heiko Sakurai, 2013)

Zahl der Asylanträge in die EU

2012	335 290
2013	434 450
2014	625 450
2015	1 322 000
2016	1 260 000
2017	708 000
2018	645 000
2019	612 700
2020	431 300

Schlepper
Menschen, die andere Menschen gegen Bezahlung meist illegal in andere Staaten bringen

T1 Flüchtlinge, Asylbewerber, illegale Einwanderer

Im Jahr 2019 waren weltweit rund 80 Millionen Menschen auf der Flucht. Kriege, Konflikte und Verfolgung sind Gründe, warum Menschen ihre Heimat verlassen. Ein Flüchtling hat das Recht auf Sicherheit in einem anderen Land. Dieses Recht nennt man **Asylrecht**. Im Gegensatz zu Flüchtlingen haben Menschen, die auf der Suche nach besseren Lebensbedingungen ihr Land verlassen, kein Recht auf Asyl. Wer ohne gültige Einreisedokumente ist oder aus einem als sicher geltenden Land kommt, gilt als illegaler Einwanderer und wird meist in sein Heimatland zurückgeschickt.

M2 **Mitten in Europa – und doch nicht drin:**

Lazaros Oulis hat einen kleinen Bauernhof in Idomeni an der griechisch-mazedonischen Grenze. Er berichtet, dass jeden Tag zwischen 100 und 200 Menschen in sein kleines Dorf kommen. Sie wollen nach Mazedonien und dann weiter nach Deutschland. Oft fragen die Flüchtlinge nach Brot, Käse, Geld und Decken. Lazaros will helfen, aber alleine kann er das nicht bewältigen. Im nahen Wald warten die Flüchtlinge auf die Nacht, um ungesehen nach Mazedonien zu kommen. Aber dort wartet die Polizei. Manchmal hört man Warnschüsse. Die meisten Flüchtlinge werden aufgegriffen und nach Griechenland (ihre letzte Zwischenstation) zurückgeschickt – Griechenland ist ein sicheres **Herkunftsland** und da kommen sie gerade her. Imal kommt ursprünglich aus Afghanistan. Gerade ist er aus Mazedonien zurück nach Griechenland geschickt worden. Er bräuchte Schlepper, die sich auskennen und ihn sicher nach Mazedonien bringen. Aber Imal hat seine 6 000 US-Dollar an die Schlepper gezahlt, die ihn über die Türkei nach Griechenland geschleust haben. Also muss er es immer wieder alleine versuchen, in der Hoffnung, dass es irgendwann einmal klappt. Am Ziel ist er dann allerdings noch nicht. Zu Fuß will er weiter nach Deutschland, um Arbeit zu finden. Vorher wartet noch so manche Grenze und in Deutschland so mancher Widerstand: Die Kommunen wollen erst mehr Geld von den Ländern für Flüchtlingsheime. Die Länder wollen dafür mehr Geld vom Bund. Und die Menschen in den Kommunen wollen keine Flüchtlingsheime.

T2 Europäische Flüchtlingskrise

In den Jahren 2015 und 2016 kamen so viele Asylbewerber wie nie zuvor in die EU-Staaten. Man spricht deshalb von der „Europäischen Flüchtlingskrise“. Wie Imal (M2) versuchten viele Tausende Menschen Europa zu erreichen. Der Weg über das Mittelmeer gilt dabei als eine der gefährlichsten Routen. Jedes Jahr verlieren Tausende von Menschen dabei ihr Leben. Für die europäischen Mittelmeerländer sind die Flüchtenden eine große Herausforderung. Die Länder, die nicht an den äußeren Grenzen von Europa liegen, dürfen Flüchtlinge, die aus Griechenland oder Italien kommen, wieder zurückschicken.

T3 Frontex

Eine gemeinsame Asyl-Politik gibt es in der EU nicht, jedoch wird versucht, den Herausforderung durch Flucht und Migration gemeinsam zu begegnen: 2004 wurde die Agentur FRONTEX gegründet, eine europäische Grenz- und Küstenwache, die die Außengrenzen der EU durch verschiedene Maßnahmen schützen soll:

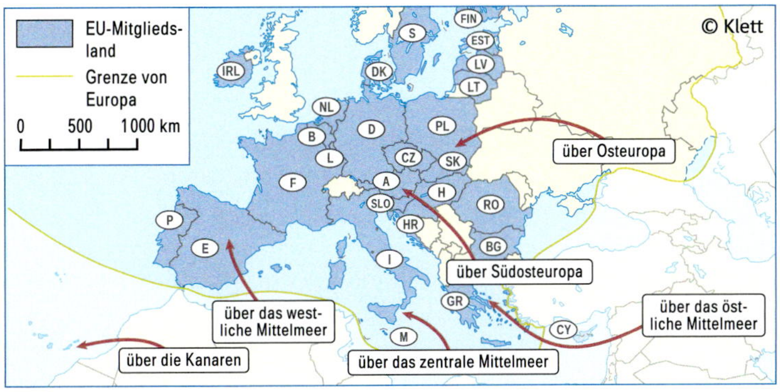

M3 Flüchtlingsrouten nach Europa

1. Mithilfe von eigenen Schiffen patrouilliert sie auf dem Mittelmeer und rettet Menschen vor dem Ertrinken. Aber: Es können nicht alle Menschen gerettet werden.
2. Die Schlepperbanden sollen zerschlagen werden. Aber: Für jeden verhafteten Schlepper stehen zwei neue bereit, denn die Hintermänner der Banden bleiben unerkannt.
3. Die Grenze zu Europa soll für illegale Einwanderer unüberwindbar werden. Aber: Je dichter die Grenzen werden, desto einfallsreicher werden die Schlepper.

A / B

1 Nenne Merkmale für Flüchtlinge, Asylbewerber und illegale Einwanderer (T1).

A 2 Beschreibe Imals Weg von seinem Herkunftsland nach Deutschland (M2, M3).

B 2 Erläutere die Chancen von Imal, wenn er Deutschland erreicht hat (M2).

A 3 Beschreibe, über welche Routen Flüchtende nach Europa kommen (T2, M3).

B 3 Erkläre, warum Flüchtende auf dem Weg nach Europa besonders für die europäischen Mittelmeerländer eine Herausforderung sind (T2, M3).

A 4 Erläutere, was man unter der „Europäischen Flüchtlingskrise“ versteht (Randspalte, T2, T3).

B 4 a) Bearbeite A4.
b) Bewerte die Maßnahmen von FRONTEX (T3).

5 MK Beschreibe und interpretiere die Karikatur (M1, Kapitelüberschrift, Vorspann). Nutze dazu das Methodenkompendium.

6 EXTRA MK Recherchiere den derzeitigen Stand der Asylpolitik der EU.

AFB I: 1, 2, 3 II: 4, 6 III: 5 AFB I: 1 II: 2, 3, 4a, 6 III: 4b, 5

Europa verliert an Einfluss

Zu Beginn des 20. Jahrhunderts haben die europäischen Staaten die Welt beherrscht. Doch sie waren erbitterte Rivalen um die besten Absatzmärkte, Rohstoffquellen und Kolonien. Das hatte dramatische Folgen.

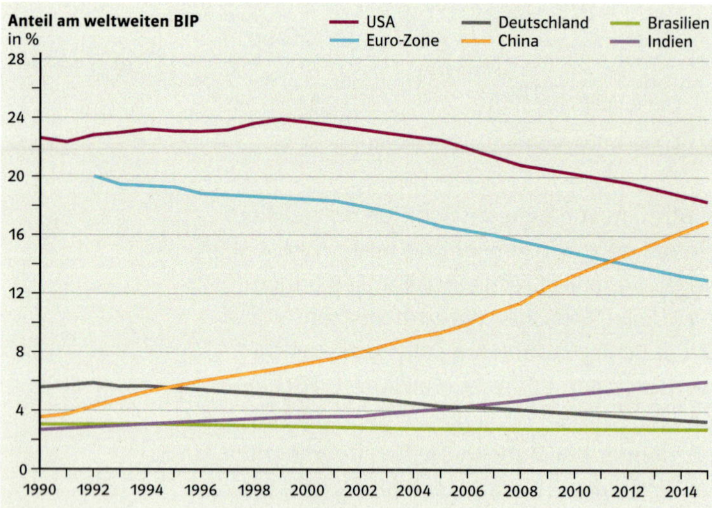

M1 **Verschiebung der Wirtschaftskraft 1990–2014:** Im Jahr 2060 wird China 28 Prozent, Indien 18 Prozent und Deutschland zwei Prozent der globalen Wirtschaftsleistung erbringen.

BIP
→ Lexikon

T1 Zwei Weltkriege

1914 begann in Europa der Erste Weltkrieg, der Millionen Menschenleben kostete und ungeheure Werte vernichtete. Entschieden wurde er 1918 durch das Eingreifen der USA, die von nun an als Weltmacht stärker waren als jede europäische Macht. Die bisher militärisch und wirtschaftlich stärkste Macht Europas, das Deutsche Reich, büßte als Verlierer des Krieges seinen Anspruch auf Weltgeltung ein.

Nur 25 Jahre später ging von Deutschland der Zweite Weltkrieg (1939–1945) aus. Das Ziel war die Weltherrschaft – das Ergebnis der völlige Zusammenbruch. Nach diesem Krieg waren auch Großbritannien und Frankreich als Siegerstaaten so sehr geschwächt, dass sie neben den neuen Supermächten USA und Sowjetunion zweitrangig geworden waren.

T2 Die Dekolonisierung

Nach dem Zweiten Weltkrieg verloren die europäischen Kolonialmächte an Macht und Einfluss. In Afrika und Asien forderten immer mehr Menschen die Unabhängigkeit. In nur zwei Jahrzehnten löste sich das Britische Empire auf, das das größte Weltreich aller Zeiten war. Frankreich führte in Südostasien und in Nordafrika jahrelang Kriege gegen Befreiungsbewegungen, die in bitteren Niederlagen endeten.

T3 Ungleiche Bevölkerungsentwicklung

Selbst sehr große europäische Staaten sind im Weltmaßstab eher Zwerge. Die USA, China, Russland und Brasilien übertreffen Deutschland um das Dreißigfache und mehr an Fläche. Diese Länder verfügen über reiche Rohstofflager und große landwirtschaftliche Flächen. Während die Bevölkerungszahlen der europäischen Staaten seit Jahrzehnten kaum noch steigen, verzeichnen die Staaten Asiens, Afrikas und Amerikas große Zuwächse.

T4 Verlagerung von Industrien

In den vergangenen Jahrzehnten verlor Europa Teile seiner Industrien an kostengünstigere Standorte, in den 1970er- und 1980er-Jahren vor allem an Japan, seit den 1990er-Jahren an China. Erst waren es Massenprodukte wie Textilien, dann technisch immer anspruchsvollere Erzeugnisse. In China verkehren heute die schnellsten Züge der Welt auf einem Hochgeschwindigkeitsnetz, das bis 2035 auf 70 000 Kilometer ausgebaut werden soll (2021: 36 000 Kilometer). Erst kauften die Chinesen Züge in Deutschland, Frankreich, Japan und Nordamerika, studierten die Technik und bauen nun eigene Modelle, die sie auf dem Weltmarkt anbieten.

T5 Weltweiter Wettlauf um Bildung

Wer im 21. Jahrhundert eine führende Rolle in der Welt übernehmen will, muss in Bildung investieren. Sie ist der Schlüssel zur Beherrschung der Zukunftstechnologien. Die europäischen Staaten geben viel Geld für Schulen und Universitäten aus, und die berufliche Bildung ist kaum irgendwo besser als in Deutschland. Doch unser Vorsprung an Wissen ist in den vergangenen Jahrzehnten immer kleiner geworden. Nirgendwo in der Welt werden heute so viele Naturwissenschaftler ausgebildet wie in China, und jedes Jahr verlassen 600 000 neue Ingenieure die Hochschulen.

T6 Eine neue Weltordnung?

Wir leben in einer Zeit, in der sich der Wohlstand und das weltpolitische Gewicht von Staaten und Kontinenten rasant verändern. In Asien leben viermal so viele Menschen wie in Europa und Nordamerika zusammen. Weit mehr als die Hälfte der Industriegüter werden dort hergestellt.

Werden Länder wie China (1 400 Millionen Menschen), Indien (1 380 Millionen Menschen) und Indonesien (270 Millionen Menschen), aber auch Brasilien (210 Millionen Menschen) und Nigeria (211 Millionen Menschen) auf Dauer eine Weltordnung akzeptieren, die noch stark von Europa und den USA bestimmt ist?

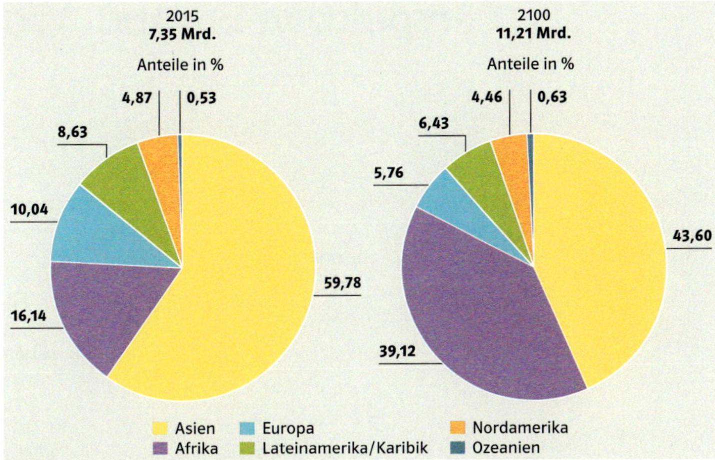

M2 Entwicklung der Weltbevölkerung nach Kontinenten

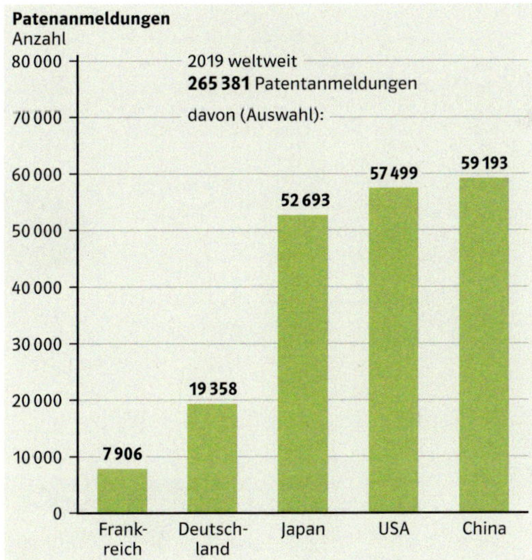

M3 Patentanmeldungen weltweit 2019 (die ersten fünf Plätze)

Patent
Der Staat gibt Erfindern einer technischen Neuerung für eine bestimmte Zeit das alleinige Recht, den wirtschaftlichen Nutzen aus der Erfindung zu ziehen.

A B

1 Liste auf, wodurch Europas Vorherrschaft in der Welt in der ersten Hälfte des 20. Jahrhunderts beendet wurde (T1, Vorspann).

2 (A) Erkläre den Begriff „Dekolonisierung“ (T2).

2 (B) Erkläre den Begriff „Dekolonisierung“ und setze ihn in Beziehung zum Machtverlust Europas (T2).

3 MK Arbeitet in Gruppen. Wertet die Diagramme aus:
a) Verschiebung der Wirtschaftskraft (M1, T4).
b) Entwicklung der Weltbevölkerung (T3, M2).
c) Zahl der weltweiten Patentanmeldungen (T5, M3).

4 Veranstaltet eine Talkshow zum Thema „Hat Europa eine Chance auf größeren Einfluss in der Welt?“ Nutzt T6 und eure Ergebnisse aus Aufgabe 3.

AFB I: 1 II: 2, 3 III: 4 AFB I: 1 II: 2, 3 III: 4

SP → Lösungshilfen ab Seite 304

Tests und Übungen
5by24q

Perspektive Europa: Was hält uns zusammen?

- **1952** Montanunion – die Europäische Gemeinschaft für Kohle und Stahl (EGKS) tritt in Kraft.
- **1958** Europäische Wirtschaftsgemeinschaft (EWG)
- **1993** Der Vertrag von Maastricht vollendet weitgehend den Binnenmarkt.
- **1995** Das Schengener Abkommen tritt in Kraft.
- **2015/2016** Europäische Flüchtlingskrise
- **2020** Großbritannien verlässt die EU.

Perspektive Europa – was hält uns zusammen?

Europäischer Binnenmarkt
- freier Warenverkehr
- freier Personenverkehr
- freier Kapitalverkehr
- freier Dienstleistungsverkehr

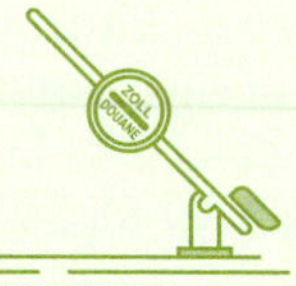

Entwicklung der Europäischen Union
- 1951: EGKS (Europ. Gemeinsch. für Kohle u. Stahl)
- 1967: EG (Europ. Gemeinsch.)
- 1985: Schengener Abkommen
- 1993: EU (Europäische Union)

Politische Entscheidungen, politisches System
- EU-Parlament
- Ministerrat
- Europäischer Rat
- Europäische Kommission

Herausforderungen
- Erweiterung
- Austritt
- regionale Unterschiede
- Einwanderung

Lebensbedingungen in der EU
- Strukturhilfen
- wirtschaftsstarke und benachteiligte Räume

Wichtige Begriffe

- Aktivräume
- Asylrecht
- Binnenmarkt
- Blaue Banane
- Brexit
- Euro
- Europäische Kommission
- Europäische Union (EU)
- Europäische Wirtschaftsgemeinschaft (EWG)
- Europäischer Rat
- Europäisches Parlament
- Herkunftsland
- Ministerrat
- Passivräume
- Schengener Abkommen
- Strukturhilfen
- Vertrag von Lissabon
- vier Freiheiten
- Wirtschafts- und Währungsunion

Jetzt kannst du …

- die Anfänge der europäischen Integration beschreiben.
- die Grundfreiheiten des europäischen Binnenmarkts erklären.
- die Entwicklung der europäischen Einigung darstellen.
- beurteilen, welche Vorteile dir die EU bringt.
- die Aufgaben der Organe der EU erklären.
- die unterschiedlichen Wirtschaftsräume innerhalb der EU nennen.
- erklären, wie die EU eine Angleichung der Lebensbedingungen erreichen will.
- die Herausforderungen und Entwicklungschancen der EU erläutern.

7 Klimawandel: Wie schützen wir unseren Lebensraum?

M1 **Wenn's ums Handeln geht!** (Karikatur Leopold Maurer, 2020)

Fridays for Future – einige sind immer dabei, andere oft, viele verstehen die jungen Menschen und deren Unmut über die Handlungsunfähigkeit der Gesellschaft, fast alle wollen das Klima retten. „Wir fahren langsamer mit dem Auto, wir machen immer das Standby an Elektrogeräten aus, wir wollen klimaneutral leben ... in 30 Jahren".

Viel zu lange schon betreiben wir einen „Alibi-Umwelt- und Klimaschutz": Das Standby-Ausschalten hat, wenn überhaupt, lediglich geholfen, dass es nicht „schlimmer" geworden ist. Aber besser geworden ist es nicht. Lasst uns aufhören mit dem „Geht doch!". Lasst uns bei Fridays for Future genau hinhören.

M2 **Damit es nicht überall so endet ...** – Eisbär in Kanada (Foto)

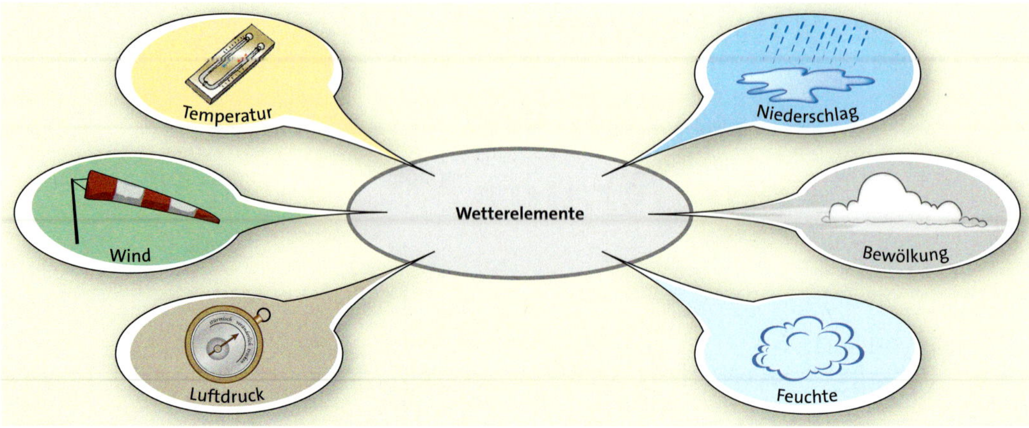

M2 Wetterelemente – die Zutaten der „Wetterküche"

Vom Wetter zum Klima

Wenn jeder sein eigenes Wetter „kochen" könnte ... Der eine mag's heiß, der andere kalt, wieder ein anderer windig. Gut, dass nur eine das Wetter macht – die Sonne.

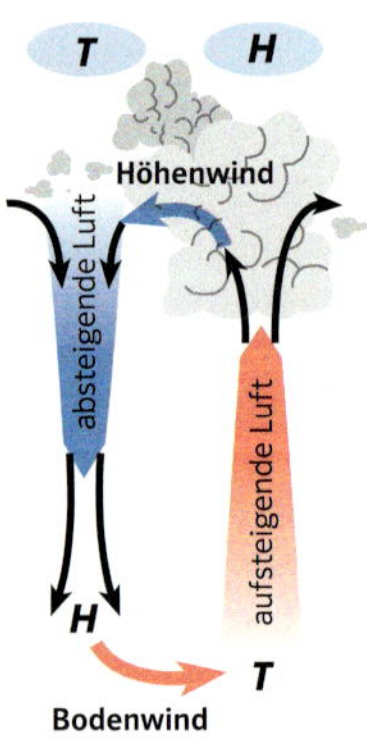

M1 Luftaustausch zwischen zwei Drucksystemen

T1 Wetter und Sonne

Die Sonne bringt die nötige Energie für jedes Wetter. Je nach Intensität der eingestrahlten Sonnenenergie steigt oder fällt die Temperatur. Es entstehen Gebiete mit kalten und warmen Luftmassen. Warme Luft steigt nach oben, kalte Luft sinkt nach unten. Wo die Luft aufsteigt, entsteht in der Höhe hoher und am Boden tiefer Luftdruck (Tiefdruckgebiet). Wo die Luft absinkt, entsteht in der Höhe tiefer und am Boden hoher Druck (Hochdruckgebiet). Durch die Energie der Sonne verdunstet auch Wasser von der Erdoberfläche, die Luftfeuchtigkeit steigt. Die Folgen – Wolkenbildung und Niederschlag – sind dir vom Wasserkreislauf bekannt. Damit kennst du alle sechs **Wetterelemente**.

T2 Luftdruck und Wind

Luft strömt immer vom hohen Druck zum tiefen Druck. Es entsteht Wind. Die Luft dreht sich im Uhrzeigersinn aus dem Hoch heraus und gegen den Uhrzeigersinn in das Tiefdruckgebiet hinein. Zwischen Hoch- und Tiefdruckgebieten entsteht ein Windkreislauf.

T3 Wetter ist überall anders

Wenn die Sonne doch überall gleich ist, wie kommt es dann, dass es am selben Tag z. B. in Nordrhein-Westfalen kühl und in Bayern heiß ist? M4 zeigt einige **Wetterfaktoren**, die dafür verantwortlich sind. Durch sie wird die Wirkung der Sonneneinstrahlung beeinflusst. Z. B.: Über einer Stadt mit viel Beton und Teerflächen heizt sich die Luft viel stärker auf als über Ackerflächen und Weiden im Umland der Stadt. Je größer dadurch die Unterschiede bei den einzelnen Wetterelementen werden, umso heftiger fällt die Reaktion aus. Der Wind wird z. B. umso stärker, je größer die Unterschiede des Luftdrucks sind.

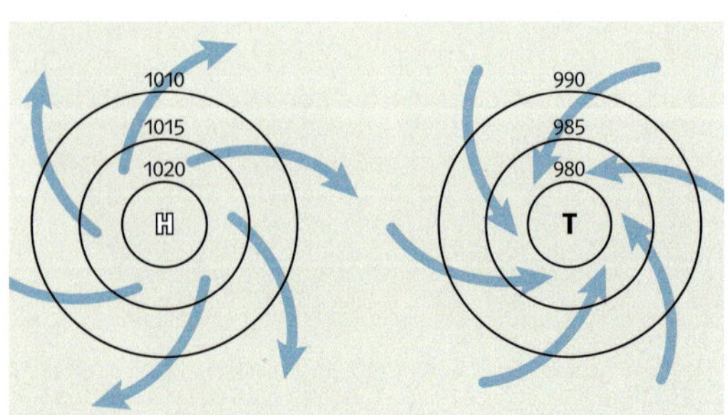

M3 Wind vom Hoch zum Tief

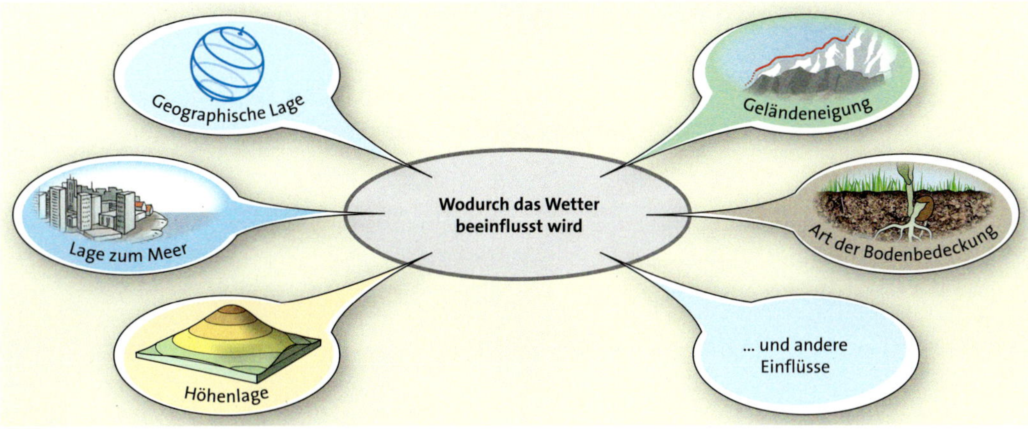

M4 Wetterfaktoren – Einflüsse auf das Wetter

Geographische Lage
Information darüber, wo sich ein Ort auf der Erdoberfläche befindet. Die geographische Lage wird meist über zwei Koordinaten bestimmt: Längengrad und Breitengrad

T4 Wetterelemente und Wetterfaktoren bestimmen das Klima

Die Wetterelemente können sich sehr schnell ändern. So wechselt bei uns häufig das Wetter. Man sagt, das Wetter ist immer auf den Augenblick bezogen. Deswegen werden die Wetterelemente wie Luftdruck, Temperatur, Niederschlag und Wind ständig gemessen und aufgezeichnet. Die Meteorologen – das sind Wissenschaftler, die sich mit dem Wetter beschäftigen – berechnen aus den Wetterdaten von 30 Jahren den Durchschnitt. Damit bestimmen sie die typischen Wetterverhältnisse für einen Ort.
Typische Wetterverhältnisse und einen typischen Wetterverlauf über längere Zeiträume bezeichnet man als Klima einer Region.

M5 Tabea vor der Klassenfahrt

Morgen fahren wir mit der Klasse nach Norddeich auf Klassenfahrt. Gerade habe ich meinen Koffer gepackt. Unsere Lehrerin hat gesagt, dass im Mai an der Nordsee ein mildes Klima sein soll, mit Durchschnittstemperaturen um 16 Grad, häufigen Niederschlägen und viel Wind. Also leichten Pullover einpacken, Regenzeug und Windjacke.
„Was hast du denn da eingepackt?", lacht meine Mutter. „Hast du mal den Wetterbericht für die nächste Woche gesehen? Höchstens mal ein kleiner Schauer, Tagestemperaturen um die 20 Grad und leichter Wind." Also Pullover, Regenzeug und Windjacke auspacken, Sonnen-creme einpacken. „Den Pullover könntest du aber ruhig drinlassen, denk mal an die Abende", sagt meine Mutter.

A / B

1 Erkläre, warum beim Wetter alles mit der Sonne anfängt.

2 (A) Die Wetterelemente können sich gegenseitig beeinflussen. So beeinflussen z. B. die Wolken die Temperatur. Zähle weitere Beispiele auf (T1, M2).

2 (B) Arbeite mit M1 und M3: Erkläre den Windkreislauf, von dem in T2 die Rede ist.

3 (A) T3 zeigt an einem Beispiel, wie die Wetterfaktoren die Wetterelemente beeinflussen. Nenne weitere Beispiele.

3 (B) Erkläre die Wetterelemente so, dass Grundschüler sie verstehen.

4 Unterscheide mit wenigen Worten Wetter und Klima.

5 (A) Arbeite mit M5:
a) Die Lehrerin spricht vom Klima an der Küste. Nenne die Hinweise.
b) Die Mutter denkt ans Wetter. Nenne die Hinweise.

5 (B) Tabea soll für den Abend einen Pullover einpacken. Begründe.

6 EXTRA MK Recherchiere den Begriff Stadtklima und erkläre ihn.

AFB I: 2, 3, 5 II: 1, 4, 6   AFB II: 1, 2, 3, 4, 5, 6

SP → Lösungshilfen ab Seite 304

Erklärfilm
Sonnenstand am 21. Juni und 21. Dezember
2ab87u

Erklärfilm
Sonnenstand und Jahreszeiten
2ab87u

Unseren Jahreszeiten auf der Spur

Auf der Erde herrschen zur gleichen Zeit verschiedene Jahreszeiten. Diese hängen ganz vom Ort ab, also von der Lage auf der Erdkugel – denn die Erde ist geneigt.

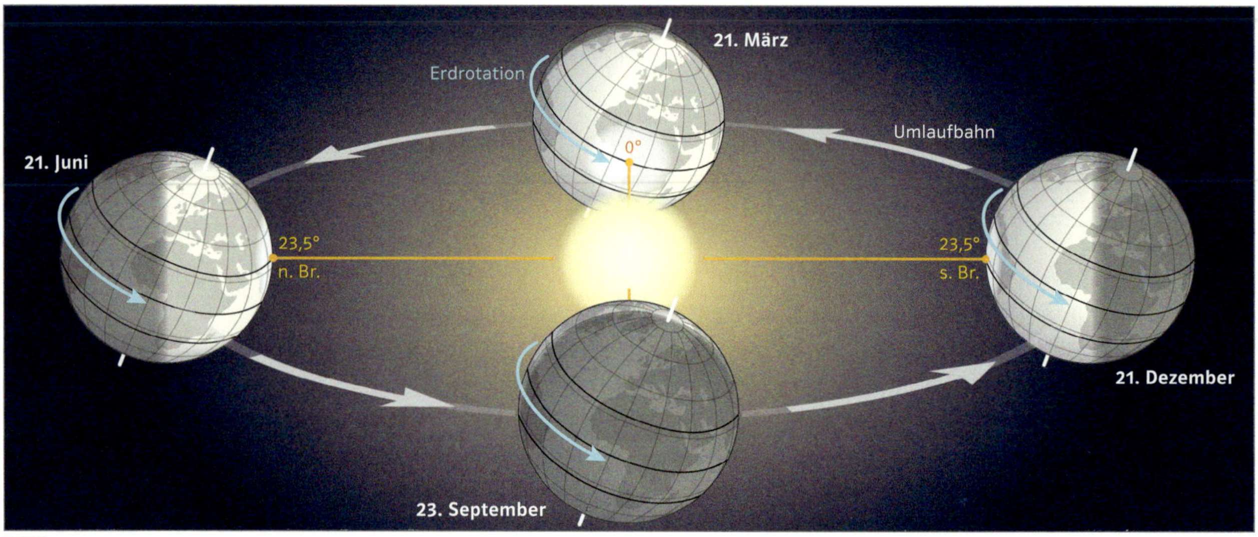

M1 **Die Bahn der Erde um die Sonne** (Maßstab verändert)

M2 **Neigung der Erdachse**

T1 Der Weg der Erde um die Sonne

Im Winter ist es noch dunkel und kalt, wenn ihr in die Schule geht. Im Sommer scheint zur gleichen Zeit schon lange die Sonne und es ist viel wärmer. Warum?

Die Erde dreht sich einmal pro Tag um die eigene Achse. Dadurch entstehen die Tageszeiten. Das kennt ihr schon. Die Erde dreht sich aber auch innerhalb eines Jahres einmal um die Sonne. Die Erdachse steht dabei nicht senkrecht zur Umlaufbahn. Sie ist im Winkel von 23,5° geneigt. Die Neigung der Erdachse zeigt immer in dieselbe Richtung. Das führt dazu, dass in der einen Jahreshälfte die Nordhalbkugel und in der anderen Jahreshälfte die Südhalbkugel stärker beschienen wird. Für uns Beobachter auf der Erde „pendelt" die Sonne dann scheinbar zwischen Nordhalbkugel und Südhalbkugel hin und her, obwohl sie immer an derselben Stelle bleibt.

M3 Experiment zu den Jahreszeiten

Benötigt werden:
ein Globus, eine starke Lichtquelle (z. B. ein Tageslichtprojektor), zwei Schülerinnen oder Schüler

Durchführung:
Ein Schüler hält den Globus, ein anderer Schüler führt die Lichtquelle. Der Globus umkreist nun die Lichtquelle, darf dabei die Stellung der Erdachse aber nicht verändern, also nicht mitdrehen. Der Lichtkegel wird ständig nachgeführt. Beobachte, wie unterschiedlich die Bereiche der Erde beschienen werden.

Auswertung:
Beschreibe die Stellung der Erde zu Beginn von Frühling, Sommer, Herbst und Winter.

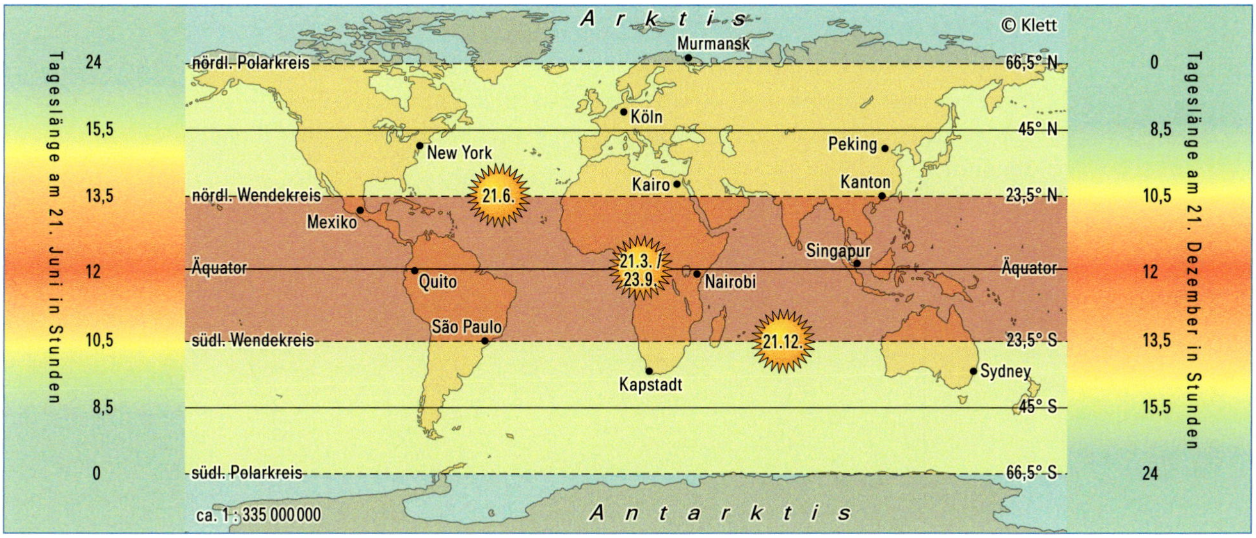

M4 Tageslängen auf der Erde und Zenitstände der Sonne

T2 Zenitstand der Sonne

Die Sonne steht im Zenit, wenn sie genau senkrecht über einem Punkt auf der Erde steht. Am 21. Juni steht sie über dem nördlichen Wendekreis im Zenit, das ist der Breitenkreis 23,5° Nord. Am 21. Dezember steht sie im Zenit über dem südlichen Wendekreis, das ist der Breitenkreis 23,5° Süd.

T3 Jahreszeiten

Alle Orte zwischen den beiden Wendekreisen erleben zwei Zenitstände im Jahr. Das ganze Jahr über gibt es dort kaum Temperaturunterschiede, also auch keine erkennbaren Jahreszeiten. Nördlich bzw. südlich der Wendekreise, zu den beiden Polen hin, gibt es keine Zenitstände der Sonne mehr. Hier ist die Sonne mal hoch am Himmel zu sehen, mal ganz flach. Deswegen gibt es hier erkennbare Jahreszeiten. In Europa sind sie z.B. stark ausgeprägt. Zwischen den beiden Polarkreisen auf 66,5° Nord und 66,5° Süd und den beiden Polen gibt es Tageslängen zwischen 0 und 24 Stunden. An den Polen ist im Sommer sechs Monate lang Tag (Polartag) und im Winter sechs Monate lang Nacht (Polarnacht).

Die Sonne steht im Zenit (senkrecht) ...	Nordhalbkugel	Südhalbkugel
am 21. Juni über dem nördlichen Wendekreis (23,5°)	Sommerbeginn	...
am 23. September ...	...	...
am 21. Dezember ...	...	...
am 21. März	...	...

M5 Zenitstände der Sonne

A / B

1 MK Führt das Experiment M3 durch und beschreibt eure Beobachtungen.

2 Übertragt die Tabelle M5 in euer Heft und ergänzt die fehlenden Angaben (M1).

3 (A) Wertet M4 aus. Nennt Städte mit einem Zenitstand, Städte mit zwei Zenitständen und Städte mit keinem Zenitstand (T2).

3 (B) Wertet M4 aus. Notiert so viele Aussagen wie möglich zu Tages- und Nachtlängen zwischen Äquator und Polen. Vergleicht mit anderen (T2).

4 (A) Erkläre: Die Neigung der Erdachse ist Ursache für die Jahreszeiten (T1, T3, M1, M2).

4 (B) Leite den Begriff Wendekreis aus T1 und T2 ab. Nutze auch M1.

5 Wendekreise, Polarkreise und Neigung der Erdachse haben eine mathematische Gemeinsamkeit. Erkläre.

AFB I: 1, 2 II: 3, 4, 5 AFB I: 1, 2 II: 3, 4, 5

NE

Erklärfilm
Der Klimawandel
2ab87u

Klimawandel – nicht neu für die Erde

Das Klima der Erde pendelt schon immer zwischen Warm- und Eiszeiten. Und dazwischen gab es auch immer wieder Schwankungen, Kleine Warmzeiten oder Kleine Eiszeiten genannt.

Zur Blütezeit des Römischen Reiches um das Jahr 0 gab es eine Warmphase mit besonders niederschlagsreichen Wintern im Mittelmeerraum. Nur so konnte Nordafrika zur Kornkammer Roms werden.

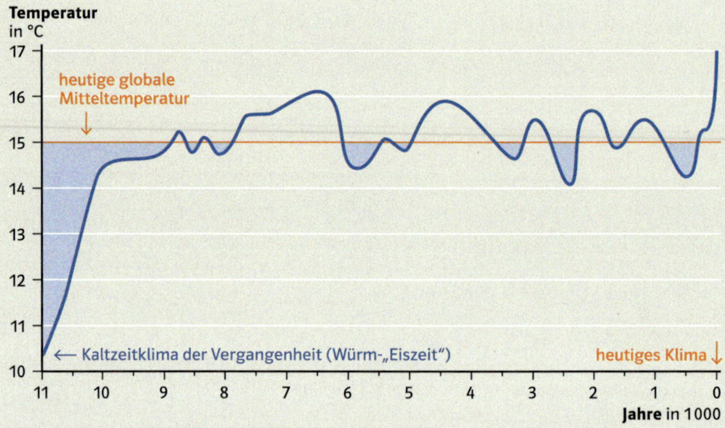

Die Zeit zwischen 800 und 1300 n. Chr. war durch eine deutliche Bevölkerungszunahme, eine florierende Wirtschaft und den Bau bedeutender Städte und mächtiger Kathedralen gekennzeichnet.

Die Wikinger besiedelten um 985 Grönland. Sie gaben der Insel diesen Namen, da sie tatsächlich grün war. Es konnten Ackerbau und Viehzucht betrieben werden. Die Besiedlung der Wikinger endete etwa im 15. Jahrhundert.

Zu Beginn des 16. Jahrhunderts entstanden auffallend viele Gemälde, auf denen tief verschneite Landschaften abgebildet sind. Auch die Sommer waren kühl mit übermäßigem Niederschlag und Hochwassern, sodass die Ernten verfaulten und Hungersnöte die Bevölkerung dahinrafften.

M1 **Temperaturveränderung der letzten 11 000 Jahre:** weltweiter Temperaturdurchschnitt

T1 Warum ändert sich das Klima?

Die geographische Lage einer Region hat entscheidende Bedeutung für das jeweilige Klima. Von der Lage ist die Menge der Sonneneinstrahlung abhängig. Das Klima aber bleibt nicht dauerhaft so, weil drei Faktoren einen stetigen Wandel bewirken. Zwei Faktoren ändern sich wegen der Anziehungskraft anderer Planeten: Die Umlaufbahn der Erde und die Neigung der Erdachse. Drittens pendelt die Erdachse, etwa zehn Meter beträgt die Abweichung pro Jahrhundert. Ursächlich ist die stetige Verschiebung von Massen in der Erdkruste: Z. B. heben und senken sich Kontinentalplatten oder Konvektionsströme verändern die Richtung. Also „eiert“ die Erdachse förmlich, um diese „Unwucht“ auszugleichen. Als Folge ändert sich die Sonneneinstrahlung. Je nachdem, ob sie weniger oder größer wird, bildet sich z. B. an den Polen neues Eis oder vorhandenes Eis schmilzt. Beide Vorgänge wiederum verlagern Masse. Im 20. Jahrhundert sind in Grönland z. B. 7 500 Gigatonnen Eis geschmolzen, so schwer sind 20 Millionen Empire State Buildings. Im Wechsel von etwa 100 000 Jahren entstehen so Warm- bzw. Eiszeiten.

T2 Kleine Eiszeit im letzten Jahrtausend

Von etwa 1300 bis 1800 n. Chr. gab es eine **„Kleine Eiszeit“**. Die Durchschnittstemperaturen sanken um zwei Grad. Dennoch gab es in dieser Zeit durchaus auch wärmere Perioden. Es heißt, dass das Wetter vor allem in der Übergangszeit regelrecht „verrückt“ spielte. So gab es 1338 einen sehr heißen Sommer. Der spätere Kaiser Karl IV. beschreibt eine riesige Heuschreckenplage in Österreich. Er musste elf Kilometer gehen, um das Ende des Schwarms zu erreichen. Heuschreckenplagen kommen nur in heißen und trockenen Regionen vor.

T3 Wie erhebt man ältere Wetterdaten?
Wetteraufzeichnungen gibt es erst seit etwa 300 Jahren, die Daten davor werden rekonstruiert. Bis Christi Geburt können Baumringe helfen. Die Dendrochronologie kann so zusammen mit historischen Aufzeichnungen, z.B. Zeitpunkt der Apfelblüte, das Klima dieser Zeit bestimmen. Noch ältere Daten liefern uns die Klimaforscher aus Studien an Eiskernen. Sie erbohren zunächst mit Hohl- oder Kernbohrern drei Meter lange Eiskerne. Dann datieren sie durch Abzählen die Jahresschichten. Zum Schluss bestimmt die Analyse der Jahresschichten (Schneemenge, Zusammensetzung der Luft) das Klima. Die rekonstruierten Daten reichen 1,5 Mio. Jahre zurück.

T4 Mit Riesenschritten in die Warmzeit
Die „Kleine Eiszeit“ brauchte 500 Jahre für einen Temperaturabfall von etwa zwei Grad. Der lineare Anstieg der Temperatur von 1881 bis heute liegt bei über 1,5 °C in 140 Jahren. Der Vergleich zeigt, dass sich der Wandel seit Ende der Kleinen Eiszeit deutlich schneller vollzieht. Vor allem in den letzten 30 Jahren ist er als extrem zu bezeichnen. Zwar gab es immer schon solch radikale Veränderungen, die Ursachen waren jedoch immer auf Seiten der Natur zu finden. Der momentan schnelle Wandel aber ist anthropogenen Ursprungs: Zu viele natürliche Vorgänge in der Umwelt werden vom Menschen beeinflusst. Wie heftig und schnell der **Klimawandel** ausfällt, hängt stark von unserem weiteren Verhalten ab.

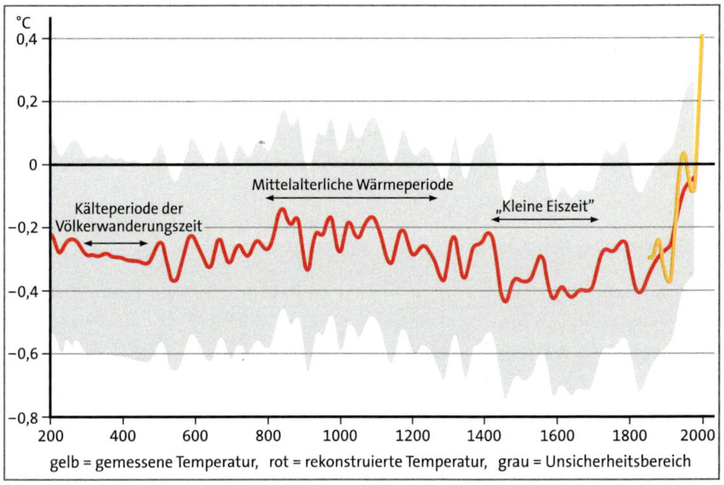

M2 Von der „Kleinen Eiszeit“ zur momentanen Warmzeit

M3 Ein Klimaforscher prüft einen Eiskern.

M4 Baumscheibe mit Baumringen

Dendrochronologie
von altgr. Dendros = Baum, Chronos = Zeit, bestimmt anhand der Beschaffenheit von Baumringen die Wachstumsbedingungen

anthropogen
durch den Menschen gemacht

1 Arbeite mit M1. Beschreibe den Verlauf des Klimas der letzten 11 000 Jahre.

2 Die vier Beispiele in M1 zeigen, wie sich das Klima auf die Landwirtschaft auswirkt. Erkläre.

A3 Bearbeitet in Kleingruppen A3 und A4. Vergleicht mit M2 und T2 und T4 die Kleine Eiszeit und den heutigen Klimawandel.

A4 Erklärt den Begriff anthropogene Ursachen.

B3 Bearbeitet in Kleingruppen B3 und B4. Erklärt, warum sich das Klima schon immer geändert hat (T1).

B4 Erklärt mit T3, wie man die Klimadaten der Vergangenheit erhebt.

5 EXTRA MK Schreibt einen Bericht über den kurzen Zeitraum des Klimawandels vom Ende der Kleinen Eiszeit bis heute, z.B. für die Schülerzeitung.

AFB I: 1 II: 2, 3, 4 III: 5 AFB I: 1 II: 2, 3, 4 III: 5

SP → Lösungshilfen ab Seite 304

NE

Spielt unser Wetter verrückt?

Jahrhundert-Regen, Jahrhundert-Kälte, Jahrhundert-Sommer: Das hat es schon immer gegeben, aber eben nur alle 100 Jahre – im Durchschnitt. Heute kommt so etwas alle drei bis vier Jahre vor.

M1 **Der Rhein bei Niedrigwasser in der Nähe von Rüdesheim** (Foto, 2018)

M3 **Sturmschäden durch den Orkan Kyrill: Die Häufigkeit starker Stürme nimmt zu.** (Foto, 2007)

Kyrill
Orkan im Januar 2007 über Europa, 225 km/h, 47 Tote, Schaden allein in Deutschland 2,4 Mrd. Euro

Nach wochenlangen Regenfällen führen deutsche Flüsse extremes Hochwasser

Globale Erwärmung steigt an
2010 viel zu heiß

40,5 °C – Hitzerekord am 24.7.2019 in Geilenkirchen
Temperaturen in Deutschland wochenlang über 35 °C.

USA: *Tornados wüten katastrophal*

M2 **Zeitungsschlagzeilen**

Temperaturmittelwerte von Deutschland
1881–1990: 8,2 °C
2011–2018: 9,7 °C

T1 Klimawandel auf dem Vormarsch

Ende der 1970er-Jahre waren die Winter so kalt, dass man an den Beginn einer neuen Eiszeit dachte. Das letzte Jahrzehnt dagegen war das wärmste seit dem Beginn der Wetteraufzeichnungen im Jahr 1881. Ist das ein Hinweis auf einen **Klimawandel**? Darunter versteht man die Veränderung wichtiger Klimaelemente wie Temperatur und Niederschlag an einem Ort über einen langen Zeitraum.
Beobachtungen des Wetters alleine reichen für eine Beurteilung des Klimawandels nicht aus. Nur wissenschaftlich korrekte Messreihen führen zu Aussagen über den Klimawandel.

T2 Das Klima fährt Achterbahn

Im Jahr 2020 wurde eine um 1,2 °C höhere Durchschnittstemperatur als vor 100 Jahren gemessen.
Wärmere Luft nimmt mehr Wasser auf als kalte Luft. In heißer Luft ist viel Energie und Wasserdampf gespeichert. Extreme Unwetter sind die Folge: Starkregen, Hagel, Gewitter, Dauerregen über mehrere Tage. Flüsse und Kanalisationen können die Regenmassen nicht bewältigen. Alle seriösen Klimaforscher sehen die Extremereignisse nicht als Zufall, sondern als Merkmal des bereits stattfindenden Klimawandels.

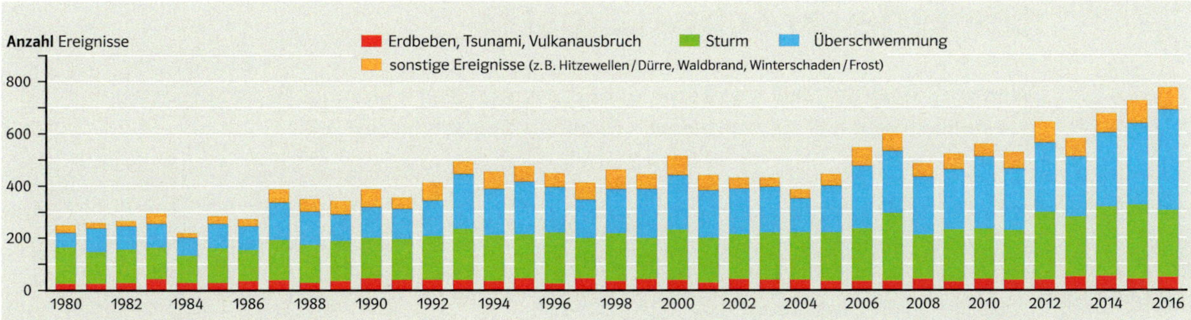

M4 **Anzahl der Naturkatastrophen weltweit seit 1980**

T3 Heiße Zukunft?

In den Jahren 2018–2020 erlebte Deutschland drei heiße, trockene Sommer hintereinander. Der gemeinsame Nenner: Zu heiß, zu trocken, zu viel Sonne. Große Ernteausfälle in der Landwirtschaft konnten selbst mit Bewässerung nicht vermieden werden. Der Niederschlag war so gering, dass der Grund wasserspiegel sank. Selbst Bäume mit tiefen Wurzeln litten unter Wasserarmut. Fazit im Herbst 2020: Wenn das Defizit an Wasser ausgeglichen werden sollte, müsste es vor dem Sommer 2021 mindestens ein halbes Jahr lang regnen – ohne Unterbrechungen. So drohte 2021 eine erneute Trockenheit, selbst wenn der Sommer nicht zu heiß und zu trocken würde. Dem Wald schadet die Trockenheit doppelt. Denn der Borkenkäfer hat unter der ausgetrockneten Rinde der Fichte leichtes Spiel: Er zerfrisst die wasserführende Bastschicht, die Krone bekommt kein Wasser mehr und der Baum stirbt ab.

T4 Wassermangel trotz Regen

Es klingt paradox: Ist der Boden ausgetrocknet, kann er nur schlecht Wasser aufnehmen. Bei Hitze lösen sich Fette aus den organischen Bestandteilen des Bodens und machen ihn wasserabweisend. Starkregen, wie sie verstärkt nach Hitzeperioden auftreten, laufen über den Boden ab ohne in die Tiefe zu dringen. Ein Unwetter, das schon mal 100–150 mm Niederschlag p/m² bringen kann, sorgt nur für überschwemmte Keller, Tiefgaragen und Innenstädte, nicht aber für Erleichterung in Natur und Landwirtschaft.

T5 Waldbrände und Stürme

Extreme Trockenheit begünstigt tagelang anhaltende Waldbrände. Sie vernichten oft große Waldflächen. Extreme Temperaturunterschiede führen zu Stürmen mit Geschwindigkeiten jenseits von 120 km/h (Orkan).

Paradox
eine Tatsache, die auf den ersten Blick unsinnig erscheint, sich bei genauer Analyse aber als richtig herausstellt

A / B

1 Unterscheide mit wenigen Worten Wettererscheinungen und Klima.

2 a) Beschreibe die mit M1–M3 aufgezeigten Extremwetter.
b) Erkläre, dass mit einem Extremwetter der Klimawandel nicht bestimmt werden kann (T1, T2).

A: **3** Formuliert die Grundaussage des Diagramms M4.

A: **4** Beschreibt die Hitzesommer 2018–2020 (T3–T5).

B: **3** Analysiert Diagramm M4 und versucht, mit T3–T5 mögliche Säulen für 2018–2020 zu erstellen.

B: **4** Erklärt das Paradoxon aus T4.

5 MK Recherchiert im Internet: War der Sommer 2021 zu heiß, zu kalt, regnete es viel oder gab es zu viel Sonne (T3)?

6 EXTRA MK Schreibt einen Kommentar zu einer der beiden Aussagen.
a) Unser Wetter spiel verrückt (T1, T2).
b) Zu heiß, zu trocken, zu viel Sonne (T3–T5).

AFB I: 1, 4 II: 2, 3, 5 III: 6   AFB I: 1 II: 2, 3, 4, 5 III: 6

SP → Lösungshilfen ab Seite 304

MK NE

Audio
Unser Erde im Fieber
2ab87u

Erklärfilm
Der Klimawandwandel
2ab87u

Erklärfilm
Der anthropogene Treibhauseffekt
2ab87u

Die Erde im Schwitzkasten

Warmzeit oder Kaltzeit, das Klima der Erde wandelt sich ständig. Nur das Tempo der Änderungen hat sich geändert – denn der Mensch ändert mit.

M1 Der Präsident der Malediven unterzeichnet sechs Meter unter Wasser ein Dokument, das zur Verringerung des CO_2-Ausstoßes aufruft. (Foto, 2009)

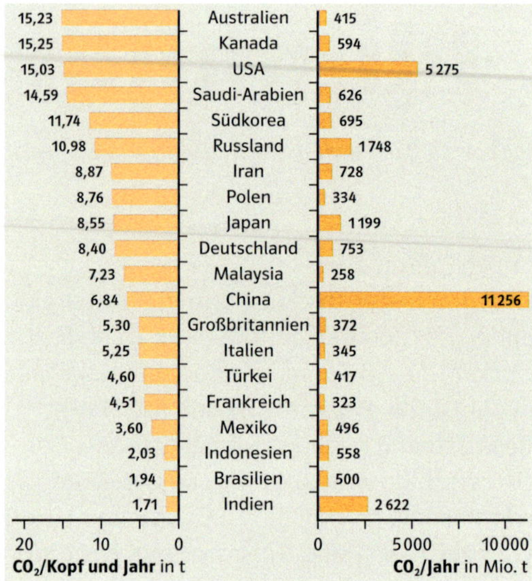

M2 Verursacher von CO_2-Emissionen 2016

T1 Inseln in Gefahr

„Wir werden sterben! Lassen Sie die Welt wissen, was mit den Malediven geschehen wird, wenn der Klimawandel nicht unter Kontrolle gebracht wird.“ Mohamed Nasheed, Präsident der Malediven, macht eindringlich auf die Folgen des sehr schnellen **Meeresspiegelanstiegs** aufmerksam. Das Urlaubsparadies der Malediven mit über 500 Millionen Bewohnern und viele Küstenbereiche überall auf der Welt würden überschwemmt werden. Ursache dafür ist der Treibhauseffekt.

T2 Der Treibhauseffekt

Die **Treibhausgase** (THG) in der Atmosphäre, wie Kohlenstoffdioxid (CO_2), Stickoxid und Kohlenwasserstoffe, machen die Erde erst bewohnbar. Ohne diese „Isolationsschicht“ um die Erde lägen die durchschnittlichen Temperaturen weltweit bei – 18 °C anstatt bei + 15 °C.

Die Treibhausgase verursachen zusammen mit den Wolken den **natürlichen Treibhauseffekt**. Sie wirken dabei wie die Kuppel eines Glasdaches bei einem richtigen Treibhaus: Ein großer Teil der kurzwelligen Sonnenstrahlen trifft nahezu ungehindert auf die Erdoberfläche. Dort werden sie in langwellige Wärmestrahlung umgewandelt, die nur sehr schwer durch das „Treibhausdach“ entweichen kann.

T3 Ein zusätzlicher Effekt

Seit der Industrialisierung produziert der Mensch jedoch immer größere Mengen an Treibhausgasen in Fabriken, durch den Verkehr und in der Landwirtschaft. Sie reichern sich in der Atmosphäre an. Durch diesen **zusätzlichen Treibhauseffekt** wird der natürliche verstärkt und mehr Wärme an der Erdoberfläche zurückgehalten. Es ist zweifelsfrei erwiesen, dass im Handeln des Menschen die Ursache für die **Erderwärmung** in den letzten 150 Jahren liegt.

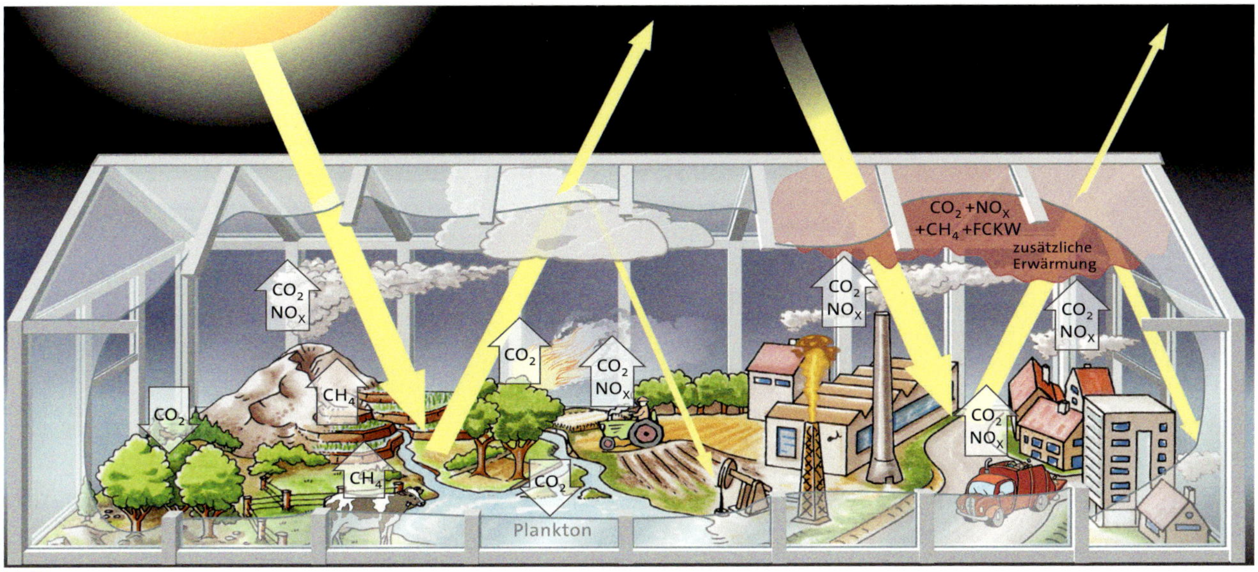

M3 Der natürliche und der zusätzliche Treibhauseffekt

T4 Weitere Erwärmung – und dann?

Das Klima der Erde verändert sich bereits jetzt zu unserem Nachteil. Wenn der weltweite Ausstoß von Treibhausgasen nicht schnell reduziert wird, werden die Folgen dramatisch sein:

- Die Zahl und Stärke der klimabedingten Naturkatastrophen nimmt zu: heftige Regelfälle, Hitzewellen, Dürren, Waldbrände, Stürme.
- Der Meeresspiegel steigt, da die Eismassen der Gebirge und an den Polen schmelzen. Küstenstädte und -regionen werden teilweise unbewohnbar.
- Wüsten dehnen sich aus, landwirtschaftliche Anbaufläche geht verloren.
- Das Artensterben in Tier- und Pflanzenwelt beschleunigt sich.
- Millionen Menschen verlieren ihre Lebensgrundlage, Flucht und Migration sind die Folge.

T5 Zeit zum Handeln

Die Staaten der Erde beraten auf sogenannten Umweltgipfeln über zu treffende Maßnahmen. Im „Kyoto-Protokoll“, dem Ergebnis des Umweltgipfels 1997 in Japan, verpflichteten sich vor allem die Industrieländer, die Produktion und Freisetzung von Treibhausgasen einzuschränken.

Seit 1997 sind die weltweiten Treibhausgasemissionen jedoch immer weiter gestiegen. Der individuelle Wohlstand und kurzfristige wirtschaftliche Ziele waren für die politisch Verantwortlichen und viele Menschen meist wichtiger als der langfristige Nutzen von effektivem Klimaschutz.

Inzwischen ist aber erwiesen, dass uns die menschgemachte Erderwärmung deutlich mehr kosten wird, als alle Maßnahmen zum Schutz unseres Klimas.

Emissionen
Bezeichnung für den Ausstoß an Treibhausgasen (meist Kohlendioxid, Methan und Lachgas) im Zusammenhang mit dem Klimawandel. Die Quellen der Emission nennt man Emittenten.

A B

1 Schreibe einen Zeitungsbericht über die Aktion des Präsidenten der Malediven (T1, M1).

2 (A) Unterscheide den natürlichen und den zusätzlichen Treibhauseffekt.

2 (B) a) Bearbeite Aufgabe A2.
b) Erläutere die Ursachen des zusätzlichen Treibhauseffekts.

3 (A) Nenne die möglichen Folgen der Erderwärmung durch den zusätzlichen Treibhauseffekt (T4).

3 (B) a) Bearbeite Aufgabe A3.
b) Beschreibe die Folgen einer Erhöhung des Meeresspiegels an den Küsten.

4 EXTRA Recherchiere die Ergebnisse folgender Klimakonferenzen und berichte deiner Klasse:
- 1997 Kyoto
- 2015 Paris
- 2019 Madrid.

AFB I: 1, 3 II: 2 III: 4 AFB I: 1, 3 II: 2 III: 4

Indizien für den Klimawandel

IPCC (Intergovernmental Panel on Climate Change) ein zwischenstaatlicher Ausschuss für Klimaänderungen, dem fast alle Staaten der Welt angehören

Der „Weltklimarat" IPCC dokumentiert in regelmäßigen Abständen den Zustand des Klimas sowie dessen Auswirkungen auf Mensch und Natur und benennt mögliche Gegenmaßnahmen. Aufgrund jahrzehntelanger Messdaten hat er festgestellt, dass sich das Klima der Erde eindeutig erwärmt.

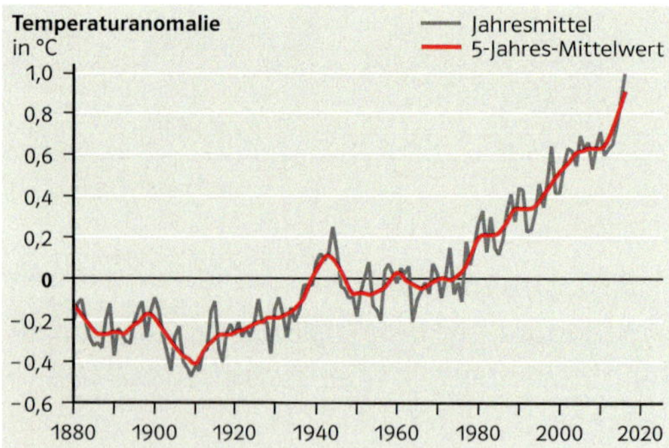

M1 Durchschnittliche Temperaturabweichung an der Erdoberfläche

Rang	Jahr	Abweichung
1	2016	+ 0,95
2	2015	+ 0,91
3	2017	+ 0,85
4	2018	+ 0,79
5	2014	+ 0,75
6	2010	+ 0,70
7	2013	+ 0,67
8	2005	+ 0,66
9	2009	+ 0,64
10	1998	+ 0,64

Nach Statista, 2019

M2 Die 10 global wärmsten Jahre im Zeitraum von 1880 bis 2018: Abweichung von der globalen Durchschnittstemperatur in °C

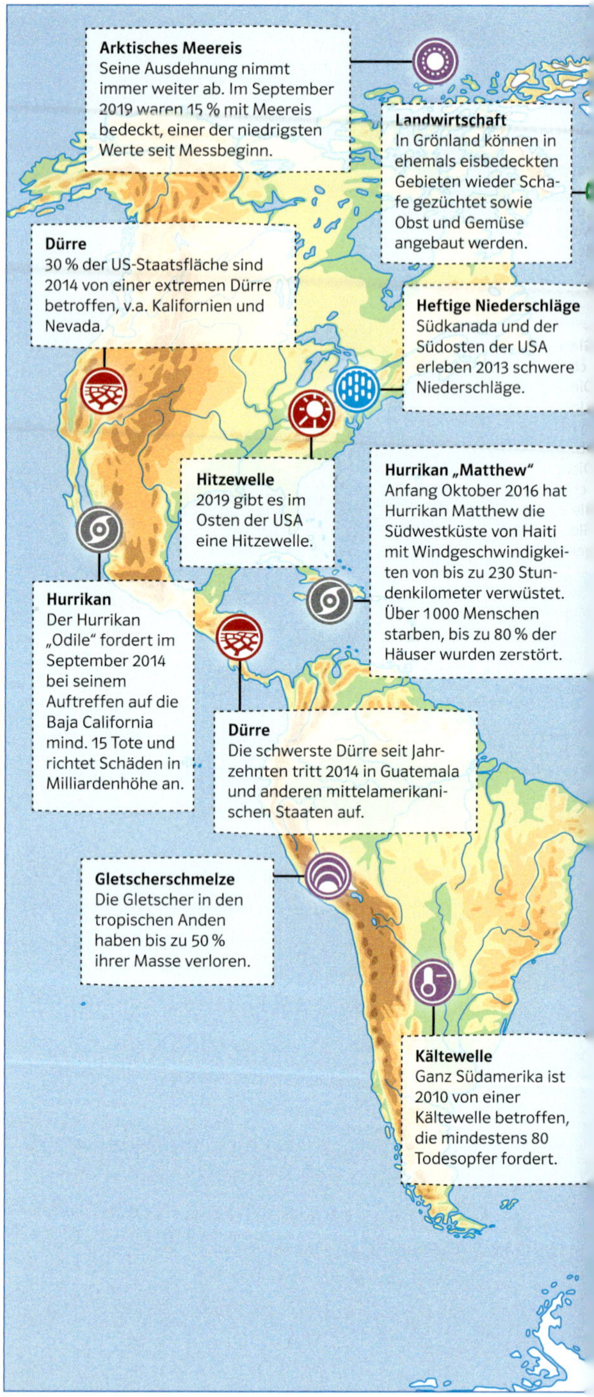

M3 Weltweite Beispiele für Extremereignisse und

T1 Verursacher Mensch

Ein einzelnes Extremereignis ist kein Beweis für einen Klimawandel. Die festzustellende Häufung von Extremwettererscheinungen ist aber nur durch den menschengemachten Klimawandel zu erklären. Der Hauptverursacher all dieser Veränderungen ist entsprechend der Erkenntnisse des IPCC der Mensch.

Natürliche Faktoren haben auf die globale Erwärmung seit der Industrialisierung dagegen nur einen geringen Einfluss.

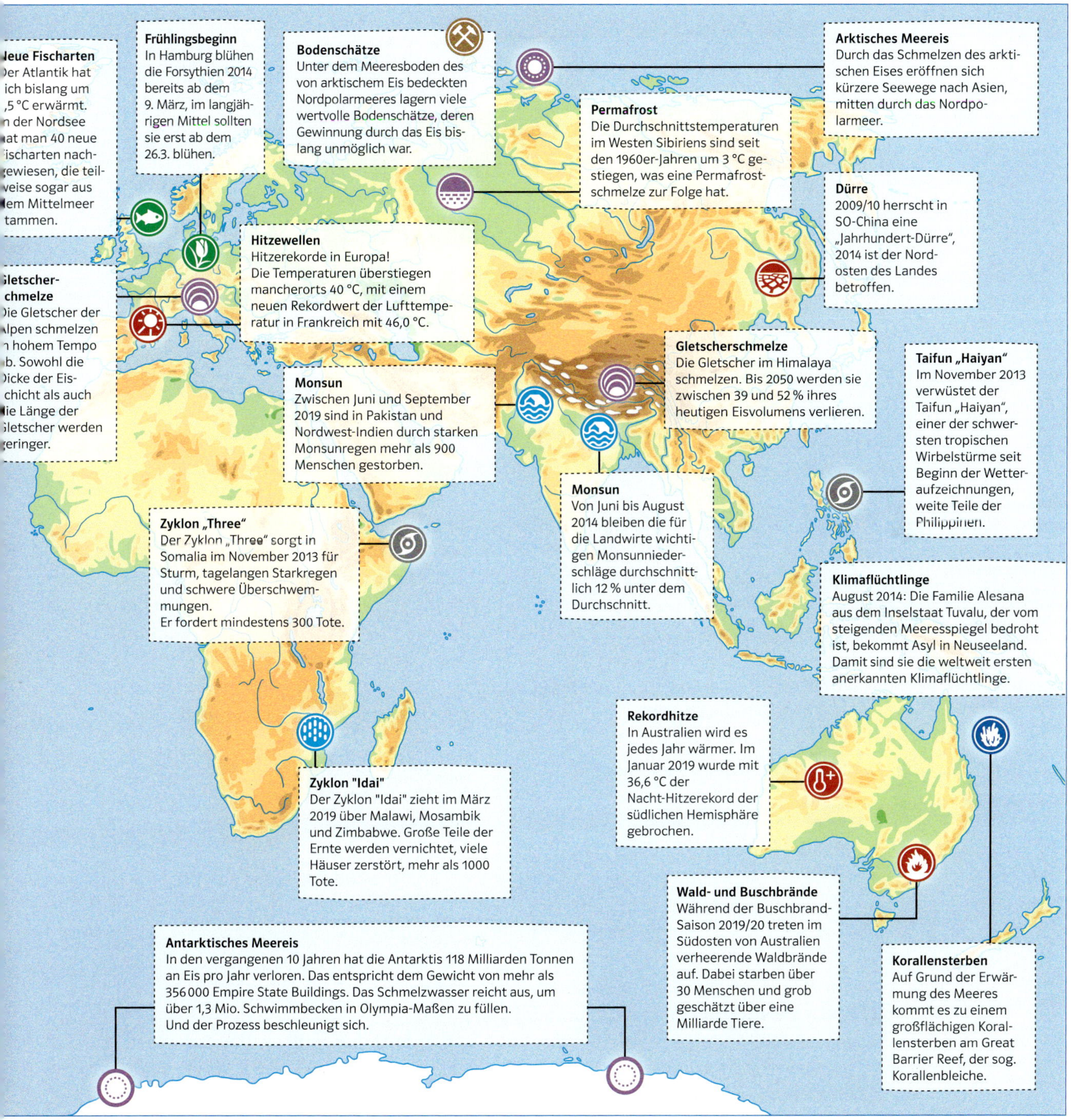

Veränderungen, die auf die globale Erwärmung zurückgeführt werden können

A **1**

Meist wird ausschließlich von den „Verlierern" des Klimawandels gesprochen. Doch gibt es auch „Gewinner".

a) Welche Regionen und Branchen profitieren vom Klimawandel?

b) Erläutere.

2 MK A

Recherchiere im Internet weitere Extremereignisse, die auf eine globale Erwärmung zurückgeführt werden können.

AFB II: 1, 2

SP → Lösungshilfen ab Seite 304

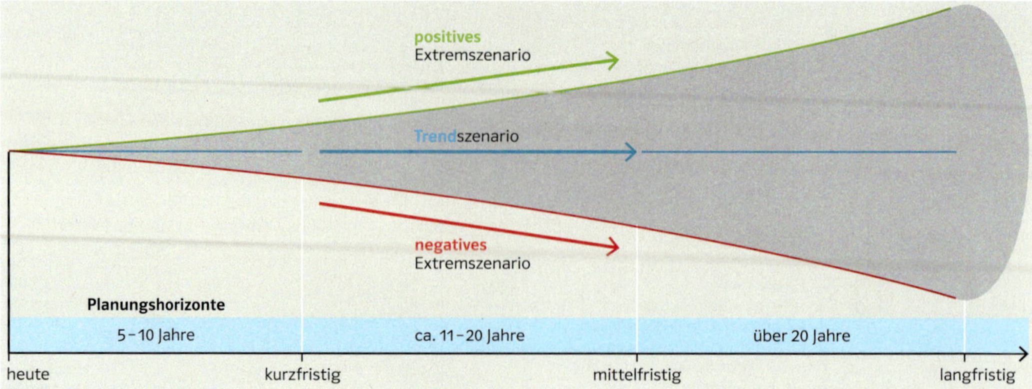

M1 Der „Szenario-Trichter“

Ein Szenario erstellen

Extremszenario
In einem positiven Extremszenario wird die günstigste Entwicklung angezeigt, in einem negativen Extremszenario die ungünstigste.

Trendszenario
Ein Trendszenario zeigt die wahrscheinlichste Entwicklung.

T1 Was könnte die Zukunft bringen?

Szenarien sind Vorhersagen über mögliche positive oder negative Entwicklungen in der Zukunft, zum Beispiel über mögliche Klimaveränderungen. Natürliche Klimaschwankungen hat es schon immer gegeben. Heute und in Zukunft werden sie jedoch durch den Einfluss des Menschen verstärkt.

Beim Erstellen eines Szenarios wird von den heute bekannten Fakten ausgegangen. Je weiter man in die Zukunft schaut, desto schwieriger und unsicherer werden die Vorhersagen. Mithilfe der Szenariomethode kann man rechtzeitig auf unerwünschte Entwicklungen reagieren und Lösungsansätze für sich andeutende Probleme finden.

Methode: Ein Szenario erstellen

1. Schritt: Thema festlegen
Zeigt eine Problemstellung für die Zukunft auf, deren Lösung euch wichtig erscheint, zum Beispiel Klimaerwärmung oder Rohstoffverbrauch.

2. Schritt: Einflussfaktoren bestimmen
Benennt die wichtigsten Einflussfaktoren für die gewählte Problemstellung. Das können wirtschaftliche, gesellschaftliche oder ökologische Faktoren sein.
Erarbeitet dazu ein Wirkungsschema.

3. Schritt: Szenarien entwickeln
a) Erstellt in Kleingruppen ein positives und ein negatives Extremszenario zu eurem Thema.
b) Bewertet die Szenarien bezüglich der Wahrscheinlichkeit ihres Eintretens.
c) Entwickelt ein Trendszenario, das als Fortschreibung der heutigen Situation für die Zukunft eurer Meinung nach eintreffen wird.

Begründet eure Einschätzung.
Erläutert die Folgen der einzelnen Szenarien.

4. Schritt: Lösungsansätze aufzeigen
Sucht gemeinsam in der Klasse nach Maßnahmen, mit denen man das Eintreten des negativen Extremszenarios verhindern und positive Entwicklungen fördern kann.
Entwickelt eine Handlungsstrategie.

1. Schritt (Thema festlegen)

Die Zukunft unseres Klimas: Das Klima erwärmt sich

2. Schritt (Einflussfaktoren bestimmen)

Wirkungsschema

Ursachen
- erhöhte CO_2-Konzentration durch Industrie, Verkehr, Internet
- Ansammlung der Treibhausgase in der Atmosphäre
- zusätzlicher Treibhauseffekt

▼

Klimaerwärmung

▼

Folgen
- Abschmelzen der Gletscher
- Meeresspiegelanstieg
- mehr extreme Wetterereignisse

3. Schritt (Szenarien entwickeln)

	a – heiße Zukunft? (negatives Extremszenario)	b – keine Panik? (positives Extremszenario)	c – Trendszenario
CO_2-Konzentration	deutliche Steigerung	starke Verringerung	?
Erdtemperatur	starker Anstieg	kaum Veränderung	?
Einsatz Energieträger	überwiegend fossile Energieträger	überwiegend erneuerbare Energieträger	?
Kyoto und andere Umweltgipfel	scheitern	werden von allen eingehalten	?

4. Schritt (Lösungsansätze aufzeigen)

M2 Beispiel für ein Szenario

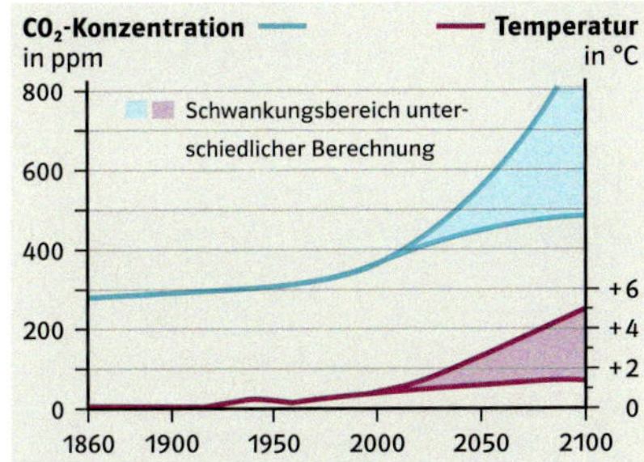

M3 Unterschiedliche Szenarien zur Veränderung von CO_2-Gehalt und Temperatur

M4 Das Klimaziel von Paris:

Die UN-Klimakonferenz beschloss 2015 in Paris die Erderwärmung auf deutlich unter 2 °C, idealer Weise auf 1,5 °C zu begrenzen. Das kann jedoch nur durch eine weltweite Klimaneutralität bis 2050 erreicht werden. Danach darf nicht mehr CO_2 emittiert werden, als durch Wälder oder andere CO_2- Speicher aus der Atmosphäre entnommen wird.

A **1** MK

Bearbeitet das Szenario M2:

a) Zeichnet das Wirkungsschema M2 ab und ergänzt es.

b) Untersucht mithilfe von M3 die Auswirkungen verschiedener CO_2-Konzentrationen auf die Temperatur.

c) Beurteilt die Extremszenarien a und b und entwerft ein mögliches Trendszenario c.

2 MK A

Was wird getan?

a) Nennt Beispiele für Handlungsmöglichkeiten aus verschiedenen Bereichen (Umweltgipfel, staatlich, privat).

b) Legt die Schwierigkeiten ihrer Umsetzung dar.

AFB I: 1a, 2a II: 1b, 2b III: 1c

SP → Lösungshilfen ab Seite 304

Folgen des Klimawandels

M1 Die Folgen des Klimawandels – wie könnten sie sich entwickeln? (Comiczeichnung)

T1 Die Situation

Klimaänderungen gibt es weltweit. Der Treibhauseffekt wird sich durch immer weiter steigende CO_2-Emissionen noch mehr verstärken. Noch wissen auch die Wissenschaftler nicht wie das Ausmaß der Folgen sein wird. Aber klare Folgen sind bereits: Gletscherschwund und Anstieg des Meeresspiegels, Dürren und Wüstenbildung sowie eine Zunahme von extremen Wetterereignissen. Jeder muss mithelfen, die CO_2-Emissionen zu senken.

Bildet Kleingruppen mit maximal vier Schülerinnen und Schülern und wählt einen der vier Aufträge aus. Erstellt zu den drei ersten Aufträgen Extrem- und Trendszenarien.

T2 Grundaufgabe für alle Aufträge

Für die ersten drei Aufträge gilt die Leitfrage: Die Folgen des Klimawandels – wie könnten sie sich entwickeln? Für den vierten Auftrag gilt: Was können wir selber tun, um die CO_2-Emission einzugrenzen? Die Ergebnisse werden der Klasse vorgestellt und von den Mitschülern bewertet.

Damit die Darstellungen vergleichbar sind, müssen folgende Kriterien erfüllt sein:

- Entwickelt ein positives, ein negatives Extremszenario sowie ein Trendszenario. Auftrag 4: Listet mögliche Handlungsfelder zur Eingrenzung der CO_2-Emission auf.
- Belegt eure Szenarien mit Fakten. Einige Informationen habt ihr bereits erhalten (S. 218–223), weitere findet ihr auf eurer Seite. Manches müsst ihr recherchieren.
- Eure Szenarien sollten in einem Wirkungsschema auf einem Plakat dargestellt werden, ähnlich wie auf S. 222/223.
- Präsentiert die Szenarien in freier Rede. Jedes Gruppenmitglied muss aktiv werden.

Egal, für welchen Auftrag du dich entscheidest, du kannst anschließend:

- Szenarien zu einem Aspekt des Klimawandels erstellen,
- Möglichkeiten nennen, die ein negatives Extremszenario verhindern können,
- die Szenarien in freier Rede vortragen und zu Fragen dazu Stellung beziehen,
- Handlungsfelder benennen, die die CO_2-Emission eingrenzen können.

Auftrag 1: Steigt der Meeresspiegel und bedroht die Menschen?

Auf den S. 226/227 lernt ihr eine Folge der Erderwärmung kennen. Gletscher schmelzen ab, der Meeresspiegel steigt an. Entwickelt Szenarien und zeigt auf, welche Folgen das Abschmelzen der Gletscher haben könnte. Denkt an die Bedrohung der Menschen, die an der Küste oder in Küstennähe leben.

So könnt ihr vorgehen:

- Lest die Informationen auf S. 226/227.
- Listet auf, welche Informationen ihr noch braucht (Bibliothek, Internet ...).
- Erstellt einen Arbeitsplan: Wer macht was bis wann?
- Achtet darauf, dass alle Elemente der Szenarien gut zu sehen und zu lesen sind. Weniger ist mehr, das Wichtigste muss mündlich vorgetragen werden.

Auftrag 2: Führt die Erderwärmung zu mehr Dürren und Wüstenbildung?

Auf den S. 228/229 lernt ihr eine Folge der Erderwärmung kennen. Die Temperaturen steigen an, es fällt in einigen Regionen weniger Regen, Dürren und Wüsten entstehen. Entwickelt Szenarien und zeigt auf, welche Folgen Dürren und Wüstenbildung haben könnten. Denkt an die dort lebenden Menschen.

So könnt ihr vorgehen:

- Lest die Informationen auf S. 228/229.
- Listet auf, welche Informationen ihr noch braucht (Bibliothek, Internet ...).
- Erstellt einen Arbeitsplan: Wer macht was bis wann?
- Achtet darauf, dass alle Elemente der Szenarien gut zu sehen und zu lesen sind. Weniger ist mehr, das Wichtigste muss mündlich vorgetragen werden.

Auftrag 3: Nehmen extreme Wetterereignisse zu?

Auf den S. 230/231 lernt ihr eine Folge der Erderwärmung kennen. Extreme Wetterereignisse wie Starkregen oder Stürme nehmen zu. Entwickelt Szenarien und zeigt auf, welche Folgen die extremen Wetterereignisse haben könnten. Denkt an die Bedrohung der Gesellschaft.

So könnt ihr vorgehen:

- Lest die Informationen auf S. 230/231.
- Listet auf, welche Informationen ihr noch braucht (Bibliothek, Internet ...).
- Erstellt einen Arbeitsplan: Wer macht was bis wann?
- Achtet darauf, dass alle Elemente der Szenarien gut zu sehen und zu lesen sind. Weniger ist mehr, das Wichtigste muss mündlich vorgetragen werden.

Auftrag 4: CO_2-Emissionen eingrenzen – Wir tun was!

Auf den S. 232/233 lernt ihr Handlungsfelder kennen, in denen CO_2-Emission eingedämmt werden kann. Prüft diese Handlungsfelder und zeigt in einer Prioritätenliste auf, was jeder tun kann. Fordert darin die Mitschüler auf, mitzumachen. Weist auf Bedrohungen hin, die in anderen Gruppen vorgetragen werden.

So könnt ihr vorgehen:

- Lest die Informationen auf S. 232/233.
- Listet auf, welche Informationen ihr noch braucht (Bibliothek, Internet ...).
- Erstellt einen Arbeitsplan: Wer macht was bis wann?
- Achtet darauf, dass die Liste gut zu sehen und zu lesen ist. Illustriert eure Liste. Weniger ist mehr, tragt das Wichtigste mündlich vor.

NE

Steigt der Meeresspiegel?

Schmelzende Gletscher bringen Wasser ins Meer. Der Meeresspiegel steigt. Wie viel und welche Gefahren davon ausgehen – das bestimmt der Anstieg der Temperatur.

M1 Der Triftgletscher in der Schweiz: 1948, 2002, 2019

Schon gewusst?

Der größte Alpengletscher, der Aletschgletscher, schrumpft jährlich um 50 Meter.

T1 Temperaturanstieg

In den Alpen ist seit 1850 die Temperatur um 1,5 °C angestiegen. Wissenschaftler sind sicher, dass die Dursachschnittstemperatur bis 2050 um ein bis zwei Grad ansteigen wird. Nach 2050 ist ein Anstieg zwischen drei und sechs, vielleicht sogar sieben Grad möglich – je nach Verhalten der Menschen. Nach neuesten Rechnungen ist die Erderwärmung mit einer Steigerung um 0,174 °C pro Jahr zwischen 2000 und 2014 stärker gestiegen als zunächst angenommen.

T2 Die Gletscher schmelzen

Gletscher können als Fieberthermometer der Erde verstanden werden. Die Erwärmung der Erdatmosphäre führt weltweit zum Schmelzen des Gletschereises. 1850 gab es z. B. in der Schweiz noch 1800 km² Gletscherfläche. In den letzten 40 Jahren sind davon etwa ein Drittel geschmolzen. Dieser **Gletscherrückgang** zeigt sich sowohl in der Fläche als auch in der Höhe: Wissenschaftler gehen von einem 50 %-igen Verlust des Eisvolumens aus.

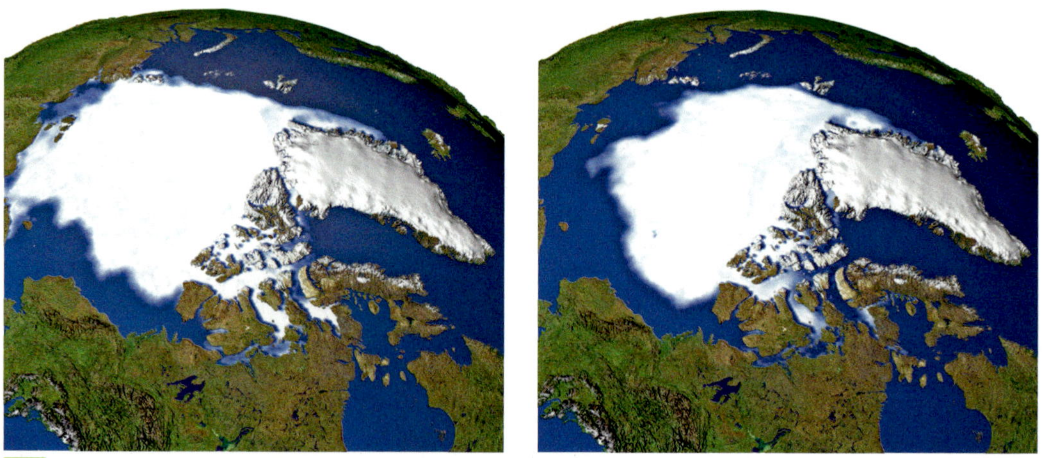

M2 Eisbedeckung von Grönland 1984 (links) und 2018 (rechts)

Sogar der bis heute immer schneebedeckte Himalaya verliert mehr und mehr seine weißen Kappe.

T3 Das Gleiche am Nordpol

Auch das Eis der Arktis schmilzt in besorgniserregender Geschwindigkeit. Die Eisfläche verringerte sich in den letzten drei Jahrzehnten von 7,5 Mio. km^2 auf etwa 4,5 Mio. km^2. Vielfach ist das Meer nicht mehr ganzjährig mit Eis bedeckt, was zu einer weiteren Erwärmung des Meereswassers beiträgt. Wärmeres Wasser dehnt sich aus. So erhöht sich der Meeresspiegel weltweit aus doppeltem Grunde: Zum einen schmilzt Eis zu Wasser, welches von den Meeren teilweise aufgenommen wird, zum anderen steigt der Meeresspiegel aufgrund der Erwärmung des Wassers selbst.

T4 Mehr Meer bedeutet weniger Land

Einige Prognosen gehen von einem Anstieg des Meeresspiegels bis zum Ende des Jahrhunderts bis zu einem Meter aus. Dies hört sich zunächst unwesentlich an, ein solcher Anstieg hätte allerdings fatale Folgen für Inselstaaten im Südpazifik sowie für große Küstenstädte im indisch-pazifischen Raum: Shanghai, Singapur, Tokyo, Mumbai, Madras – sie alle liegen zurzeit nur wenig über dem Meeresspiegel.

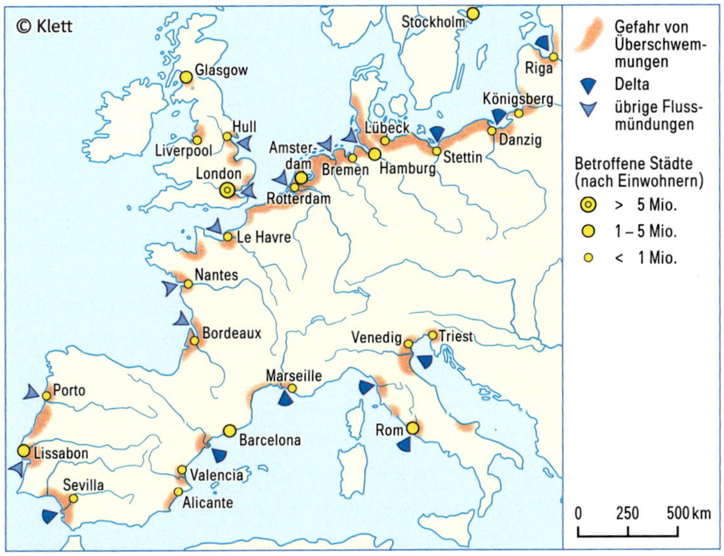

M3 Überschwemmungsgefährdete Küsten in Europa bei ansteigendem Meeresspiegel

Doch auch in unserer unmittelbaren Umgebung wären große Küstenregionen mit Millionen Einwohnern von Hochwassern betroffen. Insgesamt lebt etwa 40 % der Weltbevölkerung an oder in der Nähe von Küsten.

Die Errichtung neuer Deiche, Umsiedlungen, die Entsalzung von Trinkwasserbrunnen … würde viel Geld kosten. Im reichen Europa könnten manche dieser Maßnahmen bezahlt werden. Ärmeren Ländern wird das aus eigener Kraft jedoch nicht gelingen.

A / B

1 Beschreibe, warum Gletscher auch als „Fieberthermometer der Erde“ gelten können.

2 (A) Beschreibe den Prozess, der in M1 und M2 sichtbar wird.

2 (B) Stelle die Zusammenhänge zwischen M1 und M2 her. Nutze dazu auch T1–T3.

3 MK Erstelle eine Liste der europäischen Länder, deren Städte und Regionen bei einem weiteren Meeresspiegelanstieg gefährdet wären (M3).

4 a) Viele Megastädte gibt es in der Nähe von Küsten (T4). Nenne weitere solche Städte.
b) Mittlerweile leben mehr als 50 % aller Menschen in Städten, viele davon sind Küstenstädte. Nimm Stellung.

AFB I: 1, 2, 4a II: 3 III: 4b   AFB I: 1, 4a II: 2, 3 III: 4b

SP → Lösungshilfen ab Seite 304

NE

Trockenheit und Wüstenbildung

Die Erde war noch nie so durstig wie heute. Die Wüste breitet sich in Gebieten aus, in denen von Natur aus keine Wüsten sein dürften.

T1 Wachsende Wüsten

Die zunehmende Erwärmung der Erde infolge des Klimawandels sorgt weltweit für ein Anwachsen der Wüsten. Davon sind besonders die Dornsavannen in Afrika und die Steppenregionen in Asien, Nordamerika und Australien betroffen. Wenn das Gras durch zu viel Beweidung bereits geschädigt ist und es kommt noch eine Dürre hinzu, dann kann das Gras völlig verschwinden. Fällt dann der Niederschlag kräftiger aus, wird der Boden weggespült und es kann oft für Jahrzehnte nichts mehr wachsen.

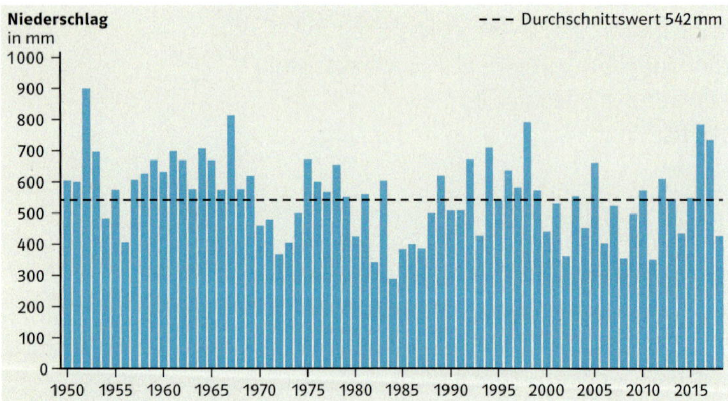

M1 Niederschlag in Niamey (Sahelzone) 1950–2015

T2 Im Sahel wächst die Wüste

Dürrezeiten gab es in der Sahelzone immer wieder. Doch die Menschen konnten hier überleben, solange sie ihre Wirtschaftsweise den natürlichen Bedingungen anpassten und den empfindlichen Raum der Trocken- und Dornsavanne sorgfältig nutzten. Ab 1968 kam es jedoch wiederholt zu **Dürrekatastrophen**, begleitet von Hunger und Tod.

Die Menschen haben zur Katastrophe beigetragen: Sie haben neue Ackerflächen angelegt und damit die natürliche Vegetation zerstört. Der Bau von Tiefbrunnen ermöglichte es, immer größere Viehherden zu halten. Das vorhandene Wasser wurde so schneller verbraucht und die spärliche Vegetation wurde durch das Vieh abgefressen. Der Boden war deshalb weniger geschützt als mit natürlichem Bewuchs. Die Ausweitung der Wüste Sahara nach Süden war die Folge. Der Prozess der Wüstenausbreitung wird **Desertifikation** genannt. Die Sahara ist in den letzten 60 Jahren um 690 000 km² gewachsen. Diese Fläche ist fast doppelt so groß wie Deutschland.

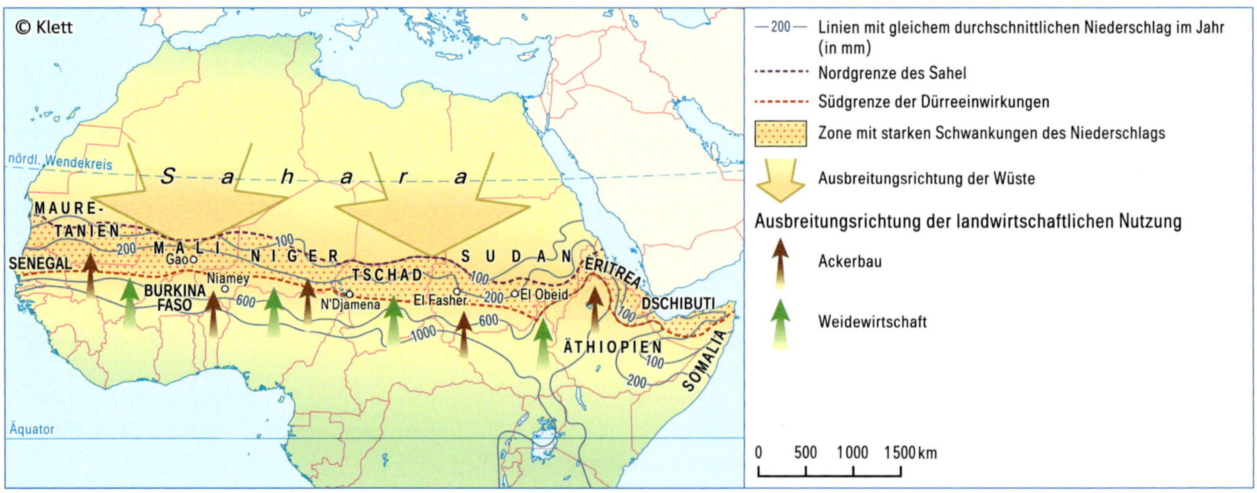

M2 Vorrücken der landwirtschaftlichen Nutzung in der Sahelzone

M3 Im Reisemagazin Spanien stand am 30.5.2014: 60 Monate ohne einen Tropfen Wasser

In den letzten Jahrzehnten werden die Trockenperioden immer länger. Zu Beginn der Wetterbeobachtung waren es 15 Monate Dürre in den bedrohten Gebieten Spaniens. Aber schon Anfang der 1990er-Jahre ließen 60 Monate ohne einen Tropfen Wasser die Menschen verzweifeln. Spaniens Süden, meinen einige Umweltschützer, droht allmählich zu verwüsten.

M4 Es ist zu trocken in Deutschland

Laut Deutschem Wetterdienst (DWD) war 2018 das wärmste Jahr seit Beginn der Wetteraufzeichnungen im Jahr 1881. Außerdem regnete es zwischen Februar und November so gut wie gar nicht, sodass 2018 auch das niederschlagärmste Jahr seit 1881 war. Diese Kombination führte zu einer extremen Dürre. (...)
2019 startete bereits trocken und blieb dies auch. (...)
Trotz der ausgiebigen Regenperioden im Januar und Februar 2020 befinden sich weite Teile Deutschlands nach trockenen Wochen in März, April und Mai wieder in einer extremen Dürre. Regentage wie die Anfang Juni durchnässen zwar die oberen Bodenschichten und bringen so Erleichterung für Gärten, Parks und Landwirtschaft, erreichen jedoch nicht die tiefen Bodenschichten.

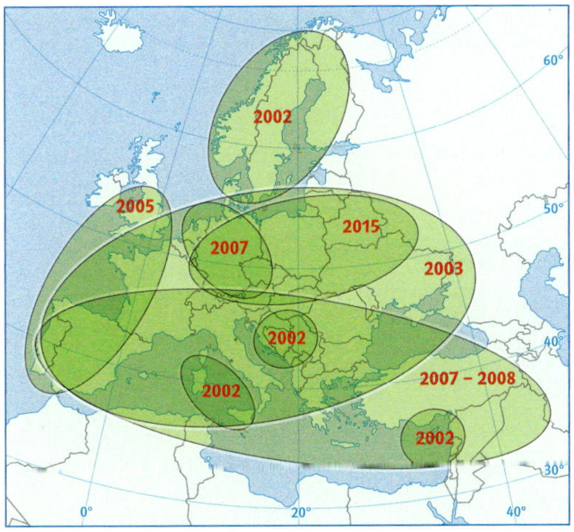

M5 Dürren in Europa

M6 dpa schrieb am 28.11.2020: Frühe Hitzewelle in Australien – über 40 Grad in Sydney – Sommeranfang:

Eine frühe Hitzewelle bringt die Menschen im Osten Australiens ins Schwitzen. In (...) Sydney überschritten die Temperaturen nach Angaben der Meteorologiebehörde (...) am Samstag die 40 Grad. (...) in den Bundesstaaten New South Wales, Queensland und Victoria sowie in South Australia zeigte das Thermometer Angaben bis zu 42 Grad. Die Behörden in New South Wales warnten vor einem hohen Risiko von Buschfeuern. (...)
Im „schwarzen Sommer" 2019/2020 hatten verheerende Buschbrände (...) mehr als zwölf Millionen Hektar Land verwüstet. (...)
Nach einer Mitte November veröffentlichten Studie erwärmt sich Australien stärker als der Durchschnitt des Planeten. Im sechsten Klimareport (...) heißt es, das australische Klima habe sich seit 1910 durchschnittlich um 1,44 Grad Celsius erwärmt. Die Länge der Buschbrand-Saison nehme bereits seit den 1950er-Jahren zu.

A B 1 Lokalisiere die auf dieser Seite benannten Räume und ordne sie den Klimazonen zu (T1, T2, M3, M4, M6).

A 2 a) In der Sahelzone schwanken die Niederschläge stark. Begründe anhand von M1.
b) Beschreibe das Vorrücken der landwirtschaftlichen Nutzung in M2.
c) Erkläre, warum es in der Sahelzone zur Wüstenausbreitung (Desertifikation) kommt.

B 2 a) Beschreibe M1 und M2.
b) Begründe die Desertifikation in der Sahelzone, indem du einen Zusammenhang zwischen M1 und M2 herstellst.

3 Arbeitet in Kleingruppen. Jeder bearbeitet ein Beispiel aus M3, M4 oder M6. Berichtet euch gegenseitig. Stellt den Zusammenhang zur Kapitelüberschrift her.

4 EXTRA MK A Recherchiere zu zwei Dürren in Europa (M5).

4 EXTRA MK B a) Bearbeite Aufgabe A4.
b) Stelle einen Zusammenhang zwischen Erderwärmung und Dürren her.

AFB I: 1 II: 2 III: 3, 4 AFB I: 1, 2a II: 2b III: 3, 4

SP → Lösungshilfen ab Seite 304

NE

Erklärfilm
Der Auswirkungen des Klimawandels
2ab87u

Extreme Wettererscheinungen

Das Wettergeschehen folgt keinem System, Wetter entsteht im Chaos. Manchmal entsteht daraus extremes Wetter.

M1 Nach einem Starkregen wurde 2021 der Ort Schuld in der Eifel völlig überflutet. (Foto, 2021)

→ Seite 216/217
Spielt unser Wetter verrückt?

T1 Temperaturanstieg

Die Veränderung der Durchschnittstemperatur wird mit den Durchschnittstemperaturen eines Jahrzehnts und dem Vergleichsjahrzehnt vor 100 Jahren bestimmt. In der Dekade 2001 bis 2010 ist sie zwischen 0,25 °C und 2 °C gegenüber der Durchschnittstemperatur der Dekade 1901 bis 1910 gestiegen – je nach Region. Bis 2100 könnte die globale Erwärmung zwischen 1 °C und 5,5 °C im Vergleich zu 1990 betragen.

T2 Extremes Wetter: Starkregen

Warme Luft kann mehr Feuchtigkeit aufnehmen als kalte. Bei Hitze von z. B. 30 °C kann eine Gewitterwolke bei zwei km Breite, zwei km Länge und acht km Höhe (das sind 32 Mrd. Kubikmeter) 960 Mrd. Gramm, also 960 000 Tonnen Wasserdampf mitführen. Diese gigantischen Wasserdampfmaschinen können zu Regenereignissen führen, die in wenigen Stunden ganze Landstriche unter Wasser setzen. Bei einem Niederschlag von mehr als 25 l pro m² und Stunde spricht man von **Starkregenereignis**. Solche Starkregenereignisse nehmen in den letzten Jahren deutlich zu.
Folgen: Lokale Überflutungen von Straßen, Wassereinbrüche in Keller und Erdgeschosse, Hangrutsche, entwurzelte Bäume, vereinzelt Verletzte und Tote.

T3 Extremes Wetter: Dauerregen

Jahrhunderthochwasser 2002 in Dresden, Ursache: heftiger **Dauerregen**. Trügerisch ist der Begriff. Jahrhunderthochwasser heißt, einmal in 100 Jahren gibt es normalerweise so viel Regen. Doch schon im Juni 2013 waren diese 100 Jahre vorbei, das nächste Jahrhunderthochwasser bedrohte Dresden, nachdem es im ganzen Monat Mai sehr viel und heftig geregnet hatte.

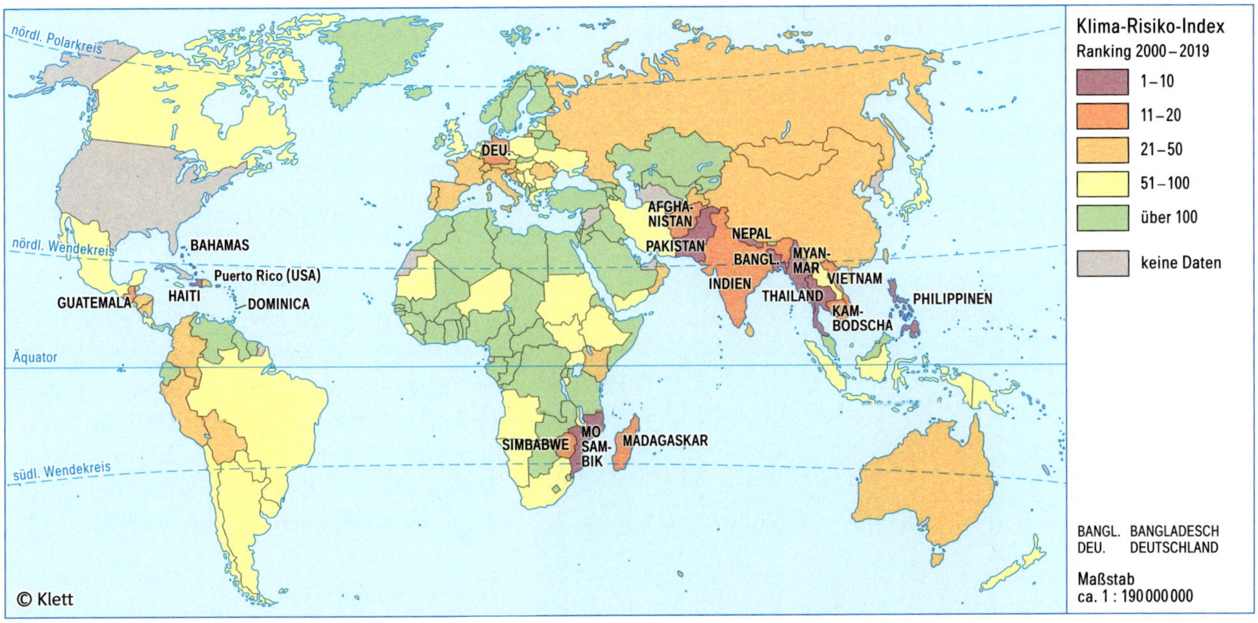

M2 Klima-Risiko-Index: Je dunkler die Farbe, desto höher ist das Risiko für extreme Wetterereignisse. Grundlage sind die Anzahl der Todesopfer und die wirtschaftlichen Schäden. Deutschlnad liegt auf Platz 18, seit 2000 gab es mehr als 10 700 Todesofer durch Hochwasser, Hitze …

13./14. Juli 2021: Das Tief „Bernd" hat über der Eifel innerhalb von 48 Stunden enorme Wassermassen abgeregnet – bis zu 200 l/m². Bäche und Flüsse erreichten noch nie verzeichnete Pegelstände. Mehr als 180 Menschen starben. Es gab unzählige Verletzte, eine komplett zerstörte Infrastruktur, viele zerstörte Häuser und Wohnungen. Der Wiederaufbau wird Jahre andauern und Milliardensummen verschlingen.

Die bisher größte Überschwemmung wurde aber in Pakistan verzeichnet. Eine Jahrhundertflut wurde nach tagelangem Monsunregen im Juli und August 2010 zum Verhängnis für über 14 Millionen Menschen. Ein Fünftel ihres Landes stand unter Wasser, mehr als 1700 Menschen starben.

T4 Extremes Wetter: Stürme

Extreme Temperaturen haben auch große Temperaturunterschiede zur Folge. Diese führen zu heftigem Ausgleich von Luftmassen, also extremen Stürmen. 48 tropische Wirbelstürme weltweit verzeichnete die Münchener Rückversicherung im Jahre 2014: Wirbelstürme mit hohen Sachschäden, großen Überschwemmungen und vielen Toten.

A B

1 a) Beschreibe M1 und stelle einen Zusammenhang zu einem der Texte T2 oder T3 her.
b) Benenne die Hauptursache für die Extremwetter, die auf dieser Seite aufgeführt sind.

2 (A) Beschreibe die Unterschiede zwischen Starkregen und Dauerregen.

2 (B) a) Bearbeite Aufgabe A2.
b) Recherchiere zu einem der Ereignisse T2–T4 in Deutschland und schreibe einen Zeitungsbericht dazu.

3 (A) Arbeite mit M2 und dem Atlas:
a) Nenne fünf Länder, die besonders von extremen Wetterereignissen betroffen sind.
b) Stelle Vermutungen darüber an, von welchem Ereignis sie betroffen sein könnten.

3 (B) Arbeite mit M2:
a) Bearbeite Aufgabe A3.
b) Recherchiere zu einem der Länder, von welchen Wetterereignissen es betroffen ist. Informiere deine Mitschüler.

4 EXTRA Ein Mitschüler sagt: „Ob ein Wetterextrem ein armes oder ein reiches Land trifft, spielt doch keine Rolle." Beurteile diese Aussage.

AFB I: 1, 2, 3a II: 3b III: 4 AFB I: 1, 2a II: 2b, 3 III: 4

NE

Klimaschutz – (auch) meine Sache?!

Politiker verschiedener Länder haben sich 2015 verpflichtet, den Klimawandel einzudämmen. Doch es ist schwer, die Verpflichtungen umzusetzen, die Zeit wird immer knapper. Die Politik wird von jungen Menschen unter Druck gesetzt. Ihr seid junge Menschen, zeigt der Politik, dass ihr es ernst meint.

Schon gewusst?

Der gemeinnützige Verein „Küste gegen Plastik“ hat eine App entwickelt, mit der sich Verbraucher über die Verpackung von Produkten beschweren können. Plastik setzt bei der Herstellung CO_2 und bei der Zersetzung Methan frei. Methan gilt als das aggressivste Treibhausgas.

→ Seite 116
Ein Schulstreik als Form der Mitgestaltung?

M1 App gegen Plastikmüll (Screenshot der App, 2019)

T1 Ohne Strom geht nichts

Dein Tag steht sozusagen unter Strom: Morgens putzt du dir die Zähne elektrisch, föhnst deine Haare, machst das Licht an, nimmst das Handy vom Ladekabel. In der Küche läuft schon die Kaffeemaschine …
Du fährst mit der S-Bahn oder mit dem Bus zur Schule, überquerst die Straße an der Ampel. Die Schulglocke klingelt, Lampen brennen, Projektoren und Computer laufen. Zwischendurch holst du dir ein kühles Getränk aus dem Automaten …
Auf dem Heimweg hörst du Musik, telefonierst und tauschst Nachrichten aus. Dein Mittagessen steht schon auf der Herdplatte oder wird tiefgekühlt in der Kantine aufgewärmt. Zuhause läuft der Computer, das Smartphone meldet sich immer wieder. Abends stellst du deinen Radiowecker. Ach ja, das Smartphone muss ans Ladekabel …

T2 Als Konsument handeln

Das Beispiel Strom zeigt: Als Konsument „verbrauchst“ du jeden Tag selbst ein Stück der Umwelt. Daher kannst du auch selbst zum schonenden Umgang mit deiner Umwelt beitragen. M3 zeigt auf, wo gehandelt werden muss. Auch du musst deinen Beitrag leisten, auch wenn es weh tut.

T3 Politisch handeln

Natürlich kannst du als einzelner Verbraucher nicht die Welt retten. Man braucht weltweite politische Lösungen, damit der Klimawandel gestoppt werden kann. Aber auch dazu könnte ihr etwas beitragen: Ein Beispiel dafür ist die „Fridays for Future“-Bewegung, die aus Protestaktionen der Schwedin Greta Thunberg 2018 hervorgegangen ist. Mittlerweile gibt es Gruppen in vielen Teilen der Welt. Ziel von „Fridays for Future“ ist es, die Nationen dazu zu bringen, stärker in den Klimaschutz zu investieren. So soll das Ziel der Klimakonferenz von Paris im Jahr 2015 eingehalten werden. Damals versprachen die Nationen, die das Abkommen unterzeichneten, die Erderwärmung nicht über 1,5 Grad ansteigen zu lassen. Der erste weltweite Klimastreik von Schülerinnen und Schülern war im Jahr 2019.

Der Einzelne kann nicht das Klima retten. Ob ich Energie spare oder nicht, hat für das Weltklima überhaupt keinen Effekt! Die internationale Politk muss handeln.

Wenn sich die Verbraucher ändern würden, würden sich auch Politik und Wirtschaft ändern. Außerdem könnte viel Energie und CO_2 eingespart werden.

M2 Meinungen zur Frage: „Was kann ich tun?“

Jeder kann etwas tun, um den Ausstoß von Treibhausgasen zu verringern. Einige Tipps sind:

Weniger verschwenden

Wir werfen viel weg. Z.B. können energiereich produzierte Plastikverpackungen oder Einweg-Plastikflaschen vermieden werden. Leitungswasser oder Getränke in Mehrwegflaschen helfen ebenfalls, Plastikmüll zu reduzieren.

Produkte gemeinsam nutzen

Produkte herzustellen, verschlingt jede Menge Energie und Rohstoffe. Jeder Deutsche verursacht im Schnitt rund 2,75 t CO_2-Emissionen jährlich – nur durch Konsumprodukte (Lebensmittel ausgenommen). Würden wir nur jedes zweite Produkt mit anderen teilen oder es gebraucht kaufen, nur bei Bedarf Technik mieten, oder mehr Dinge reparieren, ließen sich die Emissionen deutlich verringern. Auch können wir auf Flohmärkten oder Internetplattformen gebrauchte Dinge wie z.B. Bücher und Elektronik weiterverkaufen.

Energie im Haushalt sparen

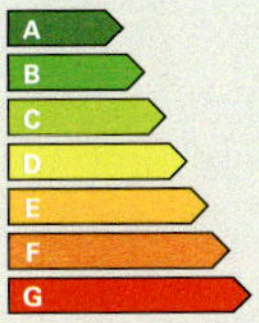

Tablets, Spielekonsolen, Fernseher oder auch Haushaltsgeräte kann man häufig nicht ganz ausschalten. Sie bleiben im Standby-Modus und verbrauchen somit auch Energie, wenn man sie gar nicht nutzt. In einem dreiköpfigen Haushalt kostet das etwa 115 € im Jahr. Wer das Geld sparen möchte, zieht den Stecker entweder ganz oder verwendet abschaltbare Steckdosenleisten. Strom sparen kann man auch mit LED-Leuchten. Etwas weniger heizen hilft ebenfalls. Temperaturen zwischen 18 °C in Schlaf- und 21 °C in Wohnräumen reichen meistens aus. Nachts und wenn niemand zu Hause ist, kann man die Temperaturen noch weiter senken.
Auch das Dämmen der Häuser, z.B. durch das Abdichten zugiger Fenster, spart Energie.

Klimaschonend essen

Alle 40 Sekunden stößt eine Kuh auf und befördert auf diese Weise pro Tag etwa 250 l des Treibhausgases Methan (CH_4) pro Tag in die Luft. Die Herstellung von 1 kg Rindfleisch ist so klimaschädlich wie eine Autofahrt von 250 km. Obst und Gemüse werden klimaschonender produziert. Außerdem kannst du weniger Milchprodukte verbrauchen. Wenn du Nahrungsmittel aus der Region und nach Saison kaufst, vermeidest du lange, klimaschädliche Transportwege.

Klimaschonend erholen

Flugzeugreisen und Kreuzfahrtschiffe erzeugen Abgase in großen Mengen. Laut dem Naturschutzbund (Nabu) stoßen die 15 größten Seeschiffe der Welt jährlich mehr schädliche Schwefeloxide aus als alle 760 Mio. Autos weltweit. Daher kannst du mit deiner Familie lieber Reisen unternehmen, welche Umwelt und Klima möglichst wenig belasten.

ÖPNV und Fahrrad nutzen

Wer zu Fuß geht, das Fahrrad nutzt oder mit Bus und Bahn fährt, spart CO_2. Lässt sich Autofahren nicht vermeiden, sollte man die Geschwindigkeit dem Verkehrsfluss anpassen und gleichmäßig mit niedriger Drehzahl fahren. Dann muss man weniger bremsen und seltener beschleunigen. Das spart Treibstoff und schont das Klima.

M3 Was tun gegen den Klimawandel?

1 (A/B) Bearbeitet in Kleingruppen die Aufgaben 1–3. Schreibt auf, bei welchen Alltagshandlungen jeder Energie einsparen kann (T1).

2 MK (A) Wir wollen etwas tun: Lest die Hinweise in M3 und stellt ein Ranking auf (T2).

2 MK (B) Geht die Hinweise in M3 der Reihe nach durch und überlegt, wieweit ihr als Schülerinnen und Schüler bei den einzelnen Hinweisen mitmachen könnt.

3 MK (A) Erstellt ein Plakat für den Schulflur, auf dem ihr die Mitschüler zum Mittun auffordert.

3 MK (B) Zum Umsetzen mancher Hinweise in M3 wäre ein Handeln der Politik hilfreich. Schreibt an die Lokalpolitiker und bittet um Hilfe (T3).

4 (A/B) Diskutiert in der Klasse die Aussagen aus M2. Nehmt anschließend Stellung zur Überschrift der Doppelseite, indem ihr entscheidet, ob hinter der Überschrift ein Frage- oder Ausrufezeichen stehen sollte.

5 EXTRA (A/B) Bauen mit Holz ist angesagt. Nicht nur, weil Sand und Kies als Rohstotffe knapp werden. Bauen mit Holz hilft auch CO_2 zu speichern. Begründe!

AFB I: 1 II: 2, 3, 5 III: 4 AFB I: 1 II: 2, 3, 5 III: 4

SP → Lösungshilfen ab Seite 304

NE

„Energiewende“ in Deutschland

Der Energiesektor in Deutschland steht vor großen Veränderungen: dem Ausstieg aus der Atomkraft und der Kohle. Interessengruppen ringen um den Zeitplan und die Details.

Kernenergie durch Kernspaltung erzeugte Energie, die in Wärme umgewandelt wird. Über Wasserdampf wird anschließend elektrische Energie erzeugt. Unfälle in Kernkraftwerken (Tschernobyl, Fukushima) haben zu unkontrollierten Kettenreaktionen geführt, geführt, die radioaktive Verseuchung mit großer Gesundheitsgefährdung für Menschen und Natur zur Folge hatten.

T1 Jenseits von Kohle und Kernkraft

Jahrzehntelang haben Umweltschützer, Parteien und die Energiewirtschaft über die Nutzung der Atomkraft zur Energiegewinnung gestritten. Nach einem Atomunfall in Japan 2011 beschloss die CDU-geführte Regierung, die bis dahin auf Kernenergie gesetzt hatte: Bis zum Jahr 2022 soll das letzte deutsche Kernkraftwerk abgeschaltet werden. Gleichzeitig will das Land den Kohleausstieg vorziehen. Um die Ziele zu erreichen, müsste er bis 2030 vollzogen sein. Strom muss dann ausschließlich aus regenerativen Energien gewonnen werden. Umweltschützer drängen auf diesen schnelleren Ausstieg, damit das Land seine Klimaziele erfüllen kann. Doch aus den Regionen, die von der Kohleförderung leben, gibt es Widerstand. Die Kohleregionen sollen nun Hilfen erhalten, um neue Industrien aufzubauen und so Arbeitsplätze zu erhalten.

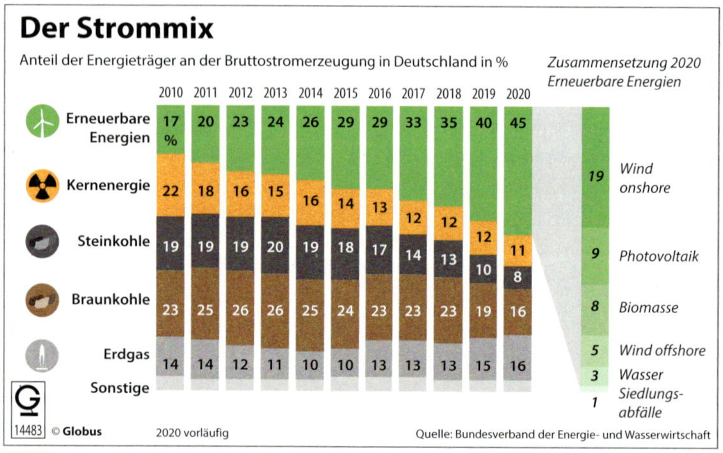

M1 **Stromerzeugung in Deutschland nach Art der Energieträger** (2021)

M2 Wie gelingt die Energiewende?

Die Klasse 10a hat an einer Demo zur Rettung des Klimas teilgenommen:

Lea: „Zur Rettung des Klimas ist der Ausstieg aus der Kohle sicher richtig, aber können wir am Ende unseren Strom noch bezahlen?“

Marie: „Wichtiger ist, ob Strom immer da sein wird. Mal bläst der Wind, mal nicht, und die Sonne scheint nachts sowieso nicht.“

Ben: „Das muss durch Batterien und andere Speicher ausgeglichen werden.“

Tim: „Wo willst du all die Batterien herholen, die notwendig sind, um Strom für viele Tage zu speichern? Gar nicht zu denken an die Rohstoffe, die dazu wieder gebraucht werden. Manche sind ausgesprochen selten! Später müssen sie in den Sondermüll.“

Ben: „Zum Beispiel die Batterien von ungenutzten Elektroautos. Die können den Strom doch nachts abgeben und am Tag wieder mit Solarstrom aufgeladen werden.“

Marie: „In zwanzig oder dreißig Jahren fahren sowieso fast nur noch Elektroautos auf unseren Straßen. Dafür sorgt schon die Debatte um den Feinstaub in unseren Städten. Dann gibt es zig Millionen Stromspeicher über das ganze Land verteilt.“

Tim: „Schon richtig, aber die E-Autos müssen auch im Winter bei Schlechtwetter aufgeladen werden, wenn gleichzeitig elektrisch betriebene Heizungen unter Volllast laufen.“

Marie: „Bis dahin müssen wir eben an Tagen mit viel Sonne und Wind Wasserstoff oder andere Gase produzieren, die sich speichern lassen. Damit kann man wieder Strom erzeugen.“

Lea: „Am Ende werden wir sicher auch Opfer bringen müssen. Das Klima lässt sich bestimmt nicht retten, wenn wir beim Energieverbrauch so weitermachen wie bisher.“

M3 Der Bioenergiepark in Saerbeck (Münsterland)

M4

T2 **Klimakommune Saerbeck**

Die Gemeinde Saerbeck im nördlichen Münsterland will bis zum Jahr 2030 zeigen, dass es möglich ist, klimaneutral zu werden. Dazu darf die Gemeinde mit 7300 Einwohnern nicht mehr Treibhausgase ausstoßen als der Atmosphäre durch Wälder oder andere CO_2-Speicher entzogen wird. Bei der Energieerzeugung gibt es bereits deutliche Fortschritte. Auf einem ehemaligen Militärgelände steht heute ein „Bioenergiepark". Dort liefern Windräder, eine Fotovoltaikanlage und eine Biogasanlage Strom. Mit diesen Anlagen wird jetzt schon erheblich mehr Strom erzeugt, als in Saerbeck verbraucht wird. Die Stromversorgung aus erneuerbaren Energiequellen ist jedoch nur eine Station auf dem Weg zur Klimaneutralität. Die CO_2-Bilanz pro Bürger bzw. Bürgerin konnte seit 2009 zwar von 9 auf 5,5 t pro Jahr gesenkt werden, aber zur Klimaneutralität sind weitere Projekte notwendig. Mobilität und die Beheizung von Gebäuden müssen sich dazu ebenfalls wandeln. So ist z. B. ein Ausbau des Ladenetzes für Elektrofahrzeuge geplant. Wichtig bei allen Projekten war und ist, dass die Bürger/innen in die seit 2009 laufenden Planungen mit einbezogen wurden. Die Gemeinde Saerbeck erhielt für das Konzept und die Maßnahmen viele Preise und Auszeichnungen, darunter den Titel „Klimakommune Saerbeck".

A / B

1 Nenne unterschiedliche Gründe für den geplanten Ausstieg Deutschlands aus Kohle und Kernkraft (T1, Lexikon).

A: **2** Lege eine Tabelle an. Nenne Argumente, die für und gegen den Ausstieg aus der Kohle sprechen (M2).

B: **2** „Die Einführung von Elektroautos könnte den Ausstieg aus der Kohle sogar erschweren." Erläutere die Aussage mit M2 und M4.

A: **3** Listet auf, was Saerbeck verändert hat und weiterhin unternehmen muss, um bis 2030 klimaneutral zu werden.

B: **3** MK Saerbeck erhielt den Titel „Klimakommune Saerbeck". Schreibt eine Laudatio zu diesem Ereignis.

4 Wie wird sich der Strommix in Deutschland in den nächsten zwanzig Jahren verändern? Diskutiert über die Folgen der Energiewende (M1).

5 MK Kann die Energiewende gelingen (T1, M2)? Arbeitet mit der Methode „Einen Konflikt analysieren" oder „Eine strukturierte Kontroverse führen" (Methodenkompendium in Anhang).

AFB I: 1, 2, 3 III: 4, 5   AFB I: 1 II: 2 III: 3, 4, 5

MK NE

Rohstoffe des Nordens

Früher versorgten uns die Landwirte mit Getreide, Rüben und Kartoffeln. Heute versorgen uns Energiewirte mit Strom. Strom aus Windkraft- und Fotovoltaikanlagen.

M1 **Bei uns im Norden kommt Strom auch aus der Steckdose – vorher aber wird er von Wind und Sonne gemacht.**

Offshore
engl. „vor der Küste". Offshore-Windparks nutzen stärkere Winde über dem Meer und erlauben immer höhere Windräder mit besserer Ausbeute.

T1 „Verspargelt und verspiegelt"

„Schön sieht das nicht aus: Wohin man auch schaut, überall wachsen bei uns die Windräder aus dem Boden", sagt Bauer Malte. „Aber bei uns im Norden können wir uns schon zu über 60 % mit erneuerbaren Energien versorgen. Zuerst waren da nur wenige Windräder, mit denen wir unseren eigenen Bedarf erzeugten. Aber als die Energiewende vorbereitet und nach Fukushima eingeleitet wurde, entstanden immer mehr **Windparks**. Später kamen Biogasanlagen und zum Schluss, als die Landwirtschaft nicht mehr viel hergab, auch die Fotovoltaikanlagen unter den Windrädern. Heute grasen da noch Schafe. Milchwirtschaft und Ackerbau lohnen nicht mehr. Nun ernten wir Energie."

„Windräder verschandeln die Landschaft. Bei Windstille gibt es keinen Strom, bei Sturm müssen die Windräder abgeschaltet werden. Neue Stromnetze müssen gebaut werden, um den Windstrom ins Inland zu transportieren."

„Windenergie schont unsere Reserven an Öl, Gas und Kohle. Wind ist sauber und steht noch in Jahrtausenden zur Verfügung."

M2 Interessenkonflikt Windpark

T2 Rohstoff Energie

Die Erneuerbaren sollen die Energiewende tragen. Das wäre möglich, wäre da nicht der schwierige Transport. Seit 2013 ist die Stromautobahn Südlink geplant. 2022 sollte sie fertig sein. Klagen von allen Seiten verhinderten den zügigen Ausbau. Mittlerweile ist selbst die Fertigstellung in 2026 noch nicht sicher.
So drehen sich die bereits fertigen Offshore-Windkraftanlagen in der Nordsee weiter – nur, damit sie nicht einrosten. Ökostrom soll produziert werden, um den wegfallenden Atom- und Kohlestrom zu kompensieren.
Nun könnte er produziert, jedoch nicht in den Süden geliefert werden. Denn gerade im Süden wurde viel geklagt, obwohl die Versorgungslücke schon jetzt groß ist.
Eine neue Perspektive ergibt sich aus der immer lauteren Forderung nach „grünem" Wasserstoff. Viele Forscher sehen in der Wasserstoff-Technologie die Zukunft der Energieversorgung: Mit Windkraft wird Wasserstoff hergestellt. Die Energie bleibt solange in ihm „gefangen", bis in der Brennstoffzelle aus Wasserstoff Energie und Wasser wird.

A

1 Bildet Kleingruppen. Beschreibt Bild M1 und wählt dann eine Aufgabe aus 2–4.

2 Recherchiert im Internet über Offshore-Windparks. Erstellt einen Bericht und tragt ihn der Klasse vor.

3 Recherchiert im Internet zur Stromtrasse „Südlink". Erstellt einen Bericht und tragt ihn der Klasse vor.

4 Recherchiert im Internet über den Entwicklungsstand der Wasserstofftechnologie. Erstellt einen Bericht und tragt ihn der Klasse vor.

5 EXTRA Führt ein Streitgespräch zum Interessenkonflikt in M2.

A

AFB I: 1 III: 2, 3, 4, 5

SP → Lösungshilfen ab Seite 304

NE

Erklärfilm
Nachhaltige Entwicklung am Beispiel einer Stadt
2ab87u

Nachhaltig handeln

„Im Einklang mit der Natur leben." „Das Heute nicht vom Morgen borgen." So lauten Leitgedanken zur Nachhaltigkeit. Die Programme dazu sind ohne Alternative – sozusagen eine Frage des Überlebens für die Menschheit.

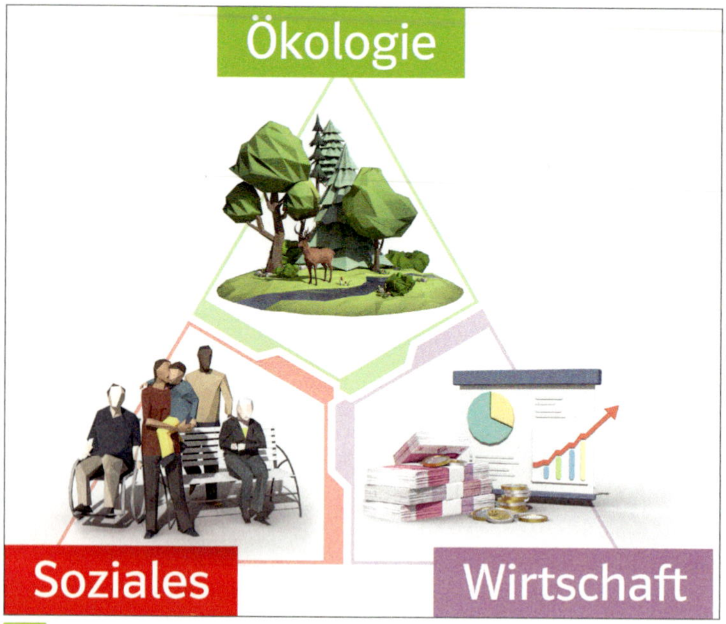

M1 **Das Dreieck der Nachhaltigkeit** verbindet Umwelt, Wirtschaft und Gesellschaft als gleichberechtigte Bereiche. Bei jeder Entscheidung müssen alle drei Aspekte berücksichtigt werden. Nachhaltig zu wirtschaften, schließt also die ökonomischen, ökologischen und sozialen Bedürfnisse ein.

Globalisierung
Der Begriff beschreibt die weltweite Verflechtung der Wirtschaft, Politik, Kommunikation und weiterer Bereiche.

→ Seite 251–274 Globalisierung

Agenda
lat. „das, was getan werden muss", z.B. internationale Aktionsprogramme, aber auch wichtige Besprechungspunkte bei einer Versammlung

T1 Was bedeutet Nachhaltigkeit?

Der Begriff „Nachhaltigkeit" stammt aus der Forstwirtschaft des 18. Jahrhunderts. Es dürfen nur so viele Bäume gefällt werden wie permanent nachwachsen. So möchte man sicherstellen, dass auch in Zukunft genügend Bäume und Holz vorhanden sind. Heute wird gefordert, dass nicht nur in der Forstwirtschaft nachhaltig gearbeitet wird, sondern z.B. auch in der Landwirtschaft, in Industrie und Handwerk. Damit soll erreicht werden, dass die Lebensqualität der heute lebenden Generation die Lebensqualität zukünftiger Generationen nicht gefährdet. Dazu müssen heute auch Einschränkungen in Kauf genommen werden.

T2 Zwang zum nachhaltigen Handeln

In den vergangenen 200 Jahren sind die Menschen sorglos mit den Rohstoffen der Erde umgegangen. Viele dachten, dass z.B. Kohle, Erdöl und Erdgas (fossile Energieträger) unendlich wären. Doch es leben immer mehr Menschen auf der Erde und die Weltwirtschaft wächst. Folglich steigt der Energieverbrauch. Bei der Verbrennung der fossilen Energieträger entsteht CO_2, das zur Erwärmung der Atmosphäre beiträgt. Viele Rohstoffe werden knapp. Deshalb müssen wir Menschen bewusster mit unserer Erde umgehen.

T3 Die Agenda 21

Bereits 1992 haben sich die Regierungen der meisten Staaten der Erde getroffen und die Agenda 21 beschlossen. Mit diesem Vertrag haben sie sich verpflichtet, nachhaltig zu wirtschaften. Trotz der Globalisierung der Wirtschaft muss das Programm vor allem im Kleinen, also vor Ort umgesetzt werden. Städte und Gemeinden entwickeln daher Konzepte, wie sie die Rohstoffe schonen und Energie sparen können, z.B. im Straßenverkehr, in Unternehmen und Haushalten.

T4 Die Agenda 2030

2015 beschlossen die UN-Staats- und Regierungschefs die Agenda 2030 mit 17 Zielen zur Nachhaltigkeit. Das Aktionsprogramm „Bildung für nachhaltige Entwicklung" (BNE) zielt darauf ab, das Denken und Handeln des Einzelnen so zu verändern, dass die gesamte Gesellschaft zu verantwortungsvolleren Entscheidungen in den Bereichen Wirtschaft, Ökologie und Chancengerechtigkeit kommt. Bildung wird als ebenso entscheidend angesehen wie lokale Lösungen, die vor allem auf die Schwächeren Rücksicht nehmen.

© Die Bundesregierung

M2 17 Ziele für nachhaltige Entwicklung aus der Agenda 2030

→ Seite 248, 302
Global Goals

Schon gewusst?

Das Bundesland Niedersachsen unterstützt **BNE-Schulen**, die sich am Leitbild der nachhaltigen Entwicklung orientieren. Schüler sollen Zusammenhänge in der Natur und Herausforderungen der Gesellschaft erkennen. Sie sollen selbst Verantwortung übernehmen und handeln, um später Zukunftsaufgaben lösen zu können.

M3 **Erklärfilm zum Thema „Nachhaltigkeit“:** Er ist abrufbar unter dem Projekt G-Code. (Screenshot)

ökologisch
heißt: die Umwelt schützend. Ökologie bezeichnet die Lehre von den Beziehungen der Lebewesen zu ihrer Umwelt.

ökonomisch
Ökonomisch handeln heißt wirtschaftlich handeln und meint, mit knappen Gütern sparsam umzugehen.

A / B

1 Was heißt nachhaltig handeln? Erkläre den Begriff am Beispiel der Forstwirtschaft (T1, M1).

A: **2** Warum müssen wir nachhaltig handeln? Erkläre aus T2.

B: **2** Global denken, lokal handeln. Nimm Stellung zu dieser Forderung der Agenda 21 (T2, T3).

A: **3** Wähle vier Ziele aus (M2, T4). Worin könnte jeweils nachhaltiges Denken bestehen? Erläutere.

B: **3** Warum müssen die 17 Ziele der Agenda 2030 lokal, national und international umgesetzt werden? Begründe an Beispielen (T4, M2, Kasten).

4 „Das Wohl zukünftiger Generationen erfordert vernetztes Denken.“ Diskutiert über die Aussage (M1, M2).

5 EXTRA MK Schaue dir die Animation an (M3, Projekt G-Code). Im Beispiel bemüht sich der Stadtrat um eine nachhaltige Lösung. Wie sieht sie aus? Fasse zusammen.

AFB II: 1, 2, 3, 5 III: 4   AFB II: 1, 3, 5 III: 2, 4

SP → Lösungshilfen ab Seite 304

NE

Klimaschutz kennt keine Grenzen

Der Klimawandel trifft alle. Ein gemeinsamer Plan – das Pariser Klimaabkommen – gegen die Erderwärmung existiert. Der Plan hilft aber nur, wenn alle genau das tun, was sie gemeinsam beschlossen haben. Tun sie aber nicht.

M1 **„Prima Klima"** (Karikatur von Greser & Lenz, 2015)

M2 **Staats- und Regierungschefs** zum Abschluss des Pariser Klimagipfels von Paris (Foto, 2015)

→ Seite 222 Ein Szenario erstellen

T1 Der Weg nach Paris

- 1992 **UN-Umweltgipfel** in Rio de Janeiro, 189 Staaten unterzeichnen eine Klimakonvention.
- 1997 Folgekonferenz in Kyoto: Das Kyoto-Protokoll wird konkreter: Bis 2012 soll die THG-Emission um 5,2 % gegenüber den Emissionen von 1990 gesenkt werden.
- Das gelingt weitgehend in Europa, aber hat nur wenig Auswirkung auf die Gesamtemission, da China und die USA nicht an der Vereinbarung teilnahmen. So wird eine neue Konferenz nötig.
- 2015 **Weltklimakonferenz** in Paris: 195 Staaten einigen sich auf einen Vertragstext mit einem Ziel: Die Erderwärmung soll auf deutlich unter 2 °C gegenüber vorindustriellen Werten begrenzt werden. Nationale Pläne sollen das Ziel konkretisieren.
- 2016 Schon die Weltklimakonferenz in Marakesch zeigt klar: Mit den vorgelegten nationalen Plänen ist das Ziel von Paris nicht erreichbar.

T2 Das Pariser Abkommen

Die wichtigsten Ziele des Abkommens sind:

- Begrenzung des globalen Temperaturanstiegs auf deutlich unter 2 °C, wenn möglich auf 1,5 °C, gegenüber dem vorindustriellen Niveau;
- Verringerung von THG-Emissionen, z. B. durch Reduzierung fossiler Brennstoffe;
- Finanzierung eines Klimafonds durch die Industriestaaten, der ab 2020 bis 2025 jährlich 100 Milliarden US-Dollar für Klimainvestitionen in Entwicklungsländern bereitstellt.

T3 Was ist bisher passiert

Wertvolle Zeit wird durch politisches Taktieren und durch Streitereien über konkrete Maßnahmen verspielt. Z. B. steigen die USA unter Präsident Trump aus, unter dem Nachfolger wird der Rücktritt rückgängig gemacht. Aber die Zeit der planlosen Willensbekundungen ist vorbei. Denn: Nicht das Klima ist zu schützen, wir müssen uns vor dem Klimawandel und seinen Folgen schützen.

M3 „Klimapaket" der Bundesregierung, Oktober 2019:

Mit den Maßnahmen des Gesetzes soll der CO_2-Ausstoß Deutschlands bis 2030 gegenüber 1990 um 55 Prozent gesenkt werden:
- CO_2-Preis auf Benzin und Diesel, bis 2025 ansteigend; aber Ausgleich für Berufspendler,
- Verbilligung elektrischer Energie,
- Verbilligung von Bahntickets,
- Verteuerung des Fliegens durch eine Luftverkehrssteuer,
- staatliche Fördergelder beim Austausch alter Ölheizungen gegen klimafreundliche Systeme (z. B. Nutzung von Erdwärme),
- Verbot neuer Ölheizungen ab 2026,
- staatliche Fördergelder für Wärmedämmung an Dächern und Fenstern,
- höhere staatliche Förderung von E-Autos, Ziel: 10 Millionen E-Fahrzeuge bis 2030,
- Förderung von Bussen des öffentlichen Nahverkehrs, die klimaschonend mit Wasserstoff oder Biogas fahren,
- Ausbau von Radwegen und Radschnellwegen entlang von Bundesstraßen,
- staatlich geförderte Umrüstung von Binnenschiffen auf emissionsarme Antriebe.

M4 Das Klima 2021 vor dem Bundesverfassungsgericht:

2020 klagten neun junge Menschen zwischen 15 und 32 Jahren – unter anderem vier Geschwister von der Insel Pellworm – vor dem Bundesverfassungsgericht, um das Bundesklimaschutzgesetz überprüfen zu lassen. Am 29.04.2021 verkündete das Gericht, dass das Gesetz von 2019 nicht ausreiche. Vor allem ist der Weg zur Klimaneutralität nach 2030 nicht konkret genug gefasst. Die Absenkung von THG-Emissionen darf nicht erst „morgen" nur auf Kosten der heute jungen Menschen erfolgen. Darufhin verschärfte die Regierung ihre Klimavorgaben. Die THG-Emission soll verringert werden:
bis 2030: Reduktion um 65 Prozent,
bis 2035: Reduktion um 77 Prozent,
bis 2040: Reduktion um 88 Prozent,
bis 2045: Reduktion um 100 Prozent.
Alle Bereiche werden von Maßnahmen gegen die CO_2-Emission betroffen sein: Industrie, Verkehr, Landwirtschaft, Gebäude- und Abfallsektor.

M5 **Luisa Neubauer** von Fridays for Future fragt nach. (Foto, 2020)

Schon gewusst?

2021 hat China mit etwa 30 Prozent den höchsten CO_2-Ausstoß aller Staaten, gefolgt von den USA mit 14 Prozent. Beim **Pro-Kopf-Ausstoß** allerdings liegt China mit 10,5 Tonnen CO_2 etwa gleichauf mit den übrigen Industriestaaten. Die USA liegen mit 17,6 Tonnen CO_2 Pro-Kopf-Ausstoß an der Spitze.

A / B

1 Schlage mit T1–T3 eine Brücke zwischen M1 und M2.

2 Bearbeitet in Kleingruppen die Aufgaben 2–5. Beschreibt das Klimapaket M3 der Bundesregierung von 2019.

3 (A) In M4 ist von vier Pellwormern die Rede. Recherchiert, warum diese jungen Menschen direkt betroffen sind.

3 (B) Setzt die Aussagen unter „Schon gewusst?" in Beziehung zur Klage gegen das Klimapaket von 2019.

4 (A) Ihr seid junge Menschen! Listet auf, welche Fragen ihr habt (M5).

4 (B) Im Pariser Abkommen steht, dass Entwicklungsländer unterstützt werden müssen. Begründet diese Bestimmung.

5 EXTRA Deutschlands Anteil am THG-Ausstoß weltweit liegt bei zwei Prozent. Erklärt die Überschrift der Seite. Nutzt auch „Schon gewusst?"

AFB I: 1, 2, 4, 5 III: 3

AFB I: 1, 2 II: 3, 4, 5

SP → Lösungshilfen ab Seite 304

NE

Grünfärberei – auch beim Klimaschutz

Wer sich etwas Neues kauft, möchte kein schlechtes Gewissen haben. Das haben viele Unternehmen erkannt und werben mit der Umweltverträglichkeit ihrer Produkte. Doch was grün verpackt ist, muss nicht immer gut für die Umwelt sein.

M1 **„Gift – Naturbelassen."** (Karikatur von Freimut Woessner, 2018)

Siegel
von anerkannten Organisationen vergebene Label (Etikett auf einem Produkt), wenn bestimmte Bedingungen eingehalten werden. Dazu zählen: der direkte Handel mit den Produzenten ohne Zwischenhändler, Einhaltung ökologischer Standards, gute Arbeitsbedingungen.

→ **Seite 232**
Klimaschutz – (auch) meine Sache?!

T1 Medien schaffen Bewusstsein

Medien und Verbraucherschützer berichten über die Schädigung des Grundwassers durch falsche Düngung oder über belastete Lebensmittel. Das hat Folgen: Die Konsumenten kaufen bewusster ein. Die Politik ist gefordert, bessere Gesetze zum Schutz von Verbrauchern und Umwelt zu machen. Durch die Berichterstattung entsteht sogar ein globales Bewusstsein. Dem Konsumenten in Deutschland ist es nicht mehr gleichgültig, ob der Verzehr eines brasilianischen Steaks zur Abholzung des Regenwaldes führt.

T2 „Grüne" Produkte – schöner Schein?

Verbraucher möchten beim Kauf von Produkten ein gutes Gefühl haben. Daher werben Firmen gern mit der Umweltverträglichkeit ihrer Produkte. Wem es allerdings um mehr geht als ein gutes Gefühl, sollte die Werbeaussagen prüfen – denn nicht immer hält das Produkt, was die Werbung verspricht. Orientierung bieten verschiedene Siegel.

T3 Beispiel Bio-Lebensmittel

Dass „grüne" Produkte boomen, lässt sich am Beispiel der Bio-Lebensmittel zeigen. Die Nachfrage ist in den vergangenen Jahren stark gestiegen. Bio-Produkte sind gesünder, weil sie weniger durch Pestizide und Mineraldünger belastet sind. Bei der Produktion von Bio-Lebensmitteln ist die Natur der erste Gewinner: Es gelangen weniger Nitrate (Salze) ins Grundwasser, der Verzicht auf Pestizide ist gut für Insekten und Vögel, auf den Straßen entsteht weniger Verkehr. Weniger Verkehr entsteht aber nur, wenn die Bio-Produkte aus der Region kommen. Um günstige Bio-Produkte anbieten zu können, bietet der Einzelhandel oft allerdings Bio-Produkte an, die wegen ihrer kostengünstigen Produktion außerhalb Deutschlands oder der EU preiswert sind. Ihr CO_2-Abdruck ist wegen der weiten Transportwege daher meistens schlechter, als der Fußabdruck regionaler Produkte. Wer neben der gesunden Ernährung auch etwas für das Klima tun will, der sollte regionale Bio-Lebensmittel kaufen.

T4 Die Verbraucher entscheiden

Auch du bist ein Konsument bzw. eine Konsumentin. Du entscheidest dich täglich für oder gegen bestimmte Produkte. Damit bist du ein wichtiger Akteur – und kannst durch dein Verhalten zum Umweltschutz beitragen.

M2 Tipps der Verbraucherzentrale NRW (Auszüge), 2018:

Immer mehr Firmen präsentieren ihre Produkte in Anzeigen und auf Plakaten als „klimafreundlich“, „klimaneutral“ oder „klimaschonend“. Ob es sich um ehrliche Information oder Etikettenschwindel handelt, können Verbraucher oft nicht erkennen. (...)

Begriffe wie „klimafreundlich“, „klimaneutral“ oder „umweltschonend“ sind weder genau definiert noch geschützt. Der Erfindungsreichtum der Unternehmen für wohlklingende Namen, die positive ökologische Assoziationen (= Vorstellungen) auslösen, ist deshalb groß. Lassen Sie sich nicht von schönen Worten täuschen, sie zeigen oftmals nur die Kreativität der Werber, nicht aber, ob ein Produkt einen Vorteil für unser Klima hat.

(...) Immer mehr Produkte tragen kleine bunte Symbole – sogenannte Label – mit Bäumen, Blumen, Wolken oder Ähnlichem. Sie sollen auf besondere Qualitäten von Produkten wie etwa soziale oder ökologische Vorteile hinweisen, die oftmals in einem kleinen Begleittext beschrieben werden. Doch viele dieser Kennzeichen wirken auf den ersten Blick zwar wie offizielle Siegel, sind jedoch letztlich Erfindungen der Unternehmen. Ob die Aussagen stimmen, weiß niemand. Vertrauen Sie daher nur Labeln, die von unabhängigen Stellen kontrolliert werden – beispielsweise dem Blauen Engel.

(...) Dass ein Produkt selbst klimafreundlich ist, bedeutet noch lange nicht, dass es auch klimafreundlich hergestellt wurde. Vielleicht war die Produktion sehr energieaufwändig oder hat große Mengen Wasser verschlungen? Sehen Sie genau hin, worauf sich eine Werbeaussage bezieht!

(...) Wenn zum Beispiel ein Energieunternehmen mit Klimafreundlichkeit wirbt, in Wahrheit aber nur zwei Prozent des gesamten Stroms aus erneuerbaren Energien stammt, ist das Grünfärberei. Gerne wird vor allem dort Klimaschutz herausgestellt, wo hohe Mengen Kohlendioxid (CO_2) ausgestoßen werden – beispielsweise in der Energie- und Autoindustrie.

Pestizide
Chemikalien, die unerwünschte Lebewesen bei der Pflanzenzucht töten oder deren Keimung, Wachstum und Vermehrung hemmen

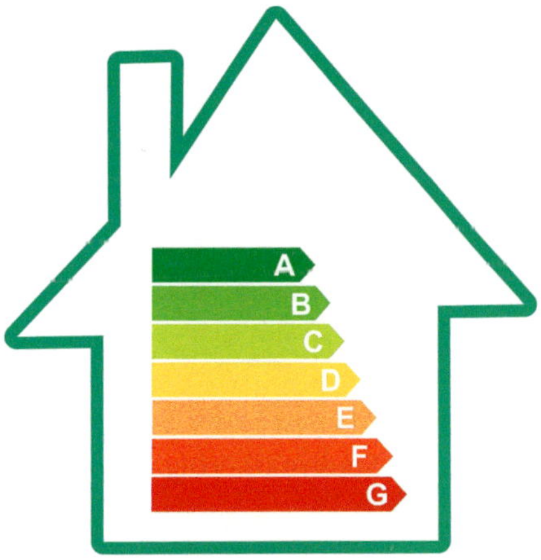

M3 Das Energie-Label seit 2019: Es zeigt an, wie effizient Geräte mit Energie umgehen. Die besten Geräte bekommen ein A (vor 2019 bekamen sie ein A+++). Verbraucherverbände begrüßen das Siegel, üben aber auch Kritik. So würden z. B. Geräte mit Energiesparprogrammen gut eingruppiert. Diese Programme würden aber von den Verbrauchern im Alltag oft gar nicht genutzt.

A / B

1 Diskutiere mit deinem Tischnachbarn: „Wenn ich mir etwas kaufe, achte ich darauf/achte ich nicht darauf, ob ‚Bio‘ darauf steht.“

A 2 Erläutere, wie die Berichterstattung der Medien zur Änderung des Verhaltens beiträgt (T1, T2).

B 2 Welche Akteure wirken auf die Konsumenten ein? Ordne ihnen Interessen zu (T1, T2).

A 3 Welche Vorteile hat es, wenn sich mehr Verbraucher für „Bio“ entscheiden? Liste positive Folgen auf (T3).

B 3 Warum ist „Bio“ nicht nur gut für Klima und Natur? Beurteile die Vor- und Nachteile (T3).

4 Bearbeite mit deinem Tischnachbarn M1–M3.
a) Wie werben Erzeuger und Handel mit Klima und Umwelt?
b) Warum ist die Werbung mit umweltfreundlichen Produkten oft nur die halbe Wahrheit? Diskutiert darüber.

5 EXTRA MK Recherchiere zu einem Siegel (z. B. „Fairtrade“, „UTZ“, „Der Blaue Engel“, „Textiles Vertrauen“, „Rainforest Alliance“), das die Einhaltung ökologischer oder sozialer Standards verspricht.

AFB I: 3 II: 2, 4a III: 1, 4b, 5 AFB I: 2 II: 4a III: 1, 3, 4b, 5

SP → Lösungshilfen ab Seite 304

NE

An den Klimawandel anpassen!?

Der Meeresspiegel steigt, an der Küste werden die Deiche erhöht. Diese Anpassung an den Klimawandel kennst du. Weitere müssen und werden folgen.

M1 Vertikale Stadtbegrünung in Mailand (Foto, 2017)

M2 Welchen Wert haben Grünflächen in der Stadt?, fragte das Stadtmarketing Austria 2017:

Städte sind im dicht bebauten Gebiet aufgrund der versiegelten Oberflächen gigantische Hitzespeicher. Straßen und Gebäude speichern die Hitze stärker als bewachsene Flächen, hinzu kommt die Abwärme von Betrieben und Autos. Städtische Wärmeinseln, die in der Nacht kaum auskühlen, sind die Folge. Studien haben ergeben, dass man mit zehn Prozent mehr Grünflächen die sommerliche Temperatur in den Städten um bis zu drei Grad senken kann. In (...) Tokio konnte man die lokale Temperatur durch Nachbegrünung sogar um bis zu 13 Grad reduzieren. Mehr Grünflächen in der Stadt bedeuten kühlere Städte und eine höhere Lebensqualität. Insbesondere Dach- und Fassadenbegrünungen, Alleen, große Parks und Wasserelemente bewirken **Kühleffekte** und können die Temperatur im innerstädtischen Bereich um mehrere Grad reduzieren.

Biodiversität
biologische Vielfalt

T1 Schwamm-Städte müssen entstehen

Heiße Sommer führen zu heftigen Extremniederschlägen. Das Wasser kommt in Massen, verursacht verheerende Schäden und ist schnell wieder verschwunden: Die Städte sind „oberflächenversiegelt" und das Umland ausgetrocknet. **Schwamm-Städte** versuchen das Wasser zu nutzen.
Folgende Maßnahmen schlägt ein Manager für Regenwasser vor:

- mehr Parks, mehr horizontale und vertikale Begrünung und größere Baumbestände für Städte, damit Regenwasser besser versickern und das Grundwasser anreichern kann,
- große Wasserspeicher und Zisternen für Städte, damit die Niederschläge gespeichert werden und gezielt verdunsten können. Das Umfeld kann so abkühlen,
- mehr Regenrückhaltebecken in den Städten und zusätzliche Talsperren für **Bewässerung** in der Landwirtschaft,
- mehr Vorrichtungen, um das Niederschlagswasser länger in der Fläche (Wiesen, Parks, Wälder) zu halten, bevor es in der Kanalisation verschwindet.

Diese Maßnahmen verbessern das Stadtklima, erhöhen die Wasserqualität, tragen zum Hochwasserschutz bei, erhöhen die **Biodiversität** und bieten mehr Erholungsraum für die Bevölkerung.

T2 Gebäude schützen

Klimafreundlicher ist, Häuser vor Hitze zu schützen, als die Hitze in den Räumen durch Klimaanlagen zu kühlen. Bäume an der Südseite beschatten die Häuser auf natürliche Weise. Begrünte Dächer und Fassaden sorgen für besseres Wohnklima. Wasserflächen verdunsten und sorgen so für Abkühlung. Neubauten sollten nicht in Abflussbereichen von Bächen und Flüssen errichtet werden. Das verhindert Hochwasserschäden und hält Überschwemmungsflächen frei.

M3 Durch Trockenheit geschädigtes Feld (Foto, 2020)

M4 Natur- oder Urwald mit Totholz (Foto, 2019)

T3 Landwirtschaft anpassen

Auch in der Landwirtschaft hat ein Umdenken begonnen. Neue Saatgüter werden getestet, die auch bei Hitze und Trockenheit besser gedeihen. Die Bewirtschaftung wird den neuen Erfordernissen angepasst. Bewässerungstechniken werden geprüft, die Politik ist gefordert, dafür zu sorgen, dass alle ausreichend Wasser zur Bewässerung bekommen können. Das alles wird noch einige Zeit dauern bis der richtige Weg gefunden ist. Schon heute versuchen die Landwirte, durch abwechslungsreiche Fruchtfolgen und die Vermeidung von Monokulturen einen Totalausfall abzuwenden. Sie lassen die Fläche möglichst lang bedeckt, z. B. durch Zwischensaaten. So minimieren sie das Risiko der Bodenerosion durch Starkregen.

T4 Wald anpassen

Oberstes Ziel der Forstwirtschaft muss sein, die Widerstandsfähigkeit des Waldes zu stärken. Dazu gehört es, artenreine Bestände, z. B. Fichtenwald, aufzulösen zugunsten von mehrschichtigen Mischwäldern. So wird die Diversität erhöht. Bei der Neuanlage muss mehr auf hitze- und trockenheitsresistente Baumarten gesetzt werden. Der Anteil von „Urwäldern" muss erhöht werden, um die Widerstandsfähigkeit des Bestandes zu stärken. Urwälder sind solche Waldparzellen, die sich selbst überlassen werden: Totholz, durch Windbruch gestürzte Bäume, Selbstaussaaten usw. verbleiben unberührt im Wald und fördern die biologische Vielfalt. Geeignete Maßnahmen (Abflusshindernisse, Wegentwässerung in die Waldflächen) zum längeren Verbleib des Niederschlagswassers im Wald müssen umgesetzt werden.

Bodenerosion
Abtragung der Bodenoberfläche z. B. durch Wasser oder Wind

A / B

1 a) Arbeitet in Kleingruppen zu dritt. Jeder wählt ein Bild aus (M1, M3, M4) und beschreibt es.
b) Stellt den Zusammenhang zum Thema der Stunde her und erklärt es den anderen.

2 Lest M2 und beschreibt mit eigenen Worten, warum Städte besonders von der Hitze bedroht sind und was geändert werden muss.

A:

3 MK Verfasst einen kurzen Vortrag, wie die Landwirtschaft sich an den Klimawandel anpassen kann (T3). Berichtet vor der Klasse.

4 MK Verfasst einen kurzen Vortrag, wie die Gebäude an den Klimawandel angepasst werden müssen (T2). Berichtet vor der Klasse.

B:

3 MK Verfasst einen kurzen Vortrag, wie Wasser bewirtschaftet werden muss (T1). Berichtet vor der Klasse.

4 MK Verfasst einen kurzen Vortrag, wie die Wälder sich an den Klimawandel anpassen können (T4). Berichtet vor der Klasse.

A / B

5 Diskutiert im Klassengespräch die Fragen:
Welche Anpassungen können schnell vollzogen werden?
Welche Anpassungen brauchen eine lange Zeit und kommen so eventuell zu spät?

AFB I: 1a, 2 II: 1b III: 3, 4, 5 AFB I: 1a, 2 II: 1b III: 3, 4, 5

SP → Lösungshilfen ab Seite 304

NE

Aktiv zur klimaneutralen Schule

Schulen, Mitarbeiterinnen und Mitarbeiter, Schülerinnen und Schüler emittieren viel CO_2. Insgesamt zählen Schulen zu den öffentlichen Gebäuden mit sehr hoher Emission. Das muss sich ändern, denken nicht nur die Schülerinnen und Schüler.

→ **Seite 232/233** Klimaschutz–(auch) meine Sache?!

→ **Seite 235** Gemeinde Saerbeck

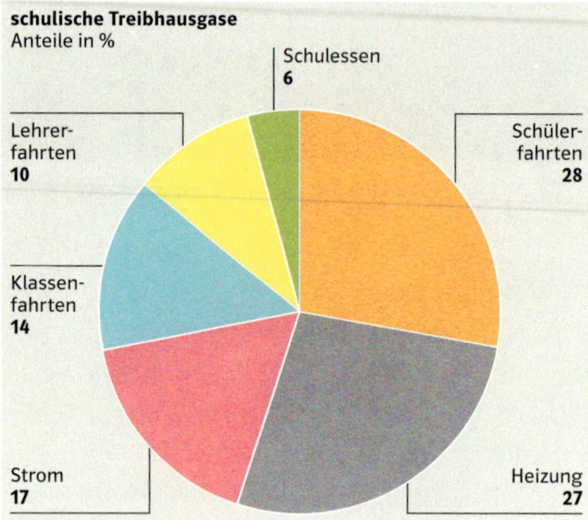

M1 **Die Verteilung der durchschnittlichen CO_2-Emissionen von niedersächsischen Schulen 2019**

M2 **Schüler- und Lehrerfahrten verursachen 45 % der CO_2-Emissionen von niedersächsischen Schulen.** (Foto, 2019)

Emmitent
Ein „Emittent“ ist jemand, oder etwas, das Emissionen verursacht. Etwas, das in die Umwelt abgegeben wird. Meistens ein Gas.

CO_2-Bilanz
Die Menge an CO_2 und anderer Treibhausgase, die ein Mensch, ein Unternehmen, ein Land u.ä. in ener bestimmten Zeit verursacht. Meist wird die Zeit in Jahren gemessesn. Dies wird auch als CO_2-Fußabdruck bezeichnet.

CO_2-Senke
Jedes Ökosystem, das mehr CO_2 aufnimmt und dauerhaft speichert, als es abgibt, ist eine CO_2 Senke: Z.B. Wälder, Moore, Ozeane, Meere.

T1 Tatort Schule – CO_2-Emittent

Du kennst bereits Möglichkeiten, die eigene CO_2-Bilanz zu verbessern: Wenn möglich mit dem Rad statt mit dem Auto fahren, auf Flugreisen verzichten, weniger Fleisch essen … Doch die eigene CO_2-Bilanz lässt sich mit solchen Entscheidungen nicht beliebig reduzieren. Unserer CO_2-Bilanz hängt auch mit der Kommune zusammen, in der wir leben. Gibt es dort einen guten öffentlichen Nahverkehr? Beziehen die Stadtwerke ihren Strom aus nachhaltigen oder fossilen Quellen? Und: Welche CO_2-Bilanz haben die Schulen in der Kommune?
Anfang der 2020er-Jahre emittierten die Gymnasien und Gesamtschulen in Niedersachen laut Berechnung der Initiative „Klimaneutrale Schule“ jährlich etwa 300 000 Tonnen CO_2 für Strom, Heizung, Transport und Schulessen – etwa 770 kg pro Schülerin und Schüler. Damit gehören Schulen in den Städten und Kommunen zu den größten CO_2-Emittenten.

T2 Tatort Schule – klimaneutrale Schule

Die deutschen Klimaziele können nur erreicht werden, wenn auch die Kommunen ihre CO_2-Bilanz deutlich verbessen. Schulen spielen dabei eine wichtige Rolle.
In Niedersachsen zeigt die Initiative „Klimaneutrale Schule“ interessierten Schulen Möglichkeiten zur Veränderung. Unterstützt von der Klimaschutz- und Energieagentur Niedersachsen kann jede teilnehmende Schule die THG-Emission pro Jahr teilweise um mehr als ein Drittel reduzieren. Das restliche, unvermeitliche CO_2 muss kompensiert werden, um die Schule tatsächlich klimaneutral zu machen. Die Kompensation läuft über CO_2-Abgaben, mit denen z.B. Biogas- oder Fotovoltaik-Anlagen, neue Wälder als CO_2-Senken oder andere nachhaltige Projekte finanziert werden.
Schülerinnen und Schüler können dabei aktiv mitgestalten. Sie schlagen ihrer Schule Veränderungen vor, gründen eine Klimaschutz-AG oder organisieren einen Einwohnerantrag, bei dem z.B. die Ausstattung ihrer Schule mit einer Fotovoltaik-Anlage gefordert wird.

M3 Niedersächsisches Kommunalverfassungsgesetz, § 31 Einwohnerantrag:

(1) Einwohnerinnen und Einwohner, die mindestens 14 Jahre alt sind und seit mindestens drei Monaten den Wohnsitz in der Kommune haben, können beantragen, dass die Vertretung bestimmte Angelegenheiten berät (Einwohnerantrag). (...)

(2) Der Einwohnerantrag (...) muss ein bestimmtes Begehren mit Begründung enthalten. (...) Der Einwohnerantrag soll einen Vorschlag enthalten, wie Kosten oder Einnahmeausfälle zu decken sind, die mit der Erfüllung des Begehrens entstehen würden. Für den Einwohnerantrag ist je nach Einwohnerzahl folgende Anzahl an Unterschriften erforderlich:

1. in Gemeinden und Samtgemeinden
a) mit bis zu 10 000 Einwohnerinnen und Einwohnern (...) 400 Unterschriften,
b) (...) bis 50 000 Einwohnerinnen und Einwohnern (...) 1 500 Unterschriften,
(...)

Schon gewusst?

Die **Samtgemeinden** bilden einen Gemeindeverbund, der bestimmte öffentliche Aufgaben anstelle seiner Mitgliedsgemeinden ausführt, z. B. Abwasserbeseitigung, Friedhofs- und Feuerwehrwesen, …
Dabei bleiben die einzelnen Mitglieder des Gemeindeverbundes weiterhin rechtmäßig selbstständige Gemeinden.

M4 **Fotovoltaik-Anlage auf dem Dach der IGS Oberkirchen** (Foto, 2021)

M5 Das Schaumburger Modell

Der Landkreis Schaumburg konnte alle weiterführenden Schulen mit Fotovoltaik-Anlagen ausstatten lassen. Die Kosten dafür tragen nicht der Landkreis sondern Investoren. Dabei stellen die Gemeinden die Schuldächer kostenlos zur Verfügung. Ein Investor installiert die Anlage auf seine Kosten. Den gewonnenen Strom kaufen die Gemeinden vom Investor. So kann die Schule den Weg zur „klimaneutralen Schule“ beginnen.

Klimaschutz ist Veränderungen wagen und auf Angewohnheiten verzichten. (Ahmed (14), 9a)

Dass unsere Schule mittlerweile eine klimaneutrale Schule ist, freut mich sehr, da man erkennt, dass Klimaschutz möglich und umsetzbar ist. (Philip (13), 9b)

Es war toll, dass wir uns als Klasse und als Gemeinschaft für das Klima und andere Mitmenschen einsetzen konnten." (Aiden, Omar, John (alle 13), 7b)

Ich finde es schade, dass sich die Politik bisher kaum für den Klimaschutz und unsere Zukunft einsetzt und meistens nur mit Ausflüchten argumentiert wie: „Das ist ja alles nicht so schlimm." Daher kümmer' ich mich selber darum. (Lion (16), 11a)

Es ist unglaublich, dass neben den Emissionen der Heizung, des Stroms und der Cafeteria, alleine der Weg zur Schule hin und zurück an Emissionen am höchsten ist. (Maik (16), 10d)

M6 M6 Aussagen von Schülerinnen und Schülern der Klimaschutz-AG des Werner-von-Siemens Gymnasiums in Bad Harzburg Anfang 2022

A

1 Arbeitet mit M1 und M2:
a) Erstellt ein Ranking, wo sich an der Schule leicht Einsparungen zur CO_2-Emission vornehmen lassen.
b) Finde heraus, ob an eurer Schule oft das „Elterntaxi“ genutzt wird.

2 Arbeitet mit T1, T2, M4 und M5:
Erklärt das Schaumburger Modell am Beispiel der IGS Oberkirchen. Erklärt, warum der Landkreis Schaumburg daran arbeitet, möglichst viele Schulen zu klimaneutralen Schulen zu machen

3 Arbeitet mit M1, M3 und M6:
Wählt einen Bereich aus M1 und arbeitet einen Vorschlag heraus, mit dem in einer gezielten Aktion CO_2-Emissionen verringert werden kann.

4 Arbeitet mit M3 und M6: Bereitet einen Einwohnerantrag für ein Projekt vor: „Auf dem Weg zur klimaneutralen oder nachhaltigen Schule“.

5 EXTRA Stellt eure Aktionen der Klasse vor. Diskutiert die Erfolgsaussichten aller Vorschläge und entscheidet das weitere Vorgehen.

A

AFB I: 1a, 3 II: 1b, 2, 4 III: 5

SP → Lösungshilfen ab Seite 304

NE

Global Goals

Die Vereinten Nationen haben sich mit 17 Global Goals selbst unter Druck gesetzt. Denn bis 2030 sollen diese erreicht sein. Sieben zielen direkt auf den Klimawandel. Fürs Gelingen sind gute Ideen gefragt. Auch deine!

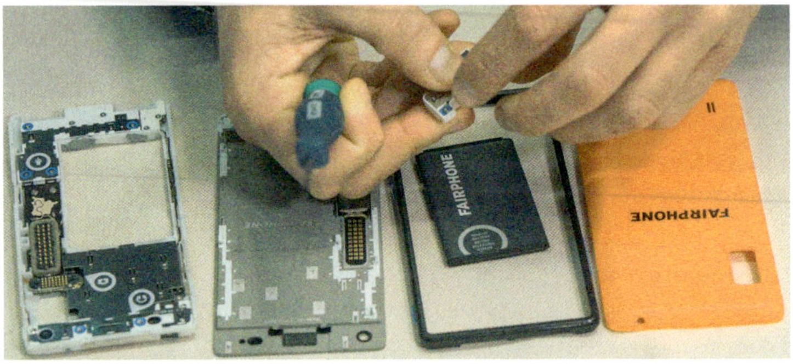

M1 Fairphone: 2016 Deutscher Umweltpreis, 2017 Blauer Engel-Siegel, 2017 Fairtrade Gold Zertifizierung (Foto, 2016)

M4 Beim Plogging sammeln Jogger gleichzeitig Müll. (Foto, 2018)

→ **Seite 238/239, 302** Global Goals

→ **Seite 258/259** Im Smartphone steckt was drin

M2 Fairphone

Erstmals erhielt ein Smartphone das Siegel des Blauen Engel. Der niederländische Hersteller Fairphone schafft es, die strengen Nachhaltigkeitskriterien zu erfüllen. Das Smartphone ist mit einem Wechsel-Akku ausgestattet und im Baukastensystem zusammengebaut. So kann jeder Nutzer selbst ein defektes Modul auswechseln. Das Fairphone überlebt leicht die Garantiedauer von mindestens zwei Jahren. Altgeräte werden zurückgenommen. Die Zulieferfirmen müssen faire Arbeitsbedingungen einhalten.

Anna König Jerlmyr ist Bürgermeisterin von Stockholm.

M3 „Unser Zeichen für die Umwelt" heißt es im Internet auf der Seite blauer-engel.de:

Sie wollen umweltbewusst leben, einkaufen, bauen, renovieren oder ein Büro ausstatten? Der Blaue Engel macht es möglich: Über 12 000 umweltfreundliche Produkte und Dienstleistungen von rund 1 600 Unternehmen sind mit dem Blauen Engel ausgezeichnet. Wenn Sie Produkte oder Dienstleistungen mit dem Umweltzeichen Blauer Engel nutzen, können Sie sicher sein, etwas Gutes für sich, die Umwelt und die Zukunft zu tun. Denn der Blaue Engel ist das Umweltzeichen der Bundesregierung zum Schutz von Mensch und Umwelt. Es ist anspruchsvoll, unabhängig, und hat sich seit mehr als 40 Jahren als Kompass für umweltfreundliche Produkte bewährt.

M5 Plogging statt Jogging

Immer mehr Menschen betreiben die Natursportart Plogging – setzt sich aus den Wörtern „plocka" (Schwedisch) und Jogging zusammen. Plocka heißt aufheben. Mit dieser gelungenen Kombination aus Sport und Umweltschutz beseitigen die Teilnehmer nicht ihren Müll, sondern den von anderen. Ausgestattet mit Handschuhen und Sammelbehältern sind Schulklassen, Sportgruppen, Freunde ... unterwegs für sauberen Boden und saubere Gewässer. Plastik wird der Wiederverwertung zugeführt.

M6 „Schüler pflanzen 600 Bäume fürs Klima" hieß es am 2. Dezember 2019 unter Kreiszeitung.de:

Am Montagnachmittag bevölkern mehr als 60 Schüler aus dem ganzen Landkreis Oldenburg die 2 000 Quadratmeter große Fläche, um dort 600 Hainbuchen sowie Sal- und Asch-Weiden zu pflanzen. Die jungen Leute werden zu Klimabotschaftern ausgebildet. Hinter der Aktion steckt eine Kooperation des Landkreises Oldenburg mit dem Waldpädagogikzentrum Weser-Ems (Landesforsten) und der Initiative „Plant for the Planet". Bevor die Schüler an die frische Luft durften, waren sie im Kreishaus. Dort beschäftigten sie sich mit den Themen CO_2 und Klimaschutz. Nach dem Theoretischen (...) ging es im Bus ins Pestruper Moor.

M7 Bei euronews hieß es am 27. Januar 2020 „Stockholm macht es vor: Smart Cities der Zukunft“:

Die Stadt wurde gerade zur „intelligentesten Stadt der Welt“ gewählt, für ihre Innovationen in Bezug auf Umwelt, Digitaltechnik und das Wohlergehen der Einwohner. (...)
Es gibt Elektroautos zu mieten und öffentliche Leihfahrräder sowie ein neuartiges Abfallmanagementsystem (...).
Neben Emissionsreduzierung setzt Stockholm auch darauf, Energieverschwendung zu bekämpfen. Zum Beispiel wird die Wärme verwertet, die in Rechenzentren erzeugt wird. Energie, die auch in anderen zunehmend vernetzten Städten im Überfluss vorhanden ist. (...)
„Wir wollen bis 2040 CO_2-neutral werden“, sagt Anna König Jerlmyr. „Dafür entwickeln wir eine neue Technik mit Kohlenstoffabscheidung und -speicherung. Wir denken, dass wir mit dieser neuen Technik, kombiniert mit unseren Fernwärmesystemen, die heute ohne fossile Brennstoffe auskommen, eine klimaneutrale Stadt schaffen können. Die erste in der Welt.“

M8 Trinkhalme weiter nutzen – Clickstraw

Seit dem 3.7.2021 sind sie verboten: Trinkhalme aus Plastik. Zwei Brüder aus Bonn gründeten ein Start-up-Unternehmen mit dem Clickstraw. „Dadurch, dass man den Mehrwegtrinkhalm komplett öffnen kann, ist er sehr leicht zu reinigen und wird auch in der Spülmaschine im geöffneten Zustand komplett sauber“, sagt der Erfinder Frank Healey. Der Clickstraw hält etwa zwei Millionen Nutzungszyklen (trinken, öffnen, reinigen, schließen) und ist komplett recycelbar.

M9 Die Tafel in Deutschland versorgt in ganz Deutschland unterstützen armutsbetroffene Menschen mit Lebensmitteln, die sie vor der Vernichtung retten. Tafeln gibt es auf der ganzen Welt. (Plakat, 2020)

M10 Auf der Homepage von der Tafel Deutschland steht unter dem Stichwort Klimaschutz:

Die Tafeln sind Deutschlands größte Lebensmittelretter und leisten damit einen wichtigen Beitrag zum Klimaschutz. Mit dem Motto „Lebensmittel retten, Klima schützen“ stellt die Tafel Deutschland die Lebensmittelrettung in den Mittelpunkt und zeigt, wie wichtig es neben der Unterstützung armutsbetroffener Menschen auch für die Umwelt ist, als Lebensmittelretterin und -retter aktiv zu werden.

A → B

1 Bildet Kleingruppen und wählt zwei Beispiele aus: M1 – M10.

2 MK Nutzt eure Beispiele und recherchiert noch weitere Informationen im Internet. Sucht die passenden Global Goals aus der rechten Randspalte.

3 MK Recherchiert, welche der hier nicht aufgeführten Global Goals außerdem passen könnten.

4 Tragt der Klasse euer Ergebnis vor.

AFB I: 1 II: 4 III: 2, 3

SP → Lösungshilfen ab Seite 304

Tests und Übungen
2ab87u

Klimawandel: Wie schützen wir unseren Lebensraum?

1300–1800	1881	ab etwa 1970	1997	2015
Kleine Eiszeit	Beginn der Wetteraufzeichnungen	erkennbare Anzeichen für einen beginnenden Klimawandel	Kyoto-Protokoll	Pariser Abkommen

Klimawandel: Wie schützen wir unseren Lebensraum?

Wetter und Klima
- Wettererscheinungen
- Klima
- Jahreszeiten
- Veränderungen im Klima
- Eis- und Warmzeiten

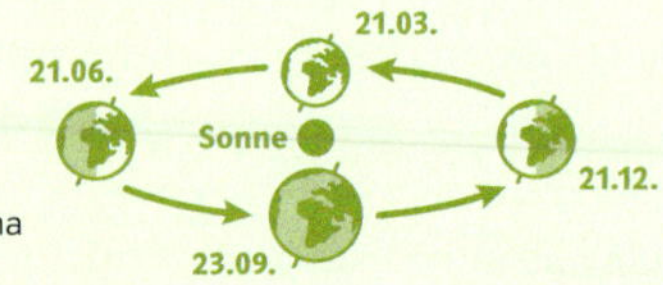

Leben mit dem Klimawandel
- Anpassung an den Klimawandel
- Klimaschutz kennt keine Grenzen
- Bildung für nachhaltige Entwicklung
- gegen Grünfärberei
- Global Goals

Klimawandel
- natürlicher Treibhauseffekt
- anthropogen verursachter Treibhauseffekt
- Hinweise auf einen Klimawandel

Energiewende in Deutschland
- Wind – Rohstoff des Nordens
- nachhaltiges Handeln
- was jeder tun kann

Folgen des Klimawandels
- Trockenheit und Wüstenbildung
- extreme Wettererscheinungen

Wichtige Begriffe

- Bewässerung
- Bildung für nachhaltige Entwicklung (BNE)
- Biodiversität
- Dauerregen
- Desertifikation
- Dürrekatastrophe
- Erderwärmung
- Gletscherrückgang
- Global Goals
- Jahrhunderthochwasser
- kleine Eiszeit
- Klimawandel
- Kühleffekt
- Meeresspiegelanstieg
- natürlicher Treibhauseffekt
- Schwamm-Stadt
- Starkregenereignis
- Treibhausgase (THG)
- UN-Umweltgipfel
- Weltklimakonferenz
- Wetterelemente
- Wetterfaktoren
- Windparks
- zusätzlicher Treibhauseffekt

Jetzt kannst du ...

- Klimafaktoren im Hinblick auf die Entstehung von Klima analysieren.
- den natürlichen und den anthropogen verursachten Treibhauseffekt unterscheiden und als Ursache die Treibhausgase (THG) verantwortlich machen.
- das Ausmaß grenzüberschreitender oder globaler Umweltprobleme als Folge des anthropogen verursachten Klimawandels erläutern.
- die Auswirkungen von Ressourcenverbrauch und -verteilung auf Mensch und Umwelt beurteilen.
- nachhaltiges Wirtschaften und nachhaltigen Umgang mit Ressourcen beschreiben.
- Konzepte und Handlungsstrategien im Umgang mit dem Klimawandel unter Beachtung der Generationengerechtigkeit beurteilen.
- die Global Goals der UN erklären und gelungene Beispiele erläutern.

8 Globale Entwicklung: Worum dreht sich meine eigene Welt?

M1 Globalisierung – die Vernetzung der Welt

Wenn wir im Geschäft oder über das Internet die gleichen Sachen kaufen können wie die Menschen in Indien oder China, wenn eine Firma in vielen Ländern produziert, wenn wir mit Menschen in fast allen Ländern der Welt in Sekundenschnelle Kontakt aufnehmen können – dann sind das Folgen der Globalisierung, der weltweiten Verflechtungen in vielen Bereichen. Die Globalisierung bietet viele Chancen, aber sie birgt auch Risiken …

M2 Die G7 Staats- und Regierungschefs beim G7-Gipfel (Foto, 2021)

NE

Erklärfilm
Globalisierung
35c3nq

Globalisierung in unserem Alltag

Einmal bei einer Castingshow gewinnen – das wünschen sich viele junge Leute auf der ganzen Welt. Weltweit verbreiten sich Trends in Musik und Mode wahnsinnig schnell. Die moderne Technik macht es möglich.

M1 The Voice: 2010 in den Niederlanden entwickelt, gibt es diese Castingshow heute in mehr als 50 Ländern. (Foto, 2012)

M2 Globale Kommunikation

Globalisierung
die zunehmende weltweite Verflechtung der Wirtschaft, Politik, Kultur und weiterer Bereiche

T1 Moderne Medien

Durch die modernen Kommunikationsmedien wie Telefon, Fernsehen und Internet ist die Welt heute „vernetzt“. Daten und Informationen werden rund um den Globus ausgetauscht, Waren und Geldströme gelenkt. Das Internet verbindet uns täglich mit Menschen in anderen, auch fernen Ländern und wird erst durch moderne Technik ermöglicht. Dazu gehören z. B. Satelliten, die die Erde umkreisen, und Kabel aus Glasfasern, die auf dem Meeresboden verlegt sind. Das macht den Austausch von Informationen in Sekundenschnelle preiswert und über Kontinente hinweg möglich.

T2 Vereinheitlichung im Alltag

Restaurants wie McDonald's und Supermärkte wie Aldi findet man überall, in Deutschland, Frankreich, Italien und in vielen anderen Ländern. Natürlich werden dort fast die gleichen Speisen und Produkte angeboten. In Niedersachsen isst und trinkt man im Alltag ganz ähnlich wie in Polen, Spanien oder den USA. Auch in der Mediennutzung folgen die Menschen gleichen Trends. So wird z. B. die erfolgreiche TV-Show „The Voice“ in über 50 Ländern produziert und ausgestrahlt. Diese Beispiele zeigen einige Folgen der **Globalisierung** in unserem Alltag. Doch die meisten nehmen wir gar nicht mehr wahr, so sehr haben wir uns an sie gewöhnt.

M3 Container – einfach vom Lkw auf den Güterzug

M4 Amerikanische Fast-Food-Ketten in China

T3 **Voraussetzungen der Globalisierung**

Fernhandel gab es schon vor Jahrhunderten. Gewürze, Salz und Edelsteine waren z.B. wichtige Handelsgüter. Aber von Globalisierung sprach damals noch niemand. Was hat sich geändert?

Noch vor den modernen Kommunikationsmedien hatten sich moderne Verkehrsmittel entwickelt. Eisenbahnen, Schiffe und Flugzeuge machten es möglich, Personen und Waren immer schneller und kostengünstiger zu transportieren. Ein Meilenstein war die Erfindung des **Containers**, der den weltweiten Warenhandel geradezu revolutioniert hat. Eine weitere Grundlage für die Globalisierung ist das Internet. Mit nur wenigen Klicks können über das weltweite Netz in Bruchteilen von Sekunden Waren rund um den Globus gekauft, verkauft und verschickt werden.

T4 **Globalisierung – für alle gut?**

Die Globalisierung beschränkt sich nicht nur auf die Wirtschaft. Sie betrifft auch die Politik, Umwelt, Kultur und Gesellschaft. Dabei werden Konflikte deutlich. So werfen afrikanische Länder Unternehmen aus den Industrieländern vor, dass es ihnen nur um die Ausbeutung ihrer **Rohstoffe** geht. Die Konkurrenz durch einheimische Unternehmen wollen die Industrieländer verhindern. In Europa besteht in Teilen der Bevölkerung Misstrauen gegenüber einer globalisierten Welt. Diese Menschen haben Angst um ihre Arbeitsplätze, die jederzeit aus Kostengründen ins Ausland verlagert werden könnten. Die Befürworter der Globalisierung sehen vor allem die Chancen einer vernetzten Welt. Sie glauben, dass hierdurch weltweit für alle Menschen gleich gute Lebensverhältnisse entstehen können.

Jahr	Anzahl
1990	1
1994	16
1998	152
2002	655
2006	1 100
2010	2 000
2014	2 900
2016	3 425
2020	4 660

M5 **Internetnutzer weltweit** (in Millionen)

→ Seite 256 Welthandel

A B

1 Beschreibe, inwiefern auch dein Alltag vernetzt ist (M2).

2 a) Beschreibe, was man unter Globalisierung versteht (M1–M4, T1–T3).
b) Nenne Voraussetzungen, die die Globalisierung ermöglicht haben (M3, M5, T3).

3 (A) Nenne Folgen der Globalisierung (T4).

3 (B) Globalisierung in allen Lebensbereichen: Erläutere Chancen und Konflikte (T4).

4 Deine Meinung ist gefragt: Viele Jugendliche sehen weltweit die gleichen Sendungen, kaufen die gleichen Marken und hören die gleiche Musik. Viele finden das gut. Wie denkst du darüber?

AFB I: 1, 2, 3 III: 4 AFB I: 1, 2 II: 3 III: 4

NE

Global Cities und Global Player

Globalisierung wird von Schaltzentralen gesteuert. Dort konzentriert sich die Macht der Weltwirtschaft. Große Konzerne haben das Sagen. Solche Schaltzenralen nennt man Global Cities.

M1 Blick auf die Global City Sydney

M2 Global City Sydney:

Sydney ist mit 5,3 Millionen Einwohnern die größte Stadt Australiens. Über die Hälfte der großen Unternehmen Australiens haben hier ihren Sitz, darunter zwölf Unternehmen, die zu den weltgrößten Konzernen gehören. In Sydney werden mehr als 25 % des australischen Bruttonationaleinkommens (BNE) erwirtschaftet. Etwa 500 internationale Unternehmen haben in Sydney Zweigniederlassungen. Zugleich ist die Stadt Finanzzentrum mit einer Schlüsselstellung im asiatisch-pazifischen Raum. Die Börse Sydneys ist neben jenen von Tokio und Hongkong von globaler Bedeutung. Viele große Anleger investieren über ihre Niederlassungen in Sydney auch in China und Japan.

T1 Global Cities

Global Cities sind Schaltzentralen der Weltwirtschaft. Dies zeigt sich auf der ersten Blick am gehäuften Auftreten international bedeutender Konzerne mit hohen Umsätzen. Ebenso sind viele dieser Städte international bedeutende Finanzumschlagplätze. Man bezeichnet die Global Cities auch als „Knotenpunkte der Globalisierung“.
In Deutschland gibt es zwei Global Cities. Berlin hat sich in den letzten Jahren an Frankfurt vorbei geschoben. Lange galt die Finanzmetropole Frankfurt als Deutschlands einzige Global City.

T2 Die größten Global Citys

Nach Kriterien des **Global Power City Index** (GPCI) wird eine Hierarchie errechnet: Wirtschaft, Forschung und Entwicklung, kultureller Reichtum, Lebensqualität, Umwelt und Erreichbarkeit. Die Spitze bilden London und New York.
In allen Erdteilen kommen Global Cities vor. Die am stärksten vernetzten Städte liegen zumeist auf der Nordhalbkugel und da besonders in Nordamerika und Westeuropa. Ostasien holt allerdings im letzten Jahrzehnt stark auf und scheint einigen Global Cities den Rang abzulaufen.

T3 Global Player

Die größten Konzerne der Welt zeichnen sich durch eine weltweite Tätigkeit und starke Verzweigung in Tochterfirmen aus. In allen großen Global Cities haben sie Firmensitze. Die Konzerne nennt man **Transnationale Konzerne** (TNC). Sie optimieren auf diese Weise die Zulieferung, die Produktion und den Absatz. Dabei werden alle Kosten- und Marktvorteile vor Ort genutzt. Eine Kontrolle durch den jeweiligen Staat ist dabei kaum möglich.

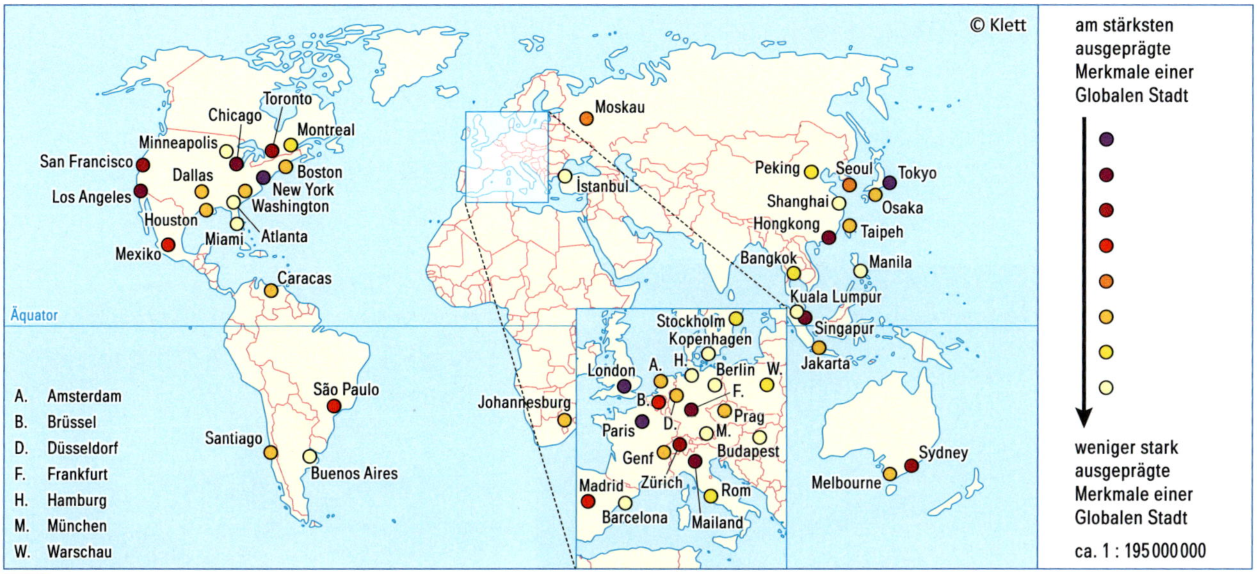

M3 Global Cities

Die soziale Marktwirtschaft, die von vielen demokratischen Staaten gewollt ist, gerät immer mehr unter Druck. Die Macht der TNC ist oft größer als die der nationalen Regierungen.

Konzernchefs planen global, nach den Gesetzen des internationalen Wettbewerbs und nach dem Prinzip der Gewinnmaximierung. Die für sie arbeitenden Menschen und die Nationalstaaten interessieren sie kaum. Der Welt droht daher ein Konflikt zwischen den Interessen der **Global Player** und jenen der Nationalstaaten und ihrer Bürger, glaubt der amerikanische Politologe Raymond Vernon. Die Global Player besitzen wirtschaftliche und politische Macht. Durch die Drohung, Arbeitsplätze ins Ausland zu verlagern, sind Politiker, Gewerkschaften, aber auch ganze Firmenbelegschaften erpressbar geworden.

1. Walmart, USA, 524
2. Sinopac, China, 407
3. State Grid, China, 384
4. China National Petroleum, China, 379
5. VW, Deutschland, 283
6. Amazon, USA, 281
7. Toyota, Japan, 275
8. Apple, USA, 260
9. CVS Health, USA, 257
10. UnitedHealth Group, USA, 242

M4 Die zehn größten Transnationalen Konzerne (TNC) der Welt 2020 (Einnahmen in Mrd. US-Dollar)

A/B **1** Nenne wichtige Merkmale einer Global City (T1, M1,M2).

A **2** Werte die Karte M3 aus.
a) Erstelle eine Liste der zehn bedeutendsten Global Cities: Stadt/Saat/Kontinent.
b) Nenne Staaten bzw. Teilkontinente, in denen es viele, wenige, keine Global Cities gibt. Was fällt dir auf? Erkläre!

B **2** Werte die Karte M3 aus.
a) Bearbeite Aufgabe A2.
b) Erläutere die Globale Verteilung von Global Cities.

A **3** Erläutere die weltweite Bedeutung der TNC und ihren Einfluss auf die Globalisierung.

B **3** Beurteile die Bedeutung der TNC und ihren Einfluss auf nationale Regierungen sowie die Globalisierung.

A/B **4** Diskutiert: „Die Macht der Global Player ist oft größer als die der nationalen Regierungen".

A/B **5** EXTRA MK Recherchiere, womit die zehn größten TNC ihren Umsatz erzielen.

AFB I: 1, 2 II: 3 III: 4, 5 AFB I: 1, 2a II: 2b III: 3, 4, 5

SP → Lösungshilfen ab Seite 304

Erklärfilm
Die Globalisierung
35c3nq

Audio
Welterfolg mit Wunderkiste
35c3nq

Welthandel

Die Welt ist ein Warenhaus – ein globales Warenhaus. Du kannst alles kaufen, was irgendwo produziert wird – vorausgesetzt, dein Land ist ein starker Handelspartner. Denn es gibt auch Regionen, an denen der Welthandel einfach „vorbeiläuft".

M1 Ein Frachtflugzeug wird beladen.

M2 Containerschiff in Hamburg

GUS
Gemeinschaft Unabhängiger Staaten; Mitgliedsstaaten: Armenien, Aserbaidschan, Kasachstan, Kirgisistan, Moldau, Russland, Tadschikistan, Turkmenistan, Usbekistan, Belarus

WTO
(engl. World Trade Organization) Welthandelsorganisation

T1 Drei große Wirtschaftszentren

Die weltweiten Warenströme sind ständig im Wandel, denn sie werden von Wirtschaftskrisen oder wirtschaftlichem Aufschwung beeinflusst. Doch die meisten **Exporte** und **Importe** gibt es in den drei großen Wirtschaftsregionen der Erde: Asien, Nordamerika und Europa. Vor allem China und Indien zeigen in den letzten Jahrzehnten große Zuwächse im Welthandel.
Um für alle Staaten der Erde gleiche Voraussetzungen für den Zugang zum Weltmarkt zu schaffen, wurde 1994 die Welthandelsorganisation (**WTO**) gegründet. Sie setzt sich für den Abbau von Zollschranken und anderer Handelshemmnisse (z.B. Zölle) ein.

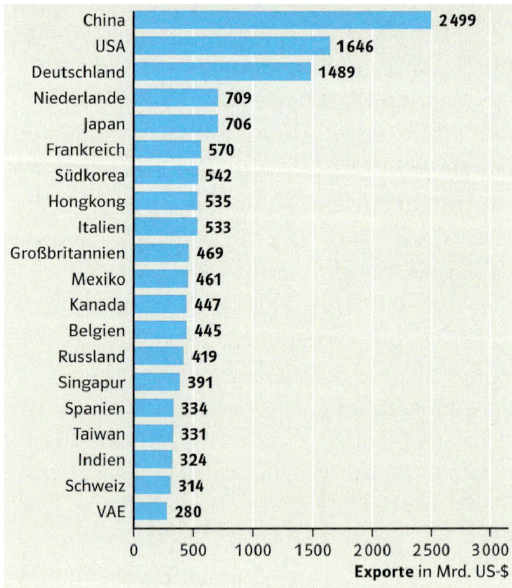

M3 Die größten Exporteure der Welt 2019

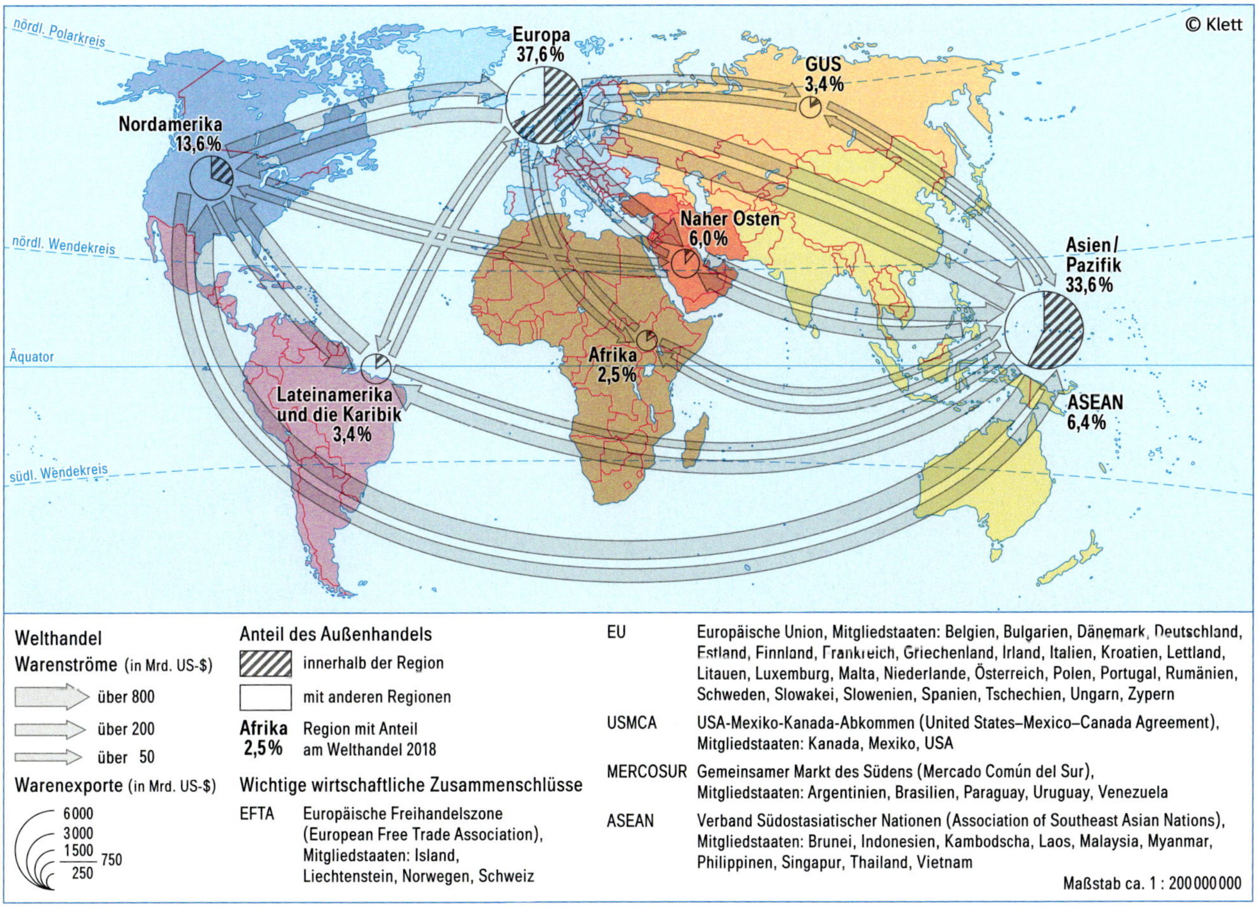

M4 Der Welthandel 2016

T2 Wirtschaftliche Zusammenschlüsse

Um ihre wirtschaftliche Macht zu stärken, schließen Staaten Handelsabkommen miteinander ab und bilden dadurch eine **Freihandelszone**. Bei diesem Zusammenschluss verzichten die Mitgliedsstaaten untereinander auf Handelshemmnisse. Gegenüber anderen Ländern kann jedoch jedes Mitglied selbstständig Zölle festlegen. Die Europäische Union (EU) gehört zu den größten Freihandelszonen der Welt.

Mehr als die Hälfte des Welthandels findet in Wirtschaftsbündnissen statt. Sie führen allerdings zu einem Ungleichgewicht im Welthandel. Außenstehende Staaten, wie die meisten Entwicklungsländer, müssen für ihre exportierten Waren weiterhin Zölle bezahlen.

→ Seite 192/193
Der europäische Binnenmarkt

A

1 NE
Beschreibe die Aufgaben der Welthandelsorganisation WTO (T1).

2 NE
Nenne Vorteile der Freihandelszonen für ihre Mitglieder (T2).

3 NE
Arbeite mit den Karten M3 und M4.
a) Ordne die zehn größten Exporteure der Welt einem Kontinent zu.
b) Beschreibe die Warenströme des Welthandels.
c) Betrachte Deutschland im internationalen Welthandel. Ermittle die wichtigsten Handelsbeziehungen.

4 NE
„Afrika – vom Weltmarkt abgekoppelt“. Beurteile diese Aussage.

5 EXTRA MK NE
Recherchiere, welche wichtigen Handelspartner China, USA und Deutschland haben.

A

NE

Im Smartphone steckt was drin

Es ist klein, leicht und bietet viele Möglichkeiten – das Smartphone. Zu seiner Herstellung sind viele seltene und daher wertvolle Metalle nötig. Wenn ein gebrauchtes Smartphone durch ein neues ersetzt wird, ist das alte zum Wegwerfen deshalb viel zu schade.

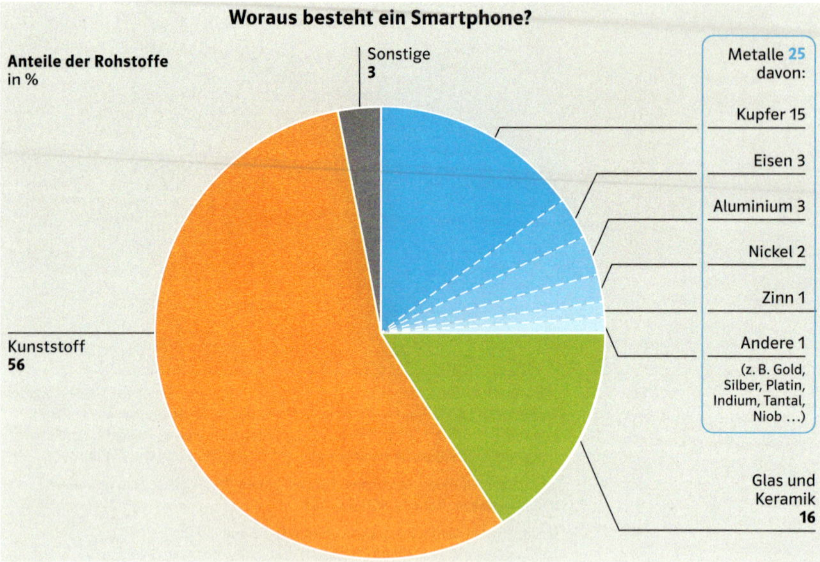

M1 Rohstoffe im Smartphone

M2 Einzelteile eines Smartphones

Rohstoffe
Naturgüter der Erde, die zur Herstellung von Produkten benötigt werden. Sie kommen von Pflanzen, Tieren oder aus dem Boden.

Nachhaltigkeit
Der Gedanke ist schon alt. Um 1700 wollte Hans von Carlowitz den Bestand von Wäldern langfristig sichern. Er forderte, dass jährlich nur so viel Holz geschlagen wird, wie pro Jahr nachwächst.

→ Seite 236 – 249 Nachhaltigkeit

T1 Kostbare Hightech-Produkte

Smartphones und andere elektronische Geräte sind Wertobjekte in doppeltem Sinn: Erstens eröffnen sie uns ungeahnte Möglichkeiten der Kommunikation. Zweitens sind sie wahre „Rohstofflager". Denn wertvolle Metalle wie Gold und Silber sind nötig, um Smartphones, Tablets, Flachbildfernseher usw. herzustellen. Andere Metalle kennt kaum jemand, z. B. Indium, Tantal und Niob. In der Hightech-Industrie spielen all diese Rohstoffe eine außerordentlich große Rolle. Sie sind deshalb viel zu kostbar, um nach Gebrauch der Geräte einfach im Abfall zu landen oder in einer Schublade zu verkümmern. Man schätzt, dass allein in Deutschland etwa 124 Millionen Alt-Handys ungenutzt herumliegen. Etwa 2,9 Tonnen Gold, 30 Tonnen Silber und 1100 Tonnen Kupfer sind darin enthalten.

T2 Den Rohstoffverbrauch verringern

Gebrauchte elektronische Geräte sollten einer Wiederverwertung zugeführt werden, dem sogenannten **Recycling**. Wer sein altes Smartphone beim Händler oder bei einer Sammelstelle abgibt, trägt dazu bei, den Rohstoffverbrauch erheblich zu senken. Denn die Rohstoffe des alten Geräts können so zu Rohstoffen für neue Produkte werden. Recycling erspart darüber hinaus auch Energie, die beim Abbau der Rohstoffe und bei der Herstellung der Geräte benötigt wird. Noch wirksamer als Recycling ist es, ein Gerät länger zu nutzen oder ein einfacheres, Rohstoffe schonendes Gerät zu kaufen. All dieses trägt zu mehr **Nachhaltigkeit** im Umgang mit den Rohstoffen unserer Erde bei. Wir nehmen damit Rücksicht auf das Leben der zukünftigen Generationen von Menschen auf der Erde.

M3 **Tantalerz** wird für elektronische Geräte benötigt.

M4 **Coltan-Abbau in Ruanda**

T3 Probleme beim Rohstoffabbau

Über 50 Prozent des Coltans werden in den zentralafrikanischen Staaten Ruanda und Demokratische Republik Kongo abgebaut. Dabei kommt es häufig zu Problemen: Streit um die Lagerstätten führt zu kriegerischen Auseinandersetzungen. Grubenbesitzer schrecken nicht vor Kinder- und Zwangsarbeit sowie menschenunwürdigen Arbeitsbedingungen zurück. Die Tagebaue werden von den Regierungen nur mangelhaft kontrolliert, sodass es neben dem Verstoß gegen Menschenrechte auch zu nicht genehmigtem Abbau und großen Umweltschäden kommt.

Schon gewusst?

Seit 2013 produziert die niederländische Firma Fairphone B.V. das „Fairphone", das über Jahre laufend verbessert wurde. Es ist im **Baukastensystem** aufgebaut. Dadurch können einzelne defekte Bestandteile ausgewechselt werden. Unnötiger Elektronikschrott wird so vermieden. Experten bescheinigen dem Gerät, dass es sehr nachhaltig und langlebig ist. Die Firma Fairphone B.V. setzt sich darüber hinaus für bessere Arbeitsbedingungen in den chinesischen Herstellerfabriken ein.

M5

→ **Seite 248**
Global Goals und Fairphone

A / B

1 Beschreibe, aus welchen Rohstoffen ein Smartphone besteht (M1, M2).

2 Erkläre, warum Hightech-Produkte wertvolle „Rohstofflager" sind (T1).

3 (A) a) Erkläre den Begriff Recycling (T2).
b) Erläutere, was Nachhaltigkeit bedeutet (T2, Lexikon).

4 (A) Beschreibe die Probleme, die beim Abbau des Coltan-Erzes in Ruanda auftreten (T3, M3, M4).

3 (B) Begründe, warum das Recycling von elektronischen Altgeräten nachhaltiges Handeln ist (T2, Lexikon).

4 (B) Smartphones und Kinderarbeit? Nimm Stellung (T3, M3, M4).

5 Unser Umgang mit Smartphones:
a) Erläutere die Vorteile eines Fairphones (M5).
b) Verträge, die dem Nutzer jedes Jahr ein neues Smartphone anbieten, belasten Mensch und Umwelt. Bewerte.

Entwicklungsstand – die Welt ist eingeteilt

T1 Industrieländer, Schwellenländer und Entwicklungsländer

Soll wie bisher allein die Wirtschaftskraft der Länder die entscheidende Rolle spielen bei der Einteilung der Welt? Denn so entstand die Einordnung in Industrieländer, Schwellenländer und Entwicklungsländer.

T2 Das Bruttonationaleinkommen

Die gängigste Messung war lange Zeit am **Bruttonationaleinkommen** (BNE) pro Kopf orientiert. Die Weltbank ermittelt für alle Länder dieses durchschnittliche Einkommen der Einwohner.
Länder mit einem niedrigen BNE bezeichnet man als Entwicklungsländer. Nimmt ein Entwicklungsland wirtschaftlich an Fahrt auf und hat einen mittleren BNE-Wert, wird es Schwellenland genannt.

T3 Einteilung nach menschlicher Entwicklung (HDI)

Die Einteilung allein nach dem BNE war für die Vereinten Nationen (UN) nicht tragbar. Deshalb entwickelten die UN den **Human Development Index (HDI).** Dieser Wohlstandsindikator errechnet sich aus:

1. der Lebenserwartung bei Geburt,
2. dem BNE pro Kopf und
3. der durchschnittlichen (jetzt) und der voraussichtlichen (Zukunft) Schulbesuchsdauer.

Der Index teilt in vier Klassen ein: sehr hohe, hohe, mittlere und niedrige menschliche Entwicklung.

Schon gewusst?

Im internationalen Sprachgebrauch werden die **Schwellenländer** „Newly Industrializing Countries" (NIC) genannt.

Schon gewusst?

Der **Happy Planet Index** wurde im Juli 2006 als alternativer Fortschrittsindikator zum BNE entwickelt. Der Index ist ein Indikator für die ökologische Effizienz und basiert auf der Annahme, dass Reichtum für eine Vielzahl von Menschen nicht vorderstes Ziel ist, sondern das persönliche Glück und ein gesundes Leben an erster Stelle stehen.

T4 Kaufkraft

Lebenserwartung und Schulbesuchsdauer lassen sich einfach vergleichen. Beim BNE pro Kopf ist das nicht so einfach. Denn man kann nicht überall dasselbe für sein Geld kaufen. Deswegen rechnen die Vereinten Nationen jedes Jahr für alle Länder aus, wie groß die **Kaufkraft des Einkommens** (KKP) ist. So lässt sich noch besser vergleichen.

T5 So wird der Index berechnet

Zu den drei Bereichen Lebenserwartung, Bildung und Kaufkraft wird jeweils ein Index zwischen 0 und 1,0 errechnet. Der Durchschnitt der drei Indizes ergibt den HDI. Der HDI-Wert 1,0 wäre der Idealwert, der von keinem Land erreicht wird. Alle Werte über 0,8 zeigen einen sehr hohen Entwicklungsstand. Werte unter 0,4 weisen auf einen sehr niedrigen Entwicklungsstand hin.

T6 Der geschlechtsspezifische Gleichstand (GDI)

Bei der UN gibt es noch einen weiteren Index. Der Gender Development Index (GDI) berechnet den geschlechtsspezifischen Gleichstand in der Entwicklung. Das Ranking dieser Liste unterscheidet sich vom Ranking im HDI, obwohl dieselben Messgrößen des HDI berechnet werden, allerdings getrennt nach Frauen und Männern. Je weniger Unterschiede feststellbar sind, umso gleicher ist die Entwicklung der beiden Geschlechter. In 22 von 166 Ländern sind die Männer benachteiligt, in den übrigen die Frauen.

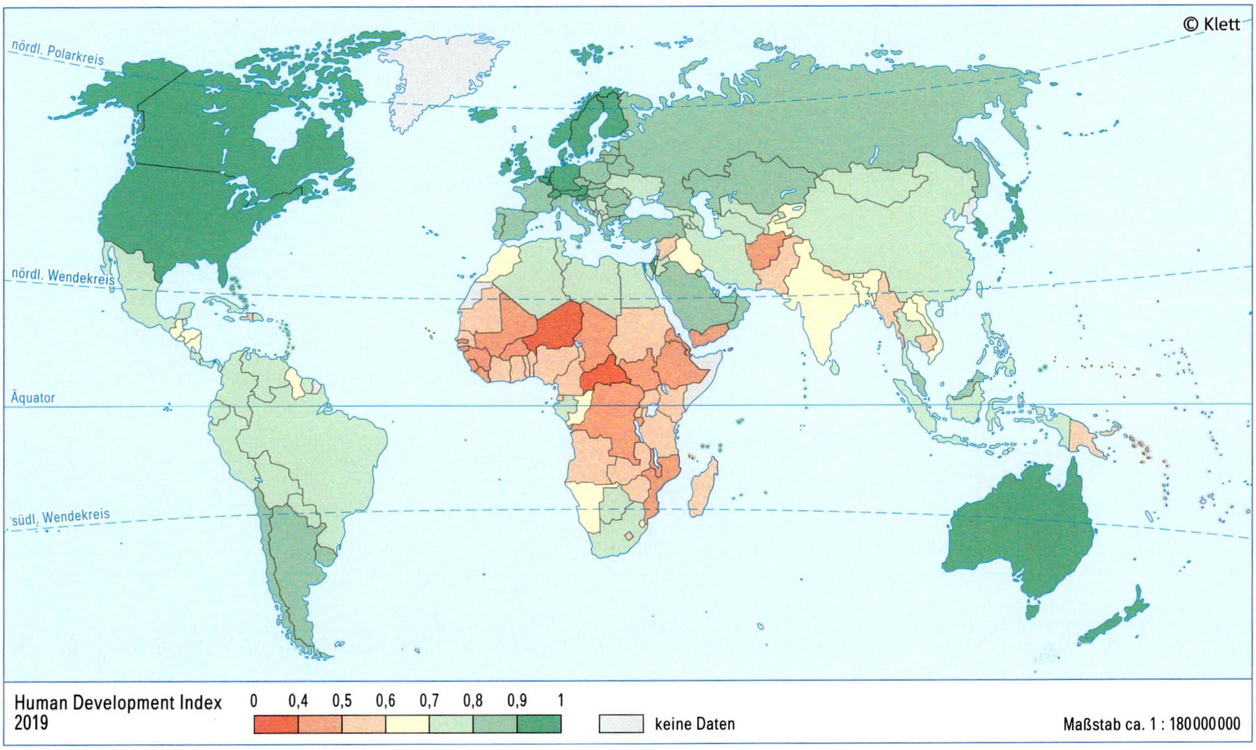

M1 Staaten nach dem Human Development Report 2019

Land	HDI	Rang 1–189	Lebenserwartung bei Geburt in Jahren	Durchschnittliche Ausbildungsdauer in Jahren	Kaufkraft in KKP $ pro Person
Norwegen	0,954	1	82,3	12,6	68 059
Deutschland	0,939	4	81,2	14,1	46 946
USA	0,920	15	78,9	13,4	56 140
Brasilien	0,761	79	75,7	7,8	14 068
China	0,758	85	76,7	7,9	16 127
Indien	0,647	129	69,4	6,5	9 683
Ghana	0,596	142	63,8	7,2	4 099
Ruanda	0,536	157	68,7	4,4	1 959
Äthiopien	0,470	173	66,2	2,8	1 782
Niger	0,377	189	62,0	2,0	912

M2 Auszug aus der HDI Rangliste 2019

A / B 1 Beschreibe das Verteilungsmuster auf der Karte M1.

A 2 Benenne je drei Staaten pro Farbe (M1).

B 2 NE a) Bearbeite Aufgabe A2.
b) Erkläre den geringen Entwicklungsstand der Länder Afrikas. Nutze Tabelle M2.

A 3 Erkläre die größere Aussagekraft der KKP (Kaufkraft-Parität) gegenüber dem BNE (Bruttonationaleinkommen).

B 3 Beim Entwicklungsstand wird oft vom Nord-Süd-Gefälle gesprochen. Erkläre mithilfe der Tabelle M2 und der Karte M1.

A / B 4 NE Analysiere den HDI.
a) China gehört zu den Schwellenländern. Kläre diese Aussage (M1, M2).
b) Analysiere dementsprechend den HDI von Ruanda.

A / B 5 MK Schreibe eine einfache Erklärung über die Einteilung der Welt nach dem HDI.

AFB I: 1, 2, 5 II: 3, 4 AFB I: 1, 2a, 5 II: 2b, 3, 4

SP → Lösungshilfen ab Seite 304

NE

Audio
Devil's Night in Detroit
35c3nq

Audio
Der Preis der Rose
35c3nq

Die Globalisierung gestalten

Mächtige Staaten treffen sich und beschließen die Richtung der wirtschaftlichen Entwicklungen. Dabei sind internationale Beziehungen von großer Wichtigkeit. Viele Menschen sind verunsichert. Globalisierungsgegner äußern ihre Bedenken offen.

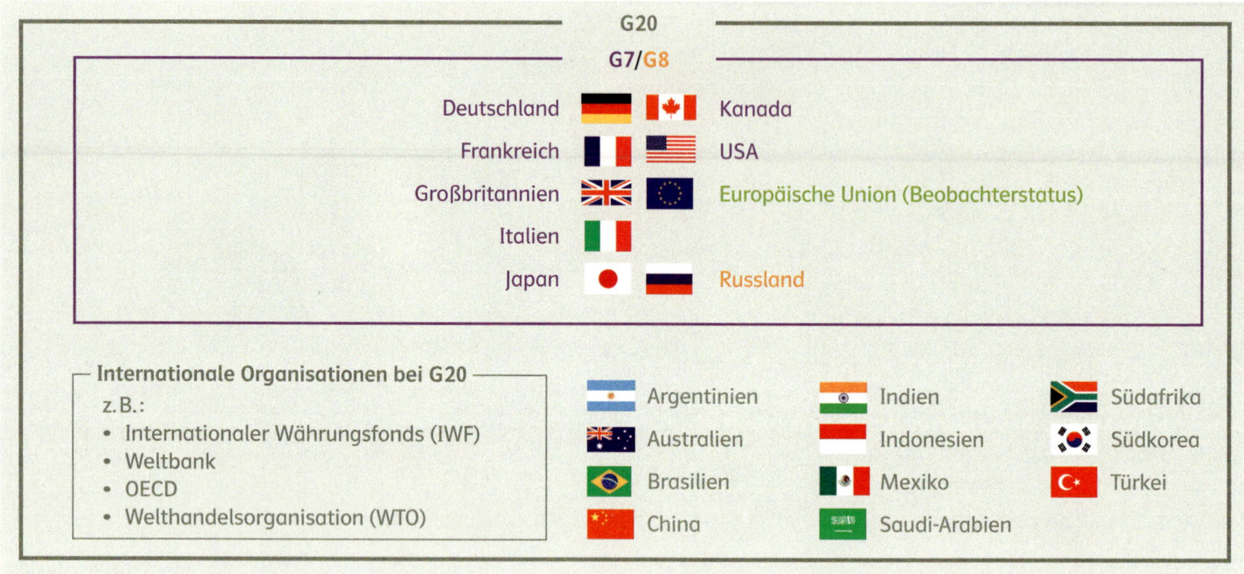

M1 Überblick über G7/8 und G20

G8
Abstimmungsforum der führenden Industriestaaten der Erde plus EU (Beobachter)

G20
Forum der 19 wichtigsten Industrie- und Schwellenländer der Erde plus EU

OECD
engl. Organization for Economic Cooperation and Development = Organisation für wirtschaftliche Zusammenarbeit und Entwicklung.
→ Lexikon

T1 Einfluss der Regierungen

Jeder zweite EU-Bürger betrachtet laut einer Umfrage* die Globalisierung als Chance für das Wirtschaftswachstum. Gleichzeitig finden zwei Drittel der Europäer, dass ihr Land die negativen Auswirkungen der Globalisierung nicht allein bewältigen kann. Gemeinsames Handeln, z. B. innerhalb der EU, erscheint notwendig. Allerdings müssen dazu weltweit Regeln für einen gerechten Ablauf der Globalisierung gelten. Seit 2008 treffen sich die 19 wichtigsten Industrie- und Schwellenländer und die EU, um sich über aktuelle Probleme auszutauschen und Regeln für das wirtschaftliche Handeln zu vereinbaren. Diese „Gruppe der 20" (G20) vertritt zwei Drittel der Weltbevölkerung und 80 Prozent des Welthandels.

* Eurobaromter 2012, Umfrage zur öffentlichen Meinung in der Europäischen Union

T2 „G7/G8" und „G20"

Ab 1975 trafen sich die Regierungschefs der wichtigsten Wirtschaftsnationen zu Weltwirtschaftsgipfeln. Die Treffen nannten sich ab 1976 G7-Forum. 1991 kam Russland dazu, es entstand das Forum G8. Seit dem Russland-Ukraine-Konflikt (2014) allerdings tagt der Kreis wieder ohne Russland. Immer wieder wurden weitere wichtige Industriestaaten zu den Beratungsrunden eingeladen. So entstand im Laufe der Zeit die Gruppe der Zwanzig (G20). Seit 2009 gibt es zwei, getrennt voneinander tagenden Foren. Forum G7 für wirtschaftliche Zusammenarbeit und Forum G20 für weitere globale Themen wie Klima oder Digitalisierung. An den Treffen dürfen immer auch nicht staatliche Organisationen teilnehmen, um die aktuellen Themen zu erörtern.

M2 Tausende demonstrierten in Garmisch-Partenkirchen gegen den G7-Gipfel im Juni 2015.

T3 Einfluss internationaler Organisationen

Mehrere internationale Organisationen werden ebenfalls zu den jährlichen Gipfeltreffen der G20 eingeladen. Dazu gehören die Weltbank (WB), die Organisation für wirtschaftliche Zusammenarbeit und Entwicklung (OECD), Vertreter des Internationalen Währungsfonds (IWF) und der Welthandelsorganisation (WTO). Sie sollen sich mit ihrem Fachwissen an der Lösung globaler Probleme beteiligen.

T4 Einfluss von Nichtregierungsorganisationen (NGO)

Nicht nur die G7/G8 beobachten und steuern den Globalisierungsprozess. **Nichtregierungsorganisationen (NGO)**, machen auf Probleme der Globalisierung aufmerksam. Dazu gehören z. B. Greenpeace, der BUND, Transfair, Amnesty International, attac oder kirchliche Organisationen. Regelmäßig machen diese Gruppen vor Gipfeltreffen der G7/G8 und G20 mit Aktionen auf die Risiken der Globalisierung aufmerksam.

M3 Das Netzwerk attac kritisiert 2021 auf seiner Website die Globalisierung

Weltweiter Handel mit Gütern jeder Art, ein internationaler elektronisch getakteter Finanzmarkt, sekundenschnelle Kommunikation rund um den Erdball, Dependancen (Niederlassungen) der immer gleichen weltumspannenden Konzerne und Konsumtempel in jeder Stadt – das alles sind Facetten einer Globalisierung, die wir seit einigen Jahrzehnten in verschärftem Ausmaß erleben. Diese Globalisierung bringe Wohlstand für alle – dieses neoliberale Versprechen hat sich nicht erfüllt. Im Gegenteil: Die Kluft zwischen Arm und Reich wird immer größer, sowohl innerhalb der Gesellschaften als auch zwischen Nord und Süd. (...) Das ist kein Wunder, denn die gegenwärtige Globalisierung orientiert sich einseitig an mächtigen Wirtschaftsinteressen. Die Politik treibt die Liberalisierung der Märkte im Interesse der großen Konzerne voran – eine Globalisierung von Menschenrechten und von sozialen, ökologischen oder demokratischen Standards steht dagegen nicht auf der Agenda. (...) Der Glaube, der Markt könne es besser und solle dem Staat möglichst viel aus den Händen nehmen, ist mittlerweile tief in den Köpfen verankert. (...) Es gilt: Gewinne sind für die (Privat-)Unternehmen da, Kosten soll die Allgemeinheit tragen. Als Konsequenz dieser Politik konzentriert sich der gesellschaftliche Reichtum in den Händen von immer weniger Menschen (...).

Das globalisierungskritische Netzwerk attac hat ca. 90 000 Mitglieder in mehr als 50 Ländern. Das Logo von attac symbolisiert die ungerechte Verteilung von Reichtum zwischen der Nord- und der Südhalbkugel der Erde.

WTO
engl. World Trade Organization = Welthandelsorganisation. Sie regelt die internationalen Handels- und Wirtschaftsbeziehungen.
→ Lexikon

A / B

1 Arbeite mit M1, T2, T3.
a) Beschreibe den Unterschied zwischen G7 und G20.
b) Nenne die Ziele der beiden Foren.

2 „Die Welt ist keine Ware!“, sagt attac. Erkläre, was damit gemeint ist.

3 (A) Erkläre, warum die Erweiterung zu zwei Foren notwendig wurde (T1, T2)

3 (B) Informiere dich über die augenblickliche Zusammensetzung der G7 und G20 Foren.

4 (A) Zahlreiche internationale Organisationen und NGO werden zu den Gipfeltreffen eingeladen. Erkläre (T3, T4).

4 (B) Informiere dich über eine genannte NGO und stelle sie der Klasse vor.

5 MK Beschreibe das Bild und formuliere eine mögliche Plakataufschrift (M2, T1–T4).

6 EXTRA MK Ihr dürft als Vertreter einer NGO vor der G7 eine Rede über eure Ängste und eure Kritik an der Globalisierung halten. Verfasst eine begründete Rede.

AFB I: 1 II: 2, 3, 4, 5 III: 6   AFB I: 1 II: 2, 3, 4, 5 III: 6

SP → Lösungshilfen ab Seite 304

NE

Armut hat viele Ursachen

Paragraf 25 der Menschenrechte besagt: „Jeder hat das Recht auf einen Lebensstandard, der seine und seiner Familie Gesundheit und Wohl gewährleistet, einschließlich Nahrung, Wohnung, ärztlicher Versorgung und notwendiger sozialer Leistungen (...).“ Doch ist das überall so?

M1 In einem Armenviertel in Mumbai: In Indien leben die meisten Menschen in großer Armut.

Slum
ist ein Armenviertel, in dem jeder, der ankommt, aus irgendwelchen gefundenen Materialien eine Unterkunft baut – ohne eigenen Wasseranschluss und Toilette.

T1 Ursache Bevölkerungszuwachs

Ein hohes Wachstum der Bevölkerung ist eine von vielen Ursachen für Armut. Denn immer mehr Menschen müssen letztendlich mit dem auskommen, was vorhanden ist. Und oft fehlt es an allem. Auf der Suche nach einem besseren Auskommen drängen viele Menschen vom Land in die Städte. Aber auch da ist die Armut zu Hause. Oft bleibt nur der Ausweg in die schnell wachsenden Slums. Die Städte sind mit dem Ansturm überlastet.

T2 Ursache Mangel an Arbeit

In Afrika z.B. gibt es viele Länder, in denen die Armut groß ist. **Entwicklungsländer** werden sie genannt, weil der Entwicklungsstand niedrig oder sehr niedrig ist. Es gibt folglich wenig Arbeit. Ohne Arbeit ist das Einkommen dürftig, sowohl für die Menschen als auch für die Länder. Die Perspektiven für eine bessere Zukunft sind gering.

T3 Ursache Krieg

Sudan, Somalia, Äthiopien, Libyen, Demokratische Republik Kongo – das sind nur einige Staaten des afrikanischen Kontinents, in denen Bürgerkriege herrschen. Diese und zwischenstaatliche Kriege stürzen die Bevölkerung ins Elend. Äcker werden verwüstet und Dörfer vernichtet. Die Folgen sind Armut und soziale Not.

T4 Ursache Staatsversagen

Äthiopien hat viel Geld aus dem Ausland bekommen – Entwicklungshilfe. Ja, die Entwicklung des Landes geht voran. Aber die Regierung setzt immer noch auf die „Macht des Kleinbauern“, der sich selbst ernähren soll. Die Kleinbauern könnten viel verbessern, wenn man sie denn ließe, die Mittel sind durch die Entwicklungshilfe vorhanden. Und Äthiopien hat so viel fruchtbares Ackerland, dass ganz Äthiopien leicht ernährt werden könnte.

Doch die Familien dürfen das Land nicht besitzen, es gehört weiterhin dem Staat. Von Generation zu Generation müssen sie das Land unter den Familienmitgliedern aufteilen. Die Ackerfläche wird immer kleiner – es reicht schon bei guten Ernten nicht aus. Und immer droht die Gefahr, vertrieben zu werden.

T5 Ursache Landgrabbing

Entwicklungsländer brauchen ausländische Zahlungsmittel (**Devisen**), um Importe (Einfuhren) bezahlen zu können. So kommt es auch vor, dass z. B. Äthiopien Ackerland im großen Stil an reichere Länder langfristig verpachtet oder verkauft. Diese **Industrieländer**, das sind Länder mit einem hohen oder sehr hohen Entwicklungsstand, brauchen die Äcker, um ihre eigene Bevölkerung ernähren zu können (China). Oder sie pflanzen ölhaltige Pflanzen an, um Biosprit herstellen zu können. Oder sie bauen Futterpflanzen an, um Fleisch zu produzieren. Die Kleinbauern in Äthiopien werden dabei nicht gefragt und nicht gebraucht.

T6 Ursache Klima-/Umweltfolgen

Indien ist ein **Schwellenland**. So nennt man Länder, die auf dem Weg von einem Entwicklungsland zu einem Industrieland sind. Indien braucht den jährlichen Monsunregen, der von Juni bis September andauert. Fällt er schwach aus oder bleibt er ganz weg, führt das zur Trockenheit. Kommt er zu intensiv, führt das zu Überschwemmungen. In beiden Fällen ist die Folge eine Katastrophe für die Ernährung des Landes. Oft sind in der Folge auch die Wanderarbeiter, die Ärmsten der Armen, dann ohne Arbeit. Gerade Länder mit geringer Wirtschaftskraft sind durch Klima- oder Umweltfolgen am härtesten getroffen. Solche Ereignisse mit gravierenden Folgen sind: Heuschreckenplagen, Busch- und Waldbrände, Starkregen, Trockenheit, Überschwemmungen …

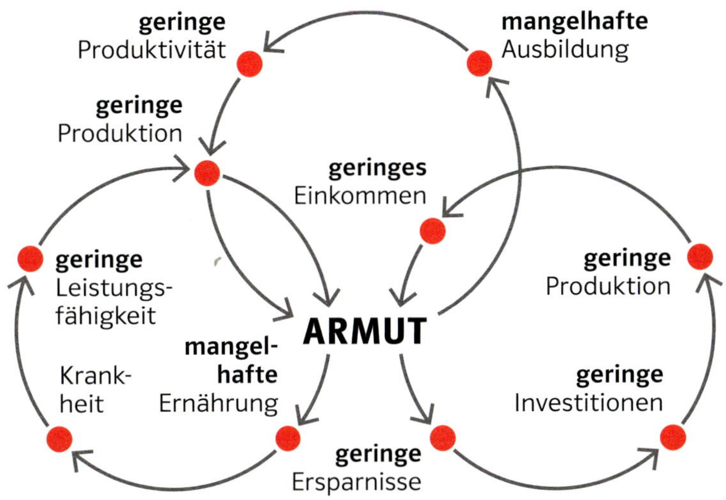

M2 **Teufelskreise der Armut: Ursachen und Folgen beeinflussen sich gegenseitig.**

Landgrabbing heißt übersetzt Landnahme.

→ Seite 268–269 Terms of Trade

1 Beschreibe M1.

2 MK Erstellt in Gruppenarbeit eine Mindmap zum Thema „Ursachen von Armut" (T1–T6). Haltet mithilfe der Mindmap Kurzvorträge.

3 (A) Arbeite mit deinem Tischnachbarn:
a) Erklärt euch gegenseitig die einzelnen Teufelskreise der Armut (M2).
b) Sucht für jeden Teufelskreis eine Überschrift.

3 (B) Arbeite mit deinem Tischnachbarn und schreibt zu jedem Teufelskreis einen kleinen Text (M2).

4 (A) Überlege mit deinem Tischnachbarn, wie die Teufelskreise durchbrochen werden können.

4 (B) Arbeite mit deinem Tischnachbarn und stellt so viele Verbindungen zwischen T1–T6 wie möglich her.

5 MK Recherchiere im Internet über Landgrabbing.
a) Nenne Staaten, die betroffen sind.
b) Nenne Staaten, die Land pachten oder kaufen.

AFB I: 1 II: 2, 3, 4 III: 5   AFB I: 1 II: 2, 3, 4 III: 5

NE

Bildung ist Macht

Lesen, Schreiben, Rechnen – Grundfertigkeiten für die Bewältigung des Alltags. Viele Kinder in Entwicklungsländern wollen diese erwerben, haben aber keine Möglichkeit dazu.

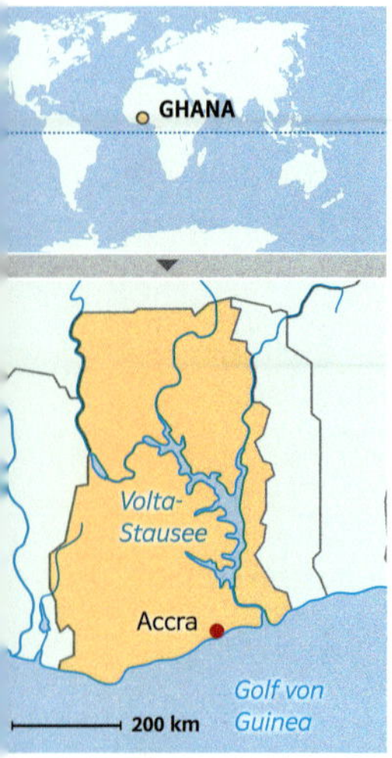

M1

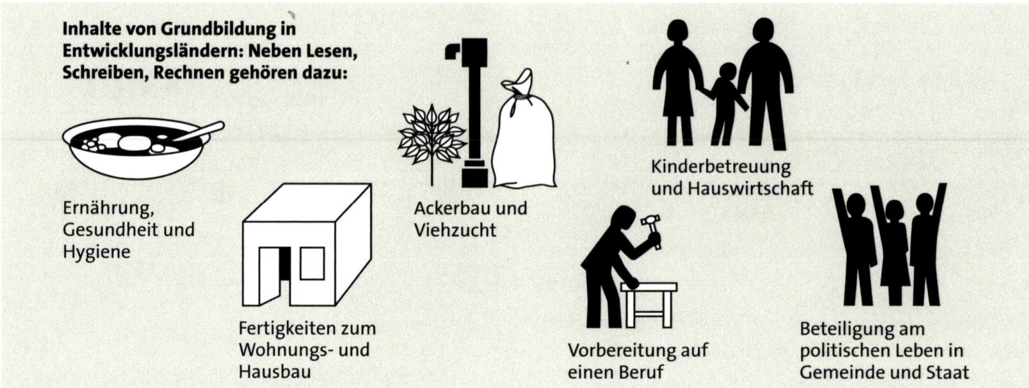

M2 Grundbildung in Entwicklungsländern

obligatorisch
verbindlich, verpflichtend

Analphabet
ein Mensch, älter als 15 Jahre, der nicht lesen und schreiben kann

→ **Seite 296/297**
Bildung als Schlüssel zur Berufswelt

M3 Bildung in Ghana

Auf dem afrikanischen Kontinent gilt Ghana in Sachen Bildung als beispielhaft. Im Vergleich zu anderen afrikanischen Staaten ist der Anteil der Analphabeten niedrig. Doch in die Schule gehen meistens nur Jungen. Viele Mädchen können daher nicht schreiben und lesen. Mit der Kampagne „Eltern, schickt eure Töchter zur Schule" startete die ghanaische Regierung bereits 1997 eine landesweite Initiative – mit mäßigem Erfolg. Mit neuen Angeboten für die Schulbildung der Mädchen versucht Ghana nun, die Stellung der Frau zu stärken und die wirtschaftliche Entwicklung des Landes voranzubringen.

T1 Bildung ist Macht! Bildung ist Chance!

Wer keine **Bildung** hat, bleibt abhängig und hat nur eine sehr geringe Chance, seine Situation zu verbessern. In vielen Entwicklungsländern sind mehr als die Hälfte der über 15-jährigen Einwohner **Analphabeten.** So bezeichnet man Menschen, die nicht lesen oder schreiben können. Besonders Frauen und Mädchen sind davon betroffen. Unterschiede gibt es auch zwischen Stadt und Land oder Arm und Reich. Die Gründe für die hohen Analphabetenraten sind vielfältig: Es gibt nicht überall Schulen. Viele Familien können sich das Schulgeld für ihre Kinder nicht leisten. Viele Kinder müssen arbeiten, um das Familieneinkommen zu sichern oder zu verbessern. Außerdem wird aufgrund kultureller Traditionen manchmal nur wenig Wert darauf gelegt, dass Mädchen regelmäßig die Schule besuchen. Diese sollen stattdessen im Haushalt helfen.

M4 Artikel 26 der Allgemeinen Erklärung der Menschenrechte besagt:

1. Jeder hat das Recht auf Bildung. Die Bildung ist unentgeltlich, zum Mindesten der Grundschulunterricht und die grundlegende Bildung. Der Grundschulunterricht ist obligatorisch. (...)
2. Die Bildung muss (...) zu Verständnis, Toleranz und Freundschaft zwischen allen Nationen und allen rassischen oder religiösen Gruppen beitragen und der Tätigkeit der Vereinten Nationen für die Wahrung des Friedens förderlich sein.

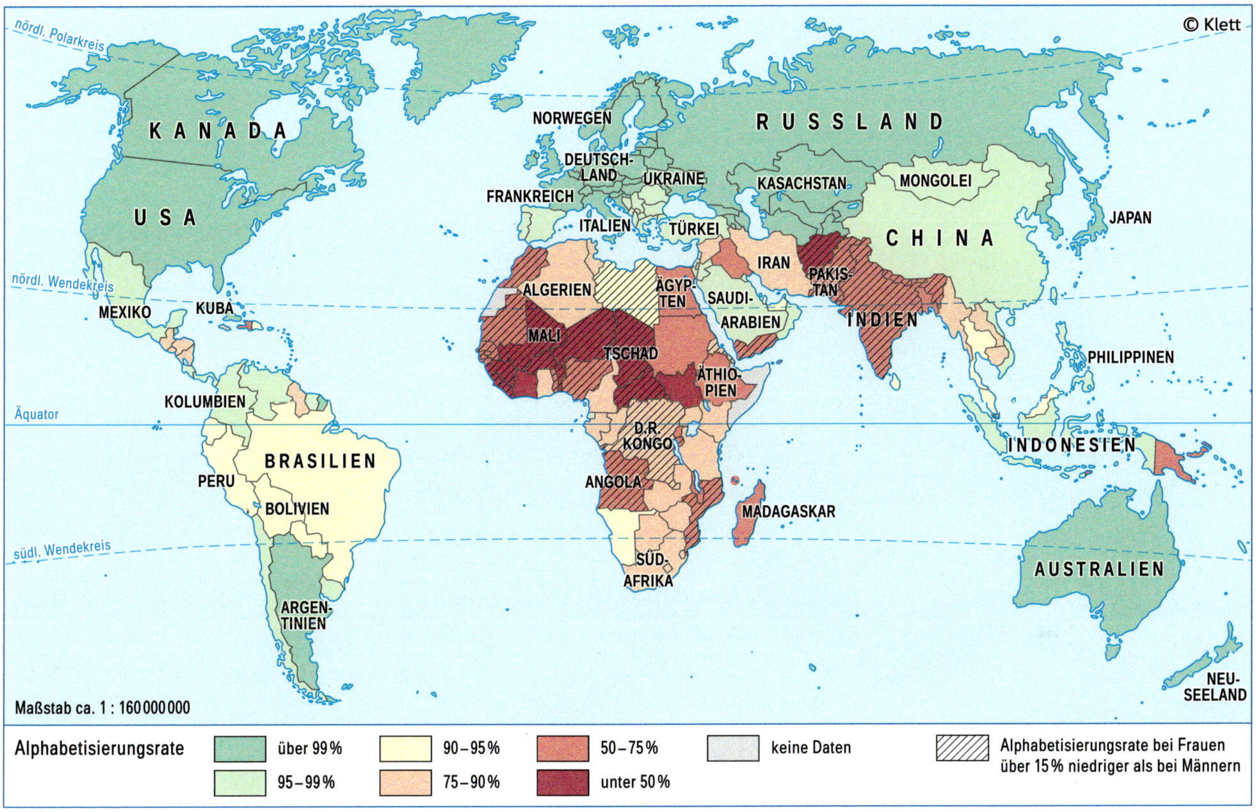

M5 Anteile der Menschen ab 15 Jahren, die lesen und schreiben können

T2 Ohne Bildung keine Entwicklung

Der Leitsatz „Leave no one behind" verpflichtet die UN, bis 2030 die Bildungschancen für Mädchen zu stärken. Dies würde die wirtschaftliche Situation von Frauen und ihr Ansehen in der Gesellschaft verbessern. Ein höherer Bildungsstand kann zu größerer Produktivität und besserem Umgang mit der Umwelt führen. Außerdem führt die Bildung von Mädchen zur Senkung der Kinder- und Müttersterblichkeit.

M6 Abendschulen für Kinder

Im ländlich geprägten Rajasthan, dem zweitgrößten Bundesstaat Indiens, drücken 1 800 Kinder im Alter zwischen 6 und 14 Jahren an sechs Abenden für je drei Stunden die Schulbank. Dabei lernen die Mädchen und Jungen nicht nur Lesen, Schreiben und Rechnen, sondern auch ganz praktische Dinge wie das Ausfüllen von Formularen oder den Anbau von Gemüse, und sie diskutieren im Unterricht über die Probleme von Leibeigenschaft oder Abhängigkeit von Geldverleihern. (...) Das Ziel des Projektes ist es, dass alle Kinder eine Schule besuchen und vor allem, dass die schulische Grundbildung von Mädchen gefördert wird. Denn in Rajasthans ländlichen Gebieten können nur 11,6 % der Frauen schreiben und lesen.

A B

1 Beschreibe die Grundbildung mit M2.

2 Arbeite mit M5 und dem Atlas:
a) Liste zehn Länder mit der höchsten Analphabetenrate auf.
b) Nenne die Kontinente mit einer sehr geringen Analphabetenrate.

3 (A) Erläutere, warum es in Entwicklungsländern viele Analphabeten gibt (T1).

3 (B) Begründe, warum das Recht auf Bildung zu den Menschenrechten gehört (T1, M3, M4).

4 (A) Beschreibe, warum es wichtig ist, dass auch Mädchen die Schule besuchen müssen (T3, M2, M3, M5).

4 (B) Erläutere, wie die Bildung von Mädchen die Entwicklung eines Landes beeinflussen kann (T1, M2, M3, M5).

5 EXTRA Erkläre, warum Ghana als Musterland Afrikas in Bezug auf Bildung gilt (M3).

NE

Altlasten aus der Kolonialzeit

Früher waren die meisten Länder Afrikas Kolonien – heute sind sie freie Staaten. Freie Staaten treiben fairen Handel untereinander. Oder doch nicht?

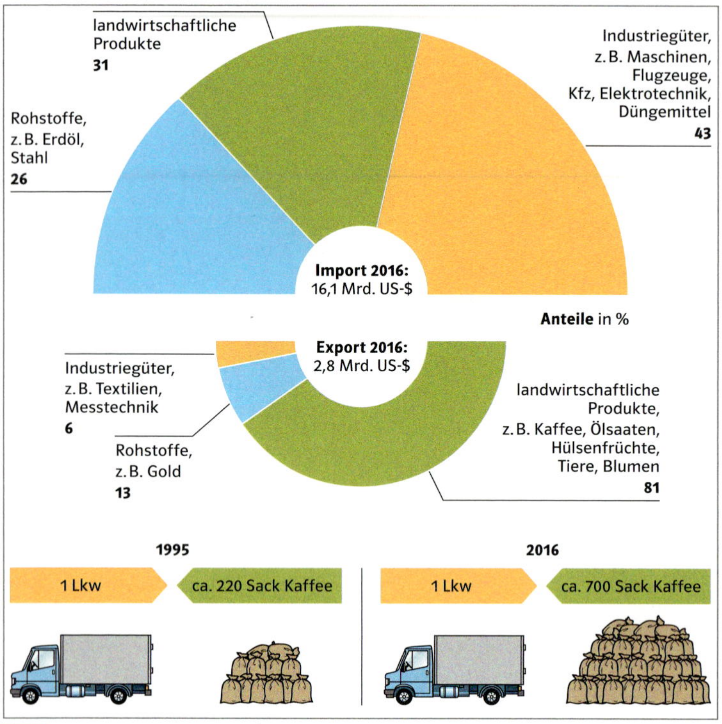

M1 Handelsbilanz und Terms of Trade, Beispiel Äthiopien: Kaffeepreis und Lkw-Preis entwicklen sich zu Ungunsten von Äthiopien auseinander, wie der Vergleich von 1995 und 2016 zeigt.

Land	Import	Export
Ghana	13,4	15,5
Indonesien	170,73	167,5
Kamerun	5,65	4,44
D.R. Kongo	6,2	6,8
Mali	4,6	3,37
Namibia	7,22	5,08
Ruanda	2,7	1,17
Tansania	8,99	5,05
Togo	2,25	1,1
Vietnam	264,27	253,9
zum Vergleich Deutschland	**1104**	**1328**

M2 Import-Export-Vergleich 2018 in Mrd. US-Dollar

T1 Ausbeutung von Rohstoffen

Mitte des 19. Jahrhunderts begannen die europäischen Staaten mit einem Wettlauf. Es ging darum, möglichst viel Land zu sichern und als Kolonie in Besitz zu bringen. Am begehrtesten waren die Länder, die viele Rohstoffe auf ihrem Territorium hatten. Silber, Gold, Kupfer, Baumwolle und Kautschuk waren sehr gefragt.
1914 war die Erde aufgeteilt und die Ausbeutung der Rohstoffe in vollem Gange. Fast alle Länder Afrikas und Südostasiens hatten Kolonialherren, an die sie ihre Rohstoffe günstig abgeben mussten. Dafür boten die Kolonialmächte den Einheimischen „Schutz" an.

T2 Handelsbilanz

Entwicklungsländer müssen ihre Rohstoffe immer noch billig in die Industriestaaten exportieren, obwohl sie längst keine Kolonien mehr sind oder nie Kolonien waren. Häufig ist ihnen im eigenen Land die Verarbeitung ihrer Rohstoffe unmöglich, weil ihnen das Know-how und das nötige Kapital fehlen. Deshalb müssen sie – dann für einen viel höheren Preis – die veredelten, das heißt die verarbeiteten Rohstoffe als Fertigprodukte importieren. So übersteigt oft der Wert des Imports den des Exports, es entsteht eine negative **Handelsbilanz** oder ein Außenhandelsdefizit.

T3 Terms of Trade

Im Welthandel wird das Verhältnis zwischen Import und Export **Terms of Trade** genannt. Dieses Verhältnis verschlechtert sich ständig zu ungunsten der weniger gut entwickelten Länder, die negative Handelsbilanz wächst. Verstärkt wird das Ungleichgewicht durch Importzölle der Wirtschaftsmächte, die eine Einfuhr von Fertigprodukten verhindern. So verschärfen die Industriestaaten mit ihrem Einfluss auf den Welthandel die Lage der Entwicklungsländer.

T4 Spekulieren mit Lebensmitteln

Grundnahrungsmittel werden immer teurer. Ursachen sind z. B.: Wetterextreme, Fleischproduktion, Biosprit und **Spekulationen mit Lebensmitteln.**

Noch nie wurde so viel mit der Preisentwicklung bei Nahrungsmitteln spekuliert wie heute. Experten sprechen davon, dass Spekulationen 15 Prozent der Preissteigerung ausmachen. Das Prinzip ist einfach: Man kauft bei niedrigen Preisen große Mengen Getreide und entzieht sie dem Markt, Getreide wird knapp. Die Preise steigen. Dann wird das Getreide mit viel Gewinn verkauft.

Für Menschen, die nur einen kleinen Teil ihres Geldes für Lebensmittel brauchen, ist diese Preissteigerung zu verkraften. Für Menschen, die fast ihr ganzes Geld für die Ernährung ausgeben müssen, ist das der Ruin.

M3 Mit Lebensmitteln Geld verdienen (Karikatur von Frank Speth)

1 Beschreibe was man unter einer Kolonialmacht versteht T1?

2 MK Werte die Tabelle M2 aus.

2 a) Löse Aufgabe A2.
b) Die Misere der Entwicklungsländer hat ihren Ursprung zu einem erheblichen Teil im Kolonialismus des 19. Jahrhunderts. Begründe (T1).

3 Arbeitet mit Arbeitsteilung in Kleingruppen zu dritt.
a) T2–T4 zeigen drei Aspekte auf, die hinderlich sind für eine Entwicklung von Entwicklungsländern.
Erklärt euch gegenseitig die Begriffe:
Terms of Trade (T2, T3, M1) und Spekulationsgewinne (T4, M3).
b) Nehmt Stellung: Die Entwicklungsländer fühlen sich im Welthandel benachteiligt.

4 MK Beschreibe und interpretiere Karikatur M3.

5 EXTRA MK Plant eine Aktion für mehr Gerechtigkeit im Welthandel.

AFB I: 1, 2 II: 3a III: 3b, 4, 5   AFB I: 1, 2a II: 2b, 3a III: 3b, 4, 5

SP → Lösungshilfen ab Seite 304

NE

Audio
Entwicklungshilfe gefragt …
35c3nq

Audio
Herausforderung Eine Welt
35c3nq

Es gibt viele Arten, zu helfen

Der Begriff Entwicklungszusammenarbeit umfasst alle Maßnahmen, die den Ländern mit hoher Armut helfen. Am besten sind solche Maßnahmen, die dazu anleiten, sich selbst zu entwickeln.

M1 Was ist nötig, damit sich die Menschen selbst helfen können?

→ Seite 268
NGO

T1 Staatliche Entwicklungszusammenarbeit

Bei dieser Form der Entwicklungszusammenarbeit stellt ein Staat die Mittel zur Verfügung. Meistens werden hiermit die Regierungen der Entwicklungsländer und besonders Großprojekte unterstützt. Beispiele sind die Verbesserung des Bildungssystems eines Staates oder die Lieferung großer Nahrungsmittelmengen im Katastrophenfall. Diese Hilfe ist von politischen Entscheidungen direkt abhängig.
Die Industriestaaten haben sich verpflichtet, 0,7 Prozent ihres Bruttonationaleinkommens als „Entwicklungshilfe" zu leisten. Deutschlands Zahlungen betrugen 0,6 Prozent des BNE.

Kaufkraft	4 099
Bildungsausgaben	2,75 Mrd.
Export	13,50 Mrd.
Import	12,60 Mrd.
Auslandsverschuldung	24,00 Mrd.
Entwicklungshilfe	43 pro Pers.

M2 Kennzahlen zu Ghana in US-Dollar

T2 Zusammenarbeit durch NGOs

Hilfe leisten auch Non-Governmental Organizations (NGOs). Oft sind dies Zusammenschlüsse, die von öffentlichen Trägern wie Kirchen geführt oder unterstützt werden. Beispiele hierfür sind die Adventssammlungen der Kirchen oder internationale Kampagnen zur Aufklärung in Bezug auf Aids oder Zusammenschlüsse von Ärzten und Krankenschwestern. Die Hilfe ist von politischen Entscheidungen vergleichsweise unabhängig.

T3 Private Zusammenarbeit

Es gibt ebenso private Träger, die helfen; dies können sogar Einzelpersonen sein. Die Größe der Projekte ist sehr unterschiedlich und kann z. B. in der Unterstützung einer Partnerschule, des Brunnenbaus in einem Dorf oder dem Einsatz privater Träger zur Verbesserung der Situation von Frauen in Entwicklungsländern liegen. Sie ist ebenfalls von politischen Entscheidungen vergleichsweise unabhängig.

M3 Beispiel 1: Land NRW hilft Partnerland Ghana

Im Mai 2016 ist Minister Lersch-Mense (Düsseldorfer Ministerium für Bundesangelegenheiten, Europa und Medien) für fünf Tage in das NRW-Partnerland Ghana gereist. Dabei hat er PAUL, einen von der Uni Kassel entwickelten Wasserrucksack übergeben. Die Landesregierung fördert die Anschaffung dieser tragbaren Wasserfilter mit insgesamt 157 530 Euro. Damit werden Schulen unterstützt, die keine oder nur mangelhafte Wasserversorgung haben. PAUL kann an einem Tag 1 200 l Wasser filtern und so bis zu 400 Menschen versorgen. Der nur 20 kg schwere PAUL kann 10 Jahre arbeiten und überall eingesetzt werden.

M4 Beispiel 2: Aktion Tagwerk

„Dein Tag für Afrika" ist eine bundesweite Kampagne für SchülerInnen und Schüler jeden Alters und aller Schulformen.
Organisiert und veranstaltet wird die Kampagne seit 2003 von dem (...) Verein Aktion Tagwerk.
Die Idee (...) ist ganz einfach: Schülerinnen und Schüler gehen an einem Tag im Schuljahr anstatt zur Schule arbeiten, veranstalten einen Spendenlauf „Go for Africa" oder planen kreative Aktionen (...). Ihren Lohn spenden die Teilnehmerinnen und Teilnehmer dann für Bildungsprojekte in fünf afrikanischen Ländern. Somit setzen sich die Kinder und Jugendlichen in Deutschland aktiv für Gleichaltrige in Afrika ein.

M5 Beispiel 3: Ein Wachtendonker startet Hilfsprojekt für Ghana

Als Volontär war der 24-jährige Robin Bieling in Ghana. Er half bei einem Projekt, das Straßenkinder unterstützt. In dieser Zeit hat ihn besonders beeindruckt, dass mit kleinen Mitteln den Kindern zu helfen ist. Zurück in Wachtendonk beschloss er langfristig zu helfen. So gründete er den Verein Sesmaroglo Kids. Der Name setzt sich zusammen aus „Send a smile around the globe".
Als konkretes Projekt steht an, eine Schule für Straßenkinder zu bauen. 35 000 Euro wird das Gebäude kosten, 10 000 Euro davon hat der Verein zusammen: z. B. Crêpe-Verkauf bei Veranstaltungen; Bücherkisten mit gebrauchten Büchern, die jeder gegen eine Spende mitnehmen kann; in vielen Geschäften stehen Spendenbüchsen.

A / B

1 Beschreibe M1 und nenne die Möglichkeiten, wie man Hilfe zur Selbsthilfe leisten kann.

2 Ordne die Beispiele M3–M5 den Hilfsbereichen zu: staatliche Hilfe, Hilfe von NGOs und private Hilfe (T1–T3).

3 (A) Erkläre deinem Tischnachbarn, dass Entwicklungszusammenarbeit ein Sammelbegriff ist.

3 (B) „Die beste Entwicklungshilfe ist Hilfe zur Selbsthilfe". Begründe diese Aussage mit M2–M5.

4 MK (A) Arbeite mit einem Lernpartner: Recherchiert ein weiteres Projekt zu den Bereichen „Hilfe von NGOs" und „private Hilfe". Berichtet in der Klasse (T2, T3).

4 MK (B) Stellt euch vor, eure Schule will eine Partnerschaft mit einer Schule in Ghana starten. Recherchiere die Vorgehensweise.

5 EXTRA Sammelt Ideen zur privaten Hilfe auf Klassen- oder Schulebene (M3–M5).

AFB I: 1, 2 II: 3, 4, 5 AFB I: 1, 2 II: 3, 4, 5

NE

Entwicklung? Frauensache!

Die Entwicklung fängt bei jedem selbst an – Selbsthilfe. Besonders erfinderisch und erfolgreich sind dabei Frauen.

M1 Kundinnen einer Grameen Bank

M3 Teilnehmerin des Projektes „Ziegenbank"

M2 Misereor, 2008: Mit Manegre überleben

In dem kleinen Dorf Tanlili, etwa 50 Kilometer entfernt von Burkina Fasos Hauptstadt Ouagadougou, lebt die Bäuerin Assetta Sabadougou mit ihrer Familie. Seit einigen Jahren verdient die 43-Jährige ihr eigenes Geld. ‚Manegre' heißt die Frauengruppe, der Assetta ihren Verdienst verdankt. Vor sieben Jahren hat die Bäuerin die Kooperative gemeinsam mit einer Handvoll anderer Frauen gegründet. Heute zählt die Gruppe 32 Mitglieder (...).

In der mageren Zeit zwischen November und Juni, wenn die Ernte eingeholt ist und die Bauern mit dem über die Runden kommen müssen, was sie in den Speichern gelagert haben, beginnen die Frauen von ‚Manegre' mit ihrer Arbeit: Sie stellen Seife her, färben Stoffe, nähen Kleidung, verarbeiten die rotbraunen Nüsse des Karité-Baumes zu Sheabutter und verkaufen die Produkte auf Märkten in der Umgebung.

M4 Das Projekt „Ziegenbank" in Ruanda

Wie in einem Geldinstitut erhalten die Frauen als Kredit eine Ziege. Bedingung: Das erste Zicklein, das die Ziege wirft, ist an die Ziegenbank abzugeben. Damit ist der Kredit zurückgezahlt. Die Bank gibt das Zicklein einer anderen Frau als Kredit weiter.

Eine Frau berichtet: „Meine Ziege hat drei Zicklein geboren. Das erste erhielt die Bank, das zweite habe ich verkauft und dafür Schulbücher und Schulkleider gekauft. Das dritte wird, wenn es groß ist, geschlachtet. Die nächstgeborenen Zicklein behalte ich aber für die Zukunft. Sie liefern uns Milch für die Kinder und Dung für das Feld."

M5 ZEIT ONLINE, 13.10.2006: Banker der Armen:

Muhammad Yunus aus Bangladesch erfand den Mikrokredit und gab so unzähligen Armen die Chance, ihr Geschick selbst in die Hand zu nehmen.

Niemand glaubte, dass es funktionieren würde, als Yunus zu Beginn der achtziger Jahre die Grameen Bank gründete. Seine Idee war so simpel wie revolutionär: Er wollte Armen durch die Vergabe von **Kleinstkrediten** helfen, ihrer materiellen Not zu entkommen. Häufig benötigten sie nur wenige Pence, um Rohmaterial für die Produkte zu kaufen, die sie dann herstellen und mit ein wenig Gewinn weiterverkaufen können.

Yunus begann, Menschen in ähnlich prekären Situationen Geld zu leihen. Zunächst finanzierte er die Kredite aus eigener Tasche. 1983 gründete er dann die Grameen Bank. Auch heute noch sind ihre Kunden vorwiegend Frauen, denn sie leiden am stärksten unter der Armut. Und sie gelten als pflichtbewusstere Schuldner. Vielleicht erhält die Grameen Bank deshalb weit mehr als 90 Prozent ihrer Kredite zurück.

Längst finanziert sie nicht nur Kleinstunternehmer, sondern vergibt auch Studienkredite oder Baudarlehen. Und sie arbeitet – entgegen der Befürchtungen aller Kritiker – profitabel.

Der größte Erfolg von Muhammad Yunus ist aber, dass er durch seine Idee unzähligen Armen eine Möglichkeit eröffnet hat, ihr Geschick selbst in die Hand zu nehmen. Denn sein Projekt hat inzwischen weltweit Nachahmer gefunden, und auch in der offiziellen Entwicklungspolitik sind Mikrokredite längst angekommen.

M6 „Netz“, ein Verein zur Unterstützung von Menschen in Bangladesch, schreibt 2015 über die Mikrofinanzprogramme:

Frauen, die an Spar- und Kreditprogrammen teilnehmen, organisieren sich in Gruppen mit 15 bis 40 Mitgliedern. Auf ihren regelmäßigen, meist wöchentlichen Treffen spart jedes Mitglied zwischen zwei und 15 Cent. Das Sparen ist verpflichtend. Der Kredit gebenden Institution gibt das die Sicherheit, dass es sich um eine zuverlässige Kundin handelt. Die Ersparnisse bilden eine Rücklage für Notzeiten und Eigenkapital für Investitionen. (...)

Wenn eine Gruppe vier Monate gespart hat, erhalten die ersten Mitglieder Kredite. Anfangs liegen sie zwischen 15 und 50 €. Die Frauen investieren zum Beispiel in mehrere Hühner für 15 € oder in eine Milchkuh für 50 €. Eier und Milch werden verkauft und bringen die erwünschten Einnahmen. Innerhalb eines Jahres muss der Kredit zurückgezahlt werden. (...) Wenn dies gelingt, erhält die Frau den nächsten Kredit. Mit jedem neuen Kredit kann dessen Höhe steigen, auf bis zu 300 €. Jede Teilnehmerin bringt zum Gruppentreffen ihr Sparbuch mit, in dem alle Ersparnisse und Rückzahlungen eingetragen werden. Zentrales Element für die hohe Rückzahlungsquote, die bei der Grameen Bank 2006 nach deren Angaben 98 % beträgt, ist der Gruppendruck: Wenn eine Frau nicht zurückzahlt, erhalten die anderen in der Gruppe keinen Kredit.

M7 Muhammad Yunus, Friedensnobelpreisträger 2006

Grameen Bank
Bank in Bangladesch, heißt übersetzt etwa „dörfliche Bank“

A B

1 Betrachte die Bilder M1 und M3 und stelle eine Vermutung auf, was sie mit „Selbsthilfe“ zu tun haben könnten.

2 Arbeitet in Gruppen: Wählt ein Beispiel.
a) Lest in Einzelarbeit den Text.
b) Erarbeitet in Gruppenarbeit einen Stichwortzettel mit Kernaussagen aus den vier Beispielen.
c) Bestimmt ein Mitglied der Gruppe, das euer Beispiel der Klasse vorstellt.

3 Erläutere: „Entwicklung ist Frauensache.“

3 Begründe anhand der Beispiele (M2, M4–M6) die Behauptung „Ohne Frauen keine Entwicklung“.

4 Begründe:
a) Lieber kleine als große Kredite.
b) Bildung ist von entscheidender Bedeutung für die Selbsthilfe.

5 EXTRA MK Informiere dich im Internet über Mikrofinanzprogramme und schreibe einen Bericht.

A B

AFB I: 1, 2 II: 3, 4, 5 · AFB I: 1, 2 II: 3, 4, 5

SP → Lösungshilfen ab Seite 304

Tests und Übungen
35c3nq

Globale Entwicklung: Worum dreht sich meine eigene Welt?

Ende des 15. Jh.
Beginn der europäischen Weltentdeckung durch Kolumbus und Vasco da Gama

Seit etwa 1800
Beginn der industriellen Massenfertigung und steigender Rohstoffbedarf (Baumwolle etc.)

Beginn des 19. Jh.
Dampfschiffe lösen alte Segelschiffe ab.

1956
Einführung des ersten Frachtcontainers

1969
Erfindung des Internets

Globale Entwicklung: Worum dreht sich meine eigene Welt?

Globalisierung in unserem Alltag
- moderne Kommunikationsmedien
- moderne Verkehrsmittel

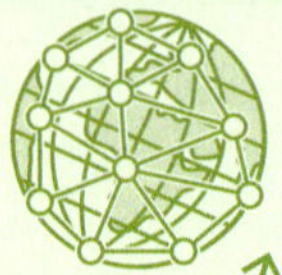

Global Cities und Global Player
- Global Cities
- Global Player
- Transnationale Konzerne (TNC)
- weltweiter Vertrieb und weltweite Produktion von Gütern

Die Welt ist eingeteilt
- Wirtschaftskraft
- Entwicklungsländer
- Schwellenländer
- Industrieländer
- GDI
- HDI
  → Lebenserwartung, Bildung, Kaufkraft

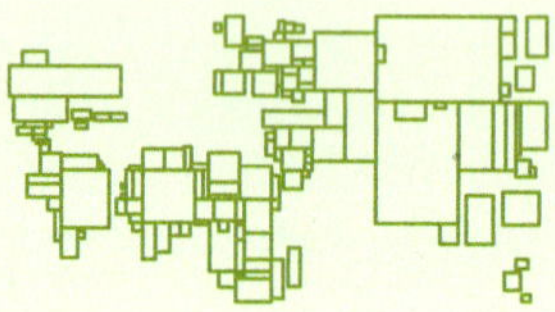

Die Globalisierung gestalten
- G7, G8, G20
- Internationale Organisationen
  → WTO, IWF, OECD …
- Transnationale Konzerne (TNC)
- Nichtregierungsorganisationen (NGO)
  → Greenpeace, attac …

Terms of Trade
- Handelsbilanz
  → Import
  → Export

Wichtige Begriffe

- Analphabeten
- Bildung
- Bruttonationaleinkommen (BNE)
- Container
- Devisen
- Entwicklungsland
- Exporte
- Freihandelszone
- Global Cities
- Global Player
- Global Power City Index (GPCI)
- Globalisierung
- Handelsbilanz
- Human Development Index (HDI)
- Importe
- Industrieländer
- Kaufkraft des Einkommens (KKP)
- Kleinstkredite
- Nachhaltigkeit
- Nichtregierungsorganisation (NGO)
- Recycling
- Rohstoffe
- Schwellenland
- Spekulation mit Lebensmitteln
- Terms of Trade
- Transnationale Konzerne
- WTO

Jetzt kannst du …

- den Begriff Globalisierung und deren Antriebskräfte erklären.
- den Begriff Terms of Trade mit den Begriffen Import, Export und Handelsbilanz erklären.
- die Möglichkeiten der Mitwirkung beim Globalisierungsprozess bewerten.
- Entwicklung, Strukturen und Funktionen von Global Cities als Aspekt der Globalisierung erklären.
- das Wachstum gemessen am BNE und am HDI unterscheiden und den Entwicklungsstand einiger Staaten bestimmen.
- verschiedene Möglichkeiten der Hilfe zur Selbsthilfe beschreiben.
- die Gefahren für die soziale Marktwirtschaft durch die Macht der Global Player aufzeigen und erörtern.
- verschiedene Ursachen für Armut und Folgen der Armut beschreiben.
- erklären, warum das Recyceln von elektronischen Altgeräten nachhaltig ist.
- Bildung und Ausbildung als Grundvoraussetzung für die Entwicklung benennen.

9 In der Wirtschaft mitmischen

M1 Nachfrage trifft Angebot: Unternehmen produzieren, der Handel verteilt, Haushalte fragen nach. (Foto, Hannover 2020)

Mehr als du denkst, bestimmt die Wirtschaft dein Leben. Du entscheidest dich für oder gegen Produkte, denkst über Kosten und Nutzen eines Kaufs nach, bevorzugst bestimmte Marken oder lässt dich durch Werbung leiten. Immer trittst du in eine Beziehung zu Unternehmen. Sie produzieren Güter oder handeln damit. Du fragst diese Güter am Markt nach.

In einer Ausbildung oder im Beruf bist du Teil der Wirtschaft: als Arbeitnehmer oder Arbeitnehmerin. Du produzierst dann selbst Güter, handelst mit ihnen oder erbringst eine Dienstleistung. Dafür erhältst du Lohn oder Gehalt. Das ist das Einkommen, mit dem du deinen Konsum finanzierst.

M2 Auszubildende in der Lehrwerkstatt an einer Fräsmaschine (Foto, 2017)

NE

Alles hat seinen Preis

Jeder kennt den Markt. Das ist ein großer Platz mitten in der Stadt, wo Obst und Gemüse, Fisch und Käse verkauft werden. Das Prinzip ist geblieben, aber manche Märkte haben sich sehr verändert.

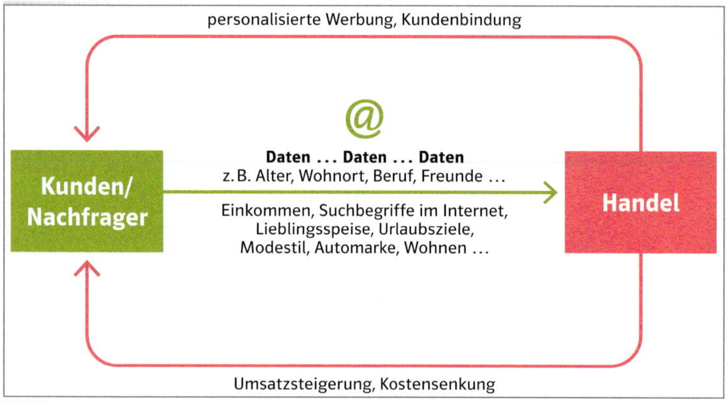

M1 Digitalisierung schafft Potenzial für Umsatz und Gewinn.

E-Commerce
elektronisch abgewickelter Handel

Umsatz
→ Lexikon

Gewinn
→ Lexikon

Insolvenz
→ Lexikon

Unternehmen
wirtschaftlich und rechtlich selbstständige Einheit im Wirtschaftsleben, kann aus einem oder mehreren Betrieben bestehen

Monopol
Für ein bestimmtes Gut gibt es nur einen Anbieter.

→ **Seite 284/285**
Tarifverhandlungen

T1 Märkte im Wandel

Beim Wochenmarkt kann man es heute noch beobachten, dass Anbieter und Nachfrager um den Preis einer Ware feilschen. Doch **Angebot** und **Nachfrage** regelt man häufig über Briefverkehr, Telefon oder Internet. Der **Onlinehandel**, auch E-Commerce genannt, nimmt stetig zu. 2021 machte er etwa 11 Prozent des Einzelhandelsumsatzes aus, 2025 sollen es schon 15,5 Prozent sein. Bei Kleidung, Büchern und Musiktiteln sind die Anteile des Onlinehandels weit höher. Hier sind Unternehmen besonders erfolgreich, wenn sie über möglichst viele Daten von potenziellen Kunden verfügen. Surfgewohnheiten, die Suche nach Waren im Internet und die digitale Zahlungsabwicklung sorgen für unzählige Möglichkeiten zur Auswertung der Daten.

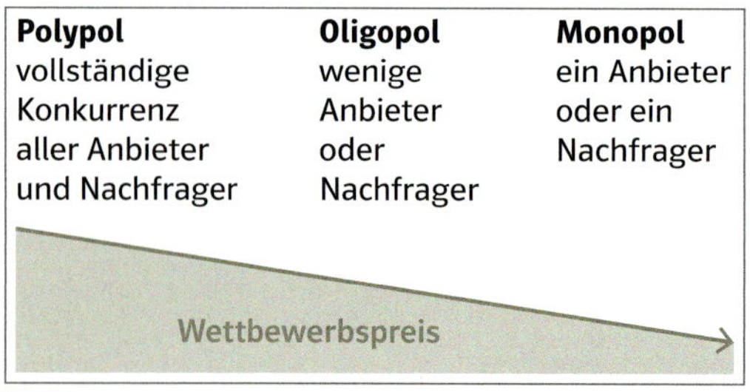

M2 Marktformen beeinflussen die Preisbildung.

T2 Angebot und Nachfrage

Wenn der Preis für eine Ware zu hoch ist, wollen die Kunden nicht kaufen. Sie warten darauf, dass der Preis fällt. Die nachgefragte Menge bleibt so lange klein, bis der Preis tatsächlich nachgibt.
Hat die Ware einen sehr geringen Preis, greifen die Kunden zu. Die nachgefragte Menge steigt erheblich. Doch der Unternehmer liefert zu diesem Preis nur Ware, wenn er sein Lager abbauen muss. Es lohnt sich für ihn nicht, zu diesem Preis zu produzieren. Er würde seine Kosten nicht decken oder einen zu geringen **Gewinn** machen. Bei zu vielen Geschäften dieser Art könnte ihm am Ende die Insolvenz drohen. Erst bei steigendem Preis lohnt es sich, die angebotene Menge zu erhöhen. Der **Umsatz** und der Gewinn des Unternehmers steigen.

T3 Der Wettbewerbspreis

Die Preise für Waren schwanken. Das nutzen Nachfrager wie Anbieter. Allgemein gilt die Regel, dass die Konkurrenz unter den Anbietern (Unternehmen) steigt, je größer das Angebot ist. Das Überangebot drückt den Preis. Stark fallende Preise führen dagegen zu einer Übernachfrage. Es ist durchaus im Sinne der Verbraucher und der Unternehmen, wenn sich der Preis auf einem mittleren Niveau einpendelt. Man spricht dann von einem Gleichgewichts- oder Wettbewerbspreis. Die Anbieter können eine gleichmäßige **Produktion** planen und absetzen. Die Nachfrager erhalten die gewünschte Menge zu einem akzeptablen Preis.

T4 Das Problem mit der Kaufkraft

In Deutschland waren 2021 rund 44,6 Millionen Personen erwerbstätig, etwas mehr als 40 Millionen als Arbeitnehmer, etwa vier Millionen als Selbstständige. Das Einkommen der meisten Arbeitnehmer/innen

ändert sich über die Jahre nur wenig. Sie sind also auf stabile Preise angewiesen. Wenn z. B. die Lebensmittel deutlich teurer werden, merken sie das schnell. Sie können sich weniger kaufen oder müssen auf günstigere Produkte ausweichen.
Steigt der Preis für Waren und Dienstleistungen allgemein, haben sie ein Problem: Ihr Lebensstandard sinkt. Es sei denn, die Löhne und Gehälter steigen. Dann bleibt die **Kaufkraft** des Einkommens erhalten, weil die **Inflation** des Geldwertes ausgeglichen wird. Der Ausgleich von Inflation ist oft der Grund für höhere Lohnforderungen der Gewerkschaften bei Tarifverhandlungen.

T5 Fehlender Wettbewerb als Problem

Manchmal gibt es keinen funktionierenden Markt für ein bestimmtes Gut. Das ist schlecht für die Verbraucher. Dann müssen sie meistens einen höheren Preis bezahlen. Wenn z. B. ein einziges Unternehmen ein neuartiges Smartphone anbietet, wollen Millionen Kunden es sofort haben. Aber es gibt keinen Konkurrenten, der etwas Gleichartiges anbieten kann. Der Hersteller hat ein **Monopol**. Das nutzt er zu überzogenen Preisen – bis andere Unternehmen mit Konkurrenzprodukten am Markt sind.

Preis einer Ware	= Warenpreis
Preis für Arbeit	
– bei Arbeitern	= Lohn
– bei Angestellten und Beamten	= Gehalt
– bei einem Künstler	= Gage
– bei einer Ärztin	= Honorar
Preis für Kapital	= Zins
Preis für die Nutzung einer Wohnung	= Miete
Preis für die Nutzung eines Grundstücks	= Pachtzins

M3 Güter und Dienstleistungen haben ihren Preis, aber er hat immer einen anderen Namen.

Markt	Anbieter/in	Nachfrager/in
Wochenmarkt	Obsthändler	Haushalte
Kapitalmarkt	Bank	Kreditnehmer
Arbeitsmarkt	Unternehmen	Arbeitsuchende
Wohnungsmarkt	Wohnungsbesitzerin	Wohnungssuchender
Devisenmarkt	Geldhändler	Währungsbesitzer

M4 Marktarten: Anbieter und Nachfrager

Schon gewusst?

Da sich wenige große Mobilfunkunternehmen, den deutschen Markt weitgehend aufteilen, können sie die Preise als **Angebotsoligopol** leicht beeinflussen. Die Gefahr überhöhter Preise ist gegeben. Es gibt auch ein **Nachfrageoligopol**, z. B. bei der Milchproduktion, wenn wenige Großmolkereien gegenüber Tausenden von Milchbauern die Preise bestimmen.

A / B

1 Bearbeite mit deinem Tischnachbarn den Vorspann.
a) Beschreibe deinem Tischnachbarn, wie Angebot und Nachfrage aus deiner Sicht funktionieren.
b) Versetzt euch in die Rolle von Anbieter und Nachfrager. Handelt den Preis einer Ware aus.

2 (A) Wie verändert der technologische Fortschritt das Leben der Menschen? Liste Veränderungen der Märkte und der Bedeutung von persönlichen Daten auf (T1, M1).

2 (B) Beurteile die Bedeutung von persönlichen Daten für Unternehmen (T1, M1).

3 (A) Bearbeitet in Gruppen T2 und T3.
a) Unterscheidet das wirtschaftliche Verhalten von Anbietern und Nachfragern bei sinkenden beziehungsweise steigenden Preisen.
b) Warum ist ein Wettbewerbspreis für Anbieter und Nachfrager gut?

3 (B) Bearbeitet in Gruppen T1–T3 und M3.
a) Unterscheidet Umsatz und Gewinn. Was ist für ein Unternehmen wichtiger?
b) Wie kommt es in unterschiedlichen Märkten (M4) zum Wettbewerbspreis? Stellt Szenarien auf und vergleicht sie.

4 Wählt Güter und Dienstleistungen in M3 aus. Diskutiert über verschiedene Möglichkeiten, den Preis zu bestimmen.

5 EXTRA MK Verfasse eine kurze Rede zu einem Problem:
a) Inflation schädigt vor allem Arbeitnehmer und Rentner.
b) Monopole sind Gift für die Marktwirtschaft (T5, M2).

AFB I: 1, 2 II: 3, 4, 5a III: 5b

AFB I: 1 II: 2, 3, 4, 5a III: 5b

SP → Lösungshilfen ab Seite 304

NE

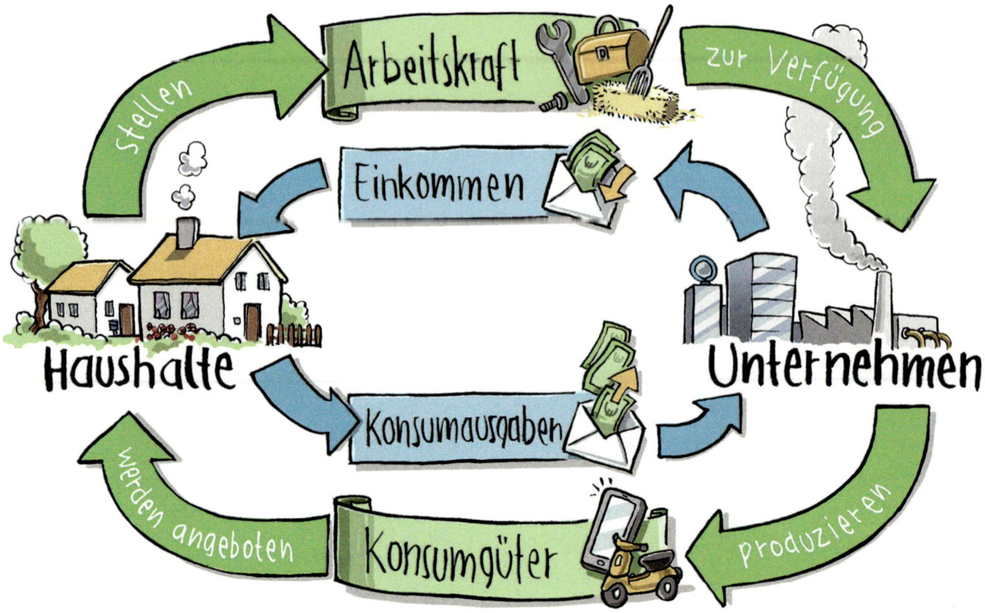

M1 Der einfache Wirtschaftskreislauf im Modell: Hier spielen Haushalte und Unternehmen die wichtigsten Rollen. Die Geldströme einerseits und die Güterströme andererseits stellen die Verbindungen zwischen den beiden Akteuren dar. Zum besseren Verständnis wurden einige Faktoren nicht beachtet.

Haushalte
→ Lexikon

Einkommen
→ Lexikon

Konsum
Verbrauch der Privathaushalte

investieren
Anschaffung von Anlagen (z. B. Maschinen, Gebäude) zum Zweck der Gewinnerzielung

Kredit
→ Lexikon

NFC
→ Lexikon

Kontoauszug
→ Lexikon

Im Kreislauf der Wirtschaft

Jeden Morgen gehen die Menschen zur Arbeit, um Geld zu verdienen. Mit der eigenen Arbeitskraft erwirtschaften sie Einkommen. Damit sind sie Teilnehmer eines Wirtschaftskreislaufs, der viele Akteure kennt.

T1 Haushalte

Durch die Arbeit in **Unternehmen** erzielen die Haushalte ihr **Einkommen.** Damit ist das Geld gemeint, das die Mitglieder eines Haushalts verdienen und das ihnen zur Verfügung steht, um dann ihre Bedürfnisse zu befriedigen.

Die Haushalte müssen planen, wenn sie alle Ausgaben für Lebensmittel, Kleidung, Wohnung und vieles mehr finanziell abdecken wollen. Diese Ausgaben werden als Konsumausgaben bezeichnet. Sie sind aufseiten der Unternehmen Erlöse, die wiederum für Investitionen und Lohnzahlungen genommen werden. Ein **Wirtschaftskreislauf** entsteht.

T2 Unternehmen wirtschaften

Unternehmen stellen Güter her oder bieten Dienstleistungen an. Sie beschäftigen Arbeitskräfte, **investieren** in Produktionshallen, Büros und Maschinen, kaufen Rohstoffe und Vorprodukte ein, bezahlen Rechnungen für Strom und Gas, Instandhaltung von Maschinen und Gebäuden, Reinigungsdienste, Reisekosten von Mitarbeitern, Werbung ...

Geldzahlungen der Unternehmen sind die Einnahmen anderer Unternehmen oder als Lohnzahlungen die Einkommen der Haushalte. So schließt sich ein Kreislauf der Wirtschaft.

T3 Banken geben Kredite

Wo Löhne gezahlt und Rechnungen bezahlt werden, treten Banken und Sparkassen in Erscheinung. Sie wickeln den Zahlungsverkehr zwischen den Teilnehmern des Wirtschaftskreislaufs ab. Auch der Staat braucht die Dienste der Banken und Sparkassen, wenn er Gehälter auszahlen oder den Haushalten Kindergeld oder Wohngeld überweisen will.

Die Banken haben noch eine andere Aufgabe: Sie versorgen Haushalte und Unternehmen mit **Krediten**. Ein Unternehmen finanziert so seine Maschinen, den Kauf von Grundstücken oder die Übernahme eines anderen Unternehmens. Haushalte brauchen Bankkredite zum Bau eines Hauses oder zum Kauf teurer Konsumgüter.

Die Banken und der Staat gehören also auch zum Wirtschaftskreislauf. Wenn man sie einbezieht, spricht man vom erweiterten Wirtschaftskreislauf.

M2 Eine Kundin bezahlt kontaktlos mit NFC über das Smartphone. Aus Sicherheitsgründen muss das Smartphone einen geringen Abstand zum Lesegerät haben.

M3 Mit Kreditkarten kann man weltweit bargeldlos bezahlen. Was die Unternehmen allerdings mit den gesammelten Daten machen, weiß der Kunde nicht.

T4 Onlinebanking

Bankgeschäfte können komfortabel sein. Man benötigt nur ein Telefon, einen Computer oder ein Smartphone, wenn man seinen Kontostand abfragen, Beträge überweisen, Kreditkarten anfordern oder Auskünfte einholen will. Für Geldgeschäfte braucht man allerdings eine persönliche Geheimzahl (PIN). Besonders seit der Corona-Krise 2020 hat das kontaktlose Bezahlen per Smartphone oder Bankkarte zugenommen. Das ist nicht nur bequem, es ist auch hygienisch, weil man nichts aus der Hand gibt. Alle Zahlungen werden mit Datum, Uhrzeit und Empfänger in einer Übersicht dargestellt. So behält man den Überblick.

Am Ende wird natürlich abgerechnet. Die Bank bucht alle Zahlungen vom Konto ab. Wie bei der Kreditkarte muss man dafür sorgen, dass den Sollbeträgen (was bezahlt werden muss) auf dem Kontoauszug auch Habenbeträge (alles, was man bekommt) gegenüberstehen. Sonst hat man schnell Schulden. Und Kredite können teuer werden!

A B

1 Bearbeite mit deinem Tischnachbarn T1 und T2.
a) Erklärt euch gegenseitig wichtige Begriffe.
b) Was haben Haushalte und Unternehmen miteinander zu tun? Findet heraus, wie sie sich ergänzen.

2 (A) Erläutere den einfachen Wirtschaftskreislauf (T1, T2, M1):
a) aus der Sicht der Haushalte,
b) aus der Sicht der Unternehmen.

2 (B) Erläutere den einfachen Wirtschaftskreislauf, indem du die Begriffe Angebot, Nachfrage und Produktion verwendest (T1, T2, M1).

3 (A) Erkläre, wie man kontaktlos bezahlen kann und worin die Vorteile bestehen (T4, M2).

3 (B) Erkläre, wie Onlinebanking und Kreditkarten-Zahlung funktionieren und worauf man achten muss (T4, M2, M3).

4 Diskutiert das wirtschaftliche Handeln von Haushalten und Unternehmen, indem ihr die Begriffe Konsum, Investition, Kredit und Zahlungsverkehr verwendet.

5 EXTRA MK
a) Produziert in Gruppen ein Erklärvideo zum einfachen Wirtschaftskreislauf oder zum erweiterten Wirtschaftskreislauf (T3, M1).
b) Recherchiert in Gruppen zum digitalisierten Zahlungsverkehr. Stellt auf einem Plakat Chancen und Risiken des digitalen Zahlungsverkehrs gegenüber.

AFB II: 1, 2, 3 III: 4, 5 AFB II: 1, 2, 3 III: 4, 5

SP → Lösungshilfen ab Seite 304

NE

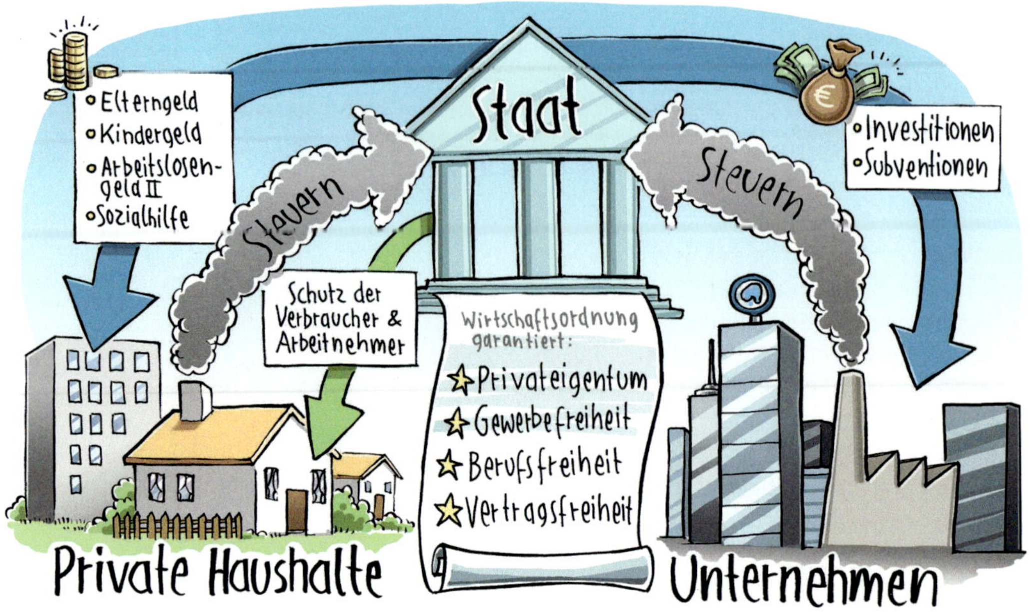

M1 Beispiele für den helfenden und eingreifenden Staat

Die soziale Marktwirtschaft

Zur Zeit der frühen Industrialisierung im 19. Jahrhundert konnten Unternehmer fast alles so entscheiden, wie es gut für sie war. Das ist heute anders.

Marktwirtschaft
→ Lexikon

soziale Marktwirtschaft
→ Lexikon

Subventionen
Steuervergünstigungen oder direkte Geldleistungen des Staates an Unternehmen. Im Rahmen der Pandemie 2020/2021 zahlte der Staat z. B. ungeheure Summen an Unternehmen, die vorübergehend ihr Geschäft einstellen mussten (z. B. an Restaurants).

T1 Soziale Marktwirtschaft

Scheinbar regelt sich in einer Marktwirtschaft alles von selbst:
Unternehmen produzieren Waren, Haushalte kaufen sie. Und Millionen von Menschen finden in den Unternehmen Arbeitsplätze, wo sie das Geld für ihren **Konsum** verdienen können. Angebot und Nachfrage bestimmen bei allem den Preis.
Doch so einfach ist es nicht. Der Staat darf Gesetze zum Schutz der Arbeitnehmer, der Verbraucher oder anderer Gruppen schaffen. Wir nennen das die **soziale Marktwirtschaft**. Sie will vor allem die sozial Schwächeren schützen. Aber auch Unternehmen können staatliche Unterstützung bekommen, wenn Arbeitsplätze gefährdet sind oder wenn andere staatliche Ziele erreicht werden sollen. Der Staat unterstützt z. B. durch **Subventionen** Maßnahmen zum Umweltschutz oder die Gründung eines eigenen Betriebes (Existenzgründung).

T2 Freie Marktwirtschaft

Im 19. Jahrhundert war das anders:
Niemand machte den Unternehmern Vorschriften, wie sie ihre Arbeiterinnen und Arbeiter behandelten. Wenn sie ihnen Hungerlöhne zahlten, sie an gefährlichen Maschinen arbeiten ließen, sie bei Krankheit entließen, war das aus Sicht des Staates in Ordnung. Wenn die Arbeitnehmer oder Arbeitnehmerinnen streikten, griffen Polizei und Militär sogar ein, um die Interessen der Unternehmer zu schützen.
Das Recht auf privates Eigentum galt im 19. Jahrhundert fast uneingeschränkt. Der Staat griff nur ein, wenn die öffentliche Ordnung gefährdet schien. Man sprach daher auch von einem „Nachtwächterstaat“.

T3 **Verbotene Absprachen**

Für Unternehmen ist die Versuchung groß, den Wettbewerb untereinander auszuschalten. Ohne Konkurrenz muss man nicht mehr um die Käufer wetteifern. Es ist leichter, höhere Preise zu verlangen und so höhere Gewinne zu erzielen. Wenn es keine Konkurrenz mehr gibt, muss man auch nicht mehr so sehr auf die Qualität achten. Auch können Kosten für neue Entwicklungen und Verbesserungen eingespart werden. Einfacher geht es, wenn man sich mit seinen Konkurrenten abspricht. Früher waren Absprachen erlaubt. Stahlproduzenten z. B. sprachen Preise oder Produktionsmengen miteinander ab. Andere teilten sich Absatzgebiete untereinander auf. Sie hatten dann in „ihrem" Gebiet keinen Konkurrenten mehr.

T4 **Das Bundeskartellamt**

Mit der Einführung der sozialen Marktwirtschaft wurde in der Bundesrepublik Deutschland das Kartellgesetz beschlossen, das solche Absprachen verbietet. Das Bundeskartellamt hat die Aufgabe, darüber zu wachen, dass das Gesetz eingehalten wird: Will ein großes Unternehmen ein anderes kaufen, dann muss das erst genehmigt werden. Eine Genehmigung erfolgt nur dann, wenn nicht die Gefahr besteht, dass das Unternehmen dadurch „marktbeherrschend" wird.

Preisabsprachen sind allerdings nicht so einfach nachzuweisen. Oftmals bleibt es auch bei dem bloßen Verdacht, dass sich Unternehmen heimlich absprechen.

M2 **Sprechen Unternehmen die Gebiete ab,** in denen nur sie Waren anbieten, machen sie sich keine Konkurrenz. In solchen Gebietskartellen gibt es dann keine fairen Preise.

M3 **Meldung des Bundeskartellamts vom 13. Januar 2020:**

Das Bundeskartellamt hat Bußgelder in Höhe von insgesamt rund 154,6 Millionen Euro gegen sieben Großhändler von Pflanzenschutzmitteln und deren Verantwortliche wegen Absprachen über Preislisten, Rabatte und einige Einzelpreise beim Verkauf an Einzelhändler und Endkunden in Deutschland verhängt. Bußgelder wurden verhängt gegen ...

Kartell → Lexikon

Schon gewusst?

Die soziale Marktwirtschaft wurde nach dem Zweiten Weltkrieg von **Ludwig Ehrhard** entwickelt. Er war der erste Wirtschaftsminister der Bundesrepublik Deutschland (1949–1963) und der zweite Bundeskanzler (1963–1966) nach Konrad Adenauer. Sein Buch „Wohlstand für Alle" beschrieb die Ideen der neuen Wirtschaftsordnung.

A / B

1 Liste Stichworte zur freien Marktwirtschaft und zur sozialen Marktwirtschaft auf (T1, T2).

2 (A) Erläutert in Kleingruppen die Rolle des Staates in der sozialen Marktwirtschaft (M1, T1).
a) Wie schützt der Staat?
b) Wie hilft der Staat?

2 (B) Vergleicht in Kleingruppen die soziale Marktwirtschaft mit der freien Marktwirtschaft (M1, T1, T2).
a) Welche Vor- und Nachteile gibt es?
b) Warum ist die Finanzierung des Staates in der sozialen Marktwirtschaft schwieriger?

3 Warum ist die soziale Marktwirtschaft besser geeignet, größere Spannungen (Konflikte) in der Gesellschaft zu vermeiden? Diskutiert über die Frage.

4 Erläutere die Arbeit des Bundeskartellamts am Beispiel der Preisabsprache bei Pflanzenschutzmitteln (M3).

5 MK (A) Entwirf einen Werbespruch zur sozialen Marktwirtschaft.

5 MK (B) Recherchiere im Internet zu aktuellen Strafen gegen Unternehmen wegen unerlaubter Absprachen (Bundeskartellamt, Europäisches Kartellamt).

AFB I: 1 II: 2, 4, 5 III: 3   AFB I: 1 II: 2, 4 III: 3, 5

NE

Wie Unternehmen wirtschaften

Betrieb, Unternehmen, Firma – die Begriffe hast du oft gehört. Im Alltag werden sie häufig verwechselt.

M1 **Die Salzgitter AG versorgt den Weltmarkt mit Spezialstählen.** (Foto, 2020)

→ Seite 278/279 Wirtschaftskreislauf

Bedarf → Lexikon

Betrieb → Lexikon

Firma → Lexikon

AG/Aktiengesellschaft → Lexikon

Konzern → Lexikon

Produktionsfaktoren → Lexikon

Gewinnmaximierung → Lexikon

T1 Ziel von Unternehmen

Die Salzgitter AG ist ein Unternehmen der Stahlbranche, das weltweit etwa 25 000 Mitarbeiter beschäftigt. Der Konzern hat an mehreren Standorten Produktionsbetriebe. Dort planen, forschen, produzieren, kalkulieren, kontrollieren und verwalten Menschen. Von der Hauptverwaltung in Salzgitter aus wird alles gesteuert.

Wie in jedem Unternehmen, geht es vor allem darum, Gewinn zu machen. Dazu müssen die Kosten niedriger sein als die Erlöse am Markt. Grundsätzlich ist ein Unternehmen auf Gewinnmaximierung ausgerichtet. Das ist nur möglich, wenn die Kosten für die Betriebsflächen, das eingesetzte Kapital und die aufgewendete Arbeit möglichst niedrig sind. Man spricht in diesem Fall von den **Produktionsfaktoren**.

Weitere Ziele von Unternehmen können sein:

- Produktion erweitern,
- neue Märkte gewinnen,
- innere Organisation verbessern,
- zufriedene Mitarbeiter haben,
- besonders nachhaltig produzieren,
- Zukunft des Unternehmens sichern.

T2 Beschaffung, Produktion, Absatz

In einem Unternehmen muss alles sorgfältig geplant sein. Bei der Produktion werden z. B. Arbeiter eingesetzt, die bohren, fräsen und montieren. Das Unternehmen muss Fachkräfte auf dem **Arbeitsmarkt** finden. Dafür ist die Personalabteilung verantwortlich.

Die Beobachtung von Rohstoffmärkten ist z. B. für die Einkaufsabteilung wichtig. Sie muss bei Preisen und angebotenen Qualitäten den Überblick behalten, Angebote einfordern und Lieferverträge abschließen.

Die Abteilungen für Werbung und Verkauf müssen die Absatzmärkte kennen, aber auch Methoden, wie man den Markt beeinflussen kann. Das nennt man Marketing.

T3 Unterschiedliche Organisationsformen

Die unterschiedliche Größe von Unternehmen erfordert unterschiedliche Lösungen bei der Organisation. Ein Handwerksbetrieb kann denkbar einfach aufgebaut sein. Die Malermeisterin plant z. B. Einkauf, Verkauf und Arbeitsabläufe selbst, stellt Mitarbeiter ein und bildet aus.

In großen Industrieunternehmen gibt es dagegen viele Abteilungen, in denen Fachleute für alle möglichen Aufgaben zusammenarbeiten.

T4 Aufgaben für die Gesellschaft

Unternehmen sind wichtig für eine funktionierende Gesellschaft. Sie

- decken den **Bedarf** der Verbraucher, anderer Unternehmen und des Staates mit Gütern und Dienstleistungen,
- stellen Arbeitsplätze zur Verfügung und sorgen dadurch für Löhne und Gehälter aufseiten der Haushalte,
- zahlen Steuern und finanzieren damit einen Teil der staatlichen Aufgaben.

T5 Ort der Berufsbildung

Das duale System der Berufsausbildung mit den beiden Lernorten Berufsschule und Ausbildungsbetrieb weist den Ausbildungsbetrieben die Hauptaufgabe zu. Sie vermitteln nicht nur die praktischen Fertigkeiten eines Berufs, sondern auch viele fachtheoretische Grundlagen. Diese werden in der Berufsschule weiter vertieft.

Die Salzgitter AG bietet z. B. sehr viele Ausbildungsplätze im Bereich der Metalltechnik, aber auch für Fachkräfte im kaufmännischen Bereich oder in der Lagertechnik, im Digitalisierungsmanagement oder in der Informations- und Kommunikationstechnik an.

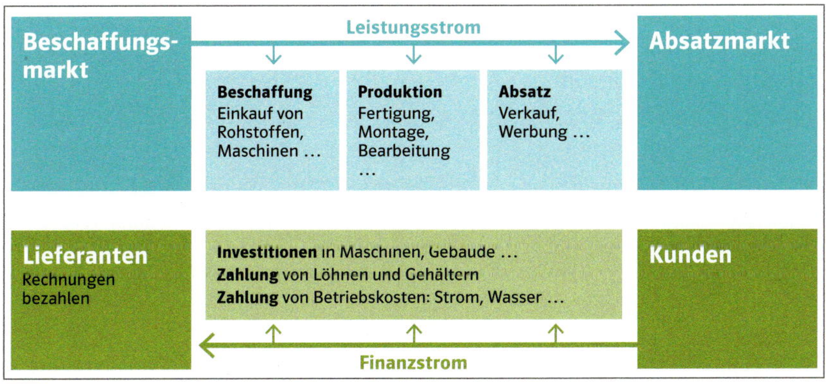

M2 Wertströme in Unternehmen: Erbringung von Leistungen (= Leistungsstrom) und Finanzierung (= Finanzstrom)

Schon gewusst?

Die Bundesagentur für Arbeit hat im Beratungsjahr 2019/2020 insgesamt 473 000 **Bewerberinnen und Bewerber um einen Ausbildungsplatz** gezählt. 530 000 Ausbildungsstellen wurden angeboten, davon 515 000 in Betrieben. Die besten Chancen auf einen Ausbildungsplatz hatten in Niedersachsen Bewerber im Bezirk der Agentur für Arbeit Nordhorn.

Einkauf
- Angebote (Preise und Konditionen)
- Lieferanten (Auswahl und Bewertung)
- …

Produktion
- Konstruktion
- Arbeitsvorbereitung
- Fertigung/Montage
- …

Vertrieb
- Innendienst (Angebote, Beschwerden)
- Außendienst (Vertrieb)
- Marketing (Kundenwünsche, Werbemaßnahmen …)
- …

Verwaltung
- Personal
- Rechnungswesen
- Finanzen
- …

Controlling
- Prozessoptimierung
- Risikoanalyse
- Kostenoptimierung
- …

Forschung und Entwicklung

M3 Beispiel für die Organisation eines Industrieunternehmens

A B

1 Bearbeite mit deinem Tischnachbarn T1, M1 und den Vorspann.
a) Listet unbekannte Begriffe auf. Notiert, was ihr darunter versteht.
b) Tauscht eure Definitionen aus und befragt euch gegenseitig dazu.

2 (A) Bearbeitet in Gruppen T1, T3 und T5.
a) Listet Ziele und gesellschaftliche Aufgaben von Unternehmen auf.
b) Klärt unbekannte Begriffe.

2 (B) Bearbeitet in Gruppen T1, T4 und T5.
a) Stellt euch vor, ihr handelt als Unternehmer/innen. Legt eine Rangfolge der Ziele fest und begründet sie.
b) Verfasst aus T4 und T5 eine Begründung, warum Unternehmen wichtig sind.

3 (A) Bearbeitet in Gruppen T2, T3 und M3.
a) Vergleicht unterschiedliche Aufgaben im Unternehmen: Beschaffung, Produktion und Absatz.
b) Nennt zusätzliche Aufgabenbereiche und erläutert, wozu sie dem Unternehmen dienen.

3 MK (B) Bearbeitet in Gruppen T1–T3 und M3. Entwerft das Organigramm eines Unternehmens aus den Bereichen der Unternehmensorganisation in M3 und stellt es der Klasse vor.

4 a) Erläutert in der Klasse unterschiedliche Ziele von Unternehmen.
b) Diskutiert in der Klasse, wie Unternehmen Beschaffung, Produktion und Absatz steuern.

AFB I: 1, 2 II: 3 III: 4 AFB I: 1 II: 2, 3 III: 4

SP → Lösungshilfen ab Seite 304

NE

Interessen durchsetzen

Einer allein kann wenig bewirken. Wer seine Interessen durchsetzen möchte, muss sich mit anderen zusammenschließen. Das erkannten die Arbeitnehmer und Arbeitgeber schon im 19. Jahrhundert und gründeten „Interessenverbände".

Verdi/ver.di
Vereinte Dienstleistungsgewerkschaft mit etwa zwei Millionen Mitgliedern; vertritt Beschäftigte im öffentlichen Dienst, im Handel, bei Banken, bei Medienunternehmen, Postdiensten, Telekommunikation …

T1 Unterschiedliche Interessen

In der Arbeitswelt prallen unterschiedliche Interessen aufeinander: Unternehmen wollen Gewinne erzielen, um ihre Position im Markt zu stärken. Sie versuchen daher, möglichst effektiv zu arbeiten und die Kosten für ihre Produktion gering zu halten. Zu diesen Kosten gehören neben den Ausgaben für z. B. Material und Energie auch die Löhne der Mitarbeiter. Die Mitarbeiter (Arbeitnehmer) haben ein Interesse daran, dass ihre Arbeitsplätze erhalten bleiben und sich die Arbeitsbedingungen verbessern.

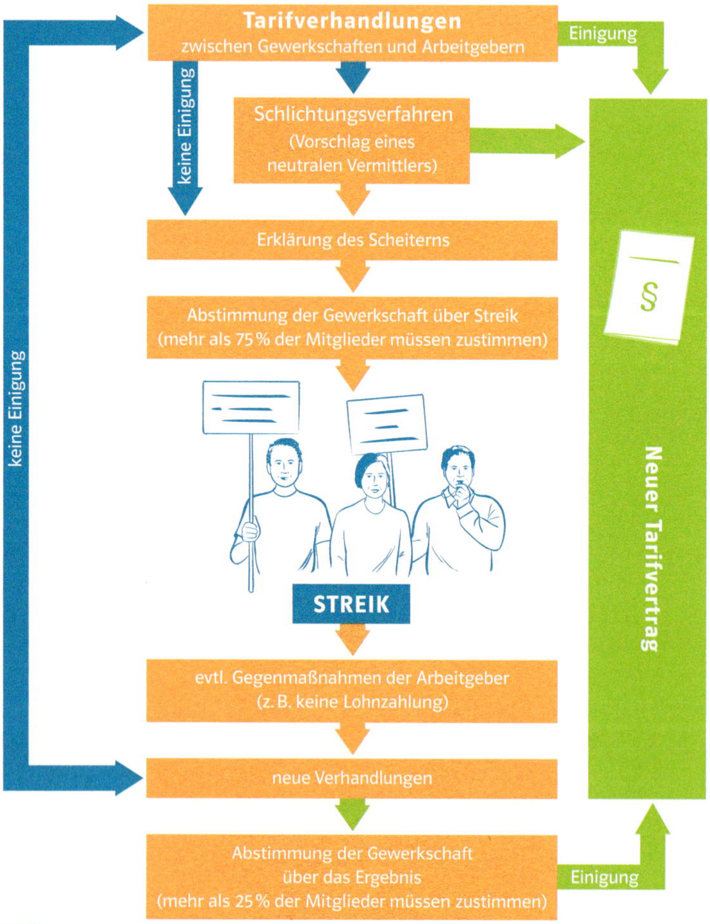

M1 Möglicher Ablauf eines Tarifstreits

T2 Die Interessenverbände

Um ihre Interessen durchsetzen zu können, haben sich Arbeitnehmer und Arbeitgeber jeweils zu „Interessenverbänden" zusammengeschlossen. Auf der einen Seite stehen die **Gewerkschaften** (Verbände der Arbeitnehmer), auf der anderen Seite stehen die Arbeitgeberverbände. Für alle Berufsgruppen können sich Gewerkschaften und **Arbeitgeberverbände** bilden. Sie haben das Recht, die Arbeitsbedingungen zu verhandeln, ohne dass sich z. B. die Regierung einmischt. Dieses Recht ist im Grundgesetz (Artikel 9) verankert.

T3 Tarifverhandlungen

Konkret verhandeln die Gewerkschaften und Arbeitgeberverbände über Löhne in einem bestimmten Zweig der Wirtschaft. Daneben werden z. B. auch Arbeitszeiten und Urlaubsgelder ausgehandelt. Dabei versuchen die Arbeitgeberverbände, die Kosten der Unternehmen niedrig zu halten, während die Gewerkschaften höhere Löhne und bessere Arbeitsbedingungen für die Arbeitnehmer durchsetzen wollen.
Ziel der Verhandlungen ist es, ein ausgewogenes Verhältnis zwischen den Arbeitskosten und der Wirtschaftlichkeit der Unternehmen zu erreichen. So werden die Arbeitnehmer vor Ausbeutung geschützt, und gleichzeitig können sich die Unternehmen im (internationalen) Wettbewerb behaupten. Die Vereinbarungen werden dann in einem **Tarifvertrag** festgehalten.

M2 Warnstreiks der Gewerkschaft Verdi. Darüber berichtete die „Hannoversche Allgemeine“ am 14. März 2018:

Die Gewerkschaft Verdi hat für Donnerstag (15. März) umfassende Streiks in und um Hannover angekündigt. Neben der Üstra (= Verkehrsbetriebe) und den Kitas sind unter anderem auch die Beschäftigten des Abfallwirtschaftsbetriebs Aha, des Staatstheaters und der Stadtentwässerung zum Streik aufgerufen. (...) Wegen des Streikaufrufs werden bei der Üstra vom frühen Morgen bis in die Nachtstunden keine Busse und Bahnen fahren. (...) Zahlreiche städtische Kitas dürften voraussichtlich geschlossen bleiben. (...) Voraussichtlich werden am Donnerstag auch keine Mülltonnen geleert und kein Altpapier abgeholt. (...) Verdi und der Beamtenbund DBB, der auch Angestellte vertritt, fordern um 6 Prozent höhere Löhne (zum 1. März 2018) und einen Mindestbetrag von 200 Euro mehr im Monat.

M3 Warnstreik des öffentlichen Dienstes in Hannover (Foto, 2018)

M4 Aus einer Meldung der Deutschen Presse-Agentur (dpa) über die Einigung im Tarifkonflikt, 18. April 2018:

Nach der Tarifeinigung im öffentlichen Dienst auf insgesamt 7,5 Prozent höhere Einkommen sind weitere Streiks vom Tisch. Bundesregierung, Gewerkschaften und Kommunen zeigten sich hochzufrieden mit der Einigung. Doch am Mittwoch gab es auch Kritik. Der neue Tarifvertrag für die 2,3 Millionen Beschäftigten von Bund und Kommunen soll rückwirkend zum 1. März beginnen und eine Laufzeit von 30 Monaten haben. Dies teilten die Verhandlungsführer nach dreitägigem Ringen am frühen Mittwochmorgen in Potsdam mit. Die drei Erhöhungen machen 3,19 Prozent rückwirkend zum 1. März 2018 aus, zum 1. April 2019 dann 3,09 Prozent und zum 1. März 2020 weitere 1,06 Prozent. Für die unteren Einkommen gibt es eine Einmalzahlung von 250 Euro. Das betrifft unter anderem Müllwerker, die heute bis zu 2 629 Euro verdienen, oder Verwaltungsangestellte mit 2 865 Euro. Das Gesamtpaket kostet die Kommunen über die gesamte Laufzeit insgesamt 7,5 Milliarden Euro, den Bund 2,2 Milliarden.

Warnstreik
auf kurze Zeit (z. B. wenige Stunden) befristete Niederlegung der Arbeit, durch die Kampfbereitschaft signalisiert wird oder mit der man einer Forderung Nachdruck verleihen will

Schon gewusst?

Das Wort „**Tarif**“ stammt aus dem Arabischen und bedeutet Preis. Bei einem Tarifkonflikt geht es vor allem um den Preis der Arbeit, also den Lohn für Zeit und Arbeitskraft. Bei den Verhandlungen zwischen Gewerkschaften und Arbeitgeberverbänden gibt es durchaus Streit. Aber das ist normal. Die Gegner im Konflikt nennt man Tarifvertragsparteien oder Tarifpartner. Man spricht auch von Sozialpartnern.

A B

1 Was sind Interessenverbände? Unterscheide nach den Gruppen, die sie vertreten (T1, T2).

2 Worum geht es bei Tarifverhandlungen? Erläutere die unterschiedlichen Interessen (T3).

2 Wie können Tarifverhandlungen ablaufen? Erläutere zwei Möglichkeiten (T3, M1).

3 Bearbeitet in Gruppen M2–M4.
a) Was verlangt die Gewerkschaft Verdi?
b) Welche Mittel setzt Verdi ein?
c) Hat Verdi die deutliche Lohnerhöhung schon für 2018 durchsetzen können?

4 Tarifverhandlungen erfordern Kompromisse. Bewertet die Laufzeit des Tarifvertrags (normalerweise ein Jahr) als Ergebnis von Verhandlungen (M2, M4).

5 EXTRA MK Recherchiert in Gruppen aktuelle Tarifverhandlungen und berichtet darüber.

A B

AFB I: 1 II: 2, 3 III: 4, 5   AFB I: 1 II: 2, 3 III: 4, 5

SP → Lösungshilfen ab Seite 304

NE

Arbeitnehmer bestimmen mit

Ihr wählt einen Klassensprecher, eure Eltern wählen ihre Vertreter in die Klassenpflegschaft. Bei Entscheidungen für die Schule sind sie dabei. In den Betrieben ist das ähnlich. Möglichst viele sollen mitdenken und mitentscheiden.

M1 Demonstration des Deutschen Gewerkschaftsbunds (DGB) für die Mitbestimmung der Arbeitnehmer und Arbeitnehmerinnen in den Betrieben (Foto, Dortmund, 1. Mai 1973)

T1 Zur Demokratie gehört Mitbestimmung

Bis in die 1950er-Jahre hinein war es für Unternehmensleiter ganz selbstverständlich, dass sie das unbeschränkte Sagen im Betrieb hatten. Arbeitnehmer fürchteten nicht selten diese „Fabrikherren“. Das passte sicher zur Gesellschaft des Kaiserreichs und des Nationalsozialismus, nicht aber zu einem demokratischen Staat wie der Bundesrepublik Deutschland. Politik und Gewerkschaften forderten daher Mitbestimmungsrechte der Arbeitnehmer in den Betrieben.
In den Unternehmen der Kohle- und Stahlindustrie wurde die **Mitbestimmung** schon 1951 per Gesetz eingeführt. In den übrigen Wirtschaftsbereichen war das erst in den 1970er-Jahren der Fall.

Quartal = Vierteljahr

Betriebsrat
Vertretung der Arbeitnehmerinnen und Arbeitnehmer am Arbeitsplatz

T2 Mitbestimmung durch den Betriebsrat

In unserem Staat regelt das Grundgesetz die Rechte und Pflichten der Bürgerinnen und Bürger sowie die Rechte und Pflichten von staatlichen Organen. Für Unternehmen gibt es das Betriebsverfassungsgesetz. Es regelt die Rechte und Pflichten von Arbeitnehmern und Arbeitgebern.

M2 Die Zahl der Betriebsräte und der von ihrer beruflichen Tätigkeit freigestellten Betriebsratsmitglieder (bei voller Bezahlung)

In Betrieben mit mindestens fünf Beschäftigten wählen die Arbeitnehmerinnen und Arbeitnehmer einen Betriebsrat. Er vertritt ihre Interessen gegenüber der Leitung des Betriebs. In kleineren Betrieben hat der **Betriebsrat** nur wenige Mitglieder, in größeren entsprechend mehr.
Mindestens einmal im Quartal findet eine Betriebsversammlung statt, bei der Probleme besprochen und Beschlüsse gefasst werden. Der Betriebsrat erläutert dabei sein Handeln seit der letzten Sitzung. Das nennt man einen Rechenschaftsbericht erstatten.

T3 Jugendliche haben besondere Rechte

In Betrieben mit mindestens fünf Arbeitnehmern unter 18 Jahren beziehungsweise Auszubildenden unter 25 Jahren wird von dieser Gruppe eine Jugend- und Auszubildendenvertretung gewählt. Sie kümmert sich vor allem um die Einhaltung des Jugendarbeitsschutzes und um Fragen der Berufsausbildung.

T4 Rechte der Arbeitnehmer

Das Betriebsverfassungsgesetz regelt auch die Rechte der einzelnen Arbeitnehmer. Die folgenden Rechte stehen allen Beschäftigten zu:
- das Recht zur Beschwerde bei der Geschäftsleitung als dem Arbeitgeber,
- das Recht auf die Erläuterung von Lohn oder Gehalt,
- das Recht auf Beurteilung der Leistung im Betrieb,
- das Recht auf Erläuterung von Aufgaben und Verantwortungsbereichen im Betrieb,
- das Recht auf Einsicht in die Personalakte.

Schon gewusst?

Wenn es um das sogenannte **Entgeltsystem** geht, hat der Betriebsrat ein gehöriges Wort mitzusprechen. Wichtige Fragen sind z. B.:
- Welche Unterschiede sollen für Fachkräfte und Führungskräfte gelten?
- Soll man in der Produktion Anreize für bessere Qualität und/oder höhere Stückzahlen setzen?
- Wieviel Bonuszahlungen sind im Vertrieb für Absatzsteigerungen gerechtfertigt?
- Werden Frauen und Männer für vergleichbare Arbeit und Qualifikation auch gleich bezahlt?
- Wie schnell sollen die Gehälter von jungen Fachkräften ansteigen?

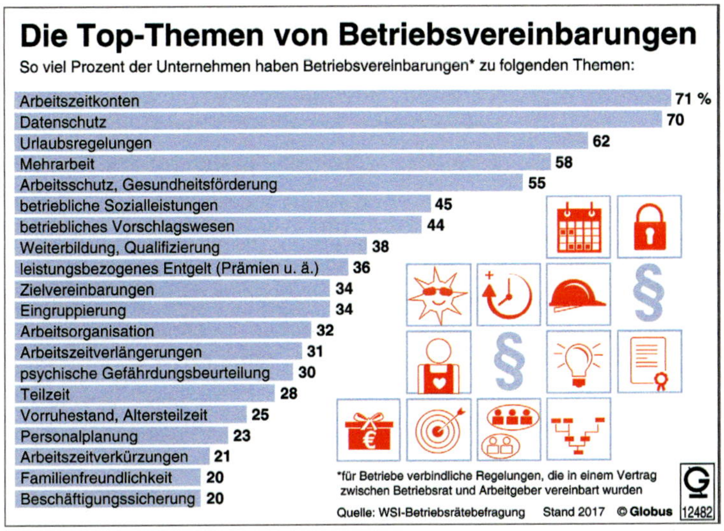

M3 **Die wichtigsten Themen von Betriebsvereinbarungen 2017:** Arbeitgeber müssen Betriebsvereinbarungen umsetzen.

Rechte des Betriebsrats

soziale Angelegenheiten	personelle Angelegenheiten	wirtschaftliche Angelegenheiten
– Überstunden – Urlaubsregelung – Betriebsordnung – Arbeits- und Gesundheitsschutz – Sozialräume …	– Einstellungen – verhaltens- oder personenbedingte Kündigungen – Berufsbildung – Beurteilung …	– Stilllegungen – Verkleinerung der Belegschaft – Art der Produktion – Verlagerung der Produktion …
Mitbestimmung (ohne Zustimmung keine Regelung/ auch Initiativrecht)	**Mitwirkung** (evtl. Widerspruch und Klage vor dem Arbeitsgericht)	**Information und Beratung** (evtl. Verhandlungen über soziale Folgen)

M4 **Der Betriebsrat redet mit, aber nicht in allen Fragen gleich stark.**

A / B

1 Diskutiere mit deinem Tischnachbarn den Begriff „Fabrikherr" (T1). Wie würdet ihr euch an einem solchen Arbeitsplatz fühlen?

2 Bearbeitet in Gruppen T1, T2, M4.
a) Was regelt das Betriebsverfassungsgesetz allgemein (T2)?
b) Unterscheidet unterschiedliche Bereiche in Betrieben, wo es um Arbeitnehmerrechte geht (M4).
c) Warum hat der Betriebsrat nicht überall das gleiche Recht, über betriebliche Fragen mitzureden? Unterscheidet Interessen der Arbeitnehmer und Arbeitgeber.

2 Bearbeitet in Gruppen T1, T2, M1–M4.
a) Beurteilt das unterschiedliche Mitspracherecht des Betriebsrats in sozialen, personellen und wirtschaftlichen Fragen (M4).
b) Inwiefern ist Mitbestimmung auch eine Frage der Betriebsgröße (M2)?
c) Was sind wichtige Themen von Betriebsvereinbarungen? Unterscheidet Bereiche (M3).

3 „Der Betriebsrat ist eine gute Sache." Diskutiert über die Aussage in der Gruppe oder Klasse.

4 EXTRA MK Befragt Arbeitnehmerinnen und Arbeitnehmer zu ihren Erfahrungen im Betrieb:
a) Gibt es einen Betriebsrat?
b) Wie setzt er sich zusammen?
c) Was hat der Betriebsrat für die Arbeitnehmer konkret erreicht?

AFB II: 2a, 2b, 4 III: 1, 2c, 3   AFB II: 2b, 2c, 4 III: 1, 2a, 3

SP → Lösungshilfen ab Seite 304

NE

Solidargemeinschaft der Versicherten

Ein Unfall, eine schwere Krankheit, Arbeitslosigkeit – solche Notlagen können jeden treffen. Nicht immer kann der Einzelne die Folgen allein bewältigen. Dann sind wir auf Hilfe und Unterstützung der Gemeinschaft angewiesen.

sozial
von lat. socius = gemeinsam, verbunden. Sozial meint, auf eine Gruppe gerichtet zu sein.

→ **Seite 290** Generationenvertrag

Grundsicherung
Der Lebensunterhalt wird aus staatlichen Leistungen gezahlt. Dies entspricht dem Arbeitslosengeld II.

T1 Der Auftrag des Grundgesetzes
„Die Bundesrepublik Deutschland ist ein demokratischer und sozialer Bundesstaat." So heißt es in Artikel 20 des Grundgesetzes. Demnach soll jedem Bürger durch gesetzliche Regelungen soziale Sicherheit garantiert werden. Ob arm oder reich, jung oder alt – der Sozialstaat soll jedem Menschen ein würdiges Leben ermöglichen. Die Maßnahmen beginnen schon vor der Geburt mit Untersuchungen in der Schwangerschaft und enden mit der Betreuung von Alten und Kranken.

T2 Pflicht zur Solidarität
Fast alle Menschen in Deutschland sind sozialversichert und dadurch vor großen Lebensrisiken geschützt. Doch nicht alle zahlen in die **Sozialversicherungen** gleich viel ein. Stattdessen gilt das Prinzip der Solidarität: Die Starken in der Gesellschaft tragen die Lasten der Schwachen mit.

M1 Beinbruch: In vielen Situationen sind Menschen auf Hilfe und Pflege angewiesen.

T3 Vom Beitrag zur Leistung
Den größten Beitrag zu den Sozialversicherungen leisten die Arbeitnehmer und Arbeitgeber. Weitere Leistungen werden vom Staat über Steuern finanziert.
Wie das funktioniert, kannst du am Beispiel der Arbeitslosenversicherung sehen: Vom monatlichen Lohn geht ein Pflichtbeitrag in die Arbeitslosenversicherung. Dieser richtet sich nach der Höhe des Lohns und wird anteilig vom Arbeitnehmer und vom Arbeitgeber geleistet. Wird jemand arbeitslos, zahlt die Versicherung einen Lohnersatz. Zusätzlich erhalten Arbeitslose eine Berufsberatung, Möglichkeiten zur Weiterbildung, Umschulung sowie Jobangebote. Jeder ist verpflichtet, diese Angebote anzunehmen. Wer z.B. zwölf Monate lang in die Versicherung eingezahlt hat, bekommt für sechs Monate Arbeitslosengeld (ALG, auch „Arbeitslosengeld I" genannt). Dieses entspricht etwa 60 Prozent des bisherigen Nettolohns. Das Arbeitslosengeld wird normalerweise bis zu einem Jahr gezahlt, bei älteren Arbeitnehmern bis zu zwei Jahre. Findet der Arbeitslose in dieser Zeit keinen neuen Job, bekommt er danach das Arbeitslosengeld II (ALG II).

T4 Arbeitslosengeld II
Das ALG II entspricht einer Grundsicherung oder Mindestsicherung: Der Arbeitsuchende bekommt nur so viel Geld, wie er für seinen Lebensunterhalt gerade benötigt. Wer also Vermögen hat, bekommt nichts. Die Grundsicherung wird nach ihrem Begründer Peter Hartz auch „Hartz IV" genannt. Hartz IV finanziert sich aus Steuergeldern und wird gezahlt, solange die Arbeitslosigkeit dauert. Jobcenter betreuen die Arbeitsuchenden.

Arten	Rentenversicherung	Krankenversicherung	Arbeitslosenversicherung	Pflegeversicherung	Unfallversicherung
Versicherungsträger	Versicherungsanstalten	Krankenkassen	Bundesagentur für Arbeit	Pflegekassen der Krankenkassen	Berufsgenossenschaften
Leistungen (Beispiele)	· Altersrente · Erwerbsunfähigkeitsrente · Hinterbliebenenrenten	· Krankenhilfe, z. B. Arztbesuch · Krankengeld · Krankenhauspflege · Mutterschaftshilfe · Familienhilfe	· Arbeitsförderung · Fortbildung · Umschulung · Arbeitsvermittlung · Arbeitslosengeld	· Geldleistungen · Sachleistungen	· Unfallverhütung · Heilbehandlung · Renten · Sterbegeld
Beiträge	18,6 %, davon: Arbeitnehmer 50 % Arbeitgeber 50 %	14,6 % + Zusatzbeitrag von durchschnittlich 1,3 %, davon Arbeitgeberanteil 50 % und Arbeitnehmeranteil 50 %	2,4 %, davon: Arbeitnehmer 50 % Arbeitgeber 50 %	3,05 %, davon: Arbeitgeber 50 %* Arbeitnehmer 50 % Kinderlose ab dem 23. Lebensjahr zusätzlich 0,25 %	Höhe unterschiedlich nach Unfallgefahr Arbeitgeber trägt Beitrag allein

* abweichende Anteile in Sachsen

M2 **Die fünf Säulen der Sozialversicherung** (Stand: 2021)

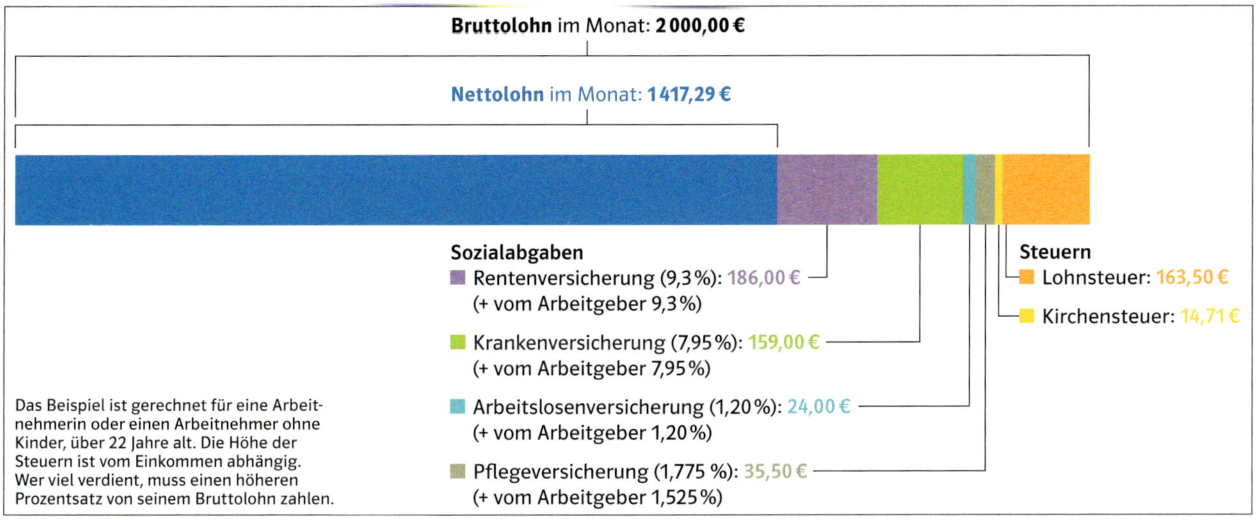

M3 **Was vom Bruttolohn bleibt:** Die Sozialabgaben berechnen sich in Prozent vom Bruttolohn. (Stand: 2021)

A / B

1 Wie funktioniert der Sozialstaat? Liste einzelne Aussagen auf (Vorspann, T1, T2).

2 (A) Nenne die fünf Säulen der Sozialversicherung. Welche Risiken sichern sie ab (M1, M2)?

2 (B) Wie funktioniert das System der Sozialversicherungen? Erkläre die Art der Finanzierung und nenne einzelne Leistungen (T3, M2).

3 (A) Was kostet mich die Sozialversicherung? Nenne den Gesamtbetrag aller Sozialabgaben aus M3.

3 (B) Wie hoch ist die Differenz zwischen Brutto- und Nettolohn? Nenne den Grund für die Differenz (M3).

4 (A) Erläutere, wer Arbeitslosengeld (ALG) bekommt und wie lange es gezahlt wird (T3).

4 (B) Was unterscheidet ALG und ALG II? Erkläre die Versicherungsleistung auf der einen und die staatliche Leistung auf der anderen Seite (T3, T4).

5 „Die Beiträge zur Sozialversicherung sind hoch, aber sie lohnen sich.“ Diskutiert darüber in der Klasse.

AFB I: 1, 2, 3 II: 4 III: 5   AFB I: 1, 3 II: 2, 4 III: 5

SP → Lösungshilfen ab Seite 304

NE

Herausforderungen der Sozialpolitik

Unsere Gesellschaft altert, denn es gibt immer weniger junge Menschen. Das hat Auswirkungen auf die Renten.

M1 Ein Dilemma (Karikatur von Gerhard Mester, 2003)

gesetzliche Rentenversicherung
(Teil der Sozialversicherungen) Vom Lohn der Arbeitnehmer geht ein monatlicher Pflichtbeitrag in die Rentenversicherung. Davon wird die Rente der älteren Menschen finanziert.

demografischer Wandel
→ Lexikon

T1 Im Lauf der Generationen
Die Bevölkerung eines Landes wird in Altersgruppen eingeteilt – sogenannte Generationen. Du gehörst zur jüngsten Generation. Zurzeit besuchst du die Schule. Deine Eltern stehen im Arbeitsleben. Sie bekommen Lohn. Von diesem Lohn zahlen sie monatlich einen bestimmten Beitrag in die gesetzliche Rentenversicherung ein. Denn irgendwann werden sie ihr Arbeitsleben beenden und in den Ruhestand gehen.

T2 „Vertrag" zwischen den Generationen
Ältere Menschen bestreiten ihren Lebensunterhalt aus der Rente. Die Höhe der Rente richtet sich danach, wie viel man im Laufe seines Arbeitslebens in die Rentenversicherung eingezahlt hat. Sie hängt aber auch davon ab, wie viele Menschen arbeiten. Die Rente wird nämlich aus dem Geld der Menschen finanziert, die in die Rentenversicherung einzahlen. Die arbeitende Generation bezahlt also den Lebensunterhalt der älteren Generation. Dies nennt man **Generationenvertrag**.

T3 Generationenvertrag in „Schieflage"
Der Generationenvertrag hat jahrzehntelang gut funktioniert. Doch seit längerer Zeit droht eine Schieflage: In Deutschland werden weniger Kinder geboren als früher. Dadurch schrumpft die Bevölkerung insgesamt. Außerdem steigt der Anteil älterer Menschen an der Bevölkerung. Gleichzeitig sinkt der Anteil jüngerer Menschen. Dieser Effekt verstärkt sich durch die längere Lebenserwartung der Menschen. Abgeschwächt wird er durch den Zuzug meist jüngerer Migranten. Alle Tendenzen zur Entwicklung der Bevölkerung werden als „demografischer Wandel" bezeichnet.

T4 Länger arbeiten, privat vorsorgen
Wenn die Gesellschaft in Deutschland immer älter wird, funktioniert der Generationenvertrag nicht mehr wie früher. Die Beiträge der Versicherten werden künftig nicht ausreichen, um die Renten der Älteren zu finanzieren. Deshalb empfehlen Politiker, bereits während des Arbeitslebens zusätzlich privat vorzusorgen. Dies soll die Menschen vor Armut im Alter schützen. Daneben wurde die „Rente mit 67" eingeführt. Seit 2012 wird die Altersgrenze für den Renteneintritt stufenweise von 65 auf 67 Jahre erhöht. Wer seine Rente ohne Abzüge beziehen will, darf 2024 erst mit 66 Jahren in Rente gehen.

T5 Arbeitsplatz als Problem
Ein erhöhtes Armutsrisiko im Alter droht vor allem Menschen in atypischen Beschäftigungsverhältnissen. Das kann z. B. Teilzeitbeschäftigung, Zeitarbeit (Arbeitsvertrag bei einer Leiharbeitsfirma), befristete Beschäftigung oder Selbstständigkeit sein. Daraus ergeben sich später geringere Renten.

T6 Die Grundrente

Die Bundesregierung hat 2020 ein Gesetz verabschiedet, das Menschen helfen soll, die zwar gearbeitet, aber zu wenig in die Rentenkasse eingezahlt haben. Das betrifft z. B. Frauen, die Kinder erzogen oder Angehörige gepflegt haben. Auch Beschäftigte in sogenannten atypischen Beschäftigungsverhältnissen werden diese Rente erhalten. Wer mindestens 33 Jahre Beiträge aus Beschäftigung, Kindererziehung oder Pflege aufweist, bekommt als Basisabsicherung eine **Grundrente.** Damit soll vielen älteren Menschen der Gang zum Sozialamt erspart bleiben.

M2 Empfehlungen der Bundesbank zur Stabilisierung des Rentensystems, 2016:

Zur Stabilisierung der Rentenversicherung stehen im Wesentlichen drei Größen zur Verfügung: ein höherer Beitragssatz, ein höheres Rentenalter und ein niedrigeres Versorgungsniveau. (...) Die Vorausberechnungen auf Basis des aktuellen Rechts sehen einen Anstieg des Beitragssatzes bis zum Jahr 2060 auf etwa 24 % vor – ausgehend von aktuell 18,7 %. Darüber hinaus dürfte die demografische Entwicklung auch Druck auf die Abgabenbelastung an anderer Stelle ausüben – etwa im Bereich der Krankenversicherung, der Pflegeversicherung und bei den Haushalten der Gebietskörperschaften. Ein wesentlicher Faktor des demografiebedingten Anpassungsbedarfs ist die steigende Lebenserwartung. Während beispielsweise Versicherte, die im Jahr 1960 mit 65 Jahren in Rente gingen, eine fernere durchschnittliche Lebenserwartung von 13,5 Jahre hatten, lag sie im Jahr 2011 für Männer und Frauen im Durchschnitt bereits bei 19 Jahren. Die relative Rentenbezugsdauer – also das Verhältnis von Rentenbezugszeiten zu Beitragszeiten – stieg in diesem Zeitraum kräftig von 30 Prozent auf 42 Prozent. Aufgrund der steigenden Lebenserwartung würde sie kontinuierlich weiter zunehmen. Durch die Anhebung des Rentenalters auf 67 Jahre wird bis 2030 eine Stabilisierung auf hohem Niveau erreicht werden können. Mit einer weiteren Anhebung auf 69 Jahre bis zum Rentenzugang 2060 könnte die relative Rentenbezugsdauer stabilisiert und das Absinken des Versorgungsniveaus der GRV verlangsamt werden.

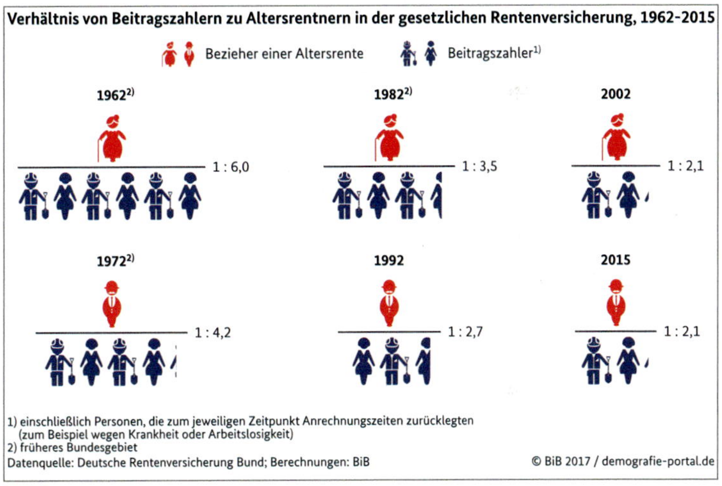

M3 Zunehmende Belastung der Beitragszahler in der gesetzlichen Rentenversicherung (GRV): In der Bundesrepublik Deutschland gab es die geburtenstärksten Jahrgänge von Mitte der 1950er-Jahre bis Mitte der 1960er-Jahre. Seit etwa 2020 gehen diese „Babyboomer-Jahrgänge" in Rente, während immer schwächere Jahrgänge ins Arbeitsleben eintreten.

A / B

1. Wer bekommt eine Rente? Nenne Voraussetzungen für den Rentenbezug (T1).
2. (A) Wodurch ist die Zukunft der Rente gefährdet? Erläutere den Generationenvertrag und liste Probleme auf (T2, T3).
2. (B) Was hat die Rente mit dem demografischen Wandel zu tun? Erläutere den Zusammenhang (T2, T3).
3. (A) Bearbeitet in Gruppen T4 und M1–M3.
   a) Erklärt das Modell „Rente mit 67".
   b) Warum wurde es beschlossen? Erläutert mit M2 und M3.
3. (B) Bearbeitet in Gruppen T4 und M1–M3. Warum könnte die „Rente mit 67" bald nicht mehr ausreichen? Begründet mit statistischen Werten.
4. Was haltet ihr von der Erhöhung der Lebensarbeitszeit? Diskutiert mögliche Vor- und Nachteile, die euch selbst betreffen könnten.
5. EXTRA MK (A) Befrage deine Eltern/Großeltern zur Rente mit 67.
5. EXTRA MK (B) Recherchiere zum Thema „Grundrente" oder „atypische Beschäftigungsformen". Informiere mit einem Kurzvortrag (T5, T6).

AFB I: 1 II: 2, 3 III: 4, 5   AFB I: 1 II: 2, 3 III: 4, 5

SP → Lösungshilfen ab Seite 304

NE

Ziele der Wirtschaftspolitik

„Kann ich morgen meine Miete noch bezahlen? Finde ich einen Arbeitsplatz?" Das sind existenzielle Fragen für Bürgerinnen und Bürger. Sie erwarten Antworten darauf: von der Politik.

M1 **Alltagssorgen**

Wirtschaftspolitik
Maßnahmen des Staates zur Lenkung einer grundsätzlich privat organisierten Wirtschaft

Konjunktur
→ Lexikon

Preisstabilität
→ Lexikon

Wachstum
Anstieg der angebotenen Güter und Dienstleistungen in einer Volkswirtschaft in einem bestimmten Zeitraum

Bruttoinlandsprodukt (BIP)
→ Lexikon

T1 Die Politik steuert

Wirtschaftskrisen bringen Menschen in Not. Durch eine gezielte **Wirtschaftspolitik** will der Staat daher Krisen verhindern. Seit 1967 legt das „Stabilitätsgesetz" als Ziele fest:
- Preisstabilität: liegt vor, wenn die Preise in einem Jahr nicht über zwei Prozent steigen.
- hoher Beschäftigungsgrad: Wenn die Zahl der Arbeitslosen zwischen zwei bis vier Prozent liegt, spricht man von Vollbeschäftigung.
- stetiges und angemessenes Wachstum: Maßstab ist dabei das Bruttoinlandsprodukt. Als angemessen gilt eine jährliche Steigerung von drei bis vier Prozent. Das schafft wiederum neue Arbeitsplätze.
- außenwirtschaftliches Gleichgewicht: Der Wert der Güter, Dienstleistungen und Geldzahlungen, die zwischen dem Inland und dem Ausland ausgetauscht werden, sollte ausgeglichen sein.

T2 Zielkonflikte der Wirtschaftspolitik

Wenn der Staat etwas gegen die Arbeitslosigkeit unternehmen will, kann er z. B. neue Schulen oder Straßen in Auftrag geben – das schafft Arbeitsplätze. Doch gleichzeitig steigen die Preise für Baumaterialien, und es werden Rohstoffe verbraucht. Dies gefährdet die Preisstabilität und die Umwelt.
Mehr Preisstabilität kann der Staat mit höheren Zinsen erreichen. Für Verbraucher ist das ein Anreiz zum Sparen, und die Kredite der Unternehmen für Investitionen werden teurer. Das dämpft dann die Nachfrage nach Gütern und lässt die Preise sinken. Jedoch wird das Wirtschaftswachstum gebremst, und die Arbeitslosigkeit nimmt zu.

T3 Konjunkturzyklen und Konjunkturpolitik

Mal läuft die Wirtschaft auf Hochtouren, mal scheint es nur noch abwärts zu gehen. Die Veränderung von Produktion, Nachfrage, Beschäftigung, Unternehmenseinkommen, Löhnen, Preisen und Investitionen nennt man **Konjunktur**. Über einen längeren Zeitraum betrachtet, wiederholen sich bestimmte Phasen. Dadurch ergibt sich ein typischer **Konjunkturverlauf** mit vier Phasen, die einen wellenförmigen Verlauf zeigen. Etwa alle vier bis zehn Jahre beginnt so ein neuer **Konjunkturzyklus**.
Der Staat kann die Schwankungen der Konjunktur nicht verhindern. Er kann aber konjunkturfördernde oder konjunkturdämpfende Maßnahmen ergreifen. Das Ziel ist immer, extreme Ausschläge im Wirtschaftsgeschehen zu vermeiden.

Schon gewusst?

Ein Magier ist ein Zauberkünstler, der scheinbar Unmögliches möglich machen will. „Magisch" drückt bei den wirtschaftspolitischen Zielen die Tatsache aus, dass die Ziele des Vierecks oder des Sechsecks zueinander im Widerspruch stehen. Die **Balance der Maßnahmen** ist also wichtig, damit dem Wirtschaftspolitiker die Bälle nicht durcheinander geraten.

M2 Staatliche Maßnahmen zur Konjunkturbelebung

- Steuersenkung: Das verfügbare Einkommen der Unternehmen und Verbraucher ist höher. Sie konsumieren und investieren mehr.
- Erhöhung der Staatsaufträge: Beschäftigung und Produktion steigen an.
- Subventionen (Wirtschaftshilfen) gewähren: Staatliche Prämien z. B. beim Autokauf beleben die Nachfrage.

M3 Staatliche Maßnahmen zur Dämpfung der Konjunktur

- Steuererhöhung: Das verfügbare Einkommen sinkt. Konsum und Investitionen gehen zurück.
- Staatsaufträge verzögern: Es fehlen Aufträge. Preise sinken oder stabilisieren sich.
- Subventionen abbauen: Die Nachfrage nach bestimmten Gütern sinkt.

M4 Probleme staatlicher Konjunktursteuerung

- Die Steuereinnahmen des Staates sinken während eines Konjunkturabschwungs. Er soll aber Steuern senken, durch Subventionen die Nachfrage ankurbeln und Hilfen zur Arbeitsbeschaffung finanzieren.
- Durch ständig neue Programme steigt die Staatsverschuldung. Das geht auf Kosten zukünftiger Generationen und beschädigt das Vertrauen in die Währung. Inflation ist die Folge.

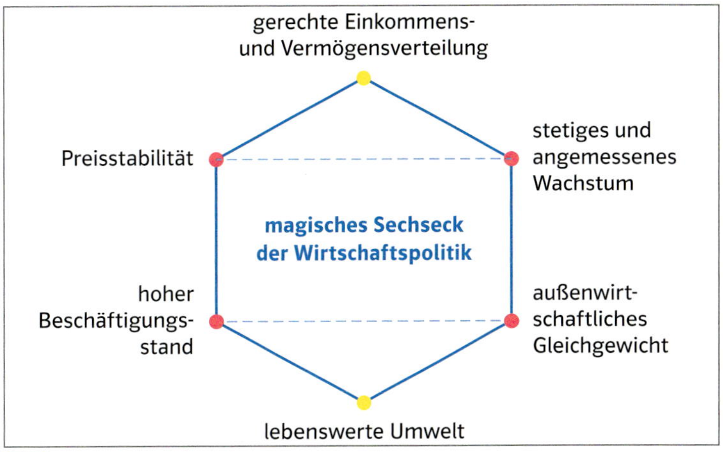

M5 Vom „magischen Viereck" zum „magischen Sechseck": Die ursprünglichen Stabilitätsziele sind rot, die Erweiterungen gelb gekennzeichnet.

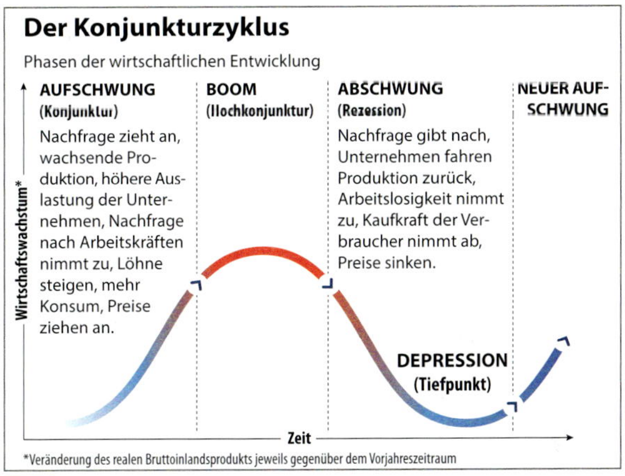

M6 Der Konjunkturverlauf oder Konjunkturzyklus: In der Marktwirtschaft ist das Auf und Ab der Wirtschaftsentwicklung normal. Für Beschäftigte und Unternehmen ist das aber ein ständiger Wechsel von Hoffnungen und Sorgen.

A B 1 Ordne den Hauptzielen der Wirtschaftspolitik bestimmte Merkmale zu (T1, M1).

A 2 Bearbeitet in Kleingruppen T2 und M5.
a) Vergleicht das „magische Viereck" mit dem „magischen Sechseck". Was ist anders?
b) Erläutert zwei Zielkonflikte.

A 3 Bearbeitet in Kleingruppen T3, M2, M3 und M6.
a) Ordnet den Konjunkturphasen die folgenden Merkmale zu: Vollbeschäftigung, Massenarbeitslosigkeit, leicht steigende Löhne, Abnahme der Kaufkraft.
b) Erläutert Maßnahmen des Staates zur Belebung der Konjunktur.

B 2 Bearbeitet in Kleingruppen T2 und M5.
Erläutert Zielkonflikte zwischen allen Eckpunkten des „magischen Sechsecks".

B 3 Bearbeitet in Kleingruppen T3, M2–M4 und M6.
a) Zeichnet eine Konjunkturkurve. Ordnet den vier Phasen bestimmte Merkmale zu.
b) Erläutert Maßnahmen und Probleme staatlicher Konjunkturpolitik.

A B 4 „Wirtschaftspolitik ist wichtig, aber auch schwierig." Diskutiert.

AFB I: 1 II: 2, 3 III: 4   AFB I: 1, 3a II: 2, 3b III: 4

SP → Lösungshilfen ab Seite 304

MK NE

Die digitale Welt verändert Räume

Der Corona-Lockdown 2020 hat unserer Gesellschaft die digitale Welt präsentiert. Viele alltägliche Abläufe „gingen online“: Onlinehandel, Homeschooling, Videokonferenzen, Homeoffice … Das hat Vor- und Nachteile – auch für den Raum.

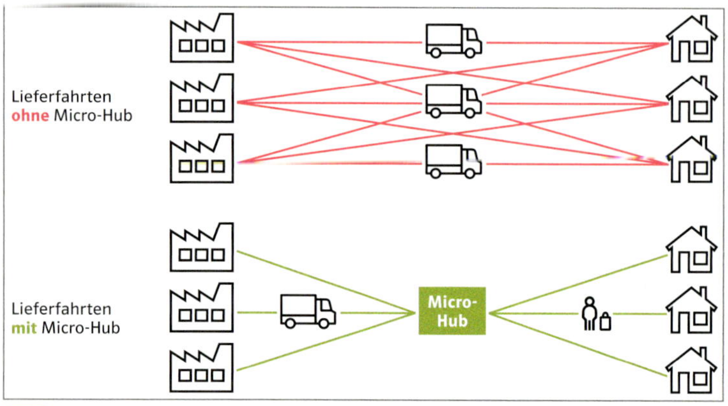

M1 Micro-Hub

M2 Leerstand in der Innenstadt

Micro-Hub
Hub bedeutet Knotenpunkt.

T1 Die emissionsarme letzte Meile

Wenn der Kunde den Weg zum Einkauf zu Fuß oder mit dem Fahrrad zurücklegt, wird die letzte Meile der Ware emissionsarm. Doch der Onlinehandel verschiebt diese „letzte Meile“ vom „Personenverkehr“ zum Lieferverkehr. Mit dem Lieferfahrzeug bringt er ca. 12 Mio. Sendungen zu deutschen Kunden – täglich. Während der Corona-Kontaktsperre sind die Online-Bestellungen in die Höhe geschnellt. Diese Bequemlichkeit hat Folgen: Höhere Umweltbelastung durch Abgase und Lärm, höherer Energieverbrauch, mehr Logistik-Unternehmen mit immer mehr Lieferfahrzeugen, Flächenverbrauch … Das System Micro-Hub gibt die letzte Meile an die Kunden zurück. Ein Mirco-Hub ist eine Station, wo alle Lieferungen abgeladen und vom Kunden emissionsarm abgeholt werden können.

Logistik
befasst sich mit Planung, Steuerung und Durchführung von Waren-, Daten- und Personenströmen

T2 Raumwirksamer Onlinehandel

Die **digitale Infrastruktur** macht Onlinehandel bzw. E-Commerce erst möglich. Die digitale Vernetzung erlaubt den Kunden die Warensuche, den Preisvergleich, die Bestellung, die Bezahlung, die Sendungsverfolgung und sogar die Retouren. Leistungsstarke Rechner steuern die Logistik über das digitale Netzwerk. Die riesigen Verteilungszentren der großen Onlinehändler sind die Kaufhäuser der Gegenwart. Sie „schmücken“ die Auffahrten an den Autobahnen, um An- und Ablieferung möglichst schnell abwickeln zu können. Der Flächenverbrauch ist groß, auch für Parkplätze der Lkw. Oft stehen die Laster über Nacht oder am Wochenende an den Rastplätzen, die die Parkplätze ausweiten müssen. Aber dafür veröden die Innenstädte und Kaufhäuser und Geschäfte müssen schließen.

M3 Homeschooling 2020/2021

Bei der Schließung der Schulen während der Corona-Pandemie war digitales Lernen, sprich Homeschooling, gefordert. So sollte zumindest die selbstständige Arbeit der Schülerinnen und Schüler den Lernprozess wachhalten. Diese Alternative war nicht so erfolgreich, wie es hätte sein können. Der Umgang mit den digitalen Medien bei Schülerinnen und Schülern und Lehrerinnen und Lehrern war nicht so ausgebildet, wie es sein müsste. Denn die Infrastruktur (geeignete Hardware in ausreichender Stückzahl) war nicht vorhanden, obwohl 2018 die digitale Offensive für die Schulen gestartet war. Und Zugang zu schnellem Internet war nicht überall gegeben.

M4 **Homeoffice** (Foto, 2020)

M5 **Videokonferenz des Bundespräsidenten am Digitaltag** (Foto, 2020)

T3 Homeoffice spart CO_2

Die Kontaktsperre während der Corona-Pandemie zwang viele Unternehmer, ihre Mitarbeiter von zu Hause aus arbeiten zu lassen. Dazu wurden nur ein schnelles Internet, betriebseigene Laptops und das Smartphone benötigt. Der Nutzen: Weniger Berufsverkehr, weniger CO_2-Verbrauch, weniger Zeit für die Wege, dadurch mehr Freizeit. Selbst **Homeoffice**-Gegner dachten nach der Kontaktsperre über mehr Homeoffice nach, um die Vorteile ausbauen zu können: keine Parkplatzprobleme am Betriebsstandort oder kleinere Bürofläche.
Viele Firmen, die schon länger die Möglichkeit für das Homeoffice anbieten, vergeben auch viele Arbeiten, die über das Netzwerk erledigt werden können, an freie Mitarbeiter, sogenannte Freelancer. Outsourcing nennt man diese Art der Arbeitsverlagerung.

T4 Flugkilometer vermeiden

Politiker konnten zu „Corona-Zeiten" nicht zu Konferenzen fliegen und sich in Konferenzräume begeben, wenn sie Vorbilder sein wollten. Die Flugzeuge blieben am Boden. Videokonferenzen waren mit einem Schlag akzeptabel. Jeder blieb in seinem Büro und war per Videoschalte mit anderen Politikern vernetzt. Auch viele Unternehmen nutzten zu dieser Zeit Videokonferenzen als Ersatz für persönliche Meetings. So konnten viele Flugkilometer eingespart und die Umwelt entlastet werden. Homeoffice und Videokonferenzen haben in dieser Zeit einen messbaren Anteil zum Klimaschutz beigetragen. Luft, Wasser und Raum könnten langfristig spürbar entlastet werden, wenn die Änderungen im Verkehrsverhalten Bestand hätten.

A / B

1 Im Vorspann ist von der digitalen Welt und vom Alltag die Rede. Nenne weitere Beispiele zum Thema „digitaler Alltag".

2 Bearbeite mit deinem Tischnachbarn T1 und M1.
a) Erklärt, warum der Onlinehandel mehr Verkehr bedeutet.
b) Erklärt, wie mit dem Micro-Hub ein Teil des Verkehrs vermieden werden kann.

3 (A) Arbeite mit deinem Tischnachbarn: Alle hier genannten Beispiele brauchen eine digitale Infrastruktur. Zählt auf, was zur digitalen Infrastruktur gehört (T1–T4, M3).

3 (B) Arbeite mit deinem Tischnachbarn: Nicht überall in Deutschland ist das schnelle Internet vorhanden. Zeigt an den Beispielen auf, wie sich eine schlechte Vernetzung negativ auswirkt (T1–T4, M3).

4 (A) Arbeitet zu zweit. Die Digitalisierung wirkt sich auch auf die Räume und die Umwelt aus.
Sucht negative Auswirkungen, notiert sie und führt in der nächsten Phase mit einem Paar aus B4 eine Pro-Kontra-Diskussion durch (T1–T4, M3).

4 (B) Arbeitet zu zweit. Die Digitalisierung wirkt sich auch auf die Räume und die Umwelt aus.
Sucht positive Auswirkungen, notiert sie und führt in der nächsten Phase mit einem Paar aus A4 eine Pro-Kontra-Diskussion durch (T1–T4, M3).

5 Die Corona-Zeit hat gezeigt, wie nützlich eine funktionierende digitale Vernetzung sein kann. Schreibe einen Kommentar für die Schülerzeitung.

AFB I: 1, 3 II: 2, 4, 5 AFB I: 1, 3 II: 2, 4, 5

SP → Lösungshilfen ab Seite 304

NE

Audio
Fach- und Schlüsselkompetenzen
57ud9i

Bildung als Schlüssel zur Berufswelt

Deutschland hat nur wenige Rohstoffe, deshalb ist Bildung der einzige Weg, unseren Wohlstand im Wettbewerb mit anderen zu halten. Auch deine Zukunft hängt davon ab, ob und wie du den „Rohstoff Bildung" in dir fördern wirst.

M1 Ausbildung zur Schweißerin im Ausbildungszentrum Butzweilerhof in Köln (Foto, 2016)

Bildungsrendite
→ Lexikon

T1 Ein Zeitalter des Wissens

Noch in den 1950er-Jahren stellten ungelernte Arbeitskräfte einen großen Teil der erwerbstätigen Bevölkerung. Etwa 80 Prozent hatten nur die achtklassige Volksschule abgeschlossen. Das hat sich erheblich verändert. Fast jeder Zweite macht heute das Abitur oder die Fachhochschulreife.
Technische Neuerungen haben die Anforderungen an die Fähigkeiten von Menschen im Arbeitsprozess erhöht. Wer heute Abläufe planen, steuern und kontrollieren will, muss meistens besser ausgebildet sein als früher.

T2 Ertrag von Bildung

Dass sich Bildung lohnt, ist kaum umstritten. Von der Bildung, vom Schul- und Berufsabschluss hängt ab, in welche sozialen Gruppen man integriert ist, wie sehr man bei gesellschaftlichen und politischen Fragen mitdiskutieren kann, ob man sein Leben freier und vielfältiger gestalten kann.

T3 Chancen nutzen

Das Bildungssystem in Deutschland bietet gute Chancen. Es gibt vielfältige Schulformen, die den Weg zur Fachhochschulreife und dem Abitur offenhalten. Damit kann man dann an einer Fachhochschule oder einer Universität studieren.
Es lohnt sich aber auch, eine berufliche Ausbildung anzustreben. Da sie an zwei Lernorten stattfindet, nennt man sie **duale Berufsausbildung**. Im Betrieb erlernt man die praktischen Fähigkeiten, die Berufsschule vermittelt die theoretischen Fachkenntnisse. So ausgebildete junge Menschen finden oft leicht eine feste Anstellung. Der Betrieb hat ihnen ja genau das vermittelt, was dort gebraucht wird. Außerdem haben Auszubildende genügend Zeit, sich ihren zukünftigen Betrieb anzuschauen. Am Ende der Ausbildung ist der Arbeitsplatz fast immer gesichert: Der Betrieb hat einiges in die Neuen investiert und sie sind in das Team eingebunden.

T4 Aufstiegsmöglichkeiten

Die duale Ausbildung schließt mit einer Prüfung ab, bei der praktische und theoretische Kenntnisse des Berufs nachgewiesen werden. Man erwirbt z. B. einen Gesellenbrief als Handwerker oder Handwerkerin. Nach einigen Jahren der Berufserfahrung kann man eine Meisterschule oder Technikerschule besuchen, um im Beruf aufzusteigen. Damit ist es auch möglich, einen eigenen Betrieb zu gründen oder an einer Fachhochschule zu studieren.
Auf dem Arbeitsmarkt sind Arbeitskräfte mit einer praktischen Ausbildung sehr gefragt. Ein Wechsel in andere Betriebe, in eine andere Stadt oder sogar in ein anderes Land der Europäischen Union ist oft problemlos, denn auch dort werden die Abschlüsse in der Regel anerkannt.

M2 Schlüsselqualifikationen

Sie gelten als grundlegende und damit überfachliche Kompetenzen. Bei Einstellungsgesprächen und bei der Bewerbung um Aufstiegsposten finden sie besondere Beachtung. Je besser eine Mitarbeiterin oder ein Mitarbeiter hier abschneidet, umso flexibler ist sie/er im Betrieb einzusetzen. Solche Mitarbeiter sind nämlich eher bereit und in der Lage, wechselnde Aufgaben zu übernehmen, sich an neue Anforderungen und Arbeitsbedingungen anzupassen und neues Wissen zu erwerben. Schlüsselkompetenzen sind z. B.:
- Teamfähigkeit (Kooperationsbereitschaft)
- Konfliktfähigkeit
- Toleranz
- Kommunikationsfähigkeit
- Flexibilität
- Kreativität
- Entscheidungsfähigkeit
- Lösungsorientierung

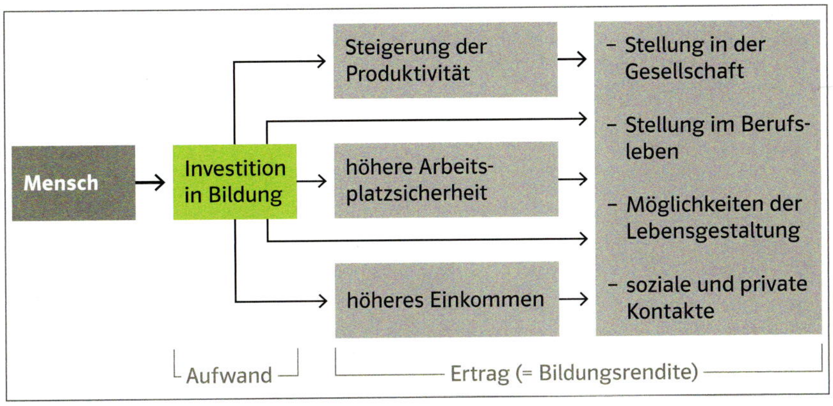

M3 **Lohnt es sich, in Bildung zu investieren?**

M4 Was Betriebe bei der Bewerbung um einen Ausbildungsplatz oft voraussetzen:

- grundlegende Beherrschung der deutschen Sprache in Wort und Schrift
- Beherrschung grundlegender Rechentechniken, z. B. Grundrechenarten, Prozentrechnen, Dreisatz, einfache Aufgaben zu Flächen-, Volumen- und Masseneinheiten, Grundlagen der Geometrie
- Grundverständnis in naturwissenschaftlichen Fragestellungen
- Grundkenntnisse zu Geschichte, Politik und Wirtschaft
- Grundkenntnisse in Englisch, wenn der Beruf es erfordert

Schon gewusst?

Die Pandemie 2021 hat offengelegt, dass es bei Pflegeberufen und bei der Krankenversorgung eine **große Unterversorgung** gibt. Die Gehälter steigen, Arbeitsbedingungen und Aufstiegschancen sollen besser werden.
Weil sehr viele Jugendliche Studienberufe anstreben, steigt zum Beispiel die Nachfrage in den Handwerksberufen stark. Manche Betriebe zahlen Prämien für die Vermittlung von Azubis und locken mit deutlich besseren Ausbildungsbeihilfen und Gehältern.

A / B

1 Nenne Argumente für die Investition in Bildung (T1, T2).

2 (A) Bearbeitet in Kleingruppen T3, T4, M1, M3, „Schon gewusst?".
a) Listet in Einzelarbeit Stichworte zu Chancen auf.
b) Diskutiert Vorteile von Bildung.
c) Erstellt eine Tabelle zu den Vorteilen von Bildung.

3 (A) Bearbeitet in Kleingruppen M2.
a) Listet in Einzelarbeit Stichworte zu einer Schlüsselkompetenz auf.
b) Erklärt der Gruppe „eure" Schlüsselkompetenz .

2 (B) Bearbeitet in Kleingruppen T3, T4, M1, M3, „Schon gewusst?".
a) Arbeitet eine Stichwortliste zu den Vorteilen von Bildung heraus.
b) Fertigt eine Mindmap zu den Vorteilen von Bildung an.

3 (B) Bearbeitet in Kleingruppen M2.
Erläutert einzelne Schlüsselqualifikationen. Warum sind sie für den Betrieb wichtig?

4 „Mit guter Ausbildung investiert man für das ganze Leben." Diskutiert.

5 EXTRA
a) Recherchiere zu deinem Lieblingsberuf und finde heraus, welchen Ausbildungsweg er erfordert. Stelle der Klasse deine Rechercheergebnisse vor.
b) Arbeitet ein Rollenspiel zu einem Bewerbungsgespräch aus und führt es in der Klasse durch.

SP → Lösungshilfen ab Seite 304

NE

Audio
Verbraucherschutz
57ud9i

Audio
Was ist ein Sachmangel?
57ud9i

Vorsorgen, absichern, Verträge schließen

Du wirst bald 18 Jahre alt sein. Dann darfst du im eigenen Namen Geschäfte abschließen. Dafür musst du dann allerdings auch die volle Verantwortung übernehmen.

M1 **Bei „Haustürgeschäften" gelten besondere Kündigungsrechte.** (Foto)

Bürgerliches Gesetzbuch (BGB)
Gesetzessammlung zum deutschen Privatrecht. Das BGB regelt die Rechtsbeziehungen zwischen Privatpersonen und steht damit in Abgrenzung zum öffentlichen Recht (staatliches Handeln).

Kaufvertrag
entsteht durch zwei übereinstimmende Willenserklärungen: Person A stellt einen Antrag auf Lieferung, Person B nimmt den Antrag an und verspricht die Lieferung.

T1 Beschränkt geschäftsfähig

Geschäfte, die du mit deinem Taschengeld begleichst, kannst du in der Regel ohne Zustimmung der Eltern abschließen. Kaufst du dir allerdings ein teures Smartphone, sieht die Sache anders aus. Weil du nur beschränkt geschäftsfähig bist, gilt der Kaufvertrag als „schwebend unwirksam". Erst mit der nachträglichen Zustimmung der Erziehungsberechtigten wird das Geschäft gültig. Das hat auch Vorteile: Du bist vor nachteiligen Geschäften besser geschützt.

T2 Alltägliche Rechtsgeschäfte

Geschäfte können manchmal sehr einfach abgeschlossen werden. Wenn du am Automaten ein Ticket ziehst und in die Straßenbahn einsteigst, entsteht ein Rechtsgeschäft: Das Verkehrsunternehmen liefert die sichere Beförderung, du bezahlst den Preis dafür. Auch unmissverständliche Zeichen können zum Geschäftsabschluss führen: Die Verkäuferin an der Käsetheke fragt: „Darf es etwas mehr sein?" Dein Nicken macht das Geschäft perfekt.

T3 Der Kaufvertag

Ein **Kaufvertrag** ist eine mündliche oder schriftliche Vereinbarung, bei der sich Käufer und Verkäufer zu bestimmten Leistungen verpflichten. Wer etwas bestellt, muss die Ware abnehmen und bezahlen. Umgekehrt muss der Händler oder die Händlerin die Ware mängelfrei liefern und die Bezahlung annehmen. Beim Kauf einer teuren Ware werden die Einzelheiten in einem Kaufvertrag schriftlich festgehalten. So vermeiden beide Seiten spätere Streitigkeiten über den genauen Inhalt des Rechtsgeschäfts.
Bei einigen Geschäften gibt es einen besonderen **Verbraucherschutz**: Wenn jemand auf der Straße ein Abonnement für eine Zeitschrift unterschreibt oder von einem Vertreter zu Hause zum Kauf eines Staubsaugers überredet wird, gilt ein 14-tägiges Widerrufsrecht. Hier besteht nämlich die Gefahr, dass man überrumpelt wird. Im Onlinehandel oder bei einer Katalogbestellung gilt ein Rückgaberecht von 14 Tagen. Bei einem Streit um einen Kaufvertrag helfen die Verbraucherzentralen weiter.

T4 Schadensrisiken absichern

Versicherungen sind Verträge, die man abschließt, um bestimmte Risiken zu vermeiden. Eine Hausbesitzerin will sich gegen Schäden durch Sturm und Feuer versichern und schließt eine Gebäudeversicherung ab. Eine Autobesitzerin muss eine Haftpflichtversicherung für ihr Fahrzeug abschließen, sonst kann sie es nicht zulassen. Die Versicherung deckt den Schaden möglicher Unfallgegner bei Verkehrsunfällen ab. Das sind Versicherungen, die man unbedingt braucht, weil man im Versicherungsfall wirtschaftlich ruiniert sein kann. Kleinere Schäden kann man auch aus eigener Tasche bezahlen.

T5 Der Berufsausbildungsvertrag

Ein ganz wichtiger Vertrag steht für dich vielleicht schon bald an: der Berufsausbildungsvertrag. Er regelt alle wichtigen Fragen deiner Ausbildung, z. B.:
- Art und Dauer der Ausbildung,
- Probezeit zwischen ein und vier Monaten,
- Höhe der Ausbildungsvergütung,
- Dauer der täglichen Arbeitszeit und des Jahresurlaubs.

Nach Ablauf der Probezeit können Ausbildende nur aus wichtigem Grund kündigen, zum Beispiel bei Diebstahl oder grober Beleidigung. Dann erfolgt die Kündigung sogar fristlos. Auszubildende dürfen bei Berufswechsel oder Berufsaufgabe den Vertrag mit einer Frist von vier Wochen kündigen.

Auszubildende	Ausbildende
– Lernpflicht (Erwerb von Kenntnissen und Fertigkeiten) – Besuch der Berufsschule – Sorgfaltspflicht (Vermeidung von Schäden) – Gehorsamspflicht (Weisungen der Ausbildenden einhalten) – Einhaltung der Betriebsordnung – Schweigepflicht (Betriebsgeheimnisse)	– Ausbildungspflicht (z. B. Vermittlung von Kenntnissen) – Freistellung zum Berufsschulbesuch – Bereitstellung der Ausbildungsmittel (Werkzeuge …) – Fürsorgepflicht (z. B. Einhaltung des Jugendarbeitsschutzgesetzes) – Ausbildungsnachweis führen – Vergütung regelmäßig zahlen – Zeugnis ausstellen

M2 Pflichten der Vertragspartner im Berufsausbildungsvertrag (Auswahl)

Nettoeinkommen		
notwendige Ausgaben – Miete – Auto – Lebensmittel – Körperpflege – Freizeit – …	**Absicherung von Risiken** – Haftpflichtversicherung – Rechtsschutzversicherung – Hausratversicherung – …	**Sparen** – sofort verfügbare Anlagen (z. B. Festgeld) – langfristige Anlagen (z. B. Aktienfonds)
finanzieller Spielraum (= freies Geld) z. B. 10 % des Nettoeinkommens		

M3 Bausteine zu einem Vorsorgekonzept

1 (A/B) Tausche dich mit einem Partner/einer Partnerin aus.
a) Beschreibt euch gegenseitig Geschäfte, die ihr abgeschlossen habt.
b) Unterscheidet unterschiedliche Wege, wie es zum Abschluss gekommen ist.
c) Arbeitet heraus, welche Folge es hat, dass ihr nur „beschränkt geschäftsfähig" seid (T1).

2 (A) Erläutere den Inhalt eines Kaufvertrages (T2, T3).

2 (B) Erläutere Kaufverträge, bei denen ein besonderer Schutz der Verbraucher besteht (T3, M1).

3 (A) Arbeite heraus, wann eine Versicherung unverzichtbar ist (T4).

3 (B) Unterscheide Versicherungen nach der Wichtigkeit des Risikos, das sie abdecken (T4).

4 (A/B) „Im Berufsausbildungsvertrag sind die Plichten des einen die Rechte des anderen." Diskutiert die Aussage (T5, M2).

5 EXTRA (A/B)
a) Befrage deine Eltern: „Welche Versicherungen haben wir und warum?"
b) Recherchiere im Internet unter „Verbraucherzentrale Niedersachsen". Welche Versicherungen gibt es? Was raten Verbraucherzentralen?
c) Erstellt in Gruppen ein Vorsorgekonzept (M3).

AFB I: 1, 3 II: 2, 5a III: 4, 5b, 5c   AFB I: 1 II: 2, 3, 5a III: 4, 5b, 5c

SP → Lösungshilfen ab Seite 304

Tests und Übungen
57ud9i

In der Wirtschaft mitmischen

1949
In der Bundesrepublik Deutschland wird die soziale Marktwirtschaft eingeführt.

1950
Die Mitbestimmung im Betrieb wird eingeführt.

1967
Das „Stabilitätsgesetz“ legt Ziele der Wirtschaftspolitik fest.

2020
Mit der Corona-Pandemie wird digitales Lernen wichtiger.

2021
Die „Rente mit 68“ wird diskutiert.

Wichtige Begriffe

- Angebot
- Arbeitgeberverbände
- Arbeitsmarkt
- Bedarf
- Betriebsrat
- digitale Infrastruktur
- duale Berufsausbildung
- Einkommen
- Generationenvertrag
- Gewerkschaften
- Gewinn
- Grundrente
- Homeoffice
- Inflation
- investieren
- Kaufkraft
- Kaufvertrag
- Konjunktur
- Konjunkturverlauf
- Konjunkturzyklus
- Konsum
- Kredit
- Mitbestimmung
- Monopol
- Nachfrage
- Onlinehandel
- Produktion
- Produktionsfaktoren
- soziale Marktwirtschaft
- Sozialversicherung
- Subvention
- Tarifvertrag
- Umsatz
- Unternehmen
- Verbraucherschutz
- Wirtschaftskreislauf
- Wirtschaftspolitik

Jetzt kannst du ...

- Zusammenhänge zwischen Konsum und Umwelt beschreiben.
- Formen des bargeldlosen Zahlungsverkehrs und des E-Commerce erläutern.
- ein Modell zur Entstehung von Preisen auf Märkten erklären.
- Verträge des Alltags benennen und ihre rechtliche Notwendigkeit beurteilen.
- den einfachen Wirtschaftskreislauf grafisch darstellen.
- unterschiedliche Märkte und ihre Aufgaben beschreiben.
- Schlüsselkompetenzen des Berufslebens erläutern.
- die Bedeutung lebenslangen Lernens erklären.
- Ziele, Aufgaben und Organisationsformen von Unternehmen beschreiben.
- Interessenvertretungen in der Arbeitswelt unterscheiden.
- Möglichkeiten der staatlichen Wirtschaftspolitik erläutern.
- das System der sozialen Sicherung beschreiben.

Anhang

M1

Global Goals

NE

- extreme Armut beenden
- nationale Armutsquoten halbieren
- Sozialschutzsysteme für alle Bevölkerungsgruppen einrichten
- Recht auf Zugang zu den Ressourcen (insbesondere soziale Dienste, Grundeigentum, Erbschaften …) für alle Männer, Frauen und Kinder

- Hunger beenden
- Mangelernährung beenden, insbesondere die Auszehrung von Kleinkindern
- die landwirtschaftliche Produktivität verdoppeln
- die Nachhaltigkeit der Nahrungsmittelproduktion sicherstellen
- genetische Vielfalt bewahren

- gesundes Leben für alle
- weltweit Müttersterblichkeit und Kindersterblichkeit auf bestimmte Quoten senken
- Prävention von Suchtstoffmissbrauch (z. B. Alkohol) verstärken
- Zahl der Todesfälle und der Verletzungen infolge von Verkehrsunfällen halbieren

- inklusive, gleichberechtigte und hochwertige Bildung für alle
- gleichberechtigte Schulbildung für Mädchen und Jungen
- Alphabetisierung aller Jugendlichen
- Bildung für nachhaltige Entwicklung und nachhaltige Lebensweisen sicherstellen

- alle Formen der Geschlechterdiskriminierung beenden
- Praktiken wie Kinder-, Früh- und Zwangsheirat beseitigen
- volle und wirksame Teilnahme von Frauen und ihre Chancengleichheit bei der Übernahme von Führungsrollen
- reproduktive Gesundheit

- nachhaltige Wasserversorgung und Sanitärversorgung
- Wasserqualität durch Verringerung der Verschmutzung weltweit verbessern
- Effizienz der Wasserversorgung steigern
- Berge, Wälder, Feuchtgebiete, Flüsse, Grundwasserleiter und Seen schützen

- Zugang zu verlässlicher, nachhaltiger und moderner Energie sichern
- Anteil erneuerbarer Energie deutlich erhöhen
- Energieeffizienz verdoppeln
- Zugang zu Forschung und Technologie im Bereich saubere Energie und Energieeffizienz fördern

- dauerhaftes, breitenwirksames und nachhaltiges Wirtschaftswachstum fördern
- jährliches Wirtschaftswachstum von mindestens sieben Prozent in den am wenigsten entwickelten Ländern aufrechterhalten
- Ressourceneffizienz in Konsum und Produktion verbessern

- widerstandsfähige Infrastruktur und nachhaltige Industrialisierung
- Anteil der Industrie an der Beschäftigung und am Bruttoinlandsprodukt erheblich steigern
- Zugang kleiner Industrie- und anderer Unternehmen zu Finanzdienstleistungen erhöhen

M1 Die 17 Entwicklungsziele der Agenda 2030 und ausgewählte Zielvorgaben

BNE (Bruttonationaleinkommen) Geldwert aller innerhalb eines Jahres produzierten Güter und erbrachten Dienstleistungen

Die nachhaltigen Entwicklungsziele der Agenda 2030

Die Vereinten Nationen haben sich bis zum Jahr 2030 nachhaltige Entwicklungsziele (engl.: SDG = sustainable development goals oder auch global goals) gesetzt. Insgesamt gibt es 17 Ziele mit konkreten Ziel- und Zeitvorgaben.

Jeder einzelne Mitgliedstaat der Vereinten Nationen, egal ob Industrienation oder Entwicklungsland, ist verpflichtet, in seinem jeweiligen Zuständigkeitsbereich diese Zielvorgaben umzusetzen.

10 WENIGER UNGLEICHHEITEN

- Ungleichheit in und zwischen Ländern verringern
- höheren Wohlstand der ärmsten 40 Prozent gegenüber dem nationalen Durchschnitt erreichen
- politische Maßnahmen beschließen, um schrittweise größere Gleichheit zu erzielen
- Regulierung der Finanzmärkte verstärken

11 NACHHALTIGE STÄDTE UND GEMEINDEN

- Städte und Siedlungen inklusiv, sicher, widerstandsfähig und nachhaltig gestalten
- Zugang zu bezahlbarem Wohnraum sicherstellen
- Slums sanieren
- Zahl der Katastrophenopfer deutlich reduzieren
- Umweltbelastung in den Städten senken

12 NACHHALTIGE/R KONSUM UND PRODUKTION

- nachhaltige Konsum- und Produktionsmuster sicherstellen
- natürliche Ressourcen nachhaltig und effizient nutzen
- Abfallaufkommen deutlich verringern
- nachhaltige Verfahren bei der öffentlichen Beschaffung fördern
- „nachhaltige Bildung“ für alle

13 MASSNAHMEN ZUM KLIMASCHUTZ

- Maßnahmen zur Bekämpfung des Klimawandels und seiner Auswirkungen ergreifen
- Anpassungskapazitäten gegenüber klimabedingten Gefahren stärken
- die versprochenen 100 Milliarden US-Dollar für Maßnahmen der Klimaanpassung ab 2020 bereitstellen

14 LEBEN UNTER WASSER

- Ozeane, Meere und Meeresressourcen erhalten
- Meeresverschmutzung erheblich verringern
- Versauerung der Ozeane auf ein Mindestmaß reduzieren
- die Fischfangtätigkeit bis 2020 wirksam regulieren und Überfischung beenden

15 LEBEN AN LAND

- Landökosysteme schützen beziehungsweise wiederherstellen
- Entwaldung beenden, geschädigte Wälder wiederherstellen
- Wüstenbildung bekämpfen
- gerechte Aufteilung der sich aus der Nutzung genetischer Ressourcen ergebenden Vorteile vereinbaren

16 FRIEDEN, GERECHTIGKEIT UND STARKE INSTITUTIONEN

- friedliche und inklusive Gesellschaften aufbauen
- Gewalt und gewaltbedingte Sterblichkeit deutlich verringern
- Rechtstaatlichkeit und gleichberechtigten Zugang zur Justiz gewährleisten
- Korruption und Bestechung in allen ihren Formen erheblich reduzieren

17 PARTNERSCHAFTEN ZUR ERREICHUNG DER ZIELE

- die globale Partnerschaft für nachhaltige Entwicklung mit neuem Leben füllen
- Mobilisierung der einheimischen Ressourcen verstärken
- die Einhaltung der Zusage der „entwickelten Länder“, 0,7 Prozent des Bruttonationaleinkommens (BNE) für Entwicklungszusammenarbeit zur Verfügung zu stellen, sicherstellen

Die SDG lösten zum 1. Januar 2016 die von 2000–2015 angestrebten Millenniumsentwicklungsziele ab. Mithilfe dieser klar definierten Entwicklungsziele wird erkennbar, wie sich die Welt bis 2030 verändern und eine nachhaltige Entwicklung im Rahmen der Agenda 2030 realisiert werden soll.

1 Für sein Land leben und sterben

Deutschland wird ein Nationalstaat (S. 8/9)

1 Nenne soziale Gruppen in einer Reihenfolge: z. B. in der Größe aufsteigend.
Welche emotionale Bedeutung haben Gruppen für Menschen, die ihnen angehören?

2 Nutze Adjektive: bewegt sein, emotional berührt sein, gleichgültig sein …

2 Gehe auf Werte und Lebensart eines Landes ein. Beachte das Bedürfnis nach Sicherheit und den Wunsch nach gelebter Freiheit.

3 Patriotismus: Verbundenheit mit dem eigenen … empfinden, seine Werte …
Nationalismus: übertriebener/übersteigerter … auf die Leistungen des eigenen …, Geringschätzung anderer …

3 Nationalisten sehen einseitig (vermeintliche) Interessen ihres …
Sie wollen den … Staat, der gegebenenfalls Interessen … durchsetzt (Drohung oder Krieg). Die Interessen anderer Völker werden …

4 a) Das Haus/die Wohnstube ist ein Symbol für den … der Deutschen.
Die Mauern sollen also die … dieses … symbolisieren.
Der Besitzer des Hauses, der „… Michel", steht symbolhaft für …
Der Blick aus dem „Fenster" verweist auf … Ereignisse der Vergangenheit.
Texte und Gegenstände verweisen auf …
b) Nutze die Adjektive „gefährlich" und „aggressiv".

5 Vom freien Vaterland zum starken Vaterland
1848 war ein Jahr der … in Deutschland. Die Revolutionäre forderten … und … für Deutschland. Es gab sogar ein Parlament, in dem gewählte Vertreter des Volkes …
1871 bekamen die Deutschen schließlich ihren …staat. Doch es war ein … von Fürsten mit einem … an der Spitze. Die Einheit war nach einem siegreichen … gegen … entstanden. Daher …

Die Erde wird aufgeteilt (S. 10/11)

1 Beachte die Bedürfnisse der Industrie und denke an die Rivalität der Großmächte.

2 Denke daran, dass die Kolonien weit entfernt vom Mutterland lagen und geschützt werden mussten.

2 Denke an die Lage der Kolonien.

3 Erläutere dazu die Folgen von Rivalität und Neid.

4 a) Erkläre, warum sich Europäer anderen Völkern überlegen fühlten und was sie diesen vermitteln wollten.
b) Viele Afrikaner waren bestimmt vom Fortschritt beeindruckt, den die Europäer mitbrachten. Die meisten werden allerdings die Herrschaft der Kolonialmächte abgelehnt haben, da …

4 a) Unterscheide Motive der Rivalität unter den Völkern, Interessen der Wirtschaft und Konsumwünsche.
b) Klage den Egoismus der europäischen Kolonialmächte an, indem du die folgenden Substantive verwendest oder sie in Verben umwandelst: Raub, Ausbeutung, Zerstörung, Entmündigung, Bevormundung, Demütigung.

5 Du musst bei der Diskussion die Sache aus verschiedenen Blickwinkeln sehen. Man nennt das auch „einen Perspektivwechsel vornehmen".

6 Gib im Internet ein: „Albert Schweitzer + Arzt + Afrika + Lebenslauf".

Gefühlte Überlegenheit (S. 12/13)

1 Die … fühlten sich den Menschen in den … überlegen.

2 Frankreich: …
Deutschland: …
USA: …

2 Du könntest so starten: Die Industriestaaten rechtfertigten ihr Verhalten damit, dass sie die Menschen in den Kolonien „förderten".

3 Lies dir T2 aufmerksam durch. Überlege, warum die Missionare die Menschen in den Kolonien Sitten und Bräuche nicht mehr ausleben ließen.

4 Verwende folgende Begriffe: Angehörige höherer „Rasse", Herrschaft, Angehörige niederer „Rasse".

4 Verwende folgende Begriffe: herabsetzen von Menschen, Gleichheit aller Menschen.

5 Die Missionsschulen könnten Bildung bringen, aber …

Rassismus heute (S. 14/15)

1 Du könntest so beginnen: Die Menschen demonstrieren gegen den strukturellen Rassismus, der sich auch in unserer heutigen Gesellschaft noch zeigt. …

2 Recherchiere selbstständig im Internet. Finde dabei heraus, welche rassistischen Straftaten in den genannten Städten begangen wurden.

3 Die Sprechblase verortet den gegenwärtigen Rassismus in den USA, die Städtenamen zeigen jedoch, dass …

3 Überlege dir, welcher Widerspruch sichtbar wird. Was will der Karikaturist damit verdeutlichen?

4 Überlege, wie die Europäer mit den Menschen in den Kolonien umgegangen sind.

4 Nutze unter anderem folgende Begriffe: Ausbeutung der Menschen, Plünderung der Rohstoffe, Versklavung.

5 Du könntest so beginnen: Narku Laing schreibt, dass die Aufarbeitung wichtig ist, damit man heute multikulturell auf gleicher Augenhöhe und friedvoll zusammenleben kann. …

5 Überlege dir, warum der Reichtum und der Ausbau der sogenannten Industriestaaten ohne den Sklavenhandel kaum denkbar wäre.

6 a) Denkt z. B. an die Gründe für die Umbenennung von Straßennamen.
b) Bereitet einen Vortrag vor, der sich z. B. mit den Gründen für die Umbenennung von Straßennamen auseinandersetzt.

Das Deutsche Reich wird Kolonialmacht (S. 16/17)

1 a) In M2 findest du vier deutsche Kolonien.
b) Nimm als Beispiel die spätere Kolonie Deutsch-Südwestafrika. Wer wurde hier zunächst aktiv? Welche Rolle übernahm das Deutsche Reich dann? Was folgte?
c) Was fürchtete er?
d) Wie wirkt z. B. der Schulunterricht des deutschen Lehrers? Beachte, dass Disziplin und Strenge damals positiver als heute gesehen wurden.

2 Beachte die Reihenfolge der Ereignisse.

2 General von Trotha führte nicht nur Krieg gegen Widerständler.

3 Wie wird die gegenseitige Gewaltausübung gesehen?

3 Wer versucht eher, konkrete Fakten zu benennen, um das eigene Handeln zu rechtfertigen? Wer demonstriert Macht? Beurteile auch, wer das stärkere Recht auf seiner Seite hat, was den Besitz des Landes angeht.

4 Die Bundesregierung erkennt etwas an, bittet um … und sagt Hilfe zu.

5 Verwende die folgenden Adjektive: entsetzlich, bedauerlich, beschämend, unentschuldbar, erfreulich.

Orientierung: Die Welt im Jahr 1914 (S. 18/19)

1 a) Beachte die Legende in M1.
b) Die Farbe Rot steht für … Das bedeutet, dass … große Teile der Erde …
c) Du vermisst sicher eine Menge gewohnter Bezeichnungen.

2 Welche Teile von Afrika sind selbstständig? Welche Teile von Afrika gehören zu Kolonialreichen?

2 a) Wo konzentriert sich z. B. kolonialer Besitz? Welche Rangfolge ergibt sich?
b) Nenne drei Gebiete.

3 Beginne mit dem Konflikt zwischen Deutschland und Großbritannien: D – GB: Handelskonflikt, Rüstungskonflikt (Flotte).

3 Beginne so: Die alten imperialistischen Mächte (Großbritannien, Frankreich und Russland) haben Konflikte um Kolonien. Deutschland und Großbritannien haben Konflikte wegen …

4 Beurteilt die Kolonialpolitik als Ursache, die Aufrüstung und die Bündnispolitik als Folgen und den Krieg als Ergebnis.

5 a) Wer ist nun miteinander verbündet, hat also den Konflikt gelöst? Gegen wen richtet sich das neue Bündnis?
b) Beziehe für 1914 die Frage eines Zweifrontenkriegs in deine Überlegungen ein. Beachte für 1917 das zusätzliche Potenzial der USA.

Rüstungswettlauf der Machtblöcke (S. 20/21)

1 Bündnispartner Deutschlands zur Zeit Bismarcks: Österreich-Ungarn …
Bündnispartner Deutschlands zur Zeit Wilhelms II.: …

2 Deutschland hatte als einzigen wirklichen Bündnispartner … Frankreich war mit … verbündet. Deutschland war in einer … Lage, da es ein sehr starkes Bündnis gegen sich hatte und Großbritannien zudem die … beherrschte.

3 Stelle die Sicherung des Reiches einer aggressiven Weltpolitik gegenüber.

3 Verwende die folgenden Begriffe: Rivalität, Großmächte, Militärausgaben, Flottenpolitik.

4 Germania: Krone und Adler als Symbole …;
Eiche: Symbol der …;
Kriegsschiffe: …;
Sonstige Symbole: Schwert …;
Amboss und Pflug …

4 Begeisterung – Gehe z. B. auf die folgenden Aspekte ein: stolzer Anblick, Stärke, Kolonien, Handel.
Entsetzen – Gehe z. B. auf die folgenden Aspekte ein: Risiken, Wettrüsten, England nicht zum Feind machen, Geldverschwendung.

5 a) Wo hat sich Deutschland einen Gegner durch Provokation geschaffen? Wo hat es ein Bündnis leichtfertig aufgegeben?
b) Verwende die folgenden Substantive: Propaganda, Weltmacht, Weltgeltung, Seerüstung, Nationalismus, Militarismus.

„Pulverfass" Europa (S. 22/23)

1 Liste die Gebietserweiterungen und -verluste auf für Österreich-Ungarn (1908–1913), Serbien (1912/13), Bulgarien, Griechenland, Osmanisches Reich.

2 Die serbische Regierung wollte, dass alle Serben …

2 Lies zunächst noch einmal T1–T3. Welche Balkanstaaten werden genannt? Bei der Anfertigung der Skizze kannst du die geographische Lage der Balkanstaaten (M1) als Ausgangspunkt nehmen. M2 hilft dir bei der Einzeichnung der Beziehungen und Konflikte.

3 1908 annektierte Österreich-Ungarn … Diese Vorgehensweise wurde von Serbien …

3 Ziehe Verbindungslinien zwischen den Staaten und markiere sie mit einem Blitz (= Konflikt) oder mit einem + (gute Beziehung/Bündnis). Erläutere vor der Klasse, warum du die jeweilige Markierung gewählt hast.

4 Franz Ferdinand wollte den Slawen in Österreich-Ungarn mehr Rechte zugestehen, um die Situation zu befrieden. Doch Serbien hatte kein Interesse an einer Aufwertung der Slawen in Österreich-Ungarn, denn ...

4 Franz Ferdinand, eine Gefahr für Serbien! In Österreich-Ungarn steht ein Wechsel auf dem Thron unmittelbar bevor. Keine guten Nachrichten für Serbien, denn ...

5 Beachte, welche Staaten in den regionalen Konflikt verwickelt waren und mit wem diese Staaten jeweils verbündet waren.

5 a) s. A5
b) Betrachte zunächst den oberen Teil von M2.

6 Das Bild vom „Pulverfass Europa“ ist zutreffend. Aufgrund der Bündnissysteme bedeuteten einzelne Konflikte in Europa (wie die Feindschaft zwischen Österreich-Ungarn und Serbien) eine Kriegsgefahr für ganz Europa: ...

Von der Krise zum Krieg (S. 24/25)

1 Denke an die unterschiedlichen Pläne der serbischen Nationalisten und Franz Ferdinands für die Serben in Bosnien-Herzegowina.

2 Österreich-Ungarn machte Serbien für das Attentat verantwortlich. Deshalb ...

2 Mit dem „Blankoscheck“ ging die deutsche Regierung ein enormes Risiko ein, denn ...

3 Verwende folgende Daten: 28. Juni 1914, 6. Juli 1914, 23. Juli 1914, 25. Juli 1914 ...

3 Beginne so: Heute erklärte Großbritannien Deutschland den Krieg, ...

4 a/b) Der Historiker Clark sieht die Hauptschuld für den Ausbruch des Ersten Weltkriegs nicht bei den ... Für ihn sind ... verantwortlich, weil ... Für den Historiker Ullrich sind ... für den Ausbruch des Ersten Weltkriegs verantwortlich, in besonderer Weise aber ...

5 Prüfe zunächst, ob es in T1–T3 Fakten gibt, die Clarks Sichtweise unterstützen oder ihr widersprechen.

5 Ich schließe mich der Meinung von Christopher Clark/Volker Ullrich an, denn ...

6 Geht z. B. auf Deutschlands Rolle am 6. Juli und am 1. August ein. Überlegt, wie Österreich-Ungarn am 25. Juli hätte handeln können. Beurteilt auch das Handeln Russlands und Frankreichs.

Europa wird zum Schlachtfeld (S. 26/27)

1 Zähle die Verbündeten und die Kriegsgegner. Was lässt sich daraus schließen?

2

Staat	Plan	Ergebnis
Deutschland		
Frankreich		
Russland		

2 Die Vorstellung von einem schnellen Kriegsende erwies sich als Irrtum, weil ...

3 In T1 und T2 werden jeweils zwei neue Waffen genannt.

3 Verwende folgende Begriffe: neue Waffen, Vorteile, Nachteile, Verteidiger, Angreifer, Stellungskrieg.

4 Gehe auf Bedrohungen und Ängste ein. Beurteile die Möglichkeiten des einfachen Soldaten, sein Überleben zu sichern.

4 Folgende Gedanken/Gefühle könnten vorkommen: Angst, Erschöpfung, Sinnlosigkeit, Leichen und Gestank, enorme Zerstörungen (Landschaften, Tiere, Häuser) ...

5 Alle Regierungen beabsichtigten, die Kriegskosten auf die ... abzuwälzen. Sie forderten ...

5 Kriegskosten und Kriegsziele stehen in einem Zusammenhang. Denn je höher die Kriegskosten waren, desto

6 Wer verdiente am Krieg? Wer litt unter dem Krieg?

Methode: Fotografien analysieren (S. 28/29)

1 Wahl des Motivs ...; Bearbeitung durch ...

2 Verwende die folgenden Adjektive: wohlgenährt, sicher, ordentlich, fröhlich.

2 Es geht um Stimmungen, Sorgen und den Glauben an den Sieg.

3 Gehe auf die folgenden Gesichtspunkte ein: Kriegsbegeisterung, Siegeszuversicht und Durchhaltewillen.

3 Was hängt vom siegreichen Kampf der Armee für die Nation ab?

4 Beispiel M2. Schritt 1: „Kampfhandlung“ an der ... im Jahr ..., feindlicher Angriff wird angeblich ...; Schritt 2: ...foto eines Berufs..., nachträglich digital ..., Originalfoto schwarz-weiß; Schritt 3: Das Foto simuliert nur die Abwehr eines ..., der werfende Soldat müsste bei der damals notwendigen langen Belichtungszeit mit der Handgranate für einige Sekunden stillhalten.

5 a) Wirkt die Szene hektisch oder eher entspannt? Denke an die Notwendigkeit einer langen Belichtungszeit damals. Die Männer werfen angeblich scharfe Handgranaten, die bei zu langem Zögern im eigenen Graben explodieren würden.
b) Die britischen Leser sind nicht besorgt, weil ... Die Verwundeten sind offensichtlich in ... Gefangenschaft geraten. Das bedeutet, dass die britische Offensive ... war.

„Epochenjahr" 1917 und Kriegsende (S. 30/31)

1 Verwende folgende Daten: Ende 1916, 22. Januar 1917, Februar 1917, 6. April 1917 …

2 Durch den Kriegseintritt der USA verschlechterte sich die deutsche Kriegslage dramatisch, denn …

2 Verwende folgende Begriffe: Abschuss amerikanischer Schiffe, wirtschaftliche Gründe, Revolution, Lenin.

3 Im Jahr 1917 gab es gleich zwei bedeutsame Ereignisse, die zu einem deutlichen Einschnitt im Ablauf der Geschichte führten: Erstens …

4 a) Lies zunächst die Bildlegende, um herauszufinden, was die USA mit dem Poster erreichen wollten.
b) Überlege anschließend, wie Deutschland aus Sicht der USA dargestellt werden musste, um dieses Ziel zu erreichen.

4 „Wir müssen uns in den Krieg einschalten! Die Deutschen versenken unsere …"

5 Zwei wichtige Forderungen der Menschen findest du in der Bildunterschrift zu M2.

6 Die militärische Niederlage brachte einen politischen Neuanfang mit sich, denn …

Ein harter Friedensvertrag (S. 32/33)

1 Zu M1: Achte insbesondere auf die Sitzordnung. Was sagt sie aus? Zu T1: Prüfe, ob es überhaupt echte Verhandlungen gegeben hat.

2 Unterscheide Bestimmungen, die das Militär, die Wirtschaft, das Staatsgebiet und die Kriegsschuld betreffen.

2 a) s. A2
b) Unumstritten ist, dass Deutschland für den Kriegsausbruch mitverantwortlich bzw. entscheidend verantwortlich war. Fraglich ist jedoch, ob Deutschland die alleinige Schuld am Ersten Weltkrieg hatte, denn …

3 Ordne zu: Wer will einen „gerechten" Frieden, wer will „abrechnen"? Lies auch noch einmal T1.

3 Clemenceau setzte sich durch. Ich begründe dies folgendermaßen: …

4 Verwende folgende Begriffe: harter Friedensvertrag, Artikel 231, „Diktatfrieden", Stimmung wird von nationalen Parteien aufgeheizt.

4 Stelle in einer Tabelle gegenüber, was für und was gegen harte Friedensverträge sprechen könnte.

5 Der Außenminister könnte in seiner Rede z. B. die Folgen beschreiben, die es gehabt hätte, wenn die deutsche Regierung den Vertrag nicht unterschrieben hätte.

6 Bedenke: Die Gebietsverluste und die Reparationen belasteten Deutschland genau zu der Zeit, als zum ersten Mal Demokraten an der Macht waren.

Die Folgen des Krieges (S. 34/35)

1 M1 zeigt Frauen bei der Arbeit, M2 die Zivilbevölkerung, M3 einen Kriegsversehrten. In welchem Abschnitt des Verfassertextes werden diese Bereiche jeweils thematisiert?

2 a) Im Text werden mehrere Zahlen genannt, die du für deine Antwort verwenden kannst.
b) Warenknappheit → Bezugsscheine → …

2 Auf M1–M3 werden drei unterschiedliche Kriegsfolgen thematisiert. M1 zeigt die sich verändernde Arbeitswelt: …

3 Da viele Männer an der Front waren …

3 Notiere Stichpunkte, auf die du in deinem Vortrag zurückgreifen kannst.

4 Verwendet folgende Stichwörter: zerstörte Familien, körperliche und seelische Verletzungen, neue Spannungen in der Gesellschaft.

5 Der Begriff „Urkatastrophe" meint eine Katastrophe, die gleichzeitig die Ursache für weitere Katastrophen ist.

6 Während die Historikerin im Ersten Weltkrieg die Ursache für den Zweiten Weltkrieg sieht, streitet der Historiker diesen Zusammenhang ab. Ich persönlich denke, dass …

Der Traum von einer friedlichen Welt (S. 36/37)

1 a) Denke an die Ereignisse: 1914–1918 und 1939–1945. Sie hatten … zur Folge. Also …
b) Aufgaben der UNO: Weltfrieden sichern …

2 Lies zunächst die Bildunterschrift.

2 Der Stadtführer geht v. a. auf die Verknotung der Pistole und die Ziele der UN ein.

3 a) Es ist das zentrale Organ der UNO. Du findest es also in der Grafik M2 in der …
b) Er leitet das Sekretariat der UNO, also die oberste Verwaltungsbehörde. Da er an der Spitze der UNO steht, findest du ihn …
c) Dieses Organ der UNO hat fünf ständige Mitglieder mit „Vetorecht".

4 friedenssichernder Einsatz: …
friedenserzwingender Einsatz: …

4 Unterscheide die Chancen bei friedenssichernden und friedenserzwingenden Einsätzen. Wer muss sich bei geplanten Maßnahmen der UNO einig sein? Warum ist diese Einigkeit häufig nicht gegeben?

5 Begründe deine Aussage, indem du den folgenden Fragen nachgehst: Wozu werden Blauhelm-Soldaten der UNO eingesetzt? Was würde in bestimmten Regionen der Erde ohne den Einsatz der UN-Truppen geschehen? Was kann die UNO anordnen, wenn ein Staat einen anderen überfällt?

6 Material zu aktuellen UNO-Missionen findest du z.B. bei der Bundeszentrale für politische Bildung.
6 Welche Folgen hätte eine Ausweitung des UN-Sicherheitsrats?

Wie die UNO den Frieden sichert (S. 38/39)

1 Lies T1–T4 durch und notiere Schlüsselbegriffe, z.B. Sanktionen …
1 Beachte: Die UNO unterscheidet zwei Einsatzarten.
2 Stellt euch vor, ihr lebt in einem Land, in dem das Warenangebot durch Einfuhrverbote der UNO drastisch eingeschränkt wird. Gleichzeitig müsst ihr überlegen, womit am meisten Druck auf eine Regierung ausgeübt werden kann.
3 Beachte die letzten beiden Sätze von M4.
3 Lesen und Schreiben sind eine wichtige Voraussetzung, um an politischen Prozessen teilnehmen zu können. …
4 Erstellt zunächst eine Mindmap mit Aufbau, Aufgaben und Maßnahmen der UNO.
5 Überlege dir Argumente, die für und gegen die Einschätzung Todorovs sprechen.

NATO – den Frieden verteidigen (S. 40/41)

1 Stell dir vor, die Zuhörenden können die Karikaturen nicht sehen. Beschreibe genau, was auf den Bildern zu sehen ist.
2 Betrachte die Jahreszahlen und Bildunterschriften und lies dazu T1.
2 Beide Karikaturen beschäftigen sich mit der Zukunft der NATO.
3 Schreibe kurz in eigenen Worten auf, was in dem Artikel steht.
3 s. A3; Erarbeite diese Aufgabe in Partnerarbeit. Erklärt euch gegenseitig, wie ein NATO-Verteidigungsfall definiert wird.
4 Erstelle kurze Stichpunkte zu beiden Begriffen.
5 Hilfreich ist es, eine Tabelle zu erstellen und Pro- und Kontra-Argumente einzutragen.
5 s. A5; Wäge für deine Stellungnahme die Pro- und Kontra-Argumente ab.

Im Auftrag von UNO, NATO und EU (S. 42/43)

1 a) Denke an dein persönliches Umfeld in der Familie, in der Schule, im Verein. Beziehe Sorgen um deine Zukunft ein, mögliche Gefahren, die von außen kommen.
b) Bei sehr persönlichen Äußerungen zu Ängsten solltest du vorsichtig bei Rückfragen sein. Verletze nicht durch wertende Bemerkungen deinerseits.
c) Krieg …
2 a) Unterscheide traditionelle Gewalt von Staaten, Gewalt innerhalb von Staaten, Terrorismus und Angriffe über das Internet.
b) Seeraumüberwachung im …
c) Die Ausbildung ausländischer Sicherheitskräfte (Militär und Polizei) zur eigenständigen Abwehr von Gefahren ist gemeint, beispielsweise in …
2 a) s. A2a
b) Denke z.B. an Auslandseinsätze in anderen Klimazonen, an die Kommunikationsfähigkeit mit ausländischen Partnern, an den Erwerb und die Weitergabe von Kenntnissen, an Werte und Grundorientierungen.
3 historisch: Beurteile die Einstellung europäischer Völker und das Handeln großer Staaten vor über 100 Jahren.
aktuell: nationalistisches Weltmachtstreben (z.B. …), Überbetonung … Interessen und „patriotischer Pflichten“, Schüren eines aggressiven …
4 Gib im Internet ein: „Bundeswehr“. Kombiniere ihn mit wechselnden Schlagwörtern, z.B. „Bewerber/in“, „Anforderungen“, „Ausbildung“, „Nachwuchswerbung“, „Arbeitgeber“.

2 Die Weimarer Republik als erste deutsche Demokratie

Die Goldenen Zwanziger? Metropole Berlin (S. 46/47)

1 Das Bild ist geteilt. Welche Hälfte steht für „drinnen“, welche für „draußen“?
2 Liste die im Text genannten Freizeitangebote stichwortartig auf. Hake ab, wenn es das Angebot noch heute gibt: Theater, Oper …
2 Wohlhabendere Menschen konnten es sich leisten auszugehen und Opern, Theater … anzuschauen. Ärmere Menschen hingegen …
3 schlechte Lebensqualität, viele Menschen auf engem Raum …
3 Überlege, was das Zitat bedeutet. Wieso sollte eine Wohnung einen Menschen töten können?
4 M3a): Wo befinden sich die Frauen? Was tun sie?
M3b): Was macht die Frau? Wer ist das Mädchen?
M3c): Welcher Arbeit gehen die Frauen nach?
4 Überlege dir, welche Frauen arbeiteten? Welche Vorurteile und welches Idealbild einer Frau gab es weiterhin? Warum kann man daran auch die Spaltung der Gesellschaft erkennen?
5 Beachte den letzten Satz von T1.
6 Ist die Frau heute in allen Bereichen des Lebens dem Mann gleichgestellt? Gibt es Felder, in denen sie nach wie vor benachteiligt wird?
6 Verwende die Materialien der Doppelseite.

Europa ordnet sich neu (S. 48/49)

1

Die Lage im Nachkriegseuropa

politisch	wirtschaftlich	sozial
– neue Staaten … – …	– überschuldete Staaten als Folge … – …	– viele Menschen lebten … – …

2 „wir“ = Soldaten; zurückkehren = aus dem Krieg; zurechtfinden = im „normalen“ Leben

2 Du kannst folgende Formulierungen verwenden: „um ihre Jugend betrogen“ – „seelisch zugrunde gerichtet“ – „um ihre Zukunft gebracht“.

3 1922: Gründung der Sowjetunion; 1924: Stalin tritt Lenins Nachfolge an; 1924–1953: …

4 Neben dem demokratischen Zukunftsentwurf existierte noch der … Zukunftsentwurf nach dem Vorbild Russlands sowie …

4 a) s. A4
b) Orientiere dich an der Tabelle M1. Um mehr über Liberalismus, Sozialismus/Kommunismus und Faschismus zu erfahren, gib die Begriffe in eine Internet-Suchmaschine ein. Beachte die Tipps zur Internetrecherche auf der hinteren Umschlagseite.

5 Betrachte zunächst die Kartenlegende: Welche Farbe haben die Staaten, in denen sich die Demokratie behaupten konnte? Welche Farbe haben die Staaten, in denen sich die Demokratie nicht behaupten konnte?

5 Bis 1938 zerfiel Europa in zwei Lager: Die Demokratien im Westen …

6 Die Aussage ist richtig, denn viele der jungen Demokratien wurden gleich aus zwei Richtungen bedroht: …

„Es lebe die deutsche Republik!“ (S. 50/51)

1 Sage etwas zur Stimmung in Deutschland aus, vor allem, wie die Menschen die Aussichten Deutschlands im Krieg einschätzten.

2 a) Die beiden Politiker gehören zu den Sozialdemokraten, die in zwei politische Richtungen gespalten waren: eine gemäßigte und eine radikale Richtung.
b) Worum geht es in diesem Augenblick? Was schafft die Revolution ab, was verändert sie? Was ist das eigentliche Ziel?

2 a) Die Bundesrepublik Deutschland ist seit 1949 eine parlamentarische Republik. Es gibt verschiedene politische Parteien, die miteinander konkurrieren und durch Abgeordnete im Parlament vertreten sind …
Bei einer Räterepublik übernehmen direkt von bestimmten Gruppen gewählte „Räte“ die politische Macht. Sie stimmen über … ab und weisen die Regierung unmittelbar an, … Ihre Führer üben also sehr viel Macht aus. Man kann das eine Form der … nennen.
b) Maßgebend sind zwei Dinge: die Haltung der Arbeiter- und Soldatenräte selbst und Eberts Entscheidung zu einem geordneten Übergang von der alten zur neuen Ordnung. Mit welchem Personal wollte er das erreichen?

3 Überlege: Offiziere und Beamte des Kaiserreichs waren konservativ eingestellt. Sie wollten die alte Ordnung bewahren. Sie waren auch keine Sozialdemokraten. Was bedeutete das für einen Staat, der jetzt sozialdemokratisch regiert wurde?

4 Gib im Internet ein: „Friedrich Ebert + Leben + Politik“ bzw. „Philipp Scheidemann + Leben + Politik“.

Die Weimarer Republik (S. 52/53)

1 Zwei Gruppen waren zum ersten Mal wahlberechtigt. Die eine davon machte etwas mehr als die Hälfte aller Wahlberechtigten aus.

2 Die Nationalversammlung hätte die neue Verfassung im Berliner Reichstag beraten und beschließen müssen, aber …

3 a) Aufgaben: Der Reichspräsident hat den Oberbefehl über …, ernennt …
Rechte: Der Reichspräsident kann den Reichstag auflösen, wenn …, kann einen … anordnen, kann in Not- und Krisenzeiten …
b) Betrachte die folgenden Verfassungsorgane und Gruppen: Reichsregierung, Reichstag, Reichspräsident, Reichsrat, Wahlvolk.
c) Sind möglichst viele Menschen wahlberechtigt? Zählen auch Stimmen für sehr kleine Parteien?

3 a) Gehe zunächst auf die Grundlage einer Demokratie ein: das Volk. Wie bestimmt es in der Politik mit? Nenne dann die Rechte bestimmter Staatsorgane und erkläre, von wem sie abhängig sind. Nenne im Einzelnen: Reichskanzler/Reichsregierung, Reichstag, Reichspräsident, Reichsrat.
b) Überlege: Wer wählt ihn? Von welchen Staatsorganen ist er abhängig? Auf welche Staatsorgane kann er einwirken?

4 Die Einstellung zum bestehenden Staat und zur Demokratie findest du in M3 in der Überschrift.

5 Ein Vergleich mit dem Grundgesetz, der Verfassung der Bundesrepublik Deutschland, macht es deutlich: Heute können antidemokratische Parteien verboten werden.

6 Gib im Internet ein: „Fünfprozentklausel + Bundestagswahl“.

6 Gib z. B. im Internet ein: „Lore Agnes + Leben“.

Den Millionären geht das Geld aus (S. 54/55)

1 a) Das eine hatte mit dem Krieg selbst zu tun, das andere war eine Folge des Krieges.
b) Beantworte die folgenden Fragen:
- Wo wurde das Foto aufgenommen?
- Aus welchem Staat kommen die beiden Soldaten im Vordergrund?
- Was machen die beiden Soldaten?
- Was ist sonst noch auf dem Foto zu sehen?

2 Ende 1922: fällige Reparationsleistungen an die Siegermächte nicht vollständig geliefert. Frankreich drohte mit …

2 a) M2: Die Hexe und Gretchen symbolisieren jeweils ein Land. Bei der Hexe erinnert die Mütze an eine große Revolution. Die Spindel dient der Produktion von Garn.
M4: Unterscheide die eigentliche Funktion der Presse (oben) und die ihr zugedachte Funktion (unten).
b) M2: Findest du die Aussage der Karikatur zutreffend?
M4: Welche Absicht könnte die Darstellung haben? Welche Gefühle soll die Karikatur auslösen?

3 Verbinde die Substantive zu einem sinnvollen Satz: Geld, Wertverlust, Preise, Totalverlust.

3 a) „Schleichende Inflation" bedeutet allmähliche, langsame Geldentwertung.
b) Unterscheide Gewinner und Verlierer der Inflation.

4 Wer sich von der Regierung betrogen fühlt, entscheidet sich bei den nächsten Wahlen für Parteien, die etwas anderes versprechen. 1923 bildeten gemäßigte, demokratische Parteien eine … Viele Wähler entschieden sich daher später für …

5 Ruhrbesetzung löst … Widerstand von … aus; Folge: rapider Rückgang der … bei gleichzeitiger … durch die Reichsregierung; Vertrauen in die … geht verloren …

Die Republik in Gefahr (S. 56/57)

1 a) In dem einen Fall sind es Soldaten, die zur regulären Armee Deutschlands gehörten. In dem anderen Fall handelte es sich um Soldaten, die nach dem Krieg freiwillig in ihren Kampfgruppen zusammenblieben oder sich zu neuen Kampfgruppen zusammenfanden, um vor allem die deutsche Ostgrenze zu schützen.
b) Der Putsch wurde nicht durch Militär niedergeschlagen, sondern durch eine Maßnahme beendet, die man sonst nur im Arbeitskampf kennt.
c) Die Reichswehrführung handelte gegen ihren verfassungsmäßigen Auftrag. Sie … der politischen Führung den Befehl.

2 a) Gegen wen richtet sich der Putsch Hitlers? Was waren die unmittelbaren Folgen? Was wären die Folgen bei einem Gelingen gewesen?
b) 5 Jahre (= 60 Monate) verhalten sich zur verbüßten Strafe von … Monaten etwa wie …

2 a) s. A2
b) Hitler wollte sich selbst durch Gewalt an die Macht bringen. Sein Putschversuch richtete sich gegen eine Regierung, die durch demokratische Wahlen zustande gekommen war. Außerdem hatte die Tat Folgen: …

3 a) Ein Motiv ist ein Beweggrund. Überlege, welches Denken die Mörder zur Tat angetrieben hat. Beachte auch, aus welchem beruflichen Umfeld die Mörder kamen.
b) Morde von Linken wurden offensichtlich … verfolgt. Morde von Rechten wurden … verfolgt.

3 a) Rechtsradikales Denken: Nationalismus …
b) Auf Mord stand in der Weimarer Republik lebenslängliche Haft oder je nach dem Grad der Beteiligung (z. B. für Unterstützer) eine langjährige Gefängnisstrafe. In M5 wird auch deutlich, dass die Todesstrafe verhängt wurde. Aber …

4 Berechne, um wie viel höher die verhängte Freiheitsstrafe bei linken Tätern war. Beachte auch die Höchststrafe.

5 Den Einsatz gegen rechte Putschisten verweigert die … Gegen linke Putschisten ging sie …

Methode: Einen Spielfilm analysieren (S. 58/59)

1 Welche Art von Film wird in den 1920er-Jahren produziert? Wie wird Kino für junge Menschen zum Erlebnis gemacht?

2 Hauptrollen: Maria (Doppelrolle als …), Joh … (Herr über …), Freder … (Sohn von … und Liebhaber …);
Filmwelt: futuristische Stadt … (erinnert an …) …;
Geschichte: Menschen in zwei …; Liebesgeschichte (Maria und …); …

2 Verwende die folgenden Begriffe und Personennamen, ordne sie den Teilbereichen der Stadt zu und ergänze Aussagen zu den Personen:
Joh Fredersen (setzt seine Ziele brutal durch: …), Unterdrücker, Unterdrückte, Arbeiter, Unterschicht, Oberschicht, Herren, Maria (will Arbeiterfamilien aus der Unterdrückung befreien), Freder Fredersen (wird erst durch den Kontakt zu Maria mit den Nöten …, hilft am Ende Maria bei der …)

3 Gehe z. B. auf die Höhe der Gebäude, die Fenster, das Licht ein.

3 Wie erscheint Maria als Mensch, wie als Maschine? Was weist in die Zukunft, was ist Erinnerung an die Vergangenheit?

4 Beachtet die methodischen Schritte zur Analyse eines Films. Bei Metropolis ist die Darstellung der beiden Welten „Unterstadt" und „Oberstadt" zentral. Da es sich um einen Stummfilm handelt, sind Musik und Ausdruck der Personen (z. B. Gestik, Bewegung) von besonderer Bedeutung.

5 a) Gib als Suchbegriffe im Internet jeweils den Namen und die Berufsbezeichnung ein. Achte insbesondere auf Brüche im Lebenslauf durch die Machtübernahme der Nationalsozialisten.
b) Bereitet euch auf den Film vor, indem ihr Beobachtungsaufgaben verteilt (siehe Aufgabe 4). Wertet den Film anschließend aus. Worauf könnte man in einem zweiten Durchgang außerdem achten?

Die Wirtschaft in der Krise (S. 60/61)

1 Folgende Begriffe kannst du verwenden: New York, 1929, Börse, Aktien, Kurssturz, Wirtschaftskrise.

2 – US-Banken forderten wegen des Geldmangels nach Deutschland vergebene … zurück.
– Deutsche Unternehmen konnten ihre … in den USA nicht mehr absetzen, weil die Empfänger dort zahlungsunfähig waren.

2 Textstelle 1: „Ich habe schon einmal erlebt, dass mein Geld von heute auf morgen weg war. Das passiert mir kein zweites Mal!"; Textstelle 2: „Nach dem Krisenjahr 1923 mit der Währungsreform brauchte Deutschland viel Geld, um die eigene Wirtschaft in Schwung zu bringen. Dieses Geld haben wir uns vor allem aus den USA geliehen."

3 Setze folgende Begriffe an den richtigen Stellen ins Schaubild ein: Wirtschaft, Waren, Pleite, Staates, Bank, Arbeitnehmern.

3 a) s. A3
b) Ihr könntet den „Teufelskreis" der Wirtschaftskrise besonders anschaulich darstellen, indem ihr verdeutlicht, welche Folgen diese Krise für den einzelnen Menschen (z. B. für Herrn Kaufmann und seinen Sohn Emil) hat.

4 a) Mit „die Minister, die Parteibonzen" sind demokratische Politiker gemeint, die in Deutschland an der Regierung waren.
b) Priens Kritik richtet sich an die deutsche Regierung. War für die Ursachen der Arbeitslosigkeit allein eine deutsche Regierung verantwortlich?

5 Sie haben Fahnen der … und der … aus den Fenstern gehängt. Mit den Fahnen zeigen die Menschen, dass …

5 Folgende Aspekte sollten im Gespräch aufgegriffen werden: Die Bewohner wollen erst dann wieder Miete zahlen, wenn sich ihre Lage wieder gebessert hat („Erst Essen, dann Miete"). Sie machen die Republik verantwortlich. Deshalb hängen ausschließlich Fahnen der republikfeindlichen Parteien KPD und NSDAP aus ihren Fenstern.

6 Die Krise der Wirtschaft ab 1929 hatte tatsächlich eine Krise der Demokratie zur Folge, denn …

Die Demokratie wird zerstört (S. 62/63)

1 Beachte, welche Rolle Hindenburg im Kaiserreich gespielt hatte und welche Meinung er zur Demokratie hatte.

2 Die Funktionsweise des Präsidialsystems: Die Reichsregierung bringt eine umstrittene Gesetzesvorlage im Reichstag ein, die dieser ablehnt. Daraufhin erlässt der Reichspräsident auf Wunsch …

2 Lies noch einmal die Art. 48 und 25 der Weimarer Verfassung auf S. 63.

3 Beachte die Rolle des Parlaments zur Zeit einer Präsidialregierung.

3 Durch Kombination der Art. 25 und 48 der Weimarer Verfassung wurde das Parlament regelmäßig ausgeschaltet. Das hatte zur Folge, dass …

4 Beide Parteien agieren mit Versprechungen und Gewalt: …

4 Die Karikatur macht Hindenburg für das Ende der Weimarer Republik verantwortlich, weil er …

5 Jugendlicher A: „Meine Güte, so etwas habe ich noch nicht erlebt." Jugendlicher B: „Man muss ja Angst davor haben, überhaupt noch auf die Straße zu gehen. Hast du gesehen, wie …?"

5 Vertrauensverlust der Bevölkerung – Wahl antidemokratischer Parteien – Hoffnung auf Ende der Gewalt

6 Beziehe die Ergebnisse aus den Aufgaben 2 und 3 ein.

Wer wählte die NSDAP? (S. 64/65)

1 Hilfe zum Diagramm: Suche die Kurve mit der braunen Farbe. Das erste Ergebnis ist 1924 eingetragen und lag bei ungefähr einer Million …

2 Lies zunächst noch einmal „Schon gewusst?" auf S. 63.

2 Die neue Strategie zielte darauf ab, die Macht im Staat nicht mehr durch einen gewaltsamen Umsturz zu gewinnen, sondern …

3 Mit dem „Firmenschild" ist das Parteiprogramm der NSDAP gemeint, mit „Proleten" die Arbeiterschicht und mit den „zahlungskräftigen Kreisen" das Bürgertum.

3 Verwende folgende Begriffe: Volkspartei (attraktiv für Oberschicht, Mittelschicht und Arbeiterschaft), Protestbewegung (gegen Weimar, gegen den Versailler Vertrag, gegen Kommunismus, gegen Juden).

4 Nutze folgende Stichworte: Männer: Befehl, Gehorsam, Stärke; Protestanten: Katholiken haben im Gegensatz zu den Protestanten eine eigene demokratische Partei: das Zentrum; Mittelschicht: vom Abstieg bedroht, Geschäftsleute, Vorgehen gegen jüdische Konkurrenten.

4 Obwohl die NSDAP mit speziellen Versprechungen für einzelne Schichten Stimmen in allen gesellschaftlichen Gruppen köderte, hatte sie bei bestimmten Gruppierungen einen deutlich höheren Zulauf: …

5 a) Überlege, mit welchen Mitteln man die NSDAP hätte stoppen können. Tipp: Es ist bekannt, dass sich Hitler nach seiner Ernennung zum Reichskanzler vor einem Generalstreik (Streik aller Arbeitnehmer/-innen im Land) fürchtete.
b) Recherchiere z. B., in welchen Fällen Parteien verboten werden können.

Warum scheiterte Weimar? (S. 66/67)

1 Anzahl der Regierungen: … Durchschnittsdauer der Regierungen: … (davon … weniger als 100 Tage) …

2 Achte auf Kleidung und Accessoires.

2 Betrachte die einzelnen Figuren: Sind sie sympathisch oder unsympathisch dargestellt?

3 Bsp.: Vorn links steht ein Journalist (Zeitung, Bleistift). In seiner Hand hält er einen Palmzweig, eigentlich ein Symbol für den Frieden. Das Blut deutet darauf hin, dass die Presse mit ihren Hetzartikeln für den Tod zahlreicher Menschen verantwortlich ist (z. B. Matthias Erzberger), die sich für die Republik eingesetzt haben.

3 Im Idealfall haben Menschen, die in einer Republik leben, auch eine republikanische Gesinnung, sie sind echte „Republikaner". In der Weimarer Republik hingegen …

4 Versailles Treaty = Versailler Vertrag; Hitler Party = Hitler-Partei.

4 a) s. A4
b) Richtig ist, dass die meisten Deutschen den Vertrag ablehnten. Hitlers Wahlerfolg ausschließlich mit dem Versailler Vertrag zu erklären, ist jedoch zu einfach. Vielmehr gab es dafür zahlreiche Gründe: …

5 –

6 mögliche Gemeinsamkeiten: die politischen Ränder werden gestärkt, die Volksparteien werden kleiner … mögliche Unterschiede: damals waren die Eliten alle antidemokratisch eingestellt, heute nicht …

Projekt: Kleidung, Tanz und Musik (S. 68/69)

1 Nutze folgende Begriffe: Massenkultur, Aufbruchstimmung, USA …

2 Überlege, was die Jahre des Ersten Weltkriegs mit der nun steigenden „Vergnügungssucht" der Menschen zu tun haben könnten.

3 Nimm folgende Aspekte mit auf: Bubikopf, geschminktes Äußeres, extravagante Abendkleider.

3 s. A3; Welche Eigenschaften hatte die „neue Frau"? Warum spiegelten sich diese auch in der Mode wider?

4 Beginne so: Die USA prägten die Musik-, Mode- und Tanzszene der 1920er-Jahre, viele Künstler kamen daher …, deutsche Musiker nahmen sich amerikanische zum Vorbild…

5 Gib im Internet ein: „Josephine Baker".

3 Keine Wahl haben: Was passiert, wenn Demokratien scheitern?

Deutschland wird eine Diktatur (S. 72/73)

1 Von den Maßnahmen waren betroffen: die Beamten, die Länder, die Gewerkschaften, die Parteien.

2 a) Errechne die Zahl der Parteieintritte. Beurteile die Zeiträume: Von 1920 bis Januar 1933: … Mitglieder, von Januar bis April 1933: …
b) Man kann von einer Sache überzeugt sein, dann … Ein anderer Grund wäre, …

3 Hitler eignete sich zusätzlich zu seiner Funktion als Reichskanzler das höchste politische Amt ohne Wahlen einfach an.

4 a) Konzentrationslager: Zwangsarbeit …
b) Nutze vor allem T1 und die Spalte „Gesellschaft" in M2. Beachte auch den Aspekt der „Selbstgleichschaltung" in T2.

4 a) Zuckerbrot: Hier verspricht Hitler etwas, gibt scheinbare Sicherheit oder stellt die Zukunft vorteilhaft dar. Peitsche: Wer nicht mitmachen will oder sogar dagegen ist …
b) Auf die Hauptarme der Mindmap kannst du schreiben: Lockmittel („Zuckerbrot") und Druckmittel („Peitsche").

5 Nutze folgende Substantive: Volksgemeinschaft, Individuum (Einzelmensch/Persönlichkeit), Ausgrenzung, Spaltung der Gesellschaft, Propaganda, Hitlerjugend, „Heil Hitler!".

Führerkult und Propaganda (S. 74/75)

1 Er gab sich volksnah, er war ein guter R…, …

2 Propagandaplakate, Propagandafotos …

2 Hitler ließ ein Propagandaministerium einrichten, um …

3 Wähle passende Adjektive: entschlossen …
4 Chaplin wollte Hitler mit seinem Film … Die Zuschauer sollten Hitler …
4 Stelle einen Zusammenhang zwischen dem Erscheinen des Films und Hitlers Herrschaft her.
5 Was hat Hitler mit 25 Jahren erreicht? Wie sind seine frühen Jahre als Politiker zu bewerten? Was sagt das über Hitlers Charakter aus?
6 China: Herrschaft der … Gegner landen in …
Nordkorea: Herrschaft der … des … und der …, staatlich gelenkte …, Staatschef wird …

Ziele und Ideen der NSDAP (S. 76/77)

1 Rassenlehre: NS Anschauung, nach der es in der Geschichte unaufhörlich Kämpfe zwischen unterschiedlichen „Rassen“ um …
Lebensraum: ständiger Kampf der „Herrenrasse“ um … „Volksgemeinschaft“: Vorstellung von einem einheitlichen …
2 Wer gehörte nach Meinung der Nationalsozialisten dazu und wie wollte man diesen Teil der Bevölkerung an das System binden? Nenne Gruppen, die als Ganzes ausgeschlossen wurden.
2 Was wird dem Einzelnen abgesprochen?
3 a) Julius Rosenberg trägt einen sogenannten Schandhut. Die Schilder nennen die genauen Adressen. Was bezweckte man damit?
b) Beachte: Sie sind etwa gleich alt, flankieren das Paar links und rechts.
3 Gehe auf folgende Dinge ein: Hut und Aufschrift, Texte der Schilder, Nennung von Adressen, öffentliche Demütigung in der Heimatstadt.
4 „Volksgemeinschaft“ klingt scheinbar positiv. Gehörten aber wirklich alle dazu?
5 Gib im Internet ein: „KdF + Reisen + Propaganda“.

Aufrüstung für den Krieg (S. 78/79)

1 Stelle dir vor, man baut eine Autobahn und setzt kaum Maschinen ein. Dann braucht man ganz viele …
2 Wofür bekamen junge Paare Geld vom Staat? Was wollten die Nationalsozialisten damit erreichen?
3 a) Arbeitslose Anfang Februar – 1933: ca. 6 Mio. …
Arbeitslose Anfang September – 1933: ca. 3,8 Mio. …
b) Vergleiche die Zahlen im Winter und im Sommer.
3 a) Warum steigt die Arbeitslosigkeit im Winter an?
b) Wie hat der Staat zur Senkung der Arbeitslosigkeit beigetragen?
4 a) Autobahnen (Verkehr) und …
b) Welches Hauptziel verfolgten die Nationalsozialisten neben der Senkung der Arbeitslosenzahlen?
4 a) Welche Säulen steigen in M2 bis 1938 am stärksten?
b) Was passiert, wenn eine Privatperson oder ein Unternehmen zu viel Schulden macht?
5 Staatliche Investitionen sind gut, denn sie führen zu niedrigeren …
Staatliche Investitionen sind problematisch, denn sie führen zu einer höheren …
6 Gehe z. B. auf den Staatshaushalt (Verschuldung) ein und auf das Ziel der NS-Wirtschaftspolitik.

Jugend unterm Hakenkreuz (S. 80/81)

1 Durch die „Gleichschaltung“, und weil ab Dezember 1936 …
2 Die NSDAP wollte Mädchen und Jungen, die … Sie sollten auf den … vorbereitet werden.
2 Wie sollte die Hitlerjugend sein? Sammle Begriffe: militärisch, mutig …
3 Listet zunächst einige Pro- und Kontra-Argumente auf.
4 Lies auf S. 72, was „Gleichschaltung“ bedeutet.
5 Im Mittelpunkt heutiger Erziehung steht die Förderung jedes einzelnen Kindes auf Grundlage seiner Interessen und Stärken. Im NS-Staat hingegen …

Ausgegrenzt, verfolgt, ermordet (S. 82/83)

1 Es geht um zwei „Rassen“, die eine soll „höherwertig“, die andere „minderwertig“ sein.
2 Die frühen Maßnahmen trafen jüdische Geschäftsleute und jüdische Beamte besonders schwer.
3 Erst wurden Rechte entzogen, dann erfolgten tätliche Angriffe auf Personen und Gebäude.
3 Beachte die Überschrift der Kapiteldoppelseite.
4 Denke an die SA-Posten vor jüdischen Geschäften, an den Brand von fast 200 Synagogen, an die Zerstörung von Geschäften, an die Verhaftung von Menschen …
5 Unterscheide wie in M2 sieben verschiedene Gruppen. Schreibe neben jede Gruppe den Grund für ihre Verfolgung.
5 Gib im Internet ein: „(Heimatort/deine Heimatstadt) + Synagoge + Brand + 1938“. Gib alternativ den Namen deines Bundeslandes ein.

„Arisierung jüdischen Eigentums“ (S. 84/85)

1 Bedenkt die Folgen eines Einkaufs: Was passiert mit dem Foto?
2 Juden wurden gezwungen … Für die Betroffenen bedeutete das …
2 Die Überschriften von T1 und T2 helfen dir.
3 Listet zunächst einige Argumente auf.
4 Verwende auch Argumente aus Aufgabe 3.
5 a)/b) Gib im Internet ein: „Billy Joel + Judenstern“.
5 Lies M3 und nimm das Grundgesetz zu Hilfe.

Der Weg in den Krieg (S. 86/87)

1 Diese Jahreszahlen sollte dein Zeitleiste enthalten: 1933, 1935, 1936, 1938, 1939. Formuliere keine Sätze, sondern Stichpunkte.

2 Namensgeber sind die Diktatoren der beiden Staaten, die sich durch den Vertrag enger aneinanderbanden.

2 Beachte Hitlers Maßnahmen von 1935 und 1936. Vergleiche sie mit den Bestimmungen des Versailler Vertrags.

3 a) Überlege: Hatte Hitler bei der Gründung des Werks den Krieg schon geplant oder nicht? Wie ernst war also das Versprechen von den „Millionen Autos für einfache Menschen" gemeint?
b) Schon vor der Entwicklung des KdF-Wagens war sicher, dass die Wehrmacht ein einfaches Transportmittel brauchte. Also plante man den KdF-Wagen …
c) Denke v.a. an die verkehrsgünstige Lage.

3 a) s. A3
b) Schreibe auf die Hauptäste der Mindmap Begriffe wie „geographische Lage", „Verkehrsanbindung" …

4 Betrachte z.B. die Karikatur (M2): Was hält Hitler in seinen Händen, wie ist er gekleidet? Wie will er sich sehen? Beachte die Bildunterschrift.

5 Gib z.B. im Internet die Namen der Rüstungsbetriebe ein und kombiniere sie mit weiteren Begriffen wie „Zweiter Weltkrieg" oder „Wehrmacht".

Ein Eroberungs- und Vernichtungskrieg (S. 88/89)

1 Überlege: Deutschland hatte bis 1939 viel Geld für … ausgegeben. Also war seine … modern. Wer hätte unbedingt militärisch eingreifen müssen, um die Polen zu unterstützen?

2 Beachte in der Karte M1 die Monats- und Jahreszahlen.

3 a) Bedenke: Der Krieg im Osten war Hitlers eigentliches Ziel. Er wollte dort für die „arische Rasse" … erobern. Die Bürgerinnen und Bürger der Sowjetunion wurden für „… …" erklärt, um die Vernichtung eines Teils der Bevölkerung zu rechtfertigen.
b) Denke z.B. daran, dass nun Millionen Männer Soldaten waren.

3 a) Im Krieg kämpft eine Armee üblicherweise um zu siegen. Bei einem Vernichtungskrieg ist das aber nur das erste Ziel, dann …
b) Gehe auf die folgenden Dinge ein: Art der „Rekrutierung", Arbeitsbedingungen, Unterbringung, Behandlung.

4 Mögliche Begriffe auf den Hauptästen: „Vernichtungskrieg", „Mordkommandos" …

5 Gib im Internet ein: „Zweiter Weltkrieg + Opferzahlen + Staaten".

5 Gib im Internet deinen Heimatort oder eine benachbarte Stadt ein. Kombiniere mit weiteren Suchbegriffen wie „Zwangsarbeiter + Zweiter Weltkrieg + Lager + Opfer". Du kannst die Begriffe aber auch mit deinem Bundesland kombinieren.

Holocaust – Shoah (S. 90/91)

1 Die Menschen wurden nach ihrer Ankunft zunächst „selektiert": …

2 Beachte v.a. den letzten Satz von T1.

2 Was sollte vor wem verheimlicht werden?

3 a) Beachte den Verlauf der Reichsgrenze vor dem Krieg.
b) Die deutsche Bevölkerung sollte nichts …

4 Verwende die folgenden Begriffe: Demütigung, Entrechtung, Transport, Vernichtungslager, Aufteilung, Arbeit, Tod.

5 Die Aufgabe des Sonderkommandos war es …

5 Als Mitglied des Sonderkommandos beobachtete Josef Sackar …

6 Greift auf die Materialien und Texte der Doppelseite zurück.

Verfolgung von Minderheiten (S. 92/93)

1 Überwachung, Diskriminierung …

2 Die Gruppen sind in T3 genannt.

3 Denke daran, welche Vorurteile gegenüber Sinti und Roma bestanden und mit welchen Mitteln der NS-Staat die deutsche Bevölkerung auf seine Ideologie einschwor.

3 Sinti und Roma wurden schon vor 1933 … Sie werden auch heute noch …

4 Tipp: Die Nationalsozialisten verwendeten die Begriffe „minderwertige Rasse" und „unwertes Leben".

4 Lies T2 genau.

5 Beginne so: „Du sollst nicht töten. So lautet das fünfte Gebot …"

6 Fasse den Kasten „Schon gewusst?" in Stichworten zusammen.

Vertrieben und verschleppt (S. 94/95)

1 Der „Generalplan Ost" umfasste drei Punkte: …

2 Verlust des Eigentums …

3 Die Deutschen behandelten die Zwangsarbeiter hart: Sie mussten … Die Verpflegung … Zur Strafe …

3 Viele Zwangsarbeiter starben infolge von … Bei Vergehen erhielten sie … Zwangsarbeiter aus dem Osten galten als …

4 Verwende die Begriffe „Krieg" und „Menschenmaterial".

4 Verwende die Begriffe „Rüstungsindustrie" und „Krieg".

5 Am besten gibst du den Namen deines Heimatortes/der Region und den Begriff „Zwangsarbeit" in eine Suchmaschine ein.

Vom totalen Krieg zur Kapitulation (S. 96/97)

1 Hier gehen die Ereignisse von Deutschlands Bündnispartner aus.

2 a) Du beginnst mit dem deutschen Überfall auf Polen 1939 und beendest deine Auflistung mit der Kapitulation Deutschlands 1945.
b) Beachte besonders den Zeitraum von 1939 bis 1941 und den Zeitraum von 1941 bis 1945.
c) Beachte die Hauptereignisse der Jahre 1941 und 1942/1943.
d) Falls ihr eine Kurve zeichnet, befinden sich die Wendepunkte des Krieges im Scheitelpunkt bzw. im absteigenden Teil der Kurve.

2 a) s. A2
b) Das gewissenlose Regime verheizt jetzt noch schnell Deutschlands Zukunft. Und wozu? Weil …

3 USA: erst Plan der Umwandlung Deutschlands in einen … (Morgenthau-Plan), dann Aufgabe des Plans, da er den Wiederaufbau der … behindern würde
UdSSR: Kontrolle … (Pufferstaat und Aufmarschgebiet zu …), wirtschaftliche …
Großbritannien: …

4 Gib im Internet ein: „(Heimatort bzw. Heimatregion) + Zweiter Weltkrieg + Zerstörung + Opfer + Einmarsch Alliierte + US-Truppen + britische Truppen".

Widerstand im NS-Staat (S. 98/99)

1 Überlege: Selbst im kleinsten Dorf hatte die NSDAP Mitglieder und Informanten.

2 Die Mitglieder der „Weißen Rose" waren Studenten. Daher verfassten sie …

3 Eine Einzelperson ist z. B. der Schreinergeselle … Eine Gruppe ist z. B. der militärische Widerstand um Claus Schenk Graf von …

3 politischer Widerstand, christlicher Widerstand …

4 Überlege z. B., ob eine Person wie Hitler einem geringeren Mittel als der Gewalt gewichen wäre. Denke auch daran, was Abwarten im Krieg bedeutet.

5 Sprecht über die vier Stufen des Widerstands. Nennt Beispiele zu den Stufen und überlegt, was man damit jeweils bewirken kann.

6 Recherchiere im Internet zunächst allgemein nach Widerstand im „Dritten Reich". Wähle dann eine Gruppe aus, die du besonders interessant findest.

Vom Extremismus in den totalitären Staat (S. 100/101)

1 Lies in T1 und M1 nach:

	Linksextremismus	Rechtsextremismus
Merkmale		
Ziele		

1

Rechtsextremisten …	In einer freiheitlichen Demokratie gibt es:	Linksextremisten …	In einer freiheitlichen Demokratie gibt es:
lehnen demokratische Prinzipien ab	Demokratie	lehnen parlamentarische Demokratie ab	Demokratie
erkennen Gleichheit aller Menschen nicht an	G…	wollen herrschaftsfreien Staat	Herrschaft liegt beim …
lehnen Meinungsfreiheit ab	M…	fordern sozialistische Strukturen, lehnen Kapitalismus ab	…
wollen „Volksgemeinschaft"	…		
…	…	wollen Privateigentum abschaffen	…
…	…	wollen die soziale und wirtschaftliche Gleichheit	…

2 Freiheit: Welche Freiheiten hast du in der Demokratie, was ermöglicht Freiheit dir?
Gleichheit: Welche Auswirkung hat der Aspekt Gleichheit auf dein Leben? Was ist mit Gleichheit gemeint (Gesetz, Wahlen, Gender)?
Menschenrechte: Was sind Menschenrechte? Was ist deine Würde? …

3 a) Bedenke, die persönliche Freiheit absolut zu setzen würde bedeuten, dass es keine Grenzen für persönliches Handeln gäbe. Was wären die Folgen?
b) Was garantieren allgemeingültige Gesetze und Regeln?

4 a) Schreibe in die Mitte deines Blatts (im Querformat) „Merkmale totalitärer Herrschaft", kreise es ein. Übertrage die Begriffe aus T2 (1–6) in die Mindmap – ordne im Uhrzeigersinn an.
b) Ordne nun aus M4–M6 Beispiele aus dem Nationalsozialismus zu. Welche Quelle passt zu welchem Thema?

4 Fasse die Merkmale totalitärer Herrschaft (T2) in eigenen Worten zusammen. Stelle nun Bezüge zu den Quellen M4–M6 her – kennst du weitere Beispiele aus dem Unterricht, die sich zuordnen lassen?

5 Überlege auch, was es für dich persönlich bedeuten würde, wenn die freiheitliche demokratische Grundordnung abgeschafft würde. Schau dir noch mal die Punkte 1–6 in T2 an.

Flucht und Vertreibung in Europa (S. 102/103)

1 Denke an die Bedrohung durch sowjetische Soldaten und die Rache lange unterdrückter Völker.

2 Gestalte den Tagebucheintrag persönlich, denn er findet während des schrecklichen Geschehens statt. Denke aber auch daran: Die Hauptursache, dass die Situation für die Flüchtenden katastrophal wurde, lag bei Anordnungen der NS-Regierung.

3 a) Überlege: 1938 und 1939 hatte die Gewalt gegen Nachbarstaaten hier begonnen. Die Tschechen mussten sich mehr als sechs Jahre …

b) Du kannst mit dem Hitler-Stalin-Pakt von 1939 beginnen. Welchen Plan hatten die Diktatoren für Polen gehabt? Warum wirkte er sich noch nach dem Ende des Krieges für Millionen von Menschen in schlimmer Weise aus?

c) Beschreibe erst Flucht und Vertreibung aus den deutschen Ostgebieten, dann die Vertreibung Deutscher aus Staaten in Mittel- und Südosteuropa, anschließend Vertreibung und Umsiedlung anderer Völker.

3 Deutsche wurden aus den deutschen Ostgebieten und … vertrieben. Sie mussten sich in … eine neue Heimat suchen. Polen wurden aus dem ehemaligen … vertrieben. Russen, Ukrainer, Weißrussen und andere Menschen aus der Sowjetunion wurden in das ehemalige … umgesiedelt.

4 Überlege, warum der Begriff mit Blick auf die geographische Karte durchaus passt, mit Blick auf menschliche Schicksale allerdings nicht.

5 a) Gib im Internet den Begriff „Oder-Neiße-Linie“ oder „Oder-Neiße-Grenze“ ein. Kombiniere mit Suchbegriffen wie „endgültig“, „völkerrechtliche Festlegung“ oder „Staatsgrenze“.

b) Für die betroffenen Deutschen war es sicher Unrecht, wenn sie aus ihren Häusern und aus ihrer Heimat … Doch auch Polen, die z. B. in Schlesien oder Pommern eine neue Heimat fanden, waren oft …

Erstarken nationalistischer Bestrebungen (S. 104/105)

1 Beginne so: Ich beschreibe die Fotografie M1 mit dem Titel „…“. Die dargestellte Person ist männlich …
Wirkung und Absicht (T1) sind subjektive Eindrücke und deine eigenen Einschätzungen:
Die Person wirkt auf mich … Ich glaube, sie möchte, dass andere Menschen … Ich vermute, dass die Person erreichen möchte, dass …

2 a) Lies noch einmal T1 und betrachte das Bild (Bekleidung, Farben, Symbole).

b) Welcher große Unterschied existiert, wenn man jemandem gegenübersteht, der rechtsextreme Symbole trägt, und jemandem, der rechtsextrem denkt, aber ansonsten äußerlich nicht als Rechtsextremist erkennbar ist?

2 s. A2; Beachte die Überschrift von T2.

3 Benenne zuerst Merkmale/Ziele einer „Volksgemeinschaft“.
Notiere nun in Stichwörtern, was an einer solchen Gemeinschaft attraktiv sein könnte.
Notiere nun in Stichwörtern, was eine solche Gemeinschaft für negative Folgen hätte (z. B. für Menschen außerhalb der Gemeinschaft).

3 Erkläre zuerst die Begriffe Demokratie und Pluralismus, gehe dann darauf ein, welche Ideale die Identitäre Bewegung verkörpert, komme zu einem Urteil, in dem auf Gefahren eingegangen wird.

4 Gibt es in deiner schulischen Umgebung vielleicht schon Initiativen gegen Rechtsextremismus? Du kannst auch im Internet recherchieren.

Niederlage oder Befreiung? (S. 106/107)

1 Verwende die Stichworte Alliierte, „Endkampf“, Kapitulation, Überleben, Besatzungsmächte.

2 Suche in M3 und M4 nach Wörtern, die zu einem der Fotos passen.

2 Schildere deine Eindrücke vom Land und die unterschiedlichen Reaktionen der Deutschen.

3 Überlege, welche Rolle die Mehrheit der Deutschen vor 1945 und welche Rolle die Personen und Gruppen gespielt haben, die das Kriegsende als Befreiung erlebt haben.

4 Liste aus M5 auf, wovon die Menschen befreit wurden.

5 Überlege, welche Auswirkungen die NS-Gewaltherrschaft auf die anderen europäischen Länder hatte.

4 Demokratie: Wie kann ich meine Welt mitgestalten?

Wie geht unsere Demokratie mit einer Pandemie um? (S. 112/113)

1 Wie hat die Bundesregierung gehandelt? Welche Rolle spielte der Bundestag?

1 Es geht um das Wesen der Demokratie. Welche Auswirkungen hätte das Handeln der Bundesregierung über einen längeren Zeitraum?

2 Welche Aufgaben hat die Bundesregierung und was ist in Krisensituationen gefordert?

3 Beziehe Stellung zur Regierungspraxis und begründe deine Meinung. Beziehe dich auf die Rolle des Parlaments und den Stellenwert unseres Grundgesetzes.

4 Welche Entscheidungen müssen Politiker treffen und welche Rolle könnten dabei Experten spielen?

5 Die gesetzliche Grundlage wird in Absatz 2 von T3 genannt.

5 s. A5; Und welche Möglichkeiten bietet dieses Gesetz?

6 Überlege: Welche Wirkung hat es auf eine Bevölkerung, wenn es zu einem Thema unterschiedliche Meinungen gibt? Beziehe deine Bewertung auf deine Ergebnisse aus den Aufgaben 1 bis 5.

Welche Auswirkungen hat eine Pandemie auf unsere Gesellschaft? (S. 114/115)

1 Welche Auswirkungen hatte die Pandemie auf Familien, Arbeitskräfte, Inhaber von Einzelhandelsgeschäften usw.?

1 Welche Personen verlieren zuerst ihren Arbeitsplatz oder müssen in Kurzarbeit? Wie wirkt sich ein geringes Einkommen auf die Wohnverhältnisse aus und was bedeutet dies für die Zeit der Pandemie?

2 Überlege, welche Rolle der Datenschutz beispielsweise bei der Corona-Warn-App spielt(e) oder bei Videokonferenzen in der Schule. Wie gehen Menschen mit Fragen des Datenschutzes im Alltag um (s. Karikatur)?

3 Beachte insbesondere die Zeilen 1–9 von M3.

3 a) s. A3
b) Es geht um ein Freiheitsrecht.

4 Gib im Internet ein: „Wildtiere + China + Tiermärkte + Pelztierfarmen“.

5 Beachte T3.

Ein Schulstreik als Form der Mitgestaltung? (S. 116/117)

1 Berücksichtige das Ziel des Pariser Klimaabkommens und Ziele, die zur Einhaltung des Pariser Klimaabkommens beitragen.

2 Die „Fridays for Future“-Bewegung versucht auf drei Wegen ihre Ziele zu erreichen. Beschreibe diese drei Wege.

3 Achte auf Alter, Geschlecht und den Bildungsgrad der Teilnehmenden.

3 s. A3; Bei der Motivation wird nach den Gründen für eine Demonstrationsteilnahme gefragt.

4 Wie hat das Bundesverfassungsgericht geurteilt? Wie hat es sein Urteil begründet?

4 Du sollst deine eigene Meinung zum Urteil darlegen und sie begründen.

5 Beziehe dich auf soziale Kontakte sowie die Rolle von Umweltorganisationen und Parteien.

5 Haben sich Parteien in der Vergangenheit Umweltthemen in ausreichendem Maße zugewandt?

6 Auf der Homepage von Fridays for Future findest du weitere Informationen.

Parteien in der Demokratie (S. 118/119)

1 Du hast im Unterricht sicherlich schon von den „Roten“ oder den „Braunen“ gehört. Das waren z. B. die politischen Gegner in der Weimarer Republik.

2 Du kannst z. B. mit den ersten Sätzen des Vorspanns beginnen: „Demokratie lebt von der Mitarbeit ihrer …“

2 Gehe auf Artikel 21 GG ein. Welche Aufgaben erfüllen Parteien für den Staat?

3 Verwende Begriffe aus M2 und forme sie zu Verben um, z. B. vertrauen, misstrauen, enttäuschen.

3 Überlege dir, welche Folgen eine sinkende Zufriedenheit bzw. ein geringeres Vertrauen für die Wahlbeteiligung hätte.

4 Verwende für die Diskussion deine Lösung zu den Aufgaben A3/B3. Sprich z. B. darüber, warum Bürge- rinnen und Bürger von Parteien und Politikern enttäuscht sind.

5 Lege zunächst fest, welche Altersgruppe du ansprechen möchtest, z. B. Schülerinnen und Schüler der 9. oder 10. Klassen. Bereite genügend Zettel in Tabellenform vor, die du den Befragten vorlegst. Neben jeder Institution müssen zwei Kästchen stehen: „Vertrauen“ bzw. „kein Vertrauen“. Entscheide dich für eine grafische Darstellung des Ergebnisses deiner Umfrage. Du solltest ein Balken- oder Säulendiagramm wählen.

5 Sammle zunächst entsprechende Argumente und strukturiere deine Überlegungen.

Wer hat die Macht im Staat? (S. 120/121)

1 Unterscheide verschiedene Bereiche der staatlichen Macht: Wer macht Gesetze? Wer führt sie aus? Wer sorgt dafür, dass sie eingehalten werden?

2 Wer herrscht in der Diktatur? Wie wird die Macht durchgesetzt? Was existiert in einer Diktatur nicht?

2 Wie ist die Macht in der jeweiligen Staatsform verteilt? Wer hat das Sagen? Wer macht die Gesetze? Wer führt sie aus? Wer fällt Gerichtsurteile?

3 Gehe die einzelnen Absätze des Artikels 20 durch:
(1) Nenne drei Bestimmungsmerkmale unseres Staates.
(2) Wer ist Ursprung aller Staatsgewalt? Welche drei Bereiche der Staatsgewalt werden unterschieden?
(3) Wodurch ist die jeweilige Macht begrenzt?

3 Gib Artikel 20 GG mit eigenen Worten wieder. Welche Institutionen stecken hinter den drei Gewalten?

4 Gehe von den einzelnen Akteuren aus. Frage dich: Wer handelt wie oder wodurch?

4 Die Regierung ist verantwortlich für die gesamte Gesellschaft. Was würde passieren, wenn sie sich nur noch einem Thema bzw. einer Gruppe widmet?

5 Schau dir zunächst noch einmal an, wie der Begriff „Gewaltenteilung" in T1 erklärt wird. Überlege dann, wie die Staatsgewalten auf der Bundes- und der Länderebene heißen. Überlege, wie sie sich gegenseitig kontrollieren.

6 Werte der Demokratie sind z. B.: Meinungsfreiheit/Pressefreiheit, Versammlungsfreiheit, Freiheit der Berufswahl, Religionsfreiheit, freie Wahl des Wohnorts, Rechtssicherheit. Überlege: Welche Werte sind dir besonders wichtig und warum?

6 Recherchiere im Internet die Einwohnerzahlen der Bundesländer und vergleiche.

Das Land Niedersachsen (S. 122/123)

1 a) Suche nur Informationen aus T1. Du solltest zu den folgenden Punkten Aussagen machen: Fläche in Quadratkilometern, Bevölkerungszahl, Hauptstadt, Gliederung in Verwaltungseinheiten (z. B. Landkreise), Gründung des Bundeslands.
b) Nimm alle Informationen aus 1a und beschreibe zusätzlich die Lage des Bundeslands Niedersachsen: Wo liegt es in der Bundesrepublik Deutschland (Himmelsrichtung)?
Liegt es an einem Meer oder Gebirge? Welche Bundesländer grenzen an? Gibt es viele große Städte? Grenzt Niedersachsen an einen anderen Staat?

2 a) Wer steht an der Spitze der Landesregierung? Wie nennt man die übrigen Personen der Regierung?
b) In M5 findest du die großen Bereiche der Landespolitik. Sie werden jeweils von einer Ministerin oder einem Minister geleitet und heißen „Ministerien".

2 a) Im Föderalismus regeln die Bundesländer ihre eigenen Angelegenheiten selbst. Beachte auch den dritten Absatz in T1.
b) Beachte den zweiten Absatz in T2.

3 a) Die Kita-Gebühren sollen wegfallen, also für die Eltern gestrichen werden. Das ist für die Kommunen (Städte und Gemeinden) ein Problem. Hier muss eine Lösung gefunden werden, bei der das Land hilft.
b) Wenn du dir die Bezeichnungen der Ministerien anschaust, kannst du dir viele Aufgaben erschließen.

4 Gib im Internet ein: „Mitglieder + Landesregierung + Niedersachsen".

4 Gib im Internet ein: „aktuelle Themen + Landespolitik + Niedersachsen".

Landtagswahl in Niedersachsen (S. 124/125)

1 a) Für die Wahlberechtigung müssen drei Dinge erfüllt sein. Nenne sie.
b) Es beginnt mit der Wahlbenachrichtigung vor der Wahl. Am Tag der Wahl bringt der Wähler/die Wählerin die Wahlbenachrichtigung mit ins ... Dort bekommt er/sie die ...

2 Unterscheide Erststimme und Zweitstimme.

2 Es geht um die Stärke der Partei im ...

3 Es handelt sich um eine „Hürde" – worin besteht sie?

3 Damit soll etwas verhindert werden.

4 Gib die einzelnen Wahlgrundsätze mit deinen eigenen Worten wieder. Zu „allgemein" könntest du schreiben: Alle wahlberechtigten Bürgerinnen und Bürger dürfen wählen. Niemand wird von der Wahl ausgeschlossen.

4 Du sollst deine Meinung wiedergeben und sie begründen.

5 Erst- und Zweitstimme hast du in Aufgabe 2, die Fünf-Prozent-Hürde in Aufgabe 3, die Wahlgrundsätze in Aufgabe 4 bearbeitet.

6 Mache dir Notizen.

Der Deutsche Bundestag (S. 126/127)

1 Wer hat sehr viel Macht und muss daher kontrolliert werden? Für wen müssen Gesetze als Regeln beschlossen werden? Wer wird an die Spitze der Regierung gewählt?

2 Den Begriff findest du im Lexikon in der Randspalte. Die Arbeitsweise der Fraktion kannst du mit folgenden Wörtern beschreiben: koordinieren, diskutieren, aufeinander abstimmen, einheitlich auftreten, einheitlich abstimmen.

2 Gehe auf die Möglichkeiten der Anfragen durch die Abgeordneten ein (M3).

3 Oben in M2 findest du die drei Verfassungsorgane, die einen Gesetzentwurf einbringen können. Die Beschlussfassung erfolgt nach der dritten Lesung im ...

3 Gehe die einzelnen Schritte in M2 von oben nach unten durch. Beziehe dich auf die Rollen der verschiedenen Institutionen (M3).

4 Wie sicher wäre die Zustimmung zu Gesetzen, wenn jede/r Abgeordnete frei entscheiden könnte? Wie würden Parteien vor ihren Wählerinnen und Wählern erscheinen, wenn es keinen Zwang zum einheitlichen Handeln gäbe?

5 Du findest die aktuelle Sitzverteilung auf der Internetseite des Deutschen Bundestags unter „Plenum".

Die Bundesregierung (S. 128/129)

1 a) Beginne deine Stichwortliste so: leitet den Staat, gestaltet Innen- und ...politik, ...
b) Beginne mit der Bundestagswahl. Wer muss zuerst handeln, damit eine Mehrheit zustande kommt?

c) Du findest die Erklärung des Begriffs in T1 und im Lexikon in der Randspalte.

2 Er/Sie ist Chef der Regierung, gibt die Richtung der … vor …

2 Gehe auf die Ministerinnen und Minister und ihre Arbeit ein.

3 Die zentrale Person ist durch die Farbe gekennzeichnet. Neben ihr sitzt der Chef des … Die anderen Personen sind Ministerinnen und Minister, z. B. für …

3 Beginne beim Chef des Bundeskanzleramts, gehe reihum und ende mit dem/r Minister/in für Umwelt, Naturschutz und nukleare Sicherheit.

4 Worüber entscheidet das Kabinett? Wie entscheidet es? Wer hat mehr Macht in der Bundesrepublik Deutschland?

5 Gehe z. B. auf die Internetseite der Bundesregierung und dort im Menü auf „Bundeskabinett".

5 Gib im Internet ein: „Bundeskanzler + Vertrauensfrage".

Die Hüter der Verfassung (S. 130/131)

1 Das Bundesverfassungsgericht kontrolliert die anderen Staatsorgane (Legislative und Exekutive). Das ist wichtig, damit … Das Bundesverfassungsgericht schützt auch die Bürgerinnen und Bürger. Sie können das Gericht anrufen …

2 repräsentative Aufgaben: Besuch … kontrollierende Aufgaben: Gesetze …

2 Beginne so: Der Bundespräsident ist das Staatsoberhaupt der …

3 Benenne die Missstände in Stichpunkten, lies dafür noch einmal M2.

3 a) Es dreht sich v. a. um den Klimawandel. Schreibe auf, was daran problematisch ist.
b) Lies wiederholend T2 und beschreibe die Macht und die Aufgaben des Bundespräsidenten. Beurteile nun abschließend, welchen Einfluss seine Rede haben kann.

4 Gib im Internet ein: „Bundespräsident + Politik + Einmischung".

Mehr Demokratie wagen? (S. 132/133)

1 a) Vergleiche die Wahlbeteiligung für die folgenden Jahre: 1972, 2009, 2017 und 2019. Unterscheide dabei Bundestagswahlen und Landtagswahlen.
b) Worin zeigt sich die „Politikverdrossenheit" vieler Bürgerinnen und Bürger? Gehe dabei auf die Entwicklung der Mitgliederzahlen ein und bewerte die Entwicklung der Wahlbeteiligung.

2 Nimm als Beispiel die Nichtwähler und ergänze den Text: Nichtwähler verzichten für eine oder mehrere Wahlen auf die Ausübung ihres … Wenn sie dann wieder an einer Wahl teilnehmen, neigen sie dazu, eine … Partei zu wählen. Zusätzliche Hinweise zu Wechselwählern und Protestwählern findest du im Lexikon.

2 s. A2; Probleme heutiger Demokratien: Politikverdrossenheit …

3 a) Zu welcher Gruppe gehören die beiden Männer? Worauf deutet das Symbol auf dem Koffer hin? Verbinde die Kostümierung mit dem Ausspruch.
b) Mögliche Überlegungen: Wenn Bürgerinnen und Bürger sich über die angeblich schlechten Leistungen ihrer Politikerinnen und Politiker beklagen, müssen sie auch fragen: Wie habe ich mich bei der letzten Wahl entschieden? Hätte es für mich auch Alternativen gegeben? Habe ich mich im Vorfeld der Wahl ausreichend über Personen und Programme informiert?

4 Denke an Wahlen und Bürgerinitiativen, aber auch an die Möglichkeit, Mitglied einer politischen Partei zu werden.

4 Gib im Internet ein: „Volksbegehren + Niedersachsen".

Wahlkampf und Medien (S. 134/135)

1 a) Die Informationen findest du im ersten Satz von T1.
b) Der Begriff „Eigeninteresse" bezieht sich auf alles, was das Medienunternehmen selbst betrifft (Wirtschaftsbetrieb, Produkt muss verkauft werden …).

2 a) Lies T2 genau.
b) Lies T3 genau.
c) Lies T4 genau.

2 a) Geht auf die Medienpräsenz von Politikern sowie auf die Art des Auftretens von Parteien ein.
b) Verwende Begriffe wie „Gottkanzler", Überforderung und Glaubwürdigkeit.

3 M1: Wer beeinflusst wen? Wie erfolgt die Beeinflussung? Drückt die Karikatur den Sachverhalt treffend aus?
M2: Wie reagiert Donald Trump auf die Frage der Journalistin? Welche Meinung hat er zur Berichterstattung über seine Person und Arbeit?

4 a) Ein Wahlkreis ist das Gebiet, in dem alle Wahlberechtigten über die Besetzung eines Parlaments abstimmen. Dabei wählen sie einen oder mehrere Abgeordnete. Deinen Wahlkreis findest du im Internet unter „meinen Wahlkreis finden".
b) Du kannst z. B. eine allgemeine politische Frage stellen, etwa: „Wie stehen Sie zur Wahl ab 16 Jahren?" Oder du stellst die Frage zu einem Problem im Wahlkreis.

5 Deutschland: Ohne Mauer geeint?

Orientierung: Vier deutsche Besatzungszonen (S. 138/139)

1 Achte insbesondere auf die Bildunterschrift, die Farben und die Grenzen.

2 Die Gebiete östlich von … Sie sind in der Karte rot und weiß eingezeichnet. Das übrige Deutschland wurde …

Die sowjetische Zone ist in der Karte rot eingezeichnet, die britische Zone …

2 a) s. A2
b) Nimm einen Atlas zu Hilfe.

3 „Bi“ bedeutet „Zwei“, „Tri“ bedeutet „Drei“.

3 Von vier deutschen Besatzungszonen waren jetzt drei in einer Wirtschaftszone vereinigt. Welche Folgen konnte das haben?

4 Lies neben T2 auch die Lexikonartikel „Transitwege“ in der Randspalte.

5 Überlege insbesondere, welche Auswirkungen es hat, wenn in einem Land zwei verschiedene Währungen gelten.

6 Gehe auf das Thema der Karte ein, den Zeitpunkt, den gezeigten Raum, die Bedeutung der Symbole. Fasse abschließend die Aussagen der Karte in wenigen Sätzen zusammen.

Entnazifizierung und Entmilitarisierung (S. 140/141)

1 Entnazifizierung → Denazifizierung
Entmilitarisierung → …
…

2 Beginne so: Die sowjetische Besatzungsmacht ging gegen alle NSDAP-Mitglieder vor. Sie durften nicht …

2 Im Osten und im Westen war es das Ziel, durch die Entnazifizierung … Im Osten sollte danach ein … System aufgebaut werden. Im Westen sollte danach ein … aufgebaut werden.

3 So kannst du formulieren: Die westlichen Alliierten, besonders die Amerikaner, versuchten durch Fragebögen … Sie stuften die Befragten z. B. in Hauptschuldige, … ein.

3 Du sollst deine Meinung darlegen und sie begründen.

4 Mögliche Schlagzeile: „NS-Führer für ihre Verbrechen bestraft.“

4 Mögliche Schlagzeile: „Gerechtigkeit für die Opfer der NS-Verbrechen?“

5 Beachte, welche politischen und wirtschaftlichen Folgen die Entnazifizierung in der sowjetischen Besatzungszone und den westlichen Besatzungszonen hatte.

6 Recherchiere dazu mit folgenden Schlagworten im Internet: „Adolf Hitler – Namensgeber – (Name des Schulortes)“.

Aus Verbündeten werden Gegner (S. 142/143)

1 Gehe auf die Unterschiedlichkeit der Gesellschaftssysteme ein.

2 Betrachte zunächst M1 und lies dann die Bildunterschrift.

2 a) s. A2
b) In der Bildunterschrift steht, dass es sich um eine nachgestellte Szene handelt.

3 Die USA waren u. a. am freien Welthandel interessiert.

3 a) s. A3
b) Die USA sind eine Demokratie mit einem kapitalistischen Wirtschaftssystem.

4 Lies M2 von oben nach unten und notiere dir die Veränderungen in kurzen Stichpunkten. Beachte insbesondere den letzten Teil von M2.

4 Der Konflikt geht von den unterschiedlichen Interessenlagen aus. Welche sind das und wie äußerte sich das im Handeln der Alliierten?

5 Betrachte zunächst M4 und lies dann die Bildunterschrift.

6 In T1 steht, dass es sich um einen alten Konflikt handelte, der nur unterbrochen war.

Aufbau nach sowjetischem Vorbild (S. 144/145)

1 Beginne so: Nach zwölf Jahren komme ich zurück in meine Geburtsstadt Berlin. Alles ist zerstört. …

2 Ergänze: Die Bodenreform in der SBZ im Herbst 1945 richtete sich gegen … und … Das Land wurde an …, … und … verteilt.

2 Die sowjetischen Militärbehörden … die Großbetriebe und … sie in … um …

3 Beginne so: Die KPD ging klar nach ihrer Ideologie des Aufbaus des Sozialismus vor. Da die KPD nicht die stärkste Kraft bildete, musste sie …

3 So kannst du formulieren: Die KPD folgte ihrer … Sie nutzte die Umbruchsituation nach dem Krieg …

4 Zwangsweiser Zusammenschluss der Parteien zu „Blockparteien“ …

4 Verwende folgende Begriffe: Enteignung, SED, kommunistische Diktatur.

5 Überlege: Wie erreichten die Kommunisten, dass sie in der Stadtverwaltung „alles in einer Hand haben“ (M3)? Wie wurde durch die Rolle der SED die Demokratie eingeschränkt (T3)?

5 Durch das Zitat wird deutlich, dass … Das Vorgehen der KPD sollte demokratisch aussehen, aber …

6 Verwendet folgende Stichwörter: Befreiung vom Nationalsozialismus, neue Unfreiheiten.

Aufbau nach westlichem Vorbild (S. 146/147)

1 Unterscheide politische und wirtschaftliche Ziele.

2 Ordne die Begriffe der SBZ bzw. den Westzonen zu und vergleiche sie: Demokratie, Diktatur, Enteignungen, Einparteienherrschaft, Marktwirtschaft, Mehrparteienherrschaft, Reparationen, Wirtschaftshilfe.

2 a) s. A2
b) mehr im Westen: … mehr im Osten: … in ganz Deutschland: …

3 Überlege: Warum braucht die Demokratie mehrere Parteien?

3 Denke an die Funktion von Parteien in einer Demokratie. Beachte im Hinblick auf die Gründung von Bundesländern auch den Begriff Föderalismus.

4 Denke an die Konkurrenz zwischen Kapitalismus und Kommunismus.

4 Ein marktwirtschaftlich erfolgreiches Westeuropa diente dem Ziel ...

5 Beachte die Ziele: wirtschaftlicher Aufbau und Sicherheit der Menschen.

6 Überlege, welche Konsequenzen das Zitat für die Menschen im Osten und Westen 1947 hatte.

Die Spaltung Europas und der Welt (S. 148/149)

1 a) Ergänze den Text: Die ... zog ihre Truppen nach Ende des ... nicht aus Mittel- und Osteuropa zurück. Stattdessen kam es zur Gründung von ... Diktaturen. Die Staaten des westlichen Europa fühlten sich ... und gründeten 1949 zusammen mit den USA das Bündnis der ... Die Staaten des Ostens gründeten 1955 den Warschauer Pakt als Gegenbündnis.
b) NATO: ... Warschauer Pakt: ... Eiserner Vorhang: Von östlicher Seite handelte es sich um eine scharf bewachte Grenze. Also war es für die Menschen im östlichen Europa fast unmöglich ... Man kann den Begriff auch wörtlich nehmen, denn entlang der Grenze verlief ein Zaun aus ...

2 Truman spricht erst vom System des ... („Die eine Lebensweise"), dann vom System des ... („Die andere Lebensform").
Die Aufgabe der USA ist es laut Truman, ... zu unterstützen.

2 Die beiden Lager nehmen jeweils für sich in Anspruch, das bessere Gesellschaftssystem zu vertreten. Wie begründen sie das?

3 Der Begriff „Ost-West-Konflikt" leitet sich von Himmelsrichtungen ab. Die mit der Sowjetunion verbündeten Staaten liegen im ... Europas, die mit den USA verbündeten im ...

4 M1: Das US-Plakat stellt den Gegner, die Sowjetunion, in der Form eines roten Eisbergs dar ... M4: Das DDR-Plakat stellt den Gegner als Saboteure dar, die im Auftrag der USA handeln ...

4 a) s. A4
b) Wovon und warum sollte die Bevölkerung überzeugt werden?

5 Nutzt die Ergebnisse aus Aufgabe 4. Beachtet die Zwischenüberschrift zu T4.

Gründung von zwei deutschen Staaten (S. 150/151)

1

Zwei deutsche Staaten		
Name	BRD	
Hauptstadt		Berlin (Ost)
Gründungsjahr		

2 Nutze folgende Stichwörter: Parlamentarischer Rat, Verfassung, Grundgesetz, 23. Mai 1949, Hauptstadt, Bundestag.

2 s. A2; Nutze ferner folgende Stichwörter: Volksrat, Verfassung, Ostberlin, 7. Oktober 1949, SED, Sozialismus, Wilhelm Pieck ...

3 Nutze folgende Stichwörter: Volksrat, Verfassung, 7. Oktober 1949, Hauptstadt, Vorherrschaft der SED ...

3 Gehe u.a. auf die Gewaltenteilung und die Grundrechte ein.

4 Die Grundrechte garantieren ... Sie sollen nicht mehr abgeschafft werden können – wie zur Zeit ...

4 Wurde das Grundgesetz 1990 verändert?

5 Du kannst bei deiner Bewertung folgende Stichwörter zur Begründung verwenden:
- Grundrechte, Demokratie, Gewaltenteilung.
- bewährt, vorläufiges Grundgesetz, erste gesamtdeutsche Verfassung.

6 Die Grundrechte stehen in Artikel 1 bis 19. So kannst du formulieren: Ich habe Artikel ... ausgewählt. In diesem Artikel geht es um ... Mir ist darin wichtig, dass ...

Markt- und Planwirtschaft (S. 152/153)

1 BRD: M..., DDR: P...

2

Planwirtschaft DDR	Marktwirtschaft BRD
– Lenkung durch den Staat – ...	– freier Wettbewerb – ...

2 a) s. A2
b) In der DDR schuf die Regierung durch ... die Voraussetzungen für eine Planwirtschaft. In der BRD ...

3 Grundsätzlich ist es so, dass der freie ... die Wirtschaft regelt. Doch der Staat greift steuernd ein: Er ...

4 Die Wirtschaft wuchs nach der Gründung der BRD außergewöhnlich schnell. Gründe hierfür: ...

4 a) s. A4
b) Überlege, welche Voraussetzungen es für einen „Wirtschaftsboom" geben muss.

5 Denke daran, welche Auswirkungen das Wirtschaftssystem auf den Lebensstandard und die Zufriedenheit der Menschen mit dem politischen System hat.

Krisen im Ostblock (S. 154/155)

1 a) Die beiden gesuchten Staaten grenzen an Österreich, doch 1968 waren sie noch in einem Staat vereint.
b) Verwende folgende Stichwörter: unzufrieden mit Parteidiktatur, Bevormundung durch ...

2 Orientiere dich bei der Bildbeschreibung an den folgenden Fragen: Wer ist zu sehen? Was bedeutet die Geste des Mannes? Wie heißt er? Wodurch wirkt die Szene bedrohlich?
Was spricht gegen eine unmittelbare Gefährdung des Mannes?

2 a) Lies zunächst den Text „Schon gewusst?".
b) In der Überschrift kann die Aussage des Fotos aufgegriffen werden.

3 weniger Zwang, mehr Freiwilligkeit (Zeilen 1–4) ...

3 In M2 steht, dass Rechte und Freiheiten von nichtkommunistischen Bürgern nicht mehr eingeschränkt sein sollten. Was hätte das für die kommunistischen Parteien im Ostblock bedeutet?

4 Gehe auf die Motive für den zweifachen sowjetischen Einmarsch in der Tschechoslowakei ein.

4 Die Breschnew-Doktrin war eine Reaktion auf Reformbestrebungen im Ostblock, wie du sie in M2 findest.

5 mögliche Argumente: das Eingreifen schüchterte Oppositionelle ein und sicherte den Kommunisten viele Jahre die Macht (Stärke) ... (Schwäche)

6 Es hat etwas mit den angesprochenen Schwierigkeiten für Bielik zu tun (s. „Schon gewusst?").

Kalter Krieg der Supermächte (S. 156/157)

1 Liste auf, über welche militärischen Mittel sie verfügten und wie sie überall in der Welt ihre Macht absicherten.

2 Überlege: Konnte eine der beiden Supermächte alle Atomwaffen des Gegners durch einen Erstschlag vernichten? Wie hätten also die Folgen für den Angreifer ausgesehen?

2 Benutze folgende Begriffe: Erstschlag, Zweitschlag, Abschreckung/abschrecken, Glaubwürdigkeit.

3 Was glaubte man durch Erfolge in der Weltraumtechnik beweisen zu können?

3 Unterscheide die Entwicklung von Waffen und ihre Lagerung, den außerirdischen Ort des Wettbewerbs der Systeme.

4 a) Unterscheide die Situation in Europa von der in anderen Kontinenten (T3).
b) Gehe auf die Zahl der Opfer ein, die Geschwindigkeit des Tötens, das Schicksal der Überlebenden.

5 b) Nutze auch „Schon gewusst?".

Am Rande des Atomkriegs (S. 158/159)

1 a) Castro ließ ausländische Unternehmen enteignen, also auch ... Außerdem bekämpfte die US-Regierung während des Kalten Kriegs überall in der Welt den ...
b) Die Sowjetunion unterstützte Staaten, deren Politik sich gegen die USA richtete. Man sagte Kuba folglich ... und ... zu. Als Gegenleistung verlangte die Sowjetunion allerdings ...

2 Auf der linken Karte (M2) siehst du die Bedrohung, die von sowjetischen Raketen ausging. Welche Städte konnten diese Raketen erreichen? Auf welchem Staatsgebiet liegen sie? Auf der rechten Karte (M2) siehst du die Bedrohung, die von amerikanischen Raketen ausging. Welche Städte konnten diese Raketen erreichen? Auf welchem Staatsgebiet liegen sie?

2 a) s. A2
b) Kennedy verhängte eine ... und drohte mit einem ... Das führte schließlich zum ...

3 Den ersten Schritt musste die Sowjetunion im Oktober 1962 machen. Im Jahr darauf erfüllten die USA ihr geheim gegebenes Versprechen. Worin bestanden die beiden Aktionen?

3 Nach der Kubakrise wurde ein „..." zwischen Moskau und ... eingerichtet, damit ... Außerdem schränkten Verträge die ... ein.

4 a) Die Karikatur entstand 1962, also zum Zeitpunkt der ... Kennedy (USA) und Chruschtschow (Sowjetunion) wollen ihre Interessen jeweils durchsetzen. Dabei drohen sie mit ihren ... Aber gleichzeitig müssen sie die Vernichtung des eigenen Landes durch die ... der anderen Seite fürchten.
b) Lies noch mal T2.

5 a) Haiti, Dominikanische Republik ...
b) Berücksichtige Deutschlands geographische Lage.

Wenn ein Dominostein fällt ... (S. 160/161)

1 a) Korea war bis 1945 eine japanische Kolonie gewesen, dann besetzten die Sowjets die Halbinsel im ..., die US-Amerikaner im ...
b) Beachte die Pfeile in der Karte M1. Sie zeigen, wer wann eine Offensive (= Angriff) startete oder zum Gegenangriff überging.
c) Beachte den Vorspann und die Tatsache, von wem die Kriegsparteien unterstützt wurden (T2).

2 Zeichne zunächst einen waagerechten Pfeil. Trage dann in gleichen Abständen die vier Jahreszahlen über dem Pfeil ein ... Gib deiner Zeitleiste eine Überschrift.

2 Die Welt war in Machtblöcke eingeteilt. Nordvietnam gehörte zum ... Machtblock. Es wurde also von Seiten der ... als Bedrohung aufgefasst und bekämpft.

3 Die Amerikaner wollten in beiden Staaten eine Art Stopp-Zeichen setzen. Das Denken amerikanischer Politiker und Militärs wurde außerdem von einer Theorie beeinflusst, deren Namen dich an ein Spiel erinnert.

4 Halte dich an die Reihenfolge der Ereignisse. Schildere, was nacheinander geschah. Bewerte die Ereignisse dabei nicht. Beginne so: Südvietnamesische Flugzeuge griffen ein … Dorf mit Napalmbomben an, in dem sich … Kämpfer verschanzt hatten …
4 Nutze zur Erklärung z. B. folgende Adjektive: dramatischer, eindringlicher, aufwühlender, mitleiderregender.
5 Viele Betrachter dachten, dass der gezeigte Angriff von … Das Foto wurde weltberühmt und damit zu einer Anklage gegen …
6 Gib im Internet den Namen „Kim Phuc" ein. Strukturiere deine recherchierten Informationen chronologisch. Welche biografischen Daten, Ereignisse und Hintergrundinformationen findest du?

Gefangen im eigenen Staat (S. 162/163)
1 bessere Arbeitsbedingungen, Mitbestimmung …
2 z. B. der Mann im Vordergrund: „Hilfe, …!"
2 Bei wem holte sich die DDR-Regierung Hilfe?
3 Die Regierung der DDR wollte nicht … Sie wollte … Deshalb …
3 Viele Menschen flüchteten aus der DDR. Das hatte Folgen: …
4 Verwende folgende Begriffe: Überwachung, Kontrolle, Gewalt.
4 Denke an die Folgen für das Privatleben und das Berufsleben der Menschen.
5 Überlege, wie du dich in einem Staat wie der DDR gefühlt hättest.
6 Aus Sicht der SED war die Mauer ein Schutzwall, weil … Ich denke …

Überwachung und Einschüchterung (S. 164/165)
1 a) Überwachung der Bevölkerung …
b) Es waren vor allem Menschen, die …, z. B. …
2 a) Es handelte sich um Mitarbeiter, die … In der DDR arbeitete etwa jeder … als IM.
2 Es gab Gründe für das MfS, möglichst viele IM anzuwerben. Es gab aber auch Gründe, dass sich DDR-Bürgerinnen und -Bürger für das MfS anwerben ließen.
3 Ein IM hatte die Aufgabe … Diese Informationen wurden in Akten gesammelt …
3 Der öffentliche Ruf und das Ansehen einer Person sollten zerstört werden. Dazu sollten …
4 In der Gedenkstätte sollen die Besucher informiert werden …
4 Schaue im Grundgesetz nach.
5 Ziehe auch die Lösungen der Aufgaben 1–4 heran.
6 Beachte die Schlüsselaussage: „Ich denke …".
6 Denke daran, was man aus der Geschichte für heute lernen kann.

Die Einheit der Nation erhalten (S. 166/167)
1 Bild 1 zeigt … Der Zeichner befürchtet …
1 Die Karikatur beschreibt die Trennung der Deutschen durch die Besatzungszonen und die spätere doppelte Staatsgründung. Der Karikaturist befürchtete bereits 1949 …
2

BRD	DDR
– Anspruch, alle Deutschen zu vertreten – …	– …

2 a) s. A2
b) Nach dem Mauerbau … Deshalb denke ich …
3 Verfasse einen Monolog: Ich bin so froh, dass ich meine Mutter/meinen Sohn wiedersehen kann …
3 Sohn: Mama, ich habe dich so vermisst. Mutter: Mein Junge, ich bin so froh …
4 Einheit als Nationalempfinden behalten, Wandel durch …, …
4 a) s. A4
b) Die Kritik erklärt sich aus der Situation der CDU/FDP-Opposition. Sie vertraten besonders …
5 Das Ziel der Strategie war … Aus damaliger Sicht … Aus heutiger Sicht …
6 Weitere Teile könnten die Jahreszahlen 1975, 1985 und 1995 sein.

Freundschaft und Aussöhnung (S. 168/169)
1 Verwende folgende Stichwörter. Hintergründe: NS-Verbrechen, gleichberechtigte Partner, Aussöhnung. Inhalte: Begegnungen …
2 Bedenke: Was war während der NS-Diktatur in Polen geschehen? Wie kamen die Forderungen der deutschen Heimatvertriebenen nach Gebietsrückgabe in Polen an?
2 Beachte auch den Lexikonbegriff auf S. 168.
3 Die Bundesrepublik erkannte darin … an.
3 a) s. A3
b) Du sollst deine Meinung wiedergeben und sie begründen.
4 a) Der deutsche Kanzler Willy Brandt kniet am Denkmal … Er sieht in sich gekehrt aus und …
b) Der Kniefall eines Regierungschefs bei einer Kranzniederlegung ist ungewöhnlich, denn … Im Ausland und in Teilen der Bundesrepublik wurde der Kniefall positiv gesehen, weil … Konservative Politiker und Vertriebene dagegen kritisierten …
5 Überlege, warum Brandt die Geste machte. War das aus deiner Sicht angemessen als Zeichen für die Opfer?
6 Gib im Internet ein: „Deutsch-Polnisches Jugendwerk".

„Wiedergutmachung" und Annäherung (S. 170/171)
1 Überlege, woher die Mehrheit der Bevölkerung des neuen Staates Israel stammte.

2 Mögliche Schlagzeile: „Entschädigungszahlungen vereinbart".
2 s. A2; Beachte dabei den Widerspruch in den Antworten zu den beiden Fragen.
3 Überlege, welche Motivation viele Israelis in den Zahlungen der BRD gesehen haben.
3 Überlege, was der Begriff „Wiedergutmachung" bedeutet.
4 Lege eine Tabelle an:

BRD	Israel
– „Wiedergutmachung" der … – …	– Aufbauhilfe – …

4 a) s. A4
b) Beachte dabei, warum die DDR Entschädigungen ablehnte und den Staat Israel nicht anerkannte.
5 Überlege, was der Begriff „historische Verantwortung" bedeutet.
6 Diese Darstellung ist nicht vollständig, denn …

Jugend in Ost und West (S. 172/173)
1 a)/b) Was spricht dich an?
2 Gehe auf Kleidung, Haltung und Gestik ein.
2 z. B. M2: lockerer Kleidungsstil, Jeans …
3 Lies den Text auf dem Schild in M4 und beschreibe das Vorgehen der Ordnungskräfte in M6.
3 Achte in T2 auf den ersten Satz.
4 In der Bundesrepublik war der Protest … In der DDR wurde Protest schneller kriminalisiert, sodass …
4 Wo gab es mehr oder eben weniger Möglichkeiten zu Protest?
5 Alternative Lebensformen BRD: Hippie-Bewegung …
5 z. B. Gemeinsamkeiten: Uniform …
6 Mögliche Ausdrucksformen: z. B. Marken, religiöse Zeichen … Wirkung: z. B. Zugehörigkeit, Irritation …

Methode: Zeitzeugen befragen (S. 174/175)
1 Wenn du dich für A entscheidest, folge den Aufgaben im Weg A. Wenn du dich für B entscheidest, folge den Aufgaben im Weg B.
2 Frau N. trat aus der … aus und nahm nicht an der … teil. Das hatte für sie Konsequenzen: …
2 Mache dir zu allen drei Punkten Stichpunkte.
3 Vergleiche v. a. die Zeilen 14–23 von M2 mit M3.
3 Du solltest die Fragen, die du stellen möchtest, fertig ausformuliert haben.
4 Frau N. entschied sich gegen die Mitgliedschaft in der FDJ. Dadurch zeigte sie, dass …
4 Beachte, dass ein Zeitzeuge immer eine persönliche Sicht auf die Dinge hat, die er erlebt hat.
5 Frau N. meint … Das beurteile ich …, weil …
5 Ergänze die persönlichen Erinnerungen deines Interviewpartners mit weiteren Informationen.
6 Liste zunächst Argumente auf, die diese Aussage belegen bzw. widerlegen.

„Für ein off'nes Land" (S. 176/177)
1 Mögliche Argumente für das Bleiben: Familie nicht im Stich lassen, für Veränderungen kämpfen …; mögliche Argumente für das Gehen: „Ich will endlich …" …
2 M2 zeigt die Folgen in einem konkreten Einzelfall: Katrin Hattenhauer wurde …
2 Wusste die Stasi immer genau, wer ihr auf den Demonstrationen gegenüberstand?
3 Die Kameras des westdeutschen Fernsehens sorgten dafür, dass …
3 Die ostdeutsche Zeitung wird sich gegen … Die westdeutsche Zeitung wird sich für …
4 Bedenke: „Für ein off'nes Land" – das kann bedeuten: „Lasst uns raus!" Es kann aber auch bedeuten: „Lasst andere rein!"
5 Bedenke, dass du heute in einem Rechtsstaat lebst, in dem Meinungs- und Versammlungsfreiheit herrscht.
6 Namen von Bürgerrechtlerinnen und Bürgerrechtlern findest du u. a. im Internet (z. B. Liste von Oppositionellen in der DDR, Opposition 1989).

Das Ende des Kalten Kriegs (S. 178/179)
1 a) sinkender Lebensstandard der Bevölkerung …
b) Glasnost: öffentliche Diskussion gesellschaftlicher und …
Perestroika: Modernisierung von Gesellschaft und …
2 1989: Sowjetunion, Warschauer Pakt, Ost-West-Konflikt
2 Beurteile die folgenden Bereiche, in denen Gorbatschows Politik sich auswirkte: Sowjetunion, Europa, Welt.
3 Gorbatschow wollte die … reformieren, indem er … zuließ und Eigeninitiative anstieß. Sein Ziel war … Im Ergebnis hat er dazu beigetragen, dass …
3 Was hat die Politik Gorbatschows Deutschland vor allem gebracht? Wie hat die Politik Gorbatschows Russlands Einfluss in Europa und in der Welt verändert?
4 Was hat Gorbatschow gewollt? Was ist tatsächlich daraus geworden? Warum ist Gorbatschow trotz seines Scheiterns ein wirklich großer Politiker?
5 Inwiefern hat er der Freiheit, dem Frieden und der Verständigung unter den Völkern gedient?

„Wir sind das Volk" (S. 180/181)
1 Beginne so: Toll, dass wir jetzt so viele geworden sind. …
2 Meinungsfreiheit …
2 Die Bürgerbewegung hatte eine große Bedeutung: Nach den Kommunalwahlen protestierte sie gegen die Wahlfälschungen. Daraufhin …

3 Lege eine Tabelle an:

Verhalten der SED-Spitze bis Oktober 1989	Verhalten der SED-Spitze nach Oktober 1989
– Wahlfälschungen – …	– 18. Oktober 1989: Rücktritt … – …

3 a) s. A3
b) Beachte, welche Macht die SED-Spitze bis und nach Oktober 1989 hatte.
4 Missverständnis: …
4 Am Abend des 9. November gab das Politbüro-Mitglied Günter Schabowski bekannt, dass … Viele Ost-Berliner gingen zu …
5 Aus damaliger Sicht war die Maueröffnung …
Aus heutiger Sicht war sie …

Aus Zwei wird Eins (S. 182/183)
1 Schreibe die Forderungen in der richtigen Reihenfolge auf.
2 Zeitraum: 9. November 1989 bis 3. Oktober 1990
3

Positionen der Bürgerrechtsbewegung	Positionen der Mehrheit
– den Sozialismus in der DDR verändern – …	– Übernahme des … – …

3 Nutzt für die Diskussion die Positionen aus Aufgabe A3.
4 Verwende folgende Begriffe: Vereinigung zustimmen, mächtiges Deutschland, militärische Sicherheit.
4 Denke daran, welche Folge es hatte, dass es nach dem Zweiten Weltkrieg keinen Friedensvertrag zwischen den Siegermächten und Deutschland gab.
5 Versuche, deine Stellungnahme mit Argumenten zu begründen.

„Aufbau Ost" (S. 184/185)
1 Fabriken waren marode …
2 Nenne stichpunktartig mindestens acht Maßnahmen: Sanierung von Betrieben …
2 a) s. A2
b) Was steht auf den Plakaten und was bedeutet das?
3 Umwandlung von 45 000 ehemaligen Staatsbetrieben …
3 Für die Belege am Text nutzt du die Zeilennummerierung.
4 Einerseits … Andererseits …
4 Zur Situation heute kannst du auch deine Eltern fragen.
5 Willy Brandt meinte … Er hatte recht, weil … Er war zu optimistisch, weil …

Erinnern an die Vergangenheit (S. 186/187)
1 Notiere die Ereignisse zu den Daten: 27. Januar … 8. Mai … 17. Juni … 13. August … 9. November (1938) …
2 Schlage die Textstellen im Schülerbuch nach oder überlege, welche Formen des Gedenkens du aus den Medien kennst.
2 Was würde passieren, wenn es kein Gedenken an die NS-Diktatur gäbe?
3 Sage deine Meinung und begründe sie.
4

Negative Erinnerungen	Positive Erinnerungen
– Bespitzelung durch die Stasi – …	– sozial gerechter: … – …

4 Überlege zuerst, woran man einen Unrechtsstaat erkennt.
5 Überlegt, wo uns die Erinnerung an die Diktaturen hilft, heutige Probleme zu erkennen und zu lösen.

6 Perspektive Europa: Was hält uns zusammen?

Ist Europa gleich die EU? (S. 190/191)
1 Gehe in alphabetischer Reihenfolge vor.

Land	Hauptstadt	EU-Mitglied	Euro
Albanien	Tirana		
Andorra	Andorra la vella		x
…	…		

2 Denke daran, wie es vielen Menschen nach dem Zweiten Weltkrieg ging.
2 Durch die wirtschaftliche Zusammenarbeit europäischer Staaten …
3 In einer Faustskizze stellst du die wesentlichen Elemente vereinfacht dar.
4 a) Nutze auch den Zeitstrahl auf der S. 208.
b) Ordne die folgenden Beitrittsjahre den jeweiligen Ländern zu und trage sie auf dem Zeitstrahl ein: 1958, 1973, 1981, 1986, 1995, 2004, 2007, 2013.
4 a) s. A4
b) Gib im Internet ein: „Entwicklung der EU".
5 Überlege, unter welchen Umständen Frieden zwischen Staaten herrscht.
6 Überlege, wofür die kreisartige Anordnung der Sterne stehen könnte.
6 Mögliche Stichworte: Solidarität, Identität, Einheit, Gemeinsamkeit.

Der europäische Binnenmarkt (S. 192/193)
1 Unterscheide, welche Vorteile er für Unternehmen und welche er für Staaten hat.
2 Lege eine Tabelle an:

freier Warenverkehr	freier Personen…	…	…
keine Grenzkontrollen			

2 a) s. A2
b) Z. B.: Wenn es keine Grenzkontrollen für Personen gibt, dauert es nicht lange, wenn ich von einem ins andere Land reise.
3 Schreibe die jeweilige Nummer in deine Tabelle aus A2.

3 a) s. A3
b) Überlege, welche Vorteile dir der Binnenmarkt bringt, wenn du z. B. in einem anderen EU-Land leben möchtest.

4 Verwende folgende Begriffe: Grenzkontrollen, Verbrechensbekämpfung, Zusammenarbeit.

5 Denke daran, welche Vorteile der Binnenmarkt bringt und welche Herausforderungen es gibt.

Was bringt mir die Europäische Union? (S. 194/195)

1 Z. B.: Ich bezahle in vielen Staaten mit dem Euro.

2 Möglicher Titel: „Mach dich bereit für das Abenteuer EU!"

2 Erstelle zunächst eine Übersicht mit Stichpunkten, welche Vorteile die EU bringt.

3 Überlege zunächst, was du über die EU erfahren hast.

4 Überlege, welche Vorteile du heute als Jugendlicher im Vergleich zu Jugendlichen vor 100 Jahren hast.

5 Gib im Internet ein: „Erfahrungsbericht + DiscoverEU".

Gleiche Lebensbedingungen schaffen (S. 196/197)

1 Ausbau des Straßensystems ...

1 Beantworte folgende Fragen:
- Wurden die Ziele der Strukturhilfe erreicht?
- Wie hat sich das BIP entwickelt?
- Wodurch wurde dies erreicht?
- Wo gibt es noch Nachholbedarf?

2 Denke an den Unterschied zwischen Stadt und Land.

2 Beachte die Aspekte: Arbeitsplätze, Arbeitslosigkeit, Steuereinnahmen.

3 a) Schaue dir zunächst die Legende an.
b) Prüfe, welche Bundesländer Förderbedarf haben.
c) Überlegt, wie man zu einem gerechten Verteilungsschlüssel kommt.

4 Lege eine Tabelle an:

wirtschaftliche Ziele	soziale Ziele	ökologische Ziele
- Förderung kleiner und mittlerer Unternehmen - ...	...	...

4 a) s. A4
b) Die Erreichung der Ziele bedingt sich oft gegenseitig. Wie hängen z. B. „hochwertige Arbeitsplätze" mit „Digitalisierung" zusammen?

5 Gib z. B. folgende Begriffe im Internet ein: „EU + Fördermittel + (Name deiner Stadt/Region)".

Orientierung: Armes und reiches Europa (S. 198/199)

1 Achte bei der Beschreibung auf die bauliche Substanz von Gebäuden und Straßen. Bukarest liegt im Südosten, Paris im Zentrum Europas.

1 a) s. A1
b) Überlege, worin sich das Leben der Menschen in beiden Städten unterscheiden könnte.

2

Aktivräume	Passivräume
- BIP pro Kopf über dem EU-Durchschnitt - ...	

2 Achte darauf, welche Regionen in Deutschland zu welchen Wirtschaftsräumen zählen.

3 „Blaue Banane": wirtschaftlicher Kernraum, Verdichtung von ... „Gelbe Banane": ... „Blaue Banane 2": ...

3 a) Die „Blaue Banane" bezeichnet den wirtschaftlichen Kernraum Europas, Die „Gelbe Banane" ... Die „Blaue Banane" ...
b) Beachte die Regionen Sevilla und Lissabon.

4 Beachte die Aspekte: Wirtschaftsstärke der Region, Arbeitsplätze, Lebensstandard.

Die Institutionen der Europäischen Union (S. 200/201)

1

ausschließliche Zuständigkeit der EU	gemischte ...	... (Zuständigkeiten der Mitgliedstaaten)
- Währungspolitik - ...		

1 a) s. A1
b) Nutze auch M1.

2 Lege eine Tabelle an:

Europäischer Rat	Ministerrat	...
Staats- und Regierungschefs der EU-Staaten	...	...

3 Er ist an der Gesetzgebung beteiligt ...

3 Schreibe das Wort „Ministerrat" in die Mitte und verwende zwei Äste.

4 Sie schlägt Gesetze vor ...

4 Der Motor eines Autos treibt es an. Die EU-Kommission wird als „Motor der Gemeinschaft" bezeichnet, weil ...

5 Nutze auch T2–T5.

5 Nutze auch T1–T5.

Methode: Einen Raum analysieren (S. 202/203)

1 Lies zunächst M1, M2 und T1 sowie die methodischen Arbeitsschritte und betrachte M3, das dich bei „Blick 1" unterstützt.

2 Die vier Raum-Blicke findest du im 3. Schritt des Methodenkastens. Nutze auch M3.

Europa – eine Festung? (S. 204/205)

1 Flüchtlinge: Menschen die wegen Kriegen ... ihre Heimat verlassen. Asylbewerber: Menschen, die in einem anderen Land ... Illegale Einwanderer: Menschen, die ohne gültige ... oder ...

2 Nutze dazu einen Atlas mit einer Karte von Europa, dem Nahen Osten und Asien. Beginne in Afghanistan.

2 Mögliche Fragen: Wie gut sind seine Chancen, einen Arbeitsplatz und eine Wohnung zu bekommen? Wie sicher wird er sein?

3 Die roten Pfeile in M3 zeigen die Routen.

3 Überlege, woher sehr viele Flüchtende kommen und welchen Weg sie nach Deutschland nehmen.

4 Verwende folgende Begriffe: 2015/16, Flüchtende, Asylbewerber, Europa, Mittelmeer, Grenzen, Schlepper.

4 a) s. A4
b) Überlege, inwiefern die Ursachen von Flucht bekämpft werden.

5 Beginne mit der Beschreibung. Überlege dann, wofür die einzelnen Bildelemente stehen.

6 Nutze z.B. die Internetseite des Europäischen Parlaments oder der Europäischen Kommission.

Europa verliert an Einfluss (S. 206/207)

1 Rivalität der Kolonialmächte vor 1914, Erster W..., ...

2 Als Dekolonisierung bezeichnet man den Prozess, durch den ehemalige ... unabhängig wurden.

2 s. A2; Die ... lösten sich auf. Dadurch verloren die europäischen Länder ... und ... in der Welt.

3 a) Achtet darauf, wie sich die Wirtschaftskraft in den einzelnen Ländern verschoben hat.
b) Achtet darauf, auf welchen Kontinenten die Bevölkerung zu- oder abnimmt.
c) Achtet darauf, welchen Nutzen Länder von Patenten haben.

4 Sammelt zunächst Argumente. An der Talkshow sollten Gäste mit unterschiedlichen Meinungen teilnehmen.

7 Klimawandel: Wie schützen wir unseren Lebensraum?

Vom Wetter zum Klima (S. 210/211)

1 Schreibe weiter: Die Sonne schickt Energie auf die Erde. Dadurch, dass die Sonne aber nicht überall gleichmäßig hinkommt, entstehen Gebiete mit ...

2 Denke an:
- Wind und Wolken,
- Wolken und Niederschlag,
- Luftdruck und Wind,
- Niederschlag und Temperatur.

2 Zwischen einem Hoch und einem Tief entsteht ein Kreislauf der Luftmassen. Beginne mit: In einem Gebiet mit starker Wärmeeinstrahlung steigt die warme Luft nach oben ...

3 Beachte:
- Höhenlage: die Temperaturen bei deiner letzten Bergtour
- Lage am Meer: unterschiedliche Erwärmung von Wasser und Erde
- Bodenbedeckung: Wald-, Ackerflächen, Seen
- Geländeneigung: Weintrauben reifen am besten an Hanglagen

3 Nutze möglichst kurze Sätze. Wichtig ist, dass man alle Elemente messen kann.

4 Wetter = Wetterelemente, die gerade jetzt herrschen. Klima = Wetterelemente, die ...

5 a) Lies noch einmal genau nach, was die Lehrerin in M5 sagt.
b) Lies noch einmal genau nach, was die Mutter in M5 sagt.

5 Beachte, dass mittags und abends unterschiedliche Temperaturen herrschen.

6 Gib im Internet „Stadtklima" ein.

Unseren Jahreszeiten auf der Spur (S. 212/213)

1 Beobachtet die Stärke des Lichtkegels auf der Nordhalbkugel und der Südhalbkugel. Gibt es Unterschiede?

2 Nordhalbkugel: Sommerbeginn
Südhalbkugel: Winterbeginn
Es gibt immer gegensätzliche Jahreszeiten.

3 Ein Zenitstand am nördlichen bzw. südlichen Wendekreis. Zwei Zenitstände innerhalb der Wendekreise (rot). Kein Zenitstand außerhalb der Wendekreise (gelb und grün).

3 Betrachte die linke und die rechte Leiste in M4 für deine Aussagen. Auch T3 kann dir helfen.

4 Schreibe den Text weiter: Durch die Neigung der Erdachse ist mal die Nordhälfte und mal die Südhälfte stärker beschienen. Deshalb ... Am Äquator ...

4 Denke daran, dass sich die Sonne scheinbar bewegt. Daher auch Wende ...

5 Beachte: 66,5 + 23,5 = 90.

Klimawandel – nicht neu für die Erde (S. 214/215)

1 Beginne: Vor 9000 Jahren war die letzte Eiszeit vorüber. In den zwei Jahrtausenden ist die Temperatur ... angestiegen. Seitdem gab es ...

2 Die Beispiele beziehen sich auf die letzten 2000 Jahre. Auf der waagerechten Achse ist die zwei gleichzusetzen mit dem Jahr 0 (Christi Geburt).

3 Beachte die Zeiträume, in denen sich die Durchschnittstemperatur verändert hat.

3 Umlaufbahn der Erde um die Sonne und die Neigung der Erdachse ändern sich ständig. Daher ...

4 Denke daran, dass nicht die Ursachen anthropogenen Ursprungs sind, sondern die Wirkung durch Menschen verstärkt wird.

4 Da man vergangene Wetterdaten nicht nachträglich messen kann, muss man zu Hilfsmitteln greifen, mit denen man ... Nutze auch M3 und M4.

5 Denke daran, dass du einen Vergleich mit dem Übergang von der letzten Eiszeit vor 11 000 Jahren (M1) zur Warmzeit erwähnen musst, damit der jetzige schnelle Übergang zur Geltung kommen kann.

Spielt unser Wetter verrückt? (S. 216/217)

1 Schlage noch einmal auf den Seiten 210/211 nach, da gibt es eine Erklärung.

2 a) Nenne das erkannte Extremwetter und die dadurch entstandene Folge. Beispiel: Extremes Gewitter mit Starkregen, Folge: vollgelaufene Keller und Tiefgaragen.
b) Für Extremwetter gilt derselbe Unterschied zwischen Wetter und Klima. Ein Extremwetter kann aber einen Hinweis geben auf …

3 Vergleiche nicht nur die Höhe der Säulen.

3 Die Ergebnisse können nicht genau stimmen, aber sie können evtl. die Tendenz der vorliegenden Säulen fortschreiben.

4 Recherchiere evtl. im Internet weitere Informationen.

4 Nutze bei deiner Erklärung evtl. folgende Tatsache: Jeder hat schon mal erlebt, dass ein trockener Schwamm schlechter Flüssigkeit aufnimmt als ein feuchter Schwamm.

5 Gib im Internet folgende Frage ein: „Wie war der Sommer 2021?"

6 a/b) Ein Kommentar eröffnet die Möglichkeit, auch die eigene Meinung kundzutun.

Die Erde im Schwitzkasten (S. 218/219)

1 Denke an die Schlagzeile. Sie könnte etwa lauten: „Präsident taucht ab!"

2 Den natürlichen Treibhauseffekt hat es schon immer gegeben, der zusätzliche hingegen …

2 a) s. A2
b) Lies T3.

3 In T4 werden vier Punkte aufgezählt.

3 a) s. A3
b) Denke daran, wie viele große Städte es in Küstennähe gibt.

4 Gib im Internet ein: „Kyoto + 1997"

Orientierung: Indizien für den Klimawandel (S. 220/221)

1 a/b) Lies alle Kästchen von M1 und entscheide, ob es sich jeweils um einen Gewinn oder nicht handelt. Falls es ein Gewinn ist, erkläre, warum du das so siehst.

2 Gib im Internet ein: „Extremwetter" oder „globale Erwärmung".

Methode: Ein Szenario erstellen (S. 222/223)

1 a) Ergänze weitere Folgen der Klimaerwärmung.
b) Denke daran: Je weiter die Kurven in die Zukunft reichen, desto ungenauer werden die Werte.
c) Stelle jeweils die Eintragungen der Tabelle für die Extremszenarien einander gegenüber.

2 a) Gehe von deiner privaten Situation aus. Was kannst du selber machen bzw. was kann jeder Einzelne machen? Z. B. keinen Kurzurlaub mehr, für den man das Flugzeug nutzt …
b) Würde es dir leichtfallen, auf bestimmte Dinge für einen besseren Klimaschutz zu verzichten?

Steigt der Meeresspiegel? (S. 226/227)

1 Was passiert mit den Gletschern bei steigender Temperatur?

2 Was passiert in M1 mit der Eisfläche des Gletschers? Wie verändert sich die Eisfläche in M2?

2 Beobachte die Veränderungen der Eisfläche in M1 und M2. Die Gründe dafür findest du in den Texten.

3 Beachte den Aspekt „Überschwemmungsgefährdung" in der Legende.

4 a) Ein Kontinent mit vielen Megastädten ist Asien.
b) Was passiert mit diesen Menschen bzw. den Städten, wenn der Meeresspiegel weiter steigt?

Trockenheit und Wüstenbildung (S. 228/229)

1 Nimm eine Klimakarte im Atlas zu Hilfe.

2 a) Die gestrichelte Linie gibt den langjährigen Durchschnitt an. Beschreibe die Niederschläge im Vergleich zu dieser Linie. Erkennst du eine Veränderung ab etwa 1980?
b) Wie verlagern sich Weidewirtschaft und Ackerbau (Legende)?
c) Wie beeinflusst die Nutzung durch den Menschen den Boden? Was braucht man, um das Vieh und die Pflanzen in einem Gebiet zu versorgen, in welchem es von den Niederschlägen her zu wenig Wasser gibt?

2 a) Zu M1: Die gestrichelte Linie gibt den langjährigen Durchschnitt an. Beschreibe die Niederschläge im Vergleich zu dieser Linie. Erkennst du eine Veränderung ab etwa 1980?
Zu M2: Wie verlagern sich Weidewirtschaft und Ackerbau (Legende)?
b) „Normalsituation": Ackerbau und Weidewirtschaft sind den Bedingungen (schwankende Niederschläge) angepasst – Vorrücken der Weidewirtschaft und des Ackerbaus – es wird vermehrt Wasser benötigt – Anlage von Tiefbrunnen – …

3 Mache dir zusammenfassende Notizen.

4 Gib im Internet ein: „Dürre + Europa + 2007".

4 a) s. A4
b) M4 gibt dir einen Hinweis.

Extreme Wettererscheinungen (S. 230/231)

1 a) Das Bild M1 zeigt den Ort … nach …
b) Wodurch kommen diese Überflutungen zustande?

2 Beginne so: Bei einem Starkregen fallen mehr als…, bei einem Dauerregen …
2 a) s. A2
b) Denke an die Schlagzeile.
3 a) Die Länder mit hohem Risiko sind dunkel eingezeichnet (Legende).
b) Bangladesch z. B. liegt an einer großen Meeresbucht fast auf Meeresspiegelhöhe. Was könnte dort passieren?
3 a) s. A3
b) Stelle zunächst fest, um welche Länder es sich handelt (Atlas). Recherchiere dann im Internet.
4 Wie können reiche Länder im Unterschied zu armen Ländern mit den Folgen solcher Naturkatastrophen umgehen?

Klimaschutz – (auch) meine Sache?! (S. 232/233)

1 Lies T1 aufmerksam, dort stehen einige Alltagshandlungen. Dir fallen bestimmt weitere ein.
2 Jeder sollte zunächst für sich ein Ranking erstellen, danach müsst ihr euch auf ein gemeinsames einigen.
2 Selbst wenn ihr nicht alle Forderungen 100%ig umsetzen könnt, könnt ihr festlegen, was für euch machbar ist.
3 Am besten gebt ihr an, dass ihr euch entschieden habt, das … und das … zu tun. Dann ist eure Aufforderung zum Mittun glaubwürdiger.
3 Am besten schreibt ihr, dass ihr euch entschieden habt, das … und das … zu tun. Bittet dann die Politiker um Hilfe.
4 Bevor ihr diskutiert, sammelt in eurer Gruppe Argumente und überlegt schon vorher, ob es ein Fragezeichen oder ein Ausrufezeichen sein soll.
5 Auf Dauer wird CO_2 im Holz nur gespeichert, wenn …

„Energiewende“ in Deutschland (S. 234/235)

1 Es gibt zwei unterschiedliche Gründe. Die einen haben mit Sicherheit, die anderen mit Klimaschutz zu tun.
2 Du musst einige Argumente aus der Diskussion etwas umformulieren, damit sie einer Spalte der Tabelle zugeordnet werden können.

Pro Kohleausstieg	Kontra Kohleausstieg
– Rettung des Klimas – …	– Wird der Strom teurer? – …

2 Elektroautos brauchen Strom, der nicht immer „grün“ ist.
3 Saerbeck hat bereits viel getan, aber viele Dinge sind auch noch in der Planung. Diese müssen gelingen, um das Ziel zu erreichen.
3 Eine Laudatio schreiben bedeutet, dass ihr einen Text zu dieser Auszeichnung verfasst, der das Projekt der Gemeinde lobt.
4 Beschreibe zunächst die Entwicklung seit 2010. Worauf deutet der Trend hin? Was will die Bundesregierung erreichen? Was hältst du selbst für möglich?
5 Konfliktpotenzial steckt in den beiden Standpunkten „Sie kann gelingen“ und „Sie kann nicht gelingen“. Sammelt für jeden der kontroversen Standpunkte Argumente und diskutiert sie.

Rohstoffe des Nordens (S. 236/237)

1 –
2 Gebt im Internet ein: „Offshore-Windparks Nordsee“.
3 Gebt im Internet ein: „Südlink Trassenverlauf“.
4 Gebt im Internet ein: „Wasserstofftechnologie“.
5 Sammelt in der Gruppe kurz vor dem Streitgespräch Argumente.

Nachhaltig handeln (S. 238/239)

1 In der Forstwirtschaft entstand im 18. Jahrhundert ein Mangel. Erkläre zunächst das Problem, dann die Lösung. In der Forstwirtschaft hatte man auch das Prinzip der Verantwortung für die kommenden Generationen entwickelt. Wie musste man handeln, wenn man dem gerecht werden wollte?
2 Erläutere den Gedanken unter zwei Aspekten: der Verknappung von Gütern und der Folgen für das Klima.
2 Die globalen Ziele sind nur zu erreichen, wenn …
3 Ein Beispiel: Leben unter Wasser. Binnengewässer müssen frei von Schadstoffen gehalten werden, weil wir aus ihnen unser Trinkwasser gewinnen. Außerdem sind sie Lebensraum für Wassertiere, die uns als Nahrung dienen. Meere sind wichtig für die Ernährung der Menschheit, aber auch für die Produktion von Sauerstoff. Außerdem wird das Wetter von der Temperatur der Ozeane bestimmt. Eine Erwärmung der Meere kann klimatische Katastrophen auslösen.
3 Wenn z. B. in der Nachbarstadt B weiterhin die Abgase ungefiltert in die Luft geblasen werden, dann hat die Stadt A keine saubere Luft, auch wenn sie alle Abgase filtert.
4 M1 zeigt dir, welche Aspekte du immer gleichzeitig betrachten musst, wenn du Fragen der Nachhaltigkeit beurteilen willst. Jede Maßnahme in dem einen Bereich hat Folgen in den beiden anderen Bereichen.
5 Der Stadtrat orientiert sich in seinem Handeln an dem Dreieck der Nachhaltigkeit.

Klimaschutz kennt keine Grenzen (S. 240/241)

1 Im Zeitraum von 1992 (Klimakonvention) bis 2021 (Klima vor dem Bundesverfassungsgericht) ist viel geredet und beschlossen worden, die Taten blieben hinter den Vorhaben zurück.

2 Stichworte genügen. Schätzt die Maßnahmen ein in Bezug auf das Ziel.

3 Pellworm hat als Marschinsel keinen natürlichen Küstenschutz und ist rundherum „nur" durch einen Deich geschützt. Wenn an einer Stelle der Deich bricht, läuft Pellworm wie eine Schüssel voll.

3 Denkt daran, dass die Einlösung der Ziele sehr vielen Beteiligten sehr weh tun wird.

4 Denkt an eure letzten Fridays-for-Future-Aktionen oder recherchiert im Internet.

4 Jede Aktion für die Verringerung des CO_2-Ausstoßes kostet viel Geld, das oft in den Entwicklungsländern nicht vorhanden ist. Entweder helfen die reichen Länder oder es bleibt in den Entwicklungsländern so wie es ist.

5 Klimaschutz kann keine Grenzen haben, da auch das Klima, das Wetter (Extremwetter), CO_2 …

Grünfärberei – auch beim Klimaschutz (S. 242/243)

1 Begründe auch, warum dir der Kauf von Bio-Produkten wichtig oder unwichtig ist.

2 Erstelle z. B. eine Strukturskizze mit Pfeilen: Medien berichten über Skandale: 1 Konsumenten kaufen b…, 1 Politik macht bessere G…

2 Gehe auf Werbende und Meinungsmachende ein.

3 Die Vorteile beziehen sich auf die Gesundheit, den Verkehr und die Natur.

3 Manche machen mit „Bio" auch Profit.

4 a) Nenne Begriffe, mit denen Unternehmen zum Thema „Umwelt" für ihre Produkte werben.
b) Beachte in M2 besonders die Zeilen 30–45.

5 Gib im Internet die Namen der Siegel ein, z. B. „Fairtrade".

An den Klimawandel anpassen!? (S. 244/245)

1 a/b) Die Anpassung an die Klimaveränderungen steht im Fokus. In M1 und M4 hat man schon gehandelt, in M3 ist ein Handeln nötig.

2 Zählt in Stichworten auf, was die Hitze fördert und was eurer Meinung nach getan werden muss.

3 Erklärt in kurzen, präzisen Aussagen, welche Anpassungen nötig sind. Informiert euch gegebenenfalls zusätzlich im Internet.

3 Erklärt in kurzen, präzisen Aussagen, welche Anpassungen nötig sind. Informiert euch gegebenenfalls zusätzlich im Internet.

4 Erklärt in kurzen, präzisen Aussagen, welche Anpassungen nötig sind. Informiert euch gegebenenfalls zusätzlich im Internet.

4 Erklärt in kurzen, präzisen Aussagen, welche Anpassungen nötig sind. Informiert euch gegebenenfalls zusätzlich im Internet.

5 Klar ist, dass alle Maßnahmen schnell umgesetzt werden müssen. Aber es gibt auch Hindernisse, die das erschweren, z. B.: In eng bebauten Stadtteilen sind manche Maßnahmen fast nicht durchführbar. Wie kann man trotzdem etwas erreichen?

Aktiv zur klimaneutralen Schule (S. 246/247)

1 a) Denkt beim Ranking daran, dass auch allein durch Selbstdisziplin Einsparungen möglich sind.
b) Tragt eure Wahrnehmungen vor Unterrichtsbeginn und nach Unterrichtsende zusammen.

2 Lest zuerst M6 und sucht dann in den anderen Materialien nach Erklärungen für das Schaumburger Modell und nach Begründungen für die Verringerung der CO_2-Emissionen. Weitere Infos im Internet: Suchbegriff „Schaumburger Modell".

3 Das müssen keine großen Projekte sein, auch mit kleinen Aktionen kann viel erreicht werden, wenn sie erfolgreich umgesetzt werden.

4 Wenn bei euch noch keine PV-Anlage installiert ist, lenkt eure Überlegungen in diese Richtung. Fall schon eine PV-Anlage vorhanden ist denkt über etwas anderes nach, das auch durchaus im Bereich der „nachhaltigen Schule" liegen kann. Einen Einwohnerantrag können alle ab 14 Jahre unterschreiben. Informiert euch im Internet über nähere Bestimmungen zum § 31: Suchbegriff „Einwohnerantrag Niedersachsen § 31".

5 –

Global Goals (S. 248/249)

1 –

2 Jedes Beispiel dieser Doppelseite passt zu mindestens einem Global Goal der rechten Randspalte.

3 Auf Seite 302/303 im Anhang stehen alle Global Goals, auch die, die nicht direkt mit dem Klimawandel zu tun haben. Aber zu ihnen gibt es sicher die eine oder andere Verknüpfung.

4 –

8 Globale Entwicklung: Worum dreht sich meine eigene Welt?

Globalisierung in unserem Alltag (S. 252/253)

1 Was nutzt du, um dich mit deinen Freunden zu verabreden und wie checkst du mal eben das Wetter?

2 a) Beginne so: Globalisierung ist die zunehmende weltweite Verflechtung der Wirtschaft, der …
b) Nutze die Wörter: moderne Verkehrsmittel, Container, Internet.

3 Konflikte: …; Chancen: …

3 Lege eine Tabelle an:

Chancen	Konflikte
– weltweite Vernetzung – …	– Ausbeutung afrikanischer Rohstoffe – …

4 Beginne so: Ich bin der Meinung, dass …

Global Cities und Global Player (S. 254/255)

1 Merkmale von Global Cities: Knotenpunkte der Globalisierung, Konzentration von internationalen Konzernen ...

2 a) Arbeite mit der Karte M3 und nimm deinen Atlas zu Hilfe.
b) Was fällt dir auf, wenn du dir Nordamerika und China genauer anschaust.

2 a) s. A2
b) Wo gibt es die meisten Global Cities auf der Welt, wo die wenigsten bzw. keine?

3 a) Beginne so: Die Transnationalen Konzerne (Global Player) agieren weltweit, oft mit vielen Tochterfirmen. ...

3 Gehe auf die Interessen der TNC und deren Folgen für die arbeitenden Menschen weltweit ein.

4 Lies dazu den Text T3.

5 Nutze eine Suchmaschine im Internet.

Welthandel (S. 256/257)

1 Beginne so: Um für alle Staaten der Erde gleiche ...

2 Welche Rolle spielen Zölle?

3 a) Nimm deinen Atlas zu Hilfe.
b) Beachte auch die Dicke der Pfeile und die Größe der Diagramme in M4.
c) Verfolge die dicken Pfeile

4 Beachte die Dicke der Pfeile und die Größe der Diagramme in M3 in und um Afrika.

5 Gib im Internet ein: „Handelspartner + China“ ...

Im Smartphone steckt was drin (S. 258/259)

1 Beachte M1 und beginne so: Ein Smartphone besteht zu 56% aus ...

2 T1 nennt dir mehrere Beispiele für wertvolle Rohstoffe in Hightech-Produkten.

3 a) Die deutsche Übersetzung erklärt den Begriff Recycling gut: Wiederverwertung.
b) Der Randspaltentext zum Holzeinschlag in Wäldern macht sehr gut klar, was Nachhaltigkeit bedeutet.

3 Es geht v.a. um Rohstoffverbrauch und Energieeinsparung. Erkläre, warum.

4 Diese drei Schlüsselwörter können dir helfen: kriegerische Auseinandersetzungen, Verstöße gegen Menschenrechte, Umweltschäden.

4 Gehe auf den Zusammenhang von Kinderarbeit und der Herstellung von Smartphones ein.

5 In M5 ist der Hauptvorteil am Anfang genannt. Erläutere diesen ausführlich.
Überlege, welche Menschen belastet werden. Auf welche Weise wird die Umwelt geschädigt?

Orientierung: Entwicklungsstand – die Welt ist eingeteilt (S. 260/261)

1 Die Farben auf der Karte geben ein Muster wieder. Betrachte die Karte unter diesem Gesichtspunkt.

2 Nimm einen Atlas zu Hilfe.

2 a) s. A2
b) Vergleiche vor allem die einzelnen Spalten miteinander.

3 Kaufkraft sagt aus, was ...

3 Vergleiche die Farben von Nordamerika und Europa mit den Farben von Südamerika und Afrika.

4 a) Gehe vom Rang in M2 aus. Was könnte bei China zur Einteilung geführt haben?
b) Gehe vom Rang in M2 aus. Was könnte bei Ruanda zur Einteilung geführt haben?

5 In deiner Erklärung müssen die Begriffe „Lebenserwartung“, „Bildung“ und „Kaufkraft“ vorkommen.

Die Globalisierung gestalten (S. 262/263)

1 a) Lies in der Randspalte die Begriffsbeschreibungen zu G7/G8 und G20.
b) In Abschnitt T2 findest du die Ziele der G7/G8 und G20. Liste diese in Stichworten auf.

2 Attac denkt dabei sicher an die Gewinnmaximierung.

3 Die Aussage „Kein Land kann die negativen Auswirkungen der Globalisierung allein bewältigen ...“ hilft dir beim Beantworten der Aufgabe. Denke auch an die Ziele der G20.

3 Recherchiere im Internet: „G7“ und „G20“ führen bereits zum Ziel.

4 NGO sind nahe an der Bevölkerung und können dies zumindest in die Beratung einbringen.

4 Wähle eine NGO aus, die dich interessiert. Besuche die Homepage deiner NGO im Internet.
Folgende Struktur kann dir beim Vorstellen helfen: Name der Organisation, Anzahl der Mitglieder, Ziele der Organisation, Aktionen der Organisation.

5 Betrachte die Bildunterschrift und die Plakate auf dem Bild. Lies dir T4 durch.

6 Die Rede darf eure Meinung bezüglich der Globalisierung widerspiegeln.

Armut hat viele Ursachen (S. 264/265)

1 Wodurch drückt sich die Armut aus?

2 Schreibt „Ursachen von Armut“ in die Mitte. Davon gehen vier Äste ab: Bevölkerungswachstum, Krieg, Staatsversagen und Ungerechtigkeit/Landgrabbing. Schreibt weitere wichtige Begriffe aus T1–T4 an die Äste.

3 a) Beginnt jeweils beim Begriff „Armut“ und folgt den Pfeilen.
b) Ordnet zu: Wirtschaft, Bildung, Gesundheit.

3 s. A3; Beginnt jeweils mit Armut. Nutzt Wendungen wie: ... führt zu .../Aus ... folgt .../...

4 Welche Maßnahmen in den Bereichen Bildung, Wirtschaft und Gesundheit könnten helfen?

4 Beispiel: Staatliches Versagen führt zur Flucht in die Städte. Oder: Landgrabbing führt dazu, dass die Kleinbauern ihr Land verlieren.
5 Gib im Internet ein: „Landgrabbing + Auswirkungen".

Bildung ist Macht (S. 266/267)
1 Der Begriff in M1 geht über das hinaus, was wir bei uns als Grundbildung verstehen: …
2 a) Achte auf die dunkelrot markierten Länder.
b) Achte auf die Kontinente mit vielen grün markierten Ländern.
3 Liste als Vorarbeit die vier in T1 genannten Gründe auf.
3 Überlege, was es für dich bedeuten würde, wenn du keine Schule besuchen würdest.
4 Gehe bei der Beschreibung auch von der Vorstellung aus, was wäre, wenn in Deutschland Mädchen nicht in die Schule dürften.
4 Achte auf die Stichworte „Produktivität" und „Ansehen".
5 Musterland = vorbildlich …

Altlasten aus der Kolonialzeit (S. 268/269)
1 Lies dazu den ersten Absatz in T1.
2 Achte besonders auf das Verhältnis zwischen Import und Export. Was fällt dir auf?
2 a) s. A2
b) Beachte Absatz 2 in T2.
3 a) Lies dazu T3 und T4: Nutze Wörter wie Import, Export, Handelsbilanz, Spekulation, Knappheit, Preissteigerung.
b) Beachte T3.
4 Denke an die drei Schritte: Beschreiben, Erfassen der Aussage, Beurteilen.
5 Versucht zuerst eure Ideen zu sammeln.

Es gibt viele Arten, zu helfen (S. 270/271)
1 Was ist nötig, damit sich Menschen selbst helfen können?
2 Überlege, wer die Hilfe bereitgestellt hat.
3 Entwicklungshilfe umschreibt keine Aktionen, die nur von einer Organisation/Behörde durchgeführt werden. Sie ist nicht an die staatliche Entwicklungshilfe angebunden.
3 Die Selbsthilfe benötigt auch Hilfe von anderen. Wenn aber die Selbsthilfe einmal gestartet ist, dann …
4 Gib im Internet ein: „Projekte + Entwicklungshilfe".
4 Gib im Internet ein: „Niedersachsen + Partnerschule + Ghana".
5 Lasst euch bei euren Überlegungen von den Beispielen M3–M6 leiten.

Entwicklung? Frauensache! (S. 272/273)
1 Beginne so: Die Frauen nehmen ihre Zukunft selber in die Hand und …
2 Mach dir Stichpunkte und halte sie auf einem Blatt fest. So kannst du das Gelesene besser deinen Mitschülerinnen und Mitschülern erklären.
3 Was gelingt den Frauen besser als den Männern?
3 Alle drei Beispiele zeigen die Bedeutung von Frauen, denn …
4 a) Suche in M5 den fett gedruckten Begriff und lies genau.
b) Kann man ein Geschäft führen, ohne lesen und schreiben zu können?
5 Gib im Internet ein: „Mikrofinanzprogramme".

9 In der Wirtschaft mitmischen

Alles hat seinen Preis (S. 276/277)
1 a) Wer am Markt etwas anbietet, hat eine Ware oder will eine Dienstleistung erbringen. Er möchte einen … Preis erzielen. Bei Waren möchte er auch möglichst … verkaufen.
Eine Nachfragerin möchte z. B. Käse kaufen. Sie vergleicht das … verschiedener Händler, beachtet unterschiedliche Qualitäten und natürlich den … für die Ware.
b) Ein Beispiel: Du willst Äpfel, Birnen und Gemüse einkaufen. Du könntest mit dem Händler eine Gratiszugabe beim Kauf einer großen … vereinbaren. Wenn überreifes Obst angeboten wird, könntest du …
2 Viele Märkte brauchen heute keinen sichtbaren Ort mehr, an dem … und … zusammenkommen. Immer mehr Handel läuft über …
2 Wer über breite Kenntnisse zu Vorlieben … der potenziellen Kunden verfügt, kann diese …
3 a) Anbieter: Wie lange lohnt sich bei sinkenden Preisen ein größeres Angebot?
Nachfrager: Wie könnten sie bei sinkenden Preisen kalkulieren?
b) Anbieter: Denke an die Notwendigkeit, die Produktion gleichmäßig auszulasten, an die Notwendigkeit von Gewinnen …
Nachfrager: Denke an die Preiskalkulation von Haushalten, die Versorgungssicherheit bei bestimmten Waren …
3 a) Denke z. B. an eine längere Zeit sinkender Preise. Was geschieht, wenn das Unternehmen seinen Umsatz immer weiter steigern will?
b) Ein mögliches Szenario zum Devisenmarkt: Die Währung eines Landes sinkt im Preis zum Dollar und Euro, weil die Wirtschaft des Landes nicht so gut läuft. Wenn die Währung aber stark gesunken ist, können die Unternehmen des betreffenden Landes wieder mehr Waren exportieren, weil sie im Verhältnis zum Ausland billiger produzieren. Der Preis der Währung steigt wieder. Aber er darf nicht zu sehr steigen, sonst …
4 Beispiel Miete: Orientierung an Angeboten im Internet oder in Tageszeitungen, freies Aushandeln zwischen Mieter und Vermieter, Vergleichsmieten über die Stadtverwaltung heranziehen …

5 a) Beispiel Rentner: Wenn Renten nur langsam der Inflation angepasst werden ... Wenn angespartes Geld ...
b) Ein Monopolist kann bei den Preisen ... Außerdem muss er sich nicht so sehr anstrengen, neue ...

Im Kreislauf der Wirtschaft (S. 278/279)

1 a) Beispiel Werbung: aus der Sicht eines Unternehmens alle Maßnahmen, die dazu beitragen, eigene Produkte breiter bekannt zu machen und in größeren Stückzahlen zu verkaufen.
b) Die einen produzieren, die anderen fragen Waren und Dienstleistungen nach. Die einen brauchen ein ... die anderen suchen ...

2 a) Was fragen sie nach, was bieten sie an?
b) Inwiefern ist z. B. das in den Unternehmen erwirtschaftete Einkommen der Haushalte für die Unternehmen von Bedeutung?

2 Beginne z. B. bei den Unternehmen: Was wollen sie absetzen? Wer bezahlt dafür? Wo kommt das Geld für die Einkäufe her? Wer produziert in den Unternehmen? Welche Gegenleistung gibt es dafür vom Unternehmen?

3 Du kannst verschiedene technische Mittel einsetzen: ...

3 Welche Mittel setzt man ein? Wie geht man konkret vor? Wodurch wird die Sicherheit erhöht?

4 Hier kannst du dich an M1 orientieren, musst aber zusätzlich die Beziehung von Banken zu Unternehmen berücksichtigen.

5 a) Ihr könnt z. B. zu M1 etwas an der Tafel, an einer Pinnwand oder auf einem Plakat entwickeln. Die einzelnen Teile können in Gruppenarbeit vorgefertigt und beim Anbringen erklärt werden.
b) Chancen, z. B.: Transaktionen in Echtzeit, keine unnötigen Wege ...

Die soziale Marktwirtschaft (S. 280/281)

1 Am besten legst du eine Tabelle an:

soziale Marktwirtschaft	freie Marktwirtschaft
– Gesetze zum Schutz sozial Schwächerer (Arbeitnehmer) – ...	– Arbeit an gefährlichen Maschinen – ...

2 a) Gehe auf die Arbeitnehmer ein.
b) Gehe auf die Unternehmen ein.

2 a) Beachte, dass z. B. zu viele Gesetze zum Schutz einzelner Gruppen ganze Wirtschaftsbereiche gegenüber weltweiten Konkurrenten in Schwierigkeiten bringen können.
b) Überlege, was es für den Staat bedeuten würde, wenn er z. B. allen Unternehmen helfen wollte, wenn es um den Erhalt von Arbeitsplätzen geht.

3 Spannungen entstehen in der Gesellschaft vor allem durch das Gefühl der Benachteiligung bei einzelnen Gruppen.

4 Was hat das Bundeskartellamt festgestellt, und wie hat es reagiert? Was bewirkt schon allein die Möglichkeit einer Ermittlung durch das Bundeskartellamt bei Unternehmen, die an Preisabsprachen denken?

5 Beispiel: „Gerechtigkeit zählt – deshalb soziale Marktwirtschaft."

5 Gib im Internet ein: „Bundeskartellamt + Preisabsprache + Ermittlung + (aktuelle Jahreszahl)".

Wie Unternehmen wirtschaften (S. 282/283)

1 a) Beispiel Aktiengesellschaft: großes Unternehmen, Produktionsbetriebe an mehreren Standorten, viele Eigentümer in Form von Aktionären, Aktien = Anteilsscheine am Grundkapital, Dividende = Gewinnbeteiligung pro Aktie

2 a) Unternehmensziele sind in der Regel auf den wirtschaftlichen Erfolg ausgerichtet, z. B. darauf Gewinn zu machen. Gesellschaftliche Aufgaben von Unternehmen betreffen z. B. ihre Funktion im Wirtschaftskreislauf.

2 a) Entscheidet, was euch besonders wichtig ist: kurzfristige Gewinnmaximierung oder langfristige Sicherheit des Unternehmens.
b) Beginne so: Ohne Unternehmen würde unsere Gesellschaft nicht funktionieren. Es gäbe zu wenig Arbeitsplätze ...

3 a) Beginne so: Eine Abteilung des Unternehmens ist für den Einkauf zuständig. Sie beobachtet z. B. Rohstoffmärkte, bewertet die angebotenen Qualitäten, vergleicht Preise, schließt Lieferverträge ab ...
b) Z. B. Controlling: Hier werden alle Prozesse innerhalb des Unternehmens daraufhin überprüft, ob man sie verbessern kann ... Besonders wichtig sind die Kosten ... Außerdem behält die Abteilung alle möglichen Risiken im Blick ...

3 Setzt die Abteilungen oben in den Kasten ein, listet darunter die Unterabteilungen.
Ihr könnt aber auch ein optisch stärker gegliedertes System anlegen, indem ihr den Unterabteilungen eigene Kästchen zuweist.

4 a) Nutze deine Arbeitsergebnisse aus Aufgabe 2.
b) Nutze deine Arbeitsergebnisse aus Aufgabe 3.

Interessen durchsetzen (S. 284/285)

1 Es gibt ... Interessenverbände ... Die einen brauchen ..., die anderen ...

2 Was wollen Gewerkschaften durchsetzen, was die Arbeitgeberverbände?

2 Beachte in M1 die unterschiedlichen Folgen bei den Begriffen „keine Einigung" und „Einigung".

3 a) Es geht um eine ... Erhöhung, aber auch um einen ...
b) Die Beschäftigten ...
c) Vergleiche die Forderung in M2 und das Ergebnis in M4. Wichtig ist die zeitliche Staffelung im Tarifvertrag.

4 Ergänze: Die Gewerkschaft Verdi hat eine Gehaltserhöhung rückwirkend zum 1. März 2018 durchsetzen können, aber nicht die geforderten ... Prozent gleich zu diesem Termin. Die Einkommen steigen in drei Schritten, und zwar ... Statt eines Mindestbetrags für untere Einkommen von ... gibt es einen Einmalbetrag von ... Die Laufzeit des Tarifvertrags geht über ... Jahre, statt über nur ein Jahr. Das bedeutet, dass die Gewerkschaft Verdi in den kommenden Jahren keine neuen ... aushandeln kann.

5 Welche Gewerkschaft wird aktiv? Wie lauten die Forderungen? Was will die Arbeitgeberseite zugestehen? Mit welchem Ergebnis enden die Tarifverhandlungen? Wurde ein echter Kompromiss erzielt oder hat sich eine Seite durchgesetzt?

Arbeitnehmer bestimmen mit (S. 286/287)

1 Wer sich als „Herr der Fabrik" fühlt, denkt sicher nicht partnerschaftlich, wenn es um die Mitarbeiter geht. Beschreibe mögliche Gefühle bei Begegnungen mit dem Chef, bei Konflikten um Lohn oder Arbeitsbedingungen, bei einem Wechsel zu einem anderen „Fabrikherrn" vor Ort nach einer Kündigung.

2 a) Nimm den dritten Satz von T2.
b) Beachte die Überschriften in M4.
c) Denke an Bereiche, in denen es um direkte geschäftliche Entscheidungen geht. Wer trägt hier Verantwortung und Risiko und muss demnach auch handeln können?

2 a) Wo hat der Betriebsrat das größte Mitspracherecht, wo das geringste?
b) Denke an den kleinen Handwerksbetrieb mit der Schreinermeisterin und drei Gesellen. Was sollte ein Betriebsrat hier aushandeln? Überlege auch, welche anderen Wege es gibt, wenn die Gesellen gegenüber der Meisterin ein Anliegen vorbringen wollen.
c) Die Bedeutung nimmt in der Grafik von links nach rechts ab.

3 Beziehe bei deinen Überlegungen auch andere Bereiche ein, wo wir ein partnerschaftliches Miteinander gewohnt sind: den Familienrat, die Demokratie, die öffentliche Verwaltung.

4 a) Beachte: Bei Betrieben bis zu vier Mitarbeitern gibt es keinen Betriebsrat.
b) Frage z.B. auch nach der Verteilung der Geschlechter.
c) Unterscheide bei deinen Fragen nach den drei Bereichen in M4.

Solidargemeinschaft der Versicherten (S. 288/289)

1 Ein Beispiel: In Notlagen hilft die Gemeinschaft.

2 Du findest die fünf Säulen der Sozialversicherung in der obersten Zeile von M2. Unter „Risiken" versteht man die Notlage bzw. die Situation, in der sich ein Mensch befindet, wenn er die Versicherung in Anspruch nimmt.

2 Beginne so: Die Versicherten und ihre Arbeitgeber zahlen ...

3 Du musst alle Beträge (in Euro) der linken Spalte von M3 zusammenzählen.

3 Der Grund ergibt sich aus den Sozialabgaben und ...

4 Die Dauer der Zahlung ist abhängig von ...

4 In dem einen Fall wird geprüft, ob ... In dem anderen Fall entscheidet die Höhe ...

5 Stellt euch verschiedene Szenarien vor: Was wäre, wenn du lange arbeitslos oder krank bist und keine Ersparnisse hast? Wer sorgt für dich im Alter, wenn du keine Rente bekommst?

Herausforderungen der Sozialpolitik (S. 290/291)

1 Ergänze: Wer aus Altersgründen nicht mehr arbeitet, bekommt eine ... Voraussetzung dafür ist aber, dass man in seinem Arbeitsleben ... in die gesetzliche ... eingezahlt hat.

2 In der Überschrift von T2 ist der Begriff Vertrag in Anführungszeichen gesetzt. Beachte das bei der Erklärung des Generationenvertrags.

2 Der demografische Wandel beschreibt aktuell den sinkenden Anteil der ... gegenüber der ... Die Rentenversicherung geht aber von dem Grundgedanken aus, dass es immer genügend ... Menschen im Arbeitsleben gibt, die ...

3 a) Ab welchem Alter bekam ein Rentner bis 2012 die volle Rente? Was gilt ab 2030 in der Rentenversicherung?
b) Beachte die durchschnittliche Lebenserwartung eines 65-jährigen Menschen 1960 und 2011. Wie hat sich das Verhältnis von Beitragszeit zu Rentenbezugszeit verändert?

3 Gehe auf die Zeiten des zukünftigen Rentenbezugs ein und vergleiche mit der erwarteten Zahl von Beitragszahlern.

4 Wie verändert sich dein Beitrag zur Rentenversicherung mit und ohne Reformen? Was wird sich für dich im Alter von 65 bis eventuell 69 Jahren mit oder ohne Reformen verändern? Was ziehst du jetzt und in den kommenden Jahrzehnten vor?

5 –

5 Gib im Internet ein: „Grundrente + Gesetz + Inhalt".

Ziele der Wirtschaftspolitik (S. 292/293)

1 Z. B. Preisstabilität: nicht über zwei Prozent Preissteigerung pro Jahr

2 a) Als zusätzliche Ziele sind aufgenommen: lebenswerte ... und ...
b) Z. B.: Staatsaufträge zur Ankurbelung der Wirtschaft treiben die Preissteigerung an.

2 Z. B.: Starkes Wirtschaftswachstum verursacht Probleme beim Umweltschutz.

3 a) Z. B.: Vollbeschäftigung: Boom
b) Z. B. Steuersenkung: Verbraucher und Unternehmen können mehr konsumieren und investieren;
Folge: Ankurbelung der Wirtschaft

3 a) Die Merkmale der Konjunkturphasen findest du in M6. Übernimm sie in deine Zeichnung.
b) Unterscheide Maßnahmen zur Konjunkturbelebung und zur Dämpfung der Konjunktur. Gehe bei den Problemen insbesondere auf die Staatsverschuldung ein.

4 Zu heftige Ausschläge der Konjunktur sind schädlich. Sie gefährden insbesondere ...
Maßnahmen des Staates zur Konjunktursteuerung sind wichtig, haben allerdings auch Nachteile ...

Die digitale Welt verändert Räume (S. 294/295)

1 Geht euren Tagesablauf durch und überlegt, wo es Berührungspunkte zwischen Alltag und digitaler Welt gibt.

2 a) Denkt an die Lieferung nach Hause.
b) Ein Micro-Hub kann man fast mit einem Geschäft vergleichen.

3 Erinnere dich: Die Infrastruktur zeigt auf, wie gut oder wie schlecht eine Sache funktioniert.

3 Ein leistungsfähiges Internet ist ein wichtiger Baustein für eine gute digitale Infrastruktur. Was nutzt ein schneller Rechner, wenn das Internet langsam ist?

4 Die Digitalisierung verlagert ... sie intensiviert ... sie verbraucht ...

4 Die Digitalisierung vermeidet ... sie verringert ... sie spart ...

5 Fasse z. B. alle positiven Argumente aus der Pro- und Kontra-Diskussion zusammen. Man braucht eine funktionierende digitale Vernetzung. Du kannst deine eigene Meinung einbringen.

Bildung als Schlüssel zur Berufswelt (S. 296/297)

1 Gehe auf die Chancen am Arbeitsmarkt und verbesserte Möglichkeiten der Teilhabe ein.

2 Gliedert eure Tabelle in die folgenden Bereiche: beruflich, gesellschaftlich, privat.

2 Über den Hauptästen der Mindmap könnten folgende Begriffe stehen: „beruflich“, „gesellschaftlich“, „privat“.

3 Z. B. Teamfähigkeit: sich mit anderen im ... gut verständigen; konstruktiv zusammenarbeiten, also Vorschläge der anderen immer in das eigene ... einbeziehen; gemeinsame ... anstreben und daran arbeiten, sie möglichst schnell und gut zu erreichen.

3 Z. B. Konfliktfähigkeit: Mitarbeiter, die Konflikte zu persönlich nehmen, sind nachtragend und sinnen auf ... Das ist für den Betriebsfrieden ... Konflikte sollten immer mit ... ausgetragen werden.
Außerdem: Es ist wichtig zu wissen, dass Konflikte im Arbeitsleben ... sind. Dabei sollte man die Fähigkeit besitzen oder erwerben, sich stärker in die Interessen des ... zu versetzen.

4 Nimm deine Lösung zu Aufgabe 2 als Argumentationshilfe.

5 a) Kombiniere bei der Internetrecherche deinen Lieblingsberuf mit Suchbegriffen wie „Ausbildung“, „Voraussetzungen“, „Schulabschluss“ ...
b) Baut in euer Rollenspiel Fragen und/oder Aufgaben zu Schlüsselkompetenzen ein.

Vorsorgen, absichern, Verträge schließen (S. 298/299)

1 a) Denke z. B. an Käufe in Ladengeschäften, Bestellungen (Katalog, Onlinehandel), Abonnements, Verträge (z. B. Prospekte austragen), Tauschgeschäfte.
b) Denke an Shopping, Bestellungen ...
c) Welche Geschäfte darfst du abschließen? Was heißt „schwebend unwirksam“?

2 mündliche oder schriftliche Vereinbarung (Willenserklärung) zwischen ...

2 Gehe auf „Haustürgeschäfte“, Katalogbestellungen und Onlinehandel ein.

3 Gehe von dem Gesichtspunkt der Existenzgefährdung aus.

3 Denke an die Absicherung bei Krankheit und Unfall, Haftpflichtversicherung beim Auto, private Haftpflichtversicherung, Hausversicherung ...

4 Der Lernpflicht bei den Auszubildenden entspricht die ... des Betriebs. Der Gehorsamspflicht des Auszubildenden ...

5 a) Frage z. B., welche Risiken die folgenden Versicherungen abdecken: Krankenversicherung, Unfallversicherung, Lebensversicherung, Berufsunfähigkeitsversicherung, Rechtsschutzversicherung, Hausversicherung, Hausratversicherung.
b) Gib im Internet ein: „Verbraucherzentrale Niedersachsen + Versicherungen“.
c) Gehe von unterschiedlich hohen Nettoeinkommen und unterschiedlichen Lebenssituationen aus. Was verändert sich bei den notwendigen Ausgaben, beim Absichern von Risiken und beim Sparen?

Material
Methodenkompedium Band 1 + 2
f384mk

Methode: Eine Fotografie analysieren

1. Schritt: Das Foto beschreiben
Was ist auf der Fotografie abgebildet?
Beschreibe Einzelheiten.
Welche Informationen geben Bild oder Legende zu Ort und Zeit der Aufnahme?

2. Schritt: Das Foto untersuchen
Finde heraus, um welche Art Foto es sich handelt. Ist es ein Privatfoto, ein Pressefoto, ein Propagandafoto?
Prüfe, ob es sich um einen „Schnappschuss" oder ein gestelltes Foto handelt.
Erläutere die Auswahl von Perspektive und Ausschnitt des Fotos.
Gibt es Hinweise darauf, wer das Foto gemacht hat?

3. Schritt: Das Foto deuten
Formuliere eine Gesamtaussage zur Absicht des Fotografen.

Methode: Einen Film analysieren

1. Schritt: Betrachten und beschreiben
Schau dir den Film an und versuche dir einen Überblick zu verschaffen über Thema, Orte, Handlung, Haupt- und Nebendarsteller.

2. Schritt: Einzelelemente untersuchen
Schau dir den Film ein zweites Mal an: Unterscheide einzelne Sequenzen und formuliere Überschriften dazu. Welche Gestaltungsmerkmale fallen dir auf? Beurteile die Musik, Kostüme, besondere Effekte.

3. Schritt: Aussagen des Films deuten
Will der Film eine Botschaft vermitteln? Formuliere sie möglichst knapp.

Methode: Zeitzeugen befragen

1. Schritt: Vorbereitung
Finde heraus, welche Person geeignet ist, dir Auskunft zu dem gewählten Thema zu geben.
Erarbeite dir einen Leitfaden aus Fragen und Schwerpunkten für das Interview.
Erkläre dem Zeitzeugen/der Zeitzeugin, was du möchtest, und vereinbare einen passenden Termin.

2. Schritt: Befragung
Schaffe eine vertrauliche Atmosphäre für das Gespräch. Es kann sein, dass die Person von den Ereignissen berührt ist und es ihr nicht leichtfällt, darüber zu sprechen.
Teile der Person mit, dass du dir Stichworte zu dem Gespräch machen willst, bzw. frag nach, ob du das Gespräch aufzeichnen darfst.

3. Schritt: Auswertung
Nimm dir nach dem Gespräch Zeit, deine Notizen zu vervollständigen. Verschriftliche wichtige Stellen des Interviews. Werte das Interview aus, indem du die Antworten auf deine Fragen zusammenfasst und mit Informationen zu dem historischen Ereignis vergleichst.
Schätze die Verlässlichkeit der Aussagen deines Zeitzeugen ein und beurteile das Ergebnis deiner Befragung.

Methode: Eine Raumanalyse durchführen

1. Schritt: Leitfragen formulieren
Gut geeignet sind Fragen, die sich auf Wechselwirkungen und Zusammenhänge zwischen den Faktoren (M3) und den Ansprüchen der EU beziehen.

2. Schritt: Material beschaffen
Geeignetes Material für die Beantwortung deiner Frage findest du in der Bibliothek oder im Internet (z. B. Auswärtiges Amt – Beitrittskandidaten EU).

3. Schritt: Die vier Raum-Blicke

Blick 1: Realraum
Ordne den Untersuchungsraum geographisch ein und verschaffe dir einen Überblick. Beschreibe seine Lage im größeren Raum (Klimazone, Staat, Kontinent ...). Schreibe die Charakteristika des Raumes auf.

Blick 2: Beziehungsraum
Untersuche die betreffenden Faktoren mithilfe der Materialien und stelle Zusammenhänge her. Z. B.: Relief und Besiedlung, Industrie und Landschaft ...

Blick 3: Der Wahrnehmungsraum
Wie sehen z. B die Einwohner ihr Land, wie sehen die anderen EU-Staaten das Land? Erfasse Unterschiede und Gemeinsamkeiten der verschiedenen Blickwinkel.

Blick 4: Der gemachte Raum
Verschaffe dir einen Überblick über die Darstellung des Landes in Medien, Prospekten, bei Institutionen oder ähnlichem. Das Internet hilft dir bei der Recherche.

Methode: Ein Szenario erstellen

1. Schritt: Thema festlegen
Zeigt eine Problemstellung für die Zukunft auf, deren Lösung euch wichtig erscheint, zum Beispiel Klimaerwärmung oder Rohstoffverbrauch.

2. Schritt: Einflussfaktoren bestimmen
Benennt die wichtigsten Einflussfaktoren für die gewählte Problemstellung. Das können wirtschaftliche, gesellschaftliche oder ökologische Faktoren sein.
Erarbeitet dazu ein Wirkungsschema.

3. Schritt: Szenarien entwickeln
a) Erstellt in Kleingruppen ein positives und ein negatives Extremszenario zu eurem Thema.
b) Bewertet die Szenarien bezüglich der Wahrscheinlichkeit ihres Eintretens.
c) Entwickelt ein Trendszenario, das als Fortschreibung der heutigen Situation für die Zukunft eurer Meinung nach eintreffen wird.

Begründet eure Einschätzung.
Erläutert die Folgen der einzelnen Szenarien.

4. Schritt: Lösungsansätze aufzeigen
Sucht gemeinsam in der Klasse nach Maßnahmen, mit denen man das Eintreten des negativen Extremszenarios verhindern und positive Entwicklungen fördern kann.
Entwickelt eine Handlungsstrategie.

Ein Gruppenpuzzle durchführen

1. Schritt: Stammgruppen bilden und Experten bestimmen
Setzt euch zunächst in Gruppen mit mindestens vier Mitgliedern, den sogenannten Stammgruppen, zusammen. Jedes Mitglied der Stammgruppe bearbeitet einen anderen Arbeitsauftrag.

2. Schritt: Arbeit in den Expertengruppen
Setzt euch anschließend mit den Experten aus den anderen Gruppen zusammen, die den gleichen Auftrag hatten wie ihr. Löst in diesen Expertengruppen gemeinsam die Arbeitsaufträge für euer jeweiliges Spezialthema. Haltet eure Ergebnisse schriftlich fest. Wenn ihr alle Fragen bearbeitet habt, löst ihr die Expertengruppen auf und setzt euch wieder in euren ursprünglichen Stammgruppen zusammen.

3. Schritt: Experten vermitteln ihr Wissen
Jeder Experte trägt in seiner Stammgruppe die Ergebnisse vor, die in seiner Expertengruppe erarbeitet wurden. Die anderen Gruppenmitglieder sollen nicht nur aufmerksam zuhören, sondern auch Fragen stellen. Löst nun den übergeordneten Arbeitsauftrag als Stammgruppe.

4. Schritt: Präsentation der Ergebnisse
Präsentiert der Klasse euer Arbeitsergebnis, z.B. als Plakat. Diskutiert mögliche Unterschiede zwischen den Arbeitsergebnissen der einzelnen Stammgruppen.

Lerntempoduett

1. Schritt: Aufgaben lösen
Jeder erhält eine Reihe von Aufgaben, die gelöst werden müssen. Bei den ersten Aufgaben darfst du jeweils nach einer Aufgabe aufstehen und das Ergebnis mit einem Mitschüler vergleichen.

2. Schritt: Vergleich mit einem Mitschüler
Sobald eine Aufgabe fertig bearbeitet ist, gehst du zu einem vereinbarten Treffpunkt in der Klasse, stellst deine Ergebnisse einem anderen Schüler vor und diskutierst kurz mit ihm.

3. Schritt: Weiteres Vorgehen
Weitere Aufgaben werden individuell bearbeitet. Jeder arbeitet in seinem eigenen Tempo.

4. Schritt: Lösungen prüfen
In der Klasse besprecht ihr alle eure Ergebnisse und überprüft die Lösungen.

Eine Mindmap erstellen

1. Schritt: Gedanken sammeln
Notiere wichtige Gedanken zum Thema in deinem Heft. Schreibe diese so auf, wie sie dir gerade einfallen. Beschränke dich dabei möglichst auf ein Wort.

2. Schritt: Ordnen der Begriffe
Nun beginnst du, die aufgeschriebenen Begriffe zu ordnen. Suche Oberbegriffe, denen du deine Gedanken zuordnen kannst.

3. Schritt: Gedankenkarte erstellen
Thema in der Mitte: Lege ein Blatt quer vor dich hin und schreibe das Thema in die Mitte des Blattes. Kreise das Thema ein.
Oberbegriffe als Äste: Zeichne mit einer neuen Farbe nun von der Mitte nach außen die Äste. Schreibe die Oberbegriffe so auf die Äste, dass man die Begriffe gut lesen kann.
Unterbegriffe als Zweige: Zeichne mit einer dritten Farbe an die Äste dünnere Zweige. Beschrifte auch diese mit den Begriffen, die zu den Oberbegriffen gehören.

Museumsgang

1. Schritt: Gruppenarbeit
Innerhalb einer Gruppe wird ein Thema erarbeitet. Danach wird das Ergebnis festgehalten.

2. Schritt: Vergleich und Präsentation
Es werden neue Gruppen gebildet. In jeder Gruppe ist ein Experte aus Schritt 1. Jede Gruppe betrachtet die verschiedenen Ergebnisse der Gruppenarbeiten. Aus jeder dieser Gruppen präsentiert ein Schüler das Ergebnis seiner Gruppe.

Ein Partnerpuzzle durchführen

1. Schritt: Aufgaben lösen
Jeder löst eine Aufgabe für sich.

2. Schritt: Vergleiche mit dem Partner
Danach überprüft jeder mit einem Partner, der auch diese Aufgabe gelöst hat, seine Ergebnisse. (Schüler 1 mit Schüler 2, der auch Aufgabe A gelöst hat, Schüler 3 mit Schüler 4, der die Aufgabe B gelöst hat.)

3. Schritt: Expertenpräsentation
Nun stellen die Schülerinnen und Schüler, die verschiedene Aufgaben gelöst haben, die Ergebnisse vor (Schüler 1 mit Schüler 3, Schüler 2 mit Schüler 4). So findet eine Expertenpräsentation statt.

4. Schritt: Austausch und Sicherung
Abschließend tauschen sich noch einmal die Schüler 1 und 2 sowie 3 und 4 über die neuen Informationen der anderen aus. Das Gelernte wird kurz im Plenum gesichert.

Placemat

1. Schritt: Vorbereitung
In der Klasse werden die Tische zusammengestellt.

2. Schritt: Verlauf
Auf jedem Gruppentisch befindet sich ein Placemat (engl. für Platzdeckchen). Das Placemat hat in der Mitte ein Quadrat und vier Dreiecke an den Ecken. In diese werden Ideen zum Thema oder die Lösung der Fragestellung eingetragen. Wenn jeder etwas eingetragen hat, wird das Placemat im Uhrzeigersinn weitergedreht. Durch Lesen findet ein Austausch zwischen den Teilnehmern statt. Diese dürfen nur schriftlich kommentiert oder ergänzt werden. Ist das Placemat wieder in der Ausgangsposition, können die Schüler die Eintragungen der Mitschüler zu ihrer eigenen Idee sehen. In das leere Feld in der Mitte werden nun drei Gemeinsamkeiten aller Felder eingetragen. Anschließend können die Ergebnisse mehrerer Gruppen verglichen und diskutiert werden.

Think-Pair-Share

1. Schritt: Think
Notiert zuerst eure Ideen, Gedanken und Lösungen zur Aufgabe in Einzelarbeit. Einzelarbeit bedeutet Stillarbeit.

2. Schritt: Pair
Vergleicht eure Ergebnisse und ergänzt sie. Lautstärke 30-cm-Abstand und Murmelton.

3. Schritt: Share
Die Ergebnisse der Diskussionen werden entweder einem anderen Partner oder der Klasse präsentiert.

Eine Wandzeitung erstellen

1. Schritt: Thema finden
Suche dir ein Land oder ein Thema aus.

2. Schritt: Informationen suchen und sammeln
Sammle zu diesem Land oder zu diesem Thema Informationen. Schulbuch, Internet, Reisebüro oder Bücher helfen dir weiter.

3. Schritt: Material auswählen und gestalten
Überlege, wie viel Platz dir zur Verfügung steht und was alles auf die Zeitung soll.
Wohin sollen die Überschrift, die Texte, die Bilder, die Tabellen …?
Welche Farben bekommen Überschrift und Text?
Wie groß sollen sie sein, damit man es später auch lesen kann?
Schreibst du auf weiße oder bunte Blätter?
Schreibst du mit der Hand, mit dem Computer oder abwechselnd?

4. Schritt: Texte formulieren
Schreibe die Informationen nicht einfach ab, sondern versuche einen eigenen Text zu verfassen.

5. Schritt: Wandzeitung gestalten
Überschrift und Texte verfassen und sie und die Bilder aufkleben. Alles übersichtlich aufkleben, damit der Leser deine Wandzeitung gerne anschaut und liest.

88, 18, 28: Die Zahlen stehen für die Buchstabenfolge im Alphabet. Die Zahl 88 besteht also aus einem doppelten H und steht für „Heil Hitler", so wie die 18 für AH und damit für die Anfangsbuchstaben Adolf Hitlers. Die Buchstaben BH stehen für die in Deutschland verbotene Skinhead-Bewegung „Blood & Honour"

A

AG/Aktiengesellschaft: Das Grundkapital der Gesellschaft wird durch Anteilsscheine – sogenannte Aktien – gebildet. Die Aktionäre erhalten als Anteilseigner eine Gewinnbeteiligung in Form einer Dividende.

Arbeitsnormen: Vorgaben in der Planwirtschaft. Sie besagten, wieviel in einer bestimmten Zeit von den Arbeitern produziert oder geleistet werden musste. Eine Erhöhung bedeutete für die Arbeiter: mehr Arbeit für gleichen Lohn.

Arier: (altindisch = der Edle) Nach der NS-Rassenideologie gehörten die Arier (groß, blond, blauäugig sowie tapfer, heldenhaft, opferbereit) der höchsten Rasse an. Den Kern der arischen Rasse bildeten nach dieser „Lehre" die germanischen Völker, und hier vor allem die meisten Deutschen.

B

Bedarf: der Teil der Bedürfnisse, die ein Mensch mit den zur Verfügung stehenden Mitteln tatsächlich befriedigen kann oder will

Betrieb: unselbstständige Einheit, die innerhalb eines Unternehmens Güter und Dienstleistungen bereitstellt

Bildungsrendite: Eine Rendite ist der Ertrag einer Investition (z. B. die Dividende als Gewinnbeteiligung bei Aktien). Bildung „rentiert" sich lebenslang in Form eines höheren Einkommens und einer höheren Rente. Dazu kommen immaterielle Vorteile wie gesellschaftliches Ansehen.

Blankoscheck: Scheck, in den der Empfänger die Summe selbst eintragen kann = steht für uneingeschränktes Vertrauen

Blockparteien: Parteien in der DDR, die 1945 in der SBZ unter der Führung der KPD (ab 1946 SED) zum „antifaschistischen Parteienblock" zusammengeschlossen waren. Die Blockparteien durften keine eigenständige Politik betreiben, sondern vollzogen die Politik der SED nach.

Bruttoinlandsprodukt (BIP): Summe aller Werte aus Sachgütern und Dienstleistungen, die innerhalb der Landesgrenzen in einem Jahr entstanden sind

Bund Deutscher Mädel (BDM): So wurde der weibliche Zweig der Hitlerjugend genannt. Spiele, Sport und Ausflüge standen ebenso auf dem Programm wie Basteln, Handarbeit und Sammlungen für wohltätige Zwecke. Mädchen sollten u. a. auf ihre Rolle als Mutter vorbereitet werden.

C

Cyberangriff: gezielter Angriff auf die Rechnernetze von Unternehmen und Regierungen mit der Absicht, Informationen und Daten zu stehlen (Spionage), bestimmte Funktionen abzuschalten (Sabotage) oder hohe Geldsummen zu fordern (Erpressung). Im schlimmsten Fall funktionieren die Computersysteme von Industriebetrieben, Kraftwerken oder Ministerien über längere Zeit nicht mehr.

D

demografischer Wandel: (griech. demos = Volk und graphe = Schrift) Demografie ist die Lehre von der Bevölkerungsentwicklung. Untersucht werden z. B. die Altersstruktur, das Verhältnis von Geburten und Sterbefällen. Veränderungen bezeichnet man als demografischen Wandel.

E

Einkommen: Geld, das einem Haushalt zur Verfügung steht. Das Einkommen kann aus verschiedenen Quellen stammen: Lohn oder Gehalt durch Erwerbsarbeit, Rente oder Pension, Arbeitslosen- oder Sozialhilfe, aus Mieteinnahmen, Zinsen von einem Sparkonto, selbstständiger Tätigkeit.

Einsatzgruppen: mobile Einheiten aus SS-Männern, Gestapo-Beamten und normalen Polizisten. Sie waren für die Ermittlung, Überwachung sowie für die Ermordung von politischen Gegnern und „rassisch unerwünschten" Personen zuständig.

Epochenjahr: Kalenderjahr, in dem sich ein oder mehrere bedeutsame Ereignisse abspielen, die für sich allein oder gemeinsam zu einem deutlichen Einschnitt im Ablauf der Geschichte führen

Extremismus: Eine Weltanschauung, die politisch oder auch religiös dominiert wird. Hierbei wird die Welt in Freund-Feind, schwarz-weiß, gut-böse eingeteilt, wobei an die Ideologie geglaubt wird, sie aber wenig hinterfragt werden darf. Übernehmen extremistische Gruppierungen und Parteien die Herrschaft in einem Staat, kommt es zu einer totalen Herrschaft

F

Firma: Name, unter dem ein Unternehmen seine Geschäfte betreibt und seine Unterschrift abgibt

Freie Deutsche Jugend (FDJ): einzige erlaubte Jugendorganisation in der DDR. Sie unterstand der Kontrolle der SED. Alle Kinder wurden mit ihrer Einschulung zunächst „Jungpioniere". Mit 14 Jahren wechselten die meisten Jugendlichen in die FDJ. Die Mitgliedschaft war offiziell freiwillig. Wer aber nicht eintrat, musste mit Nachteilen rechnen.

G

Glasnost: russ. = Offenheit/Öffentlichkeit, öffentliche Diskussion über gesellschaftliche und politische Fragen. Die Politik sollte sich stärker an den Wünschen der Bevölkerung orientieren. So erhoffte sich Gorbatschow eine breitere Zustimmung zum Sozialismus.

Gewinn: Überschuss eines Unternehmens, nachdem die Kosten von den Verkaufserlösen abgezogen sind

Gewinnmaximierung: langfristiges Unternehmensziel möglichst hoher Gewinne

Giftgas: chemische Waffe, die z.B. die Nerven schädigt, blind macht oder zum Erstickungstod führt

Gleichschaltung: NS-Schlagwort, das die Umwandlung von Vereinen, Verbänden und Parteien in NS-Organisationen meint. Das gesamte öffentliche Leben wurde nach den Vorgaben der NS-Regierung „gleichgeschaltet".

H

Haushalte: Gemeinschaften, die eine oder mehrere Personen umfassen, die gemeinsam planen und wirtschaften.

heißer Draht: Jederzeit freie Telefonverbindung zwischen den Hauptstädten der beiden Supermächte, Moskau und Washington. Der heiße Draht wurde unmittelbar nach der Kubakrise eingerichtet, weil sich herausgestellt hatte, dass die Regierungen oft Stunden brauchten, um die Gegenseite zu informieren.

I

Insolvenz: Zahlungsunfähigkeit eines Unternehmens. Die Schulden können nicht mehr bezahlt werden. Umgangssprachlich nennt man das Scheitern eines Unternehmens auch Pleite oder Konkurs.

Imperialismus: (lat. imperium = Herrschaft, Weltreich) Die Zeit zwischen 1880 und 1914 wird als das Zeitalter des Imperialismus bezeichnet. Ziel der großen Mächte war es, sich überall in der Welt durch den Erwerb von Kolonien Rohstoffe und Absatzmärkte zu sichern.

J

Jugendweihe: Staatliches Ritual in der DDR ab 1954: Jugendliche bekannten sich am Ende der 8. Klasse zum Sozialismus. In den 1980er-Jahren nahmen an der Jugendweihe 97 Prozent der Jugendlichen teil.

K

Kabinett: (von franz. cabinet = kleiner Besprechungsraum) Ursprünglich bestellte sich der König seine Berater in einen kleinen, abgetrennten Raum. Heute bezeichnet man mit „Kabinett" die Regierungsmitglieder.

Kader: Planmäßig von der FDJ herangebildeter Stamm von Nachwuchskräften; heute: die von Sportverbänden geförderten Sportler.

Kartell: Zusammenschluss von unabhängigen Unternehmen mit dem Ziel, Preise abzusprechen, den Markt unter sich aufzuteilen oder Produktneuerungen zu verhindern.

Keltenkreuz: kommt aus der frühmittelalterlichen Kultur Irlands, wurde von der amerikanische White-Power-Bewegung adaptiert und dient als Symbol der angenommenen Vormachtstellung der weißen „Rasse".

Konjunktur: Verlauf des Wirtschaftsgeschehens mit ständig wechselnden Phasen, die ihre Extreme in Hochs (Boom) und Tiefs (Depression) finden

Kontoauszug: Übersicht über eingehende (Habenbeträge) und ausgehende (Sollbeträge) Gelder bei einem Bank- oder Sparkassenkonto

Konzentrationslager (KZ): Spezielle Lager, die erst von der SA, ab 1934 von der SS verwaltet wurden. Wer in ein solches Lager kam, war rechtlos dem Terror der Wachmannschaften ausgesetzt. Das Konzentrationslager Osthofen bei Worms war eines der ersten Lager in Deutschland.

Konzern: fasst rechtlich selbstständige Unternehmen unter einheitlicher Leitung zusammen, meist in Form einer Aktiengesellschaft (AG)

Kredit: Ein Kredit ist ein Geldbetrag, den eine Bank oder Person verleiht. Der Kreditnehmer, eine Person oder eine Firma, muss den Kredit zurückzahlen. Für das Ausleihen muss meist eine Gebühr, sogenannte Zinsen, entrichtet werden. Lange Zeit war das Erheben von Zinsen von der Kirche verboten.

Kriegsversehrte: Kriegsopfer, deren Verwundungen anhaltende körperliche oder seelische Schädigungen hinterließen

Kultur: Errungenschaften während einer Epoche in den Bereichen Sprache, Schrift, Landwirtschaft, Kunst, Architektur. Kulturen unterliegen keinen Grenzen, sie sind einem Wandel ausgesetzt, durch Wanderungsbewegungen von Menschen, Handel … wurden Kulturen geprägt, verändert, weiterentwickelt.

L

LGTBQ: Die Abkürzung steht für die englischen Begriffe Lesbian, Gay, Bisexual, Transgender und Queer (lesbisch, schwul, bisexuell, transgender und queer). Er steht als Abkürzung für alle Menschen unterschiedlicher Identität. Manchmal steht auch noch ein „+" hinter LGBTQ und meint damit die Indentitäten, die nicht unter den o.g. Abkürzungen stehen. Das Symbol der Community ist die Regenbogenflagge.

M

Marktwirtschaft: Ihre Merkmale sind: Privateigentum, freie Berufswahl sowie der freie Wettbewerb (Angebot und Nachfrage). Bei der sozialen Marktwirtschaft korrigiert der Staat negative Auswirkungen des Wettbewerbs mit sozialen Hilfen.

Ministerrat: So wird der „Rat der Europäischen Gemeinschaft" in der Regel genannt, weil der Name sonst leicht mit dem „Europäischen Rat" verwechselt werden kann. Die Ministerinnen und Minister eines bestimmten Aufgabenbereichs treffen sich mehrmals im Jahr in Brüssel, um zu beraten und Beschlüsse zu fassen. Sie lenken damit die Politik der EU.

Mobilmachung: Alle Streitkräfte eines Staates machen sich bereit für einen bevorstehenden Kriegseinsatz.

N

NFC: (Abk. für Near Field Communication) mobiler und kontaktloser Bezahlvorgang binnen Sekunden durch digitale Datenübertragung

O

Odalrune: auch Othala genannt, ist eine nordgermanische Rune, die sich mit „Erbe" und „Besitz" übersetzen lässt. Sie stand in Deutschland für die 1994 verbotene Jugendbewegung „Wiking Jugend", die ihren Ursprung in Wilhelmshaven hatte.

Oder-Neiße-Linie: Beschlüsse auf der Potsdamer Konferenz (August 1945): Die deutschen Gebiete östlich der Flüsse Oder und Neiße werden „vorläufig" von Polen und der Sowjetunion verwaltet. Der endgültige Grenzverlauf soll auf einer Friedenskonferenz festgelegt werden. Die deutsche Bevölkerung wird sofort vertrieben.

P

Perestroika: russ. = Umgestaltung. Reformen zur Modernisierung der Sowjetunion unter der Führung der KPdSU. Gorbatschows Ziel war es, das starre Gesellschaftssystem und die Kommandowirtschaft aufzubrechen.

Planwirtschaft: Wirtschaftssystem, in dem staatliche Stellen Planvorgaben für die Wirtschaft erarbeiten. Produktion, Verteilung der Waren und Preisfestlegung werden zentral geregelt.

Preisstabilität: Für Unternehmen und Verbraucher sind nur leicht steigende Preise gut. Die Europäische Zentralbank (= Bank der EU) soll durch geldpolitische Maßnahmen (z.B. Höhe des Zinssatzes) die Preise stabil halten.

Produktionsfaktoren: bei der Produktion eingesetzte Bodenfläche (mit Gebäuden), Sachkapital (Maschinen, Anlagen) und Arbeitskraft (Mitarbeiter)

R

Rasse/Rassismus: Anschauung, wonach Menschen aufgrund angeborener (äußerlicher) Eigenschaften in Rassen von unterschiedlichem Wert eingeordnet werden. Rassisten bewerten einen Menschen danach, ob er einer angeblich wertvollen oder minderwertigen Rasse angehört. Wissenschaftlich ist diese Lehre nicht haltbar.

Reparationen: (lat. reparare = wiederherstellen) Wiedergutmachung für die Schäden eines Krieges in Form von Sachgütern und/oder Geldzahlungen

S

Schwarzmarkt: von den Behörden nicht erlaubter Handel mit Waren. Auf dem Schwarzmarkt werden meist beliebig festgesetzte Höchstpreise verlangt.

schwarze Sonne: Das Symbol dient der „Rechten Szene" als Ersatz für das verbotene Hakenkreuz. Die Schwarze Sonne ist ein erfundenes Symbol der SS, das erst nach 1945 seinen Namen bekam. Sie besteht aus 12 Sigrunen und sieht aus wie ein zwölfarmiges Hakenkreuz.

Sinti und Roma: Bevölkerungsgruppen, die im Mittelalter aus Indien nach Europa eingewandert sind. Nach 1933 wurden Sinti und Roma Opfer der NS-Verfolgungspolitik. Viele wurden zwangsweise sterilisiert und in Konzentrations- und Vernichtungslagern ermordet. Heute bilden die Roma (mit der Untergruppe der Sinti) die größte ethnische Minderheit in Europa.

soziale Marktwirtschaft: Wirtschaftsordnung der Bundesrepublik Deutschland, die Freiheiten des Marktes mit Eingriffsrechten des Staates verbindet. Hauptziele sind soziale Gerechtigkeit sowie der Schutz von Arbeitnehmern und Verbrauchern.

SS: (Abkürzung für Schutzstaffel) Zunächst war die SS als Teil der SA für den persönlichen Schutz Hitlers verantwortlich. Ab 1934 wurde sie zur führenden Organisation des Dritten Reiches ausgebaut. Mit Beginn des Zweiten Weltkrieges war vor allem die SS mit der Planung und Durchführung des Völkermordes beauftragt.

Staatsgewalt: Macht des Staates, die er in Form von Legislative, Exekutive und Judikative hat. In einer Demokratie geht die Staatsgewalt vom Volk aus (Grundgesetz, Art. 20) und wird von den staatlichen Institutionen stellvertretend ausgeübt.

Stellungskrieg: Kampfhandlungen, bei denen sich der Frontverlauf zwischen den kämpfenden Parteien über längere Zeit nicht ändert. Sie werden meist von Schützengräben und Bunkern aus geführt.

Sudetenland: Grenzgebiete der Tschechoslowakei, in denen überwiegend Deutsche lebten. Sie gehörten bis 1918 zu Österreich-Ungarn. Die Siegermächte des Ersten Weltkrieges gaben das Gebiet 1919 an die Tschechoslowakei. 1938 erzwang Hitler den „Anschluss" des Sudetenlandes an Deutschland.

U

Umsatz: alle Erlöse eines Unternehmens aus Warenverkäufen und erbrachten Dienstleistungen

UNO: (United Nations Organization = Vereinte Nationen) 1945 gegründete Organisation zur Sicherung des Weltfriedens; 2021 hatte die UNO 193 Mitglieder. Das sind fast alle Staaten der Erde.

Ultimatum: letzte Mahnung, bis zu einem bestimmten Zeitpunkt Forderungen zu erfüllen, um Krieg zu vermeiden

V

Verhältniswahlrecht: Jede Partei bekommt entsprechend der Stimmenzahl Sitze im Parlament. Nach der Weimarer Verfassung gab es keine Einschränkung. Daher saßen im Reichstag die Vertreter von bis zu 15 Parteien. Das erschwerte die Bildung einer Regierung.

Vernichtungskrieg: Der Begriff bezeichnet die radikalste Form der Kriegführung. Ziel ist nicht nur der Sieg über eine feindliche Armee oder die Eroberung von Land, sondern die planmäßige Auslöschung eines Volkes oder seiner eigenständigen staatlichen Existenz. Die Tötung von Menschen, insbesondere aus der Führungsschicht, oder die Unterdrückung von Sprache und Kultur des besiegten Volkes sind Teil des Programms. Die Kriegführung ist durch Hemmungslosigkeit und Rohheit geprägt.

Volksgemeinschaft: Im Nationalsozialismus sollte es keine Unterschiede zwischen Arm und Reich, Mann und Frau, Arbeiter und Unternehmer und keine Parteien mehr geben. Der Einzelne musste sich der Gemeinschaft unterwerfen, ausgeschlossen wurden alle Menschen, die den NS-Rassenvorstellungen nicht entsprachen.

W

Waffenstillstand: vorläufige Einstellung von kriegerischen Handlungen zwischen Kriegsparteien, meist gefolgt von Friedensverhandlungen

Abbildungsverzeichnis

cover Kay Fochtmann Fotografie, Leipzig; **7.M1** ullstein bild, Berlin; **7.M2** Picture-Alliance, Frankfurt/M.; **8.M1** Wieland, Tobias, Celle; **9.M2** Deutsches Historisches Museum, Berlin; **10.M1** ullstein bild, Berlin (Granger, NYC); **11.M4** Leinen, Klaus, Beilingen; **13** Lohß, Sandy, Chemnitz; **13.M1** Müller, Lutz-Erich, Leipzig; **13.M1** Lutz-Erich Müller, Leipzig; **14.M1** Picture-Alliance, Frankfurt/M. (Geisler-Fotopress); **14.M2** toonpool.com, Berlin (Guido Kuehn); **16.M1** ullstein bild, Berlin; **16.M2** Schaar, Wolfgang, Grafing; **17.M5** Picture-Alliance, Frankfurt/M. (Jürgen Bätz); **18.M1** Ernst Klett Verlag GmbH, Stuttgart; **19.M2** Ernst Klett Verlag GmbH, Stuttgart; **19.M3** Ernst Klett Verlag GmbH, Stuttgart; **20.M1** akg-images, Berlin; **21.M6** akg-images, Berlin (Interfoto/TV-Yesterday); **21.M7** akg-images, Berlin; **22.M1** Ernst Klett Verlag GmbH, Stuttgart; **23.M2** Schaar, Wolfgang, Grafing; **24.M1** ullstein bild, Berlin; **24.M2** Schaar, Wolfgang, Grafing; **25.M5** akg-images, Berlin; **26.M1** Deutsches Historisches Museum, Berlin (I. Desnica); **27.M3** Ernst Klett Verlag GmbH, Stuttgart; **27.M4** BPK, Berlin (BnF, Dist. RMN-GP); **28.M1** akg-images, Berlin; **29.M2** akg-images, Berlin; **29.M3** akg-images, Berlin; **30.M1** ullstein bild, Berlin (Heritage Images/Ann Ronan Pictures); **31.M2** akg-images, Berlin; **31.M3** Ernst Klett Verlag GmbH, Stuttgart; **32.M1** Getty Images, München (Hulton Fine Art Collection/ Print Collector); **33.M2** Ernst Klett Verlag GmbH, Stuttgart; **34.M1** akg-images, Berlin; **35.M2** BPK, Berlin; **35.M3** ullstein bild, Berlin (Archiv Gerstenberg); **35.M4** Wieland, Tobias, Celle; **35.M4** Wieland, Tobias, Celle; **35.Sprechblasen** Lohß, Sandy, Chemnitz; **36.M1** Alamy stock photos (Walter G. Allgöwer/ImageBroker), Abingdon. (c) VG Bild-Kunst, Bonn 2021 [Carl Fredrik Reuterswärd: Non Violence]; **37.M2** Schaar, Wolfgang, Grafing; **38.M1** Picture-Alliance, Frankfurt/M. (Adrian Wyld); **39.M3** UNESCO, Paris 07 SP (Brendano); **40.M1** Walter Hanel (Künstler), Haus der Geschichte, Bonn; **40.M2** Sakurai, Heiko, Köln; **41.M7** Ernst Klett Verlag GmbH, Stuttgart; **42.M1** Picture-Alliance, Frankfurt/M. (Sina Schuldt); **43.M3** Picture-Alliance, Frankfurt/M. (dpa-infografik GmbH); **44.1** Schaar, Wolfgang, Grafing; **45.M1** akg-images, Berlin; **45.M2** akg-images, Berlin; **46.M1** akg-images, Berlin (c) Estate of George Grosz, Princeton, N.J./VG Bild-Kunst, Bonn 2021 [Georg Grosz: Drinnen und Draußen]; **47.M3a** Süddeutsche Zeitung Photo, München (Scherl); **47.M3b** BPK, Berlin (Friedrich Seidenstücker); **47.M3c** ullstein bild, Berlin (Robert Sennecke); **47.M4** akg-images, Berlin; **49.M2** Süddeutsche Zeitung Photo, München (SZ Photo); **49.M4** Ernst Klett Verlag GmbH, Stuttgart; **50.M1** Bundesarchiv, Koblenz; **50.M2** BPK, Berlin; **51.M4** Picture-Alliance, Frankfurt/M. (CPA Media); **52.M1** ullstein bild, Berlin; **53.M2** Lohß, Sandy, Chemnitz; **54.M1** ullstein bild, Berlin; **55.M2** https://creativecommons.org/licenses/by-sa/4.0/deed.de, Mountain View (Universitätsbibliothek Heidelberg); CC-BY-SA-4.0 Lizenzbestimmungen: https://creativecommons.org/licenses/by-sa/4.0/legalcode; **55.M4** https://creativecommons.org/licenses/by-sa/4.0/deed.de, Mountain View (Universitätsbibliothek Heidelberg); CC-BY-SA-4.0 Lizenzbestimmungen: https://creativecommons.org/licenses/by-sa/4.0/legalcode; **56.M1** akg-images, Berlin; **57.M4** Picture-Alliance, Frankfurt/M. (Berliner Verlag/Archiv); **58.M1** Picture-Alliance, Frankfurt/M. (Rainer Jensen); **58.M2** Metropolis, R: Fritz Lang, 1925/26 (c) Picture-Alliance (dpa/ ZB), Frankfurt; **59.M4** Picture-Alliance, Frankfurt/M. (Photoshot); **60.D1** Lutz-Erich Müller, Leipzig; **61.M4** Lohß, Sandy, Chemnitz; **61.M5** ullstein bild, Berlin (Imagno); **61.M6** Ernst Klett Verlag GmbH, Stuttgart; **62.M1** BPK, Berlin (Kunstbibliothek, SMB/ Knud Petersen); **63.M2** Schaar, Wolfgang, Grafing; **63.M3** akg-images, Berlin; **64.M1** Jacob Belsen; **64.M2** Schaar, Wolfgang, Grafing; **66.M1** akg-images, Berlin; **66.M2** BPK (Nationalgalerie, SMB/Jörg P. Anders), Berlin. (c) Estate of George Grosz, Princeton N.J./VG Bild-Kunst, Bonn 2021 [George Grosz: Stützen der Gesellschaft]; **67** Lohß, Sandy, Chemnitz; **67** Wieland, Tobias, Celle; **67** Wieland, Tobias, Celle; **67** Lohß, Sandy, Chemnitz; **67** Wieland, Tobias, Celle; **67** Wieland, Tobias, Celle; **68** akg-images, Berlin; **69.M2** Picture-Alliance, Frankfurt/M. (Glasshouse Images); **69.M3** BPK, Berlin (Deutsches Historisches Museum/Arne Psille); **70.1** Schaar, Wolfgang, Grafing; **71.M1** Picture-Alliance, Frankfurt/M. (Sammlung Berliner Verlag Archiv); **71.M2** Picture-Alliance, Frankfurt/M. (Historisches Museum Hannover dpa/lni); **71.M3** Stadtarchiv Düsseldorf, 108-200-003; **72.M1** akg-images, Berlin; **73.M2** Jäckel, Diana, Erfurt; **73.M4** Süddeutsche Zeitung Photo, München; **74.M1** Picture-Alliance, Frankfurt/M. (The Print Collector/Heritage Images); **75.M3** akg-images, Berlin; **75.M3** akg-images, Berlin; **75.M4** Still aus: Der große Diktator, R: Charly Chaplin, 1940 (c) akg-images (Album/United Artists), Berlin; **75.M4** Still aus: Der große Diktator, R: Charly Chaplin, 1940 (c) akg-images (Fototeca Gilardi), Berlin; **76.M1** Alamy stock photo, Abingdon (Shawshots); **77.M4** Volkswagen AG, Wolfsburg; **77.M5** Stadtarchiv, Nürnberg (E 39/I Nr. 1747/23); **79.M2** Jäckel, Diana, Erfurt; **79.M4** Jäckel, Diana, Erfurt; **79.M5** Jäckel, Diana, Erfurt; **80.M1** Deutsches Historisches Museum, Berlin (Inv.-Nr.: 1990/534); **80.M1** Picture-Alliance, Frankfurt/M. (ZB/Berliner Verlag/Archiv); **80.M2** Deutsches Historisches Museum, Berlin (Inv.-Nr.: P 62/1720); **81.M3** Bergmoser + Höller Verlag, Aachen; **82.M1** BPK, Berlin; **83.M4** akg-images, Berlin (Hans Asemissen); **84.Q1** Deutsches Historisches Museum, Berlin; **84.Q2** akg-images, Berlin (Paul Almasy); **85.M4** Deutsches Historisches Museum, Berlin (I. Desnica); **85.M5** Myrna M. Suarez/Kontributor; **86.M1** BPK, Berlin; **87.M2** TopFoto, Edenbridge, Kent; **87.M3** ullstein bild, Berlin (Archiv Gerstenberg); **88.M1** Ernst Klett Verlag GmbH, Stuttgart; **89.M4** BPK, Berlin; **89.Q6** Deutsches Historisches Museum, Berlin; **90.M1** nach Institut für Zeitgeschichte, München; **91.M2** akg-images, Berlin; **92.M1** ullstein bild, Berlin; **93.M2** ullstein bild, Berlin (LEONE); **93.M3** ullstein bild, Berlin (Schirner); **94.M1** Süddeutsche Zeitung Photo, München (Scherl); **95.Q5** BPK, Berlin (Fotoarchiv Ruhr Museum, Archiv Ernst Schmidt, Inventar-Nr.: AE S 21 – 7015); **96.M1** akg-images, Berlin; **97.M3** ullstein bild, Berlin (dpa); **97.M4** akg-images, Berlin; **98.M1** akg-images, Berlin (George (Jürgen) Wittenstein); **99.M2 1** akg-images, Berlin; **99.M2 2** ullstein bild, Berlin; **99.M2 3** ullstein bild, Berlin (Archiv Gerstenberg); **99.M2 4** akg-images, Berlin; **99.M2 5** Alamy stock photo, Abingdon (Paul Fearn); **99.M3** NS-Dokumentationszentrum der Stadt Köln, Köln (Signatur N 632,1); **99.M4** Jäckel, Diana, Erfurt; **102.M1** BPK, Berlin (Vinzenz Engel); **103.M2** Ernst Klett Verlag GmbH, Stuttgart; **104.M1** stock.adobe.com, Dublin (luzitanija); **106.M2** Picture-Alliance, Frankfurt/M. (© Usis-Dite/Leemage); **106.M2** Getty Images, München (Time Life Pictures/John Florea); **108.1** Schaar, Wolfgang, Grafing; **109.M1** Picture-Alliance, Frankfurt/M. (Axel Heimken); **109.M2** Picture-Alliance, Frankfurt/M. (dpa/Daniel Kalker); **110.M1** Wieland, Tobias, Celle; **114.M1** Holtschulte, Michael, Herten; **115.M2** stock.adobe.com, Dublin (Halfpoint); **117.M4** Picture-Alliance, Frankfurt/M. (Patrick Seeger); **118.M1** Picture-Alliance, Frankfurt/M. (dpa-infografik GmbH); **119.M4** Quelle: WDR/infratest dimap 2018 (c) Statista 2018; **120.M1** Picture-Alliance, Frankfurt/M. (dpa-Infografik); **121.M2** Jäckel, Diana, Erfurt; **122.M1** Ernst Klett Verlag GmbH, Stuttgart; **122.M2** stock.adobe.com, Dublin (moonrun); **123.M5** Lohß, Sandy, Chemnitz; **124.M1** Picture-Alliance, Frankfurt/M. (Julian Strate); **125.M2** Schaar, Wolfgang, Grafing; **125.M4** Schaar, Wolfgang, Grafing; **126.M1** Picture-Alliance, Frankfurt/M. (Bernd von Jutrczenka); **128.M1** stock.adobe.com, Dublin (nmann77); **129.M4** Lohß, Sandy, Chemnitz; **130.M1** Picture-Alliance, Frankfurt/M. (Uwe Anspach); **131.M3** Picture-Alliance, Frankfurt/M. (Geisler-Fotopress); **132.M1** Tomaschoff/toonpool.com; **134.M1** Mohr, Burkhard, Königswinter; **135.M2** Picture-Alliance, Frankfurt/M. (dieKLEINERT.de/Martin Erl); **136.1** Schaar, Wolfgang, Grafing; **137.M1** akg-images, Berlin; **137.M2** Picture-Alliance, Frankfurt/M. (dpa/Wolfgang Weihs); **138.M1** akg-images, Berlin; **139.M2** Ernst Klett Verlag

GmbH, Stuttgart; **140.M1** Picture-Alliance, Frankfurt/M. (Judaica-Sammlung Richter); **141.M2** Süddeutsche Zeitung Photo, München (Amerika Haus); **142.M1** Getty Images, München (Archive Photos/Allan Jackson); **143.M3** Alamy stock photo, Abingdon (Photo 12); **143.M4** Gilsi, Hannes P., St. Gallen (René Gilsi); **144.M1** Deutsches Historisches Museum, Berlin [Alfred Stiller: Junkerland in Bauernhand]; **145.M2** akg-images, Berlin; **145.M4** akg-images, Berlin (Bildarchiv Pisarek); **147.M2** Picture-Alliance, Frankfurt/M. (dpa – Bildarchiv); **148.M1** Interfoto, München (The Advertising Archives); **149.M4** akg-images, Berlin; **150.M1** ullstein bild, Berlin; **150.M2** ullstein bild, Berlin (HDG); **151.M3** Ernst Klett Verlag GmbH, Stuttgart; **152.M1** ullstein bild, Berlin; **153.M2** ullstein bild, Berlin (Esch-Kenkel); **153.M4** Ernst Klett Verlag GmbH, Stuttgart; **154.M1** akg-images, Berlin (Ladislav Bielik); **155.M3** akg-images, Berlin; **155.M4** Ernst Klett Verlag GmbH, Stuttgart; **156.M1** Picture-Alliance, Frankfurt/M. (dpa/Lehtikuva); **157.M3** BPK, Berlin. Karikatur von Henry Meyer-Brockmann, „Simplizissimus", Nr. 20, 1956: „Es wird hier dauernd von Frieden gesprochen – meine Herren, der Friede bin ich!"; **157.M5** akg-images, Berlin (NASA/Neil A. Armstrong); **158.M1** Picture-Alliance, Frankfurt/M. (© Leslie Illingworth/Daily Mail/SOLO Syndication); **159.M2** Ernst Klett Verlag GmbH, Stuttgart; **160.M1** Ernst Klett Verlag GmbH, Stuttgart; **160.M2** Ernst Klett Verlag GmbH, Stuttgart; **161.M3** Picture-Alliance, Frankfurt/M. (ZUMA Press); **161.M3** Ernst Klett Verlag GmbH, Stuttgart; **161.M4** Picture-Alliance, Frankfurt/M. (AP Photo/Nick Ut); **161.M5** Picture-Alliance, Frankfurt/M. (AP Photo/Nick Ut, File); **162.M1** BPK, Berlin; **163.M2** Getty Images, München (Bettmann); **163.M3** Haus der Geschichte, Bonn (Axel Thünker); **163.M4** ullstein bild, Berlin (BPA); **163.M5** ullstein bild, Berlin (Chronos Media GmbH); **164.M1** Picture-Alliance, Frankfurt/M. (ImageBROKER); **165.M2** ullstein bild, Berlin (Boness/IPON); **166.M1** Picture-Alliance, Frankfurt/M. (dpa); **167.M4** Zeichnung: Hanns Erich Köhler © Wilhelm-Busch-Gesellschaft e.V., Hannover; **168.M1** DER SPIEGEL Nr. 51, Dezember/1970 www.spiegel.de/spiegel; **169.M2** Lohß, Sandy, Chemnitz; **169.M3** Deutsch-Polnisches Jugendwerk (DPJW), Potsdam; **170.M1** Government Press Office/ GPO, Jerusalem (Hans Fin); **171.M5** Picture-Alliance, Frankfurt/M. (Abir Sultan.); **172.M1** Picture-Alliance, Frankfurt/M.; **173.M2** akg-images, Berlin; **173.M3** Picture-Alliance, Frankfurt/M. (dpa); **173.M4** Picture-Alliance, Frankfurt/M. (KEYSTONE); **173.M5** ullstein bild, Berlin (Dietrich); **173.M6** akg-images, Berlin (Straube); **173.M7** Picture-Alliance, Frankfurt/M. (ZB); **173.M8** ullstein bild, Berlin (Schneider); **174.M1** Heiter, Maria, Düsseldorf; **176.M1** Picture-Alliance, Frankfurt/M. (Wolfgang Kumm); **177.M2** Picture-Alliance, Frankfurt/M. (AP Photo/Rainer Klostermeier); **177.M3** Picture-Alliance, Frankfurt/M. (dpa/Peter Endig); **178.M1** ullstein bild, Berlin (AP); **179.M5** Picture-Alliance, Frankfurt/M. (dpa/Sergey Guneev); **180.M1** ullstein bild, Berlin (Christian Günther); **181.M3** ullstein bild, Berlin (Giribas); **181.M4** akg-images, Berlin (AP/Th. Kienzle); **182.M1** Picture-Alliance, Frankfurt/M. (Photoreporters); **182.M2** Picture-Alliance, Frankfurt/M. (Horst Galuschka); **182.M3** Picture-Alliance, Frankfurt/M. (dpa/Elsner); **183.M4** Schaar, Wolfgang, Grafing, nach www.auswaertiges-amt.de/de/aussenpolitik/themen/internationales-recht/-/240218; **184.M1** Henniger, Barbara, Strausberg; **185.M3** Picture-Alliance, Frankfurt/M. (Wolfgang Kumm); **185.M4** Picture-Alliance, Frankfurt/M. (dpa); **186.M1** Getty Images, München (Sean Gallup); **187.M2** Picture-Alliance, Frankfurt/M. (Jochen Eckel); **188** Schaar, Wolfgang, Grafing; **189.M1** Picture-Alliance, Frankfurt/M. (Anto Magzan/PIXSELL); **189.M2** Picture-Alliance, Frankfurt/M. (David Cliff/SOPA Images via ZUMA); **190.M1** Ernst Klett Verlag GmbH, Stuttgart; **192.M1** Picture-Alliance, Frankfurt/M. (Esa/EPA/Stephane Corvaja); **194.M1** Wieland, Tobias, Celle; **195.M4** Ernst Klett Verlag GmbH, Stuttgart; **195.M5** Bundesregierung, Berlin; **196.M1** Schaar, Wolfgang, Grafing; **196.M2** Jäckel, Diana, Erfurt; **196.M3** Alamy stock photo, Abingdon (Peter Cavanagh); **196.M4** imago images, Berlin (The Irish Image Collection/ZUMA); **197.M5** Ernst Klett Verlag, Stuttgart nach European Commission (Hrsg.): Cohesion Policy-Powering ahead to a smarter future, Panorama No. 65, Brüssel 2018, S.14, unter: https://ec.europa.eu/regional_policy/sources/docgener/panorama/pdf/mag65/mag65_en.pdf (Zugriff 4.8.2021); **198.M1** Picture-Alliance, Frankfurt/M. (Reuters/Bogdan Cristel); **198.M2** Picture-Alliance, Frankfurt/M. (Pablo Camacho); **199.M3** Ernst Klett Verlag GmbH, Stuttgart; **200** Lohß, Sandy, Chemnitz; **201.M2** Picture-Alliance, Frankfurt/M. (dpa-infografik GmbH); **203.M3** Schaar, Wolfgang, Grafing; **204.M1** toonpool.com, Berlin (Heiko Sakurai); **205.M4** Ernst Klett Verlag GmbH, Stuttgart; **206.M1** nach Financial Times Deutschland; **207.M2** Quelle: Stiftung Weltbevölkerung; **207.M3** Jäckel, Diana, Erfurt, Datenquelle: WIPO: China wird im Jahr 2019 führender Anmelder internationaler Patente (...), unter: www.wipo.int/export/sites/www/pressroom/de/documents/pr_2020_848.pdf (letzter Zugriff: 22.9.2021); **208** Schaar, Wolfgang, Grafing; **209.M1** Picture-Alliance, Frankfurt/M. (dieKLEINERT.de/Leopold Maurer); **209.M2** juniors@wildlife, Hamburg (Minden Pictures); **210.M1** Jäckel, Diana, Erfurt; **210.M2** Schaar, Wolfgang, Grafing; **210.M3** Schaar, Wolfgang, Grafing; **211.M4** Schaar, Wolfgang, Grafing; **212.M1** Schaar, Wolfgang, Grafing; **212.M2** Rausch, Marion, Linsenhofen; **213.M4** Ernst Klett Verlag GmbH, Stuttgart; **214.M1** Jäckel, Diana, Erfurt; **215.M2** Hungreder, Rudolf, Leinfelden-Echterdingen; **215.M3** Alamy stock photo, Abingdon (ARCTIC IMAGES); **215.M4** ShutterStock.com RF, New York (gabriel12); **216.M1** Picture-Alliance, Frankfurt/M. (dpa/Boris Roessler); **216.M3** Picture-Alliance, Frankfurt/M. (Thissen); **217.M4** Jäckel, Diana, Erfurt: Quelle: Münchener Rückversicherungs-Gesellschaft, Geo Risks Research, NatCatSERVICE, June 2017; **218.M1** Picture-Alliance, Frankfurt/M. (Maldives Presidency); **218.M2** Jäckel, Diana, Erfurt; **219.M3** Schaar, Wolfgang, Grafing; **220.M1** Jäkel, Diana, Erfurt, nach NASA Goddard Institute for Space Studies; **220.M3** Schaar, Wolfgang, Grafing; **222.M1** Jäckel, Diana, Erfurt; **223.M3** Jäckel, Diana, Erfurt; **224.M1** Wieland, Tobias, Celle; **226.M1 a** © Sammlung Gesellschaft für ökologische Forschung/Gerhard Rohrmoser; **226.M1 b** © Sammlung Gesellschaft für ökologische Forschung/Francoise Funk-Salami; **226.M1 c** Sammlung Gesellschaft für ökologische Forschung, München (Francoise Funk-Salami); **226.M2 links** NASA, Washington , D.C.; **226.M2 rechts** NASA, Washington , D.C.; **227.M3** Ernst Klett Verlag GmbH, Stuttgart; **228.M1** Jäckel, Diana, Erfurt; **228.M2** Ernst Klett Verlag GmbH, Stuttgart; **229.M5** Schaar, Wolfgang, Grafing; **230.M1** Picture-Alliance, Frankfurt/M. (Boris Roessler); **231.M2** Ernst Klett Verlag GmbH, Stuttgart; **232** Ecosia GmbH, Berlin; **232.M1** Fleiter, Rüdiger; Screenshot von „Replace Plastic" www.kueste-gegen-plastik.de; **233.M3** Schaar, Wolfgang, Grafing; **233.M3** Schaar, Wolfgang, Grafing; **233.M3** Schaar, Wolfgang, Grafing; **233.M3** Schaar, Wolfgang, Grafing; **233.M3** Schaar, Wolfgang, Grafing; **233.M3** Schaar, Wolfgang, Grafing. (Biosiegel: Bundesministerium für Ernährung und Landwirtschaft); **234.M1** Picture-Alliance, Frankfurt/M. (dpa-infografik GmbH); **235.M4** ShutterStock.com RF, New York (Henrik Dolle); **235.M5** Schaar, Wolfgang, Grafing; **236.M1** Picture-Alliance, Frankfurt/M. (VisualEyze); **238.M1** creanovo – motion & media design GmbH, Axel Kempf, Hannover; **239.M2** United Nations Publications, New York; **239.M2** United Nations Publications, New York; **239.M2** United Nations Publications, New York; **239.M2** United Nations Publications, New York; **239.M2** United Nations Publications, New York; **239.M2** United Nations Publications, New York; **239.M2** United Nations Publications, New York; **239.M2** United Nations Publications, New York; **239.M2** United Nations Publications, New York; **239.M2** United Nations Publications, New York; **239.M2** United Nations Publications, New York; **239.M2** United Nations Publications, New York; **239.M2** United Nations Publications, New York; **239.M2** United Nations Publications, New York; **239.M2** United Nations Publications, New York; **239.M2** United Nations Publications, New York; **239.M2** United Nations Publications, New York; **239.M3** creanovo – motion & media design GmbH, Axel Kempf, Hannover; **240.M1** Greser & Lenz, Aschaffenburg; **240.M2** Picture-Alliance, Frankfurt/M. (Christophe Petit Tesson); **241.M5** Picture-

Alliance, Frankfurt/M. (Udo Stiefel); **242.M1** toonpool.com, Berlin (Freimut Woessner); **243.M3** Picture-Alliance, Frankfurt/M. (imageBROKER/Klaus Wagenhäuser); **244** Picture-Alliance, Frankfurt/M. (Giovanni Guarino); **245.M3** Picture-Alliance, Frankfurt/M. (Agrar-Press/ikrick); **245.M4** Picture-Alliance, Frankfurt/M. (blickwinkel/W. Willner); **246.M1** Jäckel, Diana, Erfurt, nach Christoph Stein auf Basis von 17 niedersächsischen Schuldaten mit den vom IFEU-Institut vorgeschlagenen Emissionsfaktoren und dem u.a. vom Wuppertalinstitut ermittelten Anteil der Klassenfahrten im Jahr 2019; **248.M1** Picture-Alliance, Frankfurt/M. (Robert Haas); **248.M1** Picture-Alliance, Frankfurt/M. (Daniel Karmann); **248.M4** stock.adobe.com, Dublin (David Pereiras); **249.M2** United Nations Publications, New York; **249.M2** United Nations Publications, New York; **249.M2** United Nations Publications, New York; **249.M2** United Nations Publications, New York; **249.M2** United Nations Publications, New York; **249.M2** United Nations Publications, New York; **249.M2** United Nations Publications, New York; **249.M4** Landkreis Schaumburg, Stadthagen (Nils Althoff); **249.M9** Tafel Deutschland e.V., Berlin; **250** Schaar, Wolfgang, Grafing; **251.M1** creanovo – motion & media design GmbH, Axel Kempf, Hannover; **251.M2** Picture-Alliance, Frankfurt/M. (The Yomiuri Shimbun via AP Images); **252.M1** Picture-Alliance, Frankfurt/M. (dpa/EPA/Bas Czerwinski); **252.M2** ShutterStock.com RF, New York (wavebreakmedia); **253.M3** Picture-Alliance, Frankfurt/M. (Oliver Killig dpa/lsn); **253.M4** Alamy stock photo, Abingdon (Stephen Lioy); **254.M1** iStockphoto, Calgary, Alberta (JohnCarnemolla); **255.M3** Ernst Klett Verlag GmbH, Stuttgart; **256.M1** ShutterStock.com RF, New York (mariakraynova); **256.M2** Picture-Alliance, Frankfurt/M. (Maurizio Gambarini); **256.M3** Jäckel, Diana, Erfurt, nach WTO u.a.; **257.M4** Ernst Klett Verlag GmbH, Stuttgart; **258.M1** Jäckel, Diana, Erfurt; **258.M2** Picture-Alliance, Frankfurt/M. (PantherMedia/Andriy Popov); **259.M3** Alamy stock photo, Abingdon (agefotostock/Eric Baccega); **259.M4** F1online digitale Bildagentur, Frankfurt (Eric Baccega/agefotostock); **259.M5** Picture-Alliance, Frankfurt/M. (dpa/DANIEL KARMANN); **261.M1** Ernst Klett Verlag, Stuttgart nach https://globaldatalab.org/shdi/shdi/?levels=1%2B4&interpolation=0&extrapolation=0&nearest_real=0; **262.M1** stock.adobe.com, Dublin (cphoto); **263.M2** Picture-Alliance, Frankfurt/M. (dpa/Christian Charisius); **264.M1** Mauritius Images, Mittenwald (robertharding/Tim Graham); **265.M2** Jäckel, Diana, Erfurt; **266.M1** Schaar, Wolfgang, Grafing; **266.M2** Hungreder, Rudolf, Leinfelden-Echterdingen; **267.M5** Klett-Archiv, Stuttgart, nach UNESCO, Institute for Statistics; **268.M1** Jäckel, Diana, Erfurt; **269.M3** Frank Speth – norddt. Künstler; **270.M1** Wieland, Tobias, Celle; **272.M1** laif, Köln (Regina Bermes); **272.M3** Picture-Alliance, Frankfurt/M. (Philippe Lissac/Godong); **273.M7** ullstein bild, Berlin (AP); **274** Schaar, Wolfgang, Grafing; **275.M1** Picture-Alliance, Frankfurt/M. (Werner Dieterich); **275.M2** Picture-Alliance, Frankfurt/M. (Ulrich Baumgarten); **276.M1** Jäckel, Diana, Erfurt nach Klaus Leinen; **276.M2** Jäckel, Diana, Erfurt; **278.M1** Wieland, Tobias, Celle; **279.M2** Picture-Alliance, Frankfurt/M. (Zoonar); **279.M3** Picture-Alliance, Frankfurt/M. (imageBROKER); **280.M1** Wieland, Tobias, Celle; **281.M2** Wieland, Tobias, Celle; **282.M1** Picture-Alliance, Frankfurt/M.; **283.M2** Jäckel, Diana, Erfurt nach Klaus Leinen; **284.M1** Lohß, Sandy, Chemnitz; **285.M3** Picture-Alliance, Frankfurt/M. (dpa/Peter Steffen); **286.M1** Picture-Alliance, Frankfurt/M. (Klaus Rose); **286.M2** Picture-Alliance, Frankfurt/M. (dpa-infografik); **287.M3** Picture-Alliance, Frankfurt/M. (dpa-infografik); **287.M4** Jäckel, Diana, Erfurt; **288.M1** stock.adobe.com, Dublin (Gina Sanders); **289.M2** Jäckel, Diana, Erfurt, nach www.lohn-info.de/sozialversicherungsbeitraege2021.html; **289.M3** Jäckel, Diana, Erfurt, nach http://bruttonetto-rechner.org; **290.M1** Mester, Gerhard, Wiesbaden; **291.M3** Datenquelle: Deutsche Rentenversicherung Bund; Grafik: Bundesinstitut für Bevölkerungsforschung/www.demografie-portal.de; **293.M5** Jäckel, Diana, Erfurt; **293.M6** Picture-Alliance, Frankfurt/M. (dpa-infografik GmbH); **294.M1** Jäckel, Diana, Erfurt nach https://raumdigital.hsr.ch/de/micro-hubs-infrastruktur-der-letzten-meile; Quelle: Andreas Keiser (Icons: www.flaticon.com); **294.M2** Picture-Alliance, Frankfurt/M. (Jens Büttner); **295.M4** iStockphoto, Calgary, Alberta (Geber86); **295.M5** Picture-Alliance, Frankfurt/M.; **296.M1** Picture-Alliance, Frankfurt/M. (Oliver Berg); **297.M3** Jäckel, Diana, Erfurt; **298.M1** Picture-Alliance, Frankfurt/M. (Rudolf); **299.M2** Jäckel, Diana, Erfurt; **299.M3** Jäckel, Diana, Erfurt; **300** Schaar, Wolfgang, Grafing; **301** Getty Images Plus, München (iStock/monkeybusinessimages); **302/303 alle** United Nations Publications, New York; **hinterer Vorsatz** Oser, Liliane

Textquellenverzeichnis

11.M5 Albert Schweitzer: Zwischen Wasser und Urwald. Bern 1964, S. 164 f.; **15.M3** Lorenz Narku Laing, „Weniger Rassismus bedeutet mehr Freiheit für alle", Interview v. Florian J. Haamann, SZ.de v. 19.06.2020, unter: https://www.sueddeutsche.de/muenchen/fuerstenfeldbruck/rassismus-antidiskriminierung-strukturelle-ungleichheit-1.4941520 (Zugriff: 26.6.20); **15.M4** Andrea Böhm, Wir ewigen Rassisten, ZEIT ONLINE v. 18.06.2020, unter: https://www.zeit.de/gesellschaft/2020-06/rassismus-in-europa-kolonien-geschichte-verdraengung-sklaverei/komplettansicht (Zugriff: 26.6.2020); **17.M3** Zit. nach: Marie-Luise Baumhauer, Imperialismus, (Beltz) Weinheim/Basel 1978, S. 36 (übers. v. Marie-Luise Baumhauer, Silvia Kurze, Dieter Hein); **17.M4** Brief v. 2.10.1904, zit. nach: Martha Mamozai, Herrenmenschen. Frauen im deutschen Kolonialismus, (Rowohlt) Reinbek 1982, S. 36; **20.M2** Reichsarchiv (Hg.), Kriegsrüstung und Kriegswirtschaft, Anlagenband, Berlin 1930, S. 530; **20.M3** Wolfgang Kleinknecht/Herbert Krieger (Hg.), Handbuch des Geschichtsunterrichts, Bd. 5, (Diesterweg) Frankfurt/M. 1965, S. 119 f.; **21.M5** Lesebuch für die katholischen Volksschulen der Rheinprovinz, Zweiter Teil, Dortmund 1917, S. 140; **25.M3** „Der Griff nach der Weltmacht". Interview von Gunter Hofmann und Judith Scholter mit Christopher Clark und Adam Krzemiński am 12. September 2013 in der Wochenzeitung „DIE ZEIT", Nr. 38/2013, zit. nach: https://www.zeit.de/2013/38/interview-erster-weltkrieg-christopher-clark-adam-krzeminski (Zugriff: 17.09.2020); **25.M4** Volker Ullrich, Nun schlittern sie wieder. Mit Clark gegen Fischer: Deutschlands Konservative sehen Kaiser und Reich in der Kriegsschuldfrage endlich rehabilitiert, zit.nach: ZEIT-Online vom 24. Januar 2014, http://www.zeit.de/2014/04/erster-weltkrieg-clark-fischer (Zugriff: 9.8.2017); **27.M2** Zit. nach: Philipp Witkop (Hg.), Kriegsbriefe gefallener Studenten, (Albert Langen/Georg Müller) München 1928, S. 90; **33.M3** Zit. nach: Werner Conze/Karl-Georg Faber/August Nitschke (Hg.), Funk-Kolleg Geschichte, Bd. 2, (Fischer Taschenbuch) Frankfurt/M. 1981, S. 233 (Bearb. d. Verf.); **33.M4** Zit. nach: Walter Tormin (Hg.), Die Weimarer Republik, 10. Aufl., (Fackelträger Verlag) Hannover 1973, S. 99; **37.M3** In: http://www.unric.org/de/charta (Zugriff: 14.08.2017); **39.M2** aus: Tzvetan Todorov: Die verhinderte Weltmacht. Reflexion eines Europäers, übers. v. Hanna van Laak, München 2003, S. 72; **39.M4** Deutsche UNESCO-Kommission e.V.: 775 Millionen Menschen weltweit sind Analphabeten. Regierungen räumen Alphabetisierung zu wenig Priorität ein Pressemitteilung v. 06.09.2012, unter: www.unesco.de/ua38-2012.html (letzter Zugriff: 24.10.2017); **41.M3** Tony Judt: Die Geschichte Europas seit dem Zweiten Weltkrieg, übers. v. Matthias Fienbork u. Heiner Kober. Bonn 2006, S. 915; **41.M6** Ständige Vertretung der Bundesrepublik Deutschland bei der Nordatlantikvertrags-Organisation: Nordatlantikvertrag, vom 4.4.1949 unter: www.nato.diplo.de/Vertretung/nato/de/04/Rechtliche___Grundlagen/Nordatlantikvertrag.html (letzter Zugriff: 24.10.2017); **43.M2** Bundeszentrale für politische Bildung, Politik. Hintergrund aktuell: Nach 20 Jahren: NATO-Truppenabzug aus Afghanistan, v. 07.06.2021, unter: https://www.bpb.de/politik/hintergrund-aktuell/334345/nach-20-jahren-nato-truppenabzug-aus-afghanistan (letzter Zugriff: 16.7.2021); **47.M2** Zit. nach: Palmér, Torsten und Henrik Neubauer: Die Weimarer Zeit in Pressefotos und Fotoreportagen. Köln 2000 (Könemann Verlag), S. 167.; **49.M3** Erich Maria Remarque, Im Westen nichts Neues, (Kiepenheuer & Witsch) Köln 1998, S. 261 f.; **51.M3** Vossische Zeitung vom 9. November 1918 (Abendausgabe), digital abrufbar unter http://zefys.staatsbibliothek-berlin.de/index.php?id=dfg-viewer&set%5Bmets%5D=http%3A%2F%2Fcontent.staatsbibliothek-berlin.de%2Fzefys%2FSNP27112366-19181109-1-0-0-0.xml (Zugriff: 5.7.2018); **51.M5** Gerhard A. Ritter/Susanne Miller (Hg.), Die deutsche Revolution 1918–1919. Dokumente, 2., erheblich erw. u. überarb. Aufl., (Fischer Taschenbuch) Frankfurt/M. 1983, S. 77 ff.; **55.M4** Leonhard Frank, Links, wo das Herz ist, (dtv) München 1963, S. 113 f.; **61.M3** Günther Prien, Mein Weg nach Scapa Flow, in: Christian Geißler (Hg.), Das Dritte Reich mit seiner Vorgeschichte, Lesewerk zur Geschichte, Bd. 9, (Langewiesche-Brandt) Ebenhausen 1961, S. 55; **65.M3** Joseph Goebbels, Was wollen wir im Reichstag?, in: Wochenzeitung „Angriff", 30.4.1928, zit. nach Geschichte in Quellen, Bd. V, hg. v. W. Lautemann und M. Schlenke, 2. Aufl. , München 1975, S. 230 f.; **65.M4** Zit. nach: Wolfgang Michalka/Gottfried Niedhart (Hg.), Deutsche Geschichte 1918–1933. Dokumente zur Innen- und Außenpolitik, (Fischer Taschenbuch-Verlag) Frankfurt/M. 1992, S. 186; **65.M5** nach: Jürgen W. Falter, Hitlers Wähler, (C.H, Beck) München 1991, S. 288; **65.M6** nach: Jürgen W. Falter, Hitlers Wähler, (C.H, Beck) München 1991, S. 297; **69.M3** Bildunterschrift zitiert nach: Deutsches Historisches Museum, Berlin, Inv.-Nr.: KT 94/402, unter: https://www.dhm.de/lemo/bestand/objekt/kt940511 (Zugriff: 15.09.2021); **73.M3** Zit. in: Enno Meyer: Aus dem nationalsozialistischen Deutschland. Stuttgart 1981, S. 15; **75 (Kasten)** David Robinson (Autor), Mathias Müller (Übersetzer), Brigitte Menz (Übersetzer): Chaplin. Sein Leben. Seine Kunst. Diogenes 2017, S. 601; **77.M2** Adolf Hitler: Mein Kampf 1925/1927. München 1933, S. 739 ff.; **77.M3** Der Rassenschänder Julius Rosenberg am Pranger, in: Nationalzeitung Gelsenkirchen vom 8. August 1935, Stadtarchiv Gelsenkirchen (ISG) unter: www.stolpersteine-gelsenkirchen.de/stolperstein_julius_rosenberg.htm (letzter Zugriff: 14.4.2016); **79.M3** Zit. nach: Fritz Blaich, Wirtschaft und Rüstung im Dritten Reich, (Schwann) Düsseldorf 1987. S. 65; **81.M4** Adolf Hitler, Mein Kampf 1925/1927, (Franz Eher Nachf.) München 1933, S. 452; **83.M3** Nationalsozialismus in Essen und Umgebung. Texte aus gesammelten Akten 1935/1936, Stadtarchiv Essen, o. J., o. S.; **85.M3** Reichsgesetzblatt 1938 I, S. 1580.; **89.M3** Historische Kommunikation der Volkswagen Aktiengesellschaft. Manfred Grieger, Ulrike Gutzmann (Hrsg.): Olga und Piet. Eine Liebe in zwei Diktaturen. unter: www.volkswagenag.com/content/vwcorp/info_center/de/publications/2014/12/olga_und_piet.bin.html/binarystorageitem/file/HN+12+Olga+Piet+2014.pdf (letzter Zugriff: 13.4.2016); **91.M2** Zit. nach: Gideon Greif, Wir weinten tränenlos… Augenzeugenberichte des jüdischen „Sonderkommandos" in Auschwitz, aus dem Hebräischen übers. von Matthias Schmidt, (Fischer Taschenbuch) Frankfurt/M. 1999, S. 65 f. © Böhlau (Köln), EA 1995; **95.Q2a** Bundesarchiv R16/174; **95.Q2b** Bundesarchiv R16/174; **95.Q3** Zit. nach: Jochen August u. a., Herrenmensch und Arbeitsvölker. Ausländische Arbeiter und Deutsche 1939–1945, (Rotbuch) Berlin 1986, S. 109; **97.M2** Thomas Freiberger: Deutschland in der Weltpolitik, in: Bundeszentrale für politische Bildung: Dossier Grundgesetz und Parlamentarischer Rat v. 1.9.2008, unter: http://www.bpb.de/geschichte/deutsche-geschichte/grundgesetz-und-parlamentarischer-rat/39200/nach-der-katastrophe?p=all (letzter Zugriff: 23.10.2017); **100.M1** Beate Küpper, Andreas Zick, Maike Rump: Rechtsextreme Einstellungen in der Mitte 2020/21, in: Andreas Zick, Beate Küpper (Hg.): Die geforderte Mitte. Rechtsextreme und demokratiegefährdende Einstellungen in Deutschland 2020/21, hrsg. v. Friedrich-Ebert-Stiftung. Bonn. Dietz 2021, S. 79, unter: https://www.fes.de/index. php?eID=dumpFile&t=f&f=65543&token=be951e80f3f538cca04a67567b9da4b995a93c64, Zugriff: 13.10.2021; **100.M2** Bundesamt für Verfassungsschutz (Hrsg.): Linksextremismus. Begriffe und Erscheinungsformen, unter: https://www.verfassungsschutz.de/DE/themen/linksextremismus/begriff-und-erscheinungsformen/begriff-und-erscheinungsformen_artikel.html, (Zugriff: 13.10.2021); **101.M4** Arendt, Hannah: Elemente und Ursprünge totalitärer Herrschaft. Antisemitismus, Imperialismus, totale Herrschaft. München: Piper 2020. S. 658.; **101.M5** Beopple, Ernst: Adolf Hitlers Reden. München: 1934.; **101.M6** Nach: Arye Carmon, Holocaust, Stuttgart 1982, S. 188 f.; **103.M3** Zit. nach: Alois Harasko, Die Vertreibung der Sudetendeutschen, in: Wolfgang Benz (Hg.), Die Vertreibung der Deutschen aus dem Osten, (Fischer Taschenbuch) Frankfurt/M. 1985, S. 138; **107.M5** Richard von Weizsäcker, unter:

http://www.bundespraesident.de/SharedDocs/Reden/DE/Richard-von-Weizsaecker/Reden/1985/05/19850508_Rede.html?nn=1892504 (Zugriff: 14. 08. 2017); **113.M1** Küstner, Kai (ARD Hauptstadtstudio): Corona und die Kontrollfrage – Parlamentarische Demokratie in Gefahr?, v 19.10.2020, unter: https://www.tagesschau.de/inland/corona-bundestag-bund-laender-101.html (letzter Zugriff: 16.7.2021); **113.M2** Bushuev, Mikhail: Pandemie – Corona-Krise: Virologen werden zu Zielscheibe, auf: Deutsche Welle v. 12.12.2020, unter: https://www.dw.com/de/corona-krise-virologen-werden-zur-zielscheibe/a-55909046 (letzter Zugriff: 16.7.2021); **113.M3** Bundesministerium der Justiz und für Verbraucherschutz. Bundesamt für Justiz: Gesetz zur Verhütung und Bekämpfung von Infektionskrankheiten beim Menschen (Infektionsschutzgesetz – IfSG), § 28 Schutzmaßnahmen, unter: https://www.gesetze-im-internet.de/ifsg/___28.html (letzter Zugriff: 16.7.2021); **115.M3** RND/NP/cz: Gericht kippt Ausgangssperre in Region Hannover, v. 6.4.2021, unter: https://www.rnd.de/politik/hannover-ausgangssperre-ist-rechtswidrig-gericht-kippt-corona-regel-5JV3QPZUEBEOLD4JZJT2LSASFU.html (letzter Zugriff: 19.7.2021); **116.M1** Aus: Moritz Sommer, Dieter Rucht, Sebastian Haunss, Sabrina Zajak: Fridays for Future. Profil, Entstehung und Perspektiven der Protestbewegung in Deutschland. Berlin: ipb working paper, 2/2019, S. 32 f.; **117.M2** Bundesverfassungsgericht: Klimaschutzgesetz in Teilen verfassungswidrig, vom 29.4.2021, unter: https://www.tagesschau.de/inland/klimaschutzgesetz-bundesverfassungsgericht-101.html (letzter Zugriff: 16.7.2021); **117.M3** EDUCATION Y Bildung.Gemeinsam.Gestalten (Hrsg.): BUDDY Programm Grundlagen, unter: https://education-y.de/handlungsfelder/schule/buddy-programm-grundlagen/ (letzter Zugriff: 19.7.2021); **119.M2** Schwindendes Vertrauen in Politik und Parteien – Eine Gefahr für den gesellschaftlichen Zusammenhalt? S. 88, auch unter: https://www.bertelsmann-stiftung.de/fileadmin/files/Projekte/Gesellschaftlicher_Zusammenhalt/ST-LW_Studie_Schwindendes_Vertrauen_in_Politik_und_Parteien_2019.pdf (Zugriff: 2.9.2019); **119.M3** https://www.bundestag.de/parlament/aufgaben/rechtsgrundlagen/grundgesetz/gg_02-245124 (Zugriff: 2.9.2019); **121.M3** Grundgesetz (Artikel 20), https://www.bundestag.de/parlament/aufgaben/rechtsgrundlagen/grundgesetz/gg_02-245124 (Zugriff: 2.9.2019); **121.M4** Gerd Schneider / Christiane Toyka-Seid, Bundesrat, aus: Hanisauland. Politik für dich (Kinderseite der Bundeszentrale für politische Bildung), https://www.hanisauland.de/lexikon/b/bundesrat.html (Zugriff: 2.9.2019); **123.M3** Holger Bock, Gebührenfreie Kitas: Kostenfalle Geschwisterkinder, v. 16.11.2018, unter: https://www.ndr.de/nachrichten/niedersachsen/Gebuehrenfreie-Kitas-Kostenfalle-Geschwisterkinder,kitagebuehren132.html; **123.M4** http://www.nds-voris.de/jportal/portal/t/11lk/page/bsvorisprod.psml?doc.hl=1&doc.id=jlr-VerfNDV1ELS&documentnumber=2&numberofresults=92&doctyp=Norm&showdoccase=1&doc.part=X&paramfromHL=true#jlr-VerfNDrahmen (Zugriff: 2.9.2019); **125.M3** http://www.nds-voris.de/jportal/portal/t/11lk/page/bsvorisprod.psml?doc.hl=1&doc.id=jlr-VerfNDV1ELS&documentnumber=2&numberofresults=92&doctyp=Norm&showdoccase=1&doc.part=X&paramfromHL=true#jlr-VerfNDrahmen (Zugriff: 2.9.2019); **127.M2** Deutscher Bundestag, Vielfalt der Kontrolle, https://www.bundestag.de/parlament/aufgaben/regierungskontrolle_neu/kontrolle/vielfalt-255456 (Zugriff: 2.9.2019); **129.M3** Horst Pötzsch, Bundesregierung, 15.12.2009, Aus: Pötzsch, Horst: Die Deutsche Demokratie. 5. überarbeitete und aktualisierte Auflage, Bonn: Bundeszentrale für politische Bildung 2009, S. 105–109, auch unter: https://www.bpb.de/politik/grundfragen/deutsche-demokratie/39365/bundesregierung?p=all (Zugriff: 2.9.2019); **129.M4** https://www.bundestag.de/parlament/aufgaben/rechtsgrundlagen/grundgesetz/gg_06-245136 (Zugriff: 3.9.2019); **131.M2** Deutscher Bundestag, Wissenschaftliche Dienste (Hg.), Aktueller Begriff: Das NPD-Urteil des Bundesverfassungsgerichts vom 17. Januar 2017, Nr. 03/17 (20. Januar 2017), Verfasser: Ben Konfitin/Paul Sokoll, unter: https://www.bundestag.de/blob/489892/58fc1170ce5f16e12ced106f01afaef4/das-npd-urteil-des-bundesverfassungsgerichts-vom-17--januar-2017-data.pdf (Zugriff: 3.9.2019); **131.M4** https://www.bundestag.de/parlament/aufgaben/rechtsgrundlagen/grundgesetz/gg_02-245124 (Zugriff: 3.9.2019); **135.M3** Hans-Martin Tillack, Warum wir Journalisten den Schulz-Hype aufarbeiten müssen, stern.de v. 12.2.2018, unter: https://www.stern.de/politik/deutschland/tillack/martin-schulz--wir-journalisten-muessen-den-hype-um-ihn-aufarbeiten-7859916.html (Zugriff: 2.5.2019); **145.M3** Wolfgang Leonhard: Die Revolution entlässt ihre Kinder. Köln/Berlin 1955, S. 363 ff.; **146.M1** George F. Kennan, Memoiren eines Diplomaten, aus d. Amerikanischen von Heidi von Alten, mit einem Vorwort von Klaus Mehnert, 4. Aufl., Goverts, Stuttgart 1968, S. 262 f.; **149.M2** Rede Trumans vor dem Kongress, 12.3.1947, zit. nach: Helmut Krause/Karlheinz Reif (Bearb.), Geschichte in Quellen, Bd. 7: Die Welt nach 1945, Bayerischer Schulbuch Verlag, München 1980, S. 576 f.; **149.M3** Gründungserklärung der Kominform (Text: Andrej Shdanow), zit. nach: Boris Meissner (Hg.), Das Ostpakt-System. Dokumentensammlung, (Metzner) Frankfurt/M./Berlin 1955, S. 97; **151.M3** <http://www.bundestag.de/dokumente/rechtsgrundlagen/grundgesetz/index.html> (Zugriff: 9.7.2018); **153.M3** Christoph Pollmer, Die Trabbi-Bestellung, in: Die Zeit, Nr. 35, 26.10.2010, S. 82, <http://blog.zeit.de/zeit-der-leser/2010/08/30/wiedergefunden-die-trabi-bestellung/> (Zugriff: 9.7.2018); **155.M2** Zit. nach: Zdeněk Mlynář, Nachtfrost. Das Ende des Prager Frühlings, (Athenäum) Frankfurt/M. 1988, S. 325 f., übers. v. Bedrich Uttitz; **157.M4** Abschiedsrede Jimmy Carters vom 14. Januar 1981, zit. nach: Amerika-Dienst (USICA Bonn), Dokumentation Nr. 3, 21. Januar 1981; **159.M3** Zit. nach: Wolfgang Jäger, Die Geschichte der USA. Von der Kolonialzeit zu den Herausforderungen des 21. Jahrhunderts, (Cornelsen) Berlin 2005, S. 171; **159.M4** Zit. nach: Bernd Greiner, Kuba-Krise. 13 Tage im Oktober. Analyse, Dokumente, Zeitzeugen, (Greno) Nördlingen 1988, S. 326 f.; **165.M3** Richtlinie Nr. 1/76 zur Entwicklung und Bearbeitung Operativer Vorgänge (OV), zit. nach Klaus-Dietmar Henke/Siegfried Suckut/Thomas Großbölting (Hg.), Anatomie der Staatssicherheit. Geschichte, Struktur und Methoden (MfS-Handbuch). Grundsatzdokumente des MfS, (Die Bundesbeauftragte für die Unterlagen des Staatssicherheitsdienstes der ehemaligen DDR, Abteilung Bildung und Forschung) Bonn 1995, Dokument 34, S. 287; **166.M2** Zit. nach: Ingo von Münch (Hg.), Dokumente des geteilten Deutschland, Bd. 2: Seit 1968, (Kröner) Stuttgart 1974, S. 301 ff.; **171.M2** Elisabeth Noelle/Peter Neumann (Hg.), Jahrbuch der öffentlichen Meinung 1947–1955, Allensbach 1960. S. 130 f.; **171.M3** Erinnerung des israelischen Filmemachers und Holocaust-Überlebenden Rolf Kneller (1921–2005), WDR-Sendung „Rückblende: Wiedergutmachungsabkommen mit Israel“. Regie: Hanns-Christoph Koch, Sendedatum 17. März 1992., zit. nach: Ausstellung „Geschichte – Gewalt – Gewissen“, Geschichtsort Villa ten Hompel, Münster, 2015. Transkription: Villa ten Hompel.; **171.M4** Rede Angela Merkels vor der Knesset am 8.3.2008, zit. nach http://www.bundesregierung.de/Content/DE/Bulletin/2008/03/26-1-bk-knesset.html, (Zugriff: 9.7.2018); **174.M2** Privatarchiv Christiane N. (Name abgekürzt); **179.M2** Zit. nach: Auswärtiges Amt (Hg.), Umbruch in Europa. Die Ereignisse im 2. Halbjahr 1989. Eine Dokumentation, (Auswärtiges Amt) Bonn 1990, S. 17 f.; **179.M3** Sowjet-Union 1988: Weg von der Planwirtschaft? in: DER SPIEGEL, Heft 2 v. 11.1.1988, Hamburg, unter: http://www.spiegel.de/spiegel/print/d-13526451.html (letzter Zugriff: 09.07.2021); **179.M4** Andreas Braun, in: Stuttgarter Zeitung, 4.1.1992; zit. nach: Heinz Dieter Schmid/Eberhard Wilms, Fragen an die Geschichte. Geschichtliches Arbeitsbuch. Das 20. Jahrhundert, (Cornelsen) Berlin 1999, S. 168 f.; **181.M2** Zit. nach: Politische Zeitschrift (PZ) Nr. 97 (1999), DDR intern. Geschichte und Geschichten. hrsg: Bundeszentrale für politische Bildung. Bonn, S. 44; **185.M2** http://www.bundespraesident.de/SharedDocs/Reden/DE/Joachim-Gauck/Reden/2015/10/151003-Festakt-Deutsche-Einheit.html (Zugriff: 9.7.2018); **195.M3** DiscoverEU. 18 Jahre alt, aus der EU, neugierig auf Europa? Mach dich bereit!, unter: https://europa.eu/youth/

discovereu_de (Zugriff: 3.9.2019); **195.M3** DiscoverEU. 18 Jahre alt, aus der EU, neugierig auf Europa? Mach dich bereit!, unter: https://europa.eu/youth/discovereu_de (Zugriff: 3.9.2019); **197.M6** Nach: Europäische Kommission: Kohäsionspolitik 2021–2027, unter: https://ec.europa.eu/regional_policy/de/2021_2027/ (letzter Zugriff: 6.7.2021); **197.M6** Nach: Europäische Kommission: Kohäsionspolitik 2021–2027, unter: https://ec.europa.eu/regional_policy/de/2021_2027/ (letzter Zugriff: 6.7.2021); **207.M3** Stefan Krempl: Globale Statistik: China bricht alle Patentrekorde, auf: Heise Online v. 24.11.2016, unter: https://www.heise.de/newsticker/meldung/Globale-Statistik-China-bricht-alle-Patentrekorde-3502422.html (letzter Zugriff: 10.08.2021); **220.M2** Nach Statista: Die weltweit wärmsten Jahre seit Beginn der Messung im Jahr 1880, 2019, unter: https://de.statista.com/statistik/daten/studie/157755/umfrage/klimawandel---die-weltweit-waermsten-jahre-seit-1880/; **223.M4** Bundesministerium für Umwelt, Naturschutz und nukleare Sicherheit (BMU). Die Klimakonferenz in Paris, v. 05.09.2017, unter: https://www.bmu.de/themen/klima-energie/klimaschutz/internationale-klimapolitik/pariser-abkommen/ (letzter Zugriff: 13.07.2021); **229.M3** Vacas, Marcos Fernández: Südostspanien droht extreme Dürre. Reisemagazin Spanien, v. 30.5.2014, übers. v. Tobias Büscher, unter: www.spanien-reisemagazin.de/aktuell/news-archiv/30-suedostspanien-droht-extreme-duerre-2014.html (letzter Zugriff: 24.10.2017); **229.M4** Sigrid März: Trockenheit in Deutschland – Dürre: So kommen wir auf Dauer damit klar, auf: quarks.de v. 11.08.2020, unter: https://www.quarks.de/umwelt/klimawandel/duerre-so-kommen-wir-auf-dauer-damit-klar/ (letzter Zugriff: 13.7.2021); **229.M6** dpa: Frühe Hitzewelle in Australien – über 40 Grad in Sydney Sommeranfang, dpa-Meldung v. 28.11.2020 © dpa Deutsche Presse-Agentur GmbH; **239.M2** nach: Engagement Global, 17 Ziele für nachhaltige Entwicklung der Agenda 2030 (Global Goals), unter: https://17ziele.de/; **241.M2** nach: Deutschlandfunk: Auf dem Weg zur Klimaneutralität: Die neuen Klimaziele für Deutschland, v. 24.6.2021, unter: https://www.deutschlandfunk.de/auf-dem-weg-zur-klimaneutralitaet-die-neuen-klimaziele-fuer.2897.de.html?dram:article_id=496894 (letzter Zugriff: 16.7.2021) und Greenpeace e. V: Für das Recht auf Zukunft: Klimaklage wird zur Verfassungsbeschwerde, unter: https://germanwatch.org/sites/default/files/Hintergrund%20Klima-Verfassungsbeschwerde.pdf (letzter Zugriff: 16.7.2021); **241.M3** Presse- und Informationsamt der Bundesregierung: Klimaschutzprogramm 2030, unter: https://www.bundesregierung.de/breg-de/themen/klimaschutz/klimaschutzprogramm-2030-1673578 (letzter Zugriff: 6.7.2021); **243.M2** Verbraucherzentrale Nordrhein-Westfalen e.V., Werbung mit Klimaschutz-Argumenten: Immer mehr Firmen verpassen ihren Produkten ein grünes Image, v. 03.04.2018, unter: https://www.verbraucherzentrale.nrw/wissen/umwelt-haushalt/nachhaltigkeit/werbung-mit-klimaschutzargumenten-immer-mehr-firmen-verpassen-ihren-produkten-ein-gruenes-image-10644 (Zugriff: 4.9.2019); **244.M2** Stopfer, Eveline: Welchen Wert haben Grünflächen in der Stadt? auf: Webseite des Verein Stadtmarketing Austria, v. 16.05.2017, unter: https://www.stadtmarketing.eu/gruenflaechen-in-der-stadt/ (letzter Zugriff: 16.7.2021); **248.M2** Unser Zeichen für die Umwelt, unter: https://www.blauer-engel.de/de/blauer-engel/unser-zeichen-fuer-die-umwelt (letzter Zugriff: 18.08.21); **249.M3** Schule und Recht und Niedersachsen: Gesetze, Verordnungen, Erlasse und Kommentare: Niedersächsisches Kommunalverfassungsgesetz (NKomVG), Vierter Teil, unter: http://www.schure.de/20300/nkomvg.htm (letzter Zugriff: 25.11.2021); **253.M5** eigene Zusammenstellung aus mehreren Quellen; **255.M4** Hermann,Peter: Das sind die 10 weltweit größsten Konzerne nach Umsatz, vom 9.6.2020, unter: https://www.gevestor.de/details/das-sind-die-10-weltweit-groessten-konzerne-nach-umsatz-748299.html; **255.M4** Fortune Global 500, unter: https://fortune.com/global500/ (letzter Zugriff: 6.8.2021); **256.M3** Wikipedia, unter: https://de.wikipedia.org/wiki/Liste_der_gr%C3%B6%C3%9Ften_ H%C3%A4fen_nach_Containerumschlag; **263.M3** attac: Globalisierung, unter: https://www.attac.de/themen/globalisierung/ (letzter Zugriff: 14.07.2021); **266.M4** Allgemeine Erklärung der Menschenrechte, Artikel 26, unter: www.amnesty.de/alle-30-artikel-der-allgemeinen-erklaerung-der-menschenrechte (letzter Zugriff: 27.4.2017); **271.M5** nach: Land Nordrhein-Westfalen, Staatskanzlei des Landes Nordrhein-Westfalen, Minister für Bundesangelegenheiten, Europa und Medien des Landes Nordrhein-Westfalen und Chef der Staatskanzlei: Nordrhein-Westfalen fördert Aufbereitung von Trinkwasser im Partnerland Ghana, vom 18.5.2016, unter: mbem.nrw/de/pressemitteilung/nordrhein-westfalen-foerdert-trinkwasseraufbereitung-im-partnerland-ghana (letzter Zugriff: 27.4.2017); **271.M6** Bundesbüro Aktion Tagwerk e.V.: Die Idee, unter: www.aktion-tagwerk.de/die-kampagne/dein-tag-fuer-afrika (letzter Zugriff: 27.4.2017); **271.M7** nach: Blanca Mokwa: Junger Wachtendonker startet Hilfsprojekt für Ghana. RP Online vom 18.7.2016, unter: http://www.rp-online.de/nrw/staedte/geldern/junger-wachtendonker-startet-hilfsprojekt-fuer-ghana-aid-1.6125634 (letzter Zugriff: 27.4.2017); **272.M2** Anna Steinacher: Mit Zorn und Zärtlichkeit an der Seite der Armen, 2008. Bischöfliches Hilfswerk Misereor e.V., Aachen, unter: https://www.ageh.de/informationen/con_08/con_1_08/mit_zorn_und_zaertlichkeit.pdf (letzter Zugriff: 6.11.2015); **273.M5** Nach: Alexandra Endres: Banker der Armen. In: ZEIT ONLINE v. 13.10.2006, unter: https://www.zeit.de/online/2006/42/Friedensnobelpreis-Yunus (letzter Zugriff: 17.08.2021); **273.M6** Ingo Ritz und Peter Dietzel: Selbsthilfe und Kleinkredite. In: „Netz"1/2001, unter: https://bangladesch.org/bangladesch/wirtschaft-und-armut/selbsthilfe-und-kleinkredite.html (letzter Zugriff: 6.11.2015); **281.M3** Bundeskartellamt, Bußgelder gegen Großhändler von Pflanzenschutzmitteln wegen wettbewerbswidriger Abstimmung von Preislisten, Rabatten und Einzelpreisen, Meldung v. 13.01.2020, unter: https://www.bundeskartellamt.de/SharedDocs/Meldung/DE/Pressemitteilungen/2020/13_01_2020_Pflanzenschutzmittel.html (Zugriff: 04.09.2020); **285.M2** Mathias Klein, Aus der Stadt/Tarifverhandlungen, Streik bei Üstra, Kitas, Theater und Müllabfuhr am Donnerstag, in: Hannoversche Allgemeine vom 14.3.2018, auch unter: www.haz.de/Hannover/Aus-der-Stadt/Uebersicht/Streik-bei-der-Uestra-und-in-Kitas-in-Hannover-Busse-und-Bahnen-sollen-nicht-fahren (Zugriff: 25.6.2018); **285.M4** dpa, Neue Streiks durch Tarif-Durchbruch abgewendet – Kritik an den Kosten. v. 18.4.2018. © dpa Deutsche Presse-Agentur GmbH; **291.M2** Deutsche Bundesbank. Eurosystem, Anpassung bei der Rente unvermeidlich vom 15.8.2016, unter: www.bundesbank.de/Redaktion/DE/Themen/2016/2016_08_15_monatsbericht_august.html (Zugriff: 25.6.2018); **293.M4** Fortune Global 500, unter: https://fortune.com/global500/ (letzter Zugriff: 6.7.2021); **302/303** Zit. nach: Walter Tormin (Hg.), Die Weimarer Republik, 10. Aufl., (Fackelträger Verlag) Hannover 1973, S. 99; **302/303.1** Nach Georg Krämer; Michael Lesemann (Welthaus Bielefeld e.V. u.a.): 17 Ziele für eine zukunftsfähige Welt. Bielefeld: Welthaus 2016, S. 20, auch unter: http://www.lernplattform-nachhaltige-entwicklungsziele.de/fileadmin/user_upload/LNE/pdf-eigene-Materialien/Magazin-Schuelerheft-Ansicht.pdf

Hinweise für das Lösen der Aufgaben

SP *Sprachtipps, die dir beim Formulieren der Antworten helfen, sind hier grün hervorgehoben.*

Anforderungsbereich I

Arbeite heraus	Du liest einen Text oder schaust ein Material unter einer bestimmten Fragestellung an. Du gibst die wichtigsten Gedanken dazu mit deinen Worten wieder. • *In dem Text/Bild geht es um …* • *Der Maler stellt dar, wie …* • *Die Autorin ist der Ansicht, dass …*
Beschreibe	Du benennst, was du auf einem Bild, in einem Text oder einem anderen Material zu einem Thema erkennst. • *Ich sehe/erkenne …* • *Das Material/Bild zeigt…* • *Im Vordergrund befindet sich …* • *Davor/dahinter/neben …* • *Zuerst …, dann …, danach …*
Fasse zusammen	Du liest einen oder mehrere Texte und gibst den Inhalt kurz wieder. • *… lässt sich so zusammenfassen: …* • *Die wichtigsten Aspekte sind: …* • *Die Kernbotschaft lautet: …*
Gib wieder	Du suchst aus einem oder mehreren Texten nach wichtigen Aussagen/Informationen und wiederholst diese. • *Die wichtigste Aussage lautet: „…"* • *Der Autor schreibt, dass …* • *Die Rednerin spricht von …*
Liste auf/Stelle zusammen	Du schreibst Informationen in Kurzform auf: z. B. in kurzen Sätzen, nach Oberbegriffen geordnet, in Stichworten oder in einer Tabelle. • *Folgende Punkte kann ich nennen: …* • *… heißt …* • *… wird … genannt.*
Nenne/Zähle auf	Du entnimmst einem Text oder einem anderen Material einzelne Aussagen und ordnest sie sinnvoll. *Erstens …* *Zweitens …* *Drittens …*
Ordne zu	Du sortierst Informationen unter Überschriften oder Oberbegriffe. • *… passt zu/gehört zu …* • *… lässt sich einteilen in …*
Stelle gegenüber	Du beschreibst die Unterschiede zwischen zwei Bildern, Aussagen oder Sachverhalten, ohne sie zu kommentieren oder zu bewerten. • *Autor A behauptet, … Autor B dagegen spricht von …* • *Im Bild links ist … zu sehen. Ganz anders im Bild rechts: …*

Anforderungsbereich II

Analysiere	Du untersuchst ein Material oder einen Sachverhalt umfassend nach vorgegebenen oder selbst gewählten Aspekten und stellst deine Ergebnisse begründet dar. • *Betrachtet man …, dann …* • *Folgende Merkmale lese ich ab: …* • *Daraus geht hervor, dass …* • *Besonders wichtig ist …*
Erkläre/Begründe	Du äußerst dich ausführlich zu Abläufen, Ereignissen, Zuständen oder Handlungen von Personen und suchst nach Gründen dafür. Diese Zusammenhänge formulierst du dann mit eigenen Worten. • *Dies kann man erklären mit …* • *Es bedeutet, dass …/Das heißt, …* • *Da/Weil/Aufgrund von …*
Erläutere	Du stellst Sachverhalte oder Handlungen ausführlich dar. Dabei entscheidest du selbst, was du für besonders wichtig hältst und du demzufolge sehr genau darlegst, was du nur kurz erwähnst oder was du weglassen willst. • *Infolge von …, sodass …* • *Zum Beispiel …*
Finde heraus	Du suchst in verschiedenen Materialien eine Antwort auf eine Frage oder die Lösung eines Problems. Du formulierst das Ergebnis mit deinen Worten. • *Folgende Informationen konnte ich finden: …* • *Ich habe herausgefunden, dass …*
Ordne ein	Du stellst Sachverhalte oder Positionen in einen größeren thematischen Zusammenhang. • *… hängt zusammen mit …* • *Man kann … diesem Aspekt zuordnen.*
Prüfe	Du vergleichst Informationen aus den Materialien mit vorhandenen Kenntnissen und stellst fest, ob beides übereinstimmt oder sich widerspricht. • *Anhand der Informationen kann ich (nicht) bestätigen, dass …*
Vergleiche	Du stellst unterschiedliche Aussagen/Informationen gegenüber und findest heraus, worin sie sich gleichen, ähnlich sind oder sich völlig unterscheiden. • *Im Vergleich zu …* • *Es gibt viele Ähnlichkeiten: …* • *Im Gegensatz zu …*